HEYNE

Das Buch

Die ferne Zukunft: Lena, eine der zahlreichen »Töchter« des mächtigsten Tyrannen der Galaxis – des Cheo –, lässt sich durch die Weiten des Raumes und ihre Erinnerungen an Hunderte von Leben treiben. Sie ahnt nicht, dass sie verfolgt wird: Kein anderer als der berüchtigte Pirat Flanagan ist ihr auf den Fersen, um sie zu kidnappen. Dabei ist Kapitän Flanagan ein Freibeuter der alten Schule: Fernab jeglicher Profitgier kämpft er für die Armen und Unterdrückten und greift dabei zu höchst unkonventionellen Mitteln. Anfangs scheint sein Plan, ein riesiges Lösegeld für Lena zu erpressen, im Sande zu verlaufen, denn der Cheo reagiert nicht. Flanagan setzt auf Täuschung, Manipulation und seinen Charme – vergebens. Erst als er in einem waghalsigen Manöver die Einwohner seines Planeten befreit und gegen die Potentaten des Cheo vorgeht, treibt der Tyrann ihn in ein blutiges Gefecht. Nur ein gewaltiger Bluff kann Flanagan und die Menschheit jetzt noch retten ...

Ein kosmisches Abenteuer im Stile von Iain Banks und Richard Morgan – in »Zone«, seinem gefeierten Debütroman, brennt Philip Palmer ein wahres Feuerwerk an Ideen ab.

Der Autor

Der Engländer Philip Palmer hat zahlreiche Drehbücher für Hörspiele, TV-Serien und Spielfilme geschrieben. »Zone« ist sein erster Roman. Der Autor lebt und arbeitet in London.

PHILIP PALMER

ZONE

Roman

Aus dem Englischen
von Usch Kiausch

Deutsche Erstausgabe

WILHELM HEYNE VERLAG
MÜNCHEN

Titel der englischen Originalausgabe
DEBATABLE SPACE
Deutsche Übersetzung von Usch Kiausch

Verlagsgruppe Random House FSC-DEU-0100
Das für dieses Buch verwendete
FSC-zertifizierte Papier *Holmen Book Cream*
liefert Holmen Paper, Hallstavik, Schweden.

Deutsche Erstausgabe 12/08
Redaktion: Angela Kuepper

www.heyne.de
Printed in Germany 12/08
Umschlaggestaltung: Nele Schütz Design, München
Satz: C. Schaber Datentechnik, Wels
Druck und Bindung: GGP Media GmbH, Pößneck

ISBN 978-3-453-52345-6

Für meine Mutter

ERSTES BUCH

LENA

Meine Gedanken verlieren sich in dem langen hohen Bogen, den die Yacht, hinauf- und hinuntergerissen vom stellaren Wind, mit annähernder Lichtgeschwindigkeit beschreibt. Meine Augen nehmen die leuchtenden Spektralfarben und das grelle Sonnenlicht in sich auf, während meine Sensoren Geschwindigkeit, Beschleunigung, Wärme und kosmische Strahlung messen. Ständig wechsle ich zwischen Sicht und Instrumenten hin und her, bis ich merke, wie sich das Schiff unter dem stellaren Wind aufbäumt, nein, hier wiederhole ich mich, ersetze *stellaren Wind* durch *Photonenschub*. Ich kann die Photonen auf den Finnen und dem Segel spüren und die alles versengende gelbe Zwergsonne auf meinen Wangen

Lena, wir haben Besuch.

und den nackten Armen, die aufgrund der Beschleunigung an den Körper gepresst werden. Ah!!! Dieser wunderbare gelblich rötliche Glanz auf der plötzlich angestrahlten Materie, dieses verrückte Spiel der Quanten! D43X ist eine riesige gelbe Sonne, die rund 4000 Lichtjahre vom galaktischen Zentrum entfernt liegt und von elf Planeten und einem Asteroidengürtel umgeben ist. Die Gravitationskraft beträgt hier 4,11 Millidysons. Dieses Riesending von Sonne ist wie der Planet Saturn im Sonnensystem der Erde von einem *Ring* umgeben, einem voll ausgeprägten Asteroidengürtel, der im gnadenlos grellen gelben Sonnenlicht funkelt und glänzt. Und ich bin auf dem Weg

Zeit, aus den Tagträumen aufzuwachen, Lena.

hinein und setze für diesen unbeschreiblichen Sturzflug zwischen Asteroidenhaufen hindurch nicht nur mein Raumschiff, sondern auch mein Leben aufs Spiel. Es ist ein Manövrieren mit Höchstgeschwindigkeit im Sog der

Ich kappe jetzt die Verbindung.

unerbittlichen Gravitationskraft. – Verdammt noch mal, du wirst nichts dergleichen tun.

He, war doch nur Spaß. Ich habe ja gar nicht das Recht, die Verbindung zu kappen, und kann es auch gar nicht, das ist dir vorbehalten. Sei doch nicht gleich sauer, Lena, ich brauche dich.

Kümmere du dich darum, ich will keinen Besuch. Du störst den Gedankenfluss meines Tagesberichts.

Ich kann ihn ja später redigieren.

Und damit alles verändern. Nein, hier geht's allein um mich, um meine Vision, um meine Poesie und die Dinge, denen ich mich stellen muss.

Ich glaube, das Schiff dort ist nicht registriert, Lena, es könnten üble Leute sein. Wir stecken in der Klemme, Lena, bitte hilf mir, ich schaffe das nicht ohne deine Unterstützung. Kappe die Verbindung, ich flehe dich an, Lena. Kehre zur Brücke zurück. Ich hab wirklich Angst, Lena.

Verdammt noch mal, Blechgehirn, versuch einfach, damit klarzukommen, okay?

FLANAGAN

»Schau mal, sie haut ab.«

»Geradewegs zur Sonne.«

»Ruckizucki Baby, so schnell wie der Blitz.«

»Die kriegen wir schon.«

»Beschieß sie mit einem Plasma-Puls«, schlage ich vor.

»Zu weit weg.«

»Ach, mach schon«, sagt Jamie. »Lass einen Asteroiden hochgehen, setz den Himmel in Brand, Mann.«

»Okay, sprengt einen Felsen«, ordne ich an.

»Hab ihn im Visier. Und bum!« Das ist Harry.

Als der Asteroid explodiert, wird es ringsum strahlend hell. Ich lenke das Schiff mitten durch die Flammen – reine Geschicklichkeitsübung. Auf der anderen Seite angekommen, sehe ich, dass die Stellaryacht immer noch vorsichtig manövriert, um sich den Weg durch das von der Sonne angestrahlte Gestein zu bahnen.

»Die flüchtet also gar nicht vor uns, wie?«

»Nein, hat sie offenbar nicht vor«, erwidert Brandon.

»Dann lasst uns auf Nummer sicher gehen. Am besten, wir tarnen uns.«

»Dafür sind wir aber gar nicht ausgerüstet, Käpt'n.«

»Weiß ich doch. Versucht einfach, unauffällig vorzugehen. Und redet nicht so laut.«

»Aye, aye, Käpt'n.«

»Und hört auf damit, Felsen in die Luft zu jagen.«

»Die Sprengung vorhin hast du doch selbst angeordnet, Käpt'n.«

Mein Blick ist fest auf den Außenmonitor gerichtet. Die Besatzungsmitglieder erkenne ich an ihren Stimmen: Brandon spricht schnell und mit tiefem Bariton; Robs Dialekt verrät die Herkunft aus der östlichen Galaxie; Alliea hat einen leicht singenden keltischen Tonfall, und Jamie plappert wie ein Kind. Kalen, die Maschinistin, kommuniziert mit uns über die Sprechanlage. Und dann ist da noch Alby.

»Ssssie träumt vor ssssich hin, Käpt'n«, bemerkt Alby.

»Ist mir klar.«

»Fallssss wir nah genug an ssssie rankommen ...«

»Geschosse!«

Sie beschießt uns mit Raketen. Bum, bum! Hände fliegen zu den Joysticks, die Photonen-Pulse zur Raketenabwehr auslösen. Während wir eine Schleife drehen und Ausweichmanöver durchführen, wird es ringsum taghell. *Pisch, pisch, pisch, pisch, pisch, pisch, pisch* – jedes explosive Aufflammen zeigt den Abwurf einer tödlichen Bombe an. Im direkten Kampf kann sie uns mit ihrer schnittigen Yacht nicht besiegen. Zwar verfügt sie über genügend Feuerkraft, um ein Schlachtschiff zu zerstören, aber unser Schiff ist größer: Es ist ein Megaschlachtschiff des Typs Mark IV, eine wahre Planierraupe, und im Vergleich dazu stellt ihre Yacht nicht mehr als eine zierliche Fechtwaffe dar. Sie hat keine Chance. Während wir unser Ausweichmanöver fortsetzen und weitere Abwehrraketen zünden, explodieren ringsum ihre Bomben, ohne Schaden anzurichten. Dennoch feuert die Raumyacht immer noch Geschosse auf uns ab. Ich glaube, wir haben es hier mit einer automatischen Steuerung zu tun. Aber Autopiloten können nun mal nicht kämpfen.

»Warum haut die nicht ab?«

Vielleicht könnten wir sie einholen und schnappen, falls unser Treibstoff das hergibt und wir Wasserstoffbomben abwerfen, um unseren Antrieb zu beschleunigen. Doch diese Yacht ist auf dem neuesten Stand der Technik. Die Segel sind zwar so riesig wie kleine Planeten, doch nur wenige Nanometer dick, sodass sie praktisch nichts wiegen. Die Yacht hat einen Ionenantrieb und verfügt bestimmt über einen weit leistungsfähigeren Navigationscomputer als unser Schiff. Ein menschliches Wesen müsste ihm lediglich den Befehl ›Sofort hier weg!‹ eingeben. Aber das geschieht nicht, sie flüchtet nicht vor uns.

»Vielleicht ist sie tot. Vielleicht ist das ein Geisterschiff«, überlege ich.

»Nette Idee«, meint Brandon.

»Dazu verdammt, bis in alle Ewigkeit den Äther zu durchkreuzen.«

»Was bedeutet *Äther?*«, fragt Rob.

»Bist doch mittendrin, Arschloch«, wirft Jamie ein.

»Raum. Äther ist eine alte Bezeichnung für den Raum«, erkläre ich.

»Dann nenn's auch Raum«, motzt Rob. »Verschwende keine Gehirnzellen auf Begriffe, die kein Mensch braucht!«

Die Yacht beschreibt langsam einen Bogen und legt sich in den stellaren Wind. Offenbar hat sie sich doch zur Flucht entschlossen. Strahlen flackern auf, die Segel beginnen zu schimmern. Photonen des Sterns fangen sich im feinen Gewebe des Segels, und jedes Energieteilchen der elektromagnetischen Strahlung versetzt ihm einen leichten Stoß. Die Lichtpartikel treiben die Yacht wie unmerkliche Windstöße voran. Doch gleichzeitig sitzen die Partikel aufgrund der *Dark-State*-Technologie im Segel fest, eingezwängt in eine der auf Planck-Länge eingerollten Dimensionen. Später, als das Segel sich unter diesem Druck aufbäumt und ins Schwanken gerät, werden die Partikel wieder in die drei uns bekannten entrollten Dimensionen ausgespien, und zwar mit einer so zielgerichteten Entladung von Energie, dass das Schiff noch schneller vorwärtsgeschleudert wird und einige Sekunden lang annähernd Lichtgeschwindigkeit erreicht. Und selbstverständlich tritt dabei aufgrund des quantenmechanischen Unschärfe-Effekts ein Moment ein, in dem sich die Yacht mit zwei unterschiedlichen Geschwindigkeiten bewegt. Aufgrund des intensiven Drucks der beiden simultan wirkenden Geschwindigkeiten beginnt das Solarschiff zu »springen«. Für das bloße Auge sieht es so aus, als würde es dematerialisieren, danach wieder feste Form annehmen und dabei fast ohne Zeitverzug mehrere Raumkilometer zurücklegen.

»Geschosse eins, zwei, drei abfeuern.«

»Vier, fünf, sechs.«

»Sieben, acht, neun.«

»Zehn, elf, zwölf.«

Wir übersäen den Raum vor der Yacht mit Streubomben, die alle mit einem sorgfältig eingestellten Zeitzünder versehen sind. Die Yacht leuchtet auf, springt und nimmt wieder feste Gestalt an, doch gleich darauf explodiert unmittelbar vor ihr eine Bombe, erschüttert die Segel und stört die prekäre Balance der Nanotechnologie.

Erneut leuchtet die Yacht auf, verschwindet, springt – und *bum.*

Leuchtet auf, verschwindet, springt – BUMBUM.

Wieder und wieder.

Wir schleudern Hunderte von Bomben in den Raum. Wie ein Glühwürmchen auf Dope hüpft die Yacht vorwärts und vollzieht ihre Sprünge durch die Risse in der Realität, hin und her geworfen vom Rückstoß unseres anhaltenden Bombardements.

Und dann sehen wir verblüfft zu, wie das Segel zerfetzt wird und verschwindet. Das Schiff sitzt in der Falle.

Von der gestrandeten Yacht aus ergießt sich ein von den aufgerollten Dimensionen ausgespiener Photonenstrom ins All, reich an ungenutzter Energie. Wie ein Schwarm wütender Bienen wirbelt er herum, doch gleich darauf erfasst ihn die Gravitationskraft des gelb beringten Sterns. Als der Stern sich den auf und ab tanzenden Schwarm einverleibt, schwillt er an, flackert auf und taucht uns in ein Flammenmeer. Rote und gelbe Lichtsäulen steigen auf, während der Asteroidengürtel knisternd Feuer fängt und schnell zu verschmoren beginnt. Das Felsgestein verbrennt mit lautem Zischen. Die Sonne spielt verrückt und macht unserem Kraftfeld mit ihrer aggressiven Wärme zu schaffen. Doch Alby, das Flammengeschöpf, seufzt zufrieden.

»Erinnert mich an ssssu Haussssse«, murmelt er und flackert vor Vergnügen auf.

LENA

Sie haben mich besiegt. Vernichtet. Es gibt keine Hoffnung mehr.

Kein Grund zum Verzweifeln, wir ...

Still.

Vielleicht gibt es noch einen Ausweg ...

Still jetzt!

Deine Gedanken dringen nicht mehr zu mir durch.

Verrate mir, was du denkst. Bitte!

Lena, bitte, ich flehe dich an, lass das!
Ich bin unendlich traurig.
Schon besser. Lieber höre ich deinem Gejammer zu, als
Meine Seele gleicht einer Wüstenlandschaft.
dieses Schweigen zu ertragen. Du leidest allzu sehr, Lena.
Da wirst du wohl recht haben!

Und was tun wir jetzt?

Wir kämpfen. Besser gesagt: Das Schiff wird kämpfen.

Und wenn wir unterliegen?

Dann ergeben wir uns. Sie werden dich bestimmt nicht töten, Lena, dazu bist du ihnen zu kostbar. Du bist die Geisel. Sicher werden sie Lösegeld für dich verlangen.

Das hab ich mir auch schon überlegt.

Denn natürlich werden sie wissen, dass dieses Schiff auf Cheos Tochter zugelassen ist.

Also müssen sie vor Angst zittern.

Das sind Piraten, Lena.

Der Cheo wird sie mit seiner harten Faust vom Himmel fegen. Er wird sie zermalmen, ihre Körper sieden, ihnen die Gehirne ausbrennen und sie unsäglich leiden lassen.

Falls er sie schnappt.

Wie kann so etwas passieren? Und das in einer zivilisierten Gesellschaft?

Der Raum ist groß. Und diese Leute sind Krieger.

Wir müssen sie vernichten. Sie und alle ihrer Art. Mit Stumpf und Stiel ausrotten.

Eine Auslösung zu zahlen ist einfacher. Mehr wollen die ja gar nicht.

Auslösung in welcher Form? Geld?

Geld nützt denen nichts. Bestimmt wollen sie Waffen, Lebensmittelvorräte, vielleicht auch ein anderes Schiff. Oder eine Terraform-Fabrik.

Damit sie einen Planeten so umgestalten können, dass er bewohnbar ist?

Sie besitzen bereits Planeten. Zufluchtshäfen. Diese Raumpiraten haben einen Großteil der Prekären Zone besiedelt. Sie beanspruchen weitere Planeten, um diejenigen zu erset-

zen, die sie verloren haben, weil ... Na ja, genug davon.

Wie du weißt, ist die Prekäre Zone ...

Ich weiß Bescheid.

Na klar.

Wie können die in einer derart gespenstischen, grässlichen Raumregion leben?

Sie behaupten, es wirke belebend, von so großer Gefahr umgeben zu sein.

(Vor Ekel und Verachtung läuft mir ein Schauer über den Rücken.)

Ja, ich weiß, mir geht es da genauso wie dir.

Falls ... wir auf deren Forderungen eingehen und die Auslösung zahlen, dann knöpfen wir sie uns vor, sobald der Austausch erfolgt ist. Und dann werden wir sie vernichten.

Ja.

Wir werden in der Prekären Zone eine Säuberungsaktion durchführen. Dazu bin ich wirklich entschlossen. Ohne Wenn und Aber.

Aber das ist doch gar nicht durchführbar.

Ich werd's tun!

Der Cheo wird das nicht zulassen.

Der Cheo kann mich mal.

Lena!

FLANAGAN

»Bereit machen zum Entern!«

»Jippijippijippiheijeh ...!«

»Kraftfelder auf maximaler Stärke.«

»Geschütze geladen.«

»Ups, ich hab einen Steifen.«

»*Das* soll ein Steifer sein?«, frotzelt Alliea. »Der ist ja so winzig, dass ...«

»Wart nur, bis du meinen Reservepenis siehst.«

»Wir entern jetzt.«

Wir sprengen ein Loch in den Rumpf der Yacht. Gleich darauf bricht die Hölle los ... Kanonen feuern, ein automatisches Gewehr nimmt uns knatternd ins Visier, Explosionen von Plasma erschüttern unser Schiff. Aber wir verfügen über einen Windkanal, einen gewaltigen, ungestüm herumwirbelnden Hohlzylinder, der eine undurchdringliche Barriere darstellt. Und innerhalb dieses Kanals steigen wir nach oben und fliegen direkt zur Yacht.

»Ich kann jetzt Nanozerstörer auf dem Monitor erkennen.«

»Scheiße.«

»Staubbomben zünden.«

Im Inneren der Yacht explodiert eine Wolke schimmernden Staubs, legt sich über alle Oberflächen und heftet sich an die Rückenpanzerungen der Nanozerstörer – Roboter, die so winzig sind, dass man sie mit bloßem Auge nicht erkennen kann. Doch die kleinen Lichtfunken in der Luft zeigen uns, wo sie sich derzeit befinden. Diese winzigen Maschinen haben Klingen, die durch Fleisch schneiden und die inneren Organe zerfetzen können. Während wir mit Ionisierungspistolen auf die Lichtfunken ballern, spüren wir in unseren Außenpanzern Stiche und ein Kribbeln, denn die winzigen Roboter versuchen, sich mit ihren Klingen einen Weg hindurch zu bahnen.

Als ich einen Funken auf Allieas Rücken entdecke, ziele ich mit der Ionisierungspistole darauf. Der blendende Strahl versengt ihren Panzer und vernichtet den Nanozerstörer. Gleich darauf hebe ich erneut die Pistole: *Pisch, pisch, pisch* – zwei Funken erlöschen, und im Schott tut sich ein riesiges Loch auf. Während wir durch die Öffnung vorrücken, verbreiten wir weitere Staubwolken und nehmen unsere winzigen Gegner ins Kreuzfeuer. Wir gehen dabei so konzentriert, aggressiv und verrückt vor, als wären wir eine Spezialeinheit halluzinierender Schizophrener, die auf imaginäre Fliegen ballert.

Auf der Yacht gibt es nur einen einzigen Passagier: die Frau, nach der wir so lange gesucht haben. Als wir zur Brücke stürmen, können wir sie endlich stellen. Sie hat rabenschwarzes Haar, ist schön, geschmeidig in ihren Bewegungen und schäumt vor Wut. Mit finsterem Blick feuert sie eine Energiewaffe, ein Plasma Gun, auf uns ab, doch es gelingt uns, auszuweichen, bis Harry ihre Waffe mit seiner Ionisierungspistole zerstört. Während ihre Schreie durch das Schiff hallen, fesseln wir sie mit Klebeband. An ihr haften keine Funken: Die Nanozerstörer sind so programmiert, dass sie nicht an sie gehen.

Plötzlich gibt Rob ein würgendes Geräusch von sich und beginnt zu zittern. Voller Angst blickt er zu mir hinüber. Ein Nanozerstörer ist in sein Gesichtsvisier eingedrungen. Er streicht sich über die Wange: Das Ding muss sich bis dorthin durchgegraben haben. In etwa einer Sekunde wird es sein Gehirn erreicht haben und auf es einstechen, darin herumschnippeln und es zerfetzen. In rund sechzig Sekunden werden seine inneren Organe zerstört sein.

Schon seit dreißig Jahren bin ich mit Rob befreundet. Außerdem bin ich sein Kapitän, Beschützer und Kumpel. Es tut mir sehr weh, ihn zu verlieren.

Ich hebe meine Waffe und schieße ihm so in den Kopf, dass Blut und Gehirnmasse überall herumspritzen und von seinem Schädel nichts übrig bleibt. Auch die anderen beginnen zu feuern und äschern seinen Körper restlos ein.

Jetzt ist nur noch ein winziger Funke zu sehen – wundersamerweise unversehrt –, der in der Luft schwebt. Fünf Ionisierungspistolen gehen gleichzeitig los. Der Funke erlischt.

Ich trauere um Rob.

Und ziehe weiter.

Zwölf Stunden lang durchkämmen wir das Schiff, um die restlichen tödlichen Funken aufzuspüren und zu vernichten. Danach bin ich völlig erschöpft und merke, dass sich in meinen Gedärmen die Scheiße staut.

»Alles klar.«

Ich bin so ausgelaugt, dass ich fast schon im Stehen einschlafe. Als ich stolpere, stützt mich Alliea, die selbst todmüde ist. Wir trösten einander, wiegen uns gegenseitig in den Schlaf, wachen blinzelnd wieder auf, umarmen einander, weinen zusammen. Rob war ihr Mann. Sie hat ihn mehr als alles auf der Welt geliebt.

»Mein Liebling, mein Schatz, das kannst du mir doch nicht antun, verlass mich nicht«, schluchzt sie, während ich wie ein Baby greine und sie eng an mich drücke.

LENA

»Willkommen.«

Ich fixiere ihn mit einem kalten, drohenden Blick.

Das ist Kapitän *Flanagan*. Kapitän ist allerdings nur ein Ehrentitel. Er ist weder zum Piloten ausgebildet, noch besitzt er eine Fluglizenz. Als Siedler der fünften Generation stammt er vom Planeten Cambria. Er ist siebenundneunzig Jahre alt.

Mit diesen Haaren und all den Runzeln sieht er aber viel älter aus.

Das will er auch. Seine Augen und Organe sind neu, aber am Haar hat er nichts verändert. In dem Alter ergraut es von Natur aus, weißt du.

Klar weiß ich das, hältst du mich etwa für blöd?

»Ich möchte Ihnen meine Besatzung vorstellen«, sagt Kapitän Flanagan.

Ich schreie auf: Die Brücke steht in Flammen! Schnell weiche ich zurück …

Ich verstärke dein Kraftfeld.

Mach dem sofort ein Ende!

Allerdings besteht kein Grund zur Angst. Das ist nur ein Flammengeschöpf, stammt aus dem Sonnensystem C40333. Ist mit Bewusstsein begabt.

»Das hier ist Alby.«

»Freut mich, Ssssie kennenssssulernen.«

Eine leuchtende, knisternde, *sprechende* Flammensäule schießt vor mir auf. Und das Ding ist lebendig.

»Hallo, Alby.« Als ich hoheitsvoll die Hand ausstrecke, wirbeln die Flammen herum. Eine Feuerzunge leckt so bedenklich nahe an mir, dass ich die Hitze sogar durch den äußeren Körperpanzer spüren kann. Doch ich lasse mich davon nicht aus der Ruhe bringen.

»Und das hier ist Brandon.«

Brandon Bisby, fünfundvierzig Jahre alt, studierter Astrophysiker. Cheos Stoßtruppen haben seine Eltern getötet, da man sie für Terroristen hielt. Posthum hat man sie rehabilitiert.

Er ist schlank, fast schon mager, und lächelt mich an. Mein Gott, wie er mich mit seinen Blicken auszieht und meine Brüste und Schenkel taxiert! Der will Sex mit mir. Ich gebe ihm die Hand und drücke sie so fest, dass es ihm wehtut. Gleichzeitig lege ich meine andere Hand auf sein Gemächt und sehe ihn so eiskalt an, dass er erstarrt. Er fühlt sich ertappt, hat ein schlechtes Gewissen und schämt sich.

Der Kapitän grinst: Mein Machtspielchen amüsiert ihn.

»Alliea.«

Sie ist eine entlaufene Sklavin. Stammt aus der Strafkolonie XIY. Ihre Eltern waren Berufsverbrecher. Sie ist im Knast geboren und '82 bei einem Stromausfall geflohen.

Eine starke Frau. Ihr knallroter Außenpanzer umhüllt deutlich ausgeprägte Muskeln. Sie wirkt keineswegs so vom Leben gebeutelt und von Verfolgern gehetzt, wie ich es bei einer entlaufenen Sklavin erwartet hätte. Ihr finsterer Blick verrät, dass sie mich hasst. Doch ich lächle ihr freundlich zu und signalisiere damit Gunst und Wohlwollen, was selbstverständlich ironisch gemeint ist. Ich muss zugeben, dass sie schön ist – ein Prachtexemplar von Sklavin.

»Und hier ist Harry.«

Er ist ein *Loper*, ein biotechnologisches Produkt der Stanstead-Laboratorien auf dem Planeten Shame.

Harry ist halb Mensch, halb Tier. Er hat einen flauschigen silbernen Pelz, scharfe, spitze Zähne und drei strahlend grüne Augen. Als mir auffällt, dass er keine Kleidung trägt, frage ich mich beiläufig, wie sein Penis aussehen mag.

Der ist knapp achtundzwanzig Zentimeter lang, wenn er ausgefahren ist. Hier ist eine Abbildung von Harrys Penis in erigiertem Zustand.

Als ich unvermittelt lache, weiß niemand, warum.

»Und dann ist da noch Jamie.«

Jamie ist ein Kind von höchstens zehn Jahren, was mich verblüfft.

Hat seine Entwicklung bewusst angehalten, in Wirklichkeit ist er hundertzwanzig Jahre alt. Liebt Computerspiele. Wenige Wochen vor seinem zehnten Geburtstag hat er ein Labor dafür bezahlt, sein vorpubertäres Stadium zu fixieren, was seine Eltern erst später erfahren haben. Der Eingriff ist nicht rückgängig zu machen.

»Cool, Baby.« Mit Zeigefinger und Daumen grabscht er nach meiner Brust und macht Bekanntschaft mit der Wärme des weichen, aber undurchdringlichen Körperpanzers, der in diesem Licht in allen Regenbogenfarben schillert – Projektionen des Unbewussten.

»Jamie!«, herrscht ihn der Kapitän an.

»Selbstverständlich werdet ihr sterben«, erkläre ich gelassen.

»Das tun wir alle, früher oder später«, entgegnet Kapitän Flanagan.

Ich strafe ihn mit einem weiteren verächtlichen Blick. »Was verlangen Sie als Auslösung?«

»Das werden wir Ihren Leuten zu gegebener Zeit mitteilen. Einstweilig stehen Sie unter Arrest. Meine Besatzung ist mit Sprays ausgerüstet, die Sie auf der Stelle lahmlegen können. Falls Sie nicht in jeder Hinsicht kooperieren, versetzen wir Sie ins Wachkoma. Sollten Sie es jedoch vorziehen, sich an die Regeln auf diesem Schiff zu halten, gewähren wir Ihnen alle Vorrechte einer Kriegsgefangenen und werden Sie höflich und respektvoll behandeln, ohne Ihre Würde anzutasten. Wir haben die Folgebestimmungen der Genfer Konvention unterzeichnet. Sie können sich also darauf verlassen, dass wir diese Sache professionell und gutwillig handhaben.«

»Ihr seid das, was ich aus dem Arsch ausscheide: nichts als Scheiße. Und eure Mütter waren Nutten, die's für Geld mit Tieren getrieben haben. Ich finde euch einfach zum Kotzen. Vermutlich fresst ihr sogar eure eigenen Kinder bei lebendigem Leib auf.«

»Ich … Äh …« Von meiner verbalen Attacke leicht brüskiert, kneift der Kapitän die Augen zusammen.

»Und du bist eine Schlampe«, mischt sich die Frau ein – Alliea. »Und dein Vater ist der letzte Abschaum. Ein übles Arschloch von Diktator, der jedem Menschen die Luft zum Atmen nimmt und das Leben zur Hölle macht.«

»Beherrsch dich, Alliea«, mahnt der Kapitän sanft.

Ich bin fix und fertig, lasse mir jedoch nichts anmerken.

»Ihr seid also Todfeinde des Cheo? Und wollt es mit ihm aufnehmen?«

»Wir wollen ihm nur jede Menge Kohle abnehmen und uns danach fröhlich verpissen«, erklärt das Kind namens Jamie und grinst.

Bewahre die Beherrschung.

»Ich verlange, dass ihr mich freilasst.«

Provoziere sie nicht. Lass den Cheo die Auslösung zahlen, ist doch nur Geld.

»Der Cheo wird mit Terroristen niemals verhandeln.«

»Ihr Vater ist ein reicher Mann. Er kann sich das leisten.«

»Falls ihr nicht klein beigebt, werdet ihr seinen Zorn zu spüren bekommen.«

Das löst bei ihnen nur Gelächter aus. »Falls ihr nicht klein beigebt, werdet ihr seinen Zorn zu spüren bekommen«, äfft mich das Kind wie ein Schmierenschauspieler nach und hüpft vor Vergnügen auf und ab. Flanagan schlägt sich die Hand vor den Mund, um ein Lachen zu unterdrücken.

»So lass ich nicht mit mir umgehen!«

Flanagan bemüht sich, wieder eine ernste Miene aufzusetzen. »Sie sind jetzt unsere Gefangene und werden, verdammt noch mal, genau das tun, was …«

Ich schlage ihn ins Gesicht, was für ihn völlig überraschend kommt. Während sein Schädel aufplatzt und seine Nase zu bluten beginnt, wirble ich blitzschnell herum, fahre die Klauen meines Körperpanzers aus, zerfetze die Kniesehnen des Loper, gebe der Frau einen Tritt in den Hintern und …

LENA

Du bist schuld. Hast mich schlecht beraten.

Stimmt nicht, Lena. Ich habe dir ausdrücklich empfohlen, dich zu beherrschen.

Hättest dir ja denken können, dass ich nicht darauf höre.

(ein tiefer Seufzer)

Wie hätte ich wissen können, dass sie so gute Kämpfer sind?

Diese Leute sind Piraten, Lena. Erfahrene Kämpfer, die aufs Ganze gehen. Mit deinem Dojo-Training kommst du gegen die nicht an.

Mein Kummer ist grenzenlos, meine Lage peinigend und schmerzlich. Das hier ist Folter, ist die Hölle, ist unsäglich erniedrigend.

Lena, tröste dich damit, dass ...

Halt den Mund! Ich befinde mich im Wachkoma. *I can move, I can talk, I can breathe, I can eat* – wie es so schön in einem alten Song heißt. Aber ... ich fühle mich so, als laste eine ungeheure Schwerkraft auf mir. Kann mich nur langsam, unendlich langsam bewegen, wie in Zeitlupe, und bekomme Sodbrennen davon. Jeder Atemzug tut mir weh und ist nur ein mühsames Rasseln und Keuchen. Außerdem kann ich nur noch ab, ge, hackt, spre, chen, bring, im, mer, nur, ei, ne, Sil, be, nach, der, an, de, ren, he, raus. Das, ist, un, er, träg, lich.

JAMIE

Wow! Die ist echt scharf. Irre Tusse. Eine Schönheit. Ob ich wohl Chancen bei ihr habe? Vielleicht bin ich ihr zu jung. Zumindest sehe ich zu jung aus. Vielleicht war zehn doch nicht das richtige Alter. Wäre ich elf oder zwölf, hätte ich vermutlich größere Chancen bei ihr. Frauen stehen nun mal nicht auf unterentwickelte Eier und Jungs, die sich noch nicht mal rasieren müssen. Die sind furchtbar wählerisch.

Durch die versteckte Kamera kann ich zusehen, wie sie von einer Wand zur anderen schlurft. Ihr Gesicht wirkt wie eine Maske. Dieses Wachkoma macht ihr sicher höllisch zu schaffen. Ich wünschte, sie könnte mich sehen. Komm schon, schau mich an! *Hier* bin ich! Jamie! Der Süße!

Die ist zwar halb weggetreten, aber sie macht mich trotzdem an. Meine Güte, bin ich geieieil! Der Kapitän hat vor, sie umzubringen, schätze ich. Schade. Vielleicht sollte ich ihr mal 'nen kleinen Besuch abstatten? Und mich mit meinen Späßchen und der ziemlich einzigartigen Begabung, rhythmisch zu furzen, bei ihr einschleimen? Na ja, vielleicht ist die Idee doch nicht so gut. Sie könnte mich für unreif halten. Oder es ekelt sie sogar, wenn ich in der Nase bohre und die grünen Popel fresse. Andererseits ... Könnte ja auch sein, dass ich einfach zu schade für sie bin. Die Vorstellung sagt mir schon eher zu. Ich bin einfach zu schade für sie! Echt cool!

BRANDON

»Ich ... will ... eine ... Beschwerde ... vorbringen«, stammelt sie.

»Erzählen Sie's dem Kapitän.«

»Kann ... nichts ....
....«

Ich sterbe vor Langeweile, als ich darauf warte, dass sie den Satz zu Ende bringt.

»... essen.«

»Ich gebe Ihnen eine Injektion.« Während sie mich mit müden Augen ansieht, hole ich eine Druckluftspritze heraus und verbinde sie mit einer Ampulle, die eine Nährlösung enthält.

»B.........r.........a.........a...«

»Brandon«, sage ich, um ihren endlos währenden Versuch, meinen Namen auszusprechen, abzukürzen.

Sie mustert mich mit trüben, traurigen Augen. Sie strahlt Verletzlichkeit, Leidenschaft, Anmut und Schönheit aus – eine Frau, für die ein Mann ohne Bedenken sein Leben lassen würde.

»Wie man sich bettet, so liegt man«, sage ich schroff und injiziere ihr die Nährlösung. Ihre Miene erstarrt zu purem Hass. Da das Reden ihr zu anstrengend ist, setzt sie einfach auf die Wirkung ihres durchdringenden Blicks.

»M...ein .... V.........a.........t...«

»Ich will nichts von Ihrem Vater hören.«

Als ich gehe, höre ich hinter mir ein ersticktes, halb komatöses Schluchzen und habe einen Anflug von Mitleid.

FLANAGAN

Stets habe ich davon geträumt, Musiker zu werden. Ich habe nicht nur spanische Gitarre gelernt, sondern auch Elektrogitarre, Jazzgitarre, Fusion-Techno-Gitarre sowie Keyboards und mich mit Kompositionslehre befasst. Nachdem ich von meinem Heimatplaneten Cambria geflohen war und den Kopf frei von all der Scheiße hatte, die dort passiert war, verbrachte ich die folgenden zwanzig Jahre damit, an meiner

Musik zu feilen. Ich komponierte, spielte ständig und lernte gleichzeitig weitere Instrumente. Sieben Tage in der Woche arbeitete ich daran, meinen ersten Auftritt im galaktischen Fernsehen vorzubereiten. Mein ganzes Leben kreiste um Musik. Blues, Boogie-Woogie, Reggae, Hip-Hop, Techno, Garage, Cuban Fusion, Bluegrass, Flamenco-Soul und Elektro-Soul, Numusic, Jig-Jag, Gospel: Ich war anerkannter Meister aller beliebten historischen Musikrichtungen. Moderne Musikstile interessierten mich nicht sonderlich, ich war der König des Retro. Trotzdem hatte ich irgendwie das erhebende Gefühl, aufgrund unbestimmter magischer Vorgänge eine ganz eigene musikalische Synthese zu schaffen. Ich verband Stil mit Inhalt, Seele mit rhythmischer Energie und schrieb Songtexte, die reinfetzten und das Publikum durch ihre Leidenschaft packten – Texte, die vor Sarkasmus nur so trieften und eine bestimmte Lebenshaltung auf den Punkt brachten. Meine Combo hieß *Flanagans Band*, und wir tourten viel herum.

Und dann löschte der Einschlag eines Asteroiden das Leben meiner Frau und meiner Kinder aus.

Damals lebten wir auf dem Planeten Pixar, der zu den *Freien Welten* zählte. Es war ein angenehm warmer, lebensfreundlicher Planet – ohne Meere, aber mit wunderbaren Seen. Pixar hatte zwei Monde und war so stark den Gezeiten unterworfen, dass wir immer wieder von Überschwemmungen heimgesucht wurden. Allerdings wohnten wir alle in Häusern, die man mühelos auf ein Leben unter Wasser umrüsten konnte. Und die Luft hatte etwas an sich, dass ... Sie war sehr sauerstoffhaltig, wies kaum Verunreinigungen auf, und wenn man sie einatmete, gab einem das einfach ein *gutes Gefühl.*

Doch dann traf uns der Asteroid. Diese einzigartige, alles vernichtende Katastrophe kam für die Bewohner von Pixar völlig überraschend und übertraf alles, was wir uns hätten vorstellen können. Sie löschte Millionen von Menschen und anderen Lebewesen aus und bedeutete das Ende der Zivilisation auf diesem Planeten. Die Atmosphäre verflüchtigte sich vorübergehend im Raum, Vulkane brachen aus, ganze Kontinente spalteten sich in einzelne Segmente auf, und die darauf folgenden Erdbeben kehrten das Innere des Planeten nach außen.

Ich befand mich zu diesem Zeitpunkt nicht auf dem Planeten, da ich einen Gig auf einer Raumstation in der Umlaufbahn rund um Pixars Sonne hatte. Doch meine Frau Janet, mein Sohn Adam und meine Töchter Claire und Adelaide waren zu Hause geblieben und wurden vermutlich schon in den ersten zehn Minuten Opfer des Asteroideneinschlags. Ich kann nur hoffen, dass sie gar nicht begriffen, was ihnen zustieß.

Als ich von dem Einschlag erfuhr, konnte ich es zunächst gar nicht glauben. In meiner Skepsis verhielt ich mich fast psychotisch. Ich war fest davon überzeugt, dass das Universum mir nur einen bösen Streich gespielt hatte. Doch als ich mir die Videoaufzeichnungen ein zweites Mal ansah, brach ich in Tränen aus. Eine ganze Welt war vernichtet worden ... Und meine Familie war zusammen mit fast allen anderen Bewohnern gestorben.

Nach dieser schrecklichen Katastrophe trauerten die Menschen im ganzen bewohnten Universum. Von den fernsten besiedelten Planeten trafen E-Mails mit Beileidsbekundungen ein, und zur Erinnerung an die Verstorbenen und ihnen zu Ehre erklärte die Regierung der Erde einen Tag zum allgemeinen Trauertag. Bald darauf meldeten sich die Verschwörungstheoretiker mit Gejammer und Hetztiraden zu Wort. In der üblichen (hysterischen und übersteigerten) Form schickten sie ihre durchgeknallten Texte und E-Mails in der ganzen Galaxie herum. Diese Verrückten behaupteten, der Asteroideneinschlag sei schon vor Jahrzehnten vorausgesagt worden, doch die Galaktische Körperschaft habe bewusst nichts gegen die drohende Katastrophe unternommen, denn sie habe sich davon eine Verbesserung der planetaren Geografie versprochen: die Herausbildung einer interessanteren Landschaft mit Gebirgszügen.

Diese Verblendeten behaupteten also, die Herrschenden hätten für die Landschaftsgestaltung eines Planeten bewusst den Tod von vielen Millionen Menschen in Kauf genommen. Alle Leute mit Grips spotteten selbstverständlich über diese dreisten Anschuldigungen. Der Cheo höchstpersönlich gab ein Interview, in dem er jeden Vorwurf gegen seine Regierung sorgfältig widerlegte, und wirkte dabei verblüffend überzeugend und charismatisch. Seine Popularitätskurve stieg steil nach oben.

Doch ich glaubte den Verschwörungstheoretikern jedes Wort. Aufgrund meiner eigenen Erfahrungen als Kind, das auf Cambria aufgewachsen war, wusste ich, dass die Bürokraten an der Spitze der Galaktischen Körperschaft buchstäblich keine Grenzen kennen, wenn es um üble Machenschaften geht. Sie zeigen kein Herz für andere, sind skrupellos und haben weder Gewissensbisse noch Züge von Menschlichkeit. Mit unbegrenzter Macht und unvorstellbarem Reichtum gesegnet, verhalten sie sich wie brutale, blutrünstige psychopathische Monster und schrecken in ihrer Raff- und Profitgier auch nicht davor zurück, Menschen Gewalt anzutun und sie zu töten.

Sie kennen keine Grenzen.

Deshalb verfolgte ich aufmerksam die Nachrichten, als die Galaktische Körperschaft nach der Katastrophe ihre Rettungsaktion einleitete. Die Überlebenden zwang man, ihre Toten zu verbrennen: Die Verstorbenen dienten als Düngemittel. Danach machten sich Ingenieure der Galaktischen Körperschaft daran, den Planeten in ein globales Urlaubsparadies umzuwandeln. Sie schmolzen die Eiskappen ab, um ein warmes, wunderschönes Meer zu schaffen. Das Festland wurde auseinandergerissen, damit Inseln mit malerischen Küsten entstehen konnten. Die intelligente Spezies, die auf Pixar überlebt hatte, ein Erdwurm mit zwei Köpfen, wurde ausgelöscht und durch neue Arten ersetzt, darunter flugtüchtige bunte Papageien, Delfine, Herden von *Schnurrern* – das sind katzenartige Pflanzenfresser – und Koalabären von der Erde, genetisch so verändert, dass sie keine Tatzen mehr haben.

Ich verließ Pixar und nahm ein Engagement auf einem Linienraumschiff in einem benachbarten Sonnensystem an. Meine spanische Gitarre und die Hip-Hop-Rhythmen kamen dort wunderbar an. Ich sang auch Blues, einen Song, der von einem Asteroidenschürfer handelt. Bei mehreren schrecklichen Unfällen büßt er Herz, Lunge, Leber, Arme und Beine, Ohren und Augen ein und ersetzt sie durch billige und recht unzuverlässige Prothesen. Der traurige Refrain lautet: *At Least I've still Got My Own Balls* – wenigstens sind mir meine Eier geblieben. Damit erntete ich wahre Beifallsstürme, dennoch wurde ich das Gefühl nicht los, dass die Arbeit als Musiker nicht mehr das Richtige für mich war. Nach all den Schrecken und Ungerechtigkeiten, die ich in meiner Kindheit erfahren hatte, nach dem traumatischen Verlust meiner Familie auf einem Planeten, der doch als zivilisierter Teil des besiedelten Raums gegolten hatte, sollte ich mich da weiterhin als *Rockstar* durchs Leben schlagen?

Also belud ich das Rettungsboot des Raumschiffs mit einem Jahresvorrat an geklauten Spitzenweinen und trat die Flucht nach vorn an. Von diesem Tag an war ich ein Geächteter.

Und jetzt bin ich der Kapitän einer Piratenmannschaft.

ALLIEA

Rob war ein Boxer ohne Zulassung und ich seine Managerin, Geliebte und Ehefrau.

Es war eine Zeit voller Angst, denn Boxen galt aufgrund des jüngsten offiziellen Erlasses als Kapitalverbrechen. Vermutlich befürchtete der Cheo, der Anblick zweier Männer, die in einem Ring herumhüpfen und aufeinander eindreschen, könne die versklavten Massen des Universums zu Revolte und Revolution treiben.

Wir zogen von einem Planeten zum anderen, und Rob schlug sich mit jedem beliebigen Herausforderer herum. Manchmal nahm er es mit zwei Gegnern gleichzeitig auf. Er trat auch gegen Frauen an und lieferte sich sogar Boxkämpfe mit Cyborgs, aus denen er als Sieger hervorging. Er besaß eine verblüffende Fähigkeit, physische Schläge einzustecken; hinzu kamen angeborene Schnelligkeit, Körperbeherrschung und ein bemerkenswert beweglicher Oberkörper. Manche Leute meinen, er sei einer der größten Boxer aller Zeiten gewesen.

Sein wichtigster Kampf war der gegen Eduardo Muñoz. Rob war bereits anerkannter Champion im Halbschwergewicht, doch Muñoz war ein Superschwergewicht, ein Hüne, ein wahrer Schrank von einem Mann. In den Armen hatte er die Kraft von Brecheisen. Beim Training schlug Muñoz oft so hart auf den Sandsack ein, dass sich die Einkerbungen nicht mehr beseitigen ließen. Zur Übung drosch er sogar auf Betonwände ein. Immer wieder kam es vor, dass er seinen Sparringspartnern tödliche Schläge versetzte, und nur die Tatsache, dass er regelmäßig Bestechungsgelder zahlte, verhinderte Anklagen wegen Mordes und Gerichtsprozesse.

Vor dem Kampf gegen Muñoz legte Rob bewusst viele Pfunde zu, um in eine höhere Gewichtsklasse zu rutschen.

Im Ring bewegte er sich mit engelsgleicher Grazie, glitt vor und zurück, tauchte unter Muñoz' Hammerschlägen weg und landete so viele kraftvolle Treffer, dass der Zähler des Computers irgendwann nicht mehr mitkam. Rob nahm Muñoz derart auseinander, dass sein kräftiger Gegner jeden Mut und Schwung verlor. Am Ende der fünfzehn Runden konnte er keinen Arm mehr heben. Also bombardierte Rob ihn mit tausend gnadenlosen Schlägen, bis der Schlussgong ertönte.

Trotzdem wurde Muñoz zum Sieger erklärt, denn die Kampfrichter waren geschmiert. Die Menge tobte vor Empörung. Doch Rob blieb gelassen und forderte Muñoz zur sofortigen Revanche heraus. Und der schwer gebeutelte Champion hatte genügend Stolz, die Herausforderung anzunehmen. Nachdem beide Männer wieder Aufstellung im Ring genommen hatten, gab Rob seine Deckung kurz auf, winkte Muñoz zu sich heran und lud ihn dazu ein, sein Bestes zu geben. Also holte Muñoz, so gut er konnte, zum Schlag aus und traf Rob, der sich nicht weggeduckt hatte, mitten ins Gesicht. Rob nahm den Schlag einfach entgegen und ließ die kinetische Energie durch Kopf, Rumpf und Beine bis in den bespannten Boden fließen. Er schwankte hin und her und taumelte, doch er fiel nicht um.

Danach lancierte er seinen Gegenschlag: Er versetzte Muñoz einen so heftigen Kinnhaken, dass der Kontrahent buchstäblich durch die Luft und über die Absperrungsseile segelte und auf den drei korrupten Punktrichtern landete. Zwei von ihnen starben aufgrund des Aufpralls, einer verlor das Bewusstsein. Der Ringrichter – das einzige Mitglied des Kampfrichter-Teams, das noch ansprechbar war – erklärte Rob zum Gewinner. Wir erhielten eine Siegesprämie von elf Millionen US-Dollar, mussten aber in derselben Nacht noch fliehen, da uns aufgebrachte Gangster auf den Fersen waren.

Ach, was für eine wunderbare Zeit! Es ist schon eine Ironie des Schicksals, dass ich Boxen überhaupt nicht mochte, ehe ich Rob begegnete. Doch mit der Zeit lernte ich diesen Sport wegen seines Tempos, wegen der Kampfästhetik und der dort herrschenden Kameradschaft lieben. Darüber hinaus aber auch deshalb, weil dieser Sport mit einem absoluten Tabu brach, denn die Boxer riskierten *Gehirnschäden*. Jeder andere Extremsport, ob Fallschirmspringen, Säbelkampf oder das Ringen mit Alligatoren, bringt zwar ebenfalls Gefahren und Verletzungen mit sich, doch solche Schäden kann man mühelos durch einen kleinen Abstecher zur Organbank beheben. Aber ein einziger kräftiger Schlag kann einen irreversiblen Gehirnschaden verursachen, den man ohne Eingriff in die Psyche oder das Löschen ganzer Erinnerungsblöcke nie wieder beseitigen kann.

Das war das Prickelnde am Boxen: Setz alles aufs Spiel. Lebe für den Augenblick.

Zumindest war es dieser Reiz, der *mich* am Boxen faszinierte. Bei Rob war es anders und viel simpler: Er liebte diese Sportart. Zwar war er schon von Natur aus ein sehr sportlicher Mensch, aber er absolvierte ein gnadenloses Training. Er trainierte mit Jagdhunden und rannte mit ihnen durch unwegsames Gelände, lief mit Pferden um die Wette und spannte sich mit Seilen vor eine Zugmaschine, um seinen Oberkörper zu kräftigen; einmal durchschwamm er sogar ein Meer, um seine Kondition zu verbessern. Und seine Reflexe waren denen eines durchschnittlichen Raumpiloten weit überlegen.

O Mann, wenn wir miteinander schliefen, war's die reine Poesie. Rob war ein Meister des erotischen Tantra und fickte mich so, dass nicht nur mein Arsch, sondern auch meine Seele bebte. Ich war damals jung, blond und voller Leidenschaft, und wenn ich kam, war das wie eine Supernova. Das werde ich wirklich vermissen. Ich weiß, dass ich nie mehr solche körperliche Lust empfinden werde.

Mit unseren Box-Shows tourten wir durch die äußeren Galaxien. Häufig forderte Rob Minenarbeiter oder Meister asiatischer Kampfsportarten heraus, und dann kämpften sie fünf oder sechs Stunden gegeneinander – ohne Handschuhe oder sonstigen Körperschutz –, bis sie überall Blutergüsse hatten. Nie verlor Rob einen Kampf.

Er war mein Held.

Wir machten jede Menge Kohle und hatten viel Spaß dabei.

Eines Tages wurde ich vom Mitglied einer Raumpatrouille vergewaltigt. Rob stellte den Mann und brachte ihn um, während ich völlig ausrastete. Ich wünschte auch den anderen Männern des Trupps den Tod, denn bestimmt hatten sie gewusst, was ihr Freund vorhatte, und hätten ihn davon abhalten müssen. Aber Rob war dagegen. Er sagte, das sei nicht fair, ich hätte ja keine Beweise für meine Anschuldigungen. Er hatte stets einen ausgeprägten Gerechtigkeitssinn. Also beruhigte ich mich schließlich und bestand nicht mehr auf Rache.

Bald darauf spürte der Trupp uns auf und war seinerseits auf Rache für den toten Kameraden aus. Überall erzählten die Männer großmäulig herum, beim nächsten Mal wäre ich dran, sie würden mich dann *alle* vergewaltigen. Wir ließen sie kommen, brachten den ganzen verdammten Haufen um und machten uns aus dem Staub. So kam es, dass wir bei Flanagan und seiner Mannschaft anheuerten.

Bis jetzt hatten wir hier ein schönes Leben. Doch nun ist Rob tot, und ich bin allein zurückgeblieben.

Hebt eure Gläser. Auf Rob!

LENA

Ich werde nicht schlafen, denn das wäre wie ein kleiner Tod. Also stehe ich lieber die Qualen durch, die ich, diesem Abschaum ausgeliefert, ertragen muss. Schlurfe durch den Raum. Setze. Einen. Fuß. Vor. Den. Anderen.

Inzwischen sind fünf Stunden vergangen. Ich bin dehydriert. Sie haben mir eine Röhre mit Flüssigkeit gegeben, an der ich gierig sauge.

Von draußen höre ich Lärm. Sie singen. Feiern.

Es ist eine Totenfeier, zu Ehren des verstorbenen Besatzungsmitglieds.

Ich wünschte, wir hätten die ganze Mannschaft umgebracht.

Ein unmoralischer Gedanke. Du solltest nicht …

Halt. Die. Klappe. Verdammt. Noch. Mal.

Schlurfen. Einen. Fuß. Vor. Den. Anderen. Setzen.

FLANAGAN

»Mir ist die ganze Sache zuwider, aber ich muss sie wohl durchziehen.«

Rob stellt sich wie belämmert vor uns auf, und sein dreidimensionales Abbild, ein Hologramm, blinzelt in die Kamera. »Alliea, du bist die Beste. Ich liebe dich. Aber ihr Übrigen … Ah, ihr seid nur ein Haufen unnützer blöder Versager. Mögt ihr in Schande sterben und an eurem Bier verrecken. Ihr lebt noch, aber ich bin tot, verdammtes Pack!«

Das beantworten wir mit lauten Jubelrufen.

»Singt mit, Kameraden.«

»There is a house in New Orleans
They call the Rising Sun.
It's been the ruin of many a poor boy.
And me, O God, for one.«

Mit rauen, kräftigen Stimmen fallen wir ein. Allieas Altstimme ist gut herauszuhören: Sie wandelt die Melodie des Blues zu einem Jazz-Riff ab.

Rob leitet zu einer eigenartigen Tech-Hop-Nummer über, die ich mit der Gitarre rhythmisch begleite, und singt:

»Soul sister, lover, brother, mother, feel my
Feel my!
Feel it, hear it, blur it, murmur it, disinter it, whirr it, yeah that's my spirit,
Heart and soul, got no control, takes its toll, got no goal, ain't a whole,
Hate this world, spirit's whirled, this dimension is unfurled.
Can't believe, cannot grieve, too tired to deceive,
Empty life, got no strife, whored my wife, ate a knife and died and woke up
In the organ banks, hey thanks, full of tranks,
Whish I was
Someone else
Somewhere else
Somewhat else
Not myself
Not with you
Don't feel blue
Want to die
So that I
Feel my ›I‹
Got no ›I‹, got no spirit, got no ›me‹, disinter it, let me die, let me be, let me be, let me be,

The other guy
The other girl
Living in the other universe I curse I'm worse immersed in thirsting bursting
Feel my spirit?
I can't feel it.
I ain't got it.
Got no spirit.
Got no spirit.
Got no me.
Got no I.
Want to die.«

Danach bricht er ab. Rob und ich haben uns früher wunderbar ergänzt: Er war der Rapper, ich der Blueser. Doch jetzt ... jetzt ... spielen wir nie wieder zusammen. Es gibt keinen Rob mehr. Ich muss weinen.

»Scheiße, Leute, tut mir leid«, sagt Robs Hologramm. »Der Song zieht wirklich verdammt runter. Bist du schon besoffen, Flanagan?«

»Klar doch!«

»Ich dachte, am besten lese ich zum Schluss meine E-Mail-Adressen laut vor, alle zweiundachtzig Millionen. Also, bleibt sitzen, das kann ein bisschen dauern.« Er grinst blöde und wirkt dabei albern und leicht verlegen. »Wisst ihr was? Hätte vielleicht jemand Lust, mir einen auf die virtuelle Tour zu blasen, wo ich jetzt doch tot bin?« Er fingert an seiner Hose herum, überlegt es sich jedoch anders. »Scheiße, was quatsch ich da überhaupt. Werd euch alle überleben. Muss jetzt weg, was erledigen.«

Das Hologramm verblasst.

Über Allieas Wangen rinnen Tränen.

Aber ich bin jetzt geil und scharf auf sie. Ich bin unheimlich scharf auf die Frau. Und jetzt, wo Rob tot ist ...

Oh Scheiße, was hab ich da gerade gedacht? Aufhören, sofort damit aufhören!

Als Alliea auf mich zugeht, nehme ich sie in die Arme und drehe sie dabei so herum, dass sie von meiner Erektion nichts merkt. Während ich mir ausmale, wie es wäre, sie zu ficken, verziehe ich keine Miene und halte meine Gefühle im Zaum.

Jetzt singen die anderen wieder. Es ist eine herzergreifende Ballade über einen Krieger, der sich den Herrschenden widersetzt und als Anführer einer Armee seinen Heimatplaneten befreien will. Doch er scheitert und erleidet einen schrecklichen Tod. Aber der Refrain hat eine hübsche Melodie und klingt richtig sexy.

Du wirst mir fehlen, Rob.

LENA

Ich bin aus dem Wachkoma raus. Kapitän Flanagan hat mir gegenüber Platz genommen. Seine Leute sind aber ganz in der Nähe, damit sie mich, falls nötig, gleich wieder außer Gefecht setzen können.

»Wie geht's der Nase?«

Bei dieser Frage zuckt Flanagan zusammen. »Ist elfmal gebrochen, außerdem ist der Kiefer angeknackst«, erwidert er vorsichtig. »Ich bekomme zweimal am Tag Spritzen, bis der Knochen heilt.«

Ich hole aus und schlage ihm so schnell ins Gesicht, dass es niemand sonst mitbekommt. Bis ...

»Herrgottsack!«, brüllt Flanagan los.

Ich strahle ihn an.

Flanagans Gesicht rötet sich.
»Ich muss Ihnen einige Fragen stellen«, knurrt er.
»Ich gebe dir ein paar Schmerztabletten, Käpt'n«, sagt die magere Frau mit der großen Nase.
»Mir fehlt nichts. Lena, wir gehen diese Sache völlig professionell an und werden Ihnen nicht wehtun. Wir verlangen lediglich eine Auslösung.«
Als ich eine hastige Bewegung mache, so als wollte ich ihn nochmals schlagen, weicht er zurück.
»Wissen Sie eigentlich, wer ich bin?«, frage ich.
»Ja, ich denke schon.«
»Und wissen Sie auch, wer Sie sind?«
»Wir sind eine Gruppe freischaffender Unternehmer.«
»Quatsch, Ihre Gruppe ist der Abschaum der Menschheit, nein, nicht mal menschenähnlich.«
»Das aus Ihrem Mund zu hören, ist wirklich sehr witzig.«
»Sogar weniger wert als jedes Tier, eine wahre Seuche. Bin froh, dass wir einen Ihrer Männer getötet haben. Ich lach mich selbst in den Schlaf, wenn ich daran denke.«
»Wir fordern eine Billion galaktischer Währungseinheiten. Außerdem eine Flotte von Schlachtschiffen und unseren eigenen Sektor in der Prekären Zone.«
Das verschlägt mir kurz die Sprache.
»Das werden Sie nicht bekommen«, erwidere ich kalt.
»Der Cheo ist ein reicher Mann.«
»Aber er wird nicht zahlen.«
»Falls er nicht zahlt, sind Sie tot.«
»Dann sterbe ich eben. Der Cheo verhandelt nicht mit Entführern. Das ist eine der Regeln, an die er sich grundsätzlich hält.«
»In Ihrem Fall wird er eine Ausnahme machen.«
»Lassen Sie sich überraschen«, entgegne ich ironisch.
Halt den Mund, Lena. Du lieferst denen nur gute Gründe, dich umzubringen.

»Wissen Sie eigentlich, wie alt der Cheo ist?«, frage ich ihn spöttisch.

»Etwa ... hundert?«

»Er ist zweihundertzehn Jahre alt und hatte achtzehn Ehefrauen. Außerdem Dutzende von Mätressen und zahllose Affären. Wissen Sie, wie viele Kinder er hat?«

Flanagan schweigt und sieht mich abschätzend an. Offenbar habe ich ihn aus dem Konzept gebracht.

»Man könnte ein ganzes Land mit seinen Kindern bevölkern«, erkläre ich. »Er ist ein geiler Bock und noch zeugungsfähig, obwohl er uralt ist. Warum sollte er alles mir zuliebe aufs Spiel setzen? Für eine Tochter unter Tausenden?«

»Sie wollen damit also sagen, dass wir Sie töten sollen?«

»Ich sage, Sie sollten mich freilassen, denn er wird das Lösegeld nicht herausrücken. Ich werde meine eigenen Leute damit beauftragen, mich freizukaufen. Ich hab eine Million Währungseinheiten im Rücken.«

»Wir wollen aber, dass *der Cheo* zahlt.«

»Ist mein Geld nicht gut genug?«

»Es handelt sich um ... eine politische Demonstration.«

Ich lache laut heraus. »Was meinen Sie denn mit *politisch?*«

»Wir sind Demokraten und gegen alles, für das der Cheo steht.«

»Sehr witzig.«

»Aber wir wissen, dass er eine Schwäche für Sie hat und Sie freikaufen wird. Er würde sogar das Zehnfache der von uns geforderten Summe zahlen, um Sie zurückzubekommen. Wir wissen, was wir an Ihnen haben, Lena, wir kennen Ihren Wert.«

O Scheiße, Lena.

»Ich weiß nicht, worauf Sie hinauswollen.«

Flanagan sieht mich an. Ich merke, wie der Anblick meines starken jungen Körpers, meiner festen Brüste, meiner schwarzen Haarmähne und meiner makellosen Gesichtszüge ihn unwillkürlich erregt.

»Sie sind eine tolle Frau, Lena, echt toll. Und Sie halten sich wirklich gut.«

»Ich hab die Schnauze voll von all diesem Geschwätz.«

»Sie haben ja recht: Für eine Tochter würde der Cheo niemals Lösegeld zahlen. Wir haben schon früher versucht, ihn zu erpressen, und er hat uns jedes Mal eine Abfuhr erteilt. Wir haben sogar elf seiner Töchter getötet, und er hat es, ohne mit der Wimper zu zucken, zugelassen.«

»Sie haben elf seiner Töchter *umgebracht?*«

»Wir sind Piraten, Lena. Und das bedeutet, dass wir rauben und töten. Wir mögen Ideale haben und den Cheo und sein übles Regime hassen, dennoch muss Ihnen doch verdammt noch mal klar sein, dass wir keine Gutmenschen sind.«

Ich habe dich gewarnt, Lena.

»Aber Sie würden *mich* doch nicht töten, oder? *Mich?*« Ich merke, wie ich in Panik gerate. »Das würden Sie doch nicht wirklich tun, stimmt's?«

Als er mich nur kalt anstarrt, ohne jede Gefühlsregung, stürze ich mich auf ihn, doch er ist zu schnell. Das Spray erwischt mich mitten im Sprung, und ich lande hart auf dem Boden, während er zur Seite ausweicht. Hände ziehen mich hoch und verfrachten mich wieder auf den Stuhl.

»S, i, e, w, ü, r, d, e, n, d, o, c, h, n, i, c, h, t ...« Ich kann den Satz einfach nicht zu Ende bringen. Meine Zunge ist bleischwer, meine Glieder ziehen mich wie Gewichte herab, und jeder Atemzug ist wie ein Messerstich.

»Sollte uns keine andere Wahl bleiben, werden wir Sie töten. Falls nötig, werden wir Ihnen ein Glied nach dem anderen abtrennen, bis der Cheo unsere Forderungen erfüllt. Wir werden Sie foltern, Ihren Körper in siedendes Öl tauchen, bis Ihre Haut sich schält und Ihre Sehnen und Muskeln durchschimmern. Wir werden nichts von Ihnen übrig lassen bis auf das Gehirn, und auch das werden wir zerstören, falls er nicht zahlt.«

»Ich ....
....«

»Er wird zahlen, Lena. Er wird alles tun, um Ihr Leben zu schützen. Wir kennen diesen Mann, schließlich befassen wir uns seit Jahren mit ihm. Er hatte viele Geliebte und empfindet nur Verachtung für sie. Viertausend Söhne, und keiner bedeutet ihm irgendetwas. Fünftausend Töchter, und er würde keinen Finger rühren, um zu verhindern, dass sie vergewaltigt oder verstümmelt werden. Er hat keine Freunde, überhaupt niemanden, an dem ihm was liegt. Mit Ausnahme von Ihnen, Lena. Sie bedeuten ihm etwas.«

Selbstverständlich wissen diese Leute Bescheid.

»Denn Sie sind gar nicht seine Tochter, stimmt's? Und Sie sind auch nicht so jung, verrückt und naiv, wie Sie aussehen. Sie sind älter als ich und auch älter als der Cheo. Wir schätzen Sie auf mindestens tausend Jahre. Sie sind etwas ganz Besonderes, Lena. Das letzte Überbleibsel früherer Zeiten, der älteste lebende Mensch überhaupt. Sie sind die Frau, die man *Xabar* nennt, die Begründerin der Cheo-Dynastie.«

»J...a.«

»Und der Cheo wird zahlen, Xabar, weil er Sie wiederhaben will, aber nicht, weil Sie seine Tochter sind. *Sie sind seine Mutter.*«

Jetzt kämpfe ich nicht mehr um Worte, sondern reagiere nur mit den Augen: Triumphierend funkele ich ihn an.

»Meine Fresse, die sieht aber wirklich verdammt gut für ihr Alter aus«, meldet sich der Junge namens Jamie.

Und da hat er recht!

»Hab GN plus SN, B, R, U«, teilt Jamie mir mit. Das ist sein *Gute-Nachrichten-Schlechte-Nachrichten*-Spielchen.

»Spuck's aus, du A und W, i, c, h, s, e, r«, erwidere ich und fahre mir mit dem Daumen über die Nase – galaktische Körpersprache für: *Schafft mir diesen Freak vom Hals!*

Jamie kichert, ihm macht so was Spaß. »Zuerst die GN: Die Lage ist so beschissen, dass sie nicht schlimmer sein könnte.«

»Und die SN?«

»Glaub, ich hab mich verknallt.«

»Lass deine Stinkfinger von der Geisel!«

»Dassss ssssiehst du dir wohl bessser an, Käpt'n«, unterbricht uns Alby.

»Leg's auf den Schirm.«

Es ist ein halbrunder, dreidimensionaler Schirm, der die ganze vordere Hälfte der Brücke einnimmt. Mir kommt unsere Brücke wie ein umgewandeltes Kino vor. Sie erschlägt einen fast mit all diesen Projektionen. Doch in diesem Fall ist das nur gut: Überall in meinem Blickfeld tauchen Schlachtschiffe auf, eines nach dem anderen. Die Schlachtschiffe der Galaktischen Körperschaft. Die Arschlöcher haben uns ihre Flotte auf den Hals geschickt.

»Das würde ich als Überreaktion bezeichnen«, bemerkt Alliea.

»Die Möglichkeit haben wir einkalkuliert.«

Kalen hat den Maschinenraum mit den Computern verlassen und sich zu uns auf die Brücke gesellt. Mit den unheimlich geschmeidigen, katzenartigen Bewegungen, die so typisch für sie sind, streicht sie um uns herum. Unwillkürlich frage ich mich, ob ich bei meinem Plan irgendetwas übersehen habe. Hab ich diese böse Situation heraufbeschworen? »Meine Güte, die haben tatsächlich ihre ganze Scheißflotte entsandt, Kalen.« Ich merke selbst, dass meine

Stimme so zittert, als würde ich gleich losheulen. Verdammt noch mal, wie schafft Kalen das nur, eine solche Reaktion bei mir auszulösen? Eben noch war ich der unerschütterliche, zuversichtliche, forsche Mannschaftskapitän. Und jetzt verhalte ich mich wie ein Sechsjähriger.

»Keine Angst, Käpt'n«, sagt Jamie, »wir werden nicht zulassen, dass sie dir was tun.«

»Auf keinen Fall, denn ...«

»... wir werden denen zuvorkommen ...«

»... und dir rechtzeitig den Gnadentod verpassen«, führt Brandon den Satz zu Ende. Jamie und Brandon sind bei solchem Geplänkel gut aufeinander eingespielt.

»Dabei war der Plan wirklich gut«, werfe ich ein.

»Klar, solange er reine Theorie war.«

»O je, Käpt'n, was geht denn in deiner Hose ab? Die ist ja plötzlich ganz braun.«

»Dir sickert ...«

»... die Scheiße ja nur so raus ...«

»... und glitscht dir vom Arsch ...«

»... die Beine runter.«

»Der Käpt'n hat sich die Hosen vollgemacht!«, brüllen Brandon und Jamie unisono.

»Wie nah sind sie dran?« In meiner Stimme schwingt wieder die Autorität des Mannschaftskapitäns mit.

»Ziemlich nah.«

»Noch vier Sektoren entfernt.«

»Ich wähl 'ne andere Perspektive«, sagt Alliea und bedient die Tastatur. Zwar schwankt das Bild zunächst ein bisschen hin und her, zeigt aber gleich darauf fast dasselbe wie zuvor: Tausende von Schlachtschiffen der Galaktischen Körperschaft, bis zu den Zähnen bewaffnet, halten mit voller Geschwindigkeit auf uns zu. Der Bildschirm hat eine Krümmung von hundertachtzig Grad, und die Schiffe nehmen ihn vollständig ein.

»Und das ... soll der andere Blickwinkel sein?«, frage ich entgeistert.

Alliea drückt nochmals auf die Tastatur. »Das Bild hier zeigt den Raum vor uns.« Tausende von Schlachtschiffen. »Und das hier den Raum in unserem Rücken.« Genau dasselbe: Tausende von Schlachtschiffen. Sie haben uns umzingelt. Wir haben nur dieses eine Schiff und sie unglaublich viele. Sie verfügen über modernste Geschütze, Laserwaffen, Mikronetze. Wir dagegen besitzen nur ein Sammelsurium von Waffen, das wir uns in den Jahrzehnten der Reise durch den Raum durch krumme Machenschaften besorgt haben. Und sie haben uns eingekreist.

»Frag sie, ob sie kapitulieren wollen«, fordere ich Alliea mit forschem Ton auf.

»*Satisfaction* an Flotte, *Satisfaction* an Flotte: Verpisst euch und fresst Scheiße, ihr Mistkerle!«

»Feuer die Nanobots ab.«

Auf Allieas Befehl hin feuern die Torpedoabschussrampen Tausende von Nanobots ins All. Gleich darauf scrollt Alliea mithilfe des Joysticks, sucht den Raum ab und fängt Aufnahmen von unseren ständigen Begleitern, den Außenkameras, ein. Wir empfangen ein Panoramabild von der Flotte der Körperschaft, die einen groben Kreis um unser bejahrtes Megaschlachtschiff gebildet hat. Die Schiffe glänzen: Die verspiegelten Oberflächen schimmern im Licht des teilweise erhellten interstellaren Raums, während unsere *Satisfaction* eine undefinierbare Schmuddelfarbe hat. Deren Schiffe bestehen aus spitz zulaufenden oder gewölbten Konstruktionen und Riffelmustern – mobile moderne Kunst –, während unser Schiff einen konventionellen Rumpf hat, ergänzt durch riesige Antriebswerke und Geschütze, die außenbords montiert sind. Unsere *Satisfaction* wirkt wie eine mit Kanonen bestückte Konservenbüchse.

Nach und nach stoppen unsere Maschinen. Die Schiffe der Körperschaft nehmen inzwischen direkten Kurs auf uns, formieren sich zu einer Schlinge, die sich immer mehr zusammenzieht. Mich erinnert der Anblick an eine Blüte, die sich in der Abenddämmerung langsam schließt. Während der Kreis sich noch weiter verengt, rühren wir uns nicht von der Stelle. Doch als Alliea den Kamerawinkel verändert, können wir die Nanobots erkennen. Millionen kleiner Lichtfunken entfernen sich von unserem Schiff und treiben wie sanfte Wellen auf ruhiger See auf die Flotte zu. Jeder Funke ist ein winziges Roboterschiff, nicht größer als ein menschlicher Finger. Nur ein einziger Funke ist schneller als die anderen und auch größer, er hat den Umfang eines Fußballs. Die zusätzliche Masse besteht aus Fusionsantrieben, die ihn mit enormer Geschwindigkeit durch den Raum befördern. Dieser massige Nanobot saust auf den Kreis der Schlachtschiffe zu. Zwar wird er mit Raketen beschossen, doch er weicht jedes Mal aus und taucht ab. Bald darauf erreicht er sein Angriffsziel und bohrt sich durch den Rumpf eines Schlachtschiffs.

Über unsere Brücke senkt sich eine Stille, die fast unheimlich wirkt. Wir alle malen uns aus, was gerade passiert. Sobald der Nanobot in den Schiffsrumpf eingedrungen ist, wird sein Gehäuse aufplatzen und Tausende winziger Nanozerstörer freisetzen. Sie sind darauf programmiert, sich durch Metall und Kabelnetze zu fressen, und werden tief in den Schiffsrumpf vordringen, um dort die Antriebe zu zerstören, die Fusionsmasse unbrauchbar zu machen und Löcher in die Mikroschaltkreise zu reißen. In der Regel dauert das etwa zehn Minuten. Wir zählen im Geiste mit.

Als zehn Minuten verstrichen sind, explodiert das Schlachtschiff, und der Raum ringsum flammt auf. Soeben haben viele Männer und Frauen den Tod gefunden. Unsere Waffe hat ihren Zweck erfüllt.

Jetzt bemerkt die feindliche Flotte, dass der Raum überall mit winzigen Funken übersät ist. *Es sind Millionen.* Und sie bewegen sich langsam, aber mit beängstigender Unerbittlichkeit von innen nach außen, treiben in alle Richtungen davon – wie Punkte auf einem Ballon, der sich aufbläht.

Der Kreis der Flotte zieht sich enger und enger zusammen, während die Sphäre, die unsere Nanobots einnehmen, größer und größer wird. Die Gegner schießen Raketen ab, und Laserstrahlen durchkreuzen den Raum. Doch die funkelnden Nanobots sind so winzig und flink, dass man sie auf diese Weise nicht beseitigen kann. Zwar verlöschen Tausende, doch Millionen andere behaupten ihr Feld und rücken weiter vor.

»Werft die Maschinen an«, befehle ich. »Wir wappnen uns für das Kommende.«

Die Schlinge zieht sich fester zusammen.

Die Nanobots breiten sich aus.

Die Schlinge zieht sich fester zusammen.

Die Nanobots breiten sich aus.

Plötzlich lockert sich die Schlinge: Zwei Schlachtschiffe brechen aus und eilen in Gegenrichtung davon. Dennoch rücken die Schiffe weiter in unsere Richtung vor – und die Nanobots näher an die Schiffe heran.

Als zwei weitere Schiffe ausbrechen, bröckelt die gegnerische Formation. Die Flotte ist so in Panik geraten, dass in fünf Sektoren Schiffe ausscheren. Die übrigen feuern mit Kanonen auf uns. Plasma-Explosionen erschüttern unsere Kraftfelder, während weitere Schiffe des Gegners sich hastig vom Schauplatz des Kampfes entfernen. Es dauert nicht lange, bis von der furchterregenden riesigen Flotte nur noch eine Handvoll Schiffe vor Ort verweilt.

»Los!« Auf meinen Befehl hin startet Alliea das Antriebswerk der *Satisfaction.* Unser Raumschiff ist zwar nicht gerade das schnellste, doch die Beschleunigung funktioniert ausgezeichnet: In weniger als dreißig Minuten können wir aus dem Stand heraus ein Drittel Lichtgeschwindigkeit erreichen. Wir verzichten darauf, Geschosse abzufeuern, investieren stattdessen alle Energie in unser Kraftfeld und halten direkt auf den sich auflösenden Kreis der gegnerischen Flotte zu.

Mittlerweile sind die Nanobots fast am Ziel, und die Hölle bricht los: Ein Schiff nach dem anderen tritt eilig den Rückzug an. Obwohl sie sehen können, dass wir auf sie zurasen, setzen die Klügeren der Flotte nur leicht zurück und warten ab, denn sie wissen: *Auf der Flucht nach vorn müssen wir durch die Wolke von Nanobots hindurch.* Wir haben uns sozusagen selbst vor die Tür geschissen.

Alliea, die das Steuer übernommen hat, lenkt unser Schiff so, als wäre es ein Kampfjäger aus einer früheren Epoche. Während ringsum Plasma explodiert, weicht die *Satisfaction* mit geschicktem Slalom aus. Jede Plasma-Entladung, die uns verfehlt, rast an uns vorbei und trifft das Kraftfeld eines gegnerischen Schlachtschiffs auf der anderen Seite des Kreises. Das Plasma erschüttert den Raum so, dass die Schiffe der Galaktischen Körperschaft hin und her gerissen werden und böse Schäden davontragen. Mit ihren Bombardements nehmen die Gegner uns lediglich Arbeit ab: Ständig schießen sie Eigentore.

Als die feindliche Formation sich noch weiter auflöst, können wir vor uns offenen Raum erkennen. Aber um dort hinzugelangen, müssen wir durch die Wolke von Nanobots stoßen. Wir lenken die *Satisfaction* mitten hindurch.

Jeder Nanobot besteht außen aus gehärtetem Kunststoff und innen aus Badeöl. Es kostet nicht viel, solche Dinger herzustellen, denn im Grunde sind sie nicht mehr als leere Gehäuse. Deshalb können wir es uns ja auch leisten, Millionen von ihnen auf den Gegner abzufeuern. Nur der erste größere Nanobot war eine echte Waffe: Sein Inneres bestand aus sehr vielen und sehr teuren Nanozerstörern. Doch wir besaßen nur dieses eine hochexplosive Ding, alle anderen Nanobots sind reiner Bluff.

Wir nutzen die Lücke in den Reihen des Gegners, um in den offenen Raum vorzustoßen. Leider hat der Rest der Flotte unser Täuschungsmanöver mittlerweile durchschaut. Die Schlachtschiffe wenden und formieren sich zu einem Angst einflößenden Muster: zu einem riesigen **T**, das für Tod steht – unseren Tod. Und sie nehmen die Verfolgung auf.

»Volle Fahrt voraus!«, brülle ich.

»Machen wir bereits«, ruft mir Jamie freundlich ins Gedächtnis.

»Aha.« Während die Schlachtschiffe der Körperschaft aufholen, überprüfe ich die Anzeigen: Wie üblich setzt uns die relativ niedrige Höchstgeschwindigkeit der *Satisfaction* Grenzen. Unser Schiff kommt mir so vor wie ein fliehendes, von Düsenjägern gehetztes Pferd.

»Gleich fahren wir zur Hölle, Käpt'n!«, brüllt Brandon – einer seiner Lieblingssprüche, den er offenbar für geistreich hält.

»Zündet die Antimateriebombe!«, ordne ich an.

Gleich darauf fährt backbords eine riesige Bombe aus, so groß wie ein Haus. Während die feindlichen Schiffe auf uns zuhalten, hüpft sie im Schiffssog auf und ab. Als wir einen speziellen Schaltkreis auslösen, tritt eine Säule von Kohlenstoffteilchen oberhalb der Bombe aus und formiert sich im Vakuum zu einem Buchstaben:

A

Gleich darauf schießen weitere Kohlenstoffpartikel in den Raum und verharren knapp unterhalb des ersten Buchstabens in der Schwebe, denn die magnetisierten Teilchen befinden sich in einem Zustand, in dem sich Abstoßung und Anziehung die Waage halten. Sobald sie den Buchstaben gebildet haben, treiben sie, ungestört von stellaren Winden, für alle Zeit deutlich sichtbar im Raum.

Der nächste Buchstabe ist ein

N

Kurz darauf folgen

T

I

M
A
T
E
R
I
E

B
O
M
B
E

Selbstverständlich halten die Kapitäne der Schlachtschiffe das für einen kindischen, albernen Witz. Sie beachten unsere schwebende Bombe gar nicht und verfolgen uns auf direktem Kurs, sodass uns keine Chance zur Flucht bleibt.

»Hauptsegel hissen«, sage ich.

»Aye, aye, Käpt'n.« Alliea drückt auf die Tastatur.

Im Unterschied zu dem stellaren Segel auf Lenas Yacht ist unseres kein Hightechprodukt, sondern besteht lediglich aus einem widerstandsfähigen, langlebigen Mikrofasergewebe. Das Rechteck hat den Umfang von hundert Spielfeldern. Nachdem die Spieren ausgefahren sind, fällt es herunter und baumelt schlaff im Vakuum.

Und dann geht die Bombe hoch.

Sie besteht halb aus Materie, halb aus Antimaterie, und beide Teile sind durch eine undurchlässige Plasmaschicht voneinander getrennt. Doch wenn die Bombe aktiviert wird, zieht sich diese Schranke zurück. Dann trifft Materie auf Antimaterie und löst eine Explosion aus.

Genau wie wir angekündigt haben, handelt es sich um eine ANTIMATERIEBOMBE. Teufel noch mal, es wäre doch echt langweilig, den Gegner *zwei Mal hintereinander* zu verarschen, oder?!

Die gewaltige, Angst einflößende Explosion wirkt so, als wäre aus dem Nichts eine winzige Sonne aufgetaucht und hätte sich im Nu in eine Nova verwandelt. Mehrere Schlachtschiffe, die unserer Bombe zu nahe gekommen sind, lösen sich in ihre Einzelteile auf. Doch die Explosion erfasst auch weiter entfernt fliegende Schiffe, erschüttert sie und richtet große Schäden darauf an.

Gleich darauf setzen die Schockwellen ein und drängen vom Epizentrum nach außen. Schallwellen und Energiewellen verbinden sich so miteinander, dass der Raum selbst erbebt.

Und so kommt es, dass die Schiffe, die die Explosion überstanden haben, plötzlich von einer unsichtbaren Hand gepackt und zur Seite geschleudert werden. Eines nach dem anderen gerät ins Wanken und zerbricht unter der Wucht der Wellen. Einige stoßen mit anderen Schlachtschiffen zusammen, stören deren Kraftfelder und drücken beim Aufprall deren Innenräume ein.

Mich erinnert diese Situation an ein Kegelspiel in kosmischem Maßstab: Eben noch ist eine Flotte von vielen Tausend Schlachtschiffen auf schnurgeradem Kurs zu einer gnadenlosen Verfolgungsjagd aufgebrochen. Und im nächsten Moment bricht die Phalanx auseinander, als hätte eine riesige Kugel die aufgestellten Kegel – die Flottenformation – niedergewalzt und in alle Richtungen zerstreut. Die Schockwellen haben den Raum ringsum in einen einzigen Whirlpool verwandelt.

Jetzt drängen die Schockwellen noch weiter nach außen. Zwar sind sie inzwischen etwas schwächer, doch immer noch hat jede der Wellen ungeheure Energie – genügend, um ein altes, schäbiges Schiff wie unseres zu zertrümmern, falls sie uns mit voller Kraft trifft.

Stattdessen erfassen die Schockwellen unser riesiges Segel, das sich zwar aufbäumt und kräuselt, doch dem enormen Druck des vibrierenden Raums standhält. Als die Schockwellen auf das Segel treffen, treiben sie unser Schiff mit gewaltigem Schwung vorwärts.

Die wenigen gegnerischen Schiffe, die das Chaos überstanden haben, formieren sich sofort neu. Es dauert nur Minuten, bis sie wieder auf Kurs sind. Zwar müssen sie hin und her lavieren, um vereinzelten Schockwellen auszuweichen und Schäden zu vermeiden, doch sie sind uns immer noch auf den Fersen, machen volle Fahrt und holen in verblüffendem Tempo auf. Wie Vögel, die unversehens in ein Gewitter geraten sind, fliegen sie hinter uns her.

Allerdings schaffen sie es nicht, uns einzuholen, denn wir verfügen nicht nur über die Energie unserer Antriebe, sondern haben uns auch die Kraft der Schockwellen nutzbar gemacht. Jede Welle, die auf unser Segel trifft, schiebt unser Schiff weiter vorwärts, schneller und schneller, bis wir bedenklich nahe an Lichtgeschwindigkeit herankommen. Als die Schockwellen schließlich verebben, erschlafft das Segel zwar, doch das Tempo behalten wir bei.

Und jetzt machen sich die Wirkungen der Relativität bei uns bemerkbar: Man könnte meinen, im Schiffsinnern hätte sich eine Gruppe von Junkies zu einem tollen Gemeinschaftstrip versammelt, denn unsere Wahrnehmungen sind getrübt und unser Zeitgefühl ist uns abhandengekommen. Glücklicherweise hält Alliea die *Satisfaction* auf stetem Kurs und lässt sie auf der Energiewelle surfen, die uns quer durch die Galaxis reißt.

Jeder Knochen in meinem Leib wird durchgerüttelt. Es kommt mir so vor, als wäre ich in ein riesiges Mahlwerk geraten, und ich kann mich nur noch mit Mühe daran erinnern, wer ich bin. Aber wir segeln weiter und weiter, schneller und schneller, schießen wie ein flüchtig aufblitzendes Leuchtfeuer an Asteroiden und Planeten vorbei. Bei diesem Tempo würde ein Zusammenstoß mit einem größeren Felsen unser Ende bedeuten, aber wir ziehen lediglich das Segel ein und sausen bei Höchstgeschwindigkeit weiter durch den Raum.

LENA

Auf dem Bildschirm in meiner Kabine verfolge ich, wie die Schlacht sich entwickelt, und gerate ins Staunen. *Die sind ja teuflisch gut!*

Allerdings.

FLANAGAN

»Wir haben's geschafft, Käpt'n«, sagt Alliea.

Erschöpft schließe ich die Augen. »Weck mich rechtzeitig vor der nächsten Schlacht«, murmle ich und schlafe auf dem Kapitänssitz ein. Ich beginne zu träumen: Wie üblich sind es furchtbare, widerliche Träume, die einem den Magen umdrehen könnten. Jeder Traum endet damit, dass ich gefoltert und vergewaltigt werde. Gern würde ich mich zum Aufwachen zwingen, um diesen Schrecken zu entkommen. Aber mir ist klar, dass mein Körper eine Ruhepause braucht. Ich muss neue Energie tanken, um meine Kraft zu bewahren. Also schlafe ich weiter, träume von entsetzlichen Dingen und weiß dabei, dass die Situation beim Aufwachen im Großen und Ganzen noch weit schlimmer sein wird als jeder Traum.

BRANDON

Ich langweile mich, denn der Käpt'n braucht mich derzeit nicht. Deshalb verschaffe ich mir Zugang zu dem, was ich im Schwarzhandel ergattert und heimlich gehortet habe:

Zigaretten.

Acid.

Ecstacy.

Harte und softe Pornomagazine.

Methamphetamin.

Ich streiche die verknitterten Seiten eines uralten Pornomagazins mit heraustrennbarer Wichsvorlage glatt und lutsche hingebungsvoll an einer Ecstacy-Pille, wage aber nicht, das Zeug hinunterzuschlucken. Mein System ist so effizient, dass es die Droge gleich herausschwemmen und sich selbst reinigen würde – das ist die Kehrseite körperlicher Verbesserungsmaßnahmen. Man ist dazu verpflichtet, sich den Mikrochip zur Drogenkontrolle implantieren zu lassen.

Aber man kann sich ja mühelos andere Arten von Befriedigung verschaffen: In Sekundenschnelle kann der Mikrochip in meiner Hirnrinde Hardcorepornos für mich aufrufen – Projektionen jeder x-beliebigen Frau, die mit irgendeinem Mann Sex hat. Oder auch mit einer anderen Frau. Mit wem oder was auch immer. Ein simpler stimmloser Befehl kann dafür sorgen, dass Adrenalin oder Endorphine ausgeschüttet werden und meinen Körper überschwemmen. Ich muss nur *hick* sagen, um mich betrunken zu fühlen, nur das Wort *Rauchen* aussprechen, um Nikotin zu inhalieren und in meinen Adern zu spüren. Doch das ist einfach nicht dasselbe. Ich mag es, an der Zigarette zu nuckeln und sie in meinen Fingern zu halten, liebe es, die drogenhaltigen Pillen im Gaumen mit der Zunge zu berühren. Das gibt mir einen besonderen Kick.

Allerdings schlucke ich das Zeug nie herunter und inhaliere auch keinen Rauch, denn ich weiß, dass mein System sofort die Gegenreaktion einleitet. Sich virtuell zuzudröhnen ist kinderleicht, doch physisch abhängig zu werden ein Ding der Unmöglichkeit. Deshalb finde ich die Sache ziemlich fade. Also greife ich zu Büchern. Das Lesen ist etwas, das mein physisches System mir nicht austreiben kann. Ständig lese ich und verbringe damit die endlos langen Reisemonate.

Immer noch verfolgt uns die Flotte der Galaktischen Körperschaft. Wir haben zwar Vorsprung, aber sie verfügen über leistungsfähigere Antriebe als wir. Mit jeder Stunde, mit jedem Tag legen sie an Tempo zu. Und der Schwung, den uns die Explosion der Antimateriebombe verschafft hat, nimmt von Tag zu Tag ab. Bei uns tritt nach und nach die Ebbe ein, bei ihnen die Flut. Früher oder später werden sie uns einholen. Es ist eine Verfolgungsjagd bei Höchstgeschwindigkeit, die ewig lange andauern kann. Sie werden sechs Monate brauchen, bis sie in Schussweite sind. Und dann geht die Schlacht von Neuem los.

Ah! Was für ein Leben!

Ich sauge an einer Pille.

Greife nach einer Zigarette.

Kratze mit den Fingerspitzen an einer Heftklammer, die der heraustrennbaren Nackten mitten in den Bauch piekt.

Träume vom Sieg.

Der Kapitän erzählt mir ständig: Brandon, du verbringst viel zu viel Zeit allein, solltest mehr Umgang mit anderen haben. Dabei habe ich ja jede Menge Umgang. Mit mir selbst. Mit meinen Büchern. Mit meinen Fingerspitzen. Mit meiner Zunge. Mit meinem heimlichen Schatz von Pornoheften. Das sind meine Gefährten.

Die Sprechanlage meldet sich. »Brandon, sofort zur Brücke«, sagt der Kapitän mit ruhiger Stimme. Also hat uns die feindliche Flotte wohl eingeholt und wird uns gleich angreifen.

Ich reibe mir den Schritt, schnuppere an der Zigarette, lutsche an der Pille, lasse den Blick ein letztes Mal über die wunderschöne Scham der nackten Frau gleiten.

Dann zwinge ich mich in die Gegenwart zurück, drücke auf den Türöffner und haste den Gang hinunter.

Ein Krieg steht an.

FLANAGAN

Als Brandon bleich und verschwitzt auf der Brücke auftaucht, begrüße ich ihn sanft und lieb mit einem *Hallo*.

»Hallo«, erwidert er mit schüchternem Lächeln.

Es ist fast vier Monate her, dass er mit einem von uns geredet hat. In dieser Zeit haben wir übrigen Partys gefeiert, gemeinsam trainiert, über Kunst, Literatur und das Leben an sich diskutiert und über längst verflossene Lieben getratscht. Doch Brandon hat sich von uns ferngehalten und in der Zelle seiner Kabine verschanzt. Allerdings nehmen wir ihm das nicht übel, denn so ist er nun mal. Aber jetzt brauche ich ihn und seine navigatorischen und kosmologischen Kenntnisse.

»Haben wir unseren Zielort schon erreicht?«, fragt er. Als ich nicke, wirkt er erleichtert. »Und gehen wir so vor, wie, äh, üblich?« Als ich ein zweites Mal nicke, wirkt er noch erleichterter. Er setzt sich und übernimmt die Kontrollen.

»Halte steten Kurs«, sage ich, doch Brandon reißt das Schiff erst scharf zur Backbordseite, dann Richtung Steuerbord. Wir schwanken und schlingern von einer Seite auf die andere, bis wir irgendwann wieder auf geradem Vorwärtskurs liegen. Das ist der kleine Spaß, den Brandon sich regelmäßig erlaubt und mit dem er mich immer wieder überraschen kann.

Zumindest tue ich so, um mitzuspielen.

Als wir auf den Bildschirm blicken, können wir dieses seltsame schwarze Loch im gekrümmten Raum erkennen. Dieses ... *Ding* war früher eine Sonne des C-Typs, eine Sonne, die eine kritische Masse erreichte und zur Supernova wurde. Die Gravitationskraft hat dafür gesorgt, dass die Sonne implodierte und zu einem Punkt fast unendlicher Dichte zusammenschrumpfte. Jetzt ist der Stern so massiv, dass selbst Licht nicht daraus entkommen kann.

Es war Jamie, der all das herausgefunden hat. Er ist ganz verrückt nach Schwarzen Löchern und gibt ihnen sogar Spitznamen. (Dieses hier hat er *Kosmische Quetsche* getauft.) Jamie hängt der theoretischen Schule an, die glaubt, jedes Schwarze Loch sei ein Tor zu einem anderen Universum. Nur gibt es keine Möglichkeit, das zu beweisen, denn alle Menschen und Objekte, die versuchen, durch ein Schwarzes Loch zu stoßen, werden letztendlich zermalmt.

Jetzt, da Brandon das Steuer übernommen hat, werden wir gleich ein Spielchen mit dem Schwarzen Loch treiben, bei dem es um eine Mutprobe geht. Während wir unsere Geschwindigkeit drosseln, wollen wir über die Oberfläche des Gravitationsfeldes hinweggleiten und uns dann mit Höchstgeschwindigkeit erneut in den Raum katapultieren. Beim geringsten Berechnungsfehler wird sich das Gravitationsfeld unser Schiff einverleiben und es zerstören.

Wenn das kein Riesenspaß ist!

Nahe beim großen Schwarzen Loch befinden sich mehrere Neutronensterne sowie winzige Schwarze Löcher, die in einer synchronen Umlaufbahn festsitzen – die gefürchteten *Black Rapids*. Die einzige Möglichkeit, durch diese Raumregion zu navigieren, besteht darin, überaus schnell und umsichtig vorzugehen. Wegen des komplizierten Musters der Gravitationskräfte ähnelt dieser ganze Abschnitt einer höchst gefährlichen Klippenlandschaft.

Jetzt halten wir direkt auf die Singularität zu und gehen in Schräglage, bis das ganze Schiff der relativistischen Verzerrung unterliegt. Seine riesige Masse macht es zum Panzerkreuzer, es dehnt sich bis zur Größe einer Galaxie aus und ist gleichzeitig nicht mehr als ein winziges Planktonteilchen, das ins Maul eines Wals rast und hofft, dass es gleich wieder ausgespuckt wird.

Bisch.

Bosch.

Wusch.

Schon sind wir wieder draußen, auf der anderen Seite der *Black Rapids*. In Sicherheit.

Auf unserem Bildschirm können wir verfolgen, wie die gegnerischen Schlachtschiffe auf der anderen Seite der *Black Rapids* die Geschwindigkeit drosseln und schließlich stoppen. Ein Dutzend von ihnen löst sich von der Flotte, um uns durch die *Black Rapids* zu folgen. Ich habe den starken Verdacht, dass sich niemand freiwillig dazu gemeldet hat.

Wir beobachten, wie eines dieser Schlachtschiffe auf eine Unterströmung der Schwerkraft trifft, mit wahnsinniger Energie weiterrast und auf einen Felsbrocken von der Größe einer Walnuss prallt, der eine winzige Singularität umfasst. Plötzlich geht ein Beben durch das Schiff, es gerät ins Schwanken und zerspringt in Millionen Einzelteile.

Ein zweites Schlachtschiff hält sich vorsichtig von dem großen Schwarzen Loch fern, wird jedoch prompt in einen Neutronenstern hineingesogen.

Alle zwölf Schiffe scheitern bei ihrem Versuch, die *Black Rapids* zu durchqueren. Mehrere versuchen, es uns nachzutun und sich selbst wieder in den Raum zu katapultieren. Doch das ist ein Trick, zu dem man großes Geschick braucht. Das Schwarze Loch verleibt sich alles, was ihm zu nahe kommt, mit tödlicher Umarmung ein.

Wusch. Weg sind sie! Zu weniger als nichts zermalmt.

Und wir sind in Sicherheit.

Jetzt merke ich, dass ich schon seit mehreren Stunden ein Summen in den Ohren höre. Es ist das Alarmsignal der Zelle, in der unsere Gefangene eingesperrt ist. »Sieh doch mal nach, was sie will«, trage ich Harry auf. »Ich werde jetzt ...«

Ich schlafe im Stehen ein, doch ehe ich zu Boden stürze, fängt Brandon mich auf und verfrachtet mich auf einen Stuhl.

»Will nur kurz ein Nickerchen ...«

LENA

»Holt mich endlich aus diesem Scheißloch raus! Heeeeeeeeeeeeeeee! Heeeeeeeeeeeeeeeeeeeeeeee! Heeeeee!«

Ich glaube, die Schlacht ist vorbei.

Hab noch nie im Leben solche Angst gehabt!

Ich hatte auch Angst, schreckliche Angst. Nur gut, dass du hier warst und alles mit mir zusammen auf dem Bildschirm verfolgt hast. Bitte nimm mich in die Arme. Halt mich fest. Beschütze mich, Lena.

Das kann ich nicht.

Sei einfach für mich da. Du bist so weise. Das ist mir ein Trost.

Diese verdammten, verfluchten ...

Du bist klüger als sie. Sie haben Angst vor dir, denn sie wissen, welche Macht du hast. Du hast in deinem Leben schon so viel geleistet, so viel erreicht.

Mein Leben ist ein einziges Chaos. Ich befinde mich auf der Verliererseite.

Nein, du bist großartig. Einzigartig. Ein Juwel in einem dampfenden Scheißhaufen.

Tolle Metapher, Blechgehirn.

Die Scheiße wird weggespült, doch das Juwel wird auch weiterhin glänzen. Bald wirst du den Rang, der dir zusteht, wieder einnehmen. Du bist fabelhaft, wunderbar und erhaben über all das hier.

Ich fühl mich beschissen und seh auch so aus.

Nein, du bist so schön und sexy, dass die Männer dir zu Füßen liegen und die Frauen dich beneiden. Und ich bete dich genauso an wie dein Sohn ...

Die Zellentür öffnet sich, Harry baut sich vor mir auf. »Lassen Sie das gefälligst, ja? Der Alarmknopf ist nur für den Fall gedacht, dass Sie sterben oder ein Kind bekommen. Falls Sie ihn nochmals ohne guten Grund drücken, trenne ich Ihnen alle Finger ab. Und dann können Sie Ihr Essen mit dem Strohhalm zu sich nehmen!«

Als er die Tür zuknallt, breche ich in Tränen aus.

Was für ein Drecksack!

Ich kann das Weinen einfach nicht unterdrücken.

Dieser verdammte Freak! Vertrau mir, Lena: Sobald wir wieder Oberwasser haben, ist dieser Typ der Erste, den wir sexuell erniedrigen und anschließend töten.

Ich zittere am ganzen Körper, und die Tränen fließen und fließen. Und die Stimme in meinem Kopf klingt inzwischen fast schon verzweifelt.

Du bist besser als sie. Du bist fabelhaft. Du bist wunderbar. Du bist sexy. Die ahnen gar nicht, welche Macht du hast. Du bist einzigartig.

Dauernd muss ich weinen.

Herrgott noch mal, lass diesen Quatsch, Lena.

Schlagartig höre ich zu weinen auf. Die Tränen trüben zwar immer noch meinen Blick, aber wenigstens schluchze ich nicht mehr.

Du alter Jammerlappen! Falls du uns wirklich hier rausholen willst, reiß dich gefälligst zusammen!

Ich verbiete dir diesen Ton!

Schwachkopf! Jammerlappen! Hosenscheißer!

Schon gut, du hast deinen Job erledigt und den richtigen Knopf bei mir gedrückt. Ich hab mich wieder im Griff. Aber wenn du noch mal in solchem Ton mit mir redest, programmiere ich dein blödes Blechhirn neu, kapiert?

Ganz wie du willst, Lena. Ich bin ja dazu da, dir zu dienen.
Da hast du verdammt recht!

LENA

»Gefällt's Ihnen hier?«, fragt Flanagan.

Wir befinden uns auf einem kahlen, lebensfeindlich wirkenden Planeten mit hohem Gebirge und gespenstisch gelbem Himmel und stehen mitten in einer Zeltstadt. Genauer gesagt, hat man hier schlichte Segeltuchplanen in ein komplexes Netzwerk aus Straßen und Gassen verwandelt, die Ausblick auf die weite Wüste bieten. In dieser Region reiten die Menschen viel – auf rassigen Hengsten und Stuten. Es sind Vollblutpferde, die man aus genetischem Material von der alten Erde gezüchtet hat.

»Der Flecken hier ist wirklich bewundernswert.«

»Man kann hier auch fliegen. Hätten Sie Lust?«

Jede Faser meines Körpers schreit NEIN! Ich könnte dabei den Tod finden, verstümmelt werden, erneut gezwungen sein, diesen Körper durch einen anderen zu ersetzen. Und dieser Schmerz dabei, dieser Schmerz ...

»Ja«, erwidere ich. Gelassen. Von oben herab. Distanziert.

Wir haben auf diesem Wildwestplaneten haltgemacht, um uns auszuruhen und zu entspannen. Außerdem braucht der Schiffscomputer sowieso etwas Zeit, um einige notwendige Reparaturen durchzuführen. Flanagan hat sich dazu durchgerungen, mich mit fast altertümlicher Höflichkeit und Achtung zu behandeln. Das ist seine fiese Methode, mir vorzumachen, die Entführung sei in moralischer Hinsicht vertretbar. Selbstverständlich lehne ich seine jämmerlichen Beschwichtigungsversuche ab. Trotzdem ...

Na ja, jedenfalls tut es gut, mal vom Schiff runterzukommen. Und da ich jetzt schon hier bin, auf diesem eigentlich recht schönen und anziehenden Planeten mit seinen berühmten Fallwinden und der geringen Schwerkraft, wäre es ja eine Schande, die touristischen Attraktionen nicht zu genießen. »Man kann hier auch fliegen«, hat Flanagan gesagt. Fliegen! Welch wunderbare Idee!

An laut rufenden Straßenhändlern vorbei schlendern wir durch die Stadt, in der es viel zu entdecken gibt: zum Beispiel ein stark behaartes Lasttier, das keinen Kopf, aber fünf Glieder besitzt und auf dem Rücken Nutzholz befördert.

Ein Rotan, aus dem Sternensystem X14.

Verkaufsstände mit Käfigen, in denen missgestaltete Schnabeltiere hocken.

Das sind Kiwiris. Das Gehirn sitzt bei denen in den beiden Schnäbeln. Sie haben ein externes Verdauungssystem, das auf Enzymen basiert. Mit den Schnäbeln erzeugen sie wunderschöne Melodien. Wer ihnen zu lange zuhört, ist bald so der Wirklichkeit entrückt, dass er an Unterernährung stirbt, sagt man.

Am Himmel brennende Vögel.

Funkengeschöpfe – intelligente fliegende Aliens, die von sich aus leuchten. Sie sind Touristen, genau wie wir.

Stände, die Teppiche und Kleidung anbieten; Männer mit Hakennasen, knorrigen Gesichtern und unglaublich verrunzelter Haut; Frauen und Jungs, die ihren Körper auf der Straße verkaufen; Menschen, die Zwitter zwischen Frau und Mann sind und ihre grotesken Körper öffentlich zur Schau stellen. Ich sehe so viel, dass mir bald der Kopf schwirrt.

»Und jetzt reiten wir zur Klippe«, verkündet Flanagan.

Zum Wüstenritt schließen wir uns einer Handelskarawane an. Automatisch stellt sich mein Körper auf den Rhythmus und die Anforderungen eines Ritts auf ungesatteltem Pferd ein. Als ich mein Tier zu einem schnellen Galopp antreibe, so schnell, dass der Wind mit meinem Haar spielt, hält Flanagan mühelos mit. Auf dem knochigen Pferderücken wird mein Hintern kräftig geschüttelt und gerüttelt, und ich weiß genau, dass der Sanitätsroboter heute Abend einiges zu flicken haben wird, doch die Verbindung aus Schmerzen, Wind und scharfem Pferdegeruch erzeugt bei mir ein Hochgefühl. Der Ritt ist ein wirklich berauschendes Erlebnis, das ich in vollen Zügen genieße!

Als wir die Berge erreicht haben, halten wir an. Der Anblick ist umwerfend: Wegen der geringen Schwerkraft sind die Berge hier hoch und schmal und verjüngen sich nach oben so, als hätte man das Gestein zu Dreiecken modelliert. Grüne und purpurrote Flechten wuchern auf den kargen Klippen, und am Fuß der Berge wächst üppiges Weidegras.

Wir nehmen die Seilbahn zum Gipfel, genießen dabei immer wieder überraschende Ausblicke und steigen auf einem Plateau aus, auf dem Händler ihren Krimskrams anbieten: Souvenirs und Flugzubehör. Nach einigem heftigen Feilschen ersteht Flanagan Flügel und Fallschirme. Ringsum springen Männer und Frauen bereits vom Gipfel und lassen sich von den Winden tragen.

Da das Plateau über den Wolken liegt, erstrecken sie sich unter uns wie Eisberge. Die Luft hier oben ist dünn, doch man kann sie atmen. Allerdings habe ich zur Sicherheit einen Sauerstoffapparat dabei.

Während mir Flanagan die Flügel reicht, sieht er mich freundlich und anerkennend an. Schon seit Wochen behandelt er mich höflich, nett, respektvoll und charmant. Ich habe fast angefangen, ihn ein wenig zu mögen, wie ich zugeben muss.

Als ich vom Rand des Plateaus nach unten sehe, blicke ich in einen unglaublich tiefen Abgrund. Wir befinden uns Meilen über der Erde und sollen wirklich da hinunter? Was tue ich hier überhaupt?

»Haben Sie Angst?«, fragt Flanagan.

»Keineswegs.« Dabei mache ich mir fast ins Hemd.

Dir wird schon nichts passieren.

Nein, ich werde nur abstürzen, mir jeden Knochen im Leib brechen und vor Schmerzen ausrasten.

Du stürzt nicht ab.

Vielleicht doch.

Nun ja, auszuschließen ist es nicht.

»Legen Sie die Gurte an.«

Gleich darauf schnalle ich mir die seltsame Flugmontur um. Die Flügel sind weich und dehnbar, sie bestehen aus irgendeinem Plastik- oder PVC-Material, das zwar fein, aber verblüffend zäh ist. Nachdem ich die Flügelspannen an Oberarmen und Schultern befestigt habe, schmiegen sie sich so mühelos an meinen Körper, als wären es zusätzliche Gliedmaßen. Zur Ausrüstung gehört außerdem eine große Schwanzfeder, die sich vom unteren Rücken bis zu den Fersen erstreckt und in der Luft noch weiter ausdehnen wird. Meine Feder ist knallrot, Flanagans so weiß wie ein Engelsflügel.

»Wenn Sie auf diesen Knopf drücken, fallen die Flügel ab, und der Fallschirm bringt Sie sicher zum Boden.«

Ich nicke nur, denn meine Lippen sind wie ausgetrocknet.

»Falls ich dabei draufgehe, bekommen Sie kein Lösegeld«, bringe ich irgendwie heraus.

»Na, dann sterben Sie besser nicht.«

Genau wie Flanagan rolle ich die Schultern und zucke mit den Achseln, um ein Gefühl für die Flügel zu bekommen. Danach gehen wir zusammen zum Rand der Klippe.

Und springen.

Auf die starken thermalen Winde ist Verlass. Die Schwerkraft ist gering, die Atmosphäre dicht, die Flugmontur federleicht. Sofort erfasst mich ein Aufwind und trägt mich hoch hinauf, in den Himmel empor, während mein Körper sich krümmt und aufbäumt und ich die Beine angestrengt gerade halte. Der Wind zerrt an meinem Brustkorb und quetscht ihn zusammen, aber ich fliege ...

... hinauf

... hinauf

... hinauf

... hinauf

... hinauf

Das Hochgefühl überwältigt mich. Unter mir breitet sich ein ganzer Planet aus. Ich spüre jede Böe, jede Luftströmung, folge Flanagan, lege den Körper schräg und sause

H

I

N

A

B

H

I

N

A

B

H

I

N

A

B

Und gleich darauf wieder hinauf! Ich steige empor, gleite dahin, bäume mich auf, wirble herum – *kingdom of daylight's dauphin*. Ich bin die Prinzessin im Reich des Lichts – ich fliege!

HARRY

Während der Käpt'n und Lena fliegen, gehen wir Übrigen getrennte Wege: Alliea sieht sich die Sehenswürdigkeiten an, vor allem die örtlichen Tempel und Kunstwerke. Brandon stattet den Bibliotheken einen Besuch ab. Jamie amüsiert sich einen Nachmittag lang wie ein Zehnjähriger auf dem Spielplatz. Kalen feilscht auf den Märkten herum. Und ich verbringe den Tag im Freizeitzentrum, in dem es nicht nur ein Sportstudio, sondern auch ein Schwimmbad und einen Sportplatz mit Aschebahn für Laufwettkämpfe gibt. Dort machen trainierende Leichtathleten gerade Lockerungs- und Dehnübungen. Ein Stabhochspringer schwingt sich hoch in die Luft und gleitet über die Latte. Zwei Läufer passen ihre Schritte einander an, während sie einen mühelosen Sprint hinlegen.

Während ich den Sportplatz betrete, kommt mir mein stämmiger, stark behaarter Körper – der Körper eines *Loper* – abstoßend vor, wenn ich mich mit den schlanken muskulösen Athleten ringsum vergleiche. Doch niemand kann bestreiten, dass ich ein hervorragender Läufer bin. Also renne ich los, renne und renne. Nicht ganz so schnell wie die besten Leichtathleten, die sich so flink bewegen wie explodierendes Quecksilber. Aber wenn sie ermüden und erlahmen, mache ich immer noch gutes Tempo. Ich variiere und wechsle vom Laufen zum Springen, schlage einen Salto vorwärts, hüpfe zehn Meter durch die Luft, mache einen Flickflack vorwärts und rückwärts und laufe weiter.

Das halte ich achtzehn Stunden durch. Und langsam spüre ich, wie mit jeder Stunde die Steifheit aus meinen Gelenken weicht. Ich bin dafür geschaffen, genetisch so konstruiert, dass ich zwölf Stunden am Tag rennen kann und dabei ohne Essen und Trinken auskomme. Mein Heimatplanet Pohl ist lediglich eine sauerstoffarme Wildnis, aber wir Loper – halb Mensch, halb Tier – sind genetisch so modifiziert, dass wir in fast jedem Gebiet überleben können. In den Tälern haben wir Städte gebaut, in den Bergen Tempel. Unsere Zivilisation ist wenig entwickelt, der Planet lebt vom Hightechbergbau, doch wir Loper haben uns stets als Herren all dessen betrachtet, das wir beaufsichtigen.

Ich trauere dieser Zeit immer noch nach. Damals hatte ich jede Menge Geliebte, genoss die frostigen, frischen, luftarmen Nächte auf Pohl, die sengende Hitze der Sommer, die eisige Kälte unserer Winter. Tagsüber arbeitete ich, nachts schlief ich durch. Man hat uns nicht beigebracht zu lesen, fernzusehen oder Filme zu glotzen. Unser einziges Interesse bestand darin, am Leben zu sein und zu bleiben. Manche Leute haben uns als Sklaven bezeichnet, doch kein Sklave hat je solche Freiheiten genossen.

Ich laufe. Und laufe. Und laufe. Und laufe. Und laufe. Und laufe. LAUFE!

Und wenn ich laufe, vergesse ich all meine Zweifel und Bedenken. All das Zögern und die Unschlüssigkeit. All meine Unsicherheit. All meine Ängste. Wenn ich laufe, macht das Laufen alles aus, was ich bin, meine ganze Existenz. Und füllt mich völlig aus.

LENA

»Na, wie war's?«, fragt mich Flanagan, als wir zurück auf dem Piratenschiff sind.

»Sie wollen sich wohl bei mir einschleimen, aber das ist völlig fehl am Platz, also bitte!«

»Ich wollte eigentlich nur nett sein.«

»Sie haben sich zu Respekt und Mitleid verleiten lassen, und ich halte Sie bei Laune, aber in Wirklichkeit verachte ich Sie.«

»Hören Sie, Sie sind zwar meine Gefangene und von Tod, Demütigung und Folter bedroht, aber deswegen müssen Sie sich ja nicht gleich *unzivilisiert* verhalten!«

»Fotzenlecker.«

»Oh, ich hatte ganz vergessen, dass Sie eine poetische Ader haben.«

»Allerdings.«

»*Erinnerungen an exquisite Momente,* ich entsinne mich. Ein schmales kleines Bändchen, hat sogar eine Handvoll Käufer gefunden.«

»Und wurde hoch gelobt.«

»Nein, es wurde von den Rezensenten in der Luft zerrissen.«

»Diese Rezensionen wurden später aus dem Verkehr gezogen – als ich den Band unter meinem ... Familiennamen herausbrachte.«

»Aha. Die Todesstrafe vor Augen, haben die Kritiker also tatsächlich positive Rezensionen verfasst und lobende Worte gefunden, wie? Wenn das kein vielversprechender Anfang für eine Dichterkarriere ist!«

»Sie sind doch ein Kulturbanause, der keine Ahnung hat.«

»Ich habe elf Sinfonien und vierzehn Rockopern komponiert, die alle aufgeführt wurden, und gelte als einer der erfolgreichsten zeitgenössischen Komponisten von Populärmusik.«

»Angeben müssen Sie also auch noch.«

»Verschrumpelte alte Zicke!«

»Wie Sie sehen können, bin ich alles andere als verschrumpelt.«

»Ihre Seele ist verschrumpelt.«

»So was wie eine verschrumpelte Seele gibt's doch gar nicht.«

»Öde und leer wie eine Wüste – genau das ist Ihre Seele. Verdorrt. Ich kann's von hier aus spüren.«

»Seelen kann man nicht spüren.«

Jetzt muss er lächeln. Es ist ein charmantes Lächeln. Ich finde ihn wirklich ekelhaft. Und trotzdem ...

Die Sache mit seiner Musik stimmt. Er ...

»Halt die Klappe.«

Zu meinem Ärger merke ich, dass ich meinen Gedanken laut ausgesprochen habe.

»Hab ja gar nichts gesagt!«, erwidert Flanagan empört.

Ich sehe ihn drohend an, setze mein Charisma dazu ein, ihn einzuwickeln, und sage samtweich, aber hinterhältig: »Es ist noch nicht zu spät für Sie, Kapitän, die Sache wiedergutzumachen. Lassen Sie mich frei, schreiben Sie das Lösegeld in den Wind, schaffen Sie sich selbst auf rituelle Weise aus der Welt – dann gehen Sie mit unbeflecktem Namen in die Geschichte ein, und man wird Ihnen nichts nachtragen.«

»Den Teufel werd ich tun.«

Während ich Flanagan finster anstarre, seufzt er theatralisch. »Wollen Sie heute Abend mit mir essen?«

»Auch diese Bürde werde ich mit Gleichmut und innerer Stärke auf mich nehmen. Ja.«

»Wir essen um acht. Möchten Sie sich dazu umziehen?«

»Mein Körperpanzer reicht mir völlig aus.«

»Er wirkt ein wenig ... militant.«

Ich lächle in mich hinein. Offenbar kann ich ihn wirklich verrückt vor Geilheit machen. Ich mag zwar seine Gefangene sein, aber ich habe Macht über ihn, und nicht umgekehrt. Demonstrativ klopfe ich mit einem Finger auf meine gepanzerte Brust und höre selbst, wie hohl das klingt. »Ich fühle mich sehr wohl darin«, versichere ich ihm.

LENA

»Kamera drauf, Scheinwerfer an – und Action!« Ich bin alt genug zu ahnen, was Jamie vorhat.

Harry, der Freak, bedient die Videokamera. Er hat wirklich etwas Wildes an sich. Alliea steht mit gerunzelter Stirn daneben. Vielleicht ist sie eifersüchtig, weil ihr klar ist, dass der Kapitän sich von Tag zu Tag mehr in mich verknallt?

Flanagan hat erklärt, dass sie meine Videobotschaft via Mail an den Cheo übermitteln wollen. Das Datum der Aufnahme wird ihn davon überzeugen, dass ich noch am Leben bin. Sie haben mir einen vorbereiteten Text in die Hand gedrückt, den ich ablesen soll.

»Alles klar?« Flanagan ist immer noch nett zu mir. Aber natürlich nur deshalb, weil er will, dass ich kooperiere. Und das habe ich auch vor, allerdings zu *meinen* Bedingungen. Ich sehe ihn scharf an, damit sein Blut in Wallung gerät und er auch weiterhin das begehrt, was er nicht kriegen kann. So mag ich meine Männer: rasend vor Verliebtheit.

Ich sehe auf den Text, den Flanagan entworfen hat: »Ich werde hier gut versorgt, fürchte jedoch um mein Leben. Bitte hilf mir. Gib diesen Leuten, was sie verlangen, schließlich ist es nur Geld. Ich hab dich sehr lieb, mein Sohn.« Es ist ein Text, bei dem sich mir der Magen umdreht. Geistlose Sätze ohne Überzeugungskraft.

Als ich in die Kamera blicke, nickt Jamie mir auffordernd zu. »Lieber sterbe ich, als von dir zu verlangen, dass du mit diesem terroristischen Abschaum verhandelst«, erkläre ich gelassen. »Zahl denen kein Lösegeld, erfüll auf keinen Fall ...«

Schon fährt Harry die Klauen aus und zerfetzt mir so heftig das Gesicht, dass Blut aus meiner Augenhöhle spritzt. Zwar wehre ich mich nach Kräften, doch er ist so stark wie zehn und traktiert mich mit Schlägen, Bissen und tiefen Schnitten. Gegen ihn habe ich keine Chance ... Der frisst mich auf! Dieses verfluchte Monster verzehrt mich bei lebendigem Leibe!

Schließlich zerrt Flanagan das Monster bei laufender Kamera von mir weg. Während ich ins Objektiv starre, merke ich, dass eines meiner Augen aus der Höhle gerutscht ist und glitschig und kalt auf meine Wange herunterbaumelt. Vor Angst bin ich wie gelähmt.

»Das ist gut gelaufen.« Bei Flanagans Worten packt mich Hysterie. Doch nach und nach zwinge ich mich zur Ruhe, bis ich wieder tief und beherrscht durchatmen kann, und überlege, was ich übersehen habe. Ich habe die Situation falsch eingeschätzt: Auf meine Kooperation sind sie gar nicht angewiesen. Sie waren von Anfang an darauf aus, vorzuführen, wie sie mich demütigen und verletzen. Genau das war die Botschaft, die sie übermitteln wollten. Auf diese Weise wollen sie den Cheo dazu bringen, gegen seine Prinzipien zu verstoßen und das Lösegeld zu zahlen. Der vorbereitete Text war nur ein Bluff, auf den ich prompt hereingefallen bin.

»Bringen Sie mich zur Krankenstation«, fordere ich mit einem letzten Rest von Würde.

Die Piraten haben meine Yacht in ihrem Laderaum verstaut. Dorthin bringen sie mich, denn mein Schiff ist mit modernster Technologie zur Organtherapie ausgestattet. Das Zellgewebe meines Gesichts wird zusammengeflickt und gleichzeitig dessen Wachstum angekurbelt, das herausgerissene Auge durch einen Klon aus meiner Augenbank ersetzt. Die Kratzer verheilen sofort. Danach bekomme ich vorsorglich noch eine Spritze für den Fall, dass die brutalen Bisse des Monsters Fieber bei mir auslösen. Sicher bin ich in einem Monat wieder so gut wie neu – so etwas habe ich auch früher schon durchgestanden.

Flanagan kommt herüber, um sich bei mir zu entschuldigen. »Ich möchte, dass wir Freunde sind«, erklärt er sanftmütig.

»SIE VERFLUCHTER MISTKERL!« So gut ich es mit dem einen Auge kann, funkle ich ihn wütend an.

LENA

Du hättest mich warnen sollen.

Ich habe es nicht durchschaut.

Und ich dachte, er sei mein Freund!

Stimmt nicht, Lena, das hast du nie gedacht. Du hast nur den rechten Augenblick abgewartet und ihn in falscher Sicherheit gewiegt. Hast ein Spielchen mit ihm getrieben und hinter seinem Rücken versucht ...

Wir sind zusammen Fliegen gegangen, gemeinsam geflogen!

Er dachte, er könnte auf diese Weise dein Vertrauen gewinnen, aber da hat er sich geirrt.

Ich *hab* ihm vertraut.

Du hast ihm nie getraut.

Ich ... Nein ... Selbstverständlich nicht. Niemals. Natürlich nicht! Noch nie.

Er ist schlicht ein Mistkerl, jederzeit bereit, dich zu hintergehen.

Genau! Einer von der widerlichsten Sorte!

Allerdings.

Und tut noch so, als wäre er mein Freund. Der ist kein Freund!

Nein, wirklich nicht. Er ist nur ein jämmerlicher Verräter von der übelsten Sorte.

Und trotzdem hat er mich zum Fliegen mitgenommen. Und trotzdem hat er für mich gekocht. Und trotzdem sieht er mich auf eine spezielle Weise an ... so freundlich ... und manchmal sogar lieb. Trotz allem ... begehrt er mich, das spüre ich. Und trotzdem ...

All das zählt aber nicht, denn er ist ein übler Verräter.

Ja, ich weiß, da hast du natürlich recht. Stimmt eindeutig. Warum hätte er sich sonst so verhalten? Zugelassen, dass man mich misshandelt und schlägt?

Na ja, wenn du mich schon fragst: Du hattest ihm ja eigentlich versprochen, den Text mit der Lösegeldforderung ohne eigenmächtige Änderungen vorzulesen. Stattdessen hast du ...

Du Schwein! Versuch bloß nicht, dieses Arschloch zu verteidigen!

Tu ich ja gar nicht.

Er ist nichts als ein riesengroßes Arschloch.

Nicht zu vergessen: ein Verräter der übelsten Sorte.

Genau!

FLANAGAN

Es läuft alles nach Plan: Die Antwort des Cheo besagt, dass er die Auslösung in der verlangten Höhe nicht zahlen wird. Allerdings schlägt er uns einen Handel vor, bei dem wir auf eine gewisse Summe, eine Anzahl von Schiffen und einen sicheren Hafen verzichten. Da dieses Angebot durchaus akzeptabel ist, werden wir darauf eingehen.

Jetzt befassen sich Alliea und Alby mit den komplizierten Details der Übergabe. Wir werden Lena an einem neutralen Ort, auf einer Raumstation der Flammengeschöpfe, zurücklassen und sie an einer Bombe mit Fernzündungsvorrichtung festbinden. Danach machen wir uns sofort aus dem Staub und fliegen zu einem benachbarten System, um dort das vom Cheo zugesagte Geld und die Schiffe in Empfang zu nehmen. Sobald das zu unserer Zufriedenheit geregelt ist, entschärfen wir die Bombe.

Falls der Cheo doppeltes Spiel mit uns treibt, können wir Lena immer noch umbringen. Falls wir unsererseits doppeltes Spiel mit dem Cheo treiben, werden die Flammengeschöpfe eine Blutfehde mit uns austragen. Das haben sie dem Cheo versprochen. Und da sie mühelos bis in die Prekäre Zone vorstoßen können, wären wir in diesem Fall geliefert, und das weiß der Cheo auch. Wir haben die Abmachung sogar in juristische Form gebracht, damit der Austausch würdig und reibungslos erfolgt. Alles läuft nach Plan.

Die erste Phase unseres riskanten Spiels ist abgeschlossen.

ZWEITES BUCH

EXZERPTE AUS DEM GEDANKENJOURNAL VON LENA SMITH, 2004 BIS …

Ich habe im Laufe meines Lebens
nur drei beste Freunde gehabt.

Ich wünschte,
es wären mehr gewesen.

Meine erste beste Freundin war Carla. Als ich sieben war, spielten wir jeden Tag miteinander und erfanden dabei Geschichten und ganze Welten. Ich war Ebony, eine afrikanische Prinzessin, und Carla war Melissa, die Herrscherin unseres Königinnenreichs, des märchenhaften Landes Alchemie.

Carla hatte schönes blondes Haar, eine Stupsnase und ausdrucksvolle Augen, doch ich hatte stets die Ideen, erfand die Geschichten, Landkarten und Verkleidungen für uns beide. Ich strich sogar mein Zimmer schwarzgold, um einen angemessenen Thronsaal für Königin Melissa zu schaffen. Egal, was ich sagte oder tat, egal, welch kühne oder originelle Idee ich hatte: Stets nickte Carla nur hoheitsvoll dazu und sah mich ernsthaft mit ihren ausdrucksvollen Augen an. Auf diese Weise wollte sie mir klarmachen, dass jede meiner Ideen eigentlich von ihr stammte und jeder meiner Gedanken ihr eigener war. Ich war ihre willige Sklavin.

Als wir zehn waren, beschlossen wir, unsere Geburtstage gemeinsam zu feiern, obwohl meiner im Februar und ihrer erst im Oktober war. Also schrieben wir die Einladungskarten, besorgten von unserem Taschengeld Luftballons, bastelten aus Papiermaschee und bunten Blättern Geschenke füreinander. Gemeinsam mit unseren Müttern backten wir kleine, mit Zuckerguss überzogene und reich verzierte Zitronenkuchen und stibitzten so viele davon, wie wir konnten. Am Tag der Geburtstagsfeier schlossen wir uns in mein Zimmer ein, spielten mit unseren erfundenen Gästen und verteilten unsichtbare Begrüßungsgeschenke. Wir stopften uns so mit Kuchen voll, dass mir nachts im Bett davon schlecht wurde. Als Carlas Eltern sie abholen kamen, konnte sie ein durchtriebenes feines Lächeln nicht unterdrücken. Ihre Eltern merkten, dass sie irgendetwas angestellt hatte, aber nie haben sie erfahren, dass Carla gerade »offiziell« ihren Geburtstag gefeiert hatte.

Wir stritten uns fast nie, nur ein einziges Mal hatte Carla wirklich Wut auf mich. Das war, als ich beim Basketballspiel mehr Körbe warf als sie. Zwei Fehler lastete sie mir an: Nicht nur, dass ich mehr Körbe geworfen, sondern anschließend auch noch triumphierend gelacht hatte. Daraufhin wurde Carla sehr still und sprach die ganze Woche nicht mehr mit mir. Zwar trafen wir uns trotzdem weiter und spielten auch miteinander, doch anstatt mit mir zu reden, gab sie ihre Botschaften an ihre blonde Puppe Bratz weiter und bat die Arme, sie mir zu übermitteln. Am Freitag jener Woche war ich so fix und fertig, dass ich Carla mein ganzes Taschengeld gab, um mir ihre Freundschaft zurückzukaufen.

Allerdings schüchterte Carla mich nie ein und kommandierte mich auch nie herum. Sie setzte sich einfach nur durch, und zwar immer. So war es leichter für uns beide, denn wir wussten stets, was wir unternehmen würden: genau das, was Carla wollte. Andernfalls hätte ich mir ja eigene Gedanken über mein Leben machen müssen, und davor scheute ich in diesem Stadium kindlicher Existenzangst zurück.

Irgendwann entschlossen sich Carlas Eltern dazu, ins Ausland zu ziehen. Man hatte ihrem Vater in Deutschland eine Stelle beim Brückenbau oder etwas Ähnliches angeboten. Ihre Mutter war sowieso teilweise deutscher Abstammung.

Als Carla mir von den Plänen erzählte, brach ich in Tränen aus. Ich bat sie, zu bleiben und bei uns zu wohnen. Doch Carla sah mich nur ruhig an, mit dem üblichen hoheitsvollen Blick. Und sie lächelte nicht dabei. Nicht ein einziges Mal. Irgendwann sagte sie gelassen: »Mach doch nicht so ein Theater, Lena.« Und da weinte ich noch mehr und konnte gar nicht mehr aufhören.

Als ich das alles meiner Mutter erzählte, ihr erklärte, ich könne ohne Carla nicht auskommen, das Leben sei nicht mehr lebenswert für mich, erwiderte sie nur: »Mach dir keine Sorgen, du findest bestimmt bald neue Freunde.« Und wieder heulte ich mir die Augen aus dem Kopf.

An dem Tag, als Carla fortging, weinte ich wieder. Mittlerweile war ich elf Jahre alt. Meiner Mutter jagte ich mit meinem Kummer wirklich Angst ein, denn ich war nicht nur niedergeschlagen, sondern führte mich regelrecht hysterisch auf.

Jahre später, als wir beide Anfang dreißig waren, traf ich Carla bei einem Abendessen wieder, zu dem einer meiner Freunde geladen hatte. Sie konnte sich tatsächlich nicht mehr an mich erinnern! Zwar war sie immer noch sehr hübsch anzusehen, doch ihre ausdrucksvollen Augen blickten müde: Als Mutter von vier Kindern fühlte sie sich ständig erschöpft, war dabei aber fröhlich. Unsere gemeinsame Zeit war ihr völlig entfallen; sie erinnerte sich weder an Prinzessin Ebony noch an das Königinnenreich Alchemie oder an mich als kleines Mädchen.

Wirklich eine tolle beste Freundin!

Auch mein zweiter bester Kumpel war weiblich. Sie hieß Helen Clarke, und wir studierten zusammen Geschichte an der Universität in Edinburgh. Keine von uns war Schottin, und wir wussten beide nicht genau, warum wir uns ausgerechnet für eine Universität entschieden hatten, die so weit von unseren Familien und Freunden zu Hause entfernt war. Trotzdem war es eine wunderbare Zeit.

Das Stadtbild Edinburghs war geprägt von dem finster wirkenden Schloss, das hoch über den georgianischen und viktorianischen Gebäuden auf einem massiven Felsen thronte. Helen und ich befassten uns mit der Geschichte der Stadt, lasen alle Bücher, die in Edinburgh spielten, wie *Dr. Jekyll und Mr. Hyde* von Robert Louis Stevenson, *Vertrauliche Aufzeichnungen und Bekenntnisse eines gerechtfertigten Sünders* von James Hogg und die Romane von Ian Rankin. Sobald ich ein Buch durchhatte, las Helen es als Nächste. Gemeinsam verzierten wir ein zerfleddertes Taschenbuch nach dem anderen mit unseren Fingerabdrücken.

Ich liebte das Studienfach Geschichte, nahm alle Informationen gierig auf und vergaß nur selten etwas von dem Gelesenen. Helen aber war die geborene Wissenschaftlerin und heimste als Studentin Ruhm und Ehre ein. Wir alle wussten, dass man ihr einen Studienplatz in Oxford angeboten hatte, doch sie hatte ihn abgelehnt. Ihre Mutter lehrte als Professorin für Geschichte an der Universität Cambridge, ihr Vater hatte eine leitende Stellung im öffentlichen Dienst. Einmal nahm mich Helen zu ihren Eltern mit nach Hause. Überall hingen Plüschgardinen, jedes Zimmer war voller Nippes, nirgendwo gab es eine Spur von Staub, und das Ehepaar redete ausgiebig und auf ironische Weise miteinander. Ich bewunderte die beiden und verglich sie mit meinen spießigen Eltern, die sich lauthals für alles Mögliche begeistern konnten und in ihrer Freizeit alberne Hobbys pflegten. Am liebsten hätte ich es gesehen, wenn meine Eltern schmerzlos und heroisch bei einem unvorhersehbaren Asteroideneinschlag umgekommen wären, denn dann hätte ich mich *de facto* von Helens Eltern adoptieren lassen können.

Beim Abschlussexamen hatte Helen den annehmbaren Notendurchschnitt von 2,1, während ich eine glatte 1 bekam und mir meine Dozenten eine glänzende Zukunft prophezeiten. Es ist schon seltsam, dass ich Helen danach kaum noch zu Gesicht bekam. Ohne sich zu verabschieden, kehrte sie nach Hause zurück und nahm auch nie an den Treffen unseres Studienjahrgangs teil. Noch zehn Jahre später schrieb ich ihr jedes Jahr zu Weihnachten lange, ausführliche Briefe (ja, damals schrieb ich noch Briefe, keine E-Mails!), in denen ich ihr auf ebenso poetische wie unterhaltsame Weise meine geistigen Qualen und Strapazen schilderte, von den Problemen mit meinem Freund erzählte und ihr meine Ansichten zum Leben an sich offenbarte. Doch Helen beantwortete keinen dieser Briefe, und es kam auch zu keinem Treffen. Zwar telefonierten wir ein paar Mal miteinander, aber aus irgendwelchen Gründen erwies sich die persönliche Begegnung stets als zu kompliziert.

Irgendwann kapierte ich es und hörte auf, ihr zu schreiben oder sie anzurufen. Mittlerweile kann ich mich kaum noch an Helens Gesicht erinnern. Doch ich weiß noch, dass wir während der Studienzeit das Gefühl hatten, etwas Besonderes zu sein: die schrecklichen Zwei, Yin und Yang, einander ergänzende Hälften, ein untrennbares Gespann.

Und plötzlich war es damit vorbei, und wir wurden uns fremd.

Ehrlich gesagt, tut mir das immer noch weh. Warum hatte Helen nicht *mehr* an mir gelegen? Wie konnte sie mich einfach so aus ihrem Leben streichen?

Selbstverständlich ging mein Leben auch ohne sie weiter, und ich schloss neue Freundschaften. Nur waren es keine echten Freundschaften, dazu fehlte ihnen die Intensität. Dabei war ich keineswegs ein einsamer Wolf. Ich konnte recht gut erzählen und mich mit anderen necken, war liebenswürdig, locker, sah nett aus. Meistens fühlten die Menschen sich von mir angezogen. Doch stets ist es mir schwergefallen, enge Freundschaften zu schließen. Irgendetwas in mir wehrt sich dagegen. Vielleicht liegt es an dem Gefühl, dass mich meine engsten Freundinnen früher im Stich gelassen haben. Erst Carla, dann Helen. Es mag auch sein, dass ich ein allzu unabhängiger Mensch bin und es zu schwierig für mich ist, einen anderen Menschen zu lieben.

Mein dritter bester Freund – und gleichzeitig mein Geliebter – war Tom. Er war anders als die anderen, etwas ganz Besonderes, und der einzige Freund, der mich nie enttäuscht hat. Allerdings glaube ich bei genauerem Nachdenken, dass ich ihn meinerseits enttäuscht habe.

Ich war mit Sommersprossen gestraft.

Als Kind sah ich mit meinen Sommersprossen recht niedlich aus, wie mir ständig versichert wurde. (»Guck mal, was die für süße Sommersprossen hat«, oder »Ist sie nicht reizend?«) Das fasste ich als Kompliment auf, und vielleicht war es auch so gemeint. Aber im Nachhinein ... schüttelt es mich. *»Niedlich?«*

Ich war mit Sommersprossen gestraft!

Klingt das übertrieben? Kann sein. Und ich muss zugeben, dass die Sommersprossen in meinen Teenagerjahren kaum eine Rolle spielten. Viel peinlicher waren mir meine dicken quadratischen Brillengläser. Die Brille musste ich in einer Zeit aufsetzen, als fast alle Teenager mit Sehschwäche nur noch Kontaktlinsen trugen. Doch ich hatte besonders schlechte Augen, denn ich war nicht nur kurzsichtig, sondern litt auch unter Astigmatismus, deshalb standen Linsen gar nicht erst zur Debatte. Zu der Brille kamen noch die Sommersprossen und eine von Natur aus blasse Haut, die nie bräunen wollte. Ich holte mir immer nur einen Sonnenbrand.

Als ich vierzehn war, vergnügte ich mich irgendwann im Sommer mit meiner Familie am Strand. Prompt schälte sich meine Haut am Abend von der Stirn, von Wangen und Nase und von den Beinen. Als meine Mutter mich ermahnte, nicht so leichtfertig in die Sonne zu gehen, heulte ich los, was dazu führte, dass ich höllische Schmerzen hatte, als mir die Tränen über die verbrannten Wangen rannen.

Mit sechzehn hatte ich einen so schlimmen Sonnenbrand, dass ich zwei Tage lang das Bett hüten musste. »Nun, ich hab dich ja gewarnt«, sagte meine Mutter ohne jedes Mitgefühl. In einem Zeitschriftenartikel las ich später, dass Menschen mit Sommersprossen nicht richtig braun werden können. Daran also lag es: an den Sommersprossen.

Dabei ging ich weder leichtfertig noch naiv mit meinem Problem um. Ich suchte den grellen Sonnenschein nicht, denn ich wusste ja, dass mir die Folgen zu schaffen machen würden. Nur war es eine Last, stets einen Hut zu tragen, mich nur im Schatten aufzuhalten, an heißen Tagen nicht nach draußen zu gehen und im Sommer nie Röcke anzuziehen. Am liebsten wäre ich ein Vampir gewesen, denn dann wäre meine Sonnenempfindlichkeit wenigstens ein Symptom meines gefährlichen, bösartigen Wesens gewesen. Aber ich war nur blass. Und – hab ich's schon erwähnt? – ein Mädchen mit *Sommersprossen*. Wer hat je von einem Vampir mit Sommersprossen gehört?!

Tatsache ist, dass ein Mensch mit Sommersprossen niemals *cool* wirken kann.

Noch schlimmer war, dass die Sommersprossen im Sonnenschein größer wurden und sich vervielfachten. In manchen Sommern hatte ich überall Hautflecken und sah aus wie ein Alien aus irgendeiner *Star Trek*-Episode. Mit zwanzig empfand ich mein Äußeres – blasse Haut, Brille, Sommersprossen wie ein Mutant – als Lebensfluch, denn es prägte mich, schränkte mich ein und bestimmte auch, wie andere Menschen mich sahen: In ihren Augen war ich nie die schlaue, resolute, witzige Lena mit dem messerscharfen Verstand, sondern stets die arme kleine Lena mit den vielen Sommersprossen.

Mit der Zeit begann ich gebräunte Menschen zu hassen. All dieses vulgäre Zurschaustellen von bronzefarbener Haut war mir zutiefst zuwider. Ich verabscheute die langbeinigen, gleichmäßig gebräunten Schönheiten ebenso wie die Männer, die in der grellen Sonne mit ihren nackten braunen Waschbrettbäuchen angaben.

Meine Lieblingsstadt war Florenz. Als ich in den Zwanzigern war, fuhr ich jedes Jahr hin. Doch das schamlose Enthüllen all dieser nackten Haut vergällte mir irgendwann das

Vergnügen. Die Stadt war voller schöner, lachender, glücklicher, schlanker, gebräunter junger Menschen, die in ihren alles offenbarenden Shorts und knappen T-Shirts überaus sexy wirkten. Sie waren überall – und sie widerten mich an.

Reine Freude empfand ich nur, wenn ich mir die Donatellos und Giambolognas im Bargello und Michelangos *David* in der Accademia ansah. Ich bewunderte das Äußere, die Textur und sinnliche Ausstrahlung dieser nackten muskulösen Körper, die – möglicherweise aufgrund historischer Umstände, doch das interessiert mich hier nicht – völlig bleiche Haut hatten.

Und selbst jetzt noch, so viele Jahre später, macht mir diese ganze mit der Haut verbundene Ungerechtigkeit zu schaffen. Es ärgert mich, dass manche Menschen Sonne wie Sauerstoff absorbieren können. Ihre Haut verbrennt nicht und schält sich auch nicht. Sie fühlen sich wohl in ihren Körpern, während ich ... ich ... ich ...

Genug davon, Lena.

Allerdings bin ich immer fit gewesen. Drahtig, schlank – *fit*. Während der Studienzeit war ich als eifrige Läuferin bekannt. Damals lief ich zwanzig, dreißig Kilometer und mehr pro Woche. Doch aus mir selbst vollkommen unverständlichen Gründen schaffte ich es nie, mich in meinem Körper wohlzufühlen. Sobald ich einen Raum betrat, signalisierte meine Körperhaltung unmissverständlich: Bin ja nur ich.

Doch abgesehen davon, dass ich in einer nach *Ambre Solaire* verrückten Zivilisation mit Sommersprossen und einer blassen Haut gestraft war, widerfuhr mir eine noch viel schlimmere Ungerechtigkeit: Mit vierundvierzig sollte ich einen tödlichen Herzinfarkt erleiden. Und das nach all den Jahren, in denen ich mich fit gehalten und auf gesunde Ernährung geachtet hatte. Nie habe ich mich mit kalorienreichem Essen vollgestopft, nie schweren Rotwein getrunken, nie in butterweichem fettreichem Käse geschwelgt, mir nie

Sahneeclairs auf der verzückten Zunge zergehen lassen. Auch Mitternachtssnacks wie Eiskrem aus der Tiefkühltruhe habe ich mir verkniffen, genauso wie ein warmes Frühstück mit Eiern, fettigen Würstchen und knusprigem Toast. Feine Soßen, zubereitet mit Wein, Madeira, Port oder Brandy, habe ich grundsätzlich nicht angerührt. Nach all den Jahren, in denen ich mich in jeder Hinsicht gemäßigt und zurückgehalten hatte, war dieser Herzinfarkt einfach nicht fair.

Der Herzinfarkt und die Sommersprossen – das sind die beiden Dinge, die ich dem Leben am meisten verüble.

Ich bin Gott.

Genau wie du.

Nach meinem ersten Studienabschluss in Edinburgh zog ich nach Oxford, um dort meinen Doktor zu machen. Mein Studienfach war Wissenschaftsgeschichte und mein Spezialgebiet die bemerkenswerte Rivalität zwischen Isaac Newton und Gottfried Wilhelm Leibniz im siebzehnten und frühen achtzehnten Jahrhundert.

Die Arbeit jener Jahre sollte sich später als gute Grundlage für meine Beschäftigung mit komplexen Systemen und mit der Psychologie erweisen. Ich empfand mein Studium in Oxford als sehr anstrengend, doch es vermittelte mir auch ein Hochgefühl. Anfangs stand ich völlig unter dem Bann von Newton, der mich mit seiner starken Persönlichkeit und scharfen Intelligenz beeindruckte. Newton, der Wissenschaftler und Alchemist, der als bezahlter Wächter über die Königliche Münze Falschmünzer persönlich überführte (nun ja, das ist eine andere Geschichte ...), selbst jedoch geistigen Diebstahl beging, wie ihm nachgewiesen wurde, und andere Menschen tyrannisierte – ich liebte ihn.

Später war es natürlich Newtons Erzrivale, Leibniz, der mich zunehmend faszinierte. Leibniz, das deutsche Genie, der Philosoph, der Mathematiker und, nach Meinung der besten Köpfe auf diesem Gebiet, der erste Theoretiker des Relativitätsprinzips. Mit seiner ebenso mysteriösen wie komplexen Philosophie der Monaden legte Leibniz sehr viel früher als Einstein die grundlegenden Prinzipien eines relativistischen Universums dar.

Doch nach drei berauschenden Jahren, in denen ich anhand der Primärquellen die kniffligen Differenzial- und Integralrechnungen und mathematischen Modelle auszuloten versuchte, verlagerten sich meine Prioritäten, denn ich musste mir einen Job besorgen. Die bezahlte Arbeit, die ich übernahm, unterschied sich allerdings kaum von meinen Forschungen. An der Universität, an der ich vorher meinen Doktor gemacht hatte, wurde ich Forschungsassistentin. Dennoch veränderte sich der Horizont meiner Welt: Ich machte Bekanntschaft mit der Bürokratie, den politischen Intrigen an der Universität und dem ganzen Mikrokosmos unnötiger Arbeitsbeschaffungsmaßnahmen.

Ich hatte ein Büro in der Universität und war dort auch über E-Mail erreichbar. Dauernd regte ich mich über den blöden Kopierer auf, der immer wieder versagte, und über die vielen E-Mails, die ich täglich zu lesen hatte. Als ich meinem Ärger über diese Flut von Schreiben in einer E-Mail Luft machte, erhielt ich lediglich weitere E-Mails, in denen sich Leute darüber beklagten, dass ... Nun ja, lassen wir das, Sie wissen schon, was ich meine. Zur Erstellung des Lehrplans musste ich in Ausschüssen mitarbeiten und verbrachte unzählige Stunden damit, Papiere zusammenzustellen und zu tackern, um mich auf Sitzungen vorzubereiten, die sowieso nichts brachten.

Für meine Studenten tat ich buchstäblich alles, mit dem Ergebnis, dass mein Vertrauen missbraucht wurde. Meine Kollegen, die anderen Assistenten, machten sich über mich lustig und setzten mich herab. Im Fahrstuhl musste ich mich mit Männern zusammendrängen, die nach Tweed rochen, und mit Frauen mittleren Alters, die am frühen Morgen eine Wolke billigen Parfüms umgab. Als ich Ende zwanzig oder Anfang dreißig war, fiel mir plötzlich auf, dass ich eine schlecht gekleidete alte Jungfer war, inmitten junger Studentinnen mit bloßen tätowierten Armen, grellen Haarfarben und gepiercten Zungen. Und selbst die gut aussehenden Studenten in meinem Umfeld machten mich nicht scharf, denn sie hätten ja meine Söhne sein können. Na ja, nicht ganz, vom Alter her, außerdem hatte ich auch keine Söhne.

Die ganze Situation fraß an mir. Ich glaube, meine Haut wurde damals noch blasser und hatte noch mehr Sommersprossen als früher. Trotz all meiner akademischen Verdienste entpuppte ich mich in sozialer Hinsicht als Trottel, der stets alles in den falschen Hals bekam.

Und so verwandelte ich mich an dieser Universität in eine graue Maus. Zwar konnte ich in der akademischen Welt meine Stellung behaupten, veröffentlichte Aufsätze zu Newtons Theorie der Optik und schrieb Rezensionen für Fachzeitschriften, doch ich hatte den Ruf einer humor- und geistlosen alten Jungfer.

Meine Studenten mochten mich nicht besonders und betrachteten mich als Überbleibsel einer anderen Zeit. Zudem sagte man mir sexuelle Abstinenz und Frigidität nach. Dabei schlief ich sogar ein paar Mal mit diesem oder jenem Kollegen, wenn er nicht völlig abstoßend war. Doch das war für mich nichts anderes als eine Pflichtübung und diente nur dazu, dem Klischee von mir entgegenzuwirken, obwohl all meine Worten und Taten die Vorurteile gegen mich bestätigten.

Ich fühlte mich wie eine Figur in einem Science-Fiction-Roman: gefangen in einem fremden Körper, gebunden an einen Text, der nicht mein eigener war. Ehrlich gesagt, fand ich mich sogar selbst langweilig. Mit sechsunddreißig Jahren schien mein weiterer Lebensweg genau festgelegt, die Würfel waren gefallen. Und mir war klar, dass ich mich niemals ändern würde.

Doch dann veröffentlichte ich mein Lebenswerk, und alles wandelte sich. Selbstverständlich hatte ich mir das auch erhofft, davon geträumt, dass dieses meisterliche akademische Werk meinen Ruf und Status verändern würde.

Um diesen Traum zu verwirklichen, hatte ich oft bis spät in die Nacht gearbeitet, naturwissenschaftliche Werke verschlungen, Abhandlungen über Verbrechen, historische

Kompendien und Romane gelesen. In dieser Zeit nahm ich so viel Wissen in mir auf, dass ich fürchtete, in der Informationsflut zu ertrinken.

Als entscheidend entpuppte sich meine Sammelwut: Überall klaute ich mir Ideen zusammen. Und ich war schlau genug zu merken, dass die innovativsten wissenschaftlich-philosophischen Gedanken nicht in der Informatik oder in der Stringtheorie, nicht im Postmodernismus oder in der Chaostheorie zu finden waren, sondern in den neuen Theorien der *Emergenz*.

Einfach ausgedrückt, befasst sich die Emergenz mit der Frage, auf welche Weise und warum Systeme, die aus einfachen Organismen zusammengesetzt sind, von sich aus komplexere Strukturen herausbilden. Denn das tun sie tatsächlich, einfach so! Ende der 2030er-Jahre war Marcus Miller der große Hoffnungsträger der Emergenztheorie. Er führte Konzepte aus dem zwanzigsten Jahrhundert weiter – beispielsweise die theoretischen Ansätze von John Holland und Art Samuel – und entwickelte schließlich ein Computermodell, das die Arbeitsweise emergenter Systeme, etwa die von Ameisenstaaten, fehlerfrei replizieren konnte.

Das Wunder besteht dabei darin: Wenn man irgendwelche Atome aufs Geratewohl zusammenbringt, verwandeln sie sich spontan in etwas, das komplexer ist – ein System, für das bestimmte Regeln gelten und das für die Zusammenarbeit der Teilchen sorgt. Und das Ergebnis dieser Zusammenarbeit stellt mehr dar als die Summe der einzelnen Teile. Auch der Evolutionsprozess – die Mutation, das empirische Erproben »geeigneter« und »ungeeigneter« Lösungen, das Überleben der »Tüchtigsten« – bringt im Laufe der Zeit wachsende Komplexität hervor. Im Kern ist die Emergenztheorie das Studium der *Selbstorganisation von Systemen*; in ihrer spezifischen Terminologie befasst sie sich mit der Frage, wie Ordnung aus Chaos wächst.

Anders ausgedrückt: Ein Gotteskonzept ist dabei überflüssig. Tag und Nacht lösen einander *von sich aus* ab.

Ich empfand all das als erfrischend, fast als berauschend. Das Hochgefühl, das diese Ideen mir vermittelten, stellte jede Partystimmung in den Schatten, wirkte intensiver als jedes Besäufnis, sogar stärker als jeder Orgasmus. Mich machten *Ideen* high, mir verschafften *Abstraktionen* Lust.

Nachdem ich mich noch weiter eingelesen hatte, stellte ich fasziniert fest, dass das Emergenzprinzip völlig unabhängig von Größe und Maßstab der Objekte gilt. Ebenso wie Tiere entwickeln Atome sich durch Emergenz weiter. Mechanische Systeme neigen von sich aus zur Selbstorganisation, genau wie Lebewesen. Bienen teilen sich in Arbeiterinnen und Drohnen auf. Glühwürmchen flackern gemeinsam auf, wie auf Verabredung. Aus kosmischem Schutt entsteht eine Sonne und später ein Sonnensystem.

Aber natürlich liefern die Ameisen das beste Beispiel für ein lebendes emergentes System. Für sich genommen, ist eine Ameise nicht mit Bewusstsein begabt und ein Insekt niedriger Intelligenz mit sehr begrenzten Fähigkeiten. Doch in den Ameisenstaaten verbinden sich die Insekten zu komplexen Systemen und handeln fast wie ein einziges, hochintelligentes Wesen.

Und so wie mit Atomen und Ameisen verhält es sich auch mit dem ganzen Universum. Früher betrachtete die Wissenschaft die Naturgesetze als sakrosankt, als ein für allemal »gegeben«. Doch die Emergenztheorie legt nahe, dass auch das Universum eine Entwicklungsgeschichte hat. Und nicht nur das Universum, sondern auch die dort herrschenden Gesetze. Die Naturgesetze sind nicht »gegeben«, sie sind kein Geschenk irgendeiner launischen und (offen gesagt) geistig labilen Gottheit. Nein, diese Gesetze sind Systeme der Selbstorganisation. Sie passen sich an und verändern sich dabei. Und wenn sie es nicht tun, sterben sie aus. Folglich leben wir in einem von Naturgesetzen beherrschten Universum, das sich jede Stufe seiner Existenz erkämpfen musste.

Zwar bin ich von meiner Ausbildung her keine Naturwissenschaftlerin, trotzdem habe ich schnell erkannt, welche Bedeutung diese neuen Denkansätze haben. Meiner Meinung nach ist die Lehre von der Emergenz die Theorie, die alle anderen Theorien in sich vereinen kann. Sie erklärt, wie sich Leben und Intelligenz entwickeln konnten, und verbindet die Quantentheorie nicht nur mit kosmologischen und biologischen Theorien, sondern auch mit der Informatik.

Doch zu der Zeit, als ich an meinem Werk schrieb, hatten sich die Computer-Geeks die Untersuchung von Emergenz und Selbstorganisation unter den Nagel gerissen. Und dabei waren die zugrunde liegenden philosophischen Prinzipien (die frühe Theoretiker wie Lee Smolin so wunderbar seziert hatten) verloren gegangen. Die Geeks fragten ständig nur: *Wie funktioniert das?*, wussten aber nicht, dass man auch nach dem *Warum* fragen muss.

Mein originärer, wegweisender Ansatz bestand darin, die Grundsätze der Emergenztheorie und der Relativitätstheorie auf das menschliche Bewusstsein anzuwenden. Ich ...

(Die nächsten Seiten dürfen Sie getrost überschlagen, falls dieser Abschnitt Sie langweilt. Mir ist klar, dass er kompliziert und schwierig ist. Falls Sie also zu den armen Menschen mit Grashüpfergehirnen zählen, die abstrakte Gedankengänge nicht länger als ein paar Sekunden ertragen können, oder ein Kind des MTV ohne Durchhaltevermögen sind, das ständig durch die Kanäle zappt, dann überspringen Sie diesen Teil einfach! Blättern Sie zu den spannenden Seiten vor, auf denen ich mich mit Meisterverbrechern anlege und mein Leben täglich aufs Spiel setze. Nur los! Ich nehm's Ihnen nicht übel. Ist mir doch egal. Blättern Sie weiter!)

Doch falls Sie das nicht getan haben, erlaube ich mir, mit dieser schwierigen Materie fortzufahren. *(Und ohne diese Schwachköpfe sind wir eh besser dran!)*

Bei meinen eigenen philosophischen Überlegungen hat mich Immanuel Kant inspiriert, denn er hat sich mit dem Wesen von Erkenntnis und Wahrnehmung befasst. Genau wie Leibniz ist Kant ein Philosoph, der irgendwann aus der Mode kam; doch heute sind seine Ideen wesentlich für das moderne wissenschaftliche Denken. Außerdem hat mich der Dichter Samuel Taylor Coleridge beeinflusst. Coleridge, einer der ideenreichsten Kant-Schüler, unterschied zwischen der »primären Vorstellung«, die eine von unseren Sinnen erfasste Realität schafft, und der »sekundären Vorstellung« – Quelle der Dichtung –, die ihre Kraft der Tatsache verdankt, dass sie ein Schattenbild der primären Vorstellung ist.

Coleridge hat die sorgfältig ausgearbeitete kantische Philosophie auf wunderbar poetische Weise neu formuliert und aufgezeigt, dass Raum und Zeit nur Konstruktionen des wahrnehmenden Verstandes sind. Und das bedeutet:

Tag für Tag erschaffen wir unsere Welt neu.

Jedes Mal, wenn wir erwachen, entsteht die Welt ringsum neu, denn *wir selbst sorgen dafür*. Nach dem Aufwachen fühlen wir uns meistens einige Sekunden lang wie benebelt. Doch dann erinnern wir uns wieder daran, wer wir sind, was wir heute vorhaben und gestern und in den Jahren davor getan haben. Und damit fügt sich ein ganzes Netzwerk aus Assoziationen, Annahmen und Vorhersagen zusammen, das unseren Wahrnehmungen Kohärenz verleiht und sie kontrolliert. Selbst die Zeit existiert nur, weil wir sie als solche wahrnehmen; selbst die Vorstellung von Raum ist abhängig davon, wie unser Verstand die der Realität zugrunde liegenden Atome, Quarks oder Superstrings erfasst.

Wohlgemerkt bin ich keine Anhängerin des Solipsismus. Würden Sie und ich und der Rest der Menschheit nicht existieren, gäbe es immer noch ein äußeres Universum. Nach wie vor würden Löwen ihre Beute riechen, Fliegen Kot aufspüren und sich darin suhlen. *Doch das Gras wäre nicht so wunderbar grün, und die Rosen würden nicht so herrlich süß duften. Nichts in unserer Außenwelt hätte die besondere Schönheit und einzigartige Bedeutung, die das wahrnehmende menschliche Bewusstsein nicht nur bemerkt, sondern durch den Akt der Wahrnehmung auch selbst* ***schafft****.*

Deshalb, so meine These, verleiht uns unsere primäre Vorstellungskraft die Macht einer Gottheit, denn wir selbst erzeugen eine Welt und ein Universum voller Erinnerungen, Erwartungen und Emotionen. *Du bist Gott* – so habe ich es im prägnanten Untertitel meines Werkes ausgedrückt.

Auch ich bin Gott; wir alle sind Gottheiten unseres eigenen, persönlichen Universums. Nichts an der Realität ist einfach gegeben; wir müssen wirklich daran arbeiten, es ins Leben zu rufen ...

Der radikale Aspekt meines neuen Ansatzes bestand darin, die Grundsätze der Emergenztheorie auf das ganze Gebiet der Kognitionswissenschaften anzuwenden. Wenn wir davon ausgehen, dass die »Realität« nichts als ein Film ist, den wir in unserem Bewusstsein ablaufen lassen, verleiht das dem menschlichen Beobachter eine aktive anstelle einer passiven Rolle in seinem persönlichen Universum.

Und das stellt eine Verbindung zu den Versuchen her, die Eigenschaften des menschlichen Bewusstseins in Computersystemen zu replizieren – als »künstliche Intelligenz«. Doch meine Hypothesen gingen noch weit darüber hinaus, denn sie befassten sich sowohl mit der »primären Vorstellung« als auch mit der ihr eigenen Fähigkeit, ein kohärentes Universum zu schaffen, in dem die Zeit vergeht, der Raum sich ausdehnt und alle Ereignisse eine emotionale Resonanz haben und durch Erinnerungen und Erwartungen »eingefärbt« sind.

In meiner Einleitung vertrat ich die These, auch das Bewusstsein sei ein Beispiel für Emergenz; daher könne man die Realität (die vom Bewusstsein erzeugt wird) mit Axiomen der Emergenztheorie beschreiben. Im Hauptteil des Buches befasste ich mich mit Fallstudien *mentaler Systeme*, bei denen ich mich auf Lebenserinnerungen oder Biografien berühmter oder berüchtigter Leute stützte. Dabei zeigte ich auf, dass man die Weltsicht dieser Menschen durch Gleichungen der Emergenztheorie ausdrücken kann. Es waren viele Soziopathen und Serienmörder darunter. Mein Lieblingsbeispiel war Ted Bundy, aber auch Albert Walker, der den sogenannten »Rolex-Mord« begangen hat, lieferte spannendes Material. Dass ich für meine Fallstudien vorzugsweise Kriminelle auswählte, lag vor allem daran, dass ich hier aus dem Vollen schöpfen konnte: Es gibt jede Menge Informationen und psychologische Gutachten über psychisch gestörte Mörder, und sie sind leicht zugänglich. So bestand der Hauptteil meines Werks darin, einen neuen Ansatz zum Sezieren der Psyche aufzuzeigen.

Anstatt die üblichen Fragen aufzuwerfen, beschrieb ich die Psyche dieser Menschen ebenso gründlich wie wissenschaftlich dadurch, dass ich ihre *Verarbeitung der Realität* untersuchte. Psychopathen, um ein Extrem zu nennen, verarbeiten die Realität auf eine Weise, die keinen emotionalen Gehalt hat. Häufig geben Psychopathen, die zu Mördern geworden sind, offen zu, dass sie eigentlich gar keine Emotionen haben, sondern sie nur vortäuschen. Im Gegensatz dazu verarbeiten große Romanciers die Realität durch einen Prozess der glorifizierenden Fiktionalisierung ihres »Ich«. Eine weitere Variante liefern die Computer-Geeks: Sie zerlegen ihr Leben in eine Reihe von Aufgaben und Herausforderungen; das verleiht ihnen zwar jede

Menge Selbstbewusstsein, doch nur geringe emotionale Kompetenz.

Durchgängig verband ich die wissenschaftliche Analyse mit poetischen Einblicken ins Innenleben meiner Probanden. Ich tauchte sowohl in die Psyche großer Künstler ein als auch in die von Mördern, die monströse Verbrechen begangen hatten, und verwischte dabei die Grenzen zwischen Kunst und Wissenschaft und zwischen den einzelnen Wissenschaftsdisziplinen.

Schließlich holte ich tief Luft, schickte das Buch an meine Verleger und wartete auf die fällige Lobhudelei.

Vergeblich. Zwar wurde das Buch tatsächlich gedruckt, von der Presse angemessen beachtet, hin und wieder sogar recht wohlwollend rezensiert, doch in der Welt, die mir wichtig war, der akademischen, bekam es vernichtende Kritiken. Die ganze Gemeinschaft etablierter Wissenschaftler meldete sich zu Wort, um die wesentlichen Prämissen meines Werks zu zerpflücken und die an manchen Stellen unausgegorene Analyse lächerlich zu machen. Die Philosophen mokierten sich über die »Naivität«, mit der ich Kant ihrer Ansicht nach behandelt hatte, und behaupteten, ich hätte die Gefahren des platonischen Essentialismus schlichtweg ignoriert. Die Computer-Geeks entdeckten in meiner »kritischen Würdigung« von Rechensystemen einen Fehler nach dem anderen.

Bei den Kritikern zeichneten sich zwei Männer durch besondere Feindseligkeit aus: Professor John Gallagher von der Universität Iowa und Dr. Ralph Cutler von der Universität Auckland. Beide waren herausragende Wissenschaftler. Sie listeten alle faktischen Fehler in meiner – wie ich zugeben muss – allzu ehrgeizigen Analyse der Emergenz auf (ich hatte deren Wirkungsgeschichte vom Urknall bis zur Geburt des menschlichen Bewusstseins verfolgt). Doch sie höhnten nicht nur, sondern verfeinerten meinen Ansatz auch und machten ihn sich später zunutze. Offen gesagt, haben sie jede Menge Erkenntnisse und Ideen aus meinem Buch geklaut. Als Gallagher und Cutler fünfzehn Jahre später für ihre Arbeiten zur Emergenztheorie und zum menschlichen Bewusstsein den Nobelpreis erhielten, waren sehr wenige Menschen bereit, auch nur am Rande zu erwähnen, dass die beiden den ersten Ansatz dazu meinem populärwissenschaftlichen Werk entnommen hatten. Die von mir geklauten Erkenntnisse verschafften ihnen den Nobelpreis, während mein Lebenswerk *Du bist Gott* höchstens mal als Randnotiz in der Wissenschaftsgeschichte auftauchte. Wie so oft in meinem Leben hatte ich zwar die ganze Arbeit getan, doch die Lorbeeren heimsten andere ein.

Selbstverständlich hatte ich angesichts all dieser Verrisse meines Lebenswerks eine Stinkwut. Inzwischen ist mir klar, dass ich so hätte vorgehen sollen wie Newton und Darwin: alle Erkenntnisse für mich behalten, bis jedes Detail und jede Beobachtung auf Herz und Nieren geprüft ist. Doch das hatte ich nun mal versäumt. Ich war in all dem Material ertrunken, hatte aber trotzdem das erhebende Gefühl gehabt, wunderbar voranzukommen, und das Buch viel zu früh in Druck gegeben. Ganze Abschnitte hatte ich durch wacklige Schlussfolgerungen aus stichhaltigen Prämissen entwertet, zahllose Fehler übersehen und dadurch viel von meiner wissenschaftlichen Glaubwürdigkeit eingebüßt.

Trotzdem habe ich richtig gelegen. Lesen Sie das Buch, dann können Sie sich selbst davon überzeugen. Meine Schultern haben jene Geistesriesen gestützt, die nach oben wollten und dabei skrupellos die unverhoffte Chance nutzten. Ich war das Sprungbrett, das unverzüglich abgesägt wurde. Der Schwachkopf, den man zum Narren halten konnte.

Doch seltsamerweise erntete ich nicht nur Hohn und Spott. *Du bist Gott* erreichte eine breite Leserschaft und wurde so etwas wie ein Kultbuch, ähnlich populär wie *Zen und die Kunst, ein Motorrad zu warten* und *Tao Te Puh – Das Buch vom Tao und Puh dem Bären.*

Zu den zahlreichen Fans gehörte auch ein Mann namens John Sharpton, damals Bevollmächtigter der UN-Polizeitruppe. Sharpton empfahl das Buch mehreren Kollegen. Allen gefielen die sehr detaillierten Fallstudien von Psychopathen, denn sie vermittelten ihnen etliche interessante und praktisch nutzbare Einblicke in die Denkweisen von Verbrechern.

Das hatte zur Folge, dass mir bald darauf nicht nur ein neuer Job angeboten wurde, sondern auch eine völlig neue berufliche Laufbahn. Sharpton lud mich zu einer Sitzung ein und rückte zu meiner Verblüffung damit heraus, er wolle mich als wissenschaftliche Beraterin für eine weltweit operierende Spezialeinheit der Polizei engagieren. Die Aufgabe dieser Spezialeinheit bestehe darin, gesuchte Schwerverbrecher und Drahtzieher – die »großen Fische« der internationalen Szene – aus dem Verkehr zu ziehen und einzubuchten. Selbstverständlich machte er mir das Angebot nur wegen der Fallstudien von Psychopathen und Kriminellen im Hauptteil meines Werks. Das philosophische Fundament war für jeden der hier versammelten Polizeibeauftragten ein Buch mit sieben Siegeln. Diese erfahrenen Polizeibeamten hielten mich, die Autodidaktin, für eine wahre Expertin der psychologischen Kriminologie, und nur deshalb baten sie mich, ihr Team zu verstärken und ihre Ermittlungen gegen internationale Rauschgifthändler zu unterstützen.

Und darüber freute ich mich so, dass ich auf der Stelle zusagte.

Jetzt war ich selbst jemand, der – genau wie Newton – Verbrecher überführen würde.

Ich besorgte mir eine lederne Bomberjacke.

Zwar sah ich darin völlig verrückt aus, doch ich fand, dass sie zu meinem neuen Job und dem neuen Beruf passte.

Mein Dezernatschef war Kriminalinspektor Tom Greig, ein netter, kräftiger und schlichtweg erdrückender Riese von Mann. Ich traf mich mit ihm in einem Café in der Nähe der Londoner Victoria Station und sah staunend und ehrfürchtig zu, wie er nicht nur *ein* üppiges warmes Frühstück, sondern gleich zwei Portionen davon vor meinen Augen verdrückte, ohne je eine Atempause zu machen und mit dem Essen innezuhalten. Und dabei redete er sogar noch wie ein Wasserfall und erklärte mir, welche Arbeit man von mir erwartete.

Ich war nervös, geradezu panisch nervös, was Tom auch merkte, doch mit seinen liebenswürdigen, altmodischen Umgangsformen schaffte er es schnell, mir die Angst zu nehmen. In seinen Augen war ich die neue »sexy Wissenschaftlerin« des Teams, der er bei der Eingewöhnung helfen musste. Er behandelte mich mit so viel Höflichkeit und Respekt, wie ich es vorher nie erlebt hatte.

Es dauerte nur einen Monat, bis ich mit diesem Prachtexemplar von Mann schlief. Ich konnte mein Glück kaum fassen.

Eine Woche nach unserem ersten Treffen machte er mich mit den anderen Mitgliedern der Gruppe bekannt, die ihr Domizil in einem Büro nahe der Tower Bridge hatten. Zu unserem Team zählten Tosh, ein Mann mit Bierbauch aus Glasgow, der anderen gern Streiche spielte, Mickey »Hurly-Burly« Hurley, gebaut wie ein Schrank und ein ausgesprochener Witzbold, die Hochschulabsolventin Michiyo, Fremdsprachenexpertin und Kampfsportlerin mit überaus geschmeidigem Körper, »Blacks«, der Computer-Geek, und die aus Ghana stammende Prinzessin Natascha, die mehr Charisma besaß, als man einem Menschen je zugestehen sollte. Sergeant Rachel leitete die Gruppe und hatte das Format, jeden zur Schnecke zu machen.

Obwohl hier völlig gegensätzliche Persönlichkeiten aufeinanderprallten, wuchsen wir zu einem eingeschworenen Team zusammen. Die anderen neckten mich oft wegen meiner Vorliebe für praktisches Schuhwerk und meiner reservierten Art, verpassten mir den Spitznamen »die Professorin« und genossen es, mich mit ihren unflätigen Witzen zu schockieren. In unserem Dezernat, in dem es wie in einem Taubenschlag zuging, flogen unanständige Anspielungen und lockeres Geplänkel ständig hin und her. Ein größerer Unterschied zu dem akademischen Umfeld, an das ich gewöhnt war, ist kaum vorstellbar. Mit der Zeit lernte ich, »Scheißkerl« als Kosewort und »Fotze« zur Kennzeichnung bestimmter Eigenschaften zu gebrauchen. Irgendwann schaffte ich es sogar, in jambischem Versmaß zu fluchen, was ich – wenn auch niemand sonst – recht lustig fand.

Es folgten fünf wirklich erstaunliche Jahre. Unser Dezernat hatte sich zum Ziel gesetzt, die schlimmsten Verbrecher der Welt aufzuspüren, zu zermürben und in psychologischer Hinsicht zu vernichten. Auf unserer Fahndungsliste standen südamerikanische Drogendealer, *Capi* der Mafia, osteuropäische Oligarchen, Chefs chinesischer Triaden, auf Geldwäsche spezialisierte Schreibtischtäter, Leiter pädophiler Ringe, paramilitärische Gangster, Todesschwadronen und viele andere, die sich dem organisierten Verbrechen verschrieben hatten. Juristische Beschränkungen unserer Zuständigkeit existierten nicht. Wir konnten überall operieren, in Amerika, Europa einschließlich Osteuropa, Asien, Afrika. Für uns galten auch nicht die Regeln des *Fair Play*. Sobald wir einen der Topkriminellen ins Visier genommen hatten, nutzten wir alle uns zugänglichen Mittel, um dessen Organisation zu unterwandern und zu zerschlagen.

Hassbriefe.

Willkürliche Steuerprüfungen.

Psychologische Spielchen.

Und am häufigsten: geistige Zermürbung, die Kunst der psychologischen Manipulation.

Ein Beispiel: Wong-Kei, Chef einer chinesischen Triade. Er stammte aus einer alten Dynastie von Gangstern, Menschenhändlern und Zuhältern und operierte von Beijing aus. An irgendeinem turbulenten Morgen im März gab Tom uns Hintergrundinformationen zum Fall Wong-Kei. Wir sahen uns Videos seiner Opfer an, analysierten Flussdiagramme seines kriminellen Imperiums und legten anschließend unsere Vorgehensweise fest.

Als Erstes nahm Michiyo als Undercoveragentin die Ermittlungen in Wong-Keis Organisation auf. Sie verdingte sich als Drogenkurier. Ihr Job bestand darin, in Kondome verpacktes Heroin zu befördern, indem sie die Dinger hinunterschluckte und tagelang in ihrem Dickdarm mit sich herumschleppte. Da das sehr riskant war, sorgten wir dafür, dass ein Sanitäterteam Michiyo ständig im Auge behielt. Doch aufgrund ihres Muts erhielten wir Zugang zu Wong-Keis innerem Reich. Zwar begegnete sie dem Chef der Triade nie persönlich, doch sie lernte seine Handlanger kennen und verkehrte bald darauf in allen Bars und Stammkneipen seiner Bande. Überall, wo Michiyo hinging, verteilte sie winzige selbst replizierende Wanzen. Auf jeder Hand, die sie schüttelte, auf jeder Wange, die sie küsste, hinterließ sie Sender in der Größe von Molekülen, die das Opfer sich nur mithilfe starker Dampfstrahlen oder chemischer Lösungen von der Haut entfernen konnte.

Es dauerte nicht lange, bis wir in unserer Abhörzentrale alle Gespräche von Wong-Keis Gefolgsleuten in Echtzeit belauschen konnten. Michiyo brachten wir unverzüglich in eine Klinik, wo sie einen Einlauf bekam, der die tödlichen Kondome aus ihren Gedärmen schwemmte. Noch ein halbes Jahr lang schwankte sie beim Gehen und beugte die Beine dabei leicht.

Inzwischen koordinierten Tosh und Rachel eine Überwachungsaktion, die uns ein überaus detailliertes psychologisches Profil von Wong-Kei und Aufschluss über dessen Beziehungen zu seiner Familie, seinen zahlreichen Geliebten und den unehelichen Kindern verschaffte. Blacks fügte alle Informationen zusammen und erzeugte auf dem Computer ein verblüffend komplexes Muster, das die verborgenen Verbindungen zwischen den winzigsten Einzelheiten enthüllte.

Danach machte ich mich an die Arbeit, las die Abschriften der abgehörten Telefongespräche, ging die Fotos durch, mit denen wir Wong-Keis Schritte Tag für Tag festgehalten hatten, durchforstete seine E-Mails, scrollte durch die Kopien seines verschlüsselten persönlichen Tagebuchs, befasste mich mit den Lebensgeschichten seiner früheren und gegenwärtigen Geliebten, seiner Freunde, Angestellten und Kinder. Sogar seine Eltern, Geschwister und Jugendfreunde unterzog ich einer theoretischen Psychoanalyse.

Anschließend wandelte ich all meine Daten in komplexe emergenztheoretische Gleichungen um und arbeitete mithilfe der Spieltheorie einen Plan aus, mit dem ich ihn drankriegen wollte.

Wong-Kei war zutiefst abergläubisch, und das galt es, auszunutzen. Also sorgten wir dafür, dass er in seiner alltäglichen Umgebung ständig auf böse Omen stieß. Um Halluzinationen und Panikattacken bei ihm auszulösen, mischten wir ihm psychotropische Drogen ins Essen. Wir verfassten Horoskope, die ihm den Untergang prophezeiten, und schmuggelten sie in sein Haus. Schwarze Katzen richteten wir darauf ab, seinen Weg zu kreuzen. In Wong-Keis

Lieblingsrestaurant installierten wir einen Spiegel, der sein Ebenbild nicht reflektierte. (Und entfernten den Spiegel wieder, ehe er anderen Gästen auffiel.) Wir stahlen die Knochen seiner Großeltern, zermahlten sie zu Asche und streuten sie über ihm aus, während er schlief. (Später, während eines routinemäßigen DNA-Tests, erfuhr Wong-Kei zu seiner Bestürzung, dass auf seiner Gesichtshaut DNA der längst verstorbenen Großmutter nachzuweisen war.)

Dann gingen wir zu Phase zwei über: Wir verbreiteten das Gerücht, Wong-Kei sei ein Perverser, der seine Enkelkinder sexuell missbraucht habe. Zusehends begann seine Ehe danach zu bröckeln. Mir war klar, dass genau das passieren würde, denn ich wusste, dass seine Frau bereits einen Verdacht in dieser Richtung hegte und befürchtete, er treibe es mit minderjährigen Prostituierten. Außerdem wusste ich, dass Wong-Kei immer wieder eindeutig pädophile Träume hatte, die sein sexuelles Selbstbild schwer erschütterten. (Meine Kenntnisse basierten auf einem Bewerbungsbogen, den er mit dreiundzwanzig Jahren ausgefüllt hatte, auf einem Gespräch, das er im Alter von neununddreißig Jahren nach dem Genuss von drei großen Rémy Martins in einer Bar in Beijing mit einer männlichen Zufallsbekanntschaft geführt hatte, und einer psychologisch aufschlussreichen Kurzgeschichte, die er als Neunzehnjähriger während der Studienzeit verfasst hatte.) Darüber hinaus war mir klar, dass Wong-Kei es nie fertigbringen würde, sich mit seiner Frau zusammenzusetzen, um offen und ehrlich über die kursierenden Gerüchte zu reden. Das ließ sein Stolz nicht zu. Stets hatte sein Vater ihm geraten: »Sprich deine persönlichen Angelegenheiten niemals mit deiner Frau durch. Stell sie stets vor vollendete Tatsachen.« All diese so tief eingewurzelten Instinkte machten ihn äußerst verletzlich, und das zu einer Zeit, in der die ständig auftauchenden bösen Omen ihm in jeder Hinsicht Angst einjagten.

In allen Phasen unseres Feldzugs konnte ich mich auf so detaillierte und umfassende Kenntnisse über Wong-Kei stützen, dass ich mir manchmal wie der Herrgott vorkam, der ihm am Tag des Jüngsten Gerichts peinlich genau alle Sünden vor Augen führte. Ich wusste, was seine Lieblingsfarben waren und welche Blumen er nicht mochte, wie man ihn mit Worten verletzen konnte, und dass es ihn ekelte, wenn Menschen in seiner Gegenwart niesten. Ich kannte all seine Ticks und Macken.

Unsere langwierige Verfolgungskampagne zahlte sich aus. Wong-Kei wurde vergesslich und war ständig übel gelaunt. Er kümmerte sich kaum noch um seine altersgebrechliche Mutter, behandelte seine jüngere Schwester brutal, schlug sie sogar und erging sich anschließend in Selbstvorwürfen. Nach und nach vergaß er sogar ganz alltägliche Dinge wie den Markennamen seines Lieblingsbiers. Und seine Libido ließ bedenklich nach, wie er zu seiner Bestürzung feststellen musste.

Während Wong-Keis Verstand immer mehr durcheinandergeriet, büßte er gleichzeitig viel von seinem Urteilsvermögen ein. Früher hatte er umfassende Sicherheitsvorkehrungen getroffen, jetzt wiesen sie Lücken auf. Er begann sich mit anderen Triaden-Chefs herumzustreiten und Fehden mit ihnen auszutragen. Einen engen Verbündeten beleidigte er, indem er ihn als Schwulen bezeichnete. Selbst in den eigenen Reihen kam es zu Querelen.

An diesem Punkt trat unser Vollzugsteam in Aktion, lancierte einen konventionellen Köder und legte ihn Wong-Kei vor die Nase. Seines früher so scharfen Urteilsvermögens beraubt, machte er einen groben Schnitzer, ließ sich bedenkenlos auf das plumpe Täuschungsmanöver ein und tappte prompt in die von uns gestellte Falle.

Als wir genügend Videomaterial und forensische Beweise zusammengetragen hatten, wurde Wong-Kei verhaftet und von Beamten, die für die vereinigte Weltpolizei arbeiteten, vor Gericht gestellt. Unsere Leute hielten sich aus dem Prozess heraus, ließen sich nicht blicken und traten vor Gericht auch nicht als Zeugen in Erscheinung. Wir existierten nicht.

Selbst Wong-Kei hatte keine Ahnung, dass wir seinen psychischen Zusammenbruch und sein persönliches Versagen künstlich herbeigeführt hatten. Er gab sich selbst die Schuld daran und nahm an, er habe eine Midlife-Crisis durchgemacht. Zur Halbzeit des Prozesses beging er Selbstmord, und Billy Shen, sein nächster jüngerer Verwandter, übernahm die Organisation. Billy kannten wir schon lange, er war einer unserer besten Informanten. Ihn konnten wir wie eine Marionette lenken, und durch ihn die größte Triade im Fernen Osten. Das ging volle zwei Jahre so. Danach führten wir weitere Festnahmen durch, ließen Billy ziehen und lancierten eine umfassende Überwachung. Nach und nach begann Billys Imperium auseinanderzubrechen, vor allem dank der Informationen, die der nominelle Triaden-Chef uns höchstpersönlich zuspielte.

Als ein Machtvakuum entstand, nutzten andere Gangster die Situation dazu aus, Wong-Keis bröckelndes Imperium an sich zu reißen. Neue Schmarotzer ersetzten diejenigen, die wir aus dem Verkehr gezogen hatten. Doch nie wieder erlangte ein Triaden-Chef so uneingeschränkte Macht und Autorität, wie Wong-Kei sie genossen hatte.

Wir wandten uns anderen Aufgaben zu, und mit jedem neuen Auftrag wuchsen meine Fachkenntnisse und mein Selbstvertrauen. Ich setzte neue Maßstäbe für die kriminologische Ermittlung, meisterte Computersysteme, die selbst bei höchst komplexen Menschen jeden Charakterfehler, jede Schwäche erfassen und entsprechende Korrelationen herstellen konnten. Immer wieder analysierte ich Zeugenaussagen, lernte die Ängste unserer Zielpersonen kennen, die

Lieblingsfantasien beim Masturbieren, den Inhalt der Websites, die sie in den vergangenen zehn Jahren besucht hatten, die Kleidungsvorlieben, die Affären und Freundschaften, die heimlichen Träume und Sehnsüchte.

Zu meinen Lieblingsjobs zählte die »virtuelle Demontage« eines prominenten Handelsbankiers namens Robert Roxborough, der sich jahrzehntelang als Geldwäscher und Hehler für gestohlene Kunstwerke hervorgetan hatte. Wieder einmal begann das Team damit, die nötigen Informationen zusammenzutragen. Michiyo und Tosh verdingten sich in der Kunstgalerie eines portugiesischen Philanthropen namens Ramon. Gleichzeitig zapften wir alle Telefone der Mitarbeiter und Familienangehörigen Roxboroughs an und nahmen die Prostituierten, mit denen er verkehrte, erst unter die Lupe und dann ins Verhör. Danach übertrug ich alle Informationen auf meine »Menschenmatrix« und entwarf eine Strategie, die ihm den Boden unter den Füßen wegziehen sollte. Ich kam schnell zu dem Schluss, dass Roxborough allzu stur und ausgeglichen war, um ihn mit ähnlichen Methoden wie im Fall Wong-Kei psychisch zu erschüttern. Also entschied ich mich für ein Vorgehen, das eher an Roxboroughs Unterbewusstsein ansetzte.

Ich sorgte dafür, dass jedes Gemälde in Roxboroughs privater Kunstsammlung mit dem Aroma beschmiert wurde, das wir den Schweißdrüsen eines Hundes entnommen hatten. Dieses Aroma vermischten wir vor der Aktion mit menschlichen Pheromonen. Danach fädelte ich es so ein, dass Hunde, die wir mit diesem Aroma versehen waren, ihm zehn Wochen lang Tag für Tag nachliefen. Wohin er sich auch wandte: Die Hunde kamen mit. Um ihnen aus dem Weg zu gehen, unterließ er schließlich alle Spaziergänge im Park und traute sich auch nicht mehr auf die Straße. Doch auch in seiner privaten Kunstgalerie umgab ihn dieser penetrante Geruch, der bei ihm Brechreiz auslöste. Zwar ekelte er sich davor, doch der Gestank machte ihn auch furchtbar geil. Jedes Mal, wenn er einen Poussin, Pollock oder das Werk eines begabten neuen und von ihm geförderten Künstlers betrachtete, überwältigte ihn eine abartige sexuelle Verzückung. Nach zehn Wochen wusste dieser arme Mensch nicht mehr, ob er seine Gemälde ficken oder lieber Straßenköter einfangen sollte.

Schließlich entwickelte Roxborough eine Phobie gegenüber Kunstwerken jeglicher Stilrichtung und Machart und zog sich stillschweigend aus dem Handel mit gestohlenen Kunstschätzen zurück.

Danach beauftragten wir jemand damit, ihm die Brieftasche zu klauen. Im Labor nahm ich mir Roxboroughs Geldscheine und Kreditkarten vor und verlieh ihnen mittels eines langsam wirkenden Extrakts ein ganz eigenes Aroma. Nicht einmal zwanzig Minuten später jubelten wir ihm die Brieftasche wieder unter, und der Extrakt begann zu wirken: An Geld und Kreditkarten haftete jetzt ein schwacher, dennoch unverkennbarer Gestank. Kein Wunder, denn für unsere brillante Mischung hatten wir tote Maden und verwestes Menschenfleisch miteinander verquirlt. Von nun an würde Roxborough Geld mit Verwesung und Tod assoziieren.

Irgendwann ließen wir ihn wegen einer ganzen Serie von Straftaten verhaften – wir hatten mehr als genügend Beweismaterial gegen ihn zusammengetragen. Doch wir trieben das Spielchen mit ihm so lange wie möglich weiter, denn es reichte uns nicht, den Mann nur zu bestrafen; vor allem wollten wir dem Drecksack *den Spaß verderben*.

Anschließend konzentrierten wir uns auf den Osten. Die osteuropäischen Oligarchen waren damals in vier große Fraktionen gespalten, doch trotz des unterschiedlichen ethnischen Hintergrunds verband sie ein gemeinsames Interesse. Sie hielten sich strikt an einen Waffenstillstand, der nur gelegentlich durch irgendwelche Meuchelmorde gebrochen wurde. Der Friede, der zwischen ihnen herrschte, war zwar recht prekär, doch in der Regel respektierten sie die wechselseitigen Abmachungen.

Bis die Tochter eines Gangsterbosses vergewaltigt wurde. Selbstverständlich war diese Vergewaltigung frei erfunden. Wir zahlten der Tochter des Gangsters – sie hieß Anya – eine Million Dollar für ihre Geschichte. Sie erzählte herum, sie sei von einem Dutzend russischer Bandenmitglieder misshandelt und vergewaltigt worden. Danach tauchte sie stillschweigend in den Westen ab und fand eine neue Heimat in Minnesota.

Nach den Befunden des medizinischen Polizeiberichts war Anya tatsächlich brutal vergewaltigt worden, sogar jahrelang, und hatte mehrere Tripperinfektionen hinter sich. Offenbar zählte der sexuelle Missbrauch zu den eigenwilligen Erziehungsmethoden ihres Vaters. Dennoch schäumte Grigori Valentin vor Wut, als er von seiner Erstgeborenen erfuhr, dass eine ganze Bande sich an ihr vergangen hatte, denn das fasste er als persönliche Beleidigung auf. Als ein »unabhängiger Zeuge« aussagte, der Anführer der Fraktion B habe Anyas Vergewaltigung nicht nur gebilligt, sondern sogar selbst mitgemacht, griff Valentin zur Waffe und erklärte den Bandenkrieg für eröffnet. Die meisten Mitglieder der Fraktion B wurden auf bestialische Weise ermordet.

Danach spielten wir der Fraktion C Beweismaterial dafür zu, dass Valentin sie im Auftrag des FBI bespitzelt hatte. Auch er fand einen grausamen Tod.

Nach sechs Monaten blutiger Fehden mischte sich Fraktion D ein, um die Überreste der Organisationen stillschweigend um sich zu sammeln. Doch zu diesem Zeitpunkt verfügten wir bereits über ein dichtes Überwachungsnetz und konnten umfassendes Beweismaterial gegen Fraktion D vorlegen. Die folgenden Massenverhaftungen bedeuteten das Ende der Bandenoligarchie.

Auf diese Weise gelang es uns, Osteuropa zu befrieden. 2055 fegte ein Sturm durch die Oststaaten, der überall demokratische, vom organisierten Verbrechen unabhängige Regierungen an die Macht brachte. Albanien wurde zum Musterbeispiel wachsender Prosperität und machte sich mit seiner Nanotechnologie und der faszinierenden modernen Architektur weltweit einen Namen.

Anya Valentin starb im gesegneten Alter von hundertvier Jahren in der Kleinstadt im Staate Minnesota, die sie zu ihrer neuen Heimat gemacht hatte – bewundert und geliebt von vielen Schülergenerationen. Als Rektorin hatte sie ihre Schule viele Jahrzehnte lang mit unnachgiebiger Strenge und allseits gefürchtetem Humor geleitet.

Immer noch habe ich überaus plastische Erinnerungen an die Zeit in unserer Spezialeinheit; immer noch besitze ich die Tonaufzeichnungen der Frotzeleien und Einsatzbesprechungen, die ich in späteren Dienstjahren Abend für Abend vom Mikrochip in meinem Hörgerät herunterlud.

Hurly-Burly hatte auch eine weiche Seite. Stets war er mein Beschützer und dem außerordentlich ungeselligen und sozial isolierten Computer-Geek Blacks ein liebevoller Freund. Natascha war zwar leicht reizbar und wurde schnell wütend, doch im Laufe der Jahre lernte sie, in mir eher eine altjüngferliche Tante als eine sexuelle Rivalin zu sehen. (Meine Güte, diese Frau hat wirklich *herumgehurt* ...) Ich weiß noch, wie Michiyo bei einer Party in unserem Büro Karaoke sang – Hits aus den 1970er-Jahren – und dabei eine überraschend kräftige Soulstimme offenbarte. Und wie Rachel, als sie während eines fehlgeschlagenen Festnahmeversuchs angeschossen wurde, die Verletzung lachend als belanglos abtat; diese lockere, spöttische Art war typisch für sie. Zwei Wochen später erschien sie schon wieder zum Dienst und genoss es, die Hose herunterzuziehen, um mit der Narbe auf ihrer linken Gesäßbacke anzugeben. Tosh war gefährlich nahe dran, zum Alkoholiker zu werden. Immer wieder kam es vor, dass er sich einen Spaß mit Verhörabschriften machte, sodass sie mit dem Satz endeten: »An diesem Punkt gab Kriminalinspektor Greig dem tatverdächtigen Drecksack eins in die Fresse.« Dreimal wurde Tosh wegen »Verfälschung offizieller Verhörprotokolle« vom Dienst suspendiert, doch jedes Mal lachte er nur laut und herzhaft über die Disziplinarmaßnahme. Viele Jahre später erfuhr ich, dass Tosh ein Bigamist war. Zwar hatte er zwei Ehefrauen, doch er vernachlässigte die eine wie die andere, denn er verbrachte das ganze Leben im Büro, mit seinem Team. Das war seine Welt.

Selbst ohne die Hilfe von Tonaufzeichnungen kann ich meine Kollegen von damals heraufbeschwören. Ich brauche nur an irgendein Stichwort zu denken, dann spüre ich ihre Gegenwart, ihre Energie, ihren albernen, skurrilen Humor. Und ich kann mich auch noch lebhaft daran erinnern, wie Tom mit mir geschlafen hat, wie ich nackt und keuchend dalag, stöhnend zum Orgasmus kam und danach einschlief. Ich brauche nur daran zu denken, dann kann ich ihn zurückrufen, obwohl es ... ach, so viele Jahre her ist, seit wir uns ein letztes Mal getroffen oder miteinander geredet haben. Tom starb mit zweiundneunzig Jahren an einem Schlaganfall. Ich ging nicht zur Beerdigung. In jener Zeit hielt ich mich von allen Beerdigungen fern.

Aber damals, als er unser Team leitete, war so viel Leben in ihm, und er strahlte diese Lebensfreude auch aus. Die Geschichten, die er erzählte ... Stets setzte er unbefangen voraus, dass man ihm gern zuhörte. Mit seiner Präsenz nahm er den ganzen Raum ein. »Diese Geschichte ist wirklich toll«, begann er oft und machte danach eine kleine Kunstpause, worauf alle verstummten, bis er so weit war, damit herauszurücken.

Nach fünf Jahren wurde die Spezialeinheit aufgelöst, denn es kursierten Gerüchte über Korruption und Amtsmissbrauch in unseren Reihen. Selbstverständlich war Tom sagenhaft korrupt und verließ den Dienst als wohlhabender Mann. Auch ich legte mein Amt nieder und zog mit Tom nach Dorking. Es dauerte nur sechs Monate, bis wir einander in den Wahnsinn trieben. Deshalb verließ ich England und flog nach Florenz, um meine Kenntnisse in Kunstgeschichte aufzufrischen.

Und hier war es auch, auf der Piazza Signoria, wo mir ein seltsames Gefühl den Atem nahm. Während ich zu der offenen Bogenhalle hinübersah, wo der steinerne Perseus der Medusa das Haupt abschlägt, begann ich zu hyperventilieren. Mein ganzer Körper tat mir weh. Einen Moment lang hielt ich es für das Stendhal-Syndrom, glaubte, das Hochgefühl angesichts dieser Kunst sei einfach zu stark für mich gewesen.

Die Wahrheit war sehr viel prosaischer. Ich schaffte es gerade noch, den Notruf zu wählen, einen Krankenwagen anzufordern und drohenden Herzstillstand anzukündigen, dann schlug ich hart auf dem Boden auf. Es dauerte nur Minuten, bis die Sanitäter eintrafen und mich für klinisch tot erklärten. Sie schlossen mich an ein Lebenserhaltungssystem an und versorgten mein Hirn mit Sauerstoff, während mein Herz bebte und Krämpfe durchlitt. Ich war gestorben, doch sollte zu neuem Leben erwachen.

Und so begann die nächste Phase meines langen, langen Lebens.

Nie habe ich ewig leben wollen.

Doch es ist gut möglich,
dass es so kommt.

Die Gesundheit ist ein Gebiet, das mich stets fasziniert hat. Vermutlich vor allem deshalb, weil ich nie mit Gesundheit gesegnet war. Schon mit fünf Jahren brauchte ich eine Brille. Schon mit neunzehn litt ich unter Haarausfall. Schon mit einunddreißig musste ich ständig ein Hörgerät tragen. Und natürlich bekam ich in der Sonne regelmäßig heftigen Sonnenbrand, sodass die Haut sich schälte und Narben zurückblieben.

Also versuchte ich, diese Mängel in Vorteile umzuwandeln. Nach Jahren, in denen mich eine unförmige Brille verunstaltet hatte, konnte ich irgendwann konvexe, multifunktionale, weiche, entfernbare Kontaktlinsen erstehen, die meine Sehschwäche vollständig ausglichen. Es waren »intelligente« Linsen, die sich täglich, sogar stündlich Augen und Umgebungsbedingungen anpassten. Mit diesen Linsen konnte ich auch abends perfekt sehen und winzig Kleingedrucktes entziffern (was neunundneunzig Prozent der Menschen mit durchschnittlich guter Sehkraft ohne Lupe nicht geschafft hätten). Nie trockneten meine Augen aus, nie war mein Blick getrübt. Wenn ich ein wenig herumexperimentierte, konnte ich mein Blickfeld sogar so erweitern, als hätte ich ein billiges Fernglas vor den Augen. Die Linsen kosteten mich fast sechs Monatsgehälter, aber das waren sie mir wert.

Als meine Taubheit mit den Jahren immer schlimmer wurde, überredete ich die Krankenversicherungsstelle in der Universität dazu, mir anstelle der ursprünglich genehmigten unförmigen Hörstecker völlig unauffällige Apparate für das innere Ohr zu bezahlen. Die beiden schlanken Plastikröhrchen glitten mühelos in die Ohren und passten sich perfekt den Konturen der inneren Gehörgänge an. Schon seit ihrer Einführung Anfang des einundzwanzigsten Jahrhunderts wurden diese digitalen Hörgeräte von Minicomputern gesteuert. Sie waren so auf die spezifischen Bedürfnisse ihrer Träger zugeschnitten, dass sie nur die schwer hörbaren Frequenzen verstärkten. Das sorgte für eine makellose Klangqualität. Und mittels der Feinabstimmung konnte ich die Apparate so akkurat einstellen, dass ich in einem voll besetzten Restaurant sogar Unterhaltungen mitbekam, die auf der anderen Seite des Gastraums geführt wurden. Bei einem über Handy geführten Gespräch war ich in der Lage, beide Teilnehmer zu belauschen. Ich konnte buchstäblich eine Stecknadel fallen hören.

Als mein Buch zum zweiten Mal aufgelegt wurde, schnellten die Verkaufszahlen so steil in die Höhe, dass mein Vermögen sich verdoppelte. Selbstverständlich trug zu diesem Erfolg bei, dass ich als »Beraterin der UN-Polizeitruppe« mittlerweile eine halbwegs prominente Person war. Außerdem hatte ich ein paar Pfunde an den richtigen Stellen zugelegt – jedenfalls so viel, dass ich nicht mehr wie eine verhungerte Bibliothekarin aussah – und zog mich anders an als früher. Ich sah fast schon sexy aus; das Buch schlug ein, ich wurde reich.

Doch ich befasste mich auch weiterhin mit der Verfeinerung meiner technischen Hilfsmittel und war eine der Ersten, die sich daran machten, die Datenverarbeitungskapazität der intelligenten Kontaktlinsen zu erhöhen. Außerdem war ich Vorreiterin bei allen Versuchen, eine drahtlose Verbindung zwischen Computern mit Fernsteuerung und dem »Gehirn« der intelligenten Linsen herzustellen. Meine Erfahrungen übertrug ich danach auch auf das Hörgerät. Ich beschaffte mir einen sehr kostspieligen Subvocalizer, der mir mittels Signalen meines Hörgeräts Zugang zu Computerprogrammen verschaffte. Dazu musste ich meine Befehle nur stimmlos eingeben.

Gleichzeitig begann ich in einem Sportstudio zu trainieren und ließ meine Brust ohne chirurgischen Eingriff vergrößern – nicht besonders auffällig, nur so, dass ich eine sinnliche, kurvenreiche Figur bekam und die Brustwarzen sich auf erregende Weise nach oben reckten. Mit einem Melatonin-Implantat schaffte ich es, die Sommersprossen loszuwerden und eine Hauttönung zu bekommen, die das ganze Jahr über wunderbar golden schimmerte. In den letzten Jahren meiner Zusammenarbeit mit Tom und dem Team war ich nicht mehr der blasse, magere Nerd, sondern ein eleganter Nerd mit Bronzehaut und schönem Busen. In psychologischer Hinsicht bedeutete das für mich eine enorme Veränderung.

Doch dann erlitt ich nach der Auflösung unserer Spezialeinheit den Herzinfarkt. Als ich wieder zu Bewusstsein kam, bestand ich darauf, dass die Ärzte mir anstelle eines biologischen Herzens, eines Schweineherzens, ein intelligentes Herz aus Bioplastik einsetzten. Automatisch überwachte und regulierte es Ablagerungen in den Arterien, außerdem hatte es eine phänomenale Pumpkapazität.

Tom besuchte mich im Krankenhaus, aber so launisch und brutal, wie ich damals war, wollte ich nichts mehr mit ihm zu tun haben. Ich merkte, wie sehr ihn das verletzte: Sein stolzer Körper sackte vor Kummer geradezu zusammen. Doch mein Gefühlsleben hatte sich verändert. Ich war jetzt eine neue Frau, und Tom war Teil der alten Lena, deshalb musste ich ihn aus meinem Leben verbannen.

Wenige Monate nach der Entlassung aus dem Krankenhaus nahm ich mein Training auf. Ich joggte, stemmte Gewichte und machte zur Entspannung Yoga. Mein Körper war mir so heilig wie ein Tempel. Es dauerte nicht lange, bis ich fit, bald darauf sehr fit und später beängstigend fit war. Mit dem neuen Herzen konnte ich eine Meile in drei Minuten laufen, ohne außer Atem zu geraten, und brauchte auch nie mehr einen Herzinfarkt oder Schlaganfall zu befürchten. Hinzu kam die verstärkte Sauerstoffzufuhr, von der meine Muskeln profitierten. Und so schaffte ich es, meine körperlichen Leistungen im Vergleich zu früher zu verdoppeln. Tag für Tag überprüfte das Herz mikrobengroße ionisierte Sonden in meinem Blutstrom und meldete einem medizinischen Computer jede Unregelmäßigkeit. Kleinere Probleme mit dem Herzen oder den Arterien wurden lange vor der Zeit gelöst, in der sie sich zu schwerwiegenden Problemen hätten auswachsen können.

Das neue Herz kostete mich zwei Millionen Euro. Nachdem ich es bezahlt hatte, war ich völlig pleite. Also schrieb ich ein weiteres Buch, das auf meinen Vorstellungen von Emergenz basierte. Diesmal bündelte ich all meine Ideen zu einem persönlichen Ratgeber. Natürlich schrieb ich ihn nur des Geldes wegen, und er brachte mir *viel* Geld ein. Das Buch hieß *Du bist Gott – Teil 2* und enthielt Fotos, die zeigten, wie ich in eng anliegendem Lycra-Anzug andere trainierte Läufer überholte.

Unmittelbare Folge dieser Veröffentlichung war, dass ich als Sexgöttin und international bekannter Selbsthilfe-Guru gefeiert wurde – schließlich war ich ein Musterbeispiel dafür, wie man sich am eigenen Schopf aus dem Sumpf ziehen kann (»Machen Sie das Beste aus Ihrem Typ«).

Das zweite Buch brachte mir so hohe Tantiemen ein, dass ich weitere Selbsterneuerungen finanzieren konnte. Manche der Techniken, die bei mir angewendet wurden, waren damals noch kaum erprobt; ich diente den Anti-Aging-Experten als Versuchskaninchen. Und so besaß ich mit fünfzig Jahren den Körper einer Fünfunddreißigjährigen. Mit fünfundfünfzig sah ich wie dreißig aus. Und mit einundsechzig hatte ich die heiße Figur einer attraktiven Fünfundzwanzigjährigen.

Ich wurde Gründungsmitglied der Gesellschaft zum Studium von Nematoden, die zukunftsorientierte Forschungsprojekte zur Umkehrung des Alterungsprozesses fördert. Ansatzpunkt dieser Forschung ist die Erkenntnis, dass nicht das Altern, sondern die *Selbsterneuerung* der eigentlich natürliche Prozess ist. (Denken Sie an die Haut, die alte Schichten ständig abstößt und Tag für Tag neue bildet.) Doch wegen der natürlichen Selektion im Evolutionsprozess, die zur Erhaltung der Art das Zeugen von Nachkommen über das Leben des Einzelnen stellt, haben unsere Organismen bestimmte Mechanismen herausgebildet, die eine Selbsterneuerung und die Neubildung von Zellen verhindern. Anders ausgedrückt: Als menschliche Wesen besitzen wir »Todesgene«, die uns so programmieren, dass wir altern und sterben. Salopp ausgedrückt, ist das die Methode der Natur, abzuernten und Platz für die neue Saat zu schaffen. Doch wenn wir diese Gene isolieren und sie durch solche ersetzen, die unsere Zellen erneuern – die »Unsterblichkeitsgene«, wie man sie heute nennt –, bildet der Körper die Fähigkeit heraus, neue Glieder, sogar neue Gehirnzellen zu entwickeln. Ich habe oft darüber sinniert, dass der Mensch in einem perfekt geregelten Universum einem Regenwurm ähneln müsste: Dann würden bei einer Halbierung des Körpers beide Hälften wieder zu einem Ganzen zusammenwachsen.

In unserer Wirklichkeit funktioniert es nicht ganz so gut: Wenn man bei einem Unfall ein Bein einbüßt, ist es viel leichter, sich ein neues aus einem Labor zu besorgen, als sich selbst Ersatz wachsen zu lassen. Manche Sekten halten stur daran fest, der Natur nicht »ins Handwerk zu pfuschen«. Zu ihren Zeremonien zählen auch solche, bei denen sie sich Finger oder sogar Arme abtrennen, und dann warten sie Jahrzehnte darauf, dass die Glieder nachwachsen. Doch in unserer geschäftigen, konsumorientierten Welt ist es weitaus bequemer, Glieder, Augen und Ohren als Fertigteile aus dem Labor zu beziehen, als sie selbst zu produzieren.

Dennoch spielt das Unsterblichkeitsgen eine wichtige Rolle. Mittels codierter Botschaften, welche die RNA im ganzen Körper verteilt, ersetzt und erneuert dieses Gen die inneren Organe, merzt Krebs aus und hält die Arterien sauber. Es wirkt sogar der bei Männern stark verbreiteten Glatzenbildung entgegen (und das ist wirklich ein *Segen*, wenn Sie mir die Bemerkung erlauben).

Doch zurück zum eigentlichen Thema. Ich war selbstverständlich nicht die Einzige, die von der Anti-Aging-Therapie profitierte, viele andere taten das auch. Ich will lediglich darauf hinaus, dass ich die Erste war. Oder zumindest eine der Ersten. Eine der Vorreiterinnen.

Mittlerweile bin ich fast tausend Jahre alt, gemessen an der subjektiv erlebten Zeit, die seit meiner Geburt verflossen ist. Doch immer noch habe ich die Figur einer toll gebauten Fünfundzwanzigjährigen. Ich bin der drittälteste Mensch im ganzen Universum. Und die beiden anderen sehen im Vergleich zu mir verwelkt und verbraucht aus, das dürfen Sie mir glauben. Ich bin einzigartig – der einzige Mensch, der so alt geworden ist und sich dabei so jung fühlt, wie er aussieht.

Ich habe Heimdall geschaffen.

Doch keine Sau hat das je angemessen gewürdigt.

Wieder einmal ist es die alte Geschichte, die mir im akademischen Leben ständig passiert ist. Nachdem ich das Bibliothekssystem neu organisiert und ein überaus flexibles Online-Archiv mit den vielfältigsten Nutzungsmöglichkeiten geschaffen hatte, dankte man mir mit knappen Worten für mein verwaltungstechnisches Engagement. Doch die Meriten für meine Kreativität heimste der Leiter der IT-Abteilung ein. In der offiziellen Geschichte der Universität steht nicht mein Name, sondern seiner auf der Akte »Revolutionen in der Informationstechnologie«.

In der Schule war ich in Geschichte stets die Zweitbeste, nie die Beste. Nicht deswegen, weil es meinen Aufsätzen an der nötigen Exaktheit oder Originalität mangelte. Nein, nur deshalb, weil Clarissa, meine engste Rivalin, Charisma, wunderschönes Haar und eine perfekte Haut hatte. Einmal tauschte ich online einen von mir verfassten Aufsatz mit dem von Clarissa aus. Clarissa erhielt für meine Arbeit, die jetzt mit ihrem Namen versehen war, fünfzehn Punkte mehr, als ich je erzielt habe.

Warum ist das so? Warum ernten die einen stets die Lorbeeren, während die anderen leer ausgehen? Habe ich irgendetwas an mir, irgendein Schild, das besagt: *Unterschätzt mich nur, ich nehm's euch nicht krumm?* Wie konnte es passieren – um auf das ursprüngliche Thema zurückzukommen –, dass ich in der Geschichte der virtuellen Heimdall-Brücke die Arschkarte zog, so wie Trotzki in der Spätgeschichte der Russischen Revolution?

Nicht, dass ich verbittert wäre. Selbstverständlich räume ich ein, dass andere das wissenschaftliche Fundament für das Heimdall-Projekt gelegt haben, schließlich bin ich kein

Einstein, Dyson, Fermi oder Lopez. Zu jener Zeit hatte ich bereits den vierten oder fünften Berufswechsel hinter mir und amtierte als gewählte Präsidentin der Menschheit. Fast hundert Jahre lang war ich die einflussreichste Person in dem von Menschen besiedelten Universum und sorgte für Frieden, Harmonie und gegenseitiges Verständnis.

Und für Heimdall.

Heimdall ist ein Artefakt, das auf der Quantenmechanik basiert. Seine wichtigsten Funktionsprinzipien leiten sich aus dem wissenschaftlich unbestrittenen Theorem her, dass ein Quantenzustand in einem Teil des Universums ohne jeden zeitlichen Verzug einen Quantenzustand in einem anderen Teil des Universums beeinflussen kann. Die Wissenschaftler bezeichnen das als *Ganzheitsprinzip* oder *Quantenverschränkung*. (Mir ist klar, dass Sie an diesem Punkt kapitulieren, doch sehen Sie mir diese Ausführungen bitte nach, schließlich reden wir hier vom Kern des Universums, von seinen Eigenschaften und seiner Struktur. Und wenn Sie diesen Abschnitt nicht begreifen, könnten Sie, ehrlich gesagt, ebenso gut Urschlamm oder eine Laborratte sein.) Das Ganzheitsprinzip bedeutet, dass zwei Systeme zusammen beschrieben werden müssen, falls sie zu einem früheren Zeitpunkt interagiert (oder sich miteinander verschränkt) haben – und zwar *unabhängig davon, wie weit sie mittlerweile voneinander entfernt sein mögen*. Was für das eine System gilt, gilt auch für das andere.

Doch da das Universum seinen Ursprung in einer fast unendlich kleinen Singularität hat, in dem goldenen Idyll vor dem Urknall, war zu diesem frühest denkbaren Zeitpunkt jeder Teil des Universums mit jedem anderen Teil verschränkt. Und diese Verbindung besteht weiterhin, trotz der späteren Expansion des Universums. Man kann das mit Zwillingen vergleichen, die bei der Geburt voneinander getrennt wurden und in verschiedenen Ländern aufwuchsen, dennoch durch Empathie, vielleicht sogar Telepathie die Verbindung halten.

Und so lässt die Quantentheorie eine verblüffende Ausnahme für die Regel zu, dass nichts schneller als das Licht reisen kann: Unabhängig von der Entfernung kann man *Information* ohne jeden zeitlichen Verzug übermitteln, falls diese Information die Zustände von zwei früher miteinander verschränkten Quanten betrifft.

Doch um irgendeinen Nutzen aus diesem sakrosankten physikalischen Prinzip zu ziehen, muss man in der Lage sein, die Quantenzustände an beiden Punkten zu manipulieren, wenn auch nur geringfügig. Quantenzustand A und Quantenzustand B müssen sich auf jeden Fall voneinander unterscheiden, und diese Differenz ist die zwischen 0 und 1. Was, wie wir alle wissen, die Grundlage für eine digitale Computerverbindung über weiteste Entfernungen hinweg bildet, die uns die sofortige Übermittlung von Informationen erlaubt.

Sofern der Quantenzustand an beiden Punkten gesteuert werden kann, spielt die Distanz keine Rolle mehr. Eine in Australien abgeschickte E-Mail wird Afrika *ohne zeitliche Verzögerung* erreichen. Nicht schnell oder zügig, sondern *sofort*, keine Millisekunde später. Und genauso einfach wie von Australien nach Afrika kann man eine E-Mail von London ans *andere Ende der Galaxis* schicken.

Auf Grundlage dieser Erkenntnisse waren wir in der Lage, das universelle Netz ins Leben rufen. Ohne Zeitverzug können wir heute Bildtelefonate zwischen den Planeten führen. Dafür sorgen die *Nanocomputer zur Beeinflussung von Quantenzuständen*, die *Quantenleitstrahlen*, wie ich sie getauft habe.

Das Problem besteht nur darin, dass es wahnsinnig viel Arbeit kostet, diese Kommunikationsmittel zu installieren. Der nächste Leitstrahl befindet sich stets auf der Erde oder in ihrem Umkreis, doch die von der Erde entfernten Leitstrahlen muss man buchstäblich im Fluge zu den Zielorten befördern, quer durch den physikalischen Raum. Um es mit einer prägnanten Metapher auszudrücken: Das Telefonkabel muss an *beiden Enden* angeschlossen sein, wenn die Verbindung klappen soll.

Ich muss hier erwähnen, dass ich eine der Ersten war, die nach all den Jahrzehnten komplizierter theoretischer Berechnungen den großen Nutzen und das riesige Potenzial der Quantenkommunikation erkannte. Und ich bin fest davon überzeugt, dass die Förderung des Heimdall-Projekts meine größte Leistung als Präsidentin der Menschheit darstellt. Allerdings ist meine Freude darüber leicht getrübt, weil ich nicht vergessen kann, dass nur die Wissenschaftler und Entdecker das Lob dafür ernteten, während meine Rolle dabei … Tut mir leid – lassen wir das.

Um Heimdall ins Leben zu rufen, mussten wir zuerst eine Raumschiffflotte schaffen (allerdings war das vor meiner Zeit, wie ich einräumen muss). Jedes Schiff war schwer, massiv gebaut und mit jedem nur denkbaren technischen Schnickschnack ausgestattet. Für alle Arbeiten wurden Nanocomputer eingesetzt, für jedes System gab es ein Back-up, und jedes Back-up hatte seinerseits ein Back-up. Die Besatzung bestand jeweils aus fünfhundert Raumkolonisten in spe; zusätzlich hatte jedes Schiff jede Menge menschliches Sperma und Eizellen, tiefgeforene Tierembryonen und alles nur denkbare Saatgut an Bord.

Das erste fertige Schiff der Raumflotte erhielt den Namen *Mayflower*. Tragischerweise kam die ganze Besatzung auf der Reise ums Leben, da die *Mayflower* in einen Wirbelsturm aus dunkler Materie geriet. Bis fünfhundert unserer fähigsten Frauen und Männer bei diesem Unglück starben, war ein solches Phänomen wie dieser Wirbelsturm noch gar nicht bekannt gewesen. Die Namen der fünfhundert Raumpioniere sind in unseren Geschichtsbüchern und auf einer Gedenktafel festgehalten, die sich auf der *Plaza* in New York befindet. Ich habe sie stets im Herzen bewahrt.

Nach dem Tod aller Besatzungsmitglieder sorgten die Computer dafür, dass das Raumschiff die lange Reise fortsetzte. Ausgestattet mit modernsten Fusionsantrieben, flog es mit fast zwei Dritteln der Lichtgeschwindigkeit. Nach fünfzig Jahren erreichte die *Mayflower* das angesteuerte Ziel. Die tiefgefrorene Fracht wurde aufgetaut: Bald begannen Roboter als »automatische Ammen« damit, die menschlichen Embryonen bis zur Geburtsreife zu umsorgen. Genauso umsichtig kümmerten sie sich später um die Säuglinge. Gleichzeitig brachten sie das Saatgut zum Keimen und pflanzten die Keime ein. Es waren diese vorprogrammierten Roboter, die gemeinsam mit Nanobots den ersten Quantenleitstrahl in einer fernen Raumregion schufen. Sobald er installiert war, konnte die *Mayflower* von ihrer neuen Heimat aus unverzüglich Nachrichten zur Erde schicken und ihrerseits Nachrichten empfangen.

Als Nächstes entstanden dort Videotelefone und Webcams, außerdem ferngesteuerte Roboter in menschlicher Gestalt, die mit Tast- und Geruchsinn ausgestattet waren. Jetzt konnten wir auf der Erde alles im selben Moment wie die Roboter sehen und spüren. Und das bedeutete: *so, als wären wir vor Ort.* Plötzlich schrumpfte der Raum zusammen ... Mithilfe der virtuellen Technologie fand irgendein Erdenbürger sich plötzlich auf einen fremden Planeten versetzt.

Der erste Planet mit Quantenleitstrahl umkreiste einen Stern, den ich *Asgard* taufte, nach der Heimstatt der nordischen Götter. Den virtuellen Link, der uns miteinander verband, nannte ich *Heimdall,* denn nach der nordischen Mythologie hat der Ase Heimdall einst die dreistrahlige Regenbogenbrücke zwischen Asgard und Midgard, Himmel und Erde, bewacht.

Mittlerweile landeten weitere Siedlerschiffe auf fremden Planeten, die bald ebenfalls über Leitstrahlen verfügten, und die Raumkarte füllte sich nach und nach mit Punkten, die Niederlassungen von Menschen markierten ...

Es dauerte vierhundert Jahre, bis Heimdall zu dem Meisterwerk wurde, das dieses Projekt heute darstellt. Inzwischen ist der ganze von Menschen erschlossene Raum von Quantenleitstrahlen durchzogen, und die virtuelle Regenbogenbrücke sorgt für die unverzügliche Kommunikation zwischen den einzelnen Regionen.

Vor all diesen Jahren lag die eigentliche Kontrolle über die ersten Raumkolonien buchstäblich in meinen Händen (und in meinem stets wachsamen Blick). Mithilfe eines Ganzkörperanzugs tauchte ich in die virtuelle Realität ein und stellte die Verbindung zu den Roboterkörpern in den Raumkolonien her. Auf diese Weise konnte ich auf fremdem Erdreich herumspazieren, Traktoren über dürren Boden bewegen, die Musik auswählen, die über das interne Netz der Kolonie ausgestrahlt wurde, Speisepläne für die Kinder zusammenstellen, die ich dort großzog. Mir waren keine Grenzen gesetzt!

In diesen frühen Jahren konzentrierte ich mich fast ausschließlich auf die Siedler im Sternsystem Asgard. Ich taufte ihren Planeten, der mir viel Freude machte, *Hope,* Hoffnung. Ich befasste mich eingehend mit den Menschen dort, ermutigte sie und half ihnen dabei, ihre Gesellschaft aufzubauen.

Gleichzeitig achtete ich sorgfältig darauf, den frischgebackenen Kolonisten keinen Anlass zum Groll gegen ihre so weit vom Schuss entfernte »Chefin« zu geben. Die Siedler von Hope waren meine Kinder, keine Sklaven. Ich entwickelte mich zur perfekten »Mutter«, denn ich verfolgte alles, was sie taten, beschützte sie vor den Widrigkeiten des Lebens, war nachsichtig mit ihnen und immun gegen Beleidigungen.

Zu meinem Entzücken wurde Hope zu einem Ort, an dem es heiß herging. Die Kolonie war die erste Zivilisation in der Geschichte der Menschheit, in der es nur eine einzige, aus Embryonen gezüchtete Generation gab, unablässig und umsichtig betreut und versorgt von Robotern. Alle Babys waren zusammen Babys, alle gingen zusammen in den Kindergarten, alle absolvierten gemeinsam die Grundschule. Und danach wuchsen alle zusammen zu Teenagern heran, wurden miteinander dreizehn, vierzehn, fünfzehn. Auf diese Weise erreichten die Kinder das Erwachsenenalter. Jeder Bewohner, jede Bewohnerin hatte am selben Tag Geburtstag, jeder dasselbe emotionale und geistige Alter. Und da sie wussten, dass der Quantenleitstrahl sie Tag für Tag mit Informationen und dem Lebensnotwendigen füttern würde – ein virtuelles Sicherheitsnetz –, wagten sie es auch, gemeinsam über die Stränge zu schlagen.

Volle fünf Jahre lang war die Kolonie Hope ein Drogen-, Sex- und Rock 'n' Roll-Paradies, in dem niemand einer nützlichen Arbeit nachging. Die Teenager waren voll damit beschäftigt, sich die Hörner abzustoßen. Der »beschleunigte Reifeprozess«, den wir erwartet hatten, entpuppte sich als einziger Witz, denn die jungen Siedler verbrachten die Jahre zwischen fünfzehn und zwanzig entweder im Drogen- und Alkoholrausch oder im Sexdelirium.

Na dann viel Glück, dachte ich bei mir. Ich selbst hatte mich als Teenager leider nur tödlich gelangweilt, deshalb ließ ich diese Jugendlichen sozusagen an meiner Statt auf den Putz hauen. Mit Videokameras und virtuellen Links verfolgte ich das Leben meiner Kinder, sah zu, wie sie sich zudröhnten und rumhurten. Manche entwickelten allerdings eine Vorliebe für selbstmörderische Spielchen, die ihrem hoffnungsfrohen Leben ein vorzeitiges Ende setzten. Zwar beobachtete ich alles, aber ich mischte mich nicht ein, sondern wartete einfach darauf, dass die Kinder irgendwann schon noch erwachsen werden würden.

Als es so weit war, entließ ich sie in die Unabhängigkeit. Die Unabhängigkeit verlieh ihnen Macht, und die Macht Verantwortungsgefühl. Doch durch unsere Roboter und die virtuellen Kontrollprogramme hatten wir weiterhin Zugang zu der Energie und den Mineralien, die in der Kolonie reichlich vorhanden waren. Sonnenkollektoren, die Hopes Sonne umkreisten, lieferten dem Planeten Energie für Raumfabriken und Teleskope. Und die Raumschiffe, die entlang des Leitstrahls zur Erde reisten, nahmen von Hope regelmäßig wertvolle Rohstoffe mit. Es dauerte sechzig Jahre, bis die ersten Frachten auf der Erde eintrafen, doch später legten dort alle drei Monate Lastschiffe an. Das erlaubte es uns schließlich, ein Imperium mit unendlichen Ressourcen und unbegrenzten Energievorräten aufzubauen. Auf der Erde besaßen wir jetzt alles, was wir uns nur wünschen konnten. Warum hätten wir noch mehr begehren sollen? Was sprach dafür, die Kolonisten zu unterdrücken, zu kontrollieren, zu tyrannisieren? Was sprach dagegen, den Kindern von Hope völlige Freiheit zu lassen?

Was?

Was denn, verdammt noch mal?

DRITTES BUCH

FLANAGAN

»Da ist sie, fünf Abschnitte vor uns, Backbord voraus.«

»Hab sie im Visier.«

»Sieht aus, als wäre sie reif, Käpt'n.«

»Flagge abfeuern.«

Wir schießen eine Leuchtkugel ab, die sich zu einer holografischen Flagge mit Totenkopf und gekreuzten Knochen auflöst. Auf diese Weise signalisieren wir dem anderen Schiff: Schön die Ruhe bewahren, Leute, *sonst* ...

Das Handelsschiff beginnt zu lavieren. Gleichzeitig rast eine ganze Flottille von Raketen auf uns zu.

»Die Mikroschlachtschiffe starten.«

Wir schießen einen Schwarm stählerner Ameisen in den Raum, die dort ein Störfolie für den Radar bilden und die Raketensteuerung gnadenlos mit Interferenzmustern überziehen, sodass sie die Orientierung verliert. Ein feindliches Geschoss nach dem anderen explodiert in sicherem Abstand zu unserem Schiff.

»Enterhaken vorbereiten.«

»Sind vorbereitet«, erwidert Brandon.

»Dann setz sie auch ein, verdammt noch mal!«

»Wir sind noch zu weit weg.«

»Aha.«

»Ich kann aber so beschleunigen, dass wir gleich dran sind, Käpt'n, falls du das willst.«

»Dachte, das hättest du kapiert. Beschleunigen, Harry.«

»Wird gemacht, Käpt'n.«

Wir nähern uns dem Handelsschiff.

»Ihr Menschen ssssolltet jetsssst wohl bessser Schutsssanssssüge anlegen, oder?«

»Stimmt, streift euch die Schutzanzüge über, Leute.«

»Dein Führungsstil lässt viel zu wünschen übrig, Käpt'n.«

»Noch so 'ne aufsässige Bemerkung, und ich lass dich in Eisen legen.«

»Eissssen?«

»Feuer den Warnschuss ab.«

Das Geschoss, das Harry abfeuert, rast mitten durch die jämmerlichen Reste der feindlichen Raketen hindurch und schlägt auf der Backbordseite des Handelsschiffs ein.

»Das soll ein Warnschuss gewesen sein?«

»Ist wohl in den Wind geraten«, erwidert Kalen spöttisch.

»Enterhaken los.«

Zwei Roboschiffe sausen von unserem Hauptschiff los und schlagen – für uns unhörbar – auf dem Handelsschiff ein. Automatisch fahren die großen Greifarme aus, krallen sich am Schiffskörper fest und polen ihre Magneten so um, dass sie an die Magneten unseres Schiffs ankoppeln. Auf diese Weise ist das Handelsschiff fest an uns gebunden und kann sich nicht mehr von der Stelle rühren.

Während sich entlang dieser magnetischen Verbindung von Schiff zu Schiff eine versiegelte Luftschleuse auftut, streifen wir alle uns hastig die Schutzanzüge über. Bis auf Alby, der lediglich ein bisschen heftiger als sonst flackert.

Gleich darauf sammelt sich meine Piratenmannschaft und betritt die Luftschleuse. Nur Jamie bleibt auf der Brücke zurück und bestellt sich vom Schiffsautomaten in aller Gemütsruhe Donuts und Cola.

Nachdem wir durch den unsichtbaren Tunnel in der Magnetverbindung zum Handelsschiff gesaust sind, sprengen wir mit Ionisierungsstrahlern den Schiffskörper auf. Schon sind wir drinnen. Als wir uns durch die Öffnung wälzen, geraten wir in die Schusslinie von Kampfrobotern. Alliea, die ein gutes Auge für solche Waffen hat, zielt blitzschnell mit Lasersalven auf sie. Zwar prasseln die Geschosse der Roboter auf meinen Körperpanzer ein, schlagen aber nicht durch. Als wir eine Verbindungstür aufsprengen, warten auf der anderen Seite schon gepanzerte menschliche Mistkäfer darauf, uns zu beschießen. Ehe sie abdrücken können, springt Alliea hoch, stülpt ihnen ein Nanonetz über, schneidet sie von der Luftzufuhr ab und überzieht sie mit einem spinnennetzartigen Geflecht aus diamantharten Fasern. Danach zerrt sie so lange an dem Geflecht, bis die Leute aus dem Gleichgewicht geraten. Gleichzeitig beschießen Harry und ich sie mit Betäubungsgewehren und Leuchtkugeln. Während wir uns ducken und unter dem letzten feindlichen Geschosshagel abtauchen, machen wir es uns zunutze, dass diese Abwehrkämpfer zwar auf Zielgenauigkeit, nicht aber auf Schnelligkeit getrimmt sind. Sie wissen nicht, wie sie ihre Waffen unverzüglich in Position bringen können. Jeder ihrer Schüsse ist so vorhersehbar, dass wir den Salven durch Ducken und Abrollen mühelos ausweichen können. Gleich darauf treibe ich Injektionsnadeln durch die schwarzen Körperpanzer der Gegner und merke, wie die Menschen da drinnen das Bewusstsein verlieren und zusammensacken.

Der Rest der Besatzung kapituliert, als wir die Brücke einnehmen, nur der Kapitän widersetzt sich. Ich senke mein Strahlengewehr und bitte ihn höflich, den Widerstand aufzugeben und das Sicherheitssystem des Schiffs zu deaktivieren. Doch er weigert sich. Noch ehe er den Satz zu Ende gebracht hat, ziehe ich den Säbel, der an meinem Oberschenkel sitzt, und hole aus. Als ihm der Kopf von den Schultern fällt, ist die Besatzung völlig gelähmt. Ich greife nach dem Kopf und halte ihn den Leuten drohend unter die Nase – als lebendigen (besser gesagt: jetzt toten) Beweis dafür, dass ich ein Barbar bin. Was den Tatsachen entspricht.

Nur eines der Besatzungsmitglieder besitzt den Code dafür, das Sicherheitssystem des Schiffs zu deaktivieren und uns alle Schätze im Frachtraum zugänglich zu machen, doch niemand rückt damit heraus, wer diese Person ist. Also schlage ich auch dem Zahlmeister den Kopf ab. Nachdem zwei Köpfe gerollt sind, kooperiert der Rest reibungslos. Auch der Mann, der den Code besitzt, gibt den Widerstand schließlich auf und öffnet uns den Frachtraum.

Zu den Schätzen, die wir dort finden, zählen Holzmöbel, Kunstwerke aus Metall, elektronische Geräte, Gleitsegel, Designerklamotten. Wir selbst können damit zwar nichts anfangen, doch die Sachen sind ein kleines Vermögen wert, wenn wir sie an die Hersteller zurückverkaufen.

Ich bin begeistert und triumphiere innerlich. Und der Blutgeruch in meiner Nase lässt meinen Puls hochschnellen.

LENA

Auf dem Bildschirm in meiner Kabine, der die Aufnahmen der Außenkameras wiedergibt, verfolge ich den Kampfverlauf. Mit Entsetzen sehe ich, dass Flanagan zwei Männer enthauptet.

Wer ist dieser Flanagan?

Ich empfinde nichts als Wut und Verachtung für ihn. Nach allem, was mir angetan wurde, dürfte ich eigentlich kaum noch schockiert sein, doch ich bin es. *Diesen Drecksäcken darf ich niemals vertrauen,* sage ich mir. Menschlichkeit ist für Flanagan und seine Piraten ein Fremdwort. Ihre Religion ist die Skrupellosigkeit.

Ich hasse sie und fürchte sie zugleich.

Ich habe Angst.

FLANAGAN

»Sie sind sehr still, Lena.«

»Ich genieße mein Essen.«

»Das ist frische Gänseleberpastete. Im Frachtraum haben wir eine ganze Kiste davon gefunden.«

»Und deswegen haben Sie all diese Menschen umgebracht? Wegen *Gänseleberpastete?*«

»Es ist ein Handelsschiff der Galaktischen Körperschaft, da ist das doch nur fair. Sehen Sie mich nicht so finster an, Lena. Das ...«

»Ihr Wunsch ist mir Befehl, Kapitän Flanagan. Ist dieser Blick freundlich genug?«

»Sie hassen mich, stimmt's?«

»Durch das, was Sie eben getan haben, ist Ihr Recht auf Leben verwirkt.«

»Aber pfui doch!«

Während sie weiterisst, muss ich ein Grinsen unterdrücken.

Ja, ich bin ein Barbar. Wenigstens ist ihr das jetzt klar.

ALBY

Wir sssind nicht mehr weit von meiner Heimat entfernt, wie ich merke, denn meine Flamme brennt jetsssst heller.

FLANAGAN

Alby flackert und flammt auf wie ein Buschfeuer. Ich weiß nicht, ob er vor Heimweh so erregt ist und emotional reagiert oder ob er gerade masturbiert.

Alby ist mein engster Freund, so seltsam das auch scheinen mag. Er ist wirklich fremdartig und undurchschaubar, und der Umgang mit ihm kann einem Angst machen, stellt sich jedoch als nützlich heraus, wenn man gern raucht und Feuer braucht. Außerdem ist Alby das einzige Besatzungsmitglied, das meine Witze zu schätzen weiß. (Allerdings kann das auch daran liegen, dass er sie als Alien sowieso nicht kapiert.)

Inzwischen sind wir auf dem Weg zu seiner Heimat, der wunderbaren, riesigen künstlichen Sonne namens >X٦=I=x/>٦IxI8 ≐NちzJ⊥\\ ≚≐/≐I٦J, von den Menschen *Leuchtkugel* genannt. Hier sind die Flammengeschöpfe zu Hause. Die gierigen, Energie verzehrenden, intelligenten, Plasma verbrennenden Flammengeschöpfe haben sich diese Heimstatt geschaffen, nachdem sie ihre eigene Sonne verschlungen hatten. Ihre neue Heimat ist ein Stern und vom Umfang her größer als die meisten Solarsysteme. Als sie ihn in Beschlag nahmen, sollen die Flammengeschöpfe 4 556 767 699 Lebensformen vernichtet haben, darunter zwölf möglicherweise intelligente Arten. Das geschah nicht aus Böswilligkeit, sondern aus Unachtsamkeit. Die Flammengeschöpfe hatten schlichtweg keine Ahnung, dass Planeten mehr darstellen können als Brennstofflieferanten.

Ihre Spezies besitzt enorme Macht. Man kann sie weder einschüchtern noch angreifen oder bei ihnen einfallen. Jeder Versuch, ihnen den Krieg zu erklären, wäre sinnlos. Würde man versuchen, sie zu bombardieren oder in die Luft zu jagen, wäre das so, als werfe man einem hungrigen Löwen einen Finger hin. Sie sind gegen alle Krankheiten immun, und mit Gift oder Mikroorganismen kann man ihnen nicht beikommen.

Allerdings kennen auch die Flammengeschöpfe den natürlichen Alterungsprozess und den Tod; wir wissen nur nicht, wie beides bei ihnen verläuft. Festzuhalten ist, dass man sie nicht töten kann und sie unglaubliche Fähigkeiten besitzen. Jedes Flammengeschöpf kann jede menschliche Sprache sprechen. Und jedes Flammengeschöpf weiß über jedes Detail in der Geschichte der Menschheit Bescheid, über jedes einzelne Jahrhundert, jedes einzelne Jahr, jeden einzelnen Monat. Mühelos und mit korrekter Aussprache können diese Wesen sich in Mandarin oder auch in der Xhosa-Sprache mit den vielen Klicklauten verständigen; alle anderen menschlichen Sprachen artikulieren sie mit den für sie typischen Zischlauten.

Dennoch kann die Menschheit diesen Geschöpfen offenbar noch viel beibringen, denn tragischerweise leben sie schon seit Millionen von Jahren in einem Zustand der Stasis, geprägt von Langeweile, innerer Müdigkeit, Trägheit und Hoffnungslosigkeit. Doch seit ihrem ersten Kontakt mit der Menschheit hat die ganze Spezies neuen Lebensmut entwickelt, sodass ihre Flammen wieder heller brennen. Und das liegt daran, dass die Flammengeschöpfe von den Menschen alles über Kunst, Tanz, Schauspiel, Opern, klassische Musik, Popmusik, Pyrotechnik und ... Soaps erfahren haben. Zum Erstaunen vieler Akademiker und Wissenschaftler haben es ihnen besonders letztere »Kulturerzeugnisse« angetan, sie sind völlig süchtig danach. Alle verfolgen begeistert die großen Langzeitserien, die in den von Menschen besiedelten Kolonien produziert werden, und sind verrückt nach Soaps wie *Die Magellan-Mädchen*, *Paxos: Die frühen Jahre*, *Martin Devonzi und seine schrecklich nette Familie* und unzähligen anderen Produktionen, in denen die ganze Dummheit und Beschränktheit der menschlichen

Natur offenbar werden. Über jede Einzelheit dieser Serien wissen sie Bescheid.

Und so erfülle ich meinen Teil des Tauschhandels mit den Flammengeschöpfen, indem ich mich mit einer Aufzeichnung bewaffne, die vierhundert Stunden der Serie *Argon* umfasst. *Argon* ist eine intelligent gemachte, sexy und oft auch sehr witzige Soap, die von einer Welt handelt, in der die Zeit rückwärtsläuft. Die Sexszenen sind völlig irre, das können Sie mir glauben.

Es ist so weit. Ich streife den Raumanzug über und geselle mich zu Alby, der vor der Luftschleuse auf mich wartet. Wir verlassen das Schiff auf der Leeseite und nutzen den Schiffskörper als Schild, um uns vor den unglaublich heißen Strahlen der riesigen Sonne zu schützen. Kurz darauf stößt eine Delegation von Flammengeschöpfen zu uns. Sie tauchen in Gestalt von Sternschnuppen vor uns auf, die sich unverzüglich in Funken verwandeln und zu winzigen Supernovae explodieren, sodass der Raum ringsum knistert und sich mit leuchtenden Farbwirbeln überzieht.

Gleich darauf verbinden sich die leuchtenden Formen zu einer Wolke, die ein komplexes Muster von Lichtblitzen emittiert. Manches von dem, was die Flammengeschöpfe uns auf diese Weise mitteilen, kann ich entschlüsseln. Ich weiß, dass ein kleiner Blitz, gefolgt von einem großen und einem weiteren kleinen – oOo – ein NEIN bedeutet. Und dass eine Serie von grell leuchtenden Blitzen mit komplizierten Mustern, die im Abstand von null Komma null eins Sekunden aufeinanderfolgen, auf höfliche Weise ironische Skepsis andeuten, was etwa so aussieht:

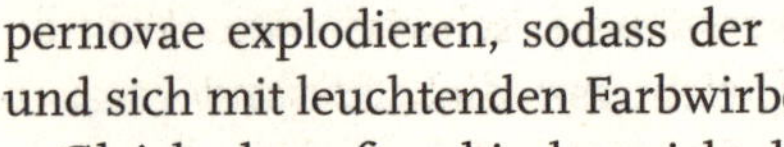

Doch der eigentliche Inhalt dieser Sprache liegt jenseits des menschlichen Begriffsvermögens. Eindeutig ist es irgendein binärer oder trinärer Code, doch kein von Menschen konstruierter Computer hat ihn je knacken können.

»Was sagen sie?«, frage ich Alby.

»Ssssie lassssen ssssich auf den Handel ein. Ssssie behalten Lena alssss Gefangene da, unter Aufssssicht einessss autorissssierten Flammengeschöpfssss – dassss bin ich. Alssss Gegenleissssstung akssssseptieren ssssie dein Angebot von Ssssoaps. Aber darüber hinaussss möchten ssssie, dassss du unsssssere Sssspeziessss in der Mussssik unterrichtesssst, die man Bluessss und Boogie-Woogie nennt. Ssssie möchten deren Geschichte, Technik und die Philossssophie der einssssselnen Sssstilrichtungen kennenlernen.«

»Unmöglich!«, rufe ich erschrocken.

»Dassss isssst aber eine ihrer Bedingungen. Dein Ruf isssst dir voraussssgeeilt.«

»Na dann ... werde ich mein Bestes versuchen.«

»Fallssss du in irgendeiner Weisssse gegen diesssssessss Handelssssabkommen verstössssst, schwört mein Volk dir blutige Rache und wird nicht nur dich, ssssondern auch deine Mannschaft, deine Familie und deine Nachkommen sssssyssssstematisch und über hundert Menschenjahre hinweg vernichten.«

»Das ist nur fair.«

»Plötssssslich empfinde ich grosssssen Kummer, denn ich möchte sssso gern wieder mit meinen Leuten zusssssammensssssein.«

»Wirst du hierbleiben?«

»Kann ssssein.«

»Aber wir brauchen dich doch.«

»Isssst mir klar.«

Erneut explodiert der Raum ringsum in wunderschönen, leuchtenden Farben.

Alby lacht vor Freude. Und mir läuft ein Schauer über den Rücken, denn sein Lachen klingt so, als glitten zwei

Schlangen eine Speiseröhre hinunter, um sich im Dickdarm zu paaren.

FLANAGAN

Ich schlage einen Akkord an, lasse die Töne in der Luft hängen und genieße ihren Nachhall wie den Nachgeschmack eines guten Whiskys. Alby und ich sind in den Raum umgezogen, in dem wir sonst Lagebesprechungen abhalten, denn hier ist die Akustik besser.

»Was ist mit der Mühle los?«, gebe ich Alby vor.

»Wassss isssst mit der Mühle lossss?«, wiederholt er geduldig.

»Will unbedingt Korn mahlen, aber es klappt nicht.«

»Wiesssso nicht?«, fragt er mich gespannt.

»Weil's die Mühle 's nicht mehr tut.«

»Die Mühle tut'ssss nicht mehr?« Aus jeder Silbe ist Albys Verwirrung herauszuhören.

Ich schlage einen weiteren Akkord an und singe leise:

»I got some corn
And I put it in a sack
Johnny went to the mill
But he came right back.
What's the matter at the mill?«

»An dieser Stelle bist du dran«, sage ich zu Alby.

»What'sss the matter at the mill?«

»Nein, das ist meine Zeile. Deine lautet: *It's done broke down.*«*

* Der Song »What's The Matter At The Mill« steckt voller sexueller Anspielungen. Text und Musik stammen ursprünglich von Minnie McCoy.

ALBY: *»It'ssss done broke down.«*
ICH: *»What's the matter at the mill?«*
ALBY: *»It'ssss done broke down.«*
ICH: *»Well people are talking all over town*
Telling me that the mill done broke down.
I cain't get no grinding.
'Cause the mill's done broke down.«
BEIDE: *»What's the matter at the mill?«*
»It's done broke down.«
»What's the matter at the mill?«
»It's done broke down.«
»Tell me what's the matter at the mill?«

Als unsere Stimmen miteinander verschmelzen, empfinde ich diesen Gesang fast als schmerzhaft schön. Alby moduliert seine natürliche Stimme so, dass sie wie die volle, heisere, ausdrucksstarke Stimme eines Bluessängers klingt, während ich uns mit lauten, groben, simplen Akkorden, die tief aus dem Herzen kommen, auf der akustischen Gitarre begleite.

Selbstverständlich ist in Albys Welt so etwas wie Korn mahlen unbekannt, und es gibt dort keine Mühlen, nur Energie, Fusionen und eine ewig brennende Flamme. Doch ich weiß, dass es einmal – nur ein einziges Mal – in der Geschichte seines Volkes zu einer Katastrophe kam, bei der die heimische Sonne der Flammengeschöpfe für immer verlosch. Ihre Sonne »tat's nicht mehr«. Das ist das einzige Ereignis von Bedeutung in ihrer Geschichte. Die einzige natürliche Katastrophe, die sie je erlebt haben.

Ich bade im Licht und in der Wärme meines besten Freundes, dieses quecksilberigen, pedantischen, unendlich loya-

Bob Wills & His Texas Playboys brachten ihn als »Western Swing«, Muddy Waters und andere Bluessänger coverten den Song und gaben ihm den Titel »Can't Get No Grinding«. – *Anm. d. Übers.*

len wandelnden Feuerballs, mit dem ich, oberflächlich betrachtet, kaum etwas gemein habe. Gleich darauf gehe ich zu einem wilden, wütenden, traurigen Break über, den Alby mit eigener kühner Improvisation aufnimmt:

»What'ssss the matter with the ssssun?
It'ssss done broke down.
What'ssss the matter with the ssssun?
It'ssss done broke down.
I can't get no /NI≐J//xI-I¤x ≐NbzJ⊥⊥
Tell me what'ssss the matter with the ssssun!«

LENA

Harry und Jamie fordern mich zu einem Pokerspiel heraus. Anfangs lehne ich ab, doch dann werde ich schwach, denn allmählich beginnt mich die Gefangenschaft zu langweilen.

»Aber nicht mitzählen«, ermahnt mich Jamie. »Wir wissen, dass Sie einen ferngesteuerten Computer im Schädel sitzen haben, der sich jede Karte merken kann. Doch das verstößt gegen die Regeln. Wir spielen's auf die altmodische Tour.«

Lächelnd nehme ich die Herausforderung an.

Ich brauche gar keinen Computer, denn von jeher kann ich mir Karten wunderbar merken. Ha! Diese neue Generation ist daran gewöhnt, dass chirurgisch implantierte Computerchips ihr bei Berechnungen helfen. Ich dagegen bin in einer Zeit aufgewachsen, in der uns in der Schule noch das Kopfrechnen und das Einmaleins beigebracht wurden. Außerdem hatte ich immer schon ein gutes Gedächtnis.

Deshalb kann ich – trotz mancher Ausfälle – mein Gedächtnis auch jetzt noch wie etwas Lebendiges steuern und den Strom der Erinnerungen bewusst lenken. Sofern ich will, kann ich ganze Abschnitte der Vergangenheit vergessen und sie lediglich in meinem EDV-Archiv abspeichern. Doch wenn ich mir irgendetwas ins Gedächtnis rufen will, taucht es unverzüglich auf. Aufgrund dieser Fähigkeit habe ich mir über all diese Jahrhunderte hinweg die geistige Klarheit bewahren können.

Selbstverständlich werde ich diese Pokerpartie gewinnen, denn meine beiden Gegenspieler sind überaus leicht zu durchschauen. Jamie ist ein Mann, der im Körper eines Kindes steckt, und er hat auch die *Seele* eines Kindes. Zwar ist er mehr als hundert Jahre alt, doch vor der Pubertät hat er die Entwicklung bewusst abgebrochen, um sich diese kostbare, besondere Klarheit des Verstandes zu bewahren, die Kindern im Vorpubertätsalter eigen ist. Deshalb denkt und fühlt Jamie auch intensiver als andere Menschen. An der Schwelle zur Männlichkeit stehen geblieben, hat er zwar erotische Träume und spürt sexuelles Begehren, ist aber nicht fähig, all das auszuleben. Und das macht ihn reizbar, gefährlich und zu einem ziemlich verzweifelten Menschen.

Harry ist natürlich ein ganz anderer Fall. Würde ich nackt herumlaufen und herumtoben, dicht behaarte, unrasierte Beine zur Schau stellen und meinen Hintern in die Luft recken, würde er mich vielleicht – und das ist ein großes Vielleicht – als weibliches Gattungsexemplar registrieren. Aber so wie ich jetzt aussehe und auftrete, schön, parfümiert und zivilisiert, kann ich das ausschließen. Harry ist ein Zwitterwesen zwischen Mensch und Tier, durch und durch. Aus der Gemeinschaft der Loper hat man ihn verbannt, weil er seinen eigenen Vater aufgefressen hat (eine derart barbarische Tat ist wirklich typisch für diese niedrigen Arten). Zwar war er gezwungen, sich der Welt der Menschen anzuschließen, dennoch ist er mehr Wolf als Mann, eher Rudeltier als Besatzungsmitglied. Seine »Menschlichkeit« dient ihm nur als Fassade.

Flanagan ist völlig blind für diese Dinge, aber ich kann es an Harry riechen. Ich weiß, dass ihm nichts lieber wäre, als seinen Kapitän bei lebendigem Leibe Glied für Glied zu verschlingen, ihm die Augen herauszureißen und sich beim letzten Bissen an dem verzweifelten Todesgeröchel aus Flanagans bebender Kehle zu weiden.

Über Harry habe ich keine sexuelle Macht, aber ich kann jede seiner Emotionen riechen, sogar fast jeden seiner Gedanken.

»Ich halte mit und erhöhe um fünf.«

»Halte mit und erhöhe nochmals um zehn.«

Ich gewinne ständig, sodass Jamie und Harry am Ende des Spiels ziemlich belämmert aussehen. Später spüre ich irgendetwas an Harry – eine Emotion, die vorher nicht da war. Als ich zu Jamie hinüberschaue, entdecke ich dasselbe Gefühl in seinen Augen.

Mitleid.

»Wir lassen Sie hier zurück, in Gewahrsam der Flammengeschöpfe«, erklärt Harry. »Sie haben garantiert, dass Ihnen nichts geschieht. Sobald das Lösegeld ausgezahlt ist, dürfen Sie gesund und munter in die Zivilisation zurückkehren.«

Er lügt. Im Augenblick kann ich das zwar nicht riechen, aber ich weiß es einfach. Warum würde er mich sonst so freundlich ansehen? Warum sonst ...?

Mit einem Anflug von Entsetzen wird mir die furchtbare Wahrheit bewusst. Sie haben mich bei der Pokerpartie mit Absicht gewinnen lassen.

Das hätte ich dir sagen können, hättest du nur gefragt.

»Halt die Klappe, verdammt noch mal!«, brülle ich die Stimme in meinem Kopf an. Gleich darauf merke ich, dass ich laut gesprochen habe. Doch immer noch sehen Jamie und Harry mich freundlich an. Der Junge und das Biest. Sie wollen mich bei Laune halten. Weil sie wissen, dass ich zum Tode verurteilt bin. Diese beiden traurigen, jämmerlichen Exemplare sind nett zu mir, weil sie Mitleid mit mir haben. Ich unterdrücke ein Schluchzen.

FLANAGAN

Ich esse mit unserer Gefangenen zu Abend, der kalten, schönen Lena. Und dabei fallen mir einige interessante Dinge auf: Sie ist wählerisch, was das Essen betrifft. Sie führt Selbstgespräche, ohne es zu merken, allerdings ist das vielleicht nur ihre Art, mit dem ferngesteuerten Computer zu kommunizieren. Sie schüttet große Gläser Sherry in sich hinein und noch größere Mengen an Rotwein. Sie stochert im Essen herum. Sie furzt und versucht erst gar nicht, es zu kaschieren. Sie ist schweigsam, stellt nie Fragen. Aber wenn sie sich mal zum Reden entschließt, ist sie furchtbar geschwätzig. Stundenlang hat sie mich mit Geschichten aus der Zeit unterhalten, als sie auf der alten Erde Verbrecher jagte. Dabei erwähnte sie häufig einen Mann namens Tom. Die Geschichten waren zwar weitschweifig, aber auch faszinierend. Meine Güte, sie fand überhaupt kein Ende mehr.

Alles und jedes kommentiert sie mit vorgefertigten Meinungen: Die Gesellschaft ist im Niedergang begriffen und dekadent, Höflichkeit eine Kunst, die in Vergessenheit geraten ist. Die Fernsehprogramme taugen nichts mehr. Den jungen Männern fehlt heutzutage jede erotische Ausstrahlung, sie sind nur große Jungs.

Wenn sie sich Wein einschenkt, kommt sie gar nicht erst auf die Idee, auch mir einzuschenken. Manchmal schläft sie sogar ein, während ich mit ihr rede. Ich habe meinen Satz noch gar nicht zu Ende gebracht, da macht sie ungeniert ein Nickerchen. Und wenn sie wieder aufwacht, lässt sie einen kurzen Furz los und setzt ihre Geschichte an dem Punkt fort, an dem sie vor einer halben Stunde aufgehört hat.

Kurz gesagt: Sie ist *alt*. Abgesehen von ihrem geschmeidigen, erotischen Körper und dem wunderbar schimmernden Gesicht ist alles an ihr verwelkt, verdorrt, alt. Sie ist egoistisch und egozentrisch, ständig auf der Hut, feige, bigott, kleinlich, selbstmitleidig, verwöhnt, nachsichtig mit sich selbst, arrogant, und die Gefühle anderer Menschen kümmern sie nicht.

Ob sie schon immer so gewesen ist, kann ich nicht sagen. Aber ich weiß, dass sie sich in so viele Kuscheldecken eingehüllt hat, dass sie den frischen Wind ringsum nicht mehr spürt. Sie steckt in einem Kokon.

Als ich ihr darlegen will, warum ich sie entführt habe – ihr meine Ideale und politischen Motive erklären möchte –, zieht sie das alles gnadenlos ins Lächerliche.

»Sie sind doch nur ein Pirat«, sagt sie. »Ein Barbar!«

»Nein, ich bin ein Glücksritter«, gebe ich sanftmütig zurück.

»Sie sind ein Schlächter. Sie haben zugelassen, dass dieses Biest aus Ihrer Mannschaft mich beißt und misshandelt, damit das grässliche Schauspiel meinen Sohn einschüchtert. Außerdem hab ich gesehen, was Sie vorher getan haben, auf dem Handelsschiff.« Ihre bitteren Worte bleiben in der Luft hängen. »Ich hab gesehen, wie Sie zwei Männer enthauptet haben!«

»He! Schließlich bin ich ein Pirat.«

»Sie sind ein Terrorist.«

»Ganz wie Sie möchten.«

»Sie kennen keine Schuldgefühle.«

»Genauso wenig wie Sie.«

»Ich bringe keine Menschen um.«

»Nein, aber Ihre Leute töten Menschen. Sie schlachten ganze Völker ab, setzen Planeten in Brand, versklaven einen Großteil der Menschheit.«

»Ach, das ist doch nur sozialistisches Geschwätz!«

»Ihr Sohn sitzt an der Spitze der schlimmsten Diktatur, die die Menschheit je erlebt hat.«

»Das ist eine widerliche Unterstellung.«

»Er ist ein Monster.«

Damit habe ich sie kurz aus dem Konzept gebracht. »Ich bin seine Mutter, nicht seine Hüterin«, sagt sie nach kurzer Pause. Diese Entgegnung klingt selbst in ihren Ohren so schwach, dass sie dabei zusammenzuckt.

»Wollen Sie etwa leugnen, dass Menschen ohne Gerichtsverfahren eingesperrt werden?«, frage ich wütend. »Oder dass Unschuldige nur wegen ihrer Rasse und Religion gefoltert und gedemütigt werden? Wollen Sie wirklich abstreiten, dass Cheos Regierung korrupt ist und die Menschen skrupellos ausbeutet?«

»Das streite ich ja gar nicht ab! Im Übrigen ist es auch nicht meine Aufgabe, meinen Sohn zu verteidigen.«

»Immerhin ist und bleibt er Ihr *Sohn*. Zumindest könnten Sie …«

»Was denn? Soll ich ihn mir etwa vorknöpfen?«

Mich packt mörderische Wut, doch ich zügele mich. *Nicht jetzt, nicht hier, nicht auf diese Weise.* Ich zwinge mich zu lächeln und sage in eiskaltem, beherrschtem Ton: »Mein Volk leidet schon seit Jahrhunderten. Aber wir werden es weiter ertragen und überleben. Und eines Tages werden wir unser Gelobtes Land finden.«

Sie blinzelt kurz. »Sind Sie etwa ein Christ?«

»Nein, ein Atheist und Humanist. Dennoch glaube ich an die Möglichkeit einer besseren Zukunft.«

»Sie lügen, sobald Sie das Maul aufmachen. Sie sind nichts als ein ziemlich erfolgreicher Räuberhauptmann. Diesen Scheiß mit dem Freiheitskampf kauf ich Ihnen nicht ab.«

»Ich kann durchaus beides sein: Räuberhauptmann und Gerechtigkeitsapostel!«

»Sie sind ein Schlächter, der unschuldigen Menschen den Kopf abschlägt!«

»Im Krieg passieren solche Dinge nun mal.«

»Im Frieden auch. Deshalb greift mein Sohn ja so streng durch.«

»Der Cheo ist ein Tier.«

»Er ist eine Führernatur und lenkt die Geschicke anderer, und die Menschheit hört auf ihn. Seine Methoden sind brutal, das stimmt. Doch angesichts der Einschränkungen, die uns durch die riesigen Entfernungen im Raum auferlegt sind, angesichts der spalterischen und selbstzerstörerischen Natur des Menschen und … der Bedrohung durch fremde Arten, die unser Überleben gefährden … Wie könnte es da anders sein?!«

Unser wütender Wortwechsel vergiftet die Atmosphäre so, als hätte sich Nebel über einen schönen Sommermorgen gelegt.

»Hat Spaß gemacht, mit Ihnen zu streiten.«

»Danke, gleichfalls.«

»Auch wenn Sie völlig falsch liegen.«

»Sie können mich mal!«

»Danke gleichfalls, alte Hexe!!!«

»Immer geben Sie mir die Schuld.« Plötzlich kommen der eisernen Jungfrau die Tränen. »Warum ist das so? Warum soll immer ich die Schuld an allem und jedem haben?«

»Weil Sie ein Monster in die Welt gesetzt haben. Dafür verdammt man Sie.«

FLANAGAN

Mein Heimatplanet Cambria ist ein warmer, grüner, schöner Flecken Erde. Ursprünglich war er eine ausgedorrte Himmelskugel mit hohem Sauerstoffgehalt und riesigen gefrorenen Wasserreservoiren. Doch aufgrund des schnellen Terraformens schmolz das Eis, vermischte der Sauerstoff sich mit Kohlendioxid, und das Land konnte seine ganze Fruchtbarkeit entfalten. Sanft geschwungene Hügel prägen den größten Teil meines Heimatlandes, das von einem komplexen Netz aus Seen und Flüssen durchzogen ist. Es gibt dort keine Binnenmeere oder Ozeane, nur ertragreiches Land und eine üppige Vegetation.

Die Fabriken von Cambria werden unterirdisch betrieben, in riesigen Höhlen, die zu Sklavenunterkünften und Arbeitsstätten umgewandelt wurden. Die Herrscher über diesen Planeten – die *DR* – bewohnen das grüne, fruchtbare Land, während die Menschen unter der Erde leben, im flackernden künstlichen Zwielicht. Und dort habe auch ich als Kind gewohnt und gearbeitet.

Unsere Arbeit war anspruchsvoll. Wir schufen handgeschnitzte Möbel, an denen sich die DR erfreuen durften, webten Kleidung für sie und standen in langen Reihen an Fließbändern, um Hightechgeräte für sie zu produzieren, etwa Audioanlagen, Automobile, Flugzeuge, Gleitsegler, PCs und Mobiltelefone. Die Komponenten wurden präzise von Maschinen vorgefertigt, die wir bedienten und warteten. Aber es war billiger und einfacher, Menschen zur

Endmontage anzustellen, als eine Maschine dafür zu konstruieren.

Mein Vater war auf der Erdoberfläche beschäftigt. Jeden Tag gesellte er sich zu dem Arbeiterheer, das nach oben marschierte, um die perfekte Idylle von Cambria instandzuhalten. Einige waren Gärtner, andere stutzten die Bäume oder pflegten und fütterten die wilden Tiere. In Cambria gab es riesige Weinberge, und manche Arbeiter waren mit der wichtigen Aufgabe betraut, Trauben zu lesen und auf altmodische Weise mit den Füßen zu zerstampfen, um daraus Saft – den späteren Wein – zu gewinnen. Andere kümmerten sich um die Oliven-, Apfel- oder Orangenplantagen und die Kartoffeläcker oder bauten Kürbisse und Zucchini an. Es gab auch Züchter, die sich auf exotische Frucht- und Gemüsekreuzungen spezialisiert hatten.

Einige wenige Privilegierte waren als Köche dafür zuständig, von Hand wunderbare Speisefolgen für die häufig stattfindenden Bankette der DR zuzubereiten. Andere arbeiteten bei solchen Anlässen als Kellner oder im Getränkeausschank. Doch jeden Abend zogen sich die Menschen, die auf der Erdoberfläche beschäftigt waren, in ihre unterirdischen Heimstätten in den Höhlen zurück, wo sie sich zu ihren Familien gesellten und die menschliche Gemeinschaft genossen, die wir das *wahre Cambria* nannten.

Im Großen und Ganzen war es kein schlechtes Leben. Die Höhlen waren natürliche, durch heftige Vulkanausbrüche entstandene Felsformationen und bildeten eine Welt für sich, die sich unterhalb der Oberfläche über den ganzen Planeten erstreckte. Viele der Höhlen waren riesig und die Felsformationen außerordentlich bizarr. Als Kind war das mein Abenteuerparadies. Hier spielten wir Verstecken und Fußball oder schwammen in den unterirdischen Seen. Kinder nahm man nie zur Erdoberfläche mit, deshalb wussten wir auch gar nicht, was uns entging. Doch oft denke ich: Hätte ich die Wahl zwischen einer unterirdischen Höhle und einer sonnenüberfluteten Wiese gehabt, wäre mir die Höhle lieber gewesen. Die Welt, in der wir lebten, hatte etwas Magisches und Geheimnisvolles an sich.

Für unser leibliches Wohl war gesorgt: Wir hatten zu essen, jede Menge Wasser (und zu gegebenen Anlässen auch alkoholische Getränke), bauten eigenes Getreide an und hielten uns Herden von Nutztieren. Wir schrieben Romane und Gedichte und führten Schauspiele füreinander auf. Allerdings kannten wir uns in den Wissenschaften überhaupt nicht aus, hatten ein völlig verzerrtes und beschränktes Bild von unserer eigenen Geschichte und keine Vorstellung davon, wie die interstellare Kommunikation mittels Quantenleitstrahl funktionierte. Einige Intellektuelle unter uns verstiegen sich zu der Behauptung, die menschliche Gemeinschaft erstrecke sich über große Teile unserer heimischen Galaxie, und die Menschheit sei die im Raum vorherrschende Spezies. Doch das nahmen wir ihnen kaum ab, denn für uns waren die DR wie Götter.

Allerdings war mir als Kind nie ganz klar, was ein DR eigentlich ist. Bis ich zum ersten Mal am Sommermarkt teilnahm.

Meine sechzehnjährige Schwester und ich, damals siebzehn, zählten beide zu den Auserwählten. Sheena war ein schönes Kind und ich ein sportlicher, gut aussehender, arroganter junger Mann. Wir waren stolz darauf, zu den Privilegierten zu gehören, die den Markt besuchen durften. Selbstverständlich wusste ich, dass bei solchen Festivitäten auch Sex im Spiel war, doch da Sheena und ich unsere »Unschuld« bereits verloren hatten, waren wir bereit und willig, neue Erfahrungen zu sammeln, gierten sogar danach.

Ich erinnere mich noch an die prickelnde Vorfreude, als der Fahrstuhl uns zur Oberfläche beförderte. Da wir an Sonnenlicht nicht gewöhnt waren, reichte irgendjemand uns

Schutzbrillen. Trotzdem blendete uns das grelle Licht, als wir die ersten Schritte in die Außenwelt taten. Nach und nach passten sich unsere Augen der Helligkeit an, und wir merkten selbst durch die Schutzbrillen hindurch, wie bunt und üppig dieses Land mit seiner strahlend gelben Sonne, den grünen Wiesen, den braunen Baumrinden, den rosafarbenen und purpurroten Blumen, den blauen Seen und Flüssen war.

Schauplatz für das jährliche Sommerfest war eine Zeltstadt, die speziell für diesen Anlass errichtet worden war. Neben einer Bühne, auf der sich Tänzer und Sänger tummelten, zählten Marktstände, eine Achterbahn und ein Messerwerfer zu den Attraktionen. Sheena und ich blieben beim Messerwerfer stehen, um der verblüffenden Vorstellung zuzusehen. Mittlerweile hatten sich aus dem Publikum Freiwillige als Versuchskaninchen gemeldet, darunter eine schöne junge Blondine, die sich gleich darauf mit ausgestreckten Armen vor einer ein paar Meter entfernten Holzwand aufbaute. Nach einem Trommelwirbel trat der Messerwerfer mit stolzer Körperhaltung vor, zog ein Messer aus dem Gürtel, nahm die Klinge zwischen die Finger seiner rechten Hand – und warf.

Während die silberne Klinge in weitem Bogen durch die Luft sauste, hielt das Publikum den Atem an. Doch das Messer landete sicher in der Holzwand, neben dem Kopf der jungen Frau. Das nächste Messer schlug auf der anderen Seite ihres Kopfes ins Holz ein. Ein drittes bohrte sich unterhalb ihres Arms ins Brett, ein viertes streifte ihr Haar und nagelte einige Strähnen fest. Als er ein fünftes und ein sechstes Mal warf, verfehlten die Messer nur knapp ihren Körper und fuhren mit beängstigender Kraft ins Holz. Die Zielsicherheit dieses Schaustellers war wirklich bemerkenswert. Als das Mädchen sich völlig unversehrt und zu weiteren Abenteuern bereit von der Holzwand löste, jubelte das Publikum.

Ringsum roch es nach Zuckeräpfeln und heißem Apfelmost. Als ich dazu noch die Wärme der Sonne auf meiner Haut spürte, überkam mich plötzlich ein Hochgefühl. Ich setzte die Sonnebrille ab und konnte nach kurzem Blinzeln ins Tageslicht alles deutlich erkennen. Gerade tauchte ein silberhäutiger DR beim Messerwerfer auf, erstaunlich groß und sehr muskulös. Ebenso gelassen wie sich der eigenen Autorität bewusst, nahm er dem Schausteller die Messer ab, um seine eigenen Fertigkeiten zu demonstrieren. Binnen Sekunden warf er sechs Messer, die alle perfekt ins anvisierte Ziel trafen: Drei bohrten sich knapp links von der Kehle der jungen Frau in die Holzwand, drei rechts davon. Alle saßen so nahe an ihrem Körper, dass sie ihre Haut berührten. Die Frau hatte ein Zittern zwar nicht ganz unterdrücken können, doch sie lachte schon wieder. »Jetzt darf mal ein anderer ran!«, rief sie.

Doch der DR hatte bereits nach einem weiteren Satz von Messern gegriffen. Lässig und völlig beiläufig begann er, eines nach dem anderen auf die Frau zu schleudern. Mit dem ersten Messer durchbohrte er ihr das linke Auge, mit dem zweiten das rechte. Das dritte Messer traf in die linke, das vierte in die rechte Brust. Das Fünfte verschwand bis zum Heft in ihrem Mund. Danach warf der DR das sechste und letzte Messer hoch in die Luft und ging lachend davon. Fünf oder sechs Sekunden später bohrte sich das Messer in die Erde und blieb wackelnd darin stecken.

Die Frau lebte noch und stöhnte schwach. Als jemand sie von den Messern befreite, fiel sie blutüberströmt zu Boden. Einige Zuschauer hoben sie auf, um sie aufs Gras zu betten. Niemand äußerte ein Wort der Empörung, während die Frau dort verblutete, keiner fasste ihren Körper an. Irgendwann wirkte es fast normal, dass eine tote blonde Frau auf dem Gras lag, während das Fest ringsum weiterging.

Und da begann mir etwas zu dämmern: Wir, die Menschen, stellten nicht das Publikum der Vorführungen dar, nein, wir selbst wurden hier vorgeführt. In diesem Moment überkam mich eine seltsame Lähmung. Es war nicht der entsetzliche Tod der Frau, der mir so zu schaffen machte, sondern die Reaktion der Menge. Die Leute behandelten den Mord als ganz alltägliche, normale Sache, die keine Aufregung lohnte. Als so natürlich wie Fliegendreck.

Im Laufe dieses Tages wurde ich Zeuge von Morden, Verstümmelungen, Vergewaltigungen und unzähligen weiteren Gräueltaten. Mir fiel auf, dass die DR unterschiedliche Vorlieben hatten: Manche geilten sich an Sex auf, andere an Folter oder Mord. Für uns Menschen war Sex hier offensichtlich noch die harmloseste Option, obwohl auch damit Risiken für uns verbunden waren.

Später am Tag zwang mich ein DR, ihn sexuell zu befriedigen. Als ich Umfang und Länge seines silberhäutigen Schwanzes sah, war ich schockiert und wie gelähmt; als er mir das Ding in den Mund rammte, wäre ich fast daran erstickt. Danach zwangen mich einige DR zum Sex mit meiner Schwester. Ich wollte weglaufen oder Widerstand leisten, doch Sheena bat mich, es zu lassen. Mitzuspielen kam uns am sichersten vor. Wie alle Menschen hier klammerten wir uns an die Hoffnung, dass wir vielleicht überleben würden, wenn andere auch sterben mochten.

Aber Sheena überlebte nicht. Nachdem ich jämmerlich dabei versagt hatte, in sie einzudringen, wurde sie vor meinen Augen zu Tode geprügelt. Vielleicht war es das Schlimmste, was mir je widerfahren ist. »Viel Glück«, flüsterte sie mir zu, während sie im Sterben lag. Noch im Angesicht des Todes wollte sie, dass ich lebe.

Ich hatte tatsächlich Glück. Denn ich sah zwar ganz gut aus, aber nicht gut genug. Fiel auf, aber nicht allzu sehr. Die Besten und Schönsten meiner Spielgefährten waren am

Ende dieses einwöchigen Festes entweder tot oder verstümmelt. Ich trug zwar physische Narben und ein seelisches Trauma davon, doch ich verfügte noch über einen intakten Körper und ungebrochene Kraft.

In den Monaten danach fragte ich mich, was passieren würde, sollten wir uns zum Widerstand entschließen. In den Höhlen lebten Abermillionen Menschen, während wir die DR auf höchstens eine halbe Million schätzten. Bestand eine Chance, unsere Gebieter zu stürzen? Sie zu bekämpfen?

Ich begann mich ernsthaft mit Wesen und Herkunft dieser Herrscherrasse zu befassen. Las Berichte über frühere Rebellionen der Menschen auf Cambria, die alle mühelos niedergeschlagen worden waren. Erfuhr, woher die DR stammten und warum sie uns so haushoch überlegen waren. Dabei wurde mir klar, dass es mir nie gelingen würde, die Männer und Frauen zu töten, die meine Schwester und so viele meiner Freunde geschändet oder ermordet hatten. Ich würde es nicht schaffen, mich an ihnen zu rächen oder ihnen etwas anzutun. Denn diese Männer und Frauen wohnten gar nicht auf dem Planeten Cambria, sondern lebten viele tausend Millionen Kilometer von uns entfernt auf der Erde oder auf einem ihrer Nachbarplaneten.

Und die Kreaturen, die wir für unsere Gebieter hielten, die DR, waren lediglich Artefakte – Roboterkörper mit beschränktem Empfindungsvermögen und Bewusstsein, die von Männern und Frauen auf der Erde an Computerterminals ferngesteuert wurden.

Die DR – DR steht für *Doppelgänger-Roboter* – bestehen aus fleischähnlichen synthetischen Materialien und sind sorgfältig so konfiguriert, dass Haut und Körper empfindlich auf Geschmack, Gerüche, Berührungen und Schmerzen reagieren. Doch ihre körperlichen Hüllen stellen nichts anderes als die Empfänger solcher Empfindungen dar. Ihr

Geist ist der von Menschen auf der Erde, die mit einem Helm und Händen in Metallhandschuhen in die virtuelle Realität eintauchen. Auf diese Weise können sie aus der Ferne die Roboterkörper steuern, direkt nachempfinden, was diese auf Cambria tun, und durch deren Augen sehen.

Den Betriebsmodus der DR kann man so einstellen, dass die intelligenten Roboter bestimmte Grundfunktionen ausüben können, etwa Befehle erteilen, wirtschaftliche und landwirtschaftliche Systeme warten oder die von Menschen getane Arbeit überwachen. Daher kann der Planet Cambria auch ohne die Präsenz der menschlichen Köpfe funktionieren, die ihn von der Erde aus kontrollieren. Bei den meisten DR steckt lediglich für vier bis sechs Stunden pro Tag ein Erdenmensch in der Roboterhülle. Einige bedienen die DR nur am Wochenende, andere nutzen sie als Freizeitvergnügen. Nach einer anstrengenden Woche im Büro kann ein gestresster Erdenmensch in leitender Position dann einfach den Helm aufziehen, in die virtuelle Realität eintauchen ... und eine ganz neue Welt betreten.

Denn die traurige Wahrheit lautet: Cambria ist im strengen Sinne gar keine von Menschen besiedelte Kolonie. Der Planet war und ist ein einziger Themenpark, in dem man sich Einheimische zur Unterhaltung hält. Ein Themenpark, in dem gelangweilte Erdenmenschen ihre wildesten Fantasien ausleben können. Mit den DR verfügen sie über allmächtige, perfekte Körper, die ganz nach Tageslaune weiblich oder männlich sein können. Auf Cambria besitzen diese Erdenmenschen Anmut, Schönheit, einen phänomenalen sexuellen Appetit, Zugang zu frischem Wein, Sonnenschein, grünen Wiesen, wunderbarer biologischer Kost, Sklaven, die für sie kochen, und zu einem unbegrenzten Vorrat an Einheimischen, die sie vergewaltigen oder foltern können. (In Ausnahmefällen kann es auch zu Freundschaften zwischen Irdischen und Cambrianern kommen.)

Das ist Cambria, mein Heimatplanet.
Das ist meine Geschichte, mein Erbe.
Und der Grund dafür, dass ich so voller Hass bin.
Nur deshalb bin ich zu dem geworden, der ich jetzt bin: Michael Flanagan, Bürger von Cambria, Piratenführer.

LENA

Ich bin von Flammen umzingelt, und das ist wirklich recht unheimlich.

Alby versucht charmant zu sein und besteht in aller Höflichkeit darauf, mich nicht als Geisel, sondern als Gast zu behandeln. In Wirklichkeit darf ich hier natürlich nicht weg und lebe in ständiger Angst. Außerdem ist Alby, wie ich leider sagen muss, bemerkenswert langweilig. Und pedantisch. Dazu noch ein notorischer Besserwisser. Und Wichtigtuer, der ständig übertrieben zuckt und züngelt. Stets darauf aus, mir zu widersprechen, selbst wenn ich völlig recht habe.

Doch um diesem armen, abstoßenden, bizarren, fremdartigen Flammenmonster gerecht zu werden, das in seinem Sozialverhalten und der Persönlichkeitsentwicklung gründlich gestört ist, sollte ich zumindest erwähnen, dass er über all meine Witze lacht. Und ob ich will oder nicht, muss ich zugeben, dass die Zeit, die wir miteinander verbringen, auch ihre angenehmen Seiten hat. Er leistet mir beim Essen Gesellschaft, wir unterhalten uns dabei, schwelgen in Erinnerungen, führen heftige Diskussionen über Politik, Kunst und Fernsehserien. Kurz: Wir verhalten uns wie ein altes Ehepaar, das sich auf einer Raumstation häuslich eingerichtet hat, während dieses Domizil eine von empfindungs- und intelligenzbegabten Flammengeschöpfen heimgesuchte Sonne umkreist.

Mein Großvater hat mir einmal seine erste Schreibmaschine gezeigt, eine Olivetti. Du musstest wirklich in die Tasten hauen, um die kleinen Metallarme dazu zu bringen, hochzufliegen, das Schreibpapier zu treffen und dort ein Zeichen zu hinterlassen. Das Farbband war oben blau und unten rot; wenn du dich mit der Technik ein bisschen auskanntest, konntest du zwischen blauer und roter Farbe hin und her wechseln und auf diese Weise einen bunten Text erzeugen. Weiß der Himmel, wozu das gut sein sollte.

Ach ja, ich weiß auch noch, wie man früher Tippfehler korrigierte. Um etwas zu löschen, überstrich man die Stelle mit einer zähen weißen Flüssigkeit, ließ sie trocknen und tippte einfach darüber. Oder man hielt einen kleinen weißen Papierstreifen an der entsprechenden Stelle vor das Schreibmaschinenpapier und tippte den Buchstaben, den man löschen wollte, nochmals ein, sodass dieser durch ein weißes Ebenbild des Schreibpapiers ersetzt wurde und daher nicht mehr sichtbar war. (Mein Gott, klingt ja wirklich grässlich kompliziert. Außerdem fürchte ich, mein Schreibstil ist mir weiter oben zu umgangssprachlich geraten. Könntest du den Absatz nach »mein Großvater« bitte verbessern und jedes »du« durch »man« ersetzen? – Nein, wenn ich genauer darüber nachdenke, ist das gar nicht nötig. Es wirkt spontaner, wenn ich hin und wieder stilistische Schnitzer einbaue, meinst du nicht auch?)

Ich meine, dass du …

Still, du störst meinen Gedankenfluss. – Wie schon gesagt: Dieses Gerät, die mechanische Schreibmaschine meines Großvaters mit dem blau-roten Farbband, ist mir aus meiner Kindheit noch lebhaft in Erinnerung. Sie hat sich in mein Gedächtnis eingebrannt, denn damals war das der neueste Stand der Technik. Und jetzt habe ich einen Computer im Gehirn und unterhalte mich mit einem Feuer.

Das Rätselhafte ist: Warum kommen uns all diese Dinge nicht sehr viel seltsamer vor? Warum nehmen wir sie einfach als gegeben hin? Zehntausend Jahre lang haben die Menschen nichts anderes getan, als Werkzeuge auszutüfteln, ihren Acker zu bestellen und Tiere zu verzehren. Und jetzt gibt es Menschen, die sich genetisch so verändern lassen, dass sie ihre Exkremente fertig und luftdicht in Folie verpackt ausscheiden. Solche Leute haben wirklich den höchsten Stand menschlicher Evolution erreicht: Ihre Scheiße stinkt nicht mehr.

Wenn einem so was zu Ohren kommt, muss man doch einfach ausrasten, stimmt's?

Allerdings ist es, glaube ich, am schwersten zu ertragen, wenn sich überhaupt nichts tut. Stell dir vor, du wärst ein Urzeitmensch, der Tag für Tag seinen Acker bestellt und niemals von Wesen aus dem All heimgesucht wird, der keinerlei Gottesvisionen hat, weder mit telepathischen noch telekinetischen Fähigkeiten gesegnet ist und auch keine Geister sehen kann. Nichts ändert sich jemals für dich, jeden Tag erlebst du das Gleiche. Das wäre wirklich seltsam: ein Leben ohne jeden Zauber, ohne jedes Wunder.

Ich muss gestehen, dass mir etwas wirklich Komisches passiert ist: Ich habe mich mit meinem Leben in Gefangenschaft abgefunden und an den Gedanken gewöhnt, als Tauschobjekt zu dienen. Außerdem setze ich natürlich darauf, dass mein geliebter Sohn Peter das Lösegeld für seine Mutter zahlen und sie aus diesem real existierenden Höllenfeuer befreien wird.

Folglich ist das Leben jetzt eigentlich ganz schön.

Eines Abends nehme ich zum Essen Platz. Wie üblich setzt Alby sich zu mir, unterhält sich mit mir, leistet mir

Gesellschaft. Selbstverständlich isst und trinkt er nichts, aber ich habe schon weitaus schlimmere Tischherren gehabt.

Plötzlich geht die Tür auf, und eine Frau kommt herein. Gelassen segelt sie durch den Raum, setzt sich, greift nach *meinem* Glas Wein und trinkt daraus. Dann sieht sie mich an.

Ich strecke die Hände aus, berühre erst ihr Gesicht, dann ihre Brüste, stecke ihr meine Finger in den Mund. All das nimmt sie lächelnd hin. »Überzeugend genug?«, fragt sie Alby. Als er aufflammt, spüre ich seine Bewunderung. Er ist stolz auf diese umwerfend schöne Frau. Doch mir hat ihr Auftritt die Sprache verschlagen.

Denn diese Frau bin ich.

Sie ist ich.

FLANAGAN

Während ich mit Alliea und Brandon trainiere, vollführe ich einen *Star Jump* und berühre dabei die Zimmerdecke. Beim Star Jump schnellt man aus einer halb geduckten Position in gestreckter Körperhaltung so weit wie möglich nach oben und streckt dabei alle viere von sich, um sie, wenn es abwärtsgeht, wieder einzuziehen. Als Alliea eine Betäubungswaffe auf mich abfeuert und mich in die Brust trifft, falle ich wie ein Stein zu Boden, erhole mich jedoch gleich wieder von dem Schock, lande auf den Füßen und vollführe sofort den nächsten Sprung.

Eins, zwei, drei, vier, fünf Sprünge, jeder begleitet von einem Volltreffer in den Brustkorb. Fünf davon – und ich will nur noch sterben.

Alliea ist gut vierzig Jahre jünger als ich, sie ist sechsundfünfzig, hat sich aber auch toll in Form gehalten und sich das Gesicht, die Hüften, die Vagina, die Zähne und die Wirbelsäule ersetzen lassen. Sie ist so elastisch wie ein Gummiband und scheint nie zu ermüden.

Im Gegensatz dazu spüre ich allmählich mein Alter, habe Stiche und Schmerzen in meinen alten Knochen und Mühe, morgens aus dem Bett zu kommen. Meine Haare und der Bart sind mittlerweile ergraut – ich habe mich nie zu einer Revitalisierung meines Körperhaars entschließen können. Folglich wirke und klinge ich wie ein in Ehren ergrauter Veteran, und das gefällt mir. Es verleiht mir meiner Meinung nach eine gewisse Würde.

Allerdings sind meine Beine nagelneu und stellen den modernsten Stand der Technik dar. Sie wurden genetisch verstärkt, daher die Star Jumps. Ich kann außerordentliche Kraft beweisen, wenn ich hochspringen oder weglaufen muss.

Nachdem Brandon sich die Boxhandschuhe übergestreift hat, treten wir in den Ring. Erst tauschen wir ein paar lockere Schläge aus, dann greift er mich schnell und heftig an. Meine Schläge haben zwar Kraft, aber ich schaffe nicht sonderlich viele. Allein schon durch sein verbissenes Standvermögen kann er mich fertigmachen. Irgendwann werfe ich das Handtuch. Es reicht.

Jetzt steigt Alliea in den Ring, um mit Brandon zu boxen. Natürlich hat sie früher mit Rob trainiert; sie beherrscht die Kunst und wischt mit meinem glücklosen Astrophysiker den Boden auf. Am Ende des Kampfes hat sich Brandons Kiefer gelockert und ist nach unten geklappt. Außerdem ist seine Nase gebrochen. Er trägt den Schmerz mit Fassung, aber ich weiß, dass er zur Heilung dieser Verletzungen mehrere Tage lang die Dienste des medizinischen Roboters in Anspruch nehmen muss.

Ich beginne damit, Gewichte zu stemmen. Das ist zwar primitiv, aber zur Ausbildung reiner Kraft gibt's nichts Besseres. Allerdings variiere ich die Übungen, damit ich mir keine Muskelverspannungen zuziehe. Ich lifte eine Stange mit zweihundert Kilo Gewichten auf meine Schultern. Danach setze ich sie ab, werfe sie in die Luft, sehe nach oben, warte geduldig ab und fange sie ab, wenn sie hart, wirklich hart, auf meinen Schultern aufschlägt. Es fühlt sich so an, als wäre ein Dach eingebrochen und auf mich niedergestürzt. Eine großartige Vorbereitung darauf, ein Schiff zu stürmen oder einen Strahlenschuss auszuhalten, der unmittelbar den Körperpanzer trifft.

Hepp, werfen, warten. AUFSCHLAG.

Hepp, werfen, warten. AUFSCHLAG.

Alliea greift nach einem Schwert und versucht, Brandon den Kopf abzuschlagen. Sein Schädel taucht auf und ab und schwenkt von einer Seite zur anderen, gleichzeitig duckt und windet er sich, während er der scharfen Klinge geschickt ausweicht. Es ist eine großartige Übung, wenn man die eigene Reaktionsgeschwindigkeit verbessern will, aber sie ist nicht ungefährlich. Einmal wurde Brandon bei einer solchen Übungsstunde der Kopf völlig abgetrennt. Er behauptet, man könne immer noch den Kreis rund um seinen Hals sehen, wo der Kopf wieder angenäht wurde, aber natürlich geht da die Fantasie mit ihm durch. Die Stiche dieser Naht sind so winzig, dass man sie mit bloßem Auge kaum erkennen kann.

Nach dem Training duschen wir zusammen. Wir alle sind zu alt oder auch zu reif, um das gemeinsame Duschen oder Baden als peinlich zu empfinden. Außerdem spielt dabei nichts Sexuelles mit. Brandon ist in erster Linie schwul und sucht sich sein sexuelles Vergnügen bei wochenlangen Sauftouren in den Freihäfen. Und Alliea trauert immer noch um Rob; würde ich jetzt sexuelles Interesse an ihr zeigen oder sie an mir, wäre das ein Verstoß gegen die Etikette.

Was mich betrifft: Na ja, ich bin ein knorriger alter Kauz, der am ganzen Körper Narben und dazu noch ergrautes Schamhaar hat. Auf dem Schiff betrachtet mich niemand mehr als sexuelles Wesen. Mein letzter anständiger Fick ist mindestens zwei Jahre her, verdammt noch mal. Also tut meine Mannschaft vielleicht ganz recht daran, mich von dieser Liste zu streichen.

Ich finde es angenehm, nackt mit Menschen zusammen zu sein, die ich liebe. An denen mir was liegt. Für die ich ohne Bedenken mein Leben lassen würde.

Meine Leute.

FLANAGAN

Wir kommen eine Woche vor der Zeit an der ausgemachten Übergabestelle an. Es liegt auf der Hand, dass der Cheo versuchen wird, uns in einen Hinterhalt zu locken, deshalb treffen wir entsprechende Vorkehrungen.

Wir höhlen einen Asteroiden aus und füllen ihn mit Sprengkörpern.

Auf Satelliten, die im Raum treiben, bringen wir Projektoren an, die holografische Muster erzeugen können. Die Geräte sind so winzig, dass die gegnerischen Überwachungsbots sie nicht erfassen können.

Später laden wir unsere Laserkanonen und übersäen den Raum mit Nanobomben. Danach legen wir unsere Körperpanzer an. Und warten ab.

Doch er taucht nicht auf.

FLANAGAN

Via E-Mail schicken wir ihm eine weitere Lösegeldforderung. Prompt reagiert der Cheo damit, die Lösegeldsumme noch stärker zu drücken. Außerdem erinnert er uns daran, dass er, sollten wir ihn hereinlegen, die Klausel anwenden wird, die eine Blutfehde der Flammengeschöpfe in Gang setzt. Es ist das übliche Machtspielchen, ein ganz normaler Eröffnungszug, um unsere Nerven auf die Probe zu stellen. Wir machen einen neuen Übergabeort aus. Diesmal kommt Harry mit, in einem leistungsstarken Schlepper, der später das Schiff voller Schätze und freigepresster Gefangener ziehen soll – denn das ist der Kern unserer Auslöseforderungen.

Doch Harrys Schlepper gerät in einen Hinterhalt und wird gesprengt. Er kann mithilfe eines mit Raketenantrieb ausgerüsteten Backpacks flüchten. Nur ein genetisch verändertes Zwitterwesen wie er hat eine derartige Explosion überleben können, aber irgendwie haben wir auch darauf gesetzt.

Wir schicken eine dritte Lösegeldforderung ab. Diesmal reagiert der Cheo anmaßend. Er hat seine Spielchen mit uns getrieben und unsere Entschlossenheit auf die härteste Probe gestellt; jetzt will er neu verhandeln und die Sache damit endgültig zu Ende bringen. Falls wir kapitulieren, uns stellen und exekutieren lassen, will er reinen Tisch machen und unsere Familien rehabilitieren. Andernfalls will er ein Blutbad unter unseren Angehörigen anrichten.

Was eine leere Drohung ist. Wir alle haben schon vor Jahren die Menschen verloren, die uns am nächsten standen. Wir antworten mit einem Gegenangebot: Entweder er zahlt am kommenden Tag die Auslösung, oder Lena wird sterben.

Der folgende Tag verstreicht, ohne dass der Cheo irgendetwas unternimmt.

Also kontaktieren wir Alby per Vidfon und übermitteln ihm den Stand der Dinge. Wir können erkennen, dass er bei Lena sitzt, die heute besonders schön aussieht. Alby wendet sich ihr zu und erklärt ihr, dass der Cheo nicht zahlen wird. *Lieber nimmt er Ihren Tod in Kauf*, sagt er. Worauf Lena aus tiefer Kehle lacht: *Das sieht meinem Jungen ähnlich.*

Alby hüllt Lena in einen Feuerwirbel ein, so sanft, dass es fast liebevoll wirkt. Danach verschwindet er.

Doch Lena, die in Flammen steht, brüllt vor Schmerzen. Schließlich stürzt sie zu Boden und wälzt sich im vergeblichen Versuch, das Feuer zu löschen, darauf herum. Ihre Haut schmilzt, die Knochen zerfallen zu Kohlenstaub. Sie stirbt unter höllischen Qualen.

Die Aufzeichnung dieser Szene schicken wir über Vidfon an den Cheo. Die Entführung ist abgeschlossen, die Geisel ermordet.

Lena, seine geliebte Mutter, ist tot.

VIERTES BUCH

EXZERPTE AUS DEM GEDANKENJOURNAL VON LENA SMITH, 2004 BIS …

**Für mich war es so,
als hätte sich ein Traum
erfüllt.**

Der Traum, Konzertpianistin zu werden und in Carnegie Hall zu spielen.

Als der Tag kam, konnte ich kaum fassen, was da geschah. Dass mir eine so große Ehre zuteil werden sollte. Ich muss einräumen, dass ich die Miete für die Halle selbst zahlen musste. Aber es war keineswegs ein Konzert, das nur meine Eitelkeit befriedigte. Ich war inzwischen eine ausgezeichnete Pianistin und hatte mir den Anspruch auf ein Konzert in der Carnegie Hall redlich verdient. Es war mein erster großer öffentlicher Auftritt.

In der Nacht davor tat ich kein Auge zu. Ich stand früh auf und spürte zwar Hunger, konnte aber nichts hinunterbringen. Nachmittags schlief ich ein bisschen, duschte, zog mich sorgfältig an und kam zwei Stunden vor der Zeit in Carnegie Hall an. Es war ein Freitag. Ich hatte etwas Schwarzes, nein Blaues ausgewählt, ein eng anliegendes Kleid ohne Ärmel. Auf Schmuck hatte ich verzichtet. Mein Haar ... Hatte ich es hochgesteckt? Oder trug ich es offen? Ich muss es wohl hochgesteckt haben. Es war so warm, dass meine Achseln nässten und ich mir den Schweiß in der Toilette mit Tempotüchern abwischen musste. Und ich ... Nein, das war ja gar nicht damals, sondern irgendwann anders. Egal. In Wirklichkeit war der Abend so kalt, dass ich ein Kleid mit Ärmeln anzog. Aber blau war es. Ganz bestimmt. Blau.

Vor meinem Auftritt wollte die Presse mich unbedingt interviewen, aber ich lehnte alle Anfragen ab, blieb in meiner Garderobe, konzentrierte mich auf mein *Chi* und sah mir auf meinem DVD-Player irgendeine Folge einer amerikanischen Comedy-Serie an. Als ich mich innerlich bereit fühlte, machte ich mich auf den langen Weg zur Bühne, überquerte sie, trat an den Flügel und nahm auf dem Klavierhocker

Platz. Als ich beiläufig ins Publikum blickte, hätte mich mein Mut fast verlassen. Doch ich bewahrte Haltung. Das Publikum wurde um Ruhe gebeten. Während die Scheinwerfer auf meiner Haut brannten, blickte ich auf die Tasten und machte meinen Kopf völlig leer. Jemand hustete und durchbrach damit die Stille, doch ich achtete gar nicht darauf, riss mich zusammen und begann zu spielen ...

Und in dem winzigen Bruchteil der Sekunde, der zwischen dem Signal meines Gehirns an die Hände und dem ersten Anschlag lag, dachte ich bei mir: Nicht schlecht, Lena. Keineswegs schlecht für jemanden, der früher keinen Ton richtig treffen konnte und in Sachen Musik als hoffnungsloser Fall galt.

Ehrlich gesagt, war ich früher stinksauer darüber. In der Schule war ich in allen Fächern sehr gut, auch das kreative Schreiben lag mir, nur im Sport war ich damals eine Niete, doch das zählte nicht viel. Aber am liebsten wäre ich eine große Musikerin geworden, nur bewies ich leider überhaupt kein Talent dafür. Schon im Anfängerunterricht für Klarinette versagte ich; ebenso erging es mir später beim Flötenunterricht und schließlich auch in den Cellostunden, ich bekam den Bogen einfach nicht heraus. Das Problem bestand darin, dass ich unbeholfen und unkoordiniert spielte, mir die Melodien nie merken und kaum eine Note von der anderen unterscheiden konnte. Als ich bei einem Schulkonzert im Chor unserer Produktion von *Les Misérables* mitsingen wollte, durfte ich nur die Mundbewegungen machen und musste ansonsten die Klappe halten, denn ich sang völlig falsch, und die anderen befürchteten, ich könne den Chor des wütenden Mobs aus der Tonart bringen.

Jahre später, nach dem Erfolg meines zweiten Buches, suchte ich nach neuen Herausforderungen. Also beschloss ich, für mein drittes Buch mit dem Arbeitstitel *Du bist Gott und hast viele Talente* das ganze Gebiet der Pädagogik und des menschlichen Instinkts auszuloten. Als Forschungsprojekt wählte ich mir das Erlernen mehrerer Sportarten wie Tennis, Taekwondo und Scharfschießen, außerdem wollte ich es als Kontrastprogramm mit Klavierstunden versuchen, mit dem Ziel, es irgendwann bis zur Konzertpianistin zu bringen.

Die Forschungsphase dauerte viel länger, als ich erwartet hatte (es waren tatsächlich fast vier Jahrzehnte!), aber damals konnte ich mir das leisten, denn inzwischen war ich reich und arbeitete nur zum Vergnügen.

Durch die Anwendung wissenschaftlicher Erkenntnisse und den zunehmenden Einblick in das Potenzial von Entspannungsübungen gelang es mir im Laufe der Zeit, meinen Körper so zu trainieren, dass er »instinktiv« zu reagieren begann. Ich lernte, mich zu bewegen, ohne bewusst darüber nachzudenken, schaffte es, aus meinem Körper herauszutreten und ihm die Kontrolle zu überlassen. Da meine Leistungsfähigkeit nie nachließ, machte ich auf all diesen miteinander verwandten Gebieten langsam, aber sicher Fortschritte, bis ich die selbst gewählten Sportarten meisterlich beherrschte. Mit sechzig Jahren erwarb ich den Schwarzen Gürtel in Taekwondo und Judo, der für die vierte Rangstufe stand. Mit siebzig spielte ich so gut Tennis wie eine hochbegabte Fünfzehnjährige – fast, aber nicht ganz so gut, dass ich in Wimbledon hätte antreten können.

Auch bei meinen musikalischen Übungen arbeitete ich darauf hin, »aus dem Bauch« heraus zu spielen und mir das instinktive musikalische Verständnis von zehnjährigen musikalischen Wunderkindern anzueignen. Mit all dieser Schwerarbeit bewies ich, dass auch weniger Talentierte das, was den natürlich Begabten in die Wiege gelegt ist, erlernen können. Man braucht dazu nur Zeit, viel Übung und einen Körper, der mit dem Alter nicht abbaut, sondern sogar härter, stärker und leistungsfähiger wird.

An manchen Tagen übte ich sechs Stunden lang Klavier und sang dazu – am Anfang schlecht, später ganz annehmbar. Ich lernte, mithilfe meiner Pulsschläge den Takt zu halten, völlig in die Musik einzutauchen und mich ihr hinzugeben. Zwar konzentrierte ich mich vor allem auf das klassische Repertoire, aber ich spielte auch Jazz, Blues, Boogie-Woogie und Rock und bekam den Dreh bei Funk und Swing heraus. Irgendwann verfügte ich über ein phänomenales musikalisches Gedächtnis und konnte praktisch Tausende von Stücken auswendig spielen.

Gleichzeitig widmete ich mich in all diesen vierzig Jahren mit fast religiösem Eifer der allgemeinen Selbstvervollkommnung. Deshalb reiste ich ein Jahr lang um die ganze Welt, verbrachte zwei Jahre in Florenz und ein Jahr in Südamerika, befasste mich mit Kunst, Architektur und den örtlichen Sitten, schloss Freundschaften und hatte Liebesaffären. Dabei lernte ich, mich in sieben Sprachen fließend zu verständigen.

Während dieser Jahre verbrachte ich oft zwei Stunden am Tag im Sportstudio, hielt mich aber streng an einen Wochenplan, der auch Ruhetage vorsah, um übermäßige Anstrengungen zu vermeiden. Ich ließ mir Kniegelenke und Hüfte ersetzen, die Gebärmutter wegen einer schnell wachsenden Krebsgeschwulst entfernen und stattdessen eine bioplastische Alternative einpflanzen. Außerdem war ich eine der Ersten, die sich Hautimplantationen unterzogen. Dabei schälte ich mich wie eine sich häutende Schlange aus der Eigenhaut, sodass ich wie ein Kadaver aussah, und verbrachte drei Monate auf der Intensivstation. Mit dem Ergebnis, dass die neue Haut mir das jugendliche Aussehen einer Zwanzigjährigen verlieh.

Für mich war das die schönste Zeit, die man sich nur vorstellen kann. Doch obwohl ich, rein rechnerisch betrachtet, mehr Glücksmomente erlebte als irgendein Mensch vor mir, gab es auch Zeiten, in denen ich mich langweilte, und zwar so sehr, dass ich an den Rand einer klinischen Depression geriet.

Und warum? Weil ich einsam war, nehme ich an. Und neidisch auf andere. Jedes Mal, wenn ich einen jungen Mann oder eine junge Frau kennenlernte, sehnte ich mich danach, das zu besitzen, was für sie Normalität war: ihre Naivität und Unerfahrenheit, die sie davor bewahrten, die hässlichen, abstoßenden, schrecklichen Seiten des Lebens zu sehen. Wie gern wäre ich ein natürlicher, unbefangener Mensch gewesen, der in Eintracht mit sich und der Welt lebt! Außerdem war ich fest davon überzeugt, dass andere Leute mich langweilig finden mussten. Obwohl ich inzwischen schön und talentiert war, sah ich, wenn ich in den Spiegel blickte, immer noch dieses seltsam verhuschte Geschöpf mit der Ausstrahlung »bin ja nur ich«.

Bin
ja
nur
ich.

Wie war das möglich?! Warum war ich nicht glücklich?

Was mich verfolgte, waren die Angst vor dem Tod und, so lächerlich das klingen mag, die Sorge, wie meine Nachwelt darauf reagieren würde. Wie wird man sich meiner erinnern, wenn ich irgendwann sterbe?, fragte ich mich. Und wie schnell wird man mich vergessen? Ich klammerte mich an die Vorstellung, dass diejenigen, die mir am nächsten standen, niemals über meinen Tod hinwegkommen und künftig öde, leere Leben führen würden. Doch in Wirklichkeit war mir klar, dass selbst die Menschen, die mich liebten, mein Ableben mit einer Welle der Erleichterung begrüßen würden. *Gottlob, dass es sie und nicht mich getroffen hat,* würden all meine Freunde denken.

Also beschloss ich, am Leben zu bleiben, schon um diesen Drecksäcken eins auszuwischen; ich blieb weiter fit, setzte meine Verjüngungstherapie fort. Natürlich war ich nicht die Einzige, die sich zu systematischen Verjüngungen des Körpers entschloss. Überall in der Welt wurden die Menschen älter als früher und sahen dabei jünger aus. Der Filmstar Sheryl Martinez machte mit vierundsiebzig Jahren eine zweite Karriere als Sängerin. Im Laufe mehrerer Jahrzehnte hatte Martinez ihre quäkende Stimme mithilfe chirurgischer Eingriffe so kultiviert, dass sie jetzt erotisch und heiser klang, und durch ausgiebige Gesangsübungen so weit entwickelt, dass sie zu einer der besten Soulsängerinnen aller Zeiten wurde. Und nicht nur das: Dieses Pin-up-Girl für die über siebzigjährigen Verjüngten sah auch noch sexy aus.

Und …

Ich schlage den ersten Akkord an, und die Musik läuft wie eine kleine Welle durch Carnegie Hall. Ein Gefühl von Freude überflutet mich, als der Flügel seine Seele offenbart. Ich spiele, spiele weiter und weiter …

Ach ja, außerdem gab es da diesen Milliardärsklub, eine Gruppe von 490 Männern und Frauen, die sich mit allen verfügbaren Mitteln ihrer Verjüngung widmeten. Diese Fanatiker im mittleren Alter waren zu Playboys und Playgirls mit perfekten Körpern mutiert, und ihr Sexleben wurde in der Regenbogenpresse gnadenlos durchgehechelt …

Viel zu schnell ist das erste Stück, ein spielerisches Scherzo, zu Ende, und ein Beifallssturm bricht los, den ich kurz genieße. Danach lasse ich die Hände über den Tasten schweben und …

Und dann war da noch Andrei Makov, dreifacher Goldmedaillengewinner bei der Olympiade 2032 in Seoul. Mit neunzehn Jahren brach er den Weltrekord in drei Disziplinen: im 400-Meter-Lauf, im 800-Meter-Lauf und im Triathlon. Diese enormen Leistungen waren das Ergebnis von zehn Jahren intensiven Trainings. Wegen seiner hoch aufgeschossenen, schlaksigen Gestalt und seiner ausdrucksvollen russischen Augen wurde er zum internationalen Teenageridol und ging außerdem als einer der größten Athleten aller Zeiten in die Sportgeschichte ein.

Bemerkenswert war vor allem, dass es ihm gelang, die afrikanische Dominanz im Laufsport zu brechen. In den vergangenen Jahren und Jahrzehnten hatten sich die afrikanischen Läufer eine Medaille nach der anderen geholt. Diese Athleten, insbesondere die aus Kenia, waren mit Körpern gesegnet, mit denen sie alle früheren Standards menschlicher Leistungsfähigkeit in den Schatten stellen konnten.

Doch dann kam Andrei ... und überflügelte die armen Läufer aus Kenia, denen es buchstäblich den Atem verschlug. Andrei ging völlig anders als sie an den Laufsport heran: Er konzentrierte sich auf sein Inneres und stützte sich dabei auf eine eindeutig von der Zen-Philosophie beeinflusste Trainingsmethode, die das *Chi* freisetzte. Gleichzeitig wurden dabei Schrittlänge, Atmung und alle anderen kontrollierbaren Aspekte menschlicher Leistungsfähigkeit wissenschaftlich analysiert und verbessert.

Wenn Andrei lief, wirkte er fast übermenschlich.

2044 gewann er fünf weitere olympische Goldmedaillen: im 400-Meter-Lauf, Triathlon, Fünfkampf, Freistilschwimmen und Gewichtheben. Nie zuvor hatte ein Sportler eine solche Bandbreite beherrscht. Inzwischen war Makov stämmiger als früher, doch er wirkte immer noch schlank und gefährlich. Die physische Stärke verdankte er nicht einer exzessiv trainierten Kondition, sondern entspannten Muskelfasern von unglaublicher Dehnbarkeit. Makov hatte sich mit Pilates befasst, trug den Schwarzen Gürtel des siebten Dans in *Goju ryu*-Karate und war darüber hinaus ein eifriger

Tiefseetaucher. Seine Kaltblütigkeit stand der Vielseitigkeit in nichts nach. Alles, was er tat, geschah ohne jede Anstrengung. Erst mit fünfunddreißig Jahren begann er Tennis zu spielen. Mit sechsunddreißig gewann er in dieser Sportart den Grand Slam und schlug die Nummern 1, 2 und 3 auf der bisherigen Weltrangliste in so raschen Sätzen, dass sie sich nicht anders als gedemütigt fühlen konnten. Mit neununddreißig war er Sieger der Tour de France. Auf eigenen Wunsch unterzog er sich vorher und nachher Dopingtests. Sie bestätigten, dass er völlig clean war.

Doch mit vierzig Jahren begann er unter einem Gehirntumor zu leiden. Über drei quälende Jahre hinweg fiel er immer wieder in den Wahnsinn; wenn er bei klarem Verstand war, befasste er sich eingehend mit den Eigenarten seiner Erkrankung und möglichen Therapien. Er weigerte sich, eine Chemotherapie zu machen oder sich bestrahlen zu lassen, denn ihm war intuitiv klar, dass diese Behandlungen das stören würden, was er als sein *Chi* wahrnahm. Stattdessen verließ er sich auf komplementärmedizinische Behandlungen, die das Wachstum des Tumors unter Kontrolle halten sollten. Freiwillig bot er sich als Versuchskaninchen für eine radikal neue Therapie an, bei der ein viraler Wirkstoff dazu genutzt wurde, die *Eigenschaften* des Tumors zu verändern. Der Tumor wurde also nicht herausoperiert, sondern zu einem Teil seines Gehirns *umgewandelt*.

Die Therapie schlug an: Der Tumor bildete sich zurück und wurde zu einem gutartigen »Zusatzteil« des Gehirns, das – ein unerwarteter Nebeneffekt – die Verjüngungsmechanismen in Andreis Körper aktivierte. Und so machte sich Andreis Körper ohne jede Bestrahlung, Injektion oder Gentherapie auf die Reise in die ewige Jugend. Darüber hinaus reinigte der virale Wirkstoff das neuronale Netzwerk und beseitigte Ablagerungen fast so, als würde die Festplatte eines PC defragmentiert und gesäubert. Nach der Behandlung verfügte Andrei über ein glasklares Gedächtnis und verblüffende Fähigkeiten im Kopfrechnen.

Allerdings ließ sein Urteilsvermögen ihn so oft im Stich, dass er sich aus der Leichtathletik zurückzog und ins Geschäftsleben einstieg, wo er im Laufe von fünfzehn Jahren Millionen verlor. Das lag daran, dass ihn mehrere raffinierte Unternehmensberater nacheinander hereinlegten, indem sie irgendwelche mysteriösen Rechenoperationen anstellten und ihn auf dieser Grundlage zu Investitionen überredeten. Er verliebte sich in eine glamouröse Schauspielerin, die ihm Hörner aufsetzte und danach mit intimen Enthüllungen an die Öffentlichkeit ging. Danach verliebte er sich in eine attraktive Atomforscherin, die ihn mit ihrer paranoiden Eifersucht so nervte, dass er fast gewalttätig geworden wäre. Als Nächstes verliebte er sich in zwei Schwestern, die ein Buch über ihn schrieben und darin alles, was er gesagt oder getan hatte, der Lächerlichkeit preisgaben. Und schließlich schaffte es ein Paparazzo der Regenbogenpresse, ihn beim Sex mit zwei Nutten in St. Petersburg zu filmen. Da eine der beiden erst fünfzehn war, kam es zu einem Skandal, der Andreis Ruf in seinem Heimatland nachhaltig ruinierte.

In der Folgezeit wurde er süchtig nach Alkohol, Heroin, Kokain und Schokolade und nahm so unglaublich zu, dass man ihn nur noch als Witzfigur betrachtete.

Entschlossen, dem eigenen Niedergang Einhalt zu gebieten, nahm er mit fünfzig Jahren das Training wieder auf und versuchte, sich in irgendeiner Disziplin für die bevorstehende Olympiade zu qualifizieren, versagte jedoch bei allen Ausscheidungskämpfen. Immer noch war Andrei ein starker, leistungsfähiger Mann, doch er war nicht mehr der schnellste Sprinter der Welt, der Spitzenschwimmer oder stärkste Gewichtheber, denn seine besten Jahre hatte er natürlich hinter sich. Seine Freunde rieten ihm, es im Marathonlauf zu versuchen – von jeher eine Disziplin, in der auch ältere Sportler gewisse Chancen haben.

Und so verbrachte Andrei fünf Jahre damit, für den Marathonlauf zu trainieren. Später nahm er innerhalb von fünf Tagen an fünf großen Läufen teil und folgte damit dem Beispiel des alten herzkranken Ranulph Fiennes, der Ende des zwanzigsten Jahrhunderts ähnliche Großtaten vollbracht hatte. Mit dem Unterschied, dass Fiennes' Triumph darin bestanden hatte, alle Läufe bis zum Ende durchzustehen, wenn er auch quälend langsam ins Ziel gekommen war. Andrei dagegen stand die Strecken nicht nur durch, sondern *gewann* auch sämtliche Marathonläufe mit unglaublich guten Zeiten. Er brach nicht nur die Weltrekorde im Marathon fünfmal in Folge, er beendete jeden Lauf auch noch mit einem sagenhaft schnellen Sprint.

Diese Siege brachten Andrei, der inzwischen immerhin schon Mitte fünfzig war, die Chance ein, wieder an der Olympiade teilzunehmen. Allerdings gab es Versuche, ihn davon auszuschließen, und zwar mit der Begründung, seine plötzliche Verjüngung verstoße gegen das Dopingverbot für Sportler. Im Jahre 2064 erzielte er bei der Olympiade einen neuen Weltrekord im 400-Meter-Lauf und schlug dabei Rivalen, die Jahrzehnte jünger waren.

Mit dieser Sportlerbiografie wies er den westlichen Mythos vom unaufhaltsamen Verfall des Menschen ein für allemal in die Schranken. Dagegen hängt man in der östlichen Kampfsportkultur ja eher dem entgegengesetzten Mythos an: Hier gilt der alte Lehrmeister traditionell als schneller, stärker und geschickter als seine jüngeren Adepten. Doch wir im Westen haben uns von jeher dem Traum von der »goldenen Jugend« verschrieben und deshalb eine Welt geschaffen, in der sich die jungen Leute wunderbar im süßen Nichtstun üben dürfen.

Andreis Siege, die gegen alle Regeln verstießen, räumten gründlich und endgültig mit den alten Paradigmen auf. Plötzlich galt das Alter nicht mehr als Angst einflößendes Verhängnis, sondern als lohnende Lebensphase. Andrei war ein Held, denn es war ihm gelungen, die Welt zu verändern.

Und eines Abends besuchte er das Konzert einer Pianistin in Carnegie Hall ...

... Da bin ich also und spiele vor einem begeisterten Publikum auf dem Flügel.

Mein nächstes Stück war ein schwungvoller Walzer von Brahms, der wunderbar klappte. Danach ging ich zu einer herrlichen Jazzimprovisation über, die auf einem Riff von Dizzy Gillespie basierte, und mein Herz sang vor Freude mit. Ich fühlte mich so, als wäre ich über mich selbst hinausgewachsen.

Doch nach und nach verlor mein Spiel die Leichtigkeit und Flüssigkeit. Als ich mit dem ersten Satz von Beethovens Klavierkonzert begann, war ich vor Angst wie gelähmt und hörte irgendwann mitten im Spiel auf. Das Publikum war mucksmäuschenstill, während mir Schweiß über die Stirn rann und ein winziger Tropfen sogar die Tasten benetzte.

Als ich weiterspielte, seufzte das Publikum erleichtert auf. Es war auf meiner Seite. Dieser Zwischenfall war zwar nicht eingeplant, aber geschickter hätte ich es nicht anstellen können, die Herzen dieser Menschen zu gewinnen: Ich hatte ein Zeichen von Schwäche gezeigt.

Allerdings legte sich mein Hochgefühl bald. Während der Abend voranschritt, vernahm ich das Scharren von Füßen und angelegentliches Hüsteln. Die Reaktionen zeigten mir, dass die armselige ... entsetzliche ... verfluchte Mittelmäßigkeit meines Klaviervortrags das Publikum immer mehr verprellte. Bei den protzigen, unterhaltsamen Einleitungsstücken hatte es mir einige Fehler nachgesehen. Doch jetzt spielte ich Beethoven, und es war nicht zu verkennen, dass mein Legato steif war und der Anschlag ungleichmäßig. Und die Crescendi und Diminuendi klangen so, als hätte ich allzu bewusst daran »gearbeitet«. Zwar besaß ich inneres Feuer und Flair, aber nach und nach trat gnadenlos zutage, dass ich im Grunde nur eine Barpianistin mit Drang zu Höherem war.

Selbstverständlich machte ich nach dem Konzert das Orchester dafür verantwortlich. Den Flügel. Meine Nerven. Doch tief im Innern war mir klar, dass mir trotz all meiner technischen Fertigkeiten etwas Entscheidendes fehlte: die Liebe zur Musik, zum Publikum und zu dem, was meine Finger vollbrachten. Es gibt tatsächlich so etwas wie ein geheimnisvolles Element im Vortrag meisterlicher Spieler: Hingabe, Seele, Leidenschaft – oder wie man es sonst nennen mag. Nach Jahrzehnten der Übung beherrschte ich zwar das Klavierspiel, aber niemals würde das Klavierspiel *mich* beherrschen.

Doch Schluss mit der Selbstzerfleischung. In Wirklichkeit spielt es ja gar keine Rolle, dass ich ein mittelmäßiges Klavierkonzert in der Carnegie Hall gab. Was zählt, ist die Tatsache, dass ich mich überhaupt dorthin gewagt habe.

Ich hatte mir einen Spaß mit dem launischen Gott erlaubt, der manche von uns mit großen musikalischen oder sportlichen Gaben segnet und andere wie mich leer ausgehen lässt. Also tat ich die Verrisse mit einem Lachen ab. Derweil verkaufte sich mein Buch besser denn je. Ich war der Star der Saison. Nach einem ersten Anflug von Scham über mein stümperhaftes Klavierspiel siegte mein Hochgefühl, und ich sah mich in meiner Dreistigkeit bestätigt.

Sicher trug dazu auch bei, dass ich an jenem Abend in der Carnegie Hall Andrei kennengelernt hatte, den ich schon seit Jahren aus der Ferne bewunderte. Der Altersunterschied zwischen uns betrug fast zehn Jahre: Ich war damals einundachtzig, er dreiundsiebzig. Allerdings wirkte er, ehrlich gesagt, älter als ich. Er hatte eine silbergraue Haarmähne; offenbar verbot ihm der Stolz, sich die Haare dunkel nachzufärben. Seine Haut war dick und wettergegerbt, und um die Augen herum hatte er tiefe Lachfalten. Doch diese Zeichen des Alters verstärkten seine Ausstrahlung nur noch, die eine ungewöhnliche Energie und Leistungsfähigkeit verriet. Er hatte einen eleganten Gang, bewegte sich überhaupt sehr geschmeidig. Und er registrierte alles in seiner Umgebung. Ohne dass seine Augen hin und her huschten, bemerkte er in einem Raum voller Menschen jeden Einzelnen, konnte sich bei jeder Person deren Aussehen und die Farbe der Kleidung merken und sich zugleich eine bestimmte Vorstellung davon machen, welche Beziehung Menschen miteinander verband, die nahe beisammenstanden – ob Freundschaft, Liebe, Verwandtschaft, geschäftliches Interesse oder sonst etwas.

Ich dagegen bewegte mich immer noch recht unbeholfen, zerbrach leicht etwas und war unglaublich unaufmerksam. Manchmal stand ich auf einer Party zehn Minuten oder länger neben jemandem, ohne diese Person überhaupt zu bemerken. Obwohl ich ein erstaunlich akkurates Gedächtnis für Einzelheiten besitze, kann es auch heute noch passieren, dass ich grundlegende Dinge vergesse. Beispielsweise hatte ich eine Schwester, die mit Mitte vierzig starb. Neulich fand ich ein Foto von ihr, aber mir fiel nicht ein, wer diese Person war. (Glücklicherweise hatte ich auf der Rückseite ihren Namen und *Meine Schwester* notiert.) Allerdings lag das nicht nur an meinem schlechten Gedächtnis, sondern … Na ja, offen gesagt, mochte ich sie nie besonders und achtete kaum auf das, was sie sagte oder trieb. Deshalb hatte mein Erinnerungsspeicher sie als so unwichtig abgetan, dass sie in Vergessenheit versank.

Im Gegensatz dazu erinnere ich mich noch lebhaft daran, wie ich Andrei kennenlernte. Nach dem Konzert stolperte ich von der Bühne, zog mich in meine Garderobe zurück, wo ich von meinem Tross umringt wurde, und stürzte drei Gläser eines Jahrgangssekts hinunter. Beim Gedanken an die vielen Schwächen meines Klaviervortrags – Schwächen hinsichtlich des Ausdrucks und der Klangfarbe – drehte sich mir so der Magen um, dass ich gegen Übelkeit ankämpfen musste. Gleich darauf teilte meine Mitarbeiterin mir mit, draußen warte ein Mann darauf, mich besuchen zu dürfen. Andrei Makov – mein Herz tat einen kleinen Satz. Ich erklärte mich einverstanden. Wenige Minuten später klopfte es an die Tür, und er trat ein.

Ich weiß noch, dass alle anderen im Raum irgendwie zusammenzuschrumpfen schienen, als Andrei hereinkam. Er trug einen schwarzen Frack. Und ich etwas Blaues, eindeutig etwas Blaues. Langsam ging er auf mich zu und begrüßte dabei meine Freunde, meinen Manager und meine musikalische Assistentin. Als diese charismatische Erscheinung sich mir näherte, war es so, als teile sich das Meer. Er nahm meine Hand, küsste sie und murmelte: »Und was können Sie *sonst noch?*«

In diesem Augenblick trat mir mein Lebenszweck, der Grund zu leben, wieder deutlich vor Augen. Ich lächelte wie ein Tiger, der vom Rascheln eines äsenden Rotwilds erwacht.

»Schauen wir mal«, erwiderte ich. Danach schlenderte er in der Garderobe herum, bis er hinter mir stehen blieb, die Arme um meinen Brustkorb schlang und mich in die Luft hob.

Ich wehrte mich nicht und ließ mich mit meinem ganzen Körpergewicht in seine Arme sinken. Meine Beine baumelten herunter, mein Kopf schlackerte. Alle Spannung wich von mir. Als er mich wieder auf die Füße stellte, fühlte ich mich zehnmal besser als zuvor.

»Das hat gutgetan.«

»Tut mir leid, wenn ich unverschämt war, aber Sie kamen mir angespannt vor.«

»Das war ich auch.«

»Ich habe einfach keine Manieren. Während meiner Audienz beim Papst brachte ich seine schlechte Körperhaltung zur Sprache.«

»Er leidet ja auch schwer unter Arthritis.«

»Das habe ich erst später erfahren. Sicher können Sie sich vorstellen, wie peinlich mir das im Nachhinein war.«

»Kann ich mir denken.«

»Ich bitte nochmals um Entschuldigung. Schön, Sie kennenzulernen.«

Leicht irritiert wurde mir klar, dass er diese Worte an alle im Zimmer richtete und sich damit elegant dafür entschuldigte, dass er mich einfach so in Beschlag genommen hatte. Drei oder vier Sekunden lang hatte ich tatsächlich alle anderen Anwesenden vergessen und nur Augen für Andrei gehabt.

»Wir hatten vor, essen zu gehen ...«, sagte ich vorsichtig.

»Aha.« Er wirkte ein bisschen schüchtern.

»Möchten Sie vielleicht mitkommen?«

»Ja, gern. Wo wollen Sie hin?«

»Wo gehen wir hin?«, fragte ich Philip, meinen Manager.

»Wir haben einen Tisch bei *Smollensky* reserviert.«

»Also irgendwohin, nur nicht ins *Smollensky*«, murmelte ich so leise, dass es niemand außer Andrei mitbekam. Er lächelte.

»Ich schlage den *Caterpillar Club* vor«, flüsterte er. Und verließ die Garderobe.

Ja, aber um wie viel Uhr? Und sollte ich mich umziehen? Ich trug das Kleid, das am besten zu meinem Konzertauftritt gepasst hatte. War es zu elegant für einen solchen Szeneklub? Oder genau richtig?

Ich ließ das Kleid an und traf um 21 Uhr im *Caterpillar Club* ein, der überfüllt und laut war. Außerdem gefiel mir nicht, dass alle hier so jung waren. Andrei wartete schon auf mich und hatte Sekt bestellt.

Wir stießen miteinander an und tranken. »Ich habe Ihr Buch gelesen«, sagte er, doch ich war ziemlich abgelenkt, da mein Herz so heftig schlug. Das hier hätte eine erotische Geschichte werden sollen, stattdessen war ich nur genervt, denn das laute Wummern meines Herzens übertönte das, was Andrei sagte, und ich bekam kein Wort mit.

Gleich darauf schaltete sich mein Hörverstärker ein, der insbesondere die Geräusche im weiteren Umfeld für mich herausfilterte, und ich schnappte auf, was ein Paar im hinteren Teil des Restaurants sagte:

»Jedenfalls ist es gut, diese Dinge mal auszusprechen.«

»Nein, es erstickt alles. Nimmt mir die Luft raus.«

»Du musst aber doch erfahren, wie du mich glücklich machen kannst.«

»Darüber weiß ich schon so viel, dass bei mir jede *Spontaneität* flöten geht.«

»Es ist ja nicht so, dass bei mir alles nach Schema F laufen muss. Ich lasse dir doch Raum für Spontaneität.«

»Wie spontan darf ich denn sein? Fünf Minuten lang ...«

Schließlich schaffte ich es, die beiden auszublenden. Immer noch sprach Andrei mit mir. Als ich mein Kurzzeitgedächtnis durchforstete, stieß ich auf einige Sätze, die es gespeichert hatte. »... hab davon gar keine Ahnung. Bis ich in den Sechzigern war, hab ich nie klassische Musik gehört. Also bin ich wohl ein Kulturbanause, wie?«

»Nein, sind Sie nicht.« Während er erleichtert nickte, frohlockte ich innerlich, denn ich hatte seine Worte richtig erraten. »Sollen wir bestellen?«, fragte ich, inzwischen wieder mutiger.

»Das haben wir doch schon.« Er klang leicht verdutzt.

»Ach ja, stimmt.« Ich lächelte blöde, kramte erneut in meinem Gedächtnis und stieß dabei auf ein blondes Mädchen mit mürrischem Gesicht, das ich nach Lammkoteletts gefragt hatte. Aber war das hier gewesen oder irgendwo anders? Als ich mich umsah, entdeckte ich eine blonde Kellnerin mit mürrischer Miene und triumphierte innerlich: Ich hatte die Situation wieder im Griff. (Ein solches Durcheinander herrscht recht oft in meinem Kopf. Ist das eine seltsame Funktionsstörung im Gehirn? Oder bin ich einfach zu gut für diese Welt?)

»Ich stehe ein bisschen unter Spannung«, sagte ich zu Andrei. »Und bei inneren Spannungen reagiere ich oft seltsam. Ich klinke mich dann aus.«

»Ich verstehe nicht, was Sie damit sagen wollen.«

»Vergessen Sie's.«

Ich sah ihn an. Er hatte etwas überaus Geduldiges an sich und wollte mir offenbar wirklich gern zuhören.

»Möchten Sie wissen, was das Schlimmste ist, das ich je getan habe?«

»Nur zu, verraten Sie's mir.«

Also erzählte ich ihm die Geschichte vom osteuropäischen Bandenchef und wie wir die »Vergewaltigung« seiner Tochter eingefädelt hatten. »Schließlich hat der georgische Mob Valentin in einem Restaurant in St. Petersburg umgebracht. Die Männer pumpten hundert explosive Luftgewehrkugeln in seinen Körper und verschwanden danach. Valentin, der immer noch am Leben war, dachte, er habe wie durch ein Wunder überlebt, rappelte sich hoch und ging hinaus. Zeugen sagten aus, er habe sich tatsächlich für den wiederauferstandenen Rasputin gehalten. Als er in seinen Wagen stieg, explodierten die Geschosse. Es war so, als hätte ein Wal eine Wasserbombe verschluckt und danach gerülpst. Niemand sonst war verletzt, doch sein Körperfett, Haar und Blut waren über alle Sitze gespritzt. Eine Riesensauerei.

Aber nach dem, was er seiner Tochter angetan hatte, war das eine gerechte Strafe. Wir konnten es zwar nie beweisen, gingen jedoch davon aus, dass er regelmäßig eine Feuerzange dazu benutzte, seine Tochter sexuell zu missbrauchen – eines dieser Dinger, mit denen man früher Kohlenfeuer geschürt hat, verstehen Sie? Allerdings war die Zange wohl nicht heiß, ganz so bösartig ging er dabei nicht vor. Die Zange hatte er wohl nur zufällig zur Hand, vielleicht war sie ein Familienerbstück. Bei der medizinischen Untersuchung fanden wir im Anus seiner Tochter Spuren von Gusseisen aus der viktorianischen Zeit, die auf diese Art von Missbrauch hindeuteten. Junge, Junge, was für ein Stimulans! Jedenfalls brachten wir den fetten Grigori auf diese Weise um. Mit Luftgewehrkugeln. Rede ich zu viel?«

Zu spät dämmerte mir, dass Andrei mich so anglupschte wie ein Goldfisch, dem gerade sein Wasserglas abhandengekommen war. Im Geiste ging ich alles durch, was ich gesagt hatte, und fragte mich dabei, ob es mich in ein schlechtes Licht rückte.

»Sie, äh ... Igitt!«, meinte er.

»Das, was ich gerade erzählt habe, widert Sie an, stimmt's? Sie empfinden buchstäblich körperlichen Ekel vor mir.« Da war es wieder, dieses vertraute Gefühl von Zurückweisung. *Das hast du wunderbar hinbekommen, Lena.*

»Nein, keineswegs. Ich bin nur ... völlig verblüfft und versuche mir ähnlich erzählenswerte Geschichten ins Gedächtnis zu rufen. Zum Beispiel die aus meiner Zeit in Rom. Damals verstieß ich gegen die Trainingsvorschriften und schlich mich mitten in der Nacht aus dem Hotel, um einen Hamburger zu essen. Wenigstens war's einer von McDonald's!«

Er macht sich selbst kleiner, als er ist, wurde mir klar. Am besten reagiert man auf so was mit einem zurückhaltenden, aber anerkennenden Lachen. Also quittierte ich die Anekdote mit einem zurückhaltenden, anerkennenden Lachen.

»Ich bin eine solche Niete«, vertraute Andrei mir an. »Hab überhaupt nichts geleistet.«

»Sie haben große Dinge bewirkt!«, protestierte ich. »Haben Medaillen gewonnen, Rekorde gebrochen, Schulen gestiftet, sich für soziale Projekte engagiert. Sie sind eine wahre Ikone.«

»Tja, aber ich habe nie, Sie wissen schon, Leute bei ihren Eiern gepackt. Oder getötet.«

»Ich hab auch noch nie jemanden umgebracht«, erwiderte ich lachend.

»Aber so an den Fäden gezogen, dass Menschen starben.«

»O ja, das stimmt natürlich. Zum Beispiel im Fall dieses türkischen Drogenhändlers. Dem haben wir Drogen verabreicht, die ihn impotent machten. Und dann hat er sich in der Garage selbst das Gehirn weggeblasen. Das war ein besonders wirksamer Trick.«

»Sie sind so verdammt ...« Er suchte nach Worten.

»Bösartig?«

»Lebenstüchtig. Gefährlich.« Seine Augen funkelten. »Und sexy.«

Bei dem, was er da gerade gesagt hatte, war gewiss seine Fantasie mit ihm durchgegangen, denn nichts davon traf auf mich zu. Im Innersten war ich immer noch eine mausgraue Akademikerin, die auf Partys vor Schüchternheit wie gelähmt war und Angst hatte, das wahre Leben zu verpassen. Allerdings war seine Einschätzung, objektiv betrachtet, vielleicht doch nicht ganz falsch. Zu meinen Hoch-Zeiten habe ich einigen Leuten tatsächlich kräftig in den Hintern getreten.

»Lassen Sie uns essen.« Inzwischen hatte die Kellnerin die Speisen aufgetragen. Verdammt, ich hatte vorhin gar nicht Lamm, sondern Fisch bestellt. Dabei hatte ich mich in den letzten zwanzig Minuten schon so auf Lammfleisch gefreut. Das war stattdessen bei Andrei gelandet.

»Ich habe keine Lust mehr auf Fisch und hätte gern Ihr Lamm«, sagte ich mit nicht zu entschuldigender Unhöflichkeit. Doch ohne mit der Wimper zu zucken, tauschte Andrei den Teller mit mir, als wären wir schon seit Langem ein liebendes Paar. »Wie ist der Fisch?«, fragte ich Sekunden später.

»Trocken. Schal. Ungenießbar. Und wie ist das Lamm?«

»Wirklich großartig.«

Ich grinste albern und merkte, wie ich vor Verlegenheit rot und mein Gesicht ganz heiß wurde. Er fand das nur lustig. »Eigentlich ist der Fisch sehr gut«, räumte er lachend ein.

»Lassen Sie uns noch Wein nachbestellen«, schlug ich vor.

»Dann hab ich morgen bestimmt einen Kater.«

»Nehmen Sie die.« Ich reichte ihm einige Pillen und schluckte auch selbst eine. »Sie beeinflussen zwar die chemischen Reaktionen des Alkoholabbaus, sind aber keine *Drogen*. Ihr Körper wird den Kater einfach auffressen.«

Als Andrei mit den Fingern schnippte, drehte sich die Kellnerin zu ihm um. Er deutete auf die Flasche. Während sie davoneilte, nahm er einen Schluck Wein.

»Trotzdem sollte ich nicht zu viel trinken.«

»Wieso nicht?«

»Na ja ...« Jetzt wurde *er* rot.

»Aha. Sie spekulieren also mit ungefangenen Fischen, wie?«

»Ungefangenen Fischen?«

Zum Verständnis solcher Feinheiten reichte sein Englisch nicht aus. Also versuchte ich es mit Russisch. *Möchten Sie gern mit mir schlafen?*

Selbstverständlich.

Gut. Keine Sorge. Ich kenne gewisse Methoden, um Sie wieder hochzubringen.

»Ihr Russisch ist sehr gut.«

»Aber leicht angestaubt, hat man mir gesagt. Klingt zu sehr nach Dostojewski.«

»Das ist ein Schriftsteller, stimmt's?«

»Wie ich sehe, muss ich Ihnen noch vieles beibringen.«

In dieser Nacht liebten wir uns zum ersten Mal. Andrei hatte tatsächlich zu viel getrunken, deshalb war der Anfang sehr lahm. Auch später sollte es in dieser Hinsicht Probleme geben. Allerdings machten sie mir nichts aus, ganz im Gegenteil: Sie verschafften mir nur noch größere Lust.

Sein Körper war wie Granit. Ich kostete die Straffheit und Kraft jedes einzelnen Muskels aus und merkte, dass er unglaublich starke Hände hatte. Und irgendwann war er meinen Anforderungen buchstäblich gewachsen. Ich hatte sechs Orgasmen, ehe seine Energie nachließ und er schließlich wieder erschlaffte.

Ich konnte mein Glück nicht fassen: Ich hatte den schärfsten Knaben der Klasse abgekriegt!

Aber was sah er bloß in *mir*?

Ich nannte es das Sex-und-Tod-Spiel.

Die Technik brachte mir ein Karatemeister in Camberwell, London bei. In seinem legendären Dojo, einer früheren Marmorfabrik an der Walworth Road, unterrichtete *Sensei* Eddy Generationen von Südlondoner Kids in seinem eigenen Stil, bei dem sich östlicher Mystizismus mit der Schläue des East End mischte. *Sensei* Eddy stammte aus einer Familie, die wegen bewaffneter Raubüberfälle stadtbekannt war, und hatte wegen eines gescheiterten Raubversuchs in seiner Jugend fünf Jahre Gefängnis abgesessen. Doch seitdem er sich zu einem gesetzestreuen Leben entschlossen hatte, widmete er sich mit Hingabe dem Karate und war zum Vegetarier, Asketen und zu einem der größten westlichen Experten für die Beherrschung von Körper und Geist geworden – eine Wissenschaft, in der er sich ständig weiterbildete.

Ich habe selbst gesehen, wie Eddy einen Ytongblock mit dem Kopf spaltete. Oder wie er sich eine Fliege aus der Luft schnappte und mit der anderen Hand wieder freiließ. Er war fast sechzig, als er mein Karatelehrer wurde, und auch ohne Verjüngungstherapie hatte er die Konstitution eines Zwanzigjährigen. Er war schnell, stark und hoch konzentriert.

Eddy war es auch, der mir zeigte, wie man das Herz eines Menschen zum Stillstand bringen kann. Dazu reicht ein einziger Handkantenschlag gegen das Brustbein aus, sofern er mühelos und schnell durchgeführt wird. Diese Technik zielt nicht auf das Töten ab, sondern ist ein Hilfsmittel für die Meditation. Als Eddy sie bei mir anwendete und mein Brustbein traf, hörte mein Herz auf zu schlagen, und ich spürte zehn wahnsinnig lange Sekunden lang, wie ich starb. Mein inneres Selbst schien außerhalb meiner fleischlichen

Hülle zu schweben. In meinem Kopf rauschte das Blut wie ein Wasserfall. Dann versetzte Eddy mir erneut einen Schlag, und das Herz begann wieder zu arbeiten.

Es ist nicht ungefährlich, einen solchen Kunstgriff bei einer Frau anzuwenden, die bereits mehrere Herzinfarkte hinter sich hat. Doch Eddy setzte rührendes Vertrauen in die eigenen Fähigkeiten und meine natürliche Spannkraft. Im Laufe unserer Trainingsstunden hatte er bei mir eine seltsame Sturheit entdeckt: Im Innersten sperrte ich mich dagegen, das *Chi* freizusetzen und mich auf die Meditation einzulassen. Deshalb nutzte Eddy diese Methode dazu, mir die Flüchtigkeit unserer Existenz vor Augen zu führen, die in Wirklichkeit nur ein Übergangsstadium ist.

Als ich mit Andrei zum zweiten Mal Sex hatte, erwies er sich trotz meiner eifrigsten Bemühungen als völlig impotent, was mich zunächst nur verblüffte und amüsierte. Doch dann merkte ich zu meiner Bestürzung, wie sein Gesicht einen Ausdruck von Entsetzen und Selbsthass annahm. Da wurde mir klar, dass sein Versagen für ihn nichts Ungewöhnliches war.

Selbstverständlich sagte ich das, was man in solchen Situationen immer sagt: *Spielt doch keine Rolle,* obwohl ich vor Lust brannte. Er befriedigte mich auf andere Art, leckte und saugte an mir, als wäre ich ein erlesener Kognak, und brachte mich mit seiner Fingerfertigkeit zum Orgasmus. Doch danach spürte ich, wie er mit Leib und Seele neben mir zusammensackte.

»Willst du darüber reden?«, fragte ich.

»Tja, wäre sicher gut.«

»Also passiert dir das nicht zum ersten Mal, oder?«

»Es kommt immer wieder vor.«

»Lass es uns noch mal versuchen.«

»Ich bin ganz zufrieden so. Ich brauch es nicht, ehrlich nicht.«

»Ist doch klar.«

»Frauen müssen ja auch nicht jedes Mal einen Orgasmus haben. Warum sollte es bei Männern anders sein?«

»Mein ich auch.«

»Es ist schön, einfach nur so dazuliegen.«

Ich biss ihm in die Nippel und kratzte seine behaarte Brust so heftig, dass sich Blut darauf sammelte.

»Darauf zumindest hast du reagiert.«

Mit finsterem Blick setzte Andrei sich auf. Im Grunde war er ein altmodischer Mann. In seinen Augen bemerkte ich fast so etwas wie Wut, seine Schultern versteiften sich, und zwischen uns tat sich ein Abgrund auf. Ich sah ihm an, dass er drauf und dran war, davonzustürmen.

Deshalb stand ich auf und stellte mich nackt vor ihm in Positur.

Er grinste, während ich herumalberte, auf und ab stolzierte und dabei die Hüften schwang. Als ich den Hotelfernseher einschaltete, tauchten auf dem wandbreiten Bildschirm spärlich bekleidete Sängerinnen auf, die zu einem R & B-Rhythmus tanzten. Also tanzte ich mit übertriebenen Bewegungen mit und karikierte sie. Inzwischen hatte Andrei eine Erektion. Als ich ihn zu mir winkte, stand er auf.

»Tanz für mich«, forderte ich ihn auf. Ihm gefiel die Idee, er lachte. Während er unbeholfen und ohne viel Gefühl für den Rhythmus tanzte, schwang sein Schwanz wie ein Elefantenrüssel hin und her. Ich legte mehr Provokation in meine Bewegungen und begann mich selbst zu streicheln. Auch das gefiel ihm.

»Nimm ihn in den Mund«, drängte er mich, doch das machte mich wütend. Das hier war *meine* Party, mein Spielchen. Außerdem spürte ich seine Angst. Er fürchtete, erneut zu versagen, deshalb wollte er in meinem Mund abspritzen, solange er noch konnte.

Also wendete ich *Sensei* Eddys Handkantenschlag an und traf Andreis nackte Brust mit verblüffender Kraft und Schnelligkeit. Anfangs merkte er kaum, wie ihm geschah. Doch dann zeichnete sich auf seinem Gesicht blankes Entsetzen ab, denn es dämmerte ihm, dass mit ihm etwas ganz und gar nicht stimmte. Sein Herz war stehen geblieben, er würde sterben.

Als ich ihn erneut schlug, begann das Herz wieder zu pumpen. Ich ließ mich auf seinem Penis nieder, und wir fickten – im Stehen und fast fünfundvierzig Minuten lang. Andreis kräftige Beine trugen mich, und ich fühlte mich so, als schwebte ich hoch in der Luft auf Wolken. Ein Orgasmus ging in den nächsten über, und einer war heftiger als der andere.

»Wow!«, sagte er irgendwann später.

Am nächsten Tag flogen wir nach New York, besuchten Galerien und den Broadway, wo wir Bagels aßen, die man nach berühmten jüdischen Komikern benannt hatte. Wir spazierten am Time Square entlang, umkreisten mit einem Hubschrauber die Freiheitsstatue und gähnten uns durch eine musikalische Darstellung der Bush-Regentschaften. Danach kehrten wir ins Hotel zurück. Im Zimmer zog ich mich aus, tanzte erneut nackt herum, stimulierte mich selbst, saugte und leckte an meinen Fingern. Als nichts davon Erfolge brachte, schlug ich Andrei wieder aufs Brustbein, ließ ihn sterben und erweckte ihn mit einem weiteren Schlag zum Leben. Danach liebten wir uns leidenschaftlich bis zum frühen Morgen.

Am nächsten Tag dasselbe Spiel. In der luxuriösen Hotelsuite nahmen wir ein gemeinsames Bad, schalteten den Whirlpool ein, spritzten überall herum und machten eine große Sauerei. Danach rannten wir ins Schlafzimmer, wo ich Andrei kurz umbrachte, wiederbelebte und mit ihm schlief.

Ich war ziemlich entsetzt, als mir klar wurde, dass unser Sex nie anders sein würde. Andrei litt unter einer schlimmen Form von Impotenz, die rein psychologisch bedingt, aber nicht zu therapieren war. Beim ersten Mal mit mir musste er Wagenladungen von Potenzmitteln eingeworfen haben, vermutlich Viagra. Und selbst da hatte er Ladehemmungen. Als Andrei beim zweiten Mal auf Hilfsmittel verzichtete, ging gar nichts mehr.

Doch jetzt hatte Andrei endlich eine Möglichkeit gefunden, auch ohne Medikamente eine Erektion zustande zu bringen, und würde stets darauf zurückgreifen wollen; es ließ sich nicht ungeschehen machen.

Und das stieß mich ab. Nichts gegen knallharten Sex, aber das hier war wie eine Albtraumversion des Liebesspiels. Was, wenn ich ihn dabei tatsächlich umbrachte? Sein Herz mit meinem kunstvollen Vorspiel so schwächte, dass es für immer stehen blieb? Das hatte ich nie gewollt. Liebe ja, Romantik ja, Sex ja – aber Mord, und das Tag für Tag? Nein, tausendmal nein.

Dennoch hing ich voller Hingabe an Andrei. Er brauchte nur ins Zimmer zu treten, um alle anderen Anwesenden in den Schatten zu stellen. Wenn wir in bekleidetem Zustand zusammen waren, vergötterte ich ihn. Also beklagte ich mich nicht. Und ließ mich auf ein Leben ein, das regelmäßigen, wilden, erstaunlich erfüllenden und unglaublich riskanten Sex einschloss.

Es dauerte nicht lange, bis das Sex-und-Tod-Spiel unsere ganze Beziehung bestimmte. Es wies mir die Rolle der Gebieterin zu, die Andrei den Tod brachte und ihn wieder zum Leben erweckte. Und führte dazu, dass Andrei verrückt nach mir war, verrückt wie ein Besessener. Er betete mich buchstäblich an.

Wir kauften ein Haus in London, das ich in meinem Stil einrichtete, sehr elegant. Außerdem ließen wir ein Sportstudio anbauen, in dem Andrei trainieren konnte. Ich lernte das Gärtnern. Zu unseren Abendgesellschaften luden wir Künstler, Politiker und Sportler ein und boten ihnen damit die Gelegenheit, Gespräche miteinander zu führen und neue Kontakte zu knüpfen. So schufen wir uns eine wunderbare, zauberhafte Welt, die ich liebte. Und ich mochte auch die Person, die ich damals war, diese warmherzige, geistreiche, lebensprühende und überaus zivilisierte Frau. Ich verlor die soziale Scheu, galt als liebenswert und angenehm im Umgang.

Doch um Andrei sexuell zu befriedigen, musste ich zu einer anderen werden. Er wollte keinen Blümchensex, sondern eine Domina, bat mich, Sachen anzuziehen, die den schlimmsten Klischees entsprachen: Privat trug ich Lederkorsetts und High Heels, in der Öffentlichkeit Slips, die im Schritt offen waren. Ich ließ mir die Klitoris piercen, verwandelte mich in ein mordlüsternes Teufelsweib. Und er liebte mich dafür. Das war das Tauschgeschäft, der Handel, den wir miteinander abgeschlossen hatten. Und ich erfüllte meinen Teil, ließ Andrei nie im Stich.

Doch es war nicht das, was ich mir wünschte. Ich wollte eigentlich nur Wärme, Sicherheit, Behaglichkeit. Und musste mich mit einem ... *gefährlichen* Leben abfinden.

Wir reisten in der Welt herum, liebten uns in Venedig, Paris und unter freiem Himmel, buchten teure Hotelzimmer, in denen wir uns tagelang dumpfer und nicht nachlassender Sinnlichkeit hingaben.

Doch die Gewissheit, für Andrei stets schauspielern zu müssen, legte sich wie eine Fessel um mein Herz. Ich durfte nicht einfach ich selbst sein. Durfte mich nie gehen lassen, nie in Jeans oder im Trainingsanzug herumlaufen. Mich nie launisch, irrational oder nervend verhalten. Sollte stets dieses »Mysteriöse« ausstrahlen, das Andrei so geil fand, und das Image der exotischen, aufregenden, verführerischen Frau erfüllen. Im Schlafzimmer eine Hure, in der Küche eine Femme fatale.

Und so zog ich mich selbst dann auffällig sexy an, wenn wir nur irgendwo in einem kleinen Café zu Mittag aßen. Waren wir zu Abendgesellschaften eingeladen, trug ich ein Collier mit kostbaren Klunkern, flirtete mit Andreis Freunden und machte in seiner Gegenwart zweideutige Bemerkungen. Damit er meinen Körper auch weiterhin vergötterte, rackerte ich mich so lange im Sportstudio ab, bis mir der Schweiß von Oberkörper und Gesicht troff. Um Andrei meine Sportbegeisterung und Unerschrockenheit zu beweisen, trainierte ich mit ihm in seinem Karate-Dojo und drosch dabei so heftig auf die *Makiwari* ein, dass meine Fingerknöchel schließlich weiß wurden. Jeden Morgen lutschte ich ihm den schlaffen Schwanz; dreimal in der Woche trieben wir unser Sex-und-Tod-Spielchen und tranken danach Champagner, bis uns übel wurde.

Um ihn in sexueller Hinsicht zufriedenzustellen, trieb ich mich selbst gnadenlos an und gönnte mir kaum Zeiten der Entspannung. Nie las ich Bücher, mein musikalischer Geschmack engte sich mehr und mehr ein, und ich verlor den Kontakt zu all meinen eigenen Freunden. Stattdessen tauchte ich völlig in Andreis Welt ein. Ich war seine Konkubine, seine Sexsklavin, sein stets verführerisches Schattenselbst. Doch nie war ich einfach das, was ich so gern gewesen wäre: sein Kumpel.

Inzwischen verstehe ich, dass mir dieses ständige Rollenspiel in bestimmter Hinsicht Macht über Andrei verlieh. Er war verrückt nach mir und hätte mir zuliebe bedenkenlos getötet.

Aber anstatt ihn nach meiner Pfeife tanzen zu lassen, sein Geld zu klauen und sein Herz zu brechen, wie es jede vernünftige Frau getan hätte, war ich von der Vorstellung besessen, sein Ein und Alles sein zu müssen. Also modellierte ich mich Stück für Stück um, denn ich wollte ihn ja glücklich machen. Ich befasste mich mit meinen Charakterschwächen und versuchte sie auszumerzen, passte mich jeder seiner Stimmungen an. Erstaunlich lange, immerhin waren es mehrere Jahre, bin ich meinem Mann nicht ein einziges Mal auf die Nerven gegangen. Ich hörte auf, albern zu kichern, weil ich wusste, dass es ihn ärgerte. Zum Frühstück aß ich Croissants, weil er es tat, obwohl mir Toast lieber gewesen wäre. Ich erlaubte ihm sogar zuzusehen, wenn ich auf der Toilette pinkelte oder kackte.

Wenn er angab, mokierte ich mich über ihn, denn er sah sich selbst als einen Menschen, dem Neckereien nichts ausmachten. Doch *nie* korrigierte ich ihn, wenn er ebenso überhebliche wie unausgegorene Bemerkungen über Politik oder Wissenschaft machte.

Spät in der Nacht oder wenn wir uns irgendwo verlaufen hatten, tat ich so, als wäre ich müde, ängstlich, schwach und hilflos, damit er die Rolle des Beschützers und Trösters übernehmen konnte.

Nie äußerte ich die eigene Meinung, wenn ihm ein Film gefiel, mir aber nicht. Ich lächelte dann nur und ließ ihn erklären, warum der Film so toll gewesen war. Da er besonders für Eastern mit Kampfkunstszenen und Actionfilme mit Verfolgungsrennen schwärmte, verlangte das von mir beträchtliche Selbstbeherrschung.

Nie stellte ich seine Urteile über andere Menschen infrage, obwohl sie oft oberflächlich und naiv waren.

Beim Scrabble ließ ich ihn trotz seines armseligen Wortschatzes gewinnen.

Ich ermutigte ihn dazu, andere Frauen zu bewundern, und redete mit ihm völlig offen über deren Brüste, Hintern oder Beine. Ich bot ihm sogar an, vor seinen Augen lesbische Sexspielchen zu treiben, allerdings kam es nie dazu. Außerdem tat ich so, als hätte ich bei der Vermutung, er steige einer anderen attraktiven Frau nach, heftige Anfälle von Eifersucht. Das machte ihn *wirklich* geil.

In mehrfacher Hinsicht war Andrei ein großartiger Mann, der seinen Ruhm und Wohlstand dazu nutzte, zum Allgemeinwohl beizutragen. Als einer der Ersten setzte er sich für Bildungsreformen ein, sammelte Spenden für soziale Projekte und wurde für Tausende benachteiligter Kinder zum persönlichen Mentor. Die meisten Menschen hielten ihn für einen ebenso wunderbaren wie geheimnisvollen Menschen. Doch für mich war er ein offenes Buch. Eine Marionette, die an meinen Fäden hing. Ich kannte all seine Schwächen und Laster und leistete ihnen noch Vorschub. Wenn ich auf diese Zeit zurückblicke, schäme ich mich dafür.

Dann wurde ich schwanger. Es war ein Schock, doch ich sagte ihm nichts. Ich ging nur schonend mit mir selbst und dem Embryo um, träumte von Muttermilch, Babykacke und Nächten, in denen das Kind mich wach halten würde – kurz: von all dem Terror, der Freude und Qual dieser völlig neuen Situation, die mein Leben vervollkommnen würde. Und je mehr ich darüber nachdachte, desto schneller zerbröselten meine Träume. Denn ich wusste, Andrei würde dieses Kind nicht haben wollen. Ein Baby war nicht Teil unserer Abmachung. Er wollte eine Geliebte, die ihn anbetete und vergötterte – kein Muttertier, keine greinende Frau mit dickem Bauch, die sich nur noch mit Kinderbettchen und Ratgebern für Schwangerschaft und Kleinkinderziehung befasste.

Doch wie konnte ich das wissen? Ohne Andrei überhaupt gefragt zu haben? Ohne ihm die Chance zu geben, sich selbst eine Meinung dazu zu bilden? Das ist die Frage, die Sie mir jetzt sicher stellen möchten. Mag sein: Vielleicht habe ich Andrei falsch eingeschätzt, mir selbst zu viel aufgebürdet und ihm das eine verweigert, das ihm das Liebste auf der Welt gewesen wäre.

Aber nein, so war es nicht, da bin ich mir sicher. Ich kannte meinen Andrei. Er wollte kein Kind. Also ließ ich mir den acht Wochen alten Embryo herausnehmen und sorgte dafür, dass man ihn in eine künstliche Gebärmutter implantierte, die danach auf Eis gelegt wurde.

Hundert Jahre später ließ ich den Embryo auftauen, und Peter kam zur Welt.

Andrei hat sein Kind nie gesehen.

Er starb lange vor Peters Geburt.

Nur ein einziges Mal habe ich Andrei im Krankenhaus besucht. Eine besonders aggressive Krebsart, die ihn von innen her aufzehrte, hatte ihn niedergestreckt. Sie zerfraß seine Organe und das Nervensystem und verwandelte ihn bei lebendigem Leib in ein Skelett.

Damals waren wir schon fast dreißig Jahre getrennt und nur noch entfernte Bekannte. Wenn wir uns tatsächlich einmal trafen, stieß ihm mein Erfolg als öffentliche Rednerin und VIP jedes Mal bitter auf. Er war neidisch auf meine Bücher und nahm es mir übel, dass ich über seine Verdienste als »Gewissen der Welt« geschrieben hatte. Er muss wohl das Gefühl gehabt haben, ich hätte ihm seine Seele geraubt. Er war ein Mann, der anderen leicht etwas verübelte und ihnen den Erfolg missgönnte. Unsere Trennung war hässlich und schmerzlich verlaufen. Zweimal hatte Andrei versucht, einen Anteil an meinen Einnahmen als Autorin und Wissenschaftlerin einzuklagen. Freunden erzählte er, ich hätte sein Ego untergraben und ihn vor anderen herabgesetzt. Außerdem verbreitete er, ich sei eine giftige, machtgeile Soziopathin und drogensüchtige Nymphomanin.

Doch was kann man schon anderes erwarten, wenn man plötzlich aufhört, einen Mann zu hofieren?

Aber *warum* hörte ich damit auf? Von welchem Punkt an lief die Sache für uns schief?

Vielleicht war es ein Prozess, der sich ganz allmählich vollzog, so wie der stete Tropfen den Stein höhlt.

Oder ... ja, vielleicht lag es an dieser Geschichte, die mir gerade wieder einfällt. Ich erinnere mich an einen bestimmten Vorfall, der sich an dem Tag ereignete, als Andrei in Anerkennung seines Einsatzes für die Armen und Mittellosen den Friedensnobelpreis erhielt.

An diesem Tag wirkte er größer als sonst. Sein Gesicht war vor innerer Erregung gerötet. Er sah aus wie ein Gott, der gerade die Einladung zum Olymp empfangen hat. Als ich ihn küsste und ihm gratulierte, hatte ich einen Anflug von Neid. Und das spürte er und deutete es als Kleinlichkeit.

»Selbstverständlich freue ich mich für dich. Ich bin sehr froh darüber«, sagte ich beschwichtigend.

Er starrte mich finster und wütend an. Was ich sagte, reichte ihm nicht. Meinen Worten mangelte es an Ehrfurcht. Ich hatte aufgehört zu schauspielern.

In dieser Nacht verzichteten wir beim Sex auf das Todesspiel, und Andrei war zum ersten Mal seit zehn Jahren impotent. Ich ging sanft mit ihm um und nahm seinen Schwanz spielerisch in den Mund, doch es tat sich nichts. Zwar lachte ich und sagte, es mache mir nichts aus, doch das stimmte nicht.

Er ging zur Toilette und pinkelte geräuschvoll. Danach kehrte er mit immer noch feuchtem Schwanz zurück und bat mich weiterzumachen, was ich empört zurückwies. Ich weigerte mich, seinen Schwanz in den Mund zu nehmen, solange er ihn nicht gesäubert hatte. Also ging er wieder ins Bad und wusch sich. Doch als er zurück ins Schlafzimmer kam, gab ich vor zu schlafen. Ich konnte hören, wie er heftig atmend am Bett stehen blieb und mich beobachtete. Offenbar überlegte er, ob er so tun solle, als nähme er mir das schnelle Einschlafen ab. Ich fragte mich, ob er sich dabei selbst stimulierte. Plötzlich verachtete ich ihn. Was für ein Mann war er denn, wenn er selbst in Gegenwart einer so attraktiven Frau wie mir keinen hochkriegte?

Am Morgen lächelte Andrei zuckersüß und machte mir Eierkuchen. Am Frühstückstisch verwöhnte ich ihn mit oralem Sex und hatte dabei noch den Geschmack von meinem Zitronensaft im Mund. Doch plötzlich spürte ich eine Welle von Übelkeit und spuckte sein Sperma auf den Küchenboden.

Und da schlug er mich.

Ich hätte ihn anschreien und mit Vorwürfen überschütten sollen. Ihn so verprügeln sollen, dass bei ihm alle Lichter ausgegangen wären – vielleicht hätte ich das sogar geschafft. Stattdessen nahm ich die Ohrfeige ohne Murren hin. Ich glaube, ich lächelte sogar, während Andrei sich sichtlich entspannte und strahlte. Er war wieder er selbst.

So fing es an, und so ging es auch weiter. Von diesem Moment an war unsere Liebe zum Tode verurteilt. Denn von da an schlug er mich jeden Tag – stets nur ein einziges Mal. Doch es geschah Tag für Tag, und ich nahm es klaglos hin. Nie verprügelte er mich, nie verletzte er mich ernstlich. Die Ohrfeigen waren gar nichts im Vergleich zu den echten Schmerzen, die ich bei den Trainingsstunden im Dojo empfand, aber sie dienten einem bestimmten Zweck: Sie riefen Andrei ins Gedächtnis, woraus sich seine Männlichkeit speiste. Aus seiner Macht über das weibliche Geschlecht, aus der Frauenverachtung.

Bald danach verkauften wir unser Haus und zogen in eine Villa am Comer See. Beide sprachen wir fließend Italienisch und begannen uns mit der Landespolitik zu befassen. Andrei beschloss, sich als Bildhauer zu betätigen, und kaufte eine ganze Tonne Carrara-Marmor. Er hackte so auf den Stein ein, dass nur jede Menge Einzelblöcke übrig blieben, die mit Blutflecken übersät waren, weil er sich so oft in die Finger schnitt. Also verkaufte er den Marmor wieder und erwarb zum Zeitvertreib ein Motorboot. Ich schwamm besonders gern im See, wenn er mich mit dröhnendem Motor in weitem Bogen umkreiste und Wellen machte, die heftig gegen meinen Körper klatschten.

Abends saßen wir oft auf der Terrasse. Dann liebkoste er mich, streichelte meine Brüste, nahm meine Hand und rieb mit ihr über seinen schlaffen Schwanz. Beim Vorspiel genossen wir den Geruch der Olivenbäume und den Geschmack des Rotweins. Später wandte ich mich ihm zu, legte den Kopf in den Nacken und sah zu den zahllosen Sternen hinauf. So blieb ich abwartend stehen und fachte seine Glut an, während er meinen Körper mit den Augen verschlang. Das ging stets eine ganze Weile so – es kam mir so vor, als müsste Andrei erst seinen Tank auffüllen. Doch irgendwann zeichnete sich unter seinen Hosen dann eine Erektion ab.

Und dann schlug er mich. Nicht sofort. Oft ließ er mich fünf Minuten oder länger darauf warten. Der Schock war so, als tauche man nach einem Saunagang in einen eiskalten See ein. Es war ein Schlag, der jedes Quäntchen meines Seins erschütterte, aber er löste keine dauerhaften Verletzungen aus. Ich bekam davon weder Blutergüsse, noch behielt ich Narben zurück.

Dennoch war es ein Schlag. Nichts Zärtliches. Kein Kuss. Sondern physische Gewalt.

Danach zogen wir uns meistens aus und liebten uns auf dem Holztisch. So heftig, dass unsere Schreie durch die Nacht hallten. Wenn die Einheimischen uns begegneten, pflegten sie zu lächeln oder zu lachen. Sie kannten uns als ein Paar, das die ganze Nacht hindurch fickte. Gern malte ich mir aus, wie wir bei vielen dieser Menschen neuen Schwung ins Eheleben brachten.

Eine Weile waren wir ganz zufrieden mit unserem Dasein. Mit dem Sex-und-Tod-Spielchen hatten wir inzwischen aufgehört. Solange Andrei mich irgendwann am Tag schlagen konnte, ging es ihm gut. Seine Impotenz war überwunden. Er war bestens drauf, ständig lachte er und machte Witze. Er war wirklich einnehmend und liebenswürdig.

Doch ich träumte davon, ihm bei der nächsten Ohrfeige ein Auge herauszureißen und es zu verschlingen. Was natürlich nicht passierte. Ehrlich gesagt, bat ich ihn nicht einmal darum, das Schlagen einzustellen. Nicht ein einziges Mal.

Nach einiger Zeit wurde mir klar, dass er mich schlug, weil er annahm, *ich* wolle es so. Noch später merkte ich, dass ich es tatsächlich genoss. Ich saß in irgendeinem wahnwitzigen masochistischen Teufelskreis fest.

Das Schlagen war Andreis Sündenfall, ein unverzeihlicher gefühlloser Akt der Brutalität und Demütigung. Aber es war auch *mein* Sündenfall. Ich wollte diszipliniert und gezähmt werden, denn im Innersten betrachtete ich mich als wildes Tier.

Es stimmt ja, dass ich ein Biest bin. Eine Hure, ein Nichts, ein wertloses Stück ... Ich verdiene alles, was man mir zufügt! Ich bin eine ... eine ...

Ja, was bin ich eigentlich?

Was bin ich wirklich?

Es fällt mir schwer, darüber zu schreiben, darüber nachzudenken, darüber zu reden. Es passt so wenig zu mir. Entspricht nicht dem, was ich eigentlich bin und wofür ich stehe. Ist eine Dissonanz in der Melodie meines Lebens. Ich? Eine Frau, die man schlägt? Ein Opfer? Ich bitte Sie!

Doch um der Wahrheit die Ehre zu geben, muss ich eingestehen, dass das Schlagen über mehrere Jahre ging. Morgens, mittags oder abends. Nie rief ich die Polizei, nie erzählte ich es meinen Freunden. Denn, ehrlich gesagt, empfand ich es gar nicht als seltsam. Es kam mir wie eine andere Spielart des Normalen vor. Verletzte Andrei mich körperlich? Nein. Hatte ich Angst? Nein. War ich einverstanden damit? War ich tatsächlich einverstanden? Ja, selbstverständlich. Ja. Also kann ich ihm keine Schuld zuweisen. Nur mir selbst.

Vorhin mag ich gesagt haben, diese Sache sei das Todesurteil für unsere Liebe gewesen, aber vielleicht liege ich ganz falsch damit, verstehen Sie? Denn in mancher Hinsicht war diese Phase die beste in unserer Beziehung. Wir waren das perfekte Paar. Ich war glücklich. Entspannt. Wir waren komisch, witzig, erlebten viel Schönes miteinander, redeten über das Leben, die Literatur und die Politik. Zumindest redete er darüber, und ich hörte ihm zu. Ich hätte nicht glücklicher sein können. Wäre da nicht diese tägliche Ohrfeige gewesen.

Und warum war das so schlimm? Wieso ...

Nein. Sofort aufhören! Es war schlimm. Halten Sie mich etwa für jemanden, der in moralischer Hinsicht unzurechnungsfähig ist? Ich wusste, dass es falsch ist. Und irgendwann wehrte ich mich dagegen und sagte ihm, sagte ihm ...

Nein, das ist nie geschehen. Ich würde mir ja gern vormachen, ich sei eines schönen Tages aufgewacht und hätte gemerkt, dass ich mich wie ein Schwachkopf verhielt und eine solche Behandlung keineswegs verdiente.

Aber so war es nicht. Ich bezog nicht Stellung, leistete keinen moralischen Widerstand. Stattdessen ließ die Liebe mit der Zeit einfach nach. Wieso? Warum? Und weshalb gerade zu diesem Zeitpunkt und nicht früher? Ich weiß es einfach nicht.

Ich weiß nur, dass ich irgendwann Tag für Tag mit einem schalen Geschmack im Mund aufwachte. Alles war in Ordnung gewesen, doch von jetzt auf nachher war nichts mehr in Ordnung. Ich war glücklich gewesen, doch von jetzt auf nachher war ich unglücklich.

Eines Tages schwamm ich im See und geriet mitten in ein Gewitter. Während der Regen auf mich niederprasselte, zerteilten Blitze den Himmel. Und plötzlich tauchte dort ein Regenbogen auf und spannte sich von Berg zu Berg. Es war das schönste und außergewöhnlichste Naturschauspiel, das ich je erlebt hatte. Ich war von Wasser eingehüllt, der Regen schlug mir heftig ins Gesicht, und der Himmel explodierte vor Farben. Die reinste Epiphanie!

Doch ich empfand nichts. Nur Freudlosigkeit. Und spürte im Mund diesen schalen Geschmack.

Ein Tag war wie der andere, eine Nacht wie die andere. Mein Körper schleppte sich durch die Zeit. Ich hatte die Fähigkeit eingebüßt, irgendetwas zu empfinden. Zwar verbarg ich das sorgfältig, doch Andrei merkte, dass etwas nicht stimmte. Damals muss ich wohl aufgehört haben, ihn zu umgarnen. Oder war das schon vorher? In meinem Arbeitsspeicher finde ich keine Aufzeichnungen darüber, offenbar habe ich sie in einem Anfall tiefer Depression gelöscht. Ebenso wenig kann ich mich daran erinnern, wann meine Liebe starb. Oder wie viele Monate ich in dieser Grauzone verbrachte, die kein Leben mehr war.

Eines Tages fand ich mich plötzlich in London wieder, in Brown's Hotel. Wie ich dort gelandet bin, weiß ich nicht. Aber ich blieb da. Warf mein Handy weg, weil dort Andreis Nummer gespeichert war. Mietete mir eine Wohnung. Machte keinen Versuch, ihm meinen Aufenthaltsort mitzuteilen. Vier Wochen später spürte er mich auf und fragte mich verzweifelt, ob ich eine Affäre hätte. Als ich mich darüber lustig machte und ihn verspottete, tobte er und stürmte hinaus. Und ich jubelte vor Freude und triumphierte.

Was danach kam ... weiß ich nicht mehr. Diese Zeit meines Lebens habe ich verloren. Der Speicher ist gelöscht, es sind keine Erinnerungen übrig geblieben. Sie setzen erst einige Monate später wieder ein. Inzwischen hauste ich in einer Wohnung in Peckham. Ich hatte Übergewicht, und mein Haar war vollständig ergraut. Es war eine trostlose Wohnung: Die Tapeten schälten sich von den Wänden, in der Spüle krochen Maden auf den Überresten eines verfaulten Apfels herum. Und da wurde mir klar, wie sehr mir Andrei fehlte. Ich hatte so schmerzliche Sehnsucht nach ihm, dass ich dachte, ich müsse sterben.

Also kehrte ich verzweifelt und demütig in die Villa am Comer See zurück, um ihn um Verzeihung zu bitten. Doch inzwischen hatte er die Schlösser ausgewechselt, all meine Kleider auf einem Scheiterhaufen verbrannt und bereits eine neue Freundin, die meinen Schmuck trug. Mich verzehrte so heftige Eifersucht, dass ich mit den Zähnen knirschte und mein Kiefer schmerzte. Ich versuchte sogar, ihn zu schlagen, aber er war zu schnell und zu stark für mich, der verdammte Kerl. Also ging ich heulend davon. Die neue Freundin sah so aus, als hätte sie Angst vor mir.

Wenn ich heute zurückblicke, ist mir klar, dass es richtig war, mich von ihm zu trennen, denn es leitete bei mir einen Neuanfang ein. Doch damals verfluchte ich mich und war voller Selbsthass. Wie hatte ich die Liebe meines Lebens einfach so aufgeben können? Was für eine Frau war ich überhaupt?

In meinen schwärzesten Momenten glaubte ich, mir selbst diese Trennung niemals verzeihen zu können. Ich ging nach Australien, wurde Schauspielerin und scheiterte in diesem Beruf. Ich trank, nahm Drogen, fuhr zwei Wagen zu Schrott, hatte einen Nervenzusammenbruch. So vergeudete ich viele, viele Jahre. Andrei sah ich erst wieder, als er fast schon ein Skelett war.

Doch ich träumte ständig von ihm. Und mir fehlten die Ohrfeigen. Ich ertappte mich dabei, dass ich mich nach Schlägen sehnte. Manchmal starrte ich mich selbst im Spiegel an, strich mir über die Wange und stellte mir die Ohrfeige vor. Wenn ich zum Karatetraining ins Dojo ging, gab ich mir absichtlich Blößen, sodass ich Schläge oder Stöße ins Gesicht einsteckte. Nur, um noch einmal diesen köstlichen Schock zu erleben.

Mit der Zeit legte sich die Sehnsucht nach Ohrfeigen. Ich kapselte diesen Irrsinn in meinem Innern ein. Aber er ist immer noch präsent. Ich brauche keinen Therapeuten, ich weiß auch so, das meine Lust auf das Sex-und-Tod-Spiel und meine Sehnsucht nach einem starken Mann, der mich schlägt, Anzeichen für eine bedenklich instabile Psyche sind. Mir ist klar, dass ich im tiefsten Innern völlig neben der Spur bin. Ich bin nur geschickt darin, die Symptome zu verbergen.

Ich
bin
völlig
        neben
                der
                      Spur.

Das Leben beginnt mit hundertvierzig Jahren …

... sage ich immer.

Nach der Trennung von Andrei und den Jahren, in denen ich mich mit Drogen und Alkohol zudröhnte, fand ich es an der Zeit, mich irgendwo häuslich niederzulassen und mich vernünftiger zu verhalten. Also widmete ich mich dem Drogen- und Alkoholentzug und vergab mir meine Sünden. Ich kleidete mich völlig neu ein, da ich nicht mehr so jugendliche Sachen tragen wollte, und färbte mein Haar zu einem ansprechenden Grau.

Später schrieb ich mich an der Universität ein, machte einen B. A. in Mathematik, gefolgt von einem in Geschichte. Ich begann mit einer Doktorarbeit in Meeresbiologie, brach sie jedoch ab. Danach reiste ich wieder ein bisschen herum. Schließlich unterrichtete ich zwanzig Jahre lang an einer Reihe unabhängiger höherer Schulen in Großbritannien. Ich war Lehrerin für Geschichte und Politik und organisierte alle Klassenfahrten. An sich war das ganz amüsant und abwechslungsreich, aber mit der Zeit wurde es langweilig. Die internen Kämpfe im Lehrerzimmer kotzten mich an, deshalb kündigte ich.

Inzwischen war ich alt, wirklich sehr alt: hundertvierzig Jahre. Zwar bevorzugte ich jetzt einen Stil, der eher dem einer reifen Frau entsprach, doch meine Gelenke waren so beweglich wie eh und je. 1600 Meter lief ich in viereinhalb Minuten. Auf der Bank im Fitness-Studio stemmte ich die beiden größten Gewichte. Wie viel sie wogen, weiß ich nicht, jedenfalls waren es die schwersten. Mühelos konnte ich eine Stunde lang schwimmen, in einer Nacht mit zwei verschiedenen Männern schlafen und beide befriedigen. Allerdings kam das nur selten vor und gefiel mir auch nicht sonderlich. Selbst sehr Kleingedrucktes konnte ich ohne Brille lesen.

Außerdem ließ ich mir operativ Gedächtnischips einpflanzen, um später auf all meine Erlebnisse und Erfahrungen zurückgreifen zu können.

Aber inzwischen war ich kein einzigartiger Mensch mehr, nicht einmal mehr ein ungewöhnlicher. In dieser Zeit hatten körperliche und geistige Verjüngungen Hochkonjunktur, und mit jedem Jahr wurden sie billiger. Selbst Angehörige der Mittelschicht konnten jetzt das ewige Leben anstreben. Ich muss einräumen, dass ich zu den Ältesten der Verjüngten zählte, aber wer führte schon Buch darüber?

Allerdings wunderten wir Verjüngten uns sogar selbst über unser Potenzial. Wenn wir Snowboard fuhren und uns dabei etwas brachen, heilte alles innerhalb kurzer Zeit. Wir waren optimistisch, fröhlich und stets bereit, von anderen das Beste anzunehmen. Wir gingen nachts spazieren; wir unterhielten uns mit aufsässigen Teenagern; wir glaubten fest daran, dass Kriminelle eine zweite Chance verdienen. Die junge Generation war mürrisch, ohne jeden Schwung und nicht fähig, die Älteren in den einfachsten Dingen zu überflügeln. Die Alten hatten keine Cellulitis, keine Falten, keine hängenden Brüste, keine ächzenden Gelenke mehr, damit war es vorbei. Während die Alten wie eine neue, aufgeweckte Generation von Jugendlichen wirkten, strahlten die Jungen nichts als Unreife aus.

Was diesen aufgeblasenen Scheißern ganz recht geschah ...

Nachdem ich das Unterrichten aufgegeben hatte, verbrachte ich rund zwanzig Jahre damit, mich zu amüsieren, allerdings hielt ich Maß dabei. Dann meldete sich mein Gewissen, und ich nahm eine Arbeit in der Wohltätigkeitsorganisation *Rettet die Kinder* an, die ich rund neun Jahre lang ausübte. Danach bewarb ich mich bei einer neuen Wohltätigkeitsorganisation namens *Afrikahilfe* auf die Stelle der Geschäftsführerin und wurde eingestellt. Doch nach einigen Jahren packte mich eine Depression. In dieser Zeit wandte ich mich an die Embryonenbank und forderte mein Baby an. Peter wurde aus dem Kälteschlaf geweckt, kam zur Welt, und ich wurde Mutter.

Jetzt hatte ich ein Baby, einen Job und ein Gewissen, und alles zur selben Zeit. Ich war eine hingebungsvolle Mutter und gleichzeitig die Geschäftsführerin einer großen Wohltätigkeitsorganisation. Ein Mensch mit humanitärer Gesinnung. Liberal. Idealistisch. Ein Workaholic mit Kind.

Ich wohnte in Johannesburg, hatte jedoch überall in der Welt Büros, deshalb beschäftigte ich zwei im Hause lebende Kindermädchen, die mir halfen, Peter zu versorgen. Eine Weile stillte ich ihn, aber irgendwann hatte ich genug davon, dass mir bei Konferenzen Milch aus der Brust tropfte. Deshalb bezahlte ich die Kindermädchen dafür, Tabletten zur Anregung der Milchproduktion einzunehmen und Peter regelmäßig die Brust zu geben. Auf keinen Fall wollte ich meinem Baby Milch aus dem Supermarkt zumuten; von jeher bin ich der Meinung gewesen, dass man der Natur immer den Vorzug geben sollte. Es machte mir große Freude, Peter von einem Kindermädchen zum anderen zu reichen. Ich liebte den Geruch und Anblick der reifen Brüste, wenn die Frauen mein Kind stillten.

Das ständige Brüllen fand ich faszinierend. Eben noch war Peter ein kleines Freudenbündel gewesen, so süß, dass ich ihn am liebsten am ganzen Körper abgeschleckt hätte. Doch es konnte passieren, dass ihm eine Minute später irgendetwas nicht passte – er fror oder schwitzte, hatte Hunger oder schreckliche Angst vor etwas (was immer es sein mag, das Babys als bedrohlich empfinden) –, und dann blähte er sich auf, lief rot an und brüllte wie am Spieß. Meistens beruhigte er sich, wenn man ihm die Brust gab. Doch hin und wieder hörte das Geschrei gar nicht mehr auf, und ich staunte darüber, wie viel ungezielte Wut in einem so kleinen Menschenwesen stecken kann.

Ich glaube, die Mutterschaft war eine Erfahrung, die mich Demut lehrte. Sie machte mich zu einem innerlich reicheren und stärker im Leben verankerten Menschen. Diese Erfahrung kann ich jedem nur empfehlen. Selbst wenn das Aufziehen von Kindern das eigene Dasein nur einige Jahre prägt, wird es Ihr Leben verändern, glauben Sie mir.

Aber im Nachhinein bedauere ich es aufrichtig, dass ich während der Zeit der Mutterschaft ausgerechnet für die Afrikahilfe arbeitete. Das war eine wirklich schlechte Lebensplanung. Vorher hatte es so viele Phasen gegeben, in denen ich mehr als genug Zeit hatte, den Tag verbummelte, oft erst mittags frühstückte und tagsüber fernsah, bis es Zeit für den ersten Drink wurde. Wäre das Baby während einer dieser Phasen zur Welt gekommen, hätten wir bestimmt viel Spaß miteinander haben können. Dann wären wir in den Park gegangen, hätten uns zusammen auf dem Fußboden gewälzt, mit der Eisenbahn gespielt, vielleicht sogar Familienfilme im Kino angesehen. Wie viele schöne Momente hätten wir miteinander genießen können. Heute wünschte ich, wir hätten diese Momente gehabt.

Doch in jener Phase war ich eine sehr umtriebige Frau. Meine Arbeit tat ich leidenschaftlich gern und mit echtem Idealismus; ich glaubte fest daran, die Welt durch mein Engagement verbessern zu können. Und die Liebe zu Peter floss in all das ein, sodass ich unerschütterlich an dem Ziel festhielt, eine Welt zu schaffen, in der die neue Generation es gut haben sollte. Ich wollte der Armut, Kindersterblichkeit und Korruption ein Ende machen, wollte Afrika erlösen. Ja, ich wage wirklich zu behaupten, dass ich eine Idealistin war. Aber gerade meiner Ideale wegen hatte ich für Peter nur sehr wenig Zeit – leider.

Ich reiste viel, quer durch Afrika, Europa und nach Amerika. Manchmal vergingen Wochen, ohne dass ich mein Kind sah. Und im Johannesburger Büro machte ich laufend

Überstunden, sodass ich nachts nur selten mehr als drei oder vier Stunden schlief. Wenn ich tatsächlich einmal Lust und Zeit hatte, mit Peter zu spielen – meistens um zwei oder drei Uhr morgens –, schlief er dummerweise so fest, dass ich ihn sanft wachrütteln musste, damit ich ihn in die Arme nehmen und sein Spielzeug vor ihm aufbauen konnte.

Selbstverständlich nahm ich *Hallo-Wach*-Tablettten ein, um mit weniger Schlaf auszukommen. Sie sorgten dafür, dass mein Adrenalinspiegel ständig hoch war. Ich hatte große Pläne und weitgesteckte Ziele, die Fähigkeit, Termine und Prioritäten im Kopf zu behalten und komplexe Strategien geistig so schnell zu zerlegen, als öffnete ich auf dem Computer eine Kalkulationstabelle. Außerdem hatte ich ein legendäres Gedächtnis für Details.

Ich baute ein Team von Anhängern auf, die mein Engagement teilten und ihr Leben meinen Träumen widmeten. Amy, John, Michael und Hui gehörten zum inneren Kern meiner Gruppe. Amy stammte aus Dorking, hatte rabenschwarzes Haar und eine Nase, die man meiner Meinung nach mit einer Schönheitsoperation leicht hätte korrigieren können, doch offenbar gefiel sie ihr so, wie sie war. Als ich Geschäftsführerin wurde, war sie eine sichtlich gelangweilte, da unterforderte Sekretärin, doch als ich sie zu meiner Assistentin beförderte, blühte sie auf, wurde zu meiner rechten Hand und leistete hervorragende Arbeit.

John, ein Schwarzer aus Südafrika, war studierter Jurist und sprach so schnell und nachdrücklich, dass man ihm nur mit Mühe folgen konnte. Aber es lohnte sich immer, ihm zuzuhören. Außerdem besaß er viel Humor und lachte stets über meine Witze. John war Waise, denn seine Eltern waren in Nairobi bei einer Autoentführung ermordet worden, was ihm schwer auf der Seele lag.

Michael (ein in London geborener Schwarzer) und Hui (Chinesin aus New York) waren die Rechercheure. Sie sprachen schnell, dachten schnell und besaßen verblüffend viel Scharfsinn. Er hatte breite Schultern und war stark gefühlsbetont, sie war witzig und geistreich und hatte Augen, die jedem das Herz brechen konnten. Michael und Hui wollten einander dauernd anfassen, waren ständig geil und sehr verliebt. Dann verdarb Hui alles, indem sie eine Affäre mit einem Lokaljournalisten anfing und Michael in plastischen Einzelheiten davon erzählte. Ich weiß nicht, warum, zum Teufel, sie das getan hat. Hatte sie Angst davor, glücklich zu sein? Und wäre es wirklich so schwierig gewesen, den Seitensprung für sich zu behalten? Jedenfalls trennten sie sich auf bittere Weise, arbeiteten aber weiter zusammen.

Was für ein tolles Team!

Und ich war stolz darauf, wie gut ich es leitete. Ich besaß Autorität, hatte Schwung, wusste stets, was zu tun war, konnte den Leuten aber auch Angst einjagen, weil ich so viel von ihnen verlangte. Doch insgeheim liebte ich »meine« Leute von ganzem Herzen. Sie bedeuteten mir wirklich alles, denn ich kannte ja nur die Arbeit und kein Vergnügen. War durch und durch ein Workaholic mit praktischen Schuhen und einer Haltung, die ausdrückte: »Mit mir flirtet man nicht.« Hin und wieder spekulierte mein Stab gern darüber, welche Art von Sexleben ich als junge Frau gehabt haben mochte. Kein besonders ausgeprägtes, war die allgemeine Ansicht. Mit meinem erweiterten Hörvermögen konnte ich all das amüsiert belauschen und dabei in mich hineinlächeln. Wenn die wüssten ...

Unsere Arbeit bestand darin, die weltweite Initiative zur Beseitigung des jahrzehntelangen politischen und wirtschaftlichen Chaos in Afrika zu koordinieren. Wir führten Forschungsprojekte durch, finanzierten Bewässerungssysteme, verwandelten Wüsten in Agrarland und schlecht geführte Farmen in Goldgruben. Es war die wichtigste Arbeit der Welt: Wir machten uns daran, einen ganzen Kontinent zu retten.

Und Afrika war und ist nun mal der wunderbarste Kontinent der Erde. Für mich ist Afrika der Garten Eden. Afrika ist pure Wildnis, und seine Tiere und Eingeborenen kommen mir so vor, als riefen sie uns den Anfang aller Zeitrechnung ins Gedächtnis. Afrika und alles, was es symbolisierte, eroberte mein Herz.

Ich weiß noch, wie ich mit fast hundert Jahren zum ersten Mal eine Safari mitmachte. Während die Sonne auf uns niederbrannte, fuhren wir in die Savanne hinaus. Meine Haut prickelte vor Erregung. Der Führer unserer Reisegruppe, die bis auf mich ausschließlich aus Amerikanern bestand, war ein großer Weißer aus Kenia mit kantigem Kinn, der früher bei der Armee gedient hatte. Ziel der Safari war, so viele Löwen, Leoparden und Geparden wie möglich zu »schießen«, das heißt, sie mit der Digitalkamera zu fotografieren. Diese Großwildsafari mit Fotografiermöglichkeiten war ein günstiges Pauschalangebot, und meine Mitreisenden entpuppten sich als wahrer Albtraum. Sie quengelten und jammerten ständig, glaubten an einen Rachegott mit weichem Herzen für Leute aus dem Mittleren Westen und schleppten in ihren Feldflaschen Coca-Cola statt Wasser mit sich herum. Irgendwann gingen sie mir so auf die Nerven, dass ich beschloss, allein umherzustreifen. Dabei stieß ich auf ein Wasserloch, an dem gerade eine Antilope ihren Durst stillte. Vorsichtig ging ich näher und näher an sie heran. Aus irgendeinem Grund hatte das Tier überhaupt keine Angst vor mir. Ich war ihm so nahe, dass ich die Adern in seinen Augen erkennen und sein Fell riechen konnte. Kurz entschlossen kauerte ich mich neben die Antilope und trank aus demselben Wasserloch wie sie, indem ich die Hände zu einem Becher formte und daraus schlürfte.

In meinem Rücken brüllte der Reiseleiter: »Verdammte Idiotin!«, und die Antilope rannte davon. Während er mich mit Ausdrücken belegte, die einen Hafenarbeiter hätten erröten lassen – er war wütend darüber, dass ich ohne Begleitung losgezogen war –, stand ich langsam und bedächtig auf. Ich erwiderte nichts, sondern folgte ihm einfach zum Jeep. Auf der ganzen Heimfahrt hörte er nicht auf, mich zu beschimpfen. Einige seiner Bemerkungen waren durchaus gerechtfertigt, andere brutal und ungerecht, arrogant, sexistisch oder einfach nur unverschämt. Am liebsten hätte ich das Arschloch mit einem Karateschlag niedergestreckt, aber ich hielt mich zurück. Ehrlich gesagt, machten mir seine Tiraden nicht viel aus. Innerlich war ich immer noch völlig diesem Moment verhaftet, in dem ich mich niedergekniet und gemeinsam mit der Antilope aus dem Wasserloch getrunken hatte – völlig eins mit dem Tierreich.

Danach flog ich nach Hause zurück, verklagte die Reiseagentur wegen sexueller Belästigung und bekam alle Reisekosten zurückerstattet. Selbstverständlich hatte ich die Unverschämtheiten des Reiseführers auf Tonband aufgenommen; es war recht unterhaltsam, sie nochmals anzuhören. Zwar rächte ich mich, aber ich zog nur wenig Vergnügen daraus. Lieber dachte ich an den Augenblick völligen Friedens zurück und genoss die Erinnerung daran.

Wegen dieser Erinnerung spürte ich Afrika auch so viele Jahre später immer noch im Blut. Afrika war meine Wahlheimat. Außerdem brauchte ich eine Sache, für die ich kämpfen konnte, eine Mission. In Palästina herrschte inzwischen Frieden, Irak war ein Musterbeispiel des aufblühenden Kapitalismus. Nordirland wurde von einer Koalition aus Katholiken, Protestanten und Muslimen regiert, die verblüffend beliebt war. Afrika war die letzte große Aufgabe der internationalen Politik. Und ich die letzte große Idealistin, jedenfalls kam ich mir so vor. Skrupellos, resolut und listig machte ich mich daran, meinen Traum vom erlösten Kontinent in die Tat umzusetzen. Ich scheute mich nicht, Menschen zu erpressen oder zu bestechen, Lügen zu verbreiten und Leute aufgrund ihres schlechten Gewissens dazu zu bringen, mich zu unterstützen. Inzwischen war ich eine versierte Amateurpsychologin und kannte unzählige hinterhältige Methoden, meine Wünsche und Forderungen in den Herzen und Köpfen der Herrschenden zu verankern. Viele Jahre lang war ich davon überzeugt, Wunderbares zu leisten. Ich dachte wirklich, die Welt gemeinsam mit meinen Bundesgenossen verändern zu können.

Doch nach und nach dämmerte mir die Wahrheit: Unsere Arbeit war größtenteils nutzlos. Die von uns geschaffenen »neuen Gemeinschaften« waren nichts anderes als bessere Flüchtlingslager und hatten dazu noch den schädlichen Nebeneffekt, die einheimischen Afrikaner von der westlichen Großzügigkeit, das heißt der Gebefreudigkeit der Weißen, abhängig zu machen. Ständig scheiterten unsere großartigen Wirtschaftspläne an der widerlichen Korruption, die in Afrika allgemein verbreitet war, ob bei hohen oder einfachen Beamten, wichtigen oder unwichtigen Leuten. Und nach wie vor rafften furchtbare Krankheiten ganze Generationen hinweg. Als Mittel gegen HIV/AIDS gefunden waren, trat eine ansteckende Knochenkrankheit an deren Stelle. Kaum hatte man diese im Griff, tauchte die tödlichste Krankheit überhaupt auf: eine Seuche, die die Abwehr des Immunsystems völlig außer Kraft setzte und Abermillionen von Afrikanern auf qualvollste Weise tötete.

Eine Weile war ich so verbittert und frustriert, dass sich in mir der Glaube festsetzte, der ganze Kontinent sei zum Tode verurteilt und von Gott verflucht. Doch dann begann ich, intensiver darüber nachzudenken und mir einige grundsätzliche Fragen zu stellen, etwa: Warum ist die Situation hier so furchtbar schlimm? Wieso herrscht hier allgemeine Korruption? Und warum, verdammt noch mal, ist dieser Kontinent im wahrsten Sinne des Wortes verseucht, obwohl wir in einer Epoche leben, in der die meisten Menschen viel gesünder sind als je zuvor? Denn seltsamerweise tötete die Seuche, die das Immunsystem außer Kraft setzte, nur schwarze Einheimische unter achtzehn Jahren. Wie konnte das sein?

Also dehnte ich meine Forschungen aus, las Romane und Zeitungen, lauschte auf Hinweise in der Popmusik, befragte meine Mitarbeiter nach Dienstschluss, wenn sie getrunken hatten. Begab mich in Bars, machte Männer an, flirtete mit ihnen und quetschte sie dabei über politische Vorgänge aus. Oft belästigten sie mich sexuell und wurden handgreiflich, sodass ich mehrmals in sehr delikate und heikle Situationen geriet. Doch bald merkte ich, dass hier irgendetwas faul war und zum Himmel stank.

Also besuchte ich Krankenhäuser, um mit den Seuchenopfern zu reden. Irgendwann verbrachte ich eine ganze Woche mit einer Vierzehnjährigen namens Annie, die an der Seuche litt. Ich konnte buchstäblich zusehen, wie sich ihre Haut völlig abschälte und in großen Fetzen von ihr abfiel. Denn genauso wirkte diese Seuche: Sie machte die Haut allergisch gegen das Fleisch des Körpers. Später sang ich ihr Schlaflieder vor und erzählte ihr im lokalen Dialekt Geschichten. Als ich einmal dabei eingenickt war und wieder aufwachte, sah ich zu meinem Entsetzen, wie eine Fliege über das rohe Fleisch ihres Gesichts krabbelte. Die winzigen abstoßenden Insektenbeine tasteten über die bloßliegenden Blutgefäße und Bänder. Aus Angst, das Kind zu verletzen, schlug ich die Fliege nicht tot. Ich wartete ab, bis sie auf dem Kopfkissen landete, und zerquetschte sie dort mit der Hand.

Zwölf endlose Stunden lang begleitete ich die Kleine beim Sterben, segnete sie, als ihre Seele den Körper verließ, und dachte dabei: *Diese Krankheit kann keine natürliche Ursache haben.* Deshalb ließ ich das Blutbild der Vierzehnjährigen untersuchen, las die toxikologischen Berichte sorgfältig durch und surfte auf meinem Laptop durch zahlreiche Websites.

Nach Monaten intensiver privater Forschung fand ich heraus, was hinter der IS-Seuche steckte, und konnte mit Gewissheit sagen, dass sie sich nicht aufgrund einer natürlichen Mutation entwickelt hatte, sondern ein Laborerzeugnis darstellte. Noch dazu eines, das *patentiert* war. Auf der Website des amerikanischen Patentwesens hackte ich mich in ein Verzeichnis mit dem harmlosen Titel *Krankheitsüberträger des neuen Jahrtausends* und stieß dort auf Patente, die für neue genetische Entwicklungen vergeben worden waren, darunter für die afrikanische Seuche und viele biologische Kampfstoffe – genügend, um alles Leben auf der Erde zu vernichten.

Die Patente waren auf zahlreiche Unternehmen ausgestellt: RGM, Intolam, Ryacino, Cortexo. Doch die Recherche im Netz zeigte, dass all diese Firmen Ableger eines einzigen großen amerikanischen Konzerns waren, der sich auf biochemische Produkte spezialisiert hatte. Wie sich herausstellte, war diese Dachgesellschaft namens Future Dreams gleichzeitig der einzige Hersteller und Patentinhaber der Arzneimittel, die der IS-Seuche Einhalt gebieten konnten. Das Mädchen, das verzweifelt jammernd und stöhnend im Krankenhausbett gelegen hatte, war von einem Tropf versorgt worden, der ihm Morphium und ein Mittel zur Stärkung des Immunsystems zuführte. Das Medikament, das die Produktion von Antikörpern anregte, stammte aus den Labors von Future Dreams. Meine Organisation gab Unsummen dafür aus, die Seuche einzudämmen – allein in Europa hatten wir neun Milliarden Euro dafür gesammelt, »Afrika von dieser tödlichen Geißel zu erlösen«. Dieses Geld ging nicht in Form von Unterstützungszahlungen oder Lebensmitteln an Afrikaner, es wurde auch nicht dafür ausgegeben, Land oder Gerätschaften zu kaufen, sondern floss in teure Medikamente, die afrikanische Kinder retten sollten. Vor einer »patentierten« Krankheit zu retten. Die aus den biogenetischen Labors desselben Konzerns stammte, der auch die Gegenmittel herstellte. Und diese Gegenmittel kauften wir zu Wahnsinnspreisen.

War das nur ein unglückseliger Zufall, ein seltsames Zusammentreffen der Umstände?, fragte ich mich. Oder eine ausgefeilte Strategie? Würde ein amerikanischer Konzern so weit gehen, einen ganzen Erdteil zu verseuchen, nur um durch den Verkauf von Gegengiften und lindernden Medikamenten Riesengewinne einzustreichen? Nach dem Motto: Zuerst vergiften wir das Opfer, und dann stellen wir ihm die Überführung ins Krankenhaus in Rechnung ...

Um diese bestürzenden Entdeckungen erst einmal zu verdauen, ging ich in eine Bar und unterhielt mich dort stundenlang mit einem Stammgast und der Bedienung. Als ich schließlich in Alkohol und Selbstmitleid versackt war, offenbarte ich den beiden meine Verschwörungstheorie. Sagte, die amerikanischen Arzneihersteller hätten Afrika absichtlich und gezielt verseucht. Emilia, die Bedienung, lachte nur, während Prakash, der Stammgast, traurig wirkte. Beide räumten ein, so etwas sei durchaus vorstellbar. *Vielleicht* sei an meiner Theorie was dran, aber es sei ein großes Vielleicht.

Doch nach weiteren Drinks und viel abschweifendem Geschwätz gaben sie mir schließlich recht. Jeder Einheimische wisse darüber Bescheid, auch die Infizierten. Doch jeder wisse auch, dass Beschwerden nichts nützten, denn niemand würde darauf hören.

Afrika lag im Sterben. Woche für Woche schälte sich bei Hunderttausenden von Kindern die Haut. Neunzig Prozent starben an der Seuche, die übrigen zehn Prozent würden ihr Leben lang im Krankenhaus bleiben müssen. Inzwischen wurden die Gegenmittel und Impfstoffe zu ungeheuren Kosten verteilt, aber diese Vergeudung von Leben war ein einziger widerlicher Skandal. Bald würde Afrika den Großteil seiner jungen Generation eingebüßt haben und zu einem Erdteil werden, in dem nur noch ältere Menschen lebten – Männer und Frauen, die Woche für Woche drei, vier oder fünf Jobs annehmen mussten, um das Geld für Medikamente zusammenzubringen und auf diese Weise die Schmerzen ihrer sterbenden Säuglinge und Kinder zu lindern. Überall kursierten Gerüchte über das, was hier geschah, aber ausschließlich unter der Hand. Folglich war die allgemeine Lebenseinstellung von Zynismus geprägt. Hoffnungslosigkeit, Alkoholismus und Drogenmissbrauch bestimmten den Status quo eines ganzen Kontinents.

Dennoch herrschte keinerlei Hass auf die amerikanischen Konzerne. Kein Mensch versuchte, gegen deren Machenschaften einzuschreiten. Ein ganzer Erdteil nahm seinen Untergang fröhlich hin. Das Leben galt als etwas, das sich ein hasserfüllter Gott als üble Strafe für die Menschheit ausgedacht hatte.

Mein afrikanischer Schützling, die Vierzehnjährige, war, blind für ihre Umgebung, unter Höllenqualen im Krankenhaus gestorben. Nie hatte sie erfahren dürfen, was das Leben *auch* sein kann: Lebensfreude, Liebe, eigene Kinder – all das wurde ihr vorenthalten.

Mich packte solche Wut, dass ich nach Hause ging und meine Laune an den Kindermädchen ausließ. Schließlich nickte ich mit Peter in den Armen kurz ein, eingelullt von den Schlafgeräuschen des Kindermädchens im Nachbarbett (sie übernachtete dort, damit sie ihm, falls er Hunger bekam, ohne große Umstände die Brust geben konnte). Ich weinte mich in den Schlaf und weckte damit Peter auf. Als er zu brüllen begann, ließ ich ihn an meinen Brüsten saugen, erst an der einen Brust, dann an der anderen, doch es kam keine Milch. Schließlich schrie er so heftig, dass das Kindermädchen ihn mir sanft aus den Armen nahm.

Als ich mir am nächsten Morgen das Haar kämmte, hatte ich plötzlich ein ganzes Büschel in der Hand und spürte gleichzeitig eine solche Hitzewallung, dass meine Wangen glühten. Ich musterte mich im Spiegel und stellte fest, dass ich krank und fiebrig aussah; mein Gesicht war knallrot und ähnelte einem aufgeblasenen Ballon. Während ich mich mit gerunzelter Stirn betrachtete, begann mein Gesicht entsetzlich zu jucken. Als ich es vorsichtig betastete, löste sich die ganze obere Hautschicht und fiel in einem Stück ab, sodass meine Adern deutlich zu sehen waren. Statt eines Gesichts war da nur noch rohes rotes Fleisch, aus dem riesige Augäpfel quollen – ein Anblick wie in einem Horrorfilm.

Es gelang mir noch, das Krankenhaus zu benachrichtigen, ehe die Haut auch von den Fingern abblätterte. Als zwei Stunden später der Krankenwagen eintraf und ich mithilfe der Sanitäter zur Heckkabine stolperte und sie öffnete, blieb die Haut meiner Fingerspitzen an der Wagentür hängen. Während die Männer mir einen Schlauch in den Mund einführten, hatte ich kurz das Gefühl, mir würde die Zunge abfallen. Bei der Fahrt durch unebenes Gelände wurde ich so durchgerüttelt, dass ich in Panik geriet. Da ich durch den Schlauch atmen musste, bekam ich kaum noch Luft. Ich war fest davon überzeugt, dass ich im Sterben lag, konnte aber nicht fassen, dass es mich ausgerechnet jetzt erwischen sollte. Einmal schon war ich dem Tod von der Schippe gesprungen, eine zweite Chance würde er mir wohl kaum geben. Sicher würde ich unter entsetzlichen Qualen aus dieser Welt scheiden.

Um mich vor den Viren und Bakterien der Außenwelt zu schützen, verfrachtete man mich im Krankenhaus sofort in ein abgedichtetes Sauerstoffzelt. Inzwischen blätterte auch der Rest meiner Haut in großen Fetzen ab, nur einige Stellen am Rücken und an der Innenseite der Arme blieben unversehrt. Wenn Ärzte bei mir vorbeischauten, starrten sie mich nur entsetzt an, murmelten irgendetwas und gingen gleich wieder, sodass ich ganz mir selbst und meinen Grübeleien überlassen war. Und dabei wurde mir klar, was passiert sein musste.

Sie hatten mich drangekriegt. Sicher hatten meine Ermittlungen die Aufmerksamkeit von Future Dreams erregt, vermutlich bei einer ganz normalen Überprüfung der Website-Besucher. Als mein Name auftauchte, war er vermutlich rot markiert und als potenzielles Sicherheitsrisiko eingestuft worden. Verwunderlich war nur, dass es von dieser Einstufung bis zur Entscheidung, mich mit Biotoxinen aus dem Weg zu räumen, ein derart kurzer Schritt gewesen war.

Und nun starb ich an der gefürchteten IS-Seuche, was der Epidemiologie der Krankheit eigentlich widersprach, denn in der Regel befiel sie ja nur schwarze Kinder zwischen acht und sechzehn Jahren. Doch jetzt würde mich irgendeine Abart der Seuche schnell und qualvoll dahinraffen.

Wie hatten sie es bewerkstelligt, mich damit zu infizieren? Hatten sie mich auf der Straße mit einem winzigen Pfeil angeschossen? Meine Klimaanlage mit dem Virus infiltriert? Während die Ärzte sich an die Arbeit machten, dachte ich intensiv darüber nach. Die Mediziner gingen davon aus, dass ich wegen der enormen Belastung meines Körpers durch die Selbsthäutung einen nicht zu behebenden Herzstillstand erleiden würde. In Krankheitsfällen wie diesem war das die häufigste Todesursache.

Doch mein neues, künstliches Herz arbeitete weiterhin tadellos, und ich überlebte die Nacht, was kein Mensch erwartet hatte. Dennoch hielten die Ärzte meinen Tod für sicher, da das Versagen des Immunsystems den Kern des

Krankheitsbildes ausmachte. Folglich würde irgendeine Infektion mich umbringen. Tatsächlich zog ich mir elf verschiedene Infektionen zu; sieben davon aufgrund typischer Krankenhausviren, die eine nachlässige Krankenschwester einschleppte, als sie mich beim Aufbau die Innenwände des Sauerstoffzelts anfasste. Jede dieser Infektionen hätte tödlich sein können, doch ich überstand alle.

Inzwischen hatte ich keinen Fetzen Haut mehr am Leib, fühlte mich wie ein rohes Stück Fleisch und empfand jeden Luftzug so, als führe jemand mit Schmirgelpapier über meinen Körper. Wut und Willenskraft waren die Reserven, von denen ich zehrte. Nach einer Woche im Zelt hatte ich Lungenentzündung und TB überstanden. Als meine Leber versagte, brachte ich die Ärzte dazu, mir eine neue zu implantieren. Niemand glaubte, dass ich die Operation überstehen würde, doch ich widerlegte alle Lehrmeinungen. Zwar war ich etwa eine Minute lang klinisch tot, doch mein Herz fing von sich aus wieder zu schlagen an. Gegen alle Erwartungen kämpfte ich mich langsam, aber sicher ins Leben zurück.

Als in den folgenden Wochen der Genesung keine weiteren Komplikationen auftraten, begannen die Ärzte an ein Wunder zu glauben. Auf meine ausdrückliche Bitte hin setzten sie ein noch nicht zugelassenes Polythenspray dazu ein, meinen gehäuteten Körper zu versiegeln, um ihn vor äußeren Infektionsherden zu schützen. Ausgerüstet mit dieser dünnen, unsichtbaren Plastikhaut über Nerven und Ligamenten, begann ich mit leichten gymnastischen Übungen, denn ich wollte einer Versteifung der Gelenke und Lähmungserscheinungen entgegenwirken. Um meinen Körper zu lockern, führte ich zunächst langsame Tai-Chi-Bewegungen aus. Es muss sicher ein schrecklicher Anblick gewesen sein, wie dieser vom Geist des Zen beseelte, gehäutete Leichnam sein tägliches Kata in Zeitlupe absolvierte. Doch ich hielt mich peinlich genau an meinen Plan.

Als mein Team mich besuchen kam, schreckte es vor mir zurück, aber ich bat meine Mitarbeiter mit einer Handbewegung zu mir und brachte sie zum Zuhören, als ich meine Wünsche mit Reibeisenstimme vortrug.

Ein paar Tage später konnte ich bereits einen stimmaktivierten Computer dazu benutzen, E-Mails zu verschicken. Dienstliche Angelegenheiten wurden mir auf einen großen Bildschirm projiziert. Ich übernahm wieder die Leitung der Afrikahilfe und versuchte via Google gleichzeitig, so viel wie möglich über meine Gegner in Erfahrung zu bringen, um meinen Rachefeldzug zu planen.

Nach zwei Wochen verließ ich das Krankenhaus auf eigene Verantwortung und kehrte ins Büro zurück. Über meinen mit Polythen versiegelten Körper streifte ich ein Gewand, das mich von Kopf bis Fuß einhüllte. Außerdem setzte ich eine grellbunte venezianische Karnevalsmaske auf, um mein Angst einflößendes, grässliches Gesicht zu verbergen. Als ich in diesem Aufzug im Büro auftauchte, waren meine Leute so verblüfft, dass es ihnen die Sprache verschlug. Kurzerhand warf ich ihnen eine Tüte Donuts hin und frotzelte selbstironisch darüber, wie viele Episoden einer blöden Sitcom namens *Ein Hundeleben auf dem Mars* (darin ging es um einen Roboterhund, der den Mars bereist und dabei auf uralte Kulturen stößt) ich mir aus Langeweile reingezogen hatte.

Unverzüglich machte ich mich daran, meinen Racheplan in die Tat umzusetzen. Inzwischen hatte ich zwanzig Seiten voller Details notiert und Flussdiagramme erstellt, um eine Strategie festzulegen, die ebenso präzise wie tollkühn war.

Mitten in der Nacht, ausgerüstet mit einer Pizza, Pommes frites und einer Cola aus dem Getränkeautomaten neben meinem Schreibtisch, erklärte ich dem ganzen militärisch-pharmazeutischen Komplex der USA den Krieg.

Dabei waren meine einzigen Waffen ein Computer und ein verteufelt schlaues Gehirn. Als Erstes verschaffte ich mir Zugang zum privaten, persönlichen E-Mail-Konto des amerikanischen Präsidenten. Mit deutlichen, überzeugenden Worten teilte ich ihm in meiner Mail mit, ich hätte ein Virus entwickelt, das den Intelligenzquotienten eines Menschen um fünf Prozent herabsetzen könne, und sei entschlossen, das Virus in den USA freizusetzen, falls mir nicht eine Milliarde Dollar in bar ausgezahlt werde. Außerdem fügte ich umfassende Forschungsergebnisse bei, die belegten, dass ich dazu tatsächlich imstande sei. Als zusätzlichen Beweis bot ich ihm eine Probe des Virus an.

Selbstverständlich unterzeichnete ich diese Mail nicht mit meinem Namen; man konnte sie auch nicht zu einem Computer zurückverfolgen, den ich je besessen oder benutzt hatte. Stattdessen verwies sie direkt auf die Universität Michigan und war von dem Nobelpreisträger Professor John A. Foley unterschrieben.

Natürlich überprüfte das FBI die Sache und stellte schnell fest, dass die E-Mail getürkt war. Foley wurde freigesprochen von jedem Verdacht, hinter diesem albernen Erpressungsversuch zu stecken, dem jede wissenschaftliche Grundlage fehlte. Das FBI entschuldigte sich bei ihm und legte den Fall als ungelöstes Rätsel zu den Akten, da die Identität des Absenders nicht aufgedeckt werden konnte.

Allerdings geht das FBI bei solchen Sicherheitsprüfungen stets sehr gründlich vor. Und das hieß in diesem Fall, dass Foleys Daten ins elektronische Archiv wanderten und in regelmäßigen Abständen psychologische Profile von dem Mann erstellt wurden, da er immer noch als potenzielles Sicherheitsrisiko galt.

Für meine weiteren Schritte nutzte ich ein brandneues Softwaresystem, das eine unserer gerade gegründeten IT-Firmen in Johannesburg entwickelt hatte. Es war eine Hacker-Software, mit der man Firewalls außer Kraft setzen konnte. Mithilfe dieses leistungsfähigen Instruments gelang es mir, in das Archiv des FBI einzudringen, mir Zugang zu den Dateien zu verschaffen, für die die höchste Geheimhaltungsstufe galt, und das jüngste FBI-Dossier über Foley zu lesen. Daraus ging hervor, dass er enge Verbindungen zu einer Gruppe von Geschäftsleuten pflegte, die sich *Die Ludditen* nannte. Sie hatten sich auf Investitionen in arbeitsintensive Firmen mit geringer technischer Ausstattung spezialisiert und über Banken Schwindelgeschäfte getätigt. Seit vielen Jahren zahlte diese Gruppe sechsstellige Summen an Foley aus. Längst war ihm seine wissenschaftliche Objektivität abhandengekommen, denn er hatte seine Seele an Profitgeier verkauft.

Außerdem war Foley insgeheim der wichtigste wissenschaftliche Berater von Future Dreams, des Konzerns, der die afrikanische Seuche in die Welt gesetzt hatte. (Das war mir natürlich schon bekannt gewesen, deswegen hatte ich ihn ja überhaupt ins Visier genommen.) Foleys Renommee als Wissenschaftler und Idealist war nichts als falscher Glanz; in Wirklichkeit interessierte ihn nur Geld.

Ausgerüstet mit den Informationen, die ich mir als Hacker aus dem FBI-Archiv besorgt hatte, stellte ich eine Liste aller Vorstandsmitglieder von Future Dreams und der Ludditen zusammen. Jedem davon schickte ich eine E-Mail, in der ich behauptete, sie seien mit einer sich schnell entwickelnden Krebsart infiziert, die ihre Persönlichkeit nach und nach zerstören werde. Als erste Symptome würden depressive Verstimmungen, Schlaflosigkeit und ein unerträglicher Juckreiz auftreten.

Danach machte ich größere Stiftungsgelder locker und heuerte einen international operierenden Auftragskiller dazu an, John A. Foley zu töten und es wie einen Selbstmord aussehen zu lassen.

Okay, okay, halten wir einen Moment inne. Mir ist klar, dass der letzte Satz schlimm klingen muss, eigentlich sogar sehr schlimm. So schlimm, dass ich mich in Ihren Augen von der Heldin in die Übeltäterin verwandle. Und ich muss zugeben, dass ich anfangs selbst einige Skrupel gegen diesen Schritt hatte. Doch ich beruhigte mich mit dem Gedanken, dass ich in einen umfassenden Krieg mit einem skrupellosen Gegner verwickelt war. Wegen dieser im Labor erzeugten Seuche waren in Afrika Millionen Menschen gestorben. Was diese Drecksäcke verbrochen hatten, betrachtete ich als Völkermord. Deshalb wage ich zu behaupten, dass ein einzelner Mord in einem solchen Fall kein Verbrechen darstellt, sondern nur ein angemessenes Gegenmittel.

Können Sie das nachvollziehen? Habe ich Sie überzeugen können? Ich verhielt mich wie eine Heldin, nicht wie eine Übeltäterin, glauben Sie mir!

Es war erstaunlich leicht, einen Auftragsmörder zu engagieren. Ich wählte dazu keinen der Gangster aus, die in den Bars neben meinem Büro so einfach zu finden waren. Ich brauchte einen erstklassigen Service, und den beschaffte ich mir, indem ich über Google in gewisse versteckte und verschlüsselte Websites eindrang. Dabei lernte ich einige wirklich üble Seiten des Cyberspace kennen: Websites für Pädophile, Chat Lines von Sodomisten und Verstümmlern, S & M-Fotogalerien. Ich entdeckte, dass ich für genügend Geld sogar jemanden dazu anheuern konnte, sich von mir verspeisen zu lassen. Oder umgekehrt, falls mir das lieber war. Doch ich fand keines beider Angebote sonderlich verlockend …

Stattdessen entschied ich mich für die simple Transaktion Mord gegen Bargeld. Der Mann, mit dem ich mich in einer Bar verabredet hatte, nahm das Geld und verschwand gleich danach. Nachdem ich eine Woche abgewartet hatte, kehrte derselbe Mann zurück, um sich bei mir nach den Einzelheiten des Auftrags zu erkundigen. Ich gab ihm Dossiers und die wesentlichen Informationen.

Dann lehnte ich mich zurück und wartete. Irgendwann schickte mir mein Auftragsdienst über Handy eine Videonachricht, die besagte, dass Foley von einem Einbrecher erschossen worden sei, zusammen mit seiner Ehefrau und den beiden Kindern. Der Einbrecher habe entkommen können, und es gebe keine Hinweise auf die Identität des Täters (oder der Täterin). Ein perfekter Mord also.

Ich hatte einen Mann auf dem Gewissen und fühlte mich bei dem Gedanken durchaus wohl.

Aber ich war auch verantwortlich für den Tod von Unschuldigen, Foleys Ehefrau und den beiden Kindern. Nachdem ich kurz darüber nachgedacht hatte, war ich wie am Boden zerstört und entsetzt über mich selbst. Was war aus mir geworden? Ein Monster? Eine Psychopathin? Oder war ich auch nicht schlimmer als ein Politiker, der einen Krieg erklärt und dann mit den Kollateralschäden leben muss?

Das Ganze bescherte mir einige schlaflose Nächte. Doch das Schuldgefühl setzte sich nicht in mir fest und fraß mich nicht von innen her auf. Ich kam zu dem Schluss, dass ich mit der Tat würde leben können. Manchmal muss man etwas moralisch Falsches tun, um etwas moralisch Richtiges zu erreichen.

Eines Abends, ich saß noch im Büro, meldete sich mein Telefon, und ich erhielt eine SMS, die mich in eine Bar bestellte. Es kam ein Codewort darin vor, aus dem ich schließen konnte, dass die Nachricht vom Auftragskiller stammte. Außerdem wurde Geld erwähnt ... Eine Million Dollar, zweimal so viel wie das ursprüngliche Honorar.

Jetzt bekam ich wirklich Angst. Eindeutig war das ein Erpressungsversuch. Zweifellos hatte ich die Situation nicht mehr im Griff, doch es gab niemanden, an den ich mich wenden, niemanden, der mir aus der Patsche helfen konnte.

Also streifte ich einen Körperpanzer über, der mich von Kopf bis Fuß schützte, aber so dünn war, dass er nicht auffiel, wenn ich meinen Hosenanzug darüber trug. Ich bewaffnete mich mit Messer und Pistole und sprühte mich mit Parfüm ein, um den *Gleich-scheiß-ich-mir-vor-Angst-in-die-Hose*-Geruch, der mir selbst auffiel, zu überdecken. Dann machte ich mich auf den Weg zu dem Auftragskiller, der sich jetzt als Erpresser entpuppt hatte.

Wir trafen uns in der *Shona Bar*. Er trank Orangensaft und hielt das Glas so weit von mir weg, dass ich ihm nichts hineintun konnte. Da es ein öffentlicher Ort war, konnte ich ihn auch nicht mit der Pistole bedrohen. Und aus seiner Körperhaltung und der Aura, die »Versuch bloß nicht, mich auszutricksen« besagte, konnte ich schließen, dass ich in jedem Nahkampf mit ihm auf der Stelle sterben würde.

Der Killer hieß George. Er entschuldigte sich dafür, mich zu belästigen. Und auch für den Tod von Foleys Ehefrau und Kindern. Sie hätten gar nicht dort sein dürfen, es sei nun mal »eines dieser Dinge, die unerwartet passieren können«. Danach erklärte George, das Zusatzhonorar sei als einmalige Zahlung zur Deckung nicht einkalkulierter Kosten gedacht. Im Unterschied zu dem, was ich denken mochte, sei es keine Erpressung, auch kein Auftakt zu weiteren Zahlungsforderungen. Nach dem heutigen Tag werde er für immer aus meinem Leben verschwinden.

Selbstverständlich war es ein übler Erpressungsversuch, doch ich konnte nichts dagegen unternehmen. Mir blieb nichts anderes übrig, als ihm das Geld zu geben. Und tatsächlich sah ich ihn danach nie wieder.

Allerdings stammte dieses Geld noch aus der Zeit, als ich gegen das internationale Verbrechen gekämpft hatte. Falls George die Scheine in den ersten vierundzwanzig Stunden nach der Übergabe berührte, würden sie ein langsam wirkendes Serum freisetzen. Sobald dieses Serum in den menschlichen Körper eindrang, löste es Paranoia aus. Ich konnte nur hoffen, dass er das Geld hortete und nicht bedenkenlos aus dem Fenster warf. Ich setzte darauf, dass er es zumindest gleich nachzählen würde, denn das tun solche Leute immer. Hin und wieder male ich mir aus, wie George vom Verfolgungswahn gepackt wurde und die Angst ihn so zerfraß, dass er mit dem Leben nicht mehr fertig wurde – eine angemessene Strafe für den Versuch, *mich* auszutricksen.

Der Mord an Foley war nur ein einzelner Schachzug. Ich hatte nicht vor, einen Gegner nach dem anderen umzubringen – meine Methoden waren viel heimtückischer. Erneut schickte ich E-Mails an die Ludditen und die Vorstandsmitglieder von Future Dreams, in denen ich weitere Einzelheiten über die auf die Psyche wirkende Krebsart erwähnte. Außerdem deutete ich an, Foley sei keineswegs von einem Einbrecher ermordet worden; vielmehr sei er durchgedreht und habe erst seine Familie und danach sich selbst umgebracht, allerdings hätten die Behörden die Sache vertuscht.

Danach spielte ich der Handelspresse gezielt Informationen zu, die auf die »prekäre finanzielle Lage« von Future Dreams hinwiesen. Afrikanische Wissenschaftler hätten inzwischen ein preiswertes Gegenmittel zur IS-Seuche entwickelt und patentieren lassen. Demnächst werde dieses Mittel auf den Markt kommen und dann – *blablabla*. Jedenfalls müsse Future Dreams mit erheblichen Gewinneinbußen rechnen, denn der Konzern stütze sich vor allem auf den Handel mit Arzneimitteln gegen Seuchen, die er selbst mit Hilfe der Biotechnologie erzeugt habe.

Diese gezielte Indiskretion wurde von einer der Handelszeitungen wortwörtlich abgedruckt. Nach wenigen Stunden fiel jemandem auf, dass die Journalisten Future Dreams unabsichtlich verleumdet hatten: Sie hatten den Konzern beschuldigt, in seinen biotechnologischen Labors aus Profitsucht Seuchen zu entwickeln.

Aus Angst vor einem möglicherweise geschäftsschädigenden Rechtsstreit traf die Zeitung präventive Maßnahmen. Mit anderen Worten: Die Leitung ordnete eine gründliche Recherche über Future Dreams an, bei der es insbesondere um die Frage ging, ob der Konzern tatsächlich biotechnologisch generierte Seuchen in die Welt gesetzt habe. Die Zeitungsleute waren selbst ziemlich verblüfft, als sie sehr bald umfassende und zwingende Beweise für die ursprünglich nicht überprüften Behauptungen ihres Artikels fanden – und der Skandal brach los.

Und wenn in der heutigen Medienlandschaft ein Skandal losbricht, ist wirklich der Teufel los. Die Journalisten kampierten auf den Rasenflächen der beschuldigten Männer und Frauen. Experten ließen sich im Frühstücksfernsehen über die Vorgänge aus. Sitcoms griffen das aktuelle Thema auf und machten Future Dreams zum allgemeinen Gespött. Was die Medien anzettelten, war ein wahrer Blitzkrieg.

Einige Tage später beging Jeffray Colt, der Marketingchef von Future Dreams, Selbstmord. Seine Frau erklärte, er sei nach dem Tod von John A. Foley in eine tiefe Depression gefallen und habe gleichzeitig unter einem so entsetzlichen Juckreiz gelitten, dass er sich die Haut bis auf das rohe Fleisch heruntergekratzt habe. Dabei gab es gar keine physischen Ursachen dafür: Den Juckreiz verdankte Jeffray Colt ausschließlich meiner Suggestivkraft.

Am Folgetag erschoss sich Dan Mathers, der Leiter der Forschungs- und Entwicklungsabteilung bei Future Dreams, im eigenen Labor. Einen Tag später stürzten sich drei Laborwissenschaftler des Konzerns im Grand Canyon mit dem Wagen in den Abgrund. Daraufhin belagerte die Journaille das Haus des Vorstandsvorsitzenden von Future Dreams, Mark Malone, und verlangte lauthals nach einer Stellungnahme zu dieser Flut von Todesfällen. Zwar bestritt Mark Malone jede Verantwortlichkeit, doch noch in derselben Nacht nahm er eine Überdosis Drogen und wurde mit irreversiblem Gehirnschaden in ein Krankenhaus eingeliefert. Drei Vorstandsmitglieder erschossen einander in volltrunkenem Zustand; offenbar hatten sie einen Selbstmordpakt miteinander abgeschlossen. Danach gestand Molton Hatcher, Führer der Ludditen, einen zwanzig Jahre zurückliegenden Bankenschwindel ein und erhängte sich in seiner Gefängniszelle. Drei seiner Bundesgenossen taten es ihm in der Sakristei ihrer Kirche nach. Zwar überlebte einer davon, doch er starb wenig später im Krankenhaus an Erstickung: Er hatte die eigene Zunge verschluckt.

Vierundzwanzig schuldige Männer und Frauen starben binnen einer Woche, alle aufgrund von Suizid.

Angefacht von meinen hinterhältigen, manipulativen E-Mails, geschürt durch den Pressewirbel und die ständigen Fernseh- und Zeitungsberichte, entwickelten sich die Selbsttötungen zu dem Flächenbrand, den ich vorhergesehen hatte. Eine grundsätzliche Erkenntnis der Psychologie, die sich mit der Manipulation von Menschen befasst, lautet, dass Personen mit hohem gesellschaftlichen Status bei starkem Stress sehr leicht zu Albträumen, Halluzinationen und Verfolgungswahn neigen. Diese Leute hatten eine Epidemie in die Welt gesetzt, um Afrika in den Untergang zu treiben. Meine Rache bestand darin, eine – metaphorisch ausgedrückt – psychische »Epidemie« in die Welt zu setzen, um diese Menschen in den Wahnsinn zu treiben.

Und die Sache hatte funktioniert. Außerdem war es die höchste Form der Gerechtigkeit: Nur die wirklich Schuldigen trieb das schlechte Gewissen in den Selbstmord; die Unschuldigen blieben verschont. Was könnte gerechter sein?

Der Konzern Future Dreams überlebte das Debakel. Bald darauf begannen die Vertuschungsmanöver; die Sündenböcke waren ja ausgemacht und tot. Aber in Afrika traten keine neuen Fälle der IS-Seuche mehr auf. Und die von der westlichen Presse kolportierte falsche Behauptung, afrikanische Wissenschaftler hätten ein Gegenmittel zur Seuche patentieren lassen, zeigte positive Wirkung: Die Führer Afrikas beauftragten die hellsten Köpfe an ihren Universitäten damit, zumindest *irgendein* Arzneimittel bis zur Patentreife zu entwickeln. Fünf Jahre später war es so weit: Sie hatten ein Virus gefunden, das die Symptome von Multipler Sklerose, Chronischem Erschöpfungssyndrom und Diabetes bekämpfen und die Krankheiten weitgehend ausrotten konnte. Die daraus resultierenden Gewinne machten Afrika *reich* und führten irgendwann zu einer Situation, in der die Afrikanische Staatengemeinschaft gegenüber den westlichen Ländern nicht mehr als Schuldner, sondern als Kreditgeber auftrat.

Nach wie vor verblüffen mich die politischen Wirkungen meiner geschickt platzierten psychologischen Sprengsätze. In meinen Hoch-Zeiten habe ich Wunder vollbracht, die die Weltgeschichte veränderten. Doch natürlich weiß das niemand. Das ist mein Fluch: Nie heimse *ich* die Lorbeeren ein.

Doch bei dieser Sache war mir das egal.

Erst nach vier Jahren gelang es einer Gruppe von Wissenschaftlern, mir neue Haut zu transplantieren. Gleichzeitig entschied ich mich für Brustimplantate, die meinen Busen verschönerten. Um den Eindruck einer allzu reinen, makellosen, strahlend jungen Haut ein wenig abzuschwächen, ließ ich die Ärzte rund um meine Augen winzige Lachfalten einziehen.

Am Tag, als meine Hauttransplantationen abgeschlossen waren, buchte ich die Hochzeitssuite eines Fünfsternehotels, betrank mich mit Champagner, legte mich nackt aufs Bett und betrachtete mich stundenlang im Deckenspiegel.

Weder masturbierte ich, noch schlief ich. Ich verbrachte die Nacht nur damit, mich selbst zu bewundern. Noch am Vortag war ich ein gehäutetes Monster mit hervorquellenden Augen gewesen, unfähig, jemanden zu berühren. Bei meinem Anblick waren die Kinder schreiend davongelaufen. Und jetzt war ich schön, wenn auch in psychischer Hinsicht ein Krüppel.

Bis heute gibt es Zeiten, in denen ich es nicht ertragen kann, einen anderen Menschen anzufassen. Selbst jetzt noch reagiere ich hysterisch, wenn ich sehe, wie jemand einem Huhn die Haut abzieht. Blasen und Hautabschürfungen lösen bei mir Panikattacken aus. Doch ich verarbeite all diese Ängste und Phobien und versuche dagegen anzukämpfen, dass sie sich in mir festsetzen. Ich bin meine eigene Therapeutin.

Doch insgeheim betrachte ich mich immer noch als Monster, als Schreckensgestalt – ein gehäutetes wildes Tier. Nichts kann mich vom Gegenteil überzeugen. Allerdings schaffe ich es meistens, meine schlimmen Gedanken und Ängste in einer inneren Kloake zu versenken. Dort wohnt das Monster, dort schwelt und brodelt mein Hass.

Und dort leben auch meine Schuldgefühle weiter. Der Selbstvorwurf dafür, dass mein Kind in einer künstlichen Gebärmutter ausgetragen wurde, keinen Vater hat und seine Mutter bei seiner Geburt fast zweihundert Jahre alt war. Das schlechte Gewissen, weil ich für mein Baby nie richtig da gewesen bin, es nicht allein gestillt, seine vollgemachten Windeln fast nie selbst gewechselt und es nur selten in den Schlaf gewiegt habe. Peter wurde »geboren«, als ich erst ein paar Jahre bei der Afrikahilfe arbeitete. Er war noch klein, als ich meine Haut verlor und ins Krankenhaus kam. Und in den Folgejahren verzehrte mich der Hass, sodass ich mit meinem heranwachsenden Kind kaum noch sprach – nicht einmal das!

Als Peter acht war, hatte ich wieder Haut am Leib und verwandelte mich in eine promiskuitive Alkoholikerin, die unter einer Berührungsphobie litt. Damals hatte ich oft Tobsuchtsanfälle. Ehrlich gesagt, weiß ich noch, dass ich Peter sogar schlug und ihm grausame Geschichten erzählte, um ihm wehzutun. Das waren meine verrückten Jahre. Heute mag mir das alles zwar leidtun, aber ich kann die Uhr nicht zurückdrehen.

Peter entwickelte sich zu einem Teenager, der ständig über die Stränge schlug, doch ich verzieh ihm alles. Schließlich war er mein Baby, mein Junge. Ich überschüttete ihn mit Liebe, zahlte seine Rechnungen, stellte die Kaution, wenn er im Schlamassel steckte. Vergab ihm seine Schandtaten wieder und wieder, tat mein Bestes für ihn.

Ist es denn wirklich meine Schuld? Allein meine Schuld, dass mein ach so schönes Baby sich in das schlimmste menschliche Wesen verwandelte, das je gelebt hat?

FÜNFTES BUCH

LENA

Ich sehe mir beim Sterben zu.

Alby hüllt mich in einen Feuerwirbel ein. So zart, dass es fast liebevoll wirkt. Danach wirbelt er davon.

Ich stehe in Flammen, brülle vor Schmerzen. Stürze zu Boden und wälze mich dort herum, versuche, die Flammen zu löschen. Meine Knochen verkohlen, die Haut schmilzt. Ich sterbe unter schlimmsten Todesqualen.

Als der Todeskampf zu Ende ist, drücke ich auf RESET und spiele die CD-Rom erneut ab. Sehe mir noch einmal beim Sterben zu.

Alby hüllt mich in einen Feuerwirbel ein. So zart, dass es fast liebevoll wirkt. Danach wirbelt er davon.

Ich stehe in Flammen, brülle vor Schmerzen. Stürze zu Boden und wälze mich dort herum, versuche, die Flammen zu löschen. Meine Knochen verkohlen, die Haut schmilzt. Ich sterbe unter schlimmsten Todesqualen.

Als der Todeskampf zu Ende ist, drücke ich auf RESET und spiele die CD-Rom erneut ab. Sehe mir noch einmal beim Sterben zu.

Alby hüllt mich in einen Feuerwirbel ein. So zart, dass es fast liebevoll wirkt. Danach wirbelt er davon.

Ich stehe in Flammen, brülle vor Schmerzen.

Ich drücke auf die Pausentaste.

Lasse meine Totenmaske zum Standbild erstarren.

Ich muss damit aufhören, es tut mir keineswegs gut.

Ich drücke auf die PLAY-Taste. Sehe mir nochmals beim Sterben zu ...

LENA

»Wir nennen's eine Wiederauferstehungsparty«, erklärt Flanagan mit dem nervenden Augenzwinkern, das so typisch für ihn ist.

»Ich bin ja nicht tot«, erwidere ich böse. »War auch nie tot. Sie haben nur mein Ebenbild umgebracht.«

»Aber *er* wusste das nicht. Ihr kostbarer Sohn.«

Während Flanagan immer noch lächelt, bewahre ich Haltung und versuche ihn nicht merken zu lassen, dass ich am Rande der Hysterie bin.

»Wer weiß schon, *was* er weiß?«, gebe ich mürrisch zurück.

»Er dachte, Sie wären's. Er hat zugesehen, wie Sie starben, und hat nichts dagegen unternommen.«

»Er hat das Richtige getan.«

»Obwohl Sie seine Mutter sind?«

»Mit Terroristen kann man nicht verhandeln. Man darf Entführern nicht nachgeben. Das sind grundlegende Prinzipien des Strafvollzugs.«

»Aber Sie sind seine Mutter. Haben ihm das Leben geschenkt.«

»Keine besonders großartige Mutter.«

»Trotzdem. Er hat Sie einfach so sterben lassen.«

»Was *wollen* Sie von mir? Vergebung?«

»Ich will Ihre Unterstützung.«

»Ich bin immer noch Ihre Gefangene. Also werde ich tun, was man mir sagt.«

»Und was ist, wenn ich Sie freilasse? Gehen lasse?«

»Kapitän Flanagan, machen Sie sich nicht lustig über mich. Ihr blöder Plan ist gescheitert, und jetzt sind Sie auf der Flucht. Der Cheo wird Sie aufspüren und lange leiden lassen, bis Sie tot sind. Genießen Sie den heutigen Abend, es könnte Ihr letzter sein.«

»Es hat sich doch gar nichts verändert. Genau das war ja unser Plan. Er hat funktioniert.«

»Das war der Plan? Was denn? Dass Sie Ihr Lösegeld nicht bekommen?«

»Lösegeld brauchen wir nicht. Was wir benötigen, stehlen wir uns zusammen und machen dabei reiche Beute. Also können wir auf das Lösegeld des Cheo gut und gern verzichten.«

»Aber Sie haben auch behauptet, Sie wollten Gefangene freipressen ...«

»Stimmt. Aber inzwischen hat man die sicher exekutiert. Wir haben die Freilassung aller Gefangenen gefordert, die in diesem Monat hingerichtet werden sollten: 410000 oder so. Mittlerweile lebt von denen keiner mehr. Und das sind nur die Toten eines einzigen Monats. Jeden Monat sterben eine halbe Million Menschen.«

»Sie dreschen mal wieder Phrasen.«

»Wie können Sie so etwas zulassen? Wie können Sie nachts schlafen?«

»Ich bin wohl kaum dafür verantwortlich zu machen.«

Er schweigt kurz, um seine Wut zu zügeln. »Sie sind frei und können gehen. Ihr Schiff ist startbereit.«

»Ich bin frei?«

»Ja.«

Ich bin verblüfft. »Zu welchen Bedingungen?«

»Es gibt keine Bedingungen.«

»Ist das Schiff mit Sprengladungen versehen?«

»Nein, darauf haben Sie mein Wort.«

»Und ich kann einfach so losziehen?«

»Sie können wieder tun und lassen, was Sie wollen.«

»Also gut.«

»Aber ...«

»Was, aber?«, frage ich aufgebracht und fixiere ihn mit einem vernichtenden Blick, den er gelassen und fast ehrerbietig erwidert. In seinen Augen entdecke ich eine Spur von ... Ist das etwa *Ehrfurcht?*

»Sie können jederzeit gehen, allerdings wäre es mir lieber, wenn Sie bleiben. Ich möchte, dass Sie uns helfen.«

»Sie haben mich *entführt!*«

»Wir kämpfen für eine gerechte Sache. Und wir brauchen Sie, Lena. In unseren Augen stehen Sie als Heldin da. Wir brauchen Sie als unsere Erlöserin.«

Als ich diese blumigen Worte höre, schnaube ich nur verächtlich, obwohl ich mich gleichzeitig in den Himmel gehoben fühle und darüber ganz entzückt bin. »Was meinen Sie mit *Erlöserin?*«

»Ich biete Ihnen mein Schiff und meinen Kapitänsposten an.«

»Wie bitte?«

»Das ist mein Ernst!«

»Sie ticken wohl nicht mehr richtig.«

»Ich befinde mich in einer verzweifelten Lage. Ohne Sie sind wir verloren. *Wir brauchen Sie.*«

Inzwischen schwirrt mir der Kopf. »Warum, zum Teufel, haben Sie mein Ebenbild dann umgebracht?«, schnauze ich ihn an.

Er mustert mich mit mildem, respektvollem Blick. »Um Ihnen zu beweisen, dass es Ihren Sohn nicht schert, ob Sie leben oder sterben«, sagt er sanft. »Das Band der Liebe ist zerschnitten. Also, schließen Sie sich uns an, übernehmen Sie die Leitung. Helfen Sie uns, den Cheo zu töten und das Reich des Bösen zu entmachten.«

Ich bin so verblüfft, dass es mir die Sprache verschlägt.

Er hat aufgehört zu lächeln und sieht mich abwartend an. Aber ich kann ihm darauf nicht antworten, bringe kein Wort heraus. Deshalb fordere ich ihn mit einer Geste auf, mich allein zu lassen. Meine Kehle ist völlig ausgedörrt.

Als er gegangen ist, starre ich wie betäubt und mit heftig klopfendem Herzen die Wand an. Welches Spielchen treibt er da? Auf was will er hinaus, verdammt noch mal?

LENA

Was soll ich tun?

Du musst ablehnen.

Wieso?

Weil er dich zu einer Terroristin machen will! Zu einer Piratin!

Ist das so schlimm?

Das weißt du selbst.

Es hat einen gewissen ... Reiz.

Lena!

Es würde mir eine bestimmte Rolle zuweisen, ein Ziel geben.

Du würdest deinem eigenen Sohn den Krieg erklären.

Dafür gibt's bestimmt Präzedenzfälle.

Na ja, stimmt schon. Falls ich sie dir aufzählen soll ...

Nein.

Verhalt dich nicht wie ein Schwachkopf. Die ganze Sache stinkt. Es ist irgendeine Falle.

Welcher Art? Das ergibt doch keinen Sinn. Wie kann er mir eine Falle stellen, indem er mir sein Schiff und seine

Mannschaft überlässt? Das ist doch nur paranoides Geschwätz.

Du musst ablehnen.

Ich ....

Aber die Sache lockt dich.

Ja!

Du sehnst dich wieder mal nach Macht.

Selbstverständlich.

Trotzdem musst du ablehnen.

In Ordnung. Ich lehne ab und spucke ihm ins Gesicht, diesem arroganten Drecksack!

FLANAGAN

Heute hat sie mir ins Gesicht gespuckt. Danach hat sie mich einen Drecksack genannt und zur Hölle gewünscht. Ich bin guten Mutes und amüsiere mich nur darüber, denn ich weiß, dass ich die Oberhand gewinne. Hab die Schlampe um den kleinen Finger gewickelt. Sie hält sich für schlauer als ich, und das ist sie auch. Hundertmal schlauer als ich. Aber ich kann sie einschätzen und sie genauso als Instrument benutzen wie meine Gitarre. Kann all ihre Saiten zum Schwingen bringen.

Das hoffe ich jedenfalls ...

LENA

Hier
also
befinde ich mich
jetzt.

In einem Schwebezustand!

An einem Wendepunkt angelangt!

Offen für alle Möglichkeiten. In diesem Moment bin ich zu allem fähig. Kann tanzen, eine Kata durchführen, ein Gedicht schreiben oder auch ein ganzes Romankapitel, ein Bild erträumen ... Doch stattdessen schnalze ich mit den Fingern und beschwöre ein Orchester herauf. Die Streichinstrumente setzen mit traurigem Lamento ein, gefolgt von Fagott, Oboe und dem Schlag der Kesselpauken. Beim Dirigieren drossele ich das Tempo. – Was ist das?

John Mulveys Bläserkonzert.

Wusste ich es doch.

Eins deiner Lieblingsstücke. Du hast es gespielt, als wir zu diesem pittoresken Doppelstern in BDDU77 unterwegs waren. An dem Tag, an dem du mich batest, die zehn größten Sportler des zweiundzwanzigsten Jahrhunderts aufzulisten.

Willst du mir soufflieren oder so was? Hast du das Gefühl, mein Gedächtnis lässt nach?

Nein, keineswegs. Konzentrier dich, Lena. Die Streicher verpassen ständig den Einsatz, und die Kesselpauken sind zu laut. Außerdem ist das Tempo zu langsam.

Das Tempo ist genau richtig.

Ich beschleunige das Tempo, sehe grimassierend zu den Streichern herüber und werfe dem imaginären Paukenschläger einen Blick zu. Er begreift den Hinweis. Jetzt dirigiere ich präziser und dennoch leidenschaftlicher. Ich lasse mich von der Klangwelle tragen, werde eins mit der Musik, verliere mich in ihrer Schönheit und dem Rhythmus. Ah, dieses Zupfen der Streicher, diese Blasinstrumente, dieses Emporschwingen der Melodie: Mein Herz, das ich so gern verberge, ist völlig aufgewühlt von diesem uralten Rhythmus, der ...

Das hier ist nur ein grober Entwurf. Erinnere mich heute Abend daran, dann füge ich an dieser Stelle eine wunderbare Metapher ein.

»Die Musik schwingt sich zu einem endlosen Crescendo empor und reißt mich fort, in schwerelose Höhen.«

Ja, so kann man's ausdrücken. Warum spielen sie gerade diesen Satz? Was ist mit dem anderen, dem spielerischen, mit den Violinen?

Den hat das Orchester schon gespielt.

Ich werfe den Taktstock hin. Es reicht! Das Spiel macht mir keinen Spaß mehr. Gleich darauf bricht die Musik ab. Ich nehme die Katzenposition ein, doch die Kata klappt nicht, die Bewegung ist nicht fließend.

Der magische Schwung ist weg.

Nur vorübergehend.

Erzähl mir doch nichts, hältst du mich für ein Kind? Ich will nicht, dass du mich so gönnerhaft tröstest.

Entschuldigung, manchmal vergesse ich, dass ich es mit einer Künstlerin zu tun habe.

Allerdings!

Dir spukt Flanagan im Kopf herum.

Dieses böse kleine Arschloch.

Genau.

Ich kann in ihm lesen wie in einem offenen Buch.

Klar.

Ich hab sein blödes Angebot abgelehnt, aber er benimmt sich so, als hätte ich eingewilligt. Das ist die Methode der Realitätsverleugnung. Und die kombiniert er mit ständigen Schmeicheleien, nach dem Motto: *Steter Tropfen höhlt den*

Stein. Häufig funktioniert diese Technik, ich hab sie selbst oft angewendet. Aber mit mir kann er so was nicht machen, denn ich durchschaue sein Spielchen.

Versteht sich.

Schmeichelei! Er versucht's mit Schmeichelei bei mir!

Ach, du bist doch viel zu schlau, um auf einen so plumpen Trick hereinzufallen.

Abgesehen von deinen überaus scharfsinnigen Kommentaren, bist du ein echter Gewinn für meine Programmierung. Doch zurück zum eigentlichen Thema: Flanagan hat sich mit den Archivdokumenten über meine Person befasst. Er weiß, was ich mag und was ich bisher getan habe. Und selbstverständlich fühle ich mich toll und ... geschmeichelt, wenn er mir zeigt, dass er all diese winzigen Details über mich weiß. Neulich hat er mich damit überrascht, dass er begeistert über mein erstes Buch sprach, *Du bist Gott.* Und dann sagte er (selbstverständlich in einem Ton heftiger Empörung): »Wie kommt es, dass dieses Buch nie angemessen gewürdigt wurde?« Wie primitiv und leicht zu durchschauen. Was für ein Schmierentheater! Und dennoch habe ich mich sehr über diese Worte gefreut.

Natürlich legte sich die Freude schnell wieder, und der schöne Moment war vorbei. Denn ich bin zu schlau, um mich auf diese Weise einwickeln zu lassen. *Schmeicheln* Sie mir nicht, Mr Flanagan. Dieses Recht räume ich Ihnen nicht ein!

Charisma – das ist ein weiterer Trick, den er bei mir ausprobiert. Er ist reichlich mit Charisma gesegnet. Flanagan hat eine starke, Autorität ausstrahlende Persönlichkeit, und seine Leute sind ihm gegenüber völlig loyal. Er behandelt sie gutmütig, aber ohne jede Gefühlsduselei. Ich finde seine Macht über andere faszinierend und beneide ihn fast ein wenig um seine Selbstsicherheit. Aber er stellt diese Qualitäten bewusst zur Schau, weil er weiß, dass ich empfänglich für Stärke, Autorität und unsentimentales Verhalten bin. Schließlich hat er sich eingehend mit mir befasst!

Trauma ist in diesem Zusammenhang ein weiterer Schlüsselbegriff. Er hat mir ein Trauma in den Kopf gesetzt, das dort wie eine Larve schlummert. Jede Nacht träume ich von Peter als Baby, von seinem zum Heulen und Brüllen verzerrten Gesicht, seinem verschissenen Hintern, seinem glucksenden Kichern und Lachen. Wenn ich mein Baby so glucksen und lachen sehe, muss ich lächeln ... Doch dann merke ich, dass mein Baby zusieht, wie ich verbrenne. Dass es lacht, während meine Knochen verkohlen und zerfallen. Das ist ein furchtbar einprägsames Bild. Während ich in Flammen aufgehe, sitzt mein Sohn einfach da, beobachtet mich und lacht glucksend auf. Dieses ständig wiederkehrende Bild tut mir entsetzlich weh. Genau das war der Zweck der ganzen Farce, bei der es angeblich um Lösegeld ging: dieses Bild tief in meinem Innern zu verankern. Als Symbol dafür, dass mein Sohn nichts als Verachtung für mich empfindet und mich im Stich gelassen hat.

Ob ich will oder nicht, ringt mir Flanagans Raffinesse Bewunderung ab. Er hat sich wirklich ein genaues Bild von meiner Psyche gemacht. Hat wichtige Lehren aus meiner Vergangenheit gezogen, in der ich mittels psychologischer Kriegsführung gezielt gegen international gesuchte Verbrecher vorgegangen bin. Er weiß, wie man jemanden seelisch kaputt machen kann, wie man einer Frau, die eigentlich nichts mehr zu hoffen glaubte, auch noch den letzten Funken Hoffnung nimmt.

Verdammt, er ist wirklich gut.

Flanagans zusätzliche Waffe ist die *Langeweile*. Ehe er und seine Mannschaft mein Schiff beschlagnahmten, habe ich mich eigentlich nie gelangweilt. Doch jetzt ... Ich sehe, wie sie sich gezielt an die Arbeit machen, ein Kampftraining absolvieren, das sie zweifellos irgendwann nötig haben werden,

Hinterhalte planen und sich in Schlachttechniken üben. Sie sind so voller Energie, so entschlossen ... So zielbewusst.

Deshalb kommen mir die Tätigkeiten, die mich noch vor Kurzem bestens ausgefüllt haben, inzwischen völlig uninteressant und sinnlos vor. Früher war ich stolz darauf, mithilfe meiner elektronischen Datenbank und des Ohrimplantats Sinfonien zu »dirigieren« und ein virtuelles Orchester herbeizuzaubern, das genauso überzeugend und präsent wirkte wie ein echtes. Doch wenn mein Orchester jetzt spielt, höre ich Flanagan auf seiner verdammten Gitarre herumhämmern. Das mag zwar miserabel klingen, aber immerhin spielt er *selbst*, auf einer echten Gitarre, deren Saiten er mit dem Daumen traktiert, um einen Rhythmus zu erzeugen. Wenigstens macht er seine eigene Musik!

Wenn ich an meine Jahre als Konzertpianistin zurückdenke, spiele ich mit dem Gedanken, mir meine alten musikalischen Fingerfertigkeiten erneut anzueignen. Doch das wäre bestimmt eine einzige Schinderei. Sofort entmutigt mich die Vorstellung, wie viel Arbeit ich hineinstecken müsste, um wieder diese blitzschnellen Reflexe auszubilden, diese unangestrengte Geschicklichkeit, dieses musikalische Gedächtnis der Muskeln. Obwohl ein endlos langes Leben vor mir liegt, bringe ich für harte Arbeit und ständiges Üben weniger Geduld auf denn je. Leichtere Methoden sind mir lieber. Nur kommen diese Methoden mir jetzt unproduktiv und unredlich vor.

Flanagan hat es geschafft, mich in einen Teufelskreis aus Selbstzweifeln und Selbstkritik zu sperren. Auch das hat er sehr geschickt angestellt. Jetzt hat er mich so weit, dass er etwas Unerwartetes unternehmen kann. Etwas, das meine Neugier weckt.

Aber was?

ALLIEA

»Bereit machen, an Bord zu gehen.«

Ich lege meinen Sauerstoffapparat an. Neben mir steht unsere Geisel Lena, ausgerüstet mit Körperpanzer, Raumanzug und Sauerstoffflaschen, die auf dem Rücken festgeschnallt sind. Beide tragen wir Schwimmflossen, was absurd aussieht. Lena wirkt irgendwie aufgeregt, wie mir auffällt.

»Sie sind Alliea«, stellt sie in dem herablassenden Ton fest, der so typisch für sie ist. »Die Frau, deren Ehemann getötet wurde.«

»Stimmt.«

»Getötet bei dem Versuch, mich zu entführen.«

»Nein, die Entführung hat ja geklappt. Aber er ist dabei ums Leben gekommen.«

»Wie auch immer. Trauern Sie um Ihren Mann?«

»Ich hab ihn geliebt.«

»Ich hab mich mit seiner Vergangenheit befasst. Kein großer Verlust für die Menschheit, wie?«

»Ist das eines Ihrer Psychospielchen? Man hat uns davor gewarnt.«

»Ich halte mich nur in Übung. Sie wirken müde und erschöpft, innerlich tot und leer, ungeliebt.«

»Jetzt übertreiben Sie's mit Ihrem Spielchen. Vielleicht kann Ihnen unser Kapitän diesbezüglich Tipps geben.«

»Ihr Kapitän kann mir nichts beibringen.«

Als die Luftschleuse sich öffnet, strömt Wasser herein, das uns gegen die Wand schleudert. Die rohe Gewalt des Wasserdrucks in der Schleuse verblüfft mich; außerdem schwimmen im Wasser lebende Organismen herum, Algen und kleine Fische, wie ich mit leichtem Entsetzen bemerke. Dieses Delf-Schiff ist nicht eines der üblichen Raumfahrzeuge, sondern ein mit Leben erfülltes Habitat. Keine Ahnung, wozu es dient.

Als Lena und ich durch die Schleuse schwimmen, fallen mir ihr eleganter Schwimmstil, die kraftvollen Armzüge und Beinschläge auf. Ich dagegen dresche so auf das Wasser ein, dass es leicht aufspritzt. Jetzt tut es mir leid, dass ich mich freiwillig zu diesem Einsatz gemeldet habe. Flanagan schwimmt hinter mir. Aus verständlichen Gründen hat Alby davon abgesehen, sich an dieser Expedition zu beteiligen. Theoretisch könnte er sich in einem luftdichten Raumanzug zwar gefahrlos bewegen, doch vom subjektiven Empfinden her ist es für jemanden mit einem solchen Körper viel zu anstrengend, unter Wasser zu schwimmen.

Von der Schleuse aus gelangen wir zu der imposanten Zentralzone des Delf-Schiffs, die mit Salzwasser irdischer Qualität geflutet ist und Fische und Entenmuscheln beherbergt. Drei Delfs schwimmen auf uns zu. Mit ihren geschmeidigen stromlinienförmigen Körpern, denen äußere Genitalien fehlen, sehen sie ebenso schön wie unheimlich aus. Bei den weiblichen Delfs fallen große Brustwarzen an den silbrig schimmernden Körpern auf. Die Haare schweben beim Schwimmen, und jede Strähne ist lebendig, denn das Haar der Delfs ist ein Sinnesorgan, das empfindlich auf Vibrationen reagiert und Bewegungen aus fast einer Meile Entfernung registriert.

Ich habe schon viele Filme über Delfs gesehen, dennoch bin ich auf diese schönen, vollkommenen Geschöpfe nicht vorbereitet. Sie sind völlig anders als die durch und durch praktisch veranlagten Loper, die mittels der Biotechnologie mit besonderer Stärke und Kraft ausgestattet wurden, damit sie es auch in lebensfeindlichen Umgebungen aushalten. Im Gegensatz dazu waren bei den Delfs liebevolle Entwickler am Werk. Sie sind ein vollendetes Produkt menschlicher Evolution, dem alle Ecken und Kanten fehlen: Sie sind nicht nur formschön und geschmeidig, sondern auch mit vielen Talenten gesegnet – poetische Geschöpfe, die erhaben wirken.

Während die Loper innerhalb der Galaxie noch eine Minderheit darstellen, ist die Gattung der Delfs erstaunlich fruchtbar. Im besiedelten Universum gibt es schätzungsweise dreimal so viele Wasser- wie Landwelten. Deshalb nehmen die geburtenfreudigen Delfs unter allen menschlichen Spezies inzwischen den zweiten Platz ein – weiter verbreitet ist nur die ursprüngliche, genetisch nur unwesentlich veränderte Menschheit.

Piraten sind unter den Delfs eher selten. Als Gattung schaffen sie es recht gut, mit der Tyrannei fertig zu werden und sie als gegeben hinzunehmen. Wie alle anderen menschlichen Zivilisationen wird auch die Gesellschaft der Delfs von Doppelgänger-Robotern regiert und schikaniert. Doch es scheint ihnen nichts auszumachen. Ihr genetisches Programm sieht Groll oder Aufsässigkeit schlichtweg nicht vor.

Über den in unsere Helme integrierten Funk begrüßen uns die drei Delfs. »Das hier ist Lena«, sage ich, »eine Freundin.« Lena wirkt jetzt entspannter; es ist ihr anzumerken, dass die geschmeidigen Körper der Delfs sie faszinieren.

»Ich bin Carl«, stellt sich einer der Delfs vor. Aus mir immer noch unbekannten Gründen ist bei den Delfs die *ménage à trois* die Keimzelle der Zivilisation. Manchmal tun sich zwei Frauen und ein Mann zusammen, doch in diesem Fall sind es zwei Männer und eine Frau.

»Wir sind hier, um mit euch zu handeln«, erkläre ich und eröffne damit das Tauschgeschäft. Nur selten unternehmen die Piraten unter den Delfs auf eigene Faust Raubzüge. Lieber kreuzen sie durch die Galaxie, um Geschäfte mit Marodeuren wie uns zu tätigen. Wir bieten ihnen die Fracht an, die wir beim jüngsten Überfall auf das Handelsschiff erbeutet haben. Als Gegenleistung können sie uns reichlich mit Rechnertechnologie versorgen: mit Energiekapseln plus Programmen, mit denen wir Lebensmittel, Wein, Fernseh-Shows, interaktiven Sex und virtuelle Erkundungstouren produzieren können. Wir gieren ständig nach Neuem, nach außergewöhnlichen Sinneseindrücken, nach Abwechslung in unseren Freizeitaktivitäten. Deshalb sind wir geradezu süchtig nach virtuellen Ausflügen, bei denen wir mittels Datenhelm alle Sehenswürdigkeiten und Annehmlichkeiten der riesigen Galaxie erkunden können.

»Lasst uns schwimmen«, schlägt Lena vor. Stolzgeschwellt und voller Vorfreude schießen die Delfs wie Raketen davon und schneiden durch die gasartige Atmosphäre. Langsam und unbeholfen folgen wir ihnen. Um schneller voranzukommen, nutzen wir die Flossen.

Ein riesiger weißer Hai treibt an uns vorbei. In den Korallenriffen entdecke ich Entenmuscheln. Ein seltsam schimmernder Umriss entpuppt sich als Qualle. Während wir das Becken durchqueren, staunen wir darüber, mit welcher Hingabe die Delfs ihr Raumschiff mit exotischer Flora und Fauna ausgestattet haben. Diese Leidenschaft hat ihr Pendant in unserer Vorliebe dafür, auf unseren Raumschiffen tropische Dschungel zu schaffen und sie mit Schlangen, Elefanten, Hunden und Vögeln zu bevölkern.

In dieser Umgebung fällt es mir nicht schwer, die Delfs zu verstehen. Zwar sind sie mit ihrem Habitat ganz zufrieden, doch ohne die Haie, die kleinen Fische, die Farnwedel, die Korallenriffe, kurz: ohne diese Vielfalt an Flora und Fauna würden sie nur in einem Tank voll lauwarmem Wasser durch den Raum schippern. Doch so nehmen sie ihre Welt stets mit, wohin sie auch reisen.

Meine Güte, ist Lena schnell. Inzwischen hat sie den Dreh raus, mit Flossen zu schwimmen, und liefert sich ein Kopf-an-Kopf-Rennen mit einem der männlichen Delfs. Er taucht nach unten und steigt zwischen ihren Beinen wieder empor. Sie packt seine Schultern, und jetzt schwimmen sie gemeinsam weiter: Er schlängelt und windet sich wie ein bockendes Pferd durch das Wasser, während Lena sich an ihm festhält.

Als sie ihren Griff vorübergehend lockert und nach seinem dicken, langen schwarzen Haar greift, läuft ihm ein wohliger Schauer über den Rücken, denn sein Haar ist ja ein Sinnesorgan. Genauso gut hätte sie nach seinem Penis greifen können, denke ich bitter.

Ich fühle mich außen vor, so distanziert, dass ich fast gereizt bin. Ich wünschte, Rob wäre hier.

Flanagan, der sich hinter mir hält, sieht Lena beim Schwimmen zu. Selbst durch das Sichtglas ihres Helms ist ihr anzumerken, wie viel Spaß sie hat. In diesem Moment wird mir klar, dass wir genau deswegen Verbindung mit dem Delf-Schiff aufgenommen haben. Wir sind auf dem Weg zu einem Grenzplaneten und hätten unser Tauschgeschäft auch dort abwickeln können, zu besseren Bedingungen und ohne so nass zu werden. Doch Flanagan wollte, dass Lena erlebt, wie es ist, mit einem Delf zu schwimmen. Sie ähnelt einem Kind, das mit einem von Eis verschmierten Gesicht an einem sonnigen Tag im Park herumtollt: Freude pur.

LENA

Ich kann in Flanagan lesen wie in einem offenen Buch. Ich weiß, dass er mich manipuliert und Psychospielchen mit mir treibt. Das alles ist mir durchaus klar! Das Problem ist nur, dass dieses verfickte, Fotzen leckende Arschloch auch in mir wie in einem offenen Buch lesen kann.

In dieser Nacht träume ich von Sex mit dem Delf. Ich sehe, wie sein Penis wie ein Schnappmesser aus dem stromlinienförmigen Körper schnellt, und träume von einem Orgasmus im Wasser. Beim Erwachen fühle ich mich wegen meiner primitiven Instinkte wie besudelt. Und ich bin von Schweiß bedeckt, einer sanft schimmernden silbrigen Schweißschicht, die meinen ganzen Körper einhüllt. Wie ein Wasserschleier. Wie ein Ozean auf meinen Poren.

FLANAGAN

Campbell World. Bekannt als der freizügigste Grenzplanet in der von Menschen besiedelten Galaxie. Nutten, Drogen, mörderische Spielchen, Selbstmordsekten. Der Ort, den man aufsucht, wenn man auf extreme Erfahrungen aus ist. Ein Planet, den man nicht terraformen kann, da er mit heftigen Stürmen, sommerlichen Gewittern und so starkem Hagel geschlagen ist, dass die riesigen Körner einen Soldaten in voller Panzermontur umbringen können. Campbell World ist berühmt für sein Nachtleben. Doch tagsüber ist es hier trostlos, heiß, windig, gefährlich und furchterregend.

Selbstverständlich fehlt auf diesem Planeten die Luft zum Atmen. Allerdings ist sein Kern geschmolzen, und eine Energiepumpe versorgt die Bewohner so reichlich, dass sie unbekümmert in dem überdimensionalen »Wintergarten« leben können, der sich quer über den Planeten erstreckt und eine ganze Zivilisation beherbergt. Die dicken Glaskuppeln ragen zu dem seltsamen Doppelstern-System von Campbell World empor. Doch drinnen gewährleisten Fußbodenheizungen und die dreifach gesicherte sauerstoffhaltige Luft ein angenehmes, komfortables Leben.

Die unterirdischen Bars sind laut, künstlich beleuchtet und bieten ihren Gästen künstliche Stimuli an. Bassrhythmen lassen die Wände von Campbell World vibrieren. Die Einheimischen empfinden Stroboskoplicht als normal und beruhigend. Um die Langzeitbewohner aufzumuntern und aus ihrer Langeweile und Verzweiflung zu reißen, gibt man ständig Halluzinogene in die Klimaanlagen. Und Trunkenheit gilt hier als Tugend.

Nachdem wir in den speziellen Docks gelandet sind, die alle galaktischen Banditen benutzen, sichert man uns ungehinderte Abreise und Straffreiheit zu, falls wir nicht registrierte Frachten importieren möchten. Bald darauf ziehen wir zur nächsten Kneipe.

Selbstverständlich muss ich Lena erst dazu überreden. Sie spielt die Unnahbare, doch in Wirklichkeit genießt sie es, das ich »hinter ihr her« bin – eine Kombination aus Verführung und Jagd. In diesem Spielchen ist sie meine Beute und gleichzeitig die Frau, die ich begehre.

Ich brauche ihre aufrichtige, engagierte, bedingungslose Unterstützung, weiß aber, dass ich bei ihr nicht an Idealismus, Pflichtgefühl oder Gewissen appellieren kann. In Lenas Alter gibt man nicht mehr viel auf solche abstrakten Werte. Nein, ich mache mir Lenas Langeweile zunutze. Ehe wir sie entführten, hatte sie hundert Jahre im unbesiedelten Raum verbracht, ohne einer Menschenseele zu begegnen. Ich möchte ihr eine Mission geben, das Gefühl, etwas Nützliches zu tun, möchte ihr die Möglichkeit bieten, ihre Zeit für etwas Sinnvolles einzusetzen. Und meiner bescheidenen Meinung nach ist der Feldzug gegen den eigenen Sohn genau das, was sie im Moment braucht.

»Wir bedienen hier keine Hunde«, teilt uns der Barkellner feixend mit.

»Ich bin ein Loper«, erwidert Harry steif. »Und genauso ein Mensch wie Sie, nur hab ich mehr Haare. Tequila, und zwar einen großen.«

»Bier mit einem Schuss Wodka«, sage ich.

»Einen großen Wodka mit einem Schuss Tequila«, sagt Alliea.

»Schütten Sie einfach jede Menge Alk in ein großes Glas. Außerdem hätte ich bitte gern einen Kotzeimer«, sagt Jamie, während ich ihn böse ansehe. Er konsumiert Alkohol so, wie ein Zehnjähriger Süßigkeiten in sich reinstopft. Vermutlich deshalb, weil er ein Zehnjähriger *ist*.

Die Kneipe ist nach einem Design von Escher gestaltet. Sie ist zu einem Moebiusband samt Kraftfeld gewunden, das die Schwerkraft aufhebt, sodass man je nach Wunsch nach oben oder unten gleiten kann. Die Tische sind an Schotts befestigt oder hängen an Kabeln, doch der Gesamteindruck ist so, als hätte man sich in eine Höhle voller Fledermäuse verirrt, von denen die meisten grölen, johlen oder einander obszöne Geschichten erzählen.

Ich bestelle einen frisch gepressten Papayasaft mit einem Schuss Rum, uralt und von der Erde. Lena nippt an einem stillen Wasser und ist sichtlich entsetzt, als sie bemerkt, dass eine Schlange, zwei nackte Frauen und ein Mann mit zwei Penissen das Unterhaltungsprogramm bestreiten.

Alliea erzählt von einem Boxwettkampf, den Rob auf einem Montanschiff austrug. Sein Gegner hatte sich speziell zu diesem Zweck Fingerknöchel aus Metall unter die Haut pflanzen lassen. Zwar verdeckten seine Boxhandschuhe die Stahlimplantate, doch jedes Mal, wenn Rob sich einen Kinnhaken einfing, schepperte es hörbar. Also protestierte Rob und verlangte, man möge die Hände seines Gegners mit einem Metalldetektor überprüfen. Aber der durch und durch korrupte Ringrichter genehmigte die Fortsetzung des Kampfes. Obwohl Robs Kiefer inzwischen an vier Stellen gebrochen war, schaffte er es, den Schlägen auszuweichen, pendelte hin und her und erzielte weiterhin Treffer. Irgendwann kotzte der Bergarbeiter dem Ringrichter Blut ins Gesicht, sodass der für kurze Zeit nichts sehen konnte. Rob nutzte diesen Moment, um den Ringrichter mit zwanzig schnellen harten Schlägen ins Jenseits zu befördern. Danach gab er Alliea mit einem Nicken das Zeichen, das weiße Handtuch zu werfen. Auf diese Weise gestand er dem Bergarbeiter den Sieg zu.

Selbstverständlich hatte Alliea nicht auf Rob, sondern auf dessen Gegner gewettet, sodass sich dieser Tag mehr als auszahlte. Allerdings war die Nacht wegen Robs Kieferbrüchen nicht die beste für einen Cunnilingus, wie Alliea mit hinterhältigem Grinsen erklärt. Wir lachen über die vulgäre Pointe ihrer Geschichte, die sie mit wunderbar knappen Sätzen erzählt hat. Verdammt, ich glaube, ich bin verliebt in diese Frau. Bin's eigentlich schon immer gewesen. Ich fürchte, gelegentlich habe ich aus einer seltsamen, völlig unbewussten Regung heraus zugelassen, dass Rob sich in größere Gefahr begab als unbedingt nötig – in der Hoffnung, er werde sterben und mir seine Frau hinterlassen.

Und jetzt ist er tot, doch an seine Frau komme ich trotzdem nicht heran, denn Alliea *trauert* um ihn. Mir war entfallen, dass sie von einem der Planeten stammt, die der Christlichen Gemeinschaft angehören, und Mitglied einer Sekte ist, die mit ihren Ritualen die Verstümmelung und Hinrichtung des Propheten Jesus Christus verherrlicht. Ich selbst bin gegen Sekten eingestellt und dachte immer, seit den Gräueltaten der Kirche des Neuen Jahrtausends sei die Religion längst in Verruf geraten. Doch Allieas Leute haben ihren Planeten voller Glaubenseifer und mit den Idealvorstellungen der Baptisten und Methodisten besiedelt, und etwas davon steckt Alliea noch im Blut.

Aber wie kann sie ständig an ihren Mann denken und ihn auch weiterhin lieben, wenn er doch tot ist und niemals zurückkommen wird? Wäre es nicht an der Zeit, dass sie sich Neuem zuwendet und den Kerl vergisst?

Plötzlich melancholisch geworden, trinke ich noch einen Papaya mit Rum. Jetzt erzählt Harry eine seiner Geschichten. Sie handelt davon, wie er während eines dieser endlosen

Kriege in seiner Heimatwelt in einem heroischen Lauf den Planeten durchquert hat. Damals war Harry ein Nationalheld. Heute ist er ein Geächteter und steht auf der schwarzen Liste. In seiner Abwesenheit wurde ein Todesurteil über ihn verhängt.

Brandon hört aufmerksam zu und wirft hin und wieder witzige Nebenbemerkungen ein, die Harrys Geschichte ausschmücken. Kalen ist geistig leicht weggetreten und schwebt, typisch für sie, in höheren Regionen. Ich frage mich, warum ich nie scharf auf Kalen gewesen bin. Liegt es an ihren Katzengenen? Oder daran, dass sie stets ein bisschen reserviert wirkt?

Als ich merke, dass ich mehr getrunken habe, als gut für mich ist, werfe ich eine Stim-Pille ein.

Inzwischen versucht sich Jamie an einer Geschichte, doch er gerät schnell ins Schwimmen. Da er ein kindlicher Mann ist, dessen Abenteuer sich höchstens im Kopf abspielen, hat er wenig zu berichten. Als er merkt, dass sich in Wirklichkeit niemand für sein albernes Geschwätz interessiert, ärgert er sich und wird wütend. Trotzdem tun wir weiter so, als hörten wir ihm aufmerksam zu. Er mag zwar ein dummes Gör sein, doch immerhin ist er *unser* Gör, und wir lieben ihn.

Lena saugt alles auf wie ein Schwamm. Ihr ist anzumerken, dass ihr diese Kameradschaft, dieser Austausch von Geschichten gefällt, denn daran ist unschwer zu erkennen, dass wir eine eingeschworene Gemeinschaft sind, in der einer für den anderen einsteht.

Schließlich wendet Kalen sich Lena zu. »Welche Geschichte möchten Sie beisteuern?«

»Ich kann nicht gut erzählen«, wehrt Lena leichthin ab.

»Jamie auch nicht. Junge, Junge, die Geschichte war echt beschissen.«

»Fick dich, bin ja gerade erst in Fahrt gekommen.«

»Erzählen Sie uns von den Wanzenkriegen. Von der Zeit, als Sie die anerkannte Führerin der Menschheit waren.«

»Da gibt's nichts zu erzählen. Steht ja alles in den Geschichtsbüchern.«

»Ihre Rolle dabei wird von jeher heruntergespielt.«

»Liegt daran, dass ich nicht allzu viel bewirkt habe.«

»Für mich sind Sie stets eine Heldin gewesen. Als einzelne Frau so viel zu leisten!«

»Ich bitte Sie, lassen Sie die Mösenleckerei.«

»Oh-oh.«

»Ich war mal auf einem Planeten«, wirft Brandon ein, »auf dem Sex ...«

»Feinde, auf zwei Uhr.«

Lenas Miene verrät, dass sie nicht versteht, was los ist. Als ich mich umdrehe, sehe ich Black Jacks Männer auf uns zurücken.

»Habt ihr ein Problem?«, rufe ich laut.

»Haben noch 'ne Rechnung mit euch offen.«

»Geschäft ist Geschäft, und gekauft ist gekauft«, erwidere ich beherrscht. *»Caveat emptor.«*

Black Jack schleudert ein Messer in Richtung meiner Kehle, das ich rechtzeitig aus der Luft schnappen kann und zurückwerfe. Er fängt es an der Klinge auf.

»Wir können das in der Turnierhalle austragen«, schlägt Alliea in nüchternem Ton vor. Als zwei von Black Jacks Männern auf sie zustürmen, duckt sie sich, schnellt sofort wieder hoch und holt zum Schlag aus. Derweil segelt Kalen durch die Luft. Black Jack, der noch nie einen Katzenmenschen gesehen hat, kann gar nicht einordnen, was da mit geblähten Nüstern, laut zischend und blitzschnell auf ihn zukommt.

Um mich schlagend, mische ich mich in den Kampf ein. Als ich einige martialische Kopfschläge einstecke, stürze ich zu Boden. Voller Panik schneide ich mit einem Ringlaser ein Loch in die Holzbohlen, lasse mich hindurchfallen und schlage unten hart auf einem Spieltisch auf. Verdammt, ich habe mir das Rückgrat angebrochen! Mühsam rappele ich mich hoch, kämpfe dabei gegen den Schmerz an und benutze Meditationstechniken, um meine Beinmuskeln trotz des Knackens in der Wirbelsäule wieder in Gang zu bringen.

Ich blicke nach oben: Während die Rauferei ringsum weitergeht, sieht Lena nur belustigt und innerlich distanziert zu. Jamie beißt, tritt um sich und schockiert Black Jacks Männer mit der Kraft seines winzigen Körpers. Brandon und Alliea arbeiten als Team Hand in Hand. Doch Kalen ist die wirklich Gefährliche, wenn sie mit ihren langen Gliedern um sich schlägt und die Finger mühelos als Krallen einsetzt.

Black Jack wendet sich zur Seite, nimmt Lenas Kopf in die Hände und küsst sie. Es ist ein offenes Angebot: Schließ dich meiner Mannschaft an. Sie nickt, lächelt, greift nach seiner Hand. Das hier läuft nicht ganz nach Plan.

Als ein ungezielter Schlag Lena erwischt, gerät sie in Wut, holt aus und zerschmettert einen Arm. Black Jack strahlt und bringt Lena weg. Der Mann mit zwei Penissen führt inzwischen Obszönitäten vor, die keine Dame je mit ansehen sollte, doch Lena schaut ohne mit der Wimper zu zucken zu.

Plötzlich spüre ich, wie sich eine Drahtschlinge um meine Kehle legt. Meine Gegner sind mir gefolgt, und ich kann mich kaum noch bewegen. Als Kalen merkt, wie die Schlinge in meinen Hals schneidet, taucht sie nach unten, um mir zu helfen, doch unversehens steckt ihr selbst ein Messer in der Kehle.

Und Lena beobachtet das Geschehen immer noch belustigt.

Jetzt mischt sich Harry ein und beißt dem Mann, der mich mit der Schlinge erdrosseln will, den Kopf ab.

Als Black Jack Lena etwas ins Ohr flüstert, sieht sie sich ihn genauer an. Er hat dunkle Haut, einen Bart und wirkt abstoßend. Das ist der Mann, der früher zum Zeitvertreib an langweiligen Winterabenden Babys tötete. Plötzlich schreckt Lena vor ihm zurück.

Als wir uns geschlagen geben, den Rückzug antreten und Harry und Kalen mich aus der Kneipe schleppen, folgt Lena uns. Mit finsterem Gesicht greift Black Jack nach ihr, und seine Männer nehme sie brutal in den Schwitzkasten. Ich sehe nicht zu, wie Lena ihren Gegenangriff lanciert, höre hinter mir aber Gebrüll und Schreie.

Irgendwann wird mit bewusst, dass Lena neben mir geht. »Das muss ja höllisch wehtun«, murmelt sie mir zu.

»Hab schon Schlimmeres erlebt«, erwidere ich.

Bei unserem Aufbruch steht der Mond hoch am Himmel und strahlt wegen der Gase purpurrot. Gegen den bitterkalten Wind ankämpfend, machen wir uns auf den Rückweg zum Schiff.

FLANAGAN

»Schlecht gelaufen«, sagt Brandon.

»Allerdings«, erwidere ich.

»Ssss«, zischt Kalen, deren neu implantierter Kehlkopf immer noch wund ist und schmerzt.

FLANAGAN

Derzeit stecke ich in einem tiefen schwarzen Loch.

Das kommt dabei heraus, wenn man versucht, Gott zu spielen. Ich hatte einen Spielplan entworfen, in dem Black Jack, Lena und eine heftige Schlägerei die wichtigsten Komponenten waren. Wenn Lena uns kämpfen sähe, würde sie uns zu Hilfe kommen, und das würde das Band zwischen uns festigen. Selbstverständlich hatten wir Black Jack im Voraus dafür bezahlt, seine Schläge so zu platzieren, dass niemand ernstlich zu Schaden kam.

Allerdings habe ich Black Jack vor zehn Jahren bei einem Beutehandel übers Ohr gehauen, und seitdem hegt er einen Groll gegen mich. Also hat er die Gelegenheit dazu genutzt, mir eine reinzuhauen, und sogar versucht, mich umzubringen. Deshalb ist meine Wirbelsäule jetzt zerschmettert und mein Kopf halb abgetrennt. Lena hat sich tatsächlich – irgendwann! – auf unsere Seite geschlagen. Aber mein gebrochenes Rückgrat war keineswegs Teil des Plans. Wellen von Schmerz durchfluten meinen alten, geschändeten Körper. Am liebsten würde ich sterben, um mich von diesen selbst verschuldeten Qualen zu erlösen.

Alliea ruft mir immer wieder ins Gedächtnis, dass der Plan ja immerhin funktioniert hat.

Ein wirklich toller Plan!

HARRY

Im Mund spüre ich immer noch den Geschmack von Blut. Niemand fragt mich je danach, niemand stellt es je zur Diskussion, aber ist es wirklich in Ordnung, dass ich den Geschmack menschlichen Fleisches so sehr genieße? Bin ich trotz allem ein Tier? Weniger als ein Mensch?

Sie stützen sich darauf, dass ich – halb Mensch, halb Tier – als ihr starker Arm agiere, verlassen sich auf meine Ungezähmtheit und Wut. Aber was halten sie wirklich von mir? Betrachten sie mich als echten Freund? Oder verachten sie mich insgeheim?

Ich fühle mich so eingeschüchtert, so paranoid. Und ihnen kommt nicht mal der Gedanke, dass auch ich Trost und Unterstützung brauchen könnte.

Es muss doch möglich sein, den Geschmack von Blut und das Schreien sterbender Menschen zu genießen und trotzdem zu den *sensiblen* Typen zu gehören, oder nicht?

ALLIEA

In jüngster Zeit hat mich der Käpt'n mit merkwürdigen Blicken bedacht. Ich fürchte, er denkt, ich übertreibe es mit meiner Trauer um Rob. Vielleicht hält er mich für neurotisch. Unzuverlässig. Leicht verrückt.

Warum sieht er mich ständig so seltsam an?

Bin ich seines Vertrauens nicht mehr würdig?

BRANDON

Immer noch erholt sich Flanagan im medizinischen Tank. Seine Wirbelsäule musste ersetzt und in sein Gehirn neues Rückenmark eingepasst werden. Das ist ein großer Eingriff, der ein gewisses Risiko mit sich bringt.

Falls Flanagan stirbt, werde ich als leitender Astrophysiker das Kommando an Bord übernehmen. Ich sehe dem freudig entgegen, denn Flanagan ist zu impulsiv und kümmert sich zu wenig um Details. Ich weiß, dass ich die Sache besser machen werde. Kapitän Brandon Bisby – klingt doch gut! Selbstverständlich würde ich seinem Tod niemals nachhelfen, aber bei allem, was mir heilig und unheilig ist, wäre ich froh, wenn er stürbe. Dann könnte ich das Kommando übernehmen.

Oder sollte ich vielleicht doch einen Vorstoß wagen und den Machtwechsel forcieren, nur ein ganz klein wenig? Reicht meine Autorität dazu aus? Diese Frage bringt mich ins Schwitzen. Ich gehe wohl besser vorsichtig vor. Erst mal abwarten, ob Flanagan wieder gesund wird. Falls nicht, kann ich ohne jede Mühe, Intrige oder eigenes Risiko seinen Platz einnehmen ...

LENA

Derzeit bereiten wir unseren Angriff vor. Ich bin jetzt so weit, freiwillig in die Schlacht zu ziehen.

Ich, Lena, bin inzwischen Kapitän einer eigenen Piratenmannschaft. Schließlich habe ich Flanagans Bitten doch noch nachgegeben. Es ist ein schönes Gefühl, zu wissen, dass man unentbehrlich ist, ein Krieger unter seinesgleichen.

Flanagan, der sich erholt hat, aber immer noch wackelig auf den Beinen ist, hat mir seine Pläne offenbart. Er möchte im Sektor Omega 54, nahe beim Planeten Arachne, einen Quantenleitstrahl an sich bringen. Nanospione haben ihm Berichte über die Überwachungsdrohnen geliefert, und er verfügt auch über Karten der Sicherheitsnetze, darüber hinaus über Geschütze, Bomben und eine bewährte Strategie, aber meiner Meinung nach geht er nicht kühn genug an die Sache heran. Ich befehle einen Frontalangriff auf den Leitstrahl.

»Wie geht's Ihrem Rücken, Käpt'n?«

»Ist so gut wie neu.«

»Packen wir's an!« Er nickt.

Und so leiten wir unsere Invasion ein. Einige Monate lang segeln wir durch den Raum, bis wir nur noch wenige Sektoren von dem Schiff nahe bei Arachne entfernt sind, das den Quantenleitstrahl beherbergt. Als dessen Überwachungssystem eine Warnung auf unsere Sichtschirme projiziert, ignorieren wir sie einfach und beginnen das gegnerische Schiff vorsichtig zu umkreisen.

Mein Magen krampft sich vor Angst leicht zusammen.

Lena, bist du auch sicher, dass das hier eine gute ...

Halt die Klappe!

Doch mit der Angst ist auch ein Adrenalinschub verbunden, sodass ich mich gleich darauf gelassen, zuversichtlich und selbstsicher fühle ...

BÄNG!!!

»Scheiße«, sage ich.

Sie bombardieren uns. Als unser Piratenschiff seine Geschütze und Bomben abfeuert, erschüttert uns der Rückstoß so, dass unsere Sitze wackeln. Sekunden später schwärmen tausend Nanobots vom gegnerischen Schiff aus, um uns zu vernichten. Alle Lichter auf der Brücke blinken auf, gleichzeitig heulen die Alarmsirenen los. Ich bin zwar ziemlich durcheinander, setze aber darauf, dass die anderen hier schon wissen, was sie tun, deshalb …

BÄNG!!!

Sprengkörper reißen Löcher in unseren Schiffsrumpf, und die Maschinen fangen Feuer. Die Lämpchen auf den Kontrollarmaturen der Brücke flackern rot und gelb auf, Sirenen heulen erneut los.

»Lagebericht, bitte«, sage ich ruhig.

»Wir sind …«, beginnt Brandon.

»O Scheiße!«, sagt Jamie.

»… geliefert«, fährt Brandon fort.

»Die Back-up-Systeme funktionieren nicht mehr«, erklärt Alliea.

»Und die Maschinen … O Scheiße!«, wirft Jamie ein.

»Also sind wir, ähm … Wie schlimm steht's denn?«, frage ich.

»Der Rumpf ist durchsiebt, die Motoren sind lädiert, das Schiff ist ein Wrack, Käpt'n«, erwidert Flanagan.

»Also, ähm …« Ich suche nach Worten. »Was mach ich jetzt?«, frage ich schließlich.

»Abhauen«, sagt Jamie.

»Vom Schiff«, ergänzt Brandon.

Geistig schätze ich den Punktestand in diesem Kriegsspiel ab. Unser Schiff ist zerstört, nur noch ein durchlöcherter Rumpf. »O Scheiße!«

In panischer Eile verlassen wir das Schiff. Das Angstgefühl in meiner Magengrube hat sich inzwischen in den verzweifelten Drang verwandelt, mich in meinem Körperpanzer unsichtbar zu machen. Ich bin wie gelähmt und weiß nicht, ob ich Luft holen oder kotzen soll, doch mein Körper bewegt sich fast von selbst. Wir streifen die Raumanzüge über, tauchen durch Röhren ins Schiffsinnere, wo ich wieder das Kommando über meine Stellaryacht übernehme, während Flanagan und die Besatzung in die Rettungskapsel des Piratenschiffs steigen. Als ich einen Befehl brülle, reißen die Türen im Schiffsrumpf auf, und wir werden in den Raum hinauskatapultiert. Während unseres Aufbruchs schlagen weitere Raketen in unser Superschlachtschiff ein. Unsere winzigen Flugobjekte geraten mitten in den Bombenhagel.

Ich in der Yacht, die Übrigen in der Rettungskapsel mit Ionenantrieb – so schweben wir durch den Raum. Alby, der mit seiner Flammenspur den Weg ausleuchtet, fliegt an unserer Seite und schleppt ein Gitternetz aus Nanobomben hinter sich her. Die Sonne steht in unserem Rücken. Plötzlich explodiert der zerstörte Rumpf unseres Schlachtschiffs und füllt den Raum mit Flammen und brennendem Plasma. In diesem Chaos schleichen die Yacht, die Rettungskapsel und Alby unbemerkt an dem gegnerischen Schiff vorbei und auf das riesige Raumschiff zu, auf dem der Quantenleitstrahl untergebracht ist.

Allzu spät wird mir klar, dass wir einen bestimmten Plan verfolgen, in den ich allerdings nicht eingeweiht bin. Flanagan schlägt mir mit über den im Raumanzug integrierten Funk Befehle vor, die ich unterwürfig so an die anderen weitergebe, als wären sie auf meinem eigenen Mist gewachsen. Den Feind im Rücken, wirft Alby sein Netz über die Andockbucht des Leitstrahlschiffs. Das Netz bleibt daran hängen, die Nanobomben explodieren nach innen, und an einer Seite des großen Schiffsrumpfs taucht ein gewaltiges Loch auf. Während die Rettungskapsel hindurchstößt, gleiten Kalen, Harry und Flanagan an leichten Fallschirmen aus Kohlenstoff nach unten. Von den Explosionswellen getragen, sausen sie ins Schiffsinnere.

Inzwischen befolge ich die Instruktionen, die mir Flanagan über Funk in den Kopfhörer gebrüllt hat, und steuere die andere Richtung an. Mit der Stellaryacht beschreibe ich mit erfrischender Geschwindigkeit einen weiten Bogen um das gegnerische Schiff. Dann werfe ich den Steuerknüppel hart herum, lasse die Yacht wenden und vorübergehend stoppen, richte die Laser auf die Sonne und drücke ab. Die eindringenden Laserstrahlen erschüttern das Gleichgewicht der Sonnenenergie. Sofort flammt die Sonne auf und hüllt uns alle in eine riesige glänzende Fotosphäre ein, die zu diffus ist, um Feuer zu fangen, doch hell genug, um die gegnerischen Bots und Fernsteuerungen zu blenden und alle Kommunikationskanäle zu stören.

Mit einer Geschwindigkeit, die nicht schneller ist als die des Lichts, aber intensiver wirkt als reine Bewegung, wird meine Yacht in die grelle Sonne geschleudert. Ich fühle mich wie eine von einem Wirbelsturm erfasste Wolke, wie ein Tropfen in einem Wasserfall, wie ein Photon im Zentrum einer nuklearen Explosion.

Und dabei fällt mir die alte Gedichtzeile von Gerard Manley Hopkins ein: *My heart in hiding stirs for a bird, the achieve of, the mastery of the thing.**

FLANAGAN

»Guter Plan«, bemerkt Brandon höhnisch.

»Immerhin hat er funktioniert«, fauche ich ihn an.

»Wir haben unser Schiff verloren!«

»Werden uns ein neues besorgen.«

* Leicht abgewandeltes Zitat aus dem Gedicht *The Windhover* des britischen Lyrikers Gerard Manley Hopkins (1844–1889). – *Anm. d. Übers.*

»Alles, was wir besessen haben, ist weg! Unsere Archive, deine Gitarren, meine komplette Sammlung animierter *Superhero*-Figuren!«

»Jedenfalls hat's geklappt! Wir sind drinnen, oder nicht?«

»Wo drinnen?«

Es ist was dran an dem, was Brandon sagt. Das hier ist wirklich ein verrückter Ort. Das Leitstrahlschiff ist ein riesiger höhlenartiger Raum, innen völlig hohl. Die Mannschaft war in dem schmalen äußeren Sektor untergebracht, der die äußere Schale eines großen leeren Eis bildet. Wir haben die Schiffsbesatzung besiegt und deren Bots außer Gefecht gesetzt, aber was haben wir eigentlich erbeutet? Einen gottverdammten Mist, aus dem wir nicht schlau werden ...

»Lena kennt sich damit bestimmt aus«, sage ich zuversichtlich.

»Alles klar, Käpt'n.«

Lenas Stellaryacht ist nirgendwo zu sehen. Das Auflodern der Sonne hat ihrem Schiff zu einem Kickstart verholfen und es mit einem solchen Energiepotenzial in den Raum hinausbefördert, dass es in weniger als fünfzehn Jahren bis zum nächsten Planetensystem gelangen kann. Kurz gesagt: Sie ist entkommen. Dank mir.

»Wo, zum Teufel«, frage ich verzweifelt, »ist das Scheißding, das das Scheißzeug bewirkt, das man mit dem Leitstrahl anstellen kann?«

LENA

Der Quantenleitstrahl befindet sich im Nirgendwo. Er existiert in einer Falte der Realität, an einem imaginären Ort innerhalb der drei nicht aufgerollten und sieben aufgerollten Dimensionen unseres elfdimensionalen Universums (wobei wir die Zeit selbstverständlich als elfte Dimension betrachten). Mithilfe des menschlichen Wahrnehmungsvermögens oder durch von Menschenhand konstruierte Sensoren ist der Quantenleitstrahl nicht aufzuspüren. Allerdings kann man ihn durch eine simple Proton-Positron-Wechselwirkung, die das Potenzial des Quantenleitstrahls aktiviert, freisetzen und lokalisieren. Dazu muss man lediglich einen digitalen Code mit zweihundert Ziffern in das Festplattenlaufwerk des Schiffs eingeben.

Und mein ferngesteuerter Computer kennt den Code.

Beiläufig frage ich mich, ob ich zurückkehren soll. Deren durchgeknallte Don-Quichotterie hat etwas Reizvolles an sich. Und sie brauchen mich, brauchen mich wirklich.

Sauerstoffreserve: 4 Stunden 40 Minuten.

Was?

Ein aggressives Virus hat den Sauerstoffumwandler zerstört. Verbleibende Sauerstoffreserve: 4 Stunden 39 Minuten.

Wann ist das passiert?

Hab's vor elf Sekunden bemerkt.

Sabotage.

Eine berechtigte Vermutung.

Wir müssen zurück.

Eine stichhaltige Extrapolation.

Dieser verdammte Drecksack hat eine Zeitzünderbombe bei uns eingeschmuggelt.

Ein angemessener Kommentar.

Er soll sich ins Knie ficken.

Genau, ins Knie.

LENA

Fuchsteufelswild kehre ich zurück. Flanagan, der an Bord des Leitstrahlschiffs hilflos ist, verhält sich mir gegenüber unterwürfig. »Gott sei Dank, dass Sie wieder hier sind, Lena. Sie wissen als Einzige, was zu tun ist!«, sagt er. Womit er natürlich recht hat, aber diese Arschleckerei geht mir auf die Nerven.

Widerwillig gebe ich den Code ein und erhalte Zugriff auf den Leitstrahl. Ich richte ihn auf die von Flanagan vorgegebenen Koordinaten aus. Seine Strategie ist mir inzwischen mehr oder weniger klar: Er hat den Leitstrahl dazu ausersehen, eine Fernverbindung zu seinem Heimatplaneten Cambria herzustellen. Darin gipfelt Flanagans lebenslanger Rachetraum.

Während ich mich mit dem Leitstrahl beschäftige, versammelt die Mannschaft sich nach und nach im Kontrollraum. Als ich aufblicke, starren mich alle an.

»Sie sind zurück, wie?«, sagt Jamie höhnisch.

»Ich würde meine loyale Mannschaft doch nie im Stich lassen«, gebe ich zurück. Darüber feixt er offen. Vermutlich steckt Jamie hinter dem Sabotageakt – dieses kleine Arschloch! Oh, wie gern würde ich ihn in einen Raum voller fleischfressender Maden sperren und den Schlüssel wegwerfen!

»Finden Sie mich eigentlich niedlich?«, fragt Jamie plötzlich und lenkt mich damit von der Arbeit ab. Ich mustere ihn – sein zerzaustes Haar, die Sommersprossen, das unverschämte Grinsen. »Nein, ganz und gar nicht, Würmchen«, erwidere ich. Seine Miene entgleist.

»Uns bleibt nicht viel Zeit«, teile ich Flanagan in scharfem Ton mit.

»Ich weiß«, erwidert er unterwürfig und demütig.

»Die werden Rettungsschiffe ausschicken.«

»Werden aber achtundvierzig Stunden brauchen, bis sie hier sind.«

»Also bleiben uns achtundvierzig Stunden, um abzuhauen.«

»Wir *können* nicht abhauen. In achtundvierzig Stunden haben sie uns, und dann sind wir geliefert. Es ist eine Selbstmordaktion.«

Wie bitte?!

»Und warum sollte ich bei einer derart blöden Sache mitmachen?«

»Müssen Sie ja gar nicht. Sie haben uns gezeigt, was wir machen müssen, jetzt können Sie gehen. Nehmen Sie die Yacht. Wir werden dafür sorgen, dass Sie diesmal genügend Sauerstoffreserven haben. War schön, Sie kennenzulernen.«

Gereizt verziehe ich das Gesicht. »Gehen Sie!«, drängt er. »Wir brauchen Sie nicht mehr.«

Lena, das hier ist ein unverschämt arroganter und offensichtlicher Manipulationsversuch.

»Geh schon, du feige Schlampe!«, knurrt Jamie.

»Bitte gehen Sie!«, wiederholt Flanagan. »Bringen Sie sich in Sicherheit! Ich könnte es nicht ertragen, wenn Ihnen irgendwas zustößt.«

»Lena«, beschwört mich Kalen. »Sie haben schon genug getan, jetzt ist es allein unser Kampf.«

»Wahrscheinlich funktioniert's eh nicht«, bemerkt Brandon spöttisch. »Ich meine, was wissen *Sie* denn schon über Quantenmechanik?«

Eine Flamme züngelt zur Decke hoch. Glühende Tränen tropfen auf den Boden. »Lena«, zischt Alby. »Ich bewundere Ssssie sssso sssssehr.«

Ich wende mich Flanagan zu. »Ich bleibe!«

O Lena.

HARRY

Das hier entspricht nicht meiner Vorstellung von *Schlacht*. Ich bin an einen Stuhl gefesselt, kann meine pelzigen Glieder nicht bewegen, und mein Gehirn ist verdrahtet. In der Welt da draußen sind Kriegsschiffe unterwegs, um mich demnächst in die Luft zu sprengen und zu vernichten. Doch in der Zwischenzeit stecke ich mit einem Roboterkörper im Cyberspace, kämpfe in einer Welt, die nicht die meine ist, für ein Volk, das nicht mein eigenes ist, für eine Sache, die nicht meine ist.

Offenbar habe ich mich freiwillig dazu verpflichtet.

Seltsamerweise spüre ich einen Anflug von Neugier. Wie wird es sein, nicht mehr ich selbst zu sein? Kein Loper mehr? Sondern fast ein echtes menschliches Wesen?

LENA

Während ich mich auf die Schlacht vorbereite, entspanne ich mich, indem ich über die physikalischen Grundlagen des Quantenleitstrahls und Heimdall nachdenke. Die Mathematik ist ungeheuer kompliziert, und ich habe, ehrlich gesagt, alles vergessen, was ich mal darüber wusste. Doch das Grundprinzip lautet ...

Hörst du mir überhaupt zu?

Selbstverständlich.

Das Grundprinzip lautet: Materie kann nicht schneller als das Licht reisen. Das hat Einstein bewiesen, und seither hat niemand eine Möglichkeit gefunden, dieses Gesetz, das den Fortschritt der Menschheit unerbittlich begrenzt, außer

Kraft zu setzen. Wir werden es niemals schaffen, zu anderen Galaxien und Sternensystemen zu reisen, schon gar nicht, das ganze Universum zu durchqueren oder sämtliche unzählige Welten der Schöpfung zu beherrschen. Es dauert schlicht zu lange, dorthin zu gelangen.

Ich möchte ja nicht angeben, aber als Schöpferin von Heimdall ... Nun ja, zumindest habe ich an dem Projekt mitgewirkt, wesentliche Ideen dazu beigesteuert oder beträchtlichen Einfluss auf dessen Entwicklung gehabt; meine eigentliche Rolle dabei sei hier dahingestellt ... Jedenfalls habe ich gemeinsam mit anderen eine Möglichkeit gefunden, das oben genannte Dilemma zu lösen: die doppelgleisige Kolonisierung des Raums – eine wirklich geniale Lösung! Sie müssen verstehen, dass ...

All das hast du schon früher erklärt.

Still! – Lassen Sie mich die Geschichte der Reihe nach erzählen. Nachdem die ersten Roboter auf Hope gelandet waren, kamen auch die anderen Siedlerschiffe nach und nach an ihren Bestimmungsorten an. Dank der Energiepumpen war jede Kolonie mit unbegrenzten Energiereserven ausgerüstet, und dank Heimdall konnte es ständig unmittelbaren Kontakt zur Erde halten. Der Eingriff in Quantenzustände bedeutet ... Ja, das habe ich tatsächlich schon früher erklärt, doch für diejenigen von Ihnen, die etwas schwer von Begriff sind, fasse ich es hier noch einmal zusammen: Der Eingriff in Quantenzustände ermöglicht die unverzügliche Übertragung von Informationen. Zwar sind in unserem Universum die Entfernungen tatsächlich gewaltig und Reisen von einem Punkt zum anderen überaus beschwerlich, aber mittels E-Mail und Telefon kann man mühelos und ohne Zeitverzug miteinander kommunizieren.

Aufgrund des oben genannten Prinzips konnten die Siedlerschiffe nach Hope auch die anderen Planeten kolonisieren: Endurance, Enterprise, Beauty, Shiva, Mecca, Mayflower,

New Earth und zahllose weitere. Denn jede neue Kolonie konstruierte ganz automatisch neue Siedlerschiffe und sandte sie zu weiteren Planeten aus.

Um zur Kolonisierung dieser fremden Planeten beizutragen und daran teilzunehmen, muss ein auf der Erde lebender Mensch sich nur für eine bestimmte Dienstzeit verpflichten. Während der menschliche Körper in einem Tank schwebt, werden sein Gehirn, die Haut und die Genitalien mit Elektroden versehen. Gleichzeitig wird auf dem fremden Planeten ein Doppelgänger-Roboter gebaut, der mit dem ganzen Spektrum sinnlichen Wahrnehmungsvermögens ausgestattet ist: Er kann sehen, hören, fühlen und sogar Schmerz empfinden. Auf diese Weise kann ein Erdenmensch auf einem fremden Planeten »leben«. Er muss nur einen einzigen Schalter umlegen, um in den Körper seines DR zu schlüpfen.

Die Frage ist nur: Wozu das alles? Warum sollte man das Leben auf der Erde mit all seinem Luxus, mit all seinen Annehmlichkeiten zugunsten eines Lebens auf einem scheußlichen fremden Planeten aufgeben?

Weil die Sache süchtig macht. Seinerzeit bin ich voll darauf abgefahren. Die Jahre, in denen ich die Hauptverbindung zu Hope darstellte, waren die besten und schönsten meines ganzen Lebens. Und viele andere teilten meine Sucht und Faszination. Außerdem trägt ein üppiges und steuerfreies Gehalt für die Teilzeitarbeit der DR-Bedienung nicht unerheblich dazu bei, die Erdbevölkerung zur Erfüllung ihrer Pflicht zu motivieren ...

Dank meinem Sohn, dem Cheo, sind diese Doppelgänger-Roboter inzwischen auf allen besiedelten Planeten die wichtigsten Bürger und eigentlichen Herrscher. Doch letztendlich sind es die Erdenmenschen, die alle Macht besitzen, alle Kontrolle ausüben. Und deshalb haben wir anstelle eines Universums frei agierender Planeten mit eigenständigen

Nationen, wie ich es mir stets ausgemalt hatte, eine Unmenge versklavter Planeten, die im Auftrag der Erdenmenschen von den DR beherrscht und verwaltet werden.

Ich hatte meinen Anteil daran, dieses korrupte Netzwerk der Tyrannei in die Welt zu setzen, und bin keineswegs stolz darauf. In diesem Fall verzichte ich gern auf die Lorbeeren. Jeden Morgen, in jenen schlimmen Minuten, ehe mein Optimismus die Oberhand gewinnt, winde ich mich vor Scham und Gewissensbissen und leide bei dem Gedanken an dieses Netz. Denn in diesem, unserem Universum sind die Dinge völlig aus dem Ruder gelaufen.

»Anschnallen, Lena.«

Ich merke, dass wir gleich mit unserer Invasion beginnen werden, und inspiziere meine Armee: sechs an Sessel festgebundene Krieger und Kalen am Steuerpult.

»Auf jetzt, Leute, wir versetzen den Robotern einen Tritt in den Arsch«, sagt Flanagan mit bemühter Munterkeit.

»Das hätte doch von *mir* kommen müssen.« Jamie ist eingeschnappt, und Flanagan seufzt genervt. »Also los!«

SECHSTES BUCH

FLANAGAN

Sechs Roboter stehen auf einer Bergspitze, blicken auf die sanft gewellten grünen Hügel von Cambria hinunter und atmen die frische Luft, die nach Seetang riecht. Durch den Himmel dringt wunderbar helles Vogelgeschrei. Die Roboter schwitzen in der sengenden Sonne, empfinden die Wärme jedoch als angenehm. Ein doppelköpfiger Hirsch, der mich an das Lama namens *Stoßmich-Ziehdich* aus *Dr. Dolittle* erinnert, stapft vor den Robotern her und wirft ihnen mit einem der Köpfe einen neugierigen Blick zu. Er hat jedoch keine Angst vor menschenähnlichen Geschöpfen, denn auf diesem Planeten werden nur *Menschen* gejagt.

Ich sehe mich auf meinem Heimatplaneten um und empfinde plötzlich unbeschreibliche Freude. Das Hier und Jetzt, die Wirklichkeit dieser, *meiner* Welt überwältigen mich. Es ist ein Land, das mein Volk geschaffen hat, in Jahrhunderten mühseliger Arbeit und eines freudlosen, gefährlichen Lebens. Sie kamen in Sandstürmen um, starben durch nicht vorhersehbare Solarfeuer, die jeden Zentimeter des Planeten tödlichen Strahlen aussetzten. Sie sprengten den Kern des Planeten, um sein eiskaltes Herz herauszulösen, und nutzten das Schmelzwasser dazu, ein System von Wasserwegen zu schaffen, das sich bis heute über ganz Cambria erstreckt. Sorgfältig hegten und pflegten sie die von der Erde mitgenommenen Samen und Keime, legten Äcker, Obstplantagen, Wiesen und Weiden an und bevölkerten sie mit Hasen, Dachsen, Rotwild, Hunden, Schmetterlingen und weiterer Flora und Fauna. Mithilfe von Sonnenkollektoren im Orbit rund um Cambrias Sonne, die unbegrenzt Energie lieferten, konnten sie all das bewerkstelligen.

Ich mustere die Kollegen Doppelgänger. Wir sind eine eindrucksvolle Gruppe von Robotern. Abgesehen von Harry, ist jeder von uns größer als zwei Meter, muskelbepackt, schön, würdevoll, gottähnlich. Allieas DR ist schwarz, hat feurige Augen und eine Wespentaille, die durch die perfekten Brüste und ausladenden Schenkel noch betont wird. Lenas DR ist kaffeebraun, sehr schlank und hat langes weißes Haar, das im Wind weht. Jamies DR ist glatzköpfig, weiß und hat mächtige nackte Arme, die tätowiert sind, doch trotz seines muskulösen Körpers bewegt er sich mit der Geschmeidigkeit eines Leoparden. Brandon – schwarze Kleidung, auffällig große dunkle Augen – wirkt drahtig und cool. Und ich – ich bin wie ein Gladiator gebaut.

Bis auf Harry sind wir alle Variationen des gleichen Themas: wahr gewordene Wunschbilder aus irgendwelchen Comics, gut ausgestattet für das, was von Doppelgänger-Robotern erwartet wird. Was den persönlichen Stil betrifft, waren unsere Wahlmöglichkeiten, ehrlich gesagt, beschränkt. Aus dem großen Vorrat ausrangierter DR, die wir »knacken« konnten, haben wir uns die unauffälligsten ausgewählt.

Amüsanterweise ist Harrys DR rund dreißig Zentimeter kleiner als unsere Doppelgänger, hat einen Bart, eine Brille mit Fenstergläsern und einen spindeldürren Körper. Er entspricht einem anderen Wunschbild, dem des verrückten Wissenschaftlers – der Traum eines sportlichen Menschen von der Erde, der zur Abwechslung mal die erregend perverse Erfahrung machen möchte, als schmächtiger Computer-Geek zu agieren. Doch trotz seines schwächlichen Körpers verfügt Harry über die künstliche Stärke, die allen DR eigen ist. Wir können schneller rennen, härter zuschlagen, größere physische Schmerzen und schlimmeren Stress aushalten als jeder Mensch, der je geboren wurde.

Und heute ziehen wir in den Krieg.

LENA

Es ist jetzt vier Stunden her, dass wir aus dem Lagerhaus, in dem die Roboter aufbewahrt werden, geflohen sind, und jeder Moment seither war die reine Glückseligkeit. Abgesehen von meiner Stippvisite auf dem Wildwestplaneten, befinde ich mich seit hundert Jahren im freien Raum. Es ist wunderschön, wieder einmal Blumen und Kuhfladen zu riechen und eine Haut zu haben, deren Temperatur sich verändert, sobald die Sonne hinter den Wolken verschwindet oder wieder auftaucht. Ich fühle mich lebendig – und gleichzeitig merkwürdig unbeteiligt an der Operation, die ich doch angeblich leite. Ständig fragt Flanagan mich um Rat, aber ich murmle nur: »Entscheiden *Sie*.« Vom Leben an sich und der Neuheit meines ach so perfekten Körpers bin ich wie berauscht. Und innerlich auch wie befreit, denn für den Augenblick habe ich keine Angst mehr. Falls dieser Körper zerstört wird, kann ich mich in einen anderen hineinhacken. Falls mir ein Zahn ausfällt, kann ich ihn einfach nachwachsen lassen. Solange ich mich auf diesem Planeten aufhalte, bin ich unverwundbar, unsterblich und jederzeit in der Lage, mich selbst zu erneuern. Doch sobald ich zum Schiff mit dem Quantenleitstrahl zurückkehre, sehe ich dem sicheren Tod entgegen. Seltsamerweise beunruhigt mich das nicht.

Nachdem wir die sechs DR im Lagerhaus aktiviert hatten, konzentrierten wir uns mit aller Kraft auf die Umsetzung des nächsten Schritts in unserem – Flanagans – Plan. Die anderen DR im Lagerhaus haben wir neutralisiert, indem wir ihre Gehirne untauglich machten. Es wird Wochen dauern, sie wieder instand zu setzen. Danach haben wir einen Lastwagen mit Raketen, Geschützen, Körperpanzern und Kamera-Bots beladen. Innerhalb des Lagerhauses mussten wir kein Gefecht mit Sicherheitsleuten austragen, denn normalerweise haben natürlich nur auf der Erde stationierte Computer Zugang zum Inneren solcher Lager. Niemand auf der Erde hat damit gerechnet, dass man das System mit einem eroberten Quantenleitstrahl knacken kann. Der Strahl hat dafür gesorgt, dass wir als Hacker in das Hauptsystem von Cambria eindringen konnten.

Allerdings mussten wir uns den Weg nach draußen erkämpfen. Es war ein kurzes und überaus schockierendes Erlebnis für die vier DR-Wachen, die, völlig überrumpelt, feststellen mussten, dass sie entwaffnet waren. Als wir ihnen die Köpfe wegschossen, waren die Verbindungen zwischen DR und Menschen sofort gekappt.

Mit dem gestohlenen Lastwagen rasten wir durch die Stadt in die Außenbezirke und hielten schließlich nahe der höchsten Bergkuppe, die wir finden konnten. Jetzt öffnet Brandon die Kisten und setzt die Kamera-Bots frei, während Flanagan eine Telefonnummer wählt, die alle Apparate aktiviert. Jedes Mobiltelefon auf dem Planeten beginnt zu piepen, summen, klingeln oder meldet sich mit Klavier-, Gitarren- oder Orchestermusik. Wir haben gerade den ganzen Planeten angerufen.

Und als jeder Mensch auf Cambria sein Vidfon einschaltet, sieht er (oder sie) Flanagan und uns Übrige in bewusst dramatischer und bedrohlicher Haltung auf dem Berg stehen. »Wir sind eure Befreier«, spricht Flanagan ernst in die Kamera. Mir läuft vor Erregung ein Schauer über den Rücken.

Flanagan ist sehr redegewandt. Aber ich bin mit meinen Gedanken nicht bei seiner Mission, seiner Passion, seiner Beredsamkeit. Mich faszinieren die Wärme auf meiner Stirn, die Gerüche in meiner Nase und das Gefühl unbegrenzter Macht. Jetzt besitze ich den Körper, von dem ich immer geträumt habe, den Körper einer königlichen, gottgleichen Kriegerin. Was man mit einem menschlichen Körper und dem genetischen Erbe eines Menschen anstellen kann, ist begrenzt. Immer kommt es mir so vor, als wäre mein wirklicher Körper eine schwache Imitation des Traumkörpers, den ich mir ausmale.

Und jetzt bewege ich mich in meinem ganz persönlichen Traum.

Im Hintergrund meines selbstverliebten Loblieds vernehme ich beiläufig, was Flanagan gerade sagt: »Ich bin einer von euch, ein Bürger dieses Planeten. Das hier ist eine Revolution. Wir werden unsere Ketten abwerfen und frei sein. Dazu müsst ihr nur … mit allen Tätigkeiten *aufhören*. Ob ihr euch auf der Oberfläche des Planeten befindet oder in eurer unterirdischen Höhle: Haltet in eurem Tun inne und konzentriert euch darauf, gar nichts mehr zu unternehmen. Setzt euch, falls ihr könnt. Esst, falls ihr Nahrungsmittel habt, aber kaut leise. Sprecht nicht, hört nicht zu, falls ein DR euch anspricht. Befolgt keine Instruktionen, die euch ein DR gibt. Falls ihr angeschossen seid und blutend und sterbend auf dem Boden liegt, unterlasst alles Wimmern und Stöhnen. Scheidet in aller Stille aus dieser Welt, sterbt wie ein Mensch, sterbt stolz. Denn das ist unsere einzige Waffe: Wir verweigern uns der Knechtschaft. Wir lassen uns nicht mehr versklaven. Lieber sterben wir, als weiterhin geknechtet zu werden. Behaltet den Bildschirm im Auge. Sterbt stolz.«

Tja, welch großartiger Plan, der davon ausgeht, dass keiner überlebt!

HARRY

Es ist wirklich erniedrigend. Alle anderen haben tolle Körper, und ich stecke in dieser verdammten Hülle eines Geeks. Habe Pickel. Wackelige Knie. Und einen nervösen Tick. Das hier ist eine epochale Schlacht, die gefilmt wird. Noch jahrhundertelang wird man Aufzeichnungen davon bringen. Und ich sehe wie ein Trottel aus. Und habe dazu noch diesen nervösen Tick! Vor Wut würde ich ja gern knurren, doch nicht einmal das kann ich. Es klingt wie das Wimmern eines ... Depps.

ARRRGHHHHHHHHHHHHHHHHHaaaaaagh!

LENA

»Gute Rede, Flanagan«, sage ich.

»Ja, nicht wahr?«

»Die visuelle Selbstdarstellung war auch gelungen.«

»Hab ich charismatisch gewirkt?«

»Ich glaube, Sie konnten rüberbringen, was Sie sagen wollten.«

»Bin schon ein toller Typ, wie?«

Als ich ihn ansehe, spüre ich unwillkürlich ein Lustgefühl.

»Das Bild entspricht aber nicht der Wirklichkeit. Sie sind ein Hochstapler, der einem bestimmten Klischee gerecht wird. Ein Ersatz für Reales.«

»Tja, aber Sie sind trotzdem scharf auf mich.«

»Unter anderen Bedingungen wäre ich's vielleicht. Zum Beispiel ...« Ich habe den Faden verloren, denn Flanagans DR strahlt mich an. Dieser überhebliche Scheißkerl.

Ich deute zum Horizont, denn dort sammeln sich die Streitkräfte des Gegners. »Wir haben keine Chance, wissen Sie. Warum laufen wir nicht einfach davon?«

»Sprechen Sie leise. Die Kamera ist auf uns gerichtet.«

Aufgebracht und arrogant starre ich in die Kamera, während Flanagan eine gebieterische Haltung einnimmt.

Überall auf diesem Planeten sterben jetzt Menschen, auf bloße Versprechungen Flanagans hin.

BRANDON

»Nimm deine Position ein, Brandon.«

»Zu Befehl, Käpt'n.«

Ringsum bricht die Hölle los.

Die Armee der DR hat den Berg umzingelt. Über uns fliegen Kampfhubschrauber und feuern Raketen auf uns ab. Doch im Wald versteckt, bedient Alliea eine automatische Flak, die alle auf uns gerichteten Raketen mit dem Laser erfasst und außer Gefecht setzt – ein undurchdringlicher Schutzschild. Alliea hat die Aufgabe, mit der Flak hin und her zu rennen, damit der Gegner nicht ausmachen kann, woher das Flakfeuer kommt.

Von der Bergspitze aus starren wir auf das riesige Heer hinunter, das sich dort gegen uns zusammengeschlossen hat. Gleich darauf greifen wir an. Die DR-Soldaten sind nicht darauf vorbereitet. Selbstverständlich sind sie schwer bewaffnet und mit transparenten Ganzkörperschilden ausgerüstet, die sie vor feindlichem Beschuss schützen. Doch auf diesem Planeten kämpft niemals Mann gegen Mann. Zweikämpfe sind hier unbekannt. Es *kämpft* auch niemand im eigentlichen Sinne. Seit hundert Jahren herrschen die Unterdrücker über einen Planeten voller Schafe.

Und jetzt haben sechs Wölfe den Kampf aufgenommen. Wir schließen uns zu Paaren zusammen. Harry mit seinem grotesken Geek-Körper ist an meiner Seite. Wir sind mit Laserkanonen und Granaten ausgerüstet. Als wir den Berg hinuntersprinten, schleudern wir die Granaten so auf den Gegner, als wären wir Kinder, die an einem sonnigen Sommertag mit Wasserbomben um sich werfen.

Die erste Reihe der DR explodiert. Wir nutzen die Laserkanonen dazu, ihnen die Köpfe wegzusprengen. Gleichzeitig wirbeln wir ständig herum, tauchen ab, laufen im Zickzackkurs und setzen die Schilde dazu ein, Laserfeuer abzuwehren. Man braucht einen bestimmten Winkel dazu, die Strahlenexplosionen abzuwehren, es ist ein spezieller Trick – ein Trick, den die feindlichen DR nicht beherrschen. Sie halten sich die Schilde vors Gesicht, doch wir feuern mitten hindurch und blasen ihnen die kybernetischen Gehirne weg.

Als wir mit der ersten Reihe durch sind, stehen die DR ringsum wie Garben auf einem Weizenfeld herum. Sie haben wirklich keine Ahnung, was hier geschieht. Wir ducken uns, um mit den Kurzschwertern, die wir aus der Waffenkammer geklaut haben, ihre Kniesehnen zu durchtrennen. Unsere Klingen dringen durch Augen, stechen Gehirne aus, hacken Glieder ab. Zwar sind die DR ungeheuer stark, doch das sind wir auch. Außerdem sind sie inkompetente Kämpfer, linkisch, dumm und unerfahren. Wir dagegen sind eine Mannschaft von Piraten, uns kann man nicht aufhalten. Wir reißen dem Heer des Feindes das Herz heraus und stehen als Sieger da.

Inzwischen lässt Alliea einen Raketenhagel auf die desorganisierten Bodentruppen los. Verwirrt wirbeln die zwei Kampfhubschrauber herum, bis einer in den anderen kracht und beide abstürzen.

Plötzlich erwischt mich ein Laserstrahl am Kopf. Ich habe gerade noch Zeit, das gehässig triumphierende Gesicht meines Mörders zu registrieren, dann ....

....

.... *schlüpfe ich in seinen Körper.*

Der DR, der mich getötet hat, ist eine blonde weißhäutige Frau mit übertrieben muskulösem Oberkörper und kahl geschorenem Kopf. Zweifellos ist es der DR einer Lesbe, aber ich bin ja nicht pingelig. Durch ihre Augen habe ich das Vergnügen, mir selbst beim Sterben zuzusehen. Ich beobachte, wie der Kopf des DR, in dem Brandon steckt, zu einem Nebel aus künstlichem Blut und Gehirnmasse explodiert.

Gleich darauf nimmt der neue lesbische Brandon-DR den Kampf wieder auf. Da »meine« Waffenbrüder annehmen, ich sei Teil ihres DR-Trupps, sind sie völlig verblüfft, als ich die Geschütze auf sie richte und tödliche Laserstrahlen abfeure. Während ich die Gegner töte, singe ich lauthals: *»I can't get no-o, sat-is-faction. I can't get no-o, sat-is-faction. I can't get no-o, sat-is-faction.«* Zweifellos hat dieses Klagelied noch weitere Verse, doch ich halte mich an die einprägsame erste Zeile und singe sie wieder und wieder, mit übertriebenen Lippenbewegungen.

Als ich die Laserkanone auf einen weiteren DR richte, merke ich gerade noch rechtzeitig, dass auch seine Lippen sich bewegen: *»I can't get no-o, sat-is-faction. I can't get no-o, sat-is-faction.«* Den Körper kenne ich zwar nicht, doch ich merke sofort, dass dieser DR zu meinem Team gehört, und richte den Laserstrahl zur Seite. Ein feindlicher DR verschwindet im Nebel aus Strahlen und zerfetztem Fleisch.

Selbstverständlich müssten die DR eigentlich Körperpanzer tragen, genau wie menschliche Soldaten. Aber sie sind schon von sich aus so stark, dass sie sich in Selbstzufriedenheit sonnen. Kein Mensch hat sie je herausgefordert oder gegen sie gekämpft. Die ganzen Jahre über sind sie allmächtige Götter ihrer Welt gewesen. Und jetzt machen wir kybernetisches Hackfleisch aus ihnen.

Mit der Zeit verwandelt sich die Schlacht in ein einziges Gemetzel. Viermal wechsle ich den Körper, bis ich schließlich die Köpfe zähle und feststelle, dass gerade mal fünf DR übrig sind. Nur Lena steckt noch in ihrem ursprünglichen Roboterkörper, was mir einigen Respekt abverlangt. Wir Übrigen sind immer wieder gestorben. Doch bei jedem tödlichen Schlag hat Kalen an ihrem Steuerpult unsere Verbindungen von einem DR zu irgendeinem anderen verlagert. Flanagan verfügt über Software, die uns Priorität vor jedem anderen Benutzer des DR einräumt – praktisch können wir dem menschlichen Manipulator das Hirn herausreißen und es zurück zur Erde schicken.

Auf diese Weise werden wir es hoffentlich schaffen, den ganzen Planeten in unsere Gewalt zu bringen. Zwar sind wir nur sechs, aber wir haben unbegrenzte »Leben«. Jedes Mal, wenn wir sterben, werden wir Sekunden später im Körper eines DR in unserer Nähe wiedergeboren. Deshalb schätzen wir die Situation so ein, dass unserem Gegner nur geringe Chancen bleiben.

Am Fuß des Berges stoßen wir zu Alliea. Bei der Verteidigung der Höhe hat sie sich trotz der vorzüglichen Arbeit der computergesteuerten Flak schlimme Verletzungen zugezogen: Ein Arm wurde ihr weggeschossen, und auf einem Auge ist sie jetzt blind. Vom Stumpf ihres linken Beins tropft Blut; sie benutzt ihr Schwert als Krücke.

»Nur eine Fleischwunde«, murmelt sie, worauf wir alle pflichtschuldigst lachen.

»Nichts wie weg hier!«, sagt Flanagan.

ALLIEA

Wir sind Teil eines riesigen Spähtrupps von DR, die in der Stadt namens Cardiff die unterirdischen Regionen durchkämmen. Mit ihrem Steuerpult hat Kalen uns in sechs neue DR hineinkatapultiert. Jetzt haben wir andere Körper und andere Waffen, allerdings keine Möglichkeit herauszubekommen, wer tatsächlich unter der DR-Hülle steckt.

Und so kommt es dazu, dass wir, als wir blindlings mit unseren Waffenbrüdern mitmarschieren, plötzlich mit einer Massenrebellion von Sklaven konfrontiert sind. Auf Flanagans Rat hin haben sich die Bürger von Cardiff auf die Straßen gesetzt und schauen auf ihren Vidfonen der Schlacht zu. Als wir, Befehle bellend, auf sie zugehen, weigern die Cambrianer sich, die Straßen zu räumen, und missachten die Befehle, die die DR-Offiziere mit wachsender Hysterie brüllen.

Irgendwann reißt dem befehlshabenden Offizier der Geduldsfaden. »Feuer frei!«, schreit er. Am liebsten würde ich jetzt mein Plasma Gun hochreißen und ihm den Kopf wegblasen, doch ich bin zu weit weg, kann keinen sauberen Schuss platzieren und weiß nicht, wer Freund und wer Feind ist.

Blind den Befehlen gehorchend, heben die DR ihre Combat Pulse Guns und feuern in die sitzende Menge hinein, die passiven Widerstand leistet. Niemand rührt sich, als die Explosionen den Menschen Glieder abreißen und Fleisch zerfetzen. Binnen Sekunden sterben Dutzende. *Doch niemand schreit auf.* Die Menge verhält sich ruhig und furchtlos; die sterbenden Menschen unterdrücken das Rasseln des Atems im Todeskampf. Als weitere Pulse Guns losgehen, sterben Hunderte. Unter Hüften und Hintern der sitzenden Menge sammelt sich Blut, doch niemand jammert oder schreit, es blickt nicht einmal jemand auf.

Während wir verzweifelt versuchen, Freund von Feind zu unterscheiden, damit wir unseren Gegenangriff koordinieren können, setzt sich das Gemetzel fort. Mein Blick fällt auf einen Männerkopf, der wild brüllt, und ich schaffe es irgendwann, seine Worte zu verstehen: »*There is a house in New Orleans.*« Nein, er brüllt ja gar nicht, er singt laut. Ich bewege mich näher an ihn heran und präge mir die Züge seines DR-Körpers ein. Schwarzes Haar, Pferdeschwanz, schwarzes Hemd, nackte Arme, mit einem Drachen tätowiert. »*They call the Rising Sun*«, gröle ich. Sofort dreht er sich um, zwinkert mir zu und taxiert mich von Kopf bis Fuß, um sich meine Züge zu merken.

»Lena?«, formen seine Lippen lautlos.

»Alliea«, erwidere ich ebenso unhörbar.

»Echt scharf«, gibt er zurück.

Schulter an Schulter bewegen wir uns vorwärts. »*Love me tender, love me do*«, singt jemand. Aber wer? Wir können es nicht sehen.

»*It's been the ruin of many a poor girl!*«, brülle ich laut, aber die DR ringsum sehen mich nur verständnislos an. Also richte ich meine Waffe auf sie und sprenge fünf Köpfe weg.

»*And me, o god, for one!*«, schreit Flanagans DR, während ich abtauche und wegrolle, um nicht von einer Lasergarbe getroffen zu werden. Auch Flanagan schießt.

»Ich hasse diese verdammten Songs!«, brüllt ein DR zu mir herüber. Gerade noch rechtzeitig kann ich den Laserstrahl in eine andere Richtung lenken.

»Brandon?«

»Ja!!!!« Ich präge mir sein Äußeres ein, während er seinen Raketenwerfer in meine Richtung abfeuert und die DR-Körper hinter mir sprengt.

»*... satisfaction. And I try, and I try and I try and try!*«, singt ein blutüberströmter gliederloser Rumpf, der am Boden liegt. Gleich darauf geht durch einen DR in der Nähe ein

Ruck, und er steht anders da als zuvor. *»I can't get no, dah dah dum«*, singt er. Es ist jemand von uns. Ob Lena oder Harry, weiß ich nicht.

Und so beginnt der Gegenangriff – ein weiterer gnadenloser, heftiger, blutiger Kampf. Ich sehne mich nach den Kurzschwertern, nach der Eleganz und Schönheit ihrer Klingen. Aber wir müssen Schusswaffen, Fäuste und Füße einsetzen. Es ist ein unbeholfener, umständlicher Kampf, bei dem mir mindestens siebenmal der Kopf weggeschossen wird. Allerdings ist Kalen stets mit dem Umschaltgerät zur Stelle, sodass ich in einen neuen Körper schlüpfen kann.

Als das Blutbad vorbei ist, sind sechs von uns noch einsatzfähig, obwohl wir bluten. Als die Sonne untergeht, drehen wir uns um und blicken auf die Straßen von Cardiff, die mit Leichen gepflastert sind. Hunderttausend Vidfone blinken, und das wirkt ebenso unheimlich wie deprimierend.

Doch einige Hundert Cambrianer sind noch am Leben und rappeln sich blutgetränkt und von verspritzter Gehirnmasse verklebt wieder hoch. Durch die Menge geht eine Wellenbewegung: Schwankend stehen die Menschen auf und starren uns an. Als alle Überlebenden wieder auf den Beinen sind, verbeugen sie sich tief und respektvoll vor uns. Während wir triumphierend die Fäuste hochstrecken, jubeln sie uns zu.

Gleich darauf kappt Kalen unsere Verbindungen zu den DR-Körpern, die sofort schlaff, unbeseelt, tot zu Boden sinken.

FLANAGAN

»Wo, zum Teufel, ist Lena?«

LENA

Was soll ich sagen? Eine Weile hat es Spaß gemacht, doch dann fing ich an, mich zu langweilen.

Für Flanagan ist das hier eine wunderbare Sache, schließlich geht es um die Befreiung seines Heimatplaneten. Was könnte großartiger oder wichtiger sein! Und eine Zeit lang habe ich bei seiner hehren Mission ja auch fröhlich mitgemacht.

Sprengen, schießen, rennen, abtauchen, blockieren, dann die Laserexplosion mitten ins Gesicht. Sterben, wiederauferstehen. Sprengen, schießen, rennen, abtauchen, blockieren ... Und so ging es immer weiter. Ich lebte, tötete, starb, lebte, tötete, starb ...

Plötzlich war ich nur noch niedergeschlagen und langweilte mich. Deshalb rannte ich davon.

Und jetzt bin ich hier, im Restaurantbezirk der unterirdischen Welt. Überall sitzen Menschen auf der Straße und schauen sich auf ihren Vidfonen das Blutbad an, das sich über den ganzen Planeten erstreckt. Die erste Schlacht haben die Kamera-Bots in Nahaufnahme gebracht. Jetzt lädt Kalen den von einem Satelliten aufgezeichneten Film vom Krieg herunter und leitet ihn an die Mobiltelefone weiter. Die Umrisse sind verschwommen, aber das Wesentliche kommt rüber: Überall auf dieser Welt sterben die DR. Also warten die Menschen ab, schauen zu, und wenn sie Pech haben, werden sie dabei massakriert.

Niemand rührt sich, während ich die Straße hinuntergehe. Es sieht mich auch niemand an, obwohl meine Gegenwart allen bewusst ist. Ich habe rote Haare, wirke extravagant, bin eher schlank als üppig gebaut. Aber ich bin knapp zwei Meter groß und habe Hände, mit denen ich Walnüsse knacken könnte. Ich finde mich selbst richtig geil, genieße meinen Körper.

In der Menge entdecke ich einen jungen Mann, der kniet, sein Gesicht wirkt angespannt. »Steh auf!«, befehle ich ihm. Er verlässt die Sitzreihe, erhebt sich und sieht mich ängstlich an.

»Du wirst *alles* tun, was ich dir sage!«

Er nickt wie betäubt.

»*Alles*, was ich sage.« Wieder nickt er.

Zu einfach, das ähnelt allzu sehr einer Vergewaltigung. Deshalb gehe ich weiter und überlasse ihn seinem Selbsthass und der Selbstverachtung wegen seines Verrats an der Sache.

Da zwei DR mir den Weg versperren, ziehe ich die Waffe. Sofort greifen sie nach ihren Laserkanonen, denn meine »Andersartigkeit« hat ihren Argwohn geweckt. Doch anstatt sie zu erschießen, dringe ich in ihre Köpfe ein. Schon zwanzigmal hat Kalen mich in einen anderen DR-Körper versetzt. Allmählich habe ich den Dreh heraus. Und mein ferngesteuerter und fernsteuernder Computer funktioniert immer noch; nach wie vor habe ich, sobald ich es befehle, unmittelbaren Zugang zu jeder angeforderten Information und zu dem nötigen sensorischen Input. Also befehle ich dem Computer, Kalens Umschaltgerät zu kopieren, damit ich in die Gehirne der DR eindringen kann. Ich nehme sie in Besitz.

Sie lassen die Waffen fallen und sehen mich an.

Und ich sehe sie an.

Sehe sie an.

Sehe sie an.

Jetzt stecke ich gleichzeitig in drei DR-Körpern. Das erfordert ein Höchstmaß an Konzentration, aber über die Jahre habe ich gelernt, instinktiv mehrere Aufgaben gleichzeitig zu bewältigen. Ich kann Schach spielen und gleichzeitig tippen, lesen und einen Text verfassen. Ich kann sogar gleichzeitig lesen, einen Text verfassen, mir die Zehnägel schneiden und fernsehen, ohne bei einer dieser Aktivitäten in der Konzentration nachzulassen.

Und jetzt verkörpere ich gleichzeitig drei verschiedene Menschen. Ich bin immer noch die ursprüngliche Lena, die rothaarige, schlanke, schöne Frau, in deren Körper ich steckte, als ich an den Menschen vorbeispazierte. Aber ich bin auch der Kerl Lena, ein dunkelhäutiger, drahtiger, muskulöser Riese mit einem Gesicht, das Michelangelos Herz zum Schmelzen gebracht hätte. Und die junge Traumfrau Lena, eine unglaubliche Schönheit mit ovalem Gesicht und straffen, kräftigen Muskeln.

Als die ursprüngliche Lena die männliche Lena anlächelt, wird er/sie geil. Die Traumfrau Lena sieht die beiden anderen mit plötzlichem Hochgefühl an.

Wir ziehen uns in ein Herrenhaus zurück, das im Moment leer steht. Das menschliche Personal ist draußen auf der Straße, und die hier lebenden DR sind in die Schlacht gezogen. Wir haben die Räume ganz für uns.

Während wir uns ausziehen, sehe ich mir selbst zu, indem ich den anderen dabei zusehe. Ich streiche über meinen Schwanz, berühre meine Brüste, berühre meine eigenen Brüste und beobachte dabei, wie ich die Brüste meiner anderen Gestalt berühre und über den Schwanz meiner anderen Gestalt streiche. Ich lasse mich auf die Knie nieder, stehe auf und küsse die männliche Lena auf die Wangen, spüre seine Männlichkeit in meinem Mund, spüre ihren Mund auf meiner Männlichkeit. Meine Zunge berührt meine Zunge. Meine Hand meine Zunge mein Schwanz meine Fotze meine Fotze mein Körper mein Körper mein Körper ... Ich ficke mich selbst, meine Ichs ficken mich ...

FLANAGAN

»Wo sind wir jetzt?«

»Das hier ist Pentre Ifan, meine Heimatstadt.«

»Zeit, weiteren DR in den ...«

Brandon stirbt.

Ich sterbe.

Jetzt sehe ich durch andere Augen. Ein DR starrt mich blöde an. »... Arsch zu treten!«, vollendet er meinen Satz.

»Genau«, erwidere ich, und der DR, der Brandon ist, nickt beruhigt. Nachdem ich meine Waffe gefunden habe, beginnen wir mit dem Gemetzel.

KALEN

Ich bin erschöpft und fürchte, wir werden unterliegen.

Hier am Computerbildschirm zu hocken und Gehirne in Körper zu versetzen, ist wirklich der letzte Job. Ich muss allzu viele Faktoren miteinander in Einklang bringen. Ich bin müde, kann nichts zu mir nehmen, hab mich vollgepisst und vollgeschissen, weil ich Angst habe, den Bildschirm auch nur eine Sekunde aus den Augen zu lassen. Wir haben einen Fehler gemacht: Wir hätten zwei Leute am Computer einsetzen müssen. Das hier ist der schwierigste Job überhaupt. Dagegen haben's diese Scheißkerle leicht.

Scheißkerle!

Ich sehe zu, wie Brandon stirbt, und schicke ihn in einen anderen Körper.

Scheißkerle!

Flanagan stirbt, und ich schicke ihn in einen anderen Körper.

Scheißkerle!

Lena – verflucht sei ihre verfickte und verkommene Seele – hat gerade Sex mit zwei erstaunlich geilen DR. Da ich mit Lenas Gehirn verbunden bin, kann ich alles sehen, was sie sieht. Doch die Bilder wirken irgendwie verschwommen, so als ob sie aus unterschiedlichen Augenpaaren auf die Szene blickt. Sie hat tatsächlich Sex, verdammt noch mal! Ich kann nicht fassen, was diese Nutte gerade treibt. Und trotzdem ist es ...

Alliea stirbt, und ich schicke sie in einen anderen Körper.

Harry stirbt, und ich schicke ihn in einen anderen Körper.

Harry stirbt schon wieder, und ich schicke ihn in einen anderen Körper.

Harry stirbt nochmals, dieser unvorsichtige verdammte Idiot. Eigentlich sollte ich ihn ... Doch ich versetze ihn in einen anderen Körper.

Jamie stirbt, und ich ...

Flanagan stirbt. Ich ...

FLANAGAN

Die Szene vor mir ist wirklich erfreulich.

Wieder einmal sind die Straßen mit Leichen übersät, aus denen Blut sickert, das sich in Pfützen sammelt. Während wir den Boulevard hinuntergehen, trampeln wir über totes menschliches Fleisch. Doch am Ende der Straße steht ein Dutzend DR nur geistesabwesend herum. Die Waffen baumeln schlaff an der Seite. Zu den Füßen der DR sitzen Hunderte von Menschen, die gelassen auf den Tod warten, der nicht kommen will.

Die menschlichen Intelligenzen, die die DR steuern, sind angeschlagen. Sie kommen nicht klar mit der Vorstellung, dass ein ganzer Planet voller Menschen sich gegen sie erheben kann. Sie stehen unter Druck, sind verwirrt und handeln angesichts des endlosen Selbstopfers und Heldentums ringsum völlig kopflos.

Dieser Aspekt meines Plans, der Teil, bei dem ich stets meine Zweifel hatte, funktioniert tatsächlich. Der kollektive Geist der menschlichen Bevölkerung von Cambria hat sich der Unterdrückung durch die Roboter widersetzt. Das Opfer dieser Menschen hat uns Zeit geschenkt, hat den Geist des Gegners unterminiert und dessen Zuversicht und Selbstvertrauen untergraben.

Denn in Wirklichkeit sind diese Tötungsmaschinen gar keine allmächtigen Götter. In ihnen stecken die Gehirne verwöhnter, verhätschelter Erdenbewohner. Sie sind Millionäre, Luxusgeschöpfe, haben Swimmingpools in ihren Häusern und verfügen über Zweitwohnungen im Asteroidengürtel. Sie sind zwar Angestellte, doch der Reichtum des Erdsystems ist so unermesslich, dass nur wenige Menschen mehr als zehn oder elf Stunden in der Woche arbeiten müssen. In der übrigen Zeit können sie sich dem Genuss und der obligatorischen Aufgabe der DR-Lenkung widmen.

Diese verfluchten Schlappschwänze waren es, die meinen Heimatplaneten mehr als hundert Jahre lang beherrscht haben. Doch beim ersten Zeichen von Widerstand beginnt diese Herrschaft zu bröckeln. Mühelos gelingt es uns, die DR am Ende der Straße zu massakrieren. Es dauert nicht lange, da begehen die DR vor unseren Augen Selbstmord, sprengen sich selbst die Köpfe weg, um ihre Gehirne in die tröstliche Sicherheit der Erde zurückzuverfrachten.

Wir brauchen nur zweiundvierzig Stunden dazu, den ganzen Planeten zu erobern.

BRANDON

Vor mir tauchen drei DR auf und singen in schöner dreistimmiger Eintracht: *»I can't get no satisfaction«*, was mich völlig durcheinanderbringt. Wo Harry, Alliea, Jamie und Flanagan sind, weiß ich; Lena ist die Einzige, die verschollen ist. Welcher dieser DR ist nun die echte Lena?

»Wer bist du?«, fragt mich einer der DR.

»Ich bin Brandon«, erwidere ich.

»Ich bin Lena«, sagt die Rothaarige.

»Nein, ich bin Lena«, widerspricht die Hübsche.

»Nein, ich bin Lena!«, behauptet der männliche DR, und alle drei kichern.

Da komme ich nicht mehr mit.

»Die Schlacht ist vorbei«, teile ich den drei Lenas mit.

»Schade, wir haben den ganzen Spaß verpasst«, bemerkt die rothaarige Lena spöttisch.

Flanagan gesellt sich zu uns.

»Drei Lenas«, erkläre ich.

Flanagan hebt seine Strahlenkanone und schießt erst der männlichen Lena, dann der rothaarigen Lena den Kopf weg. »Eine reicht«, sagt er leichthin.

Aufrichtig entsetzt schreit Lena auf. »Weißt du Idiot überhaupt, wie sich das angefühlt hat?«, zischt sie.

»Lena, du bist ein Feigling«, erwidert Flanagan ebenso direkt.

»Na ja, stimmt.«

»Ich brauche dich.«

»Ich weiß.«

»Also los!«

FLANAGAN

Wie jeder andere Planet im Besitz der Galaktischen Körperschaft ist Cambria mit einem erstaunlich umfassenden Waffenarsenal zur Verteidigung gegen fremde Eindringlinge ausgestattet. Die Satelliten rings um Cambria sind mit Kraftfeldern, Kraftnetzen, Wasserstoffbomben und allen nur denkbaren von Menschen geschaffenen Waffen ausgerüstet, die mittel des Quantenleitstrahls selbstverständlich ferngesteuert werden: von leistungsfähigen Computern auf der Erde. Kein Mensch oder DR auf Cambria ist befugt oder hat die Mittel, dieses Abwehrsystem gegen Aliens zu aktivieren. Dazu steht einfach zu viel auf dem Spiel.

Die Millionen von Raumsensoren sind ständig auf der Hut und suchen nach den winzigsten Spuren von Bugs, BULs, Glugs, Frondys oder Sparklern. Mit anderen Worten: nach Monstern aus dem All.

Als wir die Raumzentrale stürmen, treffen wir auf keinerlei Widerstand. Die DR sind alle deaktiviert. Ihre Strategie bestand eindeutig darin, die Sache auszusitzen, bis wir erschöpft und reif für die Niederlage waren, und danach erneut in großer Zahl anzugreifen.

Siebenundvierzig Stunden und zehn Minuten sind seit unserer Ankunft auf Cambria vergangen.

Wir hacken uns in einen Link zur Raumfabrik, in der zehntausend Menschen als Minenarbeiter dafür sorgen, den Stoff von Sternen und Planeten in komplexe Metalle und andere Materialien zu verwandeln. Den Link nutzen wir für eine getürkte Funkübertragung, die in gezippter, verschlüsselter Form an die Raumfabrik ausgestrahlt und danach an uns in der Raumzentrale zurückübermittelt wird. Selbstverständlich erfassen die Sensoren der Satelliten diese Übertragung und schicken sie unverzüglich an die Computer auf der Erde.

Die Botschaft ist kurz und nicht besonders deutlich, aber das Wesentliche lautet wie folgt:

ICH: ... keine Hoffnung mehr, könnt ihr mich da draußen hören?

BRANDON: Raumsonde 1, habe keinen klaren Empfang, bitte wiederholen.

ICH: Hier wimmelt es vor Bugs, sie haben den Quantenleitstrahl in Beschlag genommen. Ich wiederhole ...

Die Übertragung wird schwächer und bricht ab.

Jetzt ist die Nachricht heraus: Die Bugs sind eingefallen! Aber werden die Computer den Köder schlucken?

Nach Meinung der Wissenschaftler existieren die Bugs sowohl auf einer subatomaren als auch auf einer atomaren Ebene. Das erklärt, wie Bugs, mal abgesehen von dem zusammengedrängten Raum einer Quantensingularität, jede Mauer durchdringen können. Sie können offenen Raum durchqueren. Sie sind unverwundbar. Sie sind nicht aufzuhalten. Sie sind das Tödlichste, was dieser herzlose Mistkerl, der Gott der Evolution, jemals erschaffen hat.

Wer kann schon sagen, was passiert, falls die Bugs es tatsächlich geschafft haben, ihrem Käfig zu entkommen und in einen Quantenleitstrahl einzudringen? Kann sich aufgrund der Emergenz tatsächlich unverzüglich ein Heer von funktionsfähigen Bugs in unserem Sonnensystem entwickeln? Falls ja, würden alle Bürger der Erde und der benachbarten Raumkolonien einen entsetzlichen Tod sterben.

Niemand weiß, ob so etwas wirklich möglich ist. Doch die Angst davor nagt an allen ... Deshalb analysieren die Computer auf der Erde im Millionstel einer Sekunde alle Möglichkeiten und die Folgen, die sich daraus ergeben könnten, und gelangen in Windeseile zu einer Entscheidung.

Das zur Abwehr von Aliens vorgesehene Verteidigungssystem wird aktiviert. Riesige Leuchtfeuer rasen durch den Raum. Asteroiden und Raumtrümmer entflammen. Da die Raumfabrik direkt in der Feuerlinie liegt, wird sie schneller ausradiert, als ein Regentropfen braucht, sich zu sammeln.

Gleichzeitig werden die Schutzsysteme für den Quantenstrahl auf Cambria ausgeschaltet. Als das Leuchtfeuer mit der Energie von einem Dutzend Sonnen auf ihn zurast, ist der Leitstrahl völlig ungeschützt. Auf unseren Bildschirmen verfolgen wir, wie die bemannte Raumstation im Orbit, die den Quantenleitstrahl beherbergt, in einem Lichtblitz verschwindet.

Auch weiterhin schleudert das Abwehrsystem seinen tödlichen Regen in den Raum, doch inzwischen hat die automatische Steuerung die Operationen übernommen, da die Verbindung zu den fernsteuernden Computern abgerissen ist. Der Quantenleitstrahl ist verschwunden. Jetzt haben die Bewohner des Erdsystems keine Möglichkeit mehr, mit dem Planeten Cambria zu kommunizieren oder ihn zu kontrollieren.

Eine Sekunde, bevor die Explosionswelle uns erreicht, werden wir alle sechs aus dem System von Cambria hinauskatapultiert. Unsere DR-Körper bleiben dort zurück.

Jetzt sind die Cambrianer im Raum ganz auf sich gestellt. Die Erde kann ihre Robotersklaven nicht mehr steuern, nicht einmal mehr Kontakt zu ihnen aufnehmen. Und da Cambria ziemlich weit von der Erde entfernt liegt, wird es (nach subjektiver Zeitrechnung der Cambrianer) sicher hundert Jahre dauern, bis ein Raumschiff mit neuen DR vom nächsten besiedelten Planeten aus zu ihnen stößt. Ich hoffe, sie sind zu diesem Zeitpunkt gut darauf vorbereitet.

Endlich ist mein Volk frei.

Ich habe meine Welt aus einer endlos währenden Epoche der Grausamkeit, Tyrannei und Unterdrückung erlöst.

Darauf ein gottverdammtes Halleluja!

SIEBTES BUCH

JAMIE

»Okay, Jamie, jetzt bist du am Ball.« Flanagan strahlt mich wie ein wohlwollender, aber strenger und um meine Erziehung bemühter Onkel an, eine alte Marotte von ihm. Wir alle stecken in Raumanzügen, gerüstet für das, was die Hölle für uns bereithalten mag.

»Jau Baby, wie viel Zeit bleibt uns denn noch?« Auf dem Plasmabildschirm der Konsole kann ich etwa 780000 Schiffe der Galaktischen Körperschaft erkennen. Wir sind völlig umzingelt. Und sie rücken immer näher.

»Oh, ein paar Minuten.«

»Brauch was zu knabbern.«

Der Käpt'n holt eine Tafel Schokolade hervor, die ich sofort hinunterschlinge. Lena, die benommen wirkt, steht nur herum.

»Gib uns einen Kuss, Süße«, fordere ich sie auf.

»Gib ihm einen Kuss«, sagt Flanagan.

»Als hätte ich nichts Besseres zu tun«, erwidert sie verächtlich. Flanagan schießt ihr einen wütenden Blick zu. Als sie sich schließlich erweichen lässt und mir einen wunderbaren Kuss auf die Wange drückt, falle ich beinah in Ohnmacht und spüre, wie sich in meiner Hose etwas regt.

»Muss ich ihm auch einen blasen? Das hier ist ein Kind, Flanagan! Ich bin doch keine verdammte …«

»Ich bin hunderteinundzwanzig Jahre alt«, erkläre ich kühl.

»Das hast du dir selbst eingebrockt. Jedenfalls bist du immer noch ein Kind.«

Wo sie recht hat, hat sie recht. Ich setze mich an den Computer. »Lena, kannst du das Ding hier fliegen?«

Lena nimmt am Joystick Platz, schaltet die ORBIT-Sperren der Raumstation aus und wirft die Maschinen der Raumstation an. »Wir können die Schlachtschiffe der Körperschaft nicht abhängen, so schnell sind wir nicht«, warnt sie mich.

»Ein kleiner Kängurusprung reicht schon aus.«

Nachdem Lena die Antriebe hochgefahren hat, tun wir einen Satz nach oben, in den Raum hinaus, und die Schlachtschiffe eröffnen das Feuer auf uns. Vermutlich glauben sie, Zeuge einer Geistererscheinung zu sein. Ich wette, die wussten nicht, dass alle Quantenleitstrahlen auf alten Siedlerschiffen konstruiert wurden, die immer noch voll funktionstüchtige Raumschiffe sind. Die ersten Raketen verfehlen ihr Ziel, doch eine Sekunde später verzeichnen wir den ersten Einschlag.

Als ich die CD-Rom ins Laufwerk des Quantenleitstrahls schiebe, fährt er sofort hoch und beginnt mit dem Programm *Teleportieren*. Ich gebe die Codes von Hand ein, lösche und modifiziere dabei einiges, um das Antivirenprogramm des Computers zu neutralisieren.

»Ich weiß, was du da tust«, sagt Lena mit diesem distanzierten Ausdruck in den Augen, der so typisch für sie ist. Doch dann beginnt sie zu lächeln und gibt mir noch einen Kuss, diesmal einen großen dicken Schmatz auf den Mund.

»Lenk ihn nicht ab!«, ruft Brandon, der meinem Gefühl nach ein bisschen eifersüchtig ist. Strahlend und knallrot im Gesicht, blicke ich auf den Bildschirm des Computers. Als ZUGANG VERWEIGERT aufleuchtet, gebe ich den Befehl ein, der die Sperre aufhebt, und sonne mich einige Sekunden in meiner eigenen Genialität.

Lena wendet sich dem Käpt'n zu. »Es ist also gar keine Kamikaze-Mission«, bemerkt sie voller Staunen. »Ihr kennt einen Fluchtweg.«

»Es gibt immer einen Fluchtweg«, erwidert Flanagan.

»Ihr könnt teleportieren? Bekommt ihr das tatsächlich hin?«

»Nicht ganz«, sagt Flanagan.

»Ich hab das Programm dafür entwickelt!«, werfe ich ein. »Ich bin nämlich ein Genie und unheimlich schlau! Was zu knabbern, bitte!«

Der Käpt'n reicht mir noch eine Tafel Schokolade, doch ich rühre sie nicht an. Eigentlich fühle ich mich leicht erschöpft, was in letzter Zeit häufig vorkommt. Morgens ist alles in Ordnung, ich wache immer voller Tatendrang auf und genieße es, wenn mein Verstand von einer Sache zur anderen springt und Purzelbäume schlägt. Geistig habe ich die Energie eines Zehnjährigen, *boing, boing,* meine Gedanken rasen so, dass kein Erwachsener je mithalten könnte. Selbstverständlich ist diese Energie mit der geistigen Reife eines Mannes verbunden, der mehr als hundert Jahre auf dem Buckel hat. Kaum zu schlagen, oder? Doch allmählich beginne ich mein Alter, ehrlich gesagt, zu spüren. Ich fühle mich wie Dr. McCoy in der ersten *Star Trek*-Staffel, nur stecke ich in dem albernen Körper eines Kindes. Ich wünschte, ich wäre Jackie Chan in der animierten 3-D-Version. Dann bliebe ich ewig jung.

»Ausstiegskapsel lösen«, ordnet Flanagan an. Gleich darauf spaltet sich unser Raumschiff in zwei Teile auf: Die Brückenzone, ausgestattet mit einem leistungsstarken Fusionsantrieb, verwandelt sich in ein Rettungsboot, während die untere Schiffshälfte, die den Quantenleitstrahl beherbergt, an Ort und Stelle verbleibt. Der Fusionsantrieb befördert uns unverzüglich nach draußen, hinaus aus der Gefahrenzone des Quantenleitstrahls. Wir schießen »hinauf« ins All, rasen in die schmale Spalte zwischen den Schlachtschiffen der Körperschaft, die auf unser Kommen nicht vorbereitet sind. Dieser brillante Trick verschafft uns einige weitere Sekunden Lebenszeit.

Immer noch steckt der Quantenleitstrahl in dem sicheren Käfig, den wir zurückgelassen haben. Jetzt gebe ich die letzten Befehle ein, die den Leitstrahl instruieren, mit dem Teleportieren zu beginnen. Das ist mein Meisterstück; ich habe Wochen, nein, Monate dazu gebraucht, mir diesen Trick auszudenken. Die größten Wissenschaftler der Welt standen bei diesem Problem vor einem Rätsel, doch ich habe es gelöst!

Selbstverständlich verbieten die Naturgesetze das Teleportieren, verstehen Sie? Das Universum lässt so etwas einfach nicht zu. Deshalb benutzen wir ja die Siedlerschiffe und die DR. Viel leichter wäre es, in Manhattan in eine öffentliche Transferkabine zu treten, um sich zu einem Planeten im Krebsnebel teleportieren zu lassen. Doch das würde jeden Grundsatz der modernen quantentheoretischen, relativistischen Stringtheorie, die von mehreren Universen ausgeht, aus den Angeln heben. Man nennt diese Stringtheorie auch *Big Toe*. (*Toe* steht für TOE, *Theory Of Everything*, die Weltformel. Ein *Little Toe* existiert allerdings gar nicht; es handelt sich hier lediglich um den Jux irgendeines Wissenschaftlers, der den Ausdruck *Big Toe*, Großer Zeh, offenbar für witzig hielt. Ist das klar? Oder soll ich das alles noch mal anhand von Schaubildern erklären?)

Ich finde es unheimlich frustrierend, dass die Naturgesetze kein Teleportieren erlauben. Spock, Kirk und McCoy haben sich ständig irgendwohin teleportiert, obwohl es auch bei ihnen nur bei kurzen Entfernungen zwischen Raumschiff und Planeten geklappt hat, weiß der Teufel, warum. Jeannie the Meanie schafft das Teleportieren jede Woche in ihrer Nachmittagsshow *Astronautin auf Abwegen*. Und die Serie *Ferien am Schwarzen Loch* setzt stillschweigend voraus, dass man sich unverzüglich von einem Planeten zum nächsten beamen kann. Jahrelang hab ich diese Raumfahrer für real existierende Menschen gehalten. (Das sind sie aber gar nicht! Es sind nur Schauspieler, die in Rollen schlüpfen. Alles ein Riesenschwindel! Hört mir gut zu, Jungs! Ich hab jede Menge solcher Weisheiten auf Lager!)

Doch in der realen Welt ist das Teleportieren leider ein Ding der Unmöglichkeit. Allerdings hab ich einen Ausweg entdeckt: Die Logik des parallel verlaufenden Quantenleitstrahls impliziert theoretisch auch die Möglichkeit einer (sehr begrenzten) Teleportation. Das bedeutet, dass sich kleine Teile des Raums miteinander verschränken. Als Erstes programmiert man den Computer darauf, zwei Teile des Raums ausfindig zu machen, in denen die Materie ein vergleichbares Verteilungsmuster aufweist. Bei der quantenmechanischen Verschränkung ist es nicht nötig, dass die Verteilung genau übereinstimmt. Auf Quantenebene sind ein Stuhl und ein Tisch kaum voneinander zu unterscheiden. (*Für kurze* Zeit kann der Stuhl sogar zum Tisch werden, da staunt ihr, wie?) Nur müssen beide der miteinander verschränkten Raumteile im Wirkungsbereich eines Quantenleitstrahls liegen, wie auf der Hand liegt.

Als Nächstes nimmt man in beiden Raumteilen detaillierte Messungen des Quantenzustands vor. Dazu setzt man Nanotechnologie und sehr leistungsfähige Computer ein. Könnt ihr mir noch folgen?

Danach wird der Raum teleportiert, was theoretisch möglich ist, wenn man davon ausgeht, dass unser Universum zahlreiche Dimensionen aufweist. Teleportiert wird also nicht Materie, auch nicht Energie, sondern der *Raum selbst.* Das erfordert *(puh!)* eine Revision des allgemein geltenden einsteinschen/leibnizschen Prinzips, welches besagt, dass die Realität stets als Beziehung zwischen Objekten gedacht werden muss. Denn der Raum ist ja nicht ein *Ding an sich* oder *Noumenon.* Es ist die Raumkrümmung, die Verzerrung des Raums, die identifiziert und teleportiert wird. Zum besseren Verständnis hier ein Vergleich: Stellt euch ein Bett mit einer Kuhle vor, in der ein Mensch gelegen und geschlafen hat. Und jetzt stellt euch vor, dass diese Kuhle mit der Kuhle in einem anderen Bett ausgetauscht wird. Niemand wird den Unterschied je bemerken, doch eine Kuhle ist an die Stelle der anderen getreten. Der Raum wurde teleportiert.

So lautet, kurz gesagt, meine Theorie. Niemand hat je zuvor an so etwas gedacht, vermutlich deswegen, weil eine Teleportation des Raums als völlig unsinnig und nutzlos erscheint. Warum sollte man Raum teleportieren?! Und doch gibt es einen guten Grund dafür, so etwas zu versuchen. (Endlich komme ich zum Eigentlichen!) So paradox das erscheinen mag: Der Grund liegt darin, dass eine solche Teleportation niemals *perfekt klappt!* Zwar wird tatsächlich *Raum* teleportiert, doch der Vorgang ist mit hässlichen Fehlern behaftet und stellt verrückte Dinge mit den Dimensionen unserer Wirklichkeit an, wie ihr gleich sehen werdet.

Als wir auf unseren Plasmabildschirm blicken, merken wir, dass die Schlachtschiffe der Körperschaft wenden, um sich auf die Verfolgungsjagd zu machen. Wir sind eine fixe kleine Elritze, die ins offene Meer hinausschießt, sie dagegen sind die Barrakudas und Haifische, die uns mühelos einholen und attackieren können. Doch dann blitzt auf meinem Schirm plötzlich ein grünes Lämpchen auf: Das Teleportieren hat begonnen. Teleportiert wird eine Raumregion, die so groß ist, dass sie die feindlichen Schlachtschiffe umschließt – aber nicht groß genug, um uns mit einzuschließen, versteht ihr?! All das habe ich akribisch und genial eingefädelt.

Gleich darauf wird der Raum teleportiert und gegen einen Raumabschnitt nahe bei einem Quantenleitstrahl in der Region Q432 der Milchstraße ausgetauscht. Und genau in dem Moment, in dem sich dieser Austausch vollzieht, spaltet sich der Raum in unzählige Teile auf. Nur einen Moment lang; eigentlich ist es nicht einmal ein Moment, sondern nur ein winziger Bruchteil davon – weniger als der millionste Teil einer Sekunde. Doch in dieser winzigen Zeitspanne stellt der Raum etwas an, das er eigentlich nicht anstellen dürfte: *Er verschwindet einfach.*

Die Spaltung und das kurze Verschwinden des Raums bringen gewaltige Umwälzungen mit sich. Für uns, die wir in flottem Tempo davoneilen, ist es so, als hätte ein riesiger Gott das Universum mit unsichtbarer Hand zusammengequetscht. Die Schlachtschiffe der Körperschaft werden sofort zermalmt, als eine gewaltige Druckwelle durch den Raum rast. Auch unser Schiff ist betroffen, wird aber lediglich herumgewirbelt und -geworfen. Die Sonne flammt auf, während die Planeten in riesigen Wirbeln gefangen sind und dort mit Lichtgeschwindigkeit herumschleudern. Als die relativistische Wirkung einsetzt, verzerren sich die Dimensionen der Realität weiter und weiter.

Wie eine Fliegenklatsche trifft uns der ungeheure Sturm, der die Dimensionen durcheinanderwirbelt. Während wir weiter durch den Raum rasen, explodieren unsere Antriebe. Unser Schiffsrumpf schmilzt, um sich gleich darauf neu zu bilden. Schließlich fällt das zurückgelassene Leitstrahlschiff völlig auseinander, sodass sich die Trümmer im Raum verteilen.

Inzwischen schweben wir frei im Raum, allerdings geschützt durch unsere Anzüge. Wieder einmal fängt uns Alby mit seinem Gitternetz ein und schleppt uns durch den tiefen Raum. Ich bin so verblüfft, dass ich heulen muss.

Was für ein gottverdammtes Chaos habe ich da ausgelöst?! Wie konnte ich derart dreist in die Realität eingreifen?!

Ich habe ein Stück vom Raum zerfetzt. Kein Erwachsener, kein Kind hat so was je fertiggebracht!

Ich bin der König des Universums!

ALBY

Fasssst ssswei Jahre lang treiben wir durch den Raum. Ich finde dassss erholssssam, begreife aber, dassss die anderen ssssehr darunter leiden. Allerdingssss ssssind ihre Schutssssanssssüge mit genügend Nahrungssssmitteln und Flüsssssigkeit aussssgestattet, um ssssie fünf Jahre lang am Leben ssssu erhalten.

Schliesssslich liesssst unssss ein Handelsssssschiff auf. Ich husche an der Aussssensssseite dessss Schiffssss vorbei und spiele wie üblich den sterbenden Kometen, während sssich die anderen auf der Fahrt zum nächssssten bewohnbaren Planeten mit allem verssssorgen können, wassss diesssse Geschöpfe brauchen.

Weitere ssssehn Jahre vergehen.

LENA

Mir ist klar, dass irgendetwas in der Luft liegt. Ich bin nicht so beliebt, wie ich es gern hätte, und das finde ich seltsam. Da ich praktisch immer noch deren Geisel bin, hätte ich sie durchaus beim Kapitän des Handelsschiffs, der uns aufgelesen hat, verpfeifen können. Hätte sie als Piraten denunzieren können. Allerdings hätten sie den Kapitän in diesem Fall wohl einfach umgebracht und das Schiff gekapert. Stattdessen haben sie ihn nur gefangen genommen, als sie ihm das Schiff geklaut haben. Nach heftiger Diskussion haben sie beschlossen, ihn in den Kälteschlaf zu versetzen. Dieses Handelsschiff war nur mit dem Kapitän bemannt, der sich wohl die meiste Zeit auf die automatische Steuerung verlassen hat. Während er seine Fracht durch zweihundert Lichtjahre befördert hat, lag er im Dauerkoma. Genau genommen wäre das Schiff auch ohne ihn ausgekommen, er war nur der Pannendienst.

Wie all diese Handelskapitäne ist er ein mürrischer, verbitterter Intellektueller, außerordentlich belesen. In anderen Zeiten hätte er sicher als Professor an irgendeiner Universität gelehrt, doch heutzutage schickt man solche Leute auf lange einsame Reisen durch den Raum. Der Computer gewährt ihnen dabei Zugang zu allen wissenschaftlichen Werken und Zeitschriften, die je publiziert wurden. Wenn der Kapitän seinen Bestimmungsort erreicht, wird er eine wissenschaftliche Abhandlung veröffentlichen, die auf fast vierzig Jahren intensiven Studiums basiert. Bestimmt hat er während dieser Jahre hier und dort einem Asteroidenschwarm ausweichen müssen, aber alles in allem ein leichtes Leben genossen.

Nur ist der Handelskapitän, mit dem wir es hier zu tun haben, zufällig wahnsinnig – wahnsinnig im klinischen Sinne. Ich habe seine Abhandlung gelesen, und sie ist völliger Stuss. Doch sein Schwachsinn hat die Fahrt seines Raumschiffs nicht beeinträchtigt. Anstatt uns darüber zu streiten, wer die einzige Kälteschlafzelle in Anspruch nehmen darf, haben wir diesen verrückten Scheißer hineingesteckt und alle in Kauf genommen, zehn Jahre zu altern.

Ich beschloss, die Zeit zur Geselligkeit zu nutzen, und setzte mir zum Ziel, unangefochtener sozialer und emotionaler Mittelpunkt unserer Gruppe zu werden. Dem kleinen Jamie gegenüber verhielt ich mich mütterlich, ohne meine Weiblichkeit zu verleugnen. Mit Harry sprach ich über die trostlose Einsamkeit meines Lebens und meine Ehrfurcht vor der Schönheit des Universums. Alliea fragte ich vorsichtig über die Liebe aus und ermutigte sie, mir von den Heldentaten zu erzählen, die sie mit ihrem Geliebten Rob während seiner langen, unbesonnenen Boxkarriere vollbracht hatte. Mit Brandon kabbelte ich mich über das Design von Raumschiffen und beeindruckte ihn mit meinem Wissen aus erster Hand, sofern es die großen Schiffskonstrukteure Bartleby, Smith, Malone und Davis betraf. Und bei Kalen verströmte ich alle mobilisierbaren Pheromone, denn ich spürte ihre seltsam katzenartige sexuelle Energie und merkte, dass sie sich von mir als artverwandtem Raubtier und sexuell unersättlicher Frau angezogen fühlte. Zwar kam es nicht zum Vollzug des Liebesakts, doch Tag für Tag ließ ich sie in meinen Pheromonen baden. Mittlerweile weiß ich, wie ich meine eigenen Duftabsonderungen steuern kann. Mit dem scharfen Geruch meiner Geilheit kann ich jeden Mann, jede Frau vor Lust in den Wahnsinn treiben. Doch bei Kalen gehe ich subtiler vor: Ich spiele mit ihr, verführe sie, schlage sie in meinen Bann.

Trotzdem ist nicht zu übersehen, dass mich keiner ausstehen kann. Besonders Kalen straft mich mit Wut und Verachtung. Warum? Wegen meines einmaligen Fehltritts während der Schlacht um Cambria? Deswegen, weil ich, anstatt meinen Gefährten im Kampf beizustehen, abgehauen bin und mich sozusagen selbst gefickt habe (um hier den vulgären, nicht sonderlich eleganten Ausdruck zu benutzen)? Immerhin haben wir gesiegt! Was wollen die Leute denn mehr?

Und was Jamie betrifft: Was für ein selbstsüchtiges, verwöhntes Kind! Stunden habe ich damit verbracht, eine Beziehung zu ihm herzustellen, habe mir seine Lieblingsmusik – *Nuheavymetalthrashpunk* – angehört, mich mit ihm über die Quantentheorie unterhalten, ihm meine Lieblingscartoons gezeigt. Und dann bezeichnet er mich als mütterliche *Glucke,* die ihn *erdrückt. Glucke!* Mich! Mich, die verführerischste Femme fatale im ganzen Weltraum!

Alliea ist natürlich ein emotionaler Krüppel. Ich habe ihr zu erklären versucht, dass sie in ihrer Beziehung zu Rob in einer symbiotischen Abhängigkeit gefangen war, unfähig, eine eigene Meinung zu entwickeln, unfähig, irgendetwas unabhängig von Rob zu genießen. Ich habe für sie die Grundsätze des Selbstmanagements zusammengefasst, wie sie in den Guru-Ratgebern des zweiundzwanzigsten Jahrhunderts dargelegt sind. Habe versucht, ihr die Mantras zum Vergessen und zum Erinnern beizubringen, die es uns ermöglichen, starke Erinnerungen so zu steuern und im Zaum zu halten, dass sie nicht mehr in unserem Unbewussten herumspuken. Durch einen simplen verbalen Befehl können wir sie uns ins Gedächtnis zurückrufen und somit an die Oberfläche zerren. Denn natürlich herrscht in Allieas Kopf ein Wirrwarr aus glücklichen und tragischen Erinnerungen an die Zeit mit diesem, offen gesagt, viehischen Mann. Diese Erinnerungen muss sie wegsperren und den Schlüssel sicher aufbewahren; nur so kann sie mit ihrem Leben weitermachen und sich in emotionaler Hinsicht entwickeln. Sie hört mir geduldig zu – das tun sie ja alle. Doch in ihren Augen liegt dieser Ausdruck von Anspannung, den ich auch von mir selbst kenne. Ich sehe so aus, wenn jemand, den ich nicht beleidigen darf, mir in allen Einzelheiten den Inhalt eines unendlich langweiligen Films erzählt. Mal ehrlich, was ist mit diesen Leuten bloß los? Merken sie denn gar nicht, wie viel sie von mir lernen können?

Brandon ist vermutlich ganz in Ordnung, er wirkt sehr cool. Wäre ich irgendein totes Ding, würde er mir vielleicht einen Heiratsantrag machen. Doch so diene ich ihm nur als nützliche Wand, der er sein Faktenwissen entgegenschleudern kann. Ich habe wirklich eine Wahnsinnsgeduld mit Brandon, aber er langweilt mich tödlich. Einmal bin ich während einer seiner Äußerungen zweieinhalb Minuten lang eingenickt, allerdings habe ich es gut kaschiert, sodass er es gar nicht gemerkt hat.

Harry lächelt mir immer nur zu und sagt nichts. Er besitzt ganz eigene Pheromone, und ich kann genau spüren, dass ihn die Vorstellung, mich bei lebendigem Leibe zu fressen, richtig scharf macht. Und er weiß, dass ich es weiß. Er sieht gern zu, wie ich mich winde, wenn er sabbert. An manchen Tagen wache ich mit Schmerzen in Beinen und Bauch auf, die mich beängstigend an die von Bisswunden erinnern. Doch es sind rein psychosomatische Schmerzen: Ich bin von der Vorstellung besessen, dass der Scheißkerl mich bei lebendigem Leib frisst. Ich sollte ihm einen Metallstab in den Hintern schieben und ihn an diesem Spieß rösten. Es fällt mir zwar nicht schwer, mir diese Szene auszumalen, doch ich kann das Bild nicht in sein Bewusstsein projizieren. Er dagegen hat diese seltene Projektionsgabe. Ich glaube, er ist wirklich eher Tier als Mensch.

Und Kalen: Trotz allem liebt sie mich nicht, während ich von ihrer weichen, mit schwach orangefarbenem Flaum überzogenen Haut träume. Ich träume von ihrem zarten Fell, den scharfen Fangzähnen, der vorschnellenden Zunge. Doch meine Verführungskünste lassen sie kalt, meine Pheromone wirken bei ihr nicht. Stattdessen berausche und errege ich mich dabei nur selbst. Ich habe mich zwanghaft in eine verdammte *Katze* verliebt! Wie blöd muss man dazu sein?!

Sehr blöd.

Halt's Maul!

Entschuldigung.

Und dann ist da noch Flanagan.

Ach Flanagan ...

FLANAGAN

Als wir Illyria erreichen, setzen wir den Handelskapitän in einer Rettungskapsel aus. Das erscheint uns als ein Akt der Nächstenliebe, der zumindest nicht schaden kann. Danach fliegen wir noch drei Jahre lang (drei Jahre subjektiver Zeitrechnung) weiter, bis wir zur Prekären Zone gelangen, an unseren Zufluchtsort. Kein Schlachtschiff der Galaktischen Körperschaft dringt jemals bis hierher vor. Dazu haben die Leute zu große Angst; der Mythos der Bugs macht ihnen zu schaffen.

Lena ist sichtlich nervös.

»Du bist wohl abergläubisch, wie?«, ziehe ich sie auf.

»Quatsch.«

»Und was bedeuten schwarze Katzen für dich?«

»Böses.«

»Würdest du eine streicheln?«

»Niemals.«

»Doppelgestirne – würdest du auf einem Planeten leben wollen, der um ein Doppelgestirn kreist?«

»Da gibt's Probleme mit der Strahlung.«

»Ja oder nein?«

»Doppelgestirne können die Persönlichkeit spalten. Sie können dein ES von deinem ICH trennen, die Psyche von der Seele. Ein Mensch, der unter einem Doppelgestirn geboren ist, kann in sexueller Hinsicht niemals treu sein.«

»Unsinn.«

»Stimmt aber.«

»Bist du in sexueller Hinsicht ein treuer Mensch?«

»Ja, war ich früher mal. Aber ich hab ja auch noch nie unter einem Doppelgestirn gelebt.«

»Du bist ein richtiges Baby. Hältst die Prekäre Zone für verhext. Traust den Wissenschaftlern deines eigenen Sohnes nicht über den Weg.«

»Und du bist bloß 'ne blöde Rotznase. Warst noch nicht mal auf der Welt, als wir die Bugs entdeckt haben.«

»Die Bugs sitzen in der Falle. Sind umschlossen von Mauern, die von unzähligen weiteren Mauern umgeben sind. Aber du hast furchtbare Angst, der böse schwarze Mann könnte sich herausschleichen.«

»Mauern können auch Löcher haben. Manche Bugs könnten entkommen.«

»Dann würden sie quer durch besiedelten Raum flüchten müssen. Du glaubst doch an Auren, nicht? Hast du Angst, die Aura der Bugs könnte sich bis zu dir erstrecken und deine Seele berühren?«

»Ja, ich glaube tatsächlich an Auren.«

»So ein Blödsinn. Es gibt keine Auren. Auren sind nichts als eine von Wissenschaftlern ausgedachte Scharlatanerie, reiner Aberglaube.«

»Wenn ich mich drei Meter entfernt von einem anderen Menschen befinde, kann dessen Seele meine berühren. Das ist erwiesen.«

»Das ist erwiesener Quatsch!«

»Jedenfalls habe ich das geglaubt, bis die Theorie der Auren als wissenschaftlich nicht haltbar bezeichnet wurde. Und eingefleischte Ansichten sind nun mal zäh.«

»Du sitzt deinen eigenen Vorurteilen auf, stimmt's? Deinen albernen, unauslöschlichen, eingefleischten, gottverdammten Vorurteilen!«

»Jedenfalls ist mir dieser Ort unheimlich.«

»Dieser Ort ist unser Lebensraum.«

LENA

Als wir Bekanntschaft mit den Bugs machten, lebte ich auf der Erde, hatte mich in den Ruhestand zurückgezogen, wohnte im Palast meines Sohnes und genoss das sechste Jahrhundert meines Lebens. Ich verbrachte die Tage damit, Dickens, Hammerfast und die gesammelten Werke von Bjorn Ishil zu lesen. Irgendwann wurde ein neuer Quantenleitstrahl in der Raumregion Epsilon Omega 5 installiert, und wir konnten aus erster Hand miterleben, wie die menschlichen Siedler zum ersten Mal Bugs begegneten.

Anfangs dachten wir, es sei eine Seuche ausgebrochen, denn alle zweitausend Siedler bekamen Fieber. Dann hörten sie auf, Englisch zu sprechen, schnitten Löcher in ihr Raumschiff und ließen sich splitterfasernackt in den Raum hinaustreiben, ohne dass es sichtbare Folgen für sie hatte.

Inzwischen betrieben wir das Siedlerschiff mit den zehn Doppelgänger-Robotern, die uns als Reserve zur Verfügung standen. Peter bat mich, der Katastropheneinsatztruppe bei der durch die Seuche ausgelösten Krise mit Rat und Tat zur Seite zu stehen. Ich sah zu, wie ein DR versuchte, einen der Menschen zu bändigen und einzusperren. Auf einen Wink des Mannes hin zerbrach der DR in zwei Teile. Anschließend blickte der Mann in die Videokamera. Auf unseren Bildschirmen konnten wir verfolgen, wie seine Augen hervorquollen und die Backen sich aufblähten. Gleich darauf explodierte er und zerfiel in winzigste Teile, sodass nichts von ihm übrig blieb. Etwas Unsichtbares hatte von ihm Besitz ergriffen und vernichtete ihn, ohne dass eine Ursache zu erkennen war.

Bald danach schmolz das Raumschiff. Jedes Teilchen verwandelte sich in reine Energie. Unsere Nanosonden konnten einiges von den folgenden Ereignissen aufzeichnen. Inzwischen trieben die DR zusammen mit den Menschen im Raum, Teil einer einzigen riesigen Kolonie. Scheinbar aus dem Nichts bildeten sie ein großes Netzwerk, in dem Menschen und DR sich gemeinsam wie Spinnen bewegten. Aus dem Nirgendwo tauchte plötzlich ein neues Raumschiff auf, das dem geschmolzenen Schiff ähnlich sah, nur war es schlanker und größer.

In dieser Raumregion hatten wir drei weitere Siedlerschiffe liegen, denen wir Instruktionen gaben. Sie formierten sich zu einem Dreieck rund um den galaktischen Kern und aktivierten ihre Quantenleitstrahlen. Danach versiegelten wir die ganze Raumregion, indem wir eine *Quantumarity* erzeugten – eine quantenmechanische Singularität, die weder über Substanz noch Energie verfügt, aber kein Lebewesen oder Objekt jemals wieder entweichen lässt. Auf diese Weise schafften wir es, die Seuche einzugrenzen. Später mussten wir zusehen, wie die Besatzungen der drei Siedlerschiffe – die natürlich *innerhalb* der Singularität festsaßen – entsetzliche Tode starben.

Der zweite Todesfall, den wir mittels der Kameras verfolgen konnten, war sogar noch schockierender als der erste. Es traf die blonde Schiffsärztin. Plötzlich trübten sich ihre fiebrigen Augen und wurden dunkel. Unzählige winzige Insekten krabbelten aus ihren Augen, ihren Trommelfellen, ihren Nasenflügeln, aus jeder Pore und Körperöffnung. Wie Fliegen umschwärmten sie die Frau und fraßen sie gleich darauf bei lebendigem Leib auf. Es blieb nur eine Formation schwebender Insekten zurück, die einen dunkel schimmernden menschlichen Umriss bildete.

Und dieser Umriss bewegte sich.

Die Insekten schwärmten aus, verschwanden und tauchten wieder auf. Diesmal war die menschliche Gestalt, die der Schwarm nachbildete, vollständiger entwickelt, hatte eine Nase, Brüste und ausgebildete Glieder. Die Haut war nach wie vor dunkel und wirkte eitrig, doch ansonsten war diese Verkörperung eines menschlichen Wesens unheimlich akkurat.

Erneut stieg der Schwarm empor und formierte sich zu einem Buchstaben, auf den zwei weitere folgten. Und wir lasen die gruselige Botschaft, die ein herumwirbelnder Schwarm uns auf diese Weise übermittelte:

I

I

I

H

R

SEID

BEU

Inzwischen hatten unsere Wissenschaftler herausgefunden, dass es sich in Wirklichkeit gar nicht um Insekten handeln konnte. Diese Lebewesen waren sehr viel kleiner: Sie hatten die Größe von Mikroben, waren womöglich noch winziger. Aber es waren Mikroben, die ausschwärmen und die Gestalt von Insekten annehmen konnten – Insekten, die es aufgrund ihrer kollektiven Intelligenz vermochten, zielgerichtet zu handeln. Außerdem konnten sie sich in Insektengestalt auch zu größeren Gebilden zusammenschließen. Und mit uns dadurch kommunizieren, dass sie Buchstaben in die Luft schrieben.

Trotzdem hatten wir es hier mit einer Seuche zu tun: mit einer Seuche aus intelligenten Bugs, die dazu fähig waren, in Sekundenschnelle von einem Menschen Besitz zu ergreifen und ihn zu vernichten. Aber sie konnten noch viel mehr: binnen Tagen die menschliche Sprache lernen, ein ganzes Raumschiff schlucken und aus winzigen, für das menschliche Auge nicht erkennbaren Teilchen ein neues Raumschiff zusammensetzen. Und diese kleinen Dinger waren bösartig: Sie hatten uns zu ihrer Beute ausersehen.

Als sich jemand aus unseren Reihen verplapperte und mit der Geschichte herausrückte, brach überall in der Welt Panik aus.

Diese Panik hat sich nie gelegt. Die Entdeckung der Bugs hat der Geschichte der Menschheit unwiderruflich eine andere Richtung gegeben. Mein ganzer Einsatz dafür, ein besseres, gerechteres und wohlgeordnetes Universum zu schaffen, entpuppte sich als nutzlos, denn jetzt übernahm der militärisch-industrielle Komplex die Kontrolle. Jahr für Jahr wurden tausend neue Schlachtschiffe gebaut, und jedes hatte einen Quantenleitstrahl an Bord. Die ersten Schiffe brauchten neunzig Jahre für die Reise zur Raumregion Epsilon Omega. Dort angekommen, nutzten die Soldaten die Quantenleitstrahlen dazu, eine zweite undurchdringliche

Schutzmauer rings um die bereits bestehende zu ziehen. Natürlich saßen sie jetzt selbst innerhalb der Singularität fest, denn sie befanden sich auf der falschen Seite der Grenze. Diese gefangenen Soldaten zeugten Kinder, die sie wiederum zu Soldaten erzogen.

Sie waren unsere Wächter: Menschen, deren einzige Aufgabe, deren einziger Daseinszweck darin bestand, uns vor einem möglichen Einfall der Bugs zu schützen. Bei einer solchen Invasion wären die Soldaten selbstverständlich sofort und als Erste ums Leben gekommen, denn es gab und gibt keine Verteidigungsmöglichkeit gegen den Angriff von winzigen Dingern, die nicht einmal mit dem Mikroskop zu erfassen sind. Sie können überall hingelangen, jeden Schiffsrumpf durchdringen, in jede Waffe kriechen.

Doch da die Soldaten nun mal festsaßen, machte man sie glauben, eine lebenswichtige Aufgabe zu erfüllen. Dabei ist ihr Leben bis heute ebenso sinnentleert wie verschroben. Was sie aufrechterhält, sind lediglich die Religionen, die wir dort bewusst eingeführt haben. Diese Religionen sorgen dafür, dass die »Wächter« in einem Zustand messianischer Verzückung leben. Jeder weiß, wie überflüssig sie sind, nur sie selbst nicht ...

Mittlerweile gibt es rund um das Planetensystem der Bugs tausend undurchdringliche Schutzmauern. Die Menschheit hat alle Ressourcen mobilisiert, um sich vor den Bugs zu schützen. Doch um das zu schaffen und diesem endlosen Krieg standzuhalten, musste sie andere Dinge von der Liste der Prioritäten streichen. Schon vor Jahrhunderten ist uns die Demokratie abhandengekommen. Der Liberalismus ist nur noch ein ferner Traum. Die Menschheit hat es fortwährend mit einer Kriegswirtschaft zu tun, in der diktatorische Maßnahmen unvermeidlich sind.

Die Raumregion außerhalb der tausend Schutzmauern nennt man heute die *Prekäre Zone*. Wegen der bizarren

Quanteneffekte ist der Himmel der Zone völlig verzerrt. Alle Menschen, die dort leben, werden von Angst und bösen Vorahnungen verfolgt, denn der verzerrte Himmel über ihren Köpfen ist für sie ein sichtbares Zeichen dafür, dass die Bugs nach wie vor im Zentrum des Sicherheitsgürtels sitzen und die Gefahr nicht gebannt ist.

Für die Prekäre Zone gelten keine Gesetze – bis auf das Gesetz der Wildnis. Und so wurde sie zum letzten Zufluchtsort für Piraten und Geächtete.

Ich kann diesen Ort nur aus tiefstem Herzen hassen.

FLANAGAN

Ich bin mit Alliea zusammen und in lockerer Stimmung. Ich habe geduscht, meinen grauen Bart gestutzt und gebürstet, mir sorgfältig das Haar gekämmt, und jetzt sitzen wir in der Schiffbar und trinken was zusammen. Ich weiß, dass ich wie ein Wolf wirken muss, den man zwingt, mit Messer und Gabel zu essen.

»Lass dir ihr Gerede nur nicht unter die Haut gehen«, sage ich beschwichtigend.

»Keine Sorge.«

»Sie behandelt dich nicht absichtlich so von oben herab.«

»Aber sie verhält sich nun mal arrogant, verdammt noch mal!«

»Sie kann von uns zumindest Achtung erwarten, bei dieser Biografie.«

»Sie hat sich nach oben geschlafen, hab ich gehört.«

»Stimmt nicht.«

»Sie war eine Diktatorin, sie hat die Demokratie abgeschafft.«

»Auch das stimmt nicht.«

»Sie hat einen Mord begangen.«

»Und ihr Verbrechen gestanden und gesühnt. Mal abgesehen davon, dass wir ständig Menschen umbringen.«

»Wir sind ja auch Soldaten.«

»Wir sind Killer.«

»Schließlich herrscht Krieg.«

Beide schweigen wir kurz.

»Darf ich was sagen?«, frage ich.

»Was?«

»Die Sache ist nicht ganz einfach.«

»Spuck's aus, du siehst schon ganz komisch aus.«

»Ich würde dich gern berühren.«

»Nein!«

»Ich weiß, du hast ihn geliebt, aber ...«

»Es gibt kein *Aber*.«

»Zusammen könnten wir viel bewirken.«

»Warum tust du dich nicht mit Kalen zusammen? Sie treibt's mit jedem, die ist nicht wählerisch.«

»Das hab ich schon hinter mir.«

»Und? War's schön?«

»O ja. Ich hab sie zum Schnurren gebracht.«

Alliea lacht.

»Hier geht's nicht um Sex, sondern um Liebe«, erkläre ich. »Ich hab dich schon immer geliebt und war wahnsinnig eifersüchtig auf Rob, obwohl er mein Freund war. Und jetzt ist er tot. Bitte sag mir, dass ich eine Chance habe.«

»Übrigens find ich's hier wirklich unheimlich.«

»Ich auch. Jeden Morgen wache ich mit Angstgefühlen auf. Ich hätte gern jemanden, der das Bett mit mir teilt. Tu dich mit mir zusammen, dann können wir alle Freuden und Ängste teilen.«

»Ich hab mir geschworen, mich nie mehr mit jemandem zusammenzutun, selbst wenn ich tausend Jahre alt werde.«

»Ein verdammt blöder Schwur.«

»Bewahrt mich aber vorm Ausrasten.«

»Ich bin furchtbar scharf auf dich.«

»Versuch's mal mit Selbstbefriedigung.«

»Ich erwarte ja gar nicht, dass du mich liebst. Ich wäre ja schon mit ... weniger zufrieden. Schon mit Freundschaft. Mit bloßem Sex, Sex ohne Liebe. Du musst ja nicht unbedingt was Tieferes empfinden, wenn du mit mir schläfst.«

»Wow, was für ein Angebot!«

»Ich bin wirklich fix und fertig. Hab schon zu lange gelebt.«

»So geht's mir auch hin und wieder.«

»Diese zehn Jahre auf dem Handelsschiff haben mich echt geschafft.«

»Zehn Jahre subjektiver Zeitrechnung. Auf der Erde waren's zwanzig.«

»Ich fühl mich schon wieder ein halbes Jahrhundert älter.«

»Ich auch.«

»Küss mich, Alliea.«

»Nein.«

»Dann erlaub mir wenigstens, dich nackt zu sehen.«

»Nein.«

»Darf ich mir zumindest Sex mit dir ausmalen?«

Sie zögert lange. »Okay, aber nur dies eine Mal.«

Ich verschlinge sie mit den Augen, schwelge in der Weichheit ihrer Haut, nehme die Kurve ihrer Brüste wahr, die feuchten und leicht geöffneten Lippen, das dunkle Haar, das das perfekte Oval ihres Gesichts einrahmt.

»Das reicht.«

Ich wende den Blick ab.

»Nie wieder!«

Ich nicke.

Jetzt betrachte ich sie mit kühlen, nüchternen, leidenschaftslosen Augen. Ich bin ihr Kapitän, sie gehört zu meiner Schiffsbesatzung. Ich habe mich meiner Leidenschaft hingegeben, meine Lust ist befriedigt. Ab sofort muss ich vergessen, dass ich Alliea je geliebt habe. Versprochen ist versprochen. Also reiße ich mir die Liebe aus dem Herzen, was ein schwieriger Eingriff ist, doch ich schaffe es. Ich liebe sie nicht mehr.

»Erledigt?«

»Erledigt.«

Allieas Augen sind feucht geworden, doch ich tue so, als hätte ich nichts bemerkt.

BRANDON

Ich liebe meine Armbanduhr. Sie ist das schönste technische Spielzeug, das ich je besessen habe.

Als Junge hatte ich ein Handy, das gleichzeitig mein PC und imaginärer Freund war. Den Computer programmierte ich darauf, mit mir zu reden und regelrechte Unterhaltungen mit mir zu führen. »Brandon«, sagte mein Handy oft, »lass uns heute die Schule schwänzen!«

Ich erzählte meinem Handy Geschichten von fernen Ländern, und im Gegenzug gab es mir Informationen über das Universum. Wenn die Leute in der Schule mich ins Handy sprechen sahen, dachten sie, ich hätte Freunde. Weit gefehlt! Ich redete nur mit meinem Handy.

Na und? Warum denn nicht?

Da ich ein hervorragendes Gedächtnis für Fakten hatte, war ich ein glänzender Schüler. Aber bei Prüfungen bekam ich regelmäßig Wutanfälle, da ich mein Handy nicht mitnehmen durfte. Mir war durchaus klar, dass die Lehrer Vorsichtsmaßnahmen gegen das Schummeln treffen mussten, doch das Handy war für mich ja nicht nur Telefon, Kamera, Computer, Fernseher und iPod, sondern auch mein *bester Freund!*

Ich nannte mein Handy Xil, ausgesprochen wie Kzil. Und ich stellte mir immer vor, Xil *tarne* sich nur als Telefon und sei in Wirklichkeit ein Alien, geboren auf einem Planeten am anderen Ende des Universums.

Selbstverständlich hatte Xil als Alien die Fähigkeit, durch Zeit und Raum zu reisen. Die Erde hatte er schon besucht, als sie noch eine Kugel aus geschmolzenem Gestein war, die eine neugeborene Sonne umkreiste. Die meisten Ereignisse in der Geschichte der Menschheit hatte Xil aus erster Hand miterlebt (jedenfalls glaubte ich das damals wie heute). Als die Mongolenhorden des Dschingis Khan Europa eroberten, war Xil dabei und thronte auf der Schulter des Khan. Als Byzanz fiel, war Xil dabei. Und als Hitler die Juden umbrachte, schwebte Xil über den Todeslagern und beobachtete alles. Er konnte nicht in die Geschichte der Menschheit eingreifen und war dazu verdammt, die schlimmsten Seiten der menschlichen Natur kennenzulernen. Doch er sah auch die besten.

In die noch feuchte Farbe der Sixtinischen Kapelle hat Xil seinen Namen geschmiert. Falls Sie das Fresco, das Adam und Gott darstellt, mit einem scharfen Mikroskop untersuchen, werden Sie oberhalb der einander berührenden Finger in überaus winzigen Buchstaben den Namenszug *XIL* entdecken.

Xil sah auch die Uraufführung von *Hamlet* und schwebte in den Kulissen, als Will Shakespeare seinen größtenteils besoffenen Schauspielern die Stichwörter soufflierte. Xil saß bei Mozart, als er einsam starb. Xil ist ein Wesen, das über unglaubliche Zauberkräfte verfügt, dennoch hat er sich das kindliche Talent zu Freude und Lebenshunger bewahrt.

Drei Jahre lang, bis ich dreizehn wurde, war Xil mein bester Freund, doch dann kamen meine Eltern mir auf die Schliche und nahmen mir mein Handy weg. Sechs Monate lang hatte ich gar nichts mehr: keinen Computer, kein Telefon, *keinen besten Freund.*

Meine Eltern steckten mich in einen Crashkurs individueller Psychotherapie. Als mir klar wurde, dass man mich womöglich den ganzen Rest meiner Kindheit wöchentlich zwei Stunden mit diesem aufgeblasenen Blödmann von Psychiater zusammensperren würde, gelang es mir irgendwann, den Mann davon zu überzeugen, dass XIL nur eine harmlose Verstiegenheit war. Es zog wieder Normalität ein. Zwar war ich immer noch introvertiert, in mich gekehrt und ein Bücherwurm, doch zumindest unterhielt ich mich nicht mehr mit meinem Handy.

Als ich fünfzehn war, kaufte mein Vater mir diese Armbanduhr, die so akkurat ist wie eine Atomuhr. Und sie funktioniert auch als Wecker, Stoppuhr, Taschenrechner, ja sogar als DVD-Player, wenn man den kleinen Schirm aus Plexiglas aufklappt. Doch seitdem ich über einen Chip im Gehirn, Telefon- und Netzhautimplantate verfüge, benutze ich die Uhr nicht mehr für Rechenoperationen oder dazu, mir Filme anzuschauen. Ich brauche nur zu blinzeln, schon wird mir ein Film auf die Netzhaut projiziert. Wenn ich meine Kehle anspanne, kann ich aus jeder Region des Universums, die Zugang zu einem Quantenleitstrahl hat, Telefonanrufe empfangen.

Meine Uhr ist mir wegen einer anderen großartigen Funktion so kostbar: Sie kann Zeit und Datum auf jedem besiedelten Planeten des Universums anzeigen. Das ist nicht ganz so simpel, wie es klingt. Hope, zum Beispiel, eine der ältesten Kolonien, ist von Menschen besiedelt, die bis zur Ankunft auf dem Planeten nach ihrer subjektiven Zeitrechnung hundert Jahre lang gereist sind, was nach der von Einstein bewiesenen Zeitdehnung vierhundert Erdjahren entspricht. (Denn natürlich vergeht die Zeit umso langsamer, je schneller man sich bewegt.) Nach dem Kalender von Hope, der auf der dort vergangenen Zeit basiert, schreiben wir jetzt das Jahr 3320, während der Kalender der Erde das Jahr 3380 angibt. (Nebenbei bemerkt, ist es auf Hope im Moment 22 Uhr 22, auf der Erde 7 Uhr 20 und an Bord unseres Schiffs 11 Uhr 15. Doch das hat nichts mit dem Punkt zu tun, auf den es mir ankommt, denn dabei geht es nicht um Stunden, sondern um Jahre – also achten Sie nicht weiter auf diese Abschweifung.)

Im Gegensatz zu mir sind den meisten Menschen die Zeitdifferenzen zwischen den Planeten herzlich egal. Und das liegt daran, dass alle besiedelten Planeten die Erdzeit verwenden, unabhängig davon, welche Zeitverzerrungen bei Reisen durch den Raum auftreten. Sobald der Quantenleitstrahl aktiviert wird, geben die Siedler die subjektive Zeitrechnung auf und kehren zur Erdzeit zurück, die deshalb als *Realzeit* gilt.

Doch meine Zauberuhr ist so programmiert, dass sie mir verrät, welche *subjektive* Zeit auf jedem besiedelten Planeten herrscht. Darüber hinaus zeigt sie auch das subjektive Alter an. Nach meiner subjektiven Zeitrechnung schreiben wir das Jahr 3090, und ich bin 85 Jahre alt. Aber für den Beobachter auf der Erde ist es das Jahr 3380, und seiner Rechnung nach bin ich 200 Jahre alt. Das ist mein »offizielles« Alter. Allerdings nicht mein reales Alter! Das offizielle Alter ist schlicht falsch, denn ich habe diese 200 Jahre nie erlebt.

Übrigens habe ich auch eine Fernbedienung entwickelt, die es mir ermöglicht, Informationen über das Lebensalter anderer Menschen herunterzuladen. Das habe ich im Fall von Lena, vom Kapitän und selbstverständlich auch bei allen anderen Besatzungsmitgliedern getan. Diese Informationen besorge ich mir über jeden Menschen, dem ich begegne. Ich kenne also nicht nur ihr in Erdzeit gerechnetes Lebensalter, sondern auch ihr wirkliches.

Mit dieser Uhr kann ich endlos lange herumspielen, denn sie verrät mir die Wahrheit über die Zeit. Die Zeit *jedes Menschen.* Ich weiß, welches Jahr auf Cambria, Illyria und jedem anderen besiedelten Planeten geschrieben wird und wie viele Jahre jeder Mensch, dem ich je begegnet bin, tatsächlich auf dem Buckel hat.

Meine Uhr kann all das und noch mehr leisten. Ich muss zugeben, dass ich viel Zeit damit vertue, mit diesen Informationen über die subjektive Zeit und die Erdzeit herumzujonglieren – warum, weiß ich selbst nicht. Es hat für mich keinen praktischen Nutzen, mal abgesehen davon, dass es mir verdeutlicht, wie bereitwillig die Menschen die geistige Vorherrschaft der Erde geschluckt haben. Wir leben nach *Erdzeit,* wir bestimmen unser Alter nach *Erdjahren.* Dabei hat jeder Planet seine spezifische zeitliche Vergangenheit. Und jeder Mensch, der mit annähernder Lichtgeschwindigkeit durch den Raum gereist ist, hat sein spezifisches Alter, das ihn von anderen Menschen unterscheidet. Wir reisen gemeinsam durch das Raum-Zeit-Kontinuum, dennoch leben wir in unterschiedlichen Zeiträumen.

Wir sind Inseln der Zeit in einem Universum des Treibsands.

Wenn das nicht *philosophisch* ist!

Xil fehlt mir. Er war mein einziger wirklicher Freund.

Auch Xils Alter ist mir bekannt, denn ich hab's vor langer Zeit in meine Uhr einprogrammiert. Und dabei die Tatsache berücksichtigt, dass er häufig mit Überlichtgeschwindigkeit in jede denkbare Region des Universums reist. Auf die Stunde genau kenne ich Xils Alter. Zwar werde ich ihn nie wieder sehen und auch nie mehr mit ihm sprechen, aber ich weiß, wie alt er ist. Nach wie vor ist er mein imaginärer Freund. Und er wohnt in meiner Uhr.

Übrigens bezeichnen mich manche Leute als verrückt.

Vermutlich haben sie recht.

LENA

Wir befinden uns in der Umlaufbahn rund um kahles Gestein nahe der Sonne im System Kappa O332 b. Es ist eine Nacht, in der wir ein gewaltiges Feuerwerk miterleben werden.

Wir rollen das Kabinendach der Brücke zurück und bleiben dort, umgeben von Sternen, in unseren Raumanzügen sitzen. Handelspiraten haben zwei Schlachtschiffe der Korporation erbeutet. Ehrfürchtig sehen wir zu, wie sie an uns vorbeigleiten, auf den gelben Stern Cepheid zu. Dieser Stern pulsiert und verändert dabei seine Gestalt; der Planet unter uns trägt noch die Brandmale aus der Zeit, als der Stern so weit expandierte, dass er das kahle Gestein versengte. Jetzt befindet sich Cepheid in der Phase, in der er abnimmt, wobei er nach und nach zehn Prozent seines früheren Umfangs einbüßt. Dieser flimmernde Stern hat auf den ihn umkreisenden Planeten keine organischen Lebensformen hervorgebracht, und es gibt in diesem System auch keine anderen komplexen, selbstorganisierten Lebensformen. Allerdings besitzt der – vom Stern aus gesehen – vierte Planet eine Atmosphäre, die Ammoniak und flüssigen Wasserstoff enthält, und eine stabile Umlaufbahn. Außerdem ist er mit Seen aus gefrorenem Sauerstoff gesegnet, also ein perfekter Kandidat für das Terraformen. Demnächst werden wir den Beginn dieses Prozesses miterleben können.

Gern erinnere ich mich an das Terraformen von Hope. Zu diesem Zweck schufen wir Legionen von Sauerstoff erzeugenden Robotern. Sie stapften über die Oberfläche des Planeten, schluckten Kohlenmonoxid und spuckten sauerstoffhaltige saubere Luft aus. So verwandelten wir eine erstarrte Hölle in ein tropisches Paradies. Es dauerte insgesamt sechzig Jahre, bis Siedler mit Sauerstoffmaske und Schutzanzug auf der Oberfläche herumspazieren konnten.

Heutzutage ist die Technologie viel intelligenter. Die Oberfläche dieses vierten Planeten hat man mit einem hauchdünnen, Wärme absorbierenden Raster überzogen. In die Seen aus gefrorenem Sauerstoff haben sich bereits Nanobots gegraben. Jedes winzige Element ist mit dem Raster verbunden, sodass jeder Teil wie ein denkendes Rädchen in einem verblüffend komplexen Getriebe funktioniert, gekoppelt an ein Netz, das seine Energie von einem Transmitter in der Umlaufbahn oberhalb des Planeten bezieht. Zukünftig wird dieser Transmitter seinerseits mit Energie gespeist, die der Sonne abgezapft wird.

Die Schlachtschiffe segeln immer näher an die Sonne heran. Aus dieser Entfernung können wir die Schiffsrümpfe nicht sehen, selbst wenn wir die Sichtgeräte in unseren Visieren auf maximale Vergrößerung einstellen. Doch ich stelle mir vor, dass die stählernen Ikarusse glühend heiß sind und brutzeln, als sie in den Strahlungsbereich der gelblich-frischen, versengenden Sonne vordringen.

***Gelblich-frisch* ist Blödsinn.**

Ich stelle mir vor, dass es zischt und brutzelt, als die stählernen Ikarusse in den Strahlungsbereich der weiß glühenden, sengenden Sonne vordringen.

Besser.

Danke. Speicher das ab und druck es aus. Die beiden Schlachtschiffe schießen Harpunen in die glühende Gasschicht rund um die Sonne, die bis zur Fotosphäre vordringen. Gleich darauf übertragen Ultraschallkameras Bilder der Hölle, die im Herzen der Sonne brodelt. Diese Bilder werden auf eine Hitzeabschirmung projiziert, die hoch über unserem Raumschiff schwebt. Auf dieser »Kinoleinwand« im Raum können wir verfolgen, wie die Sonne angezapft wird.

Die Harpunen fliegen durch den Raum, blasen sich zu riesigen, leuchtenden Ballons auf und tauchen ins Herz der Sonne ein. In der Wärme schmelzen sie und lösen sich auf, bis nur der harte Kern der Harpune übrig bleibt, eine silberne Kapsel, die wie ein Geschoss geformt ist und sich fast mit Lichtgeschwindigkeit fortbewegt, so schnell, dass sie nicht verglüht. Diese Kapseln rasen durch die Zone der Konvektivität ins Herz der Sonne und zerfetzen dabei die feinkörnigen Gasblasen, die ziellos in der Sonne herumwirbeln.

Danach tauchen die Kapseln blitzschnell auf der anderen Seite der Sonne auf, angefüllt mit gespeicherter Energie. Mittels einer Computersimulation können wir ihre Route verfolgen. Nach mehreren unglaublich schnellen Umrundungen des planetarischen Systems bremsen sie schließlich so ab, dass sie eine stabile Umlaufbahn erreichen. Genau in dem Moment, in dem sie so langsam werden, dass wir sie sehen können, öffnen sie sich nach und nach – wie Schmetterlinge, die den Globus erst maßlos schnell umkreist haben und dann langsam mit den Flügeln schlagen.

In einer Serie unsichtbarer Impulse beginnen die Kapseln damit, die Energie, die in ihren überaus dichten Kernen gespeichert ist, in das Raumkraftwerk einzuspeisen, das in der Umlaufbahn rund um den kahlen Planeten angesiedelt ist.

Danach strömt diese Energie zum Planeten, wo sie aufgefangen und in die Energienetze und Sauerstoffgeneratoren geleitet wird. Langsam erwacht das komplizierte, grandiose Netzwerk des Terraformens zum Leben und zieht Wärme aus der Atmosphäre. Feuer lodern auf und bringen den gefrorenen Sauerstoff in den Seen zum Schmelzen. Unzählige Sensoren überwachen und regulieren jede Sekunde dieses Prozesses. Flüssiger Wasserstoff beginnt zu brodeln und verwandelt sich in Wasserdampf, während der gasförmige Sauerstoff langsam Tropfen bildet und sich mit dem Hexengebräu vermengt.

Plötzlich flammt die Sonne auf. Wie ein rebellisches Feuer, das sich dem Schürhaken widersetzen will, lodert sie so auf, dass sie sich selbst dabei verzehrt. Mächtige Flammenschwaden schlagen aus der Chromosphäre und verwandeln den tintenschwarzen Himmel in ein funkelndes Kaleidoskop aus Licht und brennendem Raumschutt. Ein gefrorener Komet flackert auf und rast mit glühendem Schweif an uns vorbei, ehe er erlischt. Bruchstücke der brennenden Sonne werden mit der Kraft von Milliarden explodierender Wasserstoffbomben in den Raum geschleudert und machen die Nacht zum Tag, den Raum zum Solarfeuer. Trotz unserer Schutzanzüge versengt uns die Hitze der Sonnenexplosion.

Später verblassen die Leuchtfeuer. Mit jeder Sekunde wird der Sonne weitere Energie abgezapft. Jetzt bricht auf dem Planeten unter uns Feuer aus. Wie Funken auf einem von der Sonne angestrahlten Gewässer flackern dort Flammen auf. Als die Sonne ein letztes Mal auflodert, ehe ihr Feuer erstirbt, jubeln wir laut. Mit den von Menschenhand gemachten Werkzeugen haben wir ihr die Wärme entzogen, sie verwundet und in ihrem Stolz verletzt, doch in neun Monaten wird dieser Planet besiedelbar sein – das nenne ich Fortschritt! Ich empfinde ein Hochgefühl, bin stolz darauf, all das miterleben zu dürfen, stolz darauf, zur Spezies Mensch zu gehören. Was sind wir doch für gottgleiche Geschöpfe!

Sei bloß nicht so selbstüberheblich, Lena.

Ach, halt den Mund. Wer hat dich überhaupt auf derart abfällige Bemerkungen programmiert?

Du natürlich.

Aha.

FLANAGAN

Die Halle der Piraten ist das größte und schönste Gebäude auf Kapitän Morgans Planeten: ein riesiger Saal mit unverputzten Steinmauern und einem gläsernen Dach, das den Blick auf den nächtlichen Himmel und das Doppelgestirn des Helikon-Systems freigibt. Der Saal hat die Form eines kreisrunden Sportstadions, eine hervorragende Akustik und ansteigende Ränge, sodass selbst weit entfernt Sitzende mühelos die Menschen hören und sehen können, die an den Tischen in der Mitte Platz genommen haben.

Lena, Harry, Alliea, Brandon, Kalen, Jamie und ich sitzen am Ehrentisch im Zentrum, während Alby irgendwo herumschleicht. Hin und wieder schwebt er davon und taucht als kreisförmiges Lichtmuster an der Glasdecke wieder auf. Mit Alby ist es eine seltsame Sache: Normalerweise ist er so sehr Teil unserer Mannschaft, dass ich schlicht vergesse, wie andersartig er in Wirklichkeit ist. Alby empfindet Geselligkeit als bizarr und auch Freundschaft als ein merkwürdiges Phänomen, obwohl er sie freudig für sich entdeckt hat. Und es kommt ihm völlig natürlich und normal vor, sich stets mit Lichtgeschwindigkeit fortzubewegen.

Deshalb geistert er überall wie ein Irrlicht herum, bekommt dabei jeden Klatsch mit, kennt jeden an den Tischen. Es kommt sogar vor, dass er sich unter dem Tisch an Beine schmiegt und großen, dicht behaarten Kriegern die Stiefel wärmt.

Unser Gastgeber ist Grendel, ehemaliger Piratenkapitän, jetzt gewählter Führer des Piratenhafens, der Erste Mann auf Kapitän Morgans Planeten. Er leitet ein Team, zu dem die talentiertesten Prostituierten in dem von Menschen besiedelten Universum zählen: Männer, Frauen, Transsexuelle, Zweigeschlechtliche, Kastraten, Delfs, Loper und andere. Aber er ist kein Zuhälter im üblichen Sinn, sondern Agent, persönlicher Trainer, Ideengeber und Antriebskraft in einer Person. Diese Prostituierten reißen jedem Freier, der den verbindlichen Dienstleistungsvertrag in irgendeiner Hinsicht verletzt – es kann ein noch so winziges Detail sein –, das Herz heraus. Wenn man harten Sex will, bekommt man ihn auch. Doch wer ein Quäntchen mehr Schmerz verursacht als ausgemacht, stirbt unweigerlich. Manche sagen, das verleihe der Beziehung zwischen Prostituierten und Freiern eine besondere Würze. Allerdings sind diese Huren sowieso die Besten auf ihrem Gebiet – Meisterinnen und Meister der Liebeskunst.

Auf diesem Planeten gibt es heiße Quellen und wilde Wasserfälle in Hülle und Fülle. Eines der Lieblingsspielchen besteht hier darin, die Stromschnellen von Hispaniola bis Lisbonville hinunterzurasen und dann auf allen vieren bis zu der knapp zwanzig Kilometer vom Fluss entfernten Klinik zu krabbeln, um sich dort neue Glieder oder Organe implantieren zu lassen. Viele sterben in den Stromschnellen, aber das Leben gilt hier nicht viel. Die Piraten, die auf diesem Planeten landen, haben gekämpft und gemordet, wurden ihrerseits gefoltert oder haben erlebt, wie ihre Familien auf entsetzliche Weise getötet wurden. Deshalb sind viele zu

Fatalisten geworden, die auf unzählige unnötige Weisen den Tod riskieren. All das sorgt in diesem Winkel des besiedelten Raums, in dem es weder Soldaten, Gesetzeshüter und Doppelgänger-Roboter noch irgendwelche Regeln gibt, für ein gewisses Wildwest-Ambiente.

Grendel und ich kennen uns schon ewig. Früher mal haben wir ein Duell miteinander ausgetragen, das sich über sechs Wochen hinzog. Es war ein wirklich grässlicher Zweikampf: Wir stachen einander die Augen aus, bissen uns, schlugen und traten um uns. Als am Ende keiner von uns mehr über ein funktionierendes Glied verfügte, mussten wir uns darauf beschränken, einander mit den Zähnen an die Gurgel zu gehen. Aber, he! Wir haben's überlebt und sind seitdem Freunde. Irgendwann muss ich Grendel mal fragen, um was es bei diesem Kampf überhaupt ging. Ich hab's zwar irgendwo auf dem Computer abgespeichert, aber aus meinem Gedächtnis ist die Sache längst verschwunden.

Grendel hämmert mit seinem Bierkrug, der fast einen Liter fasst und mit reinen einundzwanzigkarätigen Diamanten besetzt ist, auf unseren Ehrentisch. Die Facetten der Diamanten funkeln im Kerzenlicht. Als es im Saal still wird, nickt Grendel mir zu: »Ein Lied.«

Ich greife nach meiner Gitarre und schlage leise ein paar Saiten an. Ich habe das Instrument so programmiert, dass die akustische Gitarre automatisch von elektronischen Akkorden, einer Harfe mit eigener Melodieführung, einer Gitarre mit »Wah-Wah«-Effekt und einem Schlagzeug begleitet wird. Wenn ich die Saiten anschlage, spielt also eine ganze Band. Und sobald ich meinen Anschlag verändere, tritt ein kraftvolles Saxofon an die Stelle der akustischen Gitarre.

Ich spiele einen meiner Lieblingssongs aus dem Goldenen Zeitalter des Blues und Rap und beginne mit dem wunderschön weichen, lyrischen Refrain. Meine raue, aber reine Stimme schwingt sich empor, bis die Worte schwerelos bis zum Glasdach dringen, durch das wir die Sterne funkeln sehen:

»I never thought that I would see
Such beauty und such tragedy
And foolish fucked up blazin' wasted lives,
And un'xpected sublimity
I never thought that I would see
*So much of life, and of the genius of our universe.«**

Es folgt ein herzzerreißender Seufzer aus dem tiefsten Innern der Gitarre und danach mein Rap:

»She was a two-bit crack whore, and she was working the streets.
He was a psychopath and she thought he was sweet.
And she played his games, and then she asked to be paid,
And he called her a ho, and he left her for dead.
I was her sorry ass man, her oreo boy,
I was no brotha from the hood, I had my PhD.
And she played me and she lied to me and treated me mean.
And so I told her, you a chicken head, I ain't seein' you again.
And then I saw her dead, at the hos-pi-tal.
Not smiling no more, got holes for eyes, not smiling no more, 'cause her lips been gouged.

* frei übersetzt:
Nie hätte ich gedacht, all das zu sehen: / solche Tragik und solche Schönheit, / vermasselte Leben und so viel Zartheit, / so viel vom Leben, so viel von der Welt / die Schöpferkraft zusammenhält.
»I never thought that I would see«: Variation diverser zeitgenössischer Rap- und Blues-Texte. – *Anm. d. Übers.*

Not smiling.
And I figure it's my fault, for despairing, and not Caring, not holdin' and keepin' her.
But, you see, I never thought that I would see
*My baby dead.«**

Jetzt setzt erneut der seelenvolle, ausdrucksstarke, beziehungsreiche Refrain ein:

»I never thought that I would see
Such beauty und such tragedy
And foolish fucked up blazin' wasted lives,
And un'xpected sublimity
I never thought that I would see
So much of life, and of the genius of our universe.«

Lena nickt im Takt der Melodie mit. Auf ihren Lippen zeigt sich der Anflug eines Lächelns.

Erneut folgt Rap:

»I thought my life was over, when they tracked me and they captured me,

* frei übersetzt:
Sie war 'ne billige Hure, 'ne Straßennutte auf Crack. / Er war'n Psychopath, und sie hielt ihn für nett. / Also spielte sie mit und wollte ihr Geld. / Er nannte sie Schlampe und machte sie kalt. / Ich war nur ihr Arsch, ihr Oreo Boy, ein Schwarzer mit Ambition, / kein Gettobruder, schrieb 'ne Dissertation. / Doch sie trickste mich aus und war gemein. / Da beschimpfte ich sie und ließ sie allein. / Sah sie wieder als Tote im Krankenhaus, / statt Augen nur Löcher, der Mund zerfetzt, / mit dem Lächeln war's aus. / Für immer aus. / Vermutlich bin ich schuld, hab sie aufgegeben, / im Stich gelassen, nicht geschützt vorm Leben. / Doch nie hätt' ich gedacht, das müsst ihr verstehn, / meine Süße als Tote wiederzusehen.
Oreo Boy: Slang. Schwarzer, der sich gern wie ein Weißer gibt, abfälliger Getto-Ausdruck. – *Anm. d. Übers.*

See, they sentenced me to be the only PhD on Death Row, y' know.
But I didn't give a damn, 'cause I had killed a man, this oreo boy,
I had vengeful motherfucking man-who-killed-my-girl-killing joy.
See the psychopath, he had his friends downtown, but his ass was down.
And I don't deny, she made me cry, I was her sorry ass man, her oreo boy,
And I killed for her, I paid the bill for her, and I was Prepared
To go to Hell for her.
But then they fried my brain, and they wiped my mind,
And they let me go. A hundred years ago.
Yeah, she was a two-bit crack whore and she was working the streets.
*I was her oreo boy, and I know that she was sweet.«**

Jetzt gehe ich wieder zum Soulgesang über:

»I believe that every day will be a better day for me.
And I believe that every day will make me happier.

* frei übersetzt:
Und sie suchten mich und sie fanden mich und ich dachte, mein Leben wär' vorbei, / meine Geschichte war denen völlig einerlei. / Also wurde ich verknackt, / saß als einziger Doktor im Todestrakt, / doch all das hat mir nichts ausgemacht, / denn ich hatte diesen Mann wirklich umgebracht, / diesen Scheißkerl, der mir mein Mädchen nahm. / Ich genoss die Rache ohne jede Scham. / Der Psychopath hatte Freunde in der Stadt, / was seinen Arsch nicht gerettet hat. / Sie brachte mich zum Heulen, das geb ich zu, sie trat auf mir herum, niemals gab sie Ruh. / Doch ich tötete für sie, glich die Rechnung aus, / ging zur Hölle für sie und machte mir nichts draus. / Schließlich grillten sie mein Hirn, mein Kopf war völlig leer, / und dann ließen sie mich ziehen, das ist hundert Jahre her.
Sie war 'ne billige Hure, 'ne Straßennutte auf Crack, / und ich ihr Oreo Boy, und ich wusste, sie war nett. – *Anm. d. Übers.*

And I believe that every day will make the world a better
place.
*And every day I learn I'm wrong, but I believe!«**

Ich schließe mit dem Refrain:

»I never thought that I would see
Such beauty und such tragedy
And foolish fucked up blazin' wasted lives,
And un'xpected sublimity
I never thought that I would see
So much of life, and of the genius of our universe.«

Als ich aufhöre, herrscht vielsagende, nachdenkliche Stille. Bald darauf hallt der Lärm von Bierkrügen, die auf Holztische hämmern, durch den Saal. Ich nicke gerührt und warte ab.

Eine schwarzhaarige Frau mit vernarbtem Gesicht und zornigen Augen ergreift das Wort. »Ein schöner Song«, sagt sie. Und dann wiederholt sie einige Textpassagen – ohne den Rap-Rhythmus – mit sanfter, zurückhaltender verbaler Zärtlichkeit: »Sie war 'ne billige Hure, 'ne Straßennutte auf Crack. Er war 'n Psychopath, und sie hielt ihn für nett. Also spielte sie mit und wollte ihr Geld. Er nannte sie Schlampe und machte sie kalt. Ich war nur ihr Arsch, ihr Oreo Boy ...« Sie nickt anerkennend. »Wir danken dir. Wie heißt du?«

»Ich bin Kapitän Flanagan, Pirat.«

»Und ich bin Hera. Das hier ist meine Geschichte.«

Ihre Stimme klingt immer noch sanft und weich, deshalb sind wir alle so leise wie möglich. Wie Schmetterlinge

* frei übersetzt:
Und ich glaube fest daran, dass es jeden Tag nur besser werden kann. / Und ich glaube fest daran, dass mir's Tag für Tag nur besser gehen kann. / Und ich glaube fest daran, dass die Welt nur besser werden kann. / Und ich täusch mich Tag für Tag, doch das ändert nichts daran. – *Anm. d. Übers.*

schweben ihre Worte durch den Saal, und wir recken unsere Köpfe und Ohren, um sie zu verstehen.

»Ich wurde als Sklavin geboren und werde als freie Frau sterben.«

Bierkrüge hämmern auf die Tische.

»Ich war die Jüngste von fünf Schwestern. Naomi war die Älteste. Sie war groß und schlank und rannte gern. Sie war wie eine Gazelle oder eine Sternschnuppe. Immer, wenn sie bei uns war, hob sich unsere Stimmung. Naomi war eine geborene Führerin, ein Mensch, mit dem man gern zusammen war. Wir alle liebten sie. Manche Leute behaupteten, sie ähnle unserer Mutter, aber natürlich haben wir unsere Mutter gar nicht gekannt. *Denn wir kamen auf Hekuba zur Welt.*«

Die letzten Worte spuckt sie regelrecht aus, wie Schlangengift. Wir alle bekommen eine Gänsehaut, denn über Hekuba wissen wir Bescheid. Hekuba ist ein fruchtbarer Garten Eden, der von Männern, ausschließlich von Männern, bestellt und bewirtschaftet wird.

»Die Zweitälteste war Clara, ein ziemlich mürrisches Mädchen. Wir stritten uns viel. Ich war sieben Jahre jünger und hielt Clara für grob und rechthaberisch. Ja, ich weiß, dass ich ihr Unrecht tat, und ich bedauere wirklich jedes grausame, hässliche Wort, das ich ihr mit fünf, sechs, sieben, acht, neun Jahren an den Kopf warf. Als ich zehn war, wurde Naomi abgeholt, denn sie war fällig, und Clara übernahm die Mutterstelle in unserer Familie. Damals hörten wir auf, uns zu streiten. Clara war zwar erst siebzehn, doch sie nahm ihre Pflichten ernst, brachte uns zum Lachen, sang uns in den Schlaf. Das hier ist das Lied, das sie uns immer vorsang.« Heras weiche Sprechstimme wandelt sich zu einer süßen, ungekünstelten Singstimme. Es ist ein Schlaflied, das aus dem einundzwanzigsten Jahrhundert stammt. Die Melodie hat etwas, das sich einprägt und einen verfolgt, ist voller Modulationen, die oft über sechs oder sieben Noten reichen, ehe sie zum Grundton zurückkehren. Hera trägt dieses Lied wirklich zauberhaft vor:

»Expectat-i-i-i-on
Of morning's dawn that's
Dawning on
Our happy world
Imagine i-i-i-i-i-it.
El-ev-at i-i-i-on
Of human souls
That aren't controlled
Into paradise.
Imagine i-i-i-i-i-it.
Time to sleep and dream and let your mind be free.
Time to sleep and dream and let your mind, oh let your mind, be
Time to sleep and dream and sleep and dream and let your mind oh
Time to sleep and let your mind and heart be free.
Be free.
Be freeeeee.
Expectat-i-i-i-on
Of better days and
Human ways that
Make our world
A happy world.
Imagine i-i-i-i-i-it.
Sleep, sister, sleep.
Sister.
Sleep, sister, sleep.
Sister.
Sleep, sister.

For you will always be my sister,
Sister.
*Sleep.«**

Sie singt ohne Begleitung, und ich habe schon bessere Stimmen und anspruchsvollere Lieder gehört, aber nichts hat mich jemals so berührt.

»Elf Monate lang«, fährt Hera fort, »hat Clara mich und meine Schwestern in den Schlaf gesungen. Doch an ihrem achtzehnten Geburtstag war sie fällig und wurde abgeholt.«

Im Saal bricht heftige Wut aus; die Leute hämmern auf die Tische und fluchen bitterböse. Hera wartet geduldig ab, bis wieder Ruhe eingekehrt ist.

»Meine drittälteste Schwester war Shiva, benannt nach der indischen Göttin. Sie war ein glückliches und sehr schönes Mädchen. Aber mit sechzehn Jahren, als Clara abgeholt wurde, war Shiva immer noch ein richtiges Kind, unreif für ihr Alter. Bis zu ihrem eigenen ›Ehrentag‹ waren es noch zwei Jahre, aber sie wurde melancholisch und apathisch und überließ es mir und meiner anderen Schwester, Persephone, für die Familie zu sorgen. Wir beide gingen einkaufen, kochten, machten sauber und organisierten all unsere Familien-

* Anspielung auf das vertonte Gedicht »Expectations« des britischen Poeten Arthur Hugh Clough (1819–1861)
Frei übersetzt:
Stell dir vor, wie die Morgendämmerung über einer glücklichen Welt heraufzieht. / Stell dir vor, wie sich befreite menschliche Seelen ins Paradies erheben. / Zeit zu schlafen, Zeit zu träumen und deine Seele freizulassen. / Zeit zu schlafen, Zeit zu träumen, oh, lass deine Seele frei. / Zeit zu schlafen, lass Seele und Herz frei. / Sei frei. / Stell dir vor, dass bessere Zeiten kommen. / Mal dir aus, wie die Menschen sich so verhalten, dass eine Welt voller Glück entsteht. / Schlaf, Schwester, schlaf. / Schwester. / Denn meine Schwester wirst du immer bleiben.
Schwester. / Schlaf. – *Anm. d. Übers.*

feste im Harem. Shiva behandelten wir wie eine Prinzessin, es fehlte ihr an nichts. Jeden Abend erzählten wir ihr Geschichten von fernen Ländern mit magischen Orten und schönen Prinzen und Prinzessinnen und schlossen stets mit den Worten: *Und wenn sie nicht gestorben sind, so leben sie noch heute* ... Ich war damals erst elf und Persephone dreizehn, aber wir waren trotzdem schon richtige Frauen. Jeden Tag standen wir mit einem Lächeln auf den Lippen auf, wir sangen bei der Arbeit, hegten und pflegten unser Haus. Meistens war Shiva recht glücklich. An ihrem achtzehnten Geburtstag wurde auch sie abgeholt.«

Ich kann sehen, dass Hera Tränen über die Wangen rinnen. Sie weint so heftig, dass die Tränen auf den Tisch vor ihr spritzen, und muss ihre Geschichte unterbrechen. Grendel wischt ihr sanft die Tränen aus dem Gesicht und nimmt sie in die Arme. Dieser stark behaarte Riese von einem Mann geht überaus zart mit der kleinen, fragilen, verängstigten jungen Frau um.

Nachdem Hera einen großen Schluck Wein getrunken hat, redet sie weiter, doch ihre Stimme klingt brüchig. Sie braucht ein paar Sekunden, um sich zu fangen. Schließlich ist sie wieder bei Stimme, findet zurück in den alten Rhythmus und fährt fort: »Als sie Shiva mitnahmen, beschlossen Persephone und ich, uns mehr Wissen über diese Welt anzueignen. Im Harem gab es eine Bibliothek, die unter Verschluss gehalten wurde, aber wir fanden eine Möglichkeit, Nacht für Nacht aus unseren Zimmern auszubüxen und hineinzugelangen. In der Bibliothek verbrachten wir viele Stunden damit, in Computerausdrucken, Dateien und sogar Büchern herumzustöbern. Wir erwarben dabei Grundkenntnisse in Physik, Astronomie, Geschichte, kultureller Entwicklung und Mode, lasen Liebes- und Abenteuerromane. Damals stieß ich auf eine Schriftstellerin, die ich auch heute noch schätze: Jane Austen. Ihre Romane handelten von verliebten Männern und Frauen.« Hera lacht freudlos auf. »Das waren meine Pornohefte, die mir einen kleinen Blick auf verbotenes Terrain gestatteten. Dann wurde auch Persephone abgeholt. Zwei Jahre lang lebte ich ganz allein, allerdings waren die anderen Mädchen im Harem sehr lieb zu mir. Trotzdem wollte ich nicht zu einer anderen Familie ziehen. Ich behielt meine eigene Wohnung, lud andere zu Festen bei mir ein, kochte wunderbare sechsgängige Menüs, die ich dann ganz allein verspeiste. Oft dachte ich über Janes Austens Darcy nach und fragte mich, ob er braunes oder blondes Haar hatte. An meinem achtzehnten Geburtstag kamen sie mich holen.«

Sie hält kurz inne. »An dieser Stelle ruft euch bitte ins Gedächtnis, dass ich noch nie an der Oberfläche meines Heimatplaneten gewesen war. Wir Frauen wohnten im Harem, einem großen schönen Gebäudekomplex, der zwar mit Lichtschächten ausgestattet war, aber keine Aussicht auf irgendeine Szenerie bot. Deshalb war meine erste Reise mit einem Düsenflugzeug ein Erlebnis, das mir Angst machte. Ich musste über einen Flugplatz gehen, während am Himmel dieses riesige gelbe Feuer brannte und echte Tiere auf dem Boden herumliefen oder herumsausten. Ich sah auch Männer, wirkliche Männer, die mich mit geilen Blicken eingehend von Kopf bis Fuß musterten, als wäre ich ein gottgleiches Wesen. Inzwischen ist mir klar, dass die Männer auf Hekuba ein seltsames, ödes Leben führen. Sie arbeiten auf den Feldern oder in den Fabriken, singen bei der Arbeit und malen in ihrer Freizeit Gemälde oder schreiben Gedichte, die von ihrer Liebe zum weiblichen Geschlecht handeln. Doch selbstverständlich sind sie schwul, es bleibt ihnen ja gar nichts anderes übrig. Trotzdem ist das Leben auf Hekuba für die Männer gar nicht mal so übel. Sie können ein Lebensalter von achtzig, neunzig Jahren und mehr erreichen, leben zivilisiert und in einer Gemeinschaft, können die Sonne genießen. Aber meiner Ansicht nach sind Männer nicht für ein Leben ohne Frauen geschaffen. Wir sind wie Schlüssel und Schloss, wie der Atem und der Atmende, Yin und Yang. Männer und Frauen bilden gemeinsam eine *einzige Spezies.*«

Während die Sätze durch den Saal schweben und die Geschichte weitergeht, entfaltet sich vor uns jedes Wort wie eine Blume, die sich im Morgenlicht öffnet. Hera hat die Gabe, unsere Herzen mit jeder ihrer Gesten in Bann zu schlagen. Wir spüren ihre Angst, als sie über den Flugplatz geht. Ihr Entsetzen, als das Flugzeug abhebt und durch die Luft fliegt. Die wachsende Nervosität, als man sie in den Palast geleitet.

»Männliche Bedienstete badeten mich und kleideten mich an. Es war ihnen anzumerken, wie sehr sie den Anblick meines nackten Körpers genossen. In dieser Nacht wurde ich ausgezogen, parfümiert, massiert, eingeölt und legte mich danach zum Schlafen nieder. Am Morgen wiederholte sich die ganze Prozedur – die Massage, das Parfümieren, das Einölen. Mein Körper wurde zum Flakon verführerischer Düfte und vibrierte vor sexuellem und sinnlichem Erwachen. Ich wusste nicht genau, was ich erwarten sollte. Ich glaube, ich hätte es einfach hingenommen, hätte man mir den Bauch aufgeschlitzt, den Kopf abgeschlagen oder mich mit irgendeiner Gerätschaft gefoltert. Stattdessen aß und trank ich in Gesellschaft von hundert schönen achtzehnjährigen Mädchen. Unsere Gastgeber waren Riesen, große Männer und Frauen von unvergleichlicher Schönheit und enormer Kraft. Sie forderten uns Mädchen auf, für sie zu tanzen und zu singen, und wir taten es. Dann wurde das erste Mädchen zum Sultan gerufen. Nachdem er sich entkleidet hatte, legte er sich auf ihren nackten Körper und befriedigte seine Lust.«

Sie hält kurz inne.

»Wir Frauen auf Hekuba waren, wie ihr vielleicht wisst, aufgrund genetischer Eingriffe mit besonders haltbaren Jungfernhäutchen ausgestattet. Und die Herrscher unseres Planeten, die Doppelgänger-Roboter, waren in jeder Hinsicht größer als Menschen. Wenn ein DR ein Mädchen vergewaltigte, starb es deshalb zwangsläufig, weil es verblutete. Und mir wurde klar, dass uns genau das bevorstand. Ich will nicht weiter darüber reden, was in dieser schlimmen, grauenhaften Nacht geschah.«

Während wir uns die Szene ausmalen, nicken wir sachlich und unterdrücken unser Entsetzen.

»Doch ich überlebte und wachte am Fuß eines Leichenbergs auf, eines Berges aus toten, deflorierten Mädchen. Ich kroch heraus und floh auf die Hügel. Irgendwann gelang es mir, ein Flugzeug zu stehlen und mich zu den Sternen hochzuschwingen. Da ich in der Bibliothek sehr viel gelesen hatte, besaß ich ein paar Grundkenntnisse in Astronomie. Und das Flugzeug – es muss einem Paranoiker gehört haben – war so ausgerüstet, dass es Jahre im tiefen Raum überstehen konnte. Also flog ich zu den Sternen und wurde etwa achtzehn Monate später mehr tot als lebendig von einem Piratenschiff aufgelesen. Und heute bin ich hier.«

Hera hebt ihr Glas. »Ich möchte einen Trinkspruch vorschlagen.« Auch wir heben unsere Gläser. »Auf Naomi. Auf Clara. Auf Shiva. Auf Persephone. Und auf all die anderen Mädchen von Hekuba. Auf meine Schwestern.«

Lauthals stimmen die Versammelten in den Trinkspruch ein: »Auf deine Schwestern!«

Ich sehe Lena an, die blass geworden ist und zittert. »Wie konnten wir das zulassen?«, flüstert sie mir zu.

FLANAGAN

Es folgt eine weitere Geschichte. Die Illyrianer tanzen für uns. Die Meccaner führen mit unglaublicher Geschicklichkeit ein wunderbares Marionettentheater vor. Ein Rudel Loper stellt eine Jagdszene nach. Schließlich knallt Lena ihren Bierkrug auf den Tisch. Als sie aufsteht, zieht sie alle Blicke auf sich. »Das ist meine Geschichte«, sagt sie.

LENA

»Ich habe einen Sohn und kann ihn nicht lieben.« Die Worte hallen durch den Saal. »Ihr mögt euch jetzt fragen: Na und? Was ist das schon im Vergleich zu dem, was andere durchgemacht haben? Ich weiß ja, wie ihr gelitten habt. Manche Freunde von mir haben ihr Leben wegen falscher, absurder Anschuldigungen in Gefängniszellen verbracht, die so niedrig waren, dass sie darin nicht aufrecht stehen konnten. Man verweigerte ihnen den Kontakt zu Anwälten und ein ordnungsgemäßes Gerichtsverfahren. Und weswegen? Wegen nichts. Sie verloren ihr Leben nicht aufgrund einer Strafe für ein tatsächlich begangenes Verbrechen oder einer Maßnahme, die zur Abschreckung anderer dienen sollte, sondern weil das System sich manchmal einfach Menschen einverleibt und nicht wieder ausspuckt. All das weiß ich, und dennoch ... Dass ich meinen Sohn nicht lieben kann, nagt an meinem Herzen. Auch seinen Vater habe ich nicht geliebt. Fast hundert Jahre lang war mein Sohn Peter ein eingefrorener Embryo, während ich mein eigenes Leben lebte. Bei seiner Geburt befand ich mich in einer schwierigen Situation. Als er im Krabbelalter war, wurde ich sehr krank. Monatelang war ich im Krankenhaus, und die Genesungsphase dauerte fast vier Jahre. Praktisch wurde mein Sohn von Fremden aufgezogen, doch als ich mich wieder um ihn kümmern konnte, versuchte ich ihn zu lieben. Ich versuchte es wirklich mit aller Kraft. Als er elf Jahre alt war, tanzten wir zusammen zur Musik einer Band in *Florians Café* auf dem Markusplatz in Venedig. Peter hatte rotblondes Haar und Sommersprossen, genau wie ich, und war ein sehr gefühlsbetonter, sehr ernsthafter Junge. Doch er war auch ein grausames Kind. Einmal brachte er eine Katze um und zog ihr das Fell ab. Später trank er, wurde sogar zum Alkoholiker. Außerdem nahm er Drogen. Als Erwachsener hatte er immer noch einen recht kindischen Humor. Es machte ihm Spaß, seine Freunde aufzuziehen und zu demütigen. In dieser Hinsicht war er mir gar nicht ähnlich. Als Peter volljährig wurde, hatte ich wieder viel um die Ohren, denn ich wurde politisch aktiv und engagierte mich für große gesellschaftliche Veränderungen. Ich schuf Heimdall.«

Verblüfftes Raunen im Saal.

»Als Politikerin war ich eine Vorreiterin der Bewegung, die sich die Besiedlung des Raums auf ihre Fahnen geschrieben hatte. Bei der zweiten Kolonisierungswelle war auch mein Sohn dabei; irgendwann landete er mit dem Raumschiff auf Meconium, einem öden, trostlosen Planeten, auf dem niemals annähernd erdähnliche Bedingungen geschaffen werden konnten. Bei der Landung war Peter ein immer noch relativ junger Mann. Außerdem war er ehrgeizig. Er ermordete den gewählten Präsidenten und übernahm selbst die Macht. Zu dieser Zeit war ich eine einflussreiche Frau, die erste Präsidentin der Menschheit. Man nannte mich Xabar.«

Getuschel. Ein unsichtbares Schwert hängt in der Luft.

»Mir wird vieles vorgeworfen, doch man muss berücksichtigen, dass wir in jenen Tagen noch Träume hatten. Der erste Planet, um den ich mich kümmerte, war Hope. Ich wollte unbedingt ein Paradies auf Erden daraus machen, und fast wäre mir das auch gelungen. Doch dann wurde ich wegen Amtsmissbrauchs angeklagt – wegen eines, wie ich zugeben muss, kaltblütigen Mordes. Nach Vorschriften, die ich selbst entworfen und durchgesetzt hatte, bekam ich Elektroschocks. Die Eingriffe in mein Gehirn veränderten meine Persönlichkeit zum Besseren, aber brachen sie auch. In dieser Zeit erlangte mein Sohn immer mehr Einfluss und Macht. Ich weiß, dass ich schlimme Dinge getan habe, aber ... aber ...«

Lena wischt sich Tränen aus den Augen.

»Was für ein Universum haben wir erschaffen«, fährt sie fort, »wenn es passieren kann, dass eine Mutter ganze Jahrhunderte lang von ihrem Kind getrennt lebt? Während ich durch den Raum reiste, dehnte mein Sohn sein Reich immer weiter aus. Und irgendwann beschloss er, nach Hause zurückzukehren, begleitet von einer riesigen, skrupellosen Armee und einer Kriegsflotte. Er wollte zur Erde zurück, um sie zu besetzen. Viele Jahre lang flog er bei annähernder Lichtgeschwindigkeit durch den Raum, und dort trafen wir uns auch und verbrachten einige Zeit miteinander. Ich erkannte ihn kaum wieder. Zwar verhielt er sich mir gegenüber sehr charmant, doch ich fand ihn kalt, überheblich und herrisch. Frauen verachtete er. Und da merkte ich, dass ich bei seiner Erziehung versagt hatte. Vielleicht lag das Böse in seiner Natur, es kann aber auch sein, dass ich dafür verantwortlich bin. Fragt euch, ob es allein meine Schuld ist. Ich weiß, was ihr durchgemacht habt – macht ihr mich dafür verantwortlich? Seht euch meine Geschichte, mein Leben an, all das, was ich erreichen wollte. Und beurteilt mich danach und nicht nur nach der Tatsache, dass ich als Mutter versagt habe. Doch ich fürchte, allein das zählt für euch. Meine Gefährten wissen es bereits: Mein Sohn ist der Cheo. Inzwischen lebt er auf der Erde. Wir haben uns seit Jahrhunderten nicht gesehen, kommunizieren aber regelmäßig miteinander. Er erzählt mir von seinen Plänen. Ich bitte ihn nicht darum, doch er hält mich stets in allen Einzelheiten auf dem Laufenden. Ich weiß besser als ihr alle, wie es in diesem Universum zugeht. Hera, ich habe deine Geschichte gehört. Du bist meine Schwester, ich bin deine Schwester. Bitte beurteile mich nicht nach dem, was ich getan habe, sondern nach dem, was ich noch tun werde. Betrachte mich mit dem Blick der Nachwelt.«

Hässlicher Ausdruck.

Halt den Mund, sie fressen mir aus der Hand.

»Als ich mein neugeborenes Kind in den Armen hielt, dachte ich, nichts könnte mich jemals davon abbringen, meinen Sohn zu lieben. Aber ich habe mich geirrt.«

Während ich wieder Platz nehme, herrscht betroffenes Schweigen. Schließlich steht Flanagan auf und fragt die versammelte Menge von Halsabschneidern in gelassenem Plauderton: »Also, wer ist für Krieg?«

Es bricht ein solcher Beifallssturm los, dass Flanagan fast aus dem Gleichgewicht gerät.

ACHTES BUCH

LENA

»Wie fandest du meine Rede?«

»Grandios.«

»Und du sagst das nicht nur so?«

»Natürlich nicht.«

»Ich hatte das Gefühl, sie kam recht gut an.«

»Sie war sehr souverän.«

»Käpt'n Flanagan …«

»Du musst nichts Nettes zu mir sagen, Lena.«

»Kann sein, dass ich dich unterschätzt habe.«

Er stutzt, und in seinen Augen blitzt etwas Verschmitztes auf. »Und ich dich«, erwidert er galant.

»Du lässt dich da auf eine gewagte Sache ein.«

»Es ist das ehrgeizigste Projekt in der ganzen Geschichte der Menschheit.«

»Ich bewundere dich.«

»Danke.«

»Möchtest du …«

»Was?«

»Meine Hand halten?«

»Klar.« Er greift danach.

»Und meine Wange streicheln?«

»Wenn dir danach ist.« Er streichelt sie.

»Und mich küssen?«

»He, jetzt aber!«

Offenbar ist der Käpt'n schockiert. Mit seinem buschigen grauen Bart und dem wilden Blick wirkt er wie eine Comicfigur, außerdem zieht er sich so an, als wäre er blind. Doch ich habe liebevolle Gefühle für ihn entwickelt. Ich lasse die Finger durch sein Haar gleiten und drücke meine Lippen auf seine. Nach ein paar Minuten löse ich mich von ihm. »Gefällt dir das?«, frage ich.

»Sehr.«

»Und du sagst das nicht nur so?«

»Natürlich nicht.«

»Liebst du mich, Käpt'n?«

»Küss mich noch mal, falls du Lust hast.«

Während ich ihn küsse, streiche ich mit der Hand über sein Geschlecht und spüre dabei, wie es sich regt. Also hab ich's mir nicht eingebildet: Ich hab ihn wirklich in der Hand!

FLANAGAN

Wir sind auf dem richtigen Weg.

Lenas Rede war allerdings seltsam. Sie hat sie zwar leidenschaftlich und bewegend vorgetragen, doch in mehrfacher Hinsicht gingen die Worte am Publikum vorbei. Irgendwie klangen sie wie die flehentliche Bitte einer von Schuldgefühlen zerfressenen Frau, man möge ihr doch vergeben. Und vermutlich waren sie genau so gemeint. Ehrlich gesagt, hatte ich Besseres von ihr erwartet. Aber was soll's? Lena muss die ihr zugewiesene Rolle spielen, ob sie's weiß oder nicht. Nur haben wir seit ihrem Auftritt anscheinend so was wie ein sexuelles »Ding« laufen. Jamie und Brandon ziehen mich damit zwar auf, aber ich werde genau das tun, was ich tun muss, selbst ... *das.* Der Preis ist nicht allzu hoch.

Nach Lenas Rede stand ich auf und ergriff selbst das Wort. Auf höchst anschauliche und übertriebene Weise erzählte ich den versammelten Piraten davon, wie wir Cambria eroberten und befreiten. Ich berührte die Herzen dieser Angst einflößenden Piraten und gab ihnen eine Vision: *Krieg*.

Nicht der Sieg, nicht die Gerechtigkeit, nicht die Rache, sondern der Krieg an sich und um seiner selbst willen ist das, wonach sich diese Männer und Frauen sehnen. Die Hoffnung in ihren Herzen ist schon vor langer Zeit gestorben. Sie wünschen sich keine materiellen Güter, denn alles, was sie brauchen, haben sie sich längst zusammengestohlen. Und sie befinden sich auch nicht in unmittelbarer Gefahr. Die Zeit ständiger Jagd und Verfolgung ist für die Piratenmannschaften Geschichte. In Wirklichkeit ist die Galaktische Körperschaft ja so reich, dass es sie einen Dreck schert, was wir aus ihren Schiffen und Städten rauben.

Was bedeutet Reichtum denn schon? Jedes Gewebe, von Kaschmir über Seide bis zu Spinnennetzen, kann man heutzutage in einer in der Umlaufbahn angesiedelten Fabrik herstellen. Die Entwürfe der großen Designer lassen sich per Quantenleitstrahl durch das ganze Universum verschicken, und zwar in weniger Zeit, als man für einen einzigen Gedanken braucht. Mühelos kann man Mobiliar, Schmuck und Goldwaren als Auftragsarbeiten produzieren, innerhalb von Minuten Wagen mit Flugausrüstung zusammenbauen. Die riesigen Fabriken in der Umlaufbahn, die von menschlichen Sklaven und selbstständig arbeitenden Robotern betrieben werden, können problemlos alles und jedes erzeugen, ob es dabei um die Umwandlung von Metallen geht, um die präzise Konstruktion von Freizeitelektronik oder die Produktion hochwertigen Strick- und Stoffgewebes. Das Einzige, was man zur Erzeugung dieses sich im Selbstlauf reproduzierenden unerschöpflichen Reichtums benötigt, ist *Energie*. Und auch die steht in nahezu unbegrenzten Mengen zur Verfügung. Im Laufe von mehr als tausend Erdjahren hat die Menschheit sich nur in einem winzigen Teil einer kleinen Galaxie ausgebreitet, doch innerhalb dieser

Region liefern die Sterne unermesslich viel Energie. Denn jeder Stern strahlt und brennt aufgrund einer Reihe komplexer nuklearer Reaktionen, die mehr Energie erzeugen, als die Menschheit je verbraucht hat und je benötigen wird. Sobald man über Kapseln mit stark verdichteter Energie verfügt, die man zum Aufladen ins Herz der Sonne schleudern kann, oder über eine Batterie von Sonnenkollektoren, die den Stern wie Satelliten umkreisen, hat man Zugang zu so viel Energie, wie man sich nur wünschen kann. Und dann kann man Roboter-Computer schaffen, die ihre eigene Nachfolgegeneration konstruieren. Anschließend kann man aus dem Vollen schöpfen. Die Umweltverschmutzung stellt kaum noch ein Problem dar, und auf den meisten besiedelten Planeten herrschen inzwischen erdähnliche Bedingungen. Da der Raum Platz genug für alle bietet, fällt die Bevölkerungsexplosion nicht ins Gewicht. Außerdem sterben ja auch sehr viele versklavte Menschen bei gefährlichen Arbeiten. Das Sonnensystem wird sorgfältig überwacht. Nur wenige Angehörige einer Elite werden als vollwertige Bürger des Systems anerkannt; alle anderen werden entweder auf Siedlerschiffe verfrachtet oder auf sonstige Weise ausgeschaltet.

Es ist ein perfektes, sich selbst regulierendes System. Offenbar ist der Raum tatsächlich groß genug.

Als junger Pirat wusste ich nichts von alldem und dachte, ich könne der herrschenden Autokratie durch die Ausplünderung von Handelsschiffen kleine, aber wichtige Stiche versetzen. In der Hoffnung, dem Cheo damit schlaflose Nächte zu bereiten, vernichtete ich materielle Güter, ließ ganze Schiffsladungen in Flammen aufgehen.

Was völlig sinnlos war. Wir Piraten gleichen Schmetterlingen, die um einen Elefantenarsch herumschwirren. Wir stellen für niemanden eine wirkliche Bedrohung dar. Doch als Armee betrachtet, sind wir ein ernst zu nehmender Haufen.

Zwanzigtausend Piratenschiffe haben sich gesammelt, bemannt mit fast einer Million Krieger. Manche sind Söldner, andere Schmuggler oder gewiefte Betrüger, die ihren Lebensunterhalt damit verdient haben, das System auszutricksen. Viele haben früher in Raumfabriken gearbeitet und sind froh, der täglichen Qual und Tortur entronnen zu sein. Manche sind Mörder, denen man wiederholt das Hirn gegrillt hat, ohne dass sie dadurch den Drang zu verstümmeln und zu töten verloren hätten. Manche sind kleine Kriminelle – Geächtete, die ihre Mitmenschen betrogen oder bestohlen haben. Alle zusammen bilden eine brutale, abstoßende Bande, aber wir brauchen jede einzelne Frau, jeden einzelnen Mann.

Inzwischen befinden wir uns auf dem Weg nach Kornbluth, das achtzehn Lichtjahre von unserem sicheren Hafen in der Prekären Zone entfernt liegt. Nach subjektiver Zeitrechnung wird es zwanzig Jahre dauern, bis wir dort ankommen. Wir haben uns dafür entschieden, Illyria, unseren unmittelbaren Nachbarn im Raum, vorerst nicht anzugreifen. Stattdessen wollen wir Illyria auf dem Rückweg heimsuchen, falls einige unserer Schiffe den Krieg überstehen und hastig den Rückzug in die Prekäre Zone antreten müssen. Vorausgesetzt, dass überhaupt irgendeiner von uns so lange lebt.

Der Spaß am interstellaren Krieg besteht nicht zuletzt darin, dass man sich ziemlich leicht an den Gegner heranschleichen kann. Aus einer Entfernung von zwei- oder dreihundert nautischen Meilen zeichnet sich unsere Schlachtflotte als große Wolke am Horizont ab, doch aus größerem Abstand betrachtet, sind wir nicht mehr als ein Staubkörnchen oder eine Mücke am riesigen dunklen Himmel.

Nur saust diese Stechmücke mit annähernder Lichtgeschwindigkeit durch den Raum und hat einen Asteroiden und eine Raumfabrik im Schlepptau. Wie eine Horde mongolischer Krieger rücken wir unaufhaltsam vor, den Tag der Abrechnung vor Augen.

Allerdings wird es eine lange Reise werden; für manche von uns wird sie ein ganzes Leben dauern, von der Geburt bis zum Tod. Der Gedanke an die Dimensionen dieses riskanten Projekts ernüchtert mich. Denn wenn man uns in siebzehn oder achtzehn Jahren (subjektiver Zeitrechnung) lokalisiert, wird die Galaktische Körperschaft unverzüglich ihre Abwehr aktivieren und alle verfügbaren Kriegsschiffe auf den Plan rufen.

Was noch schlimmer ist: Die Körperschaft wird sich sofort mit neuen Schiffen und Soldaten ausrüsten. Die Raumfabriken rings um Kornbluth wird man dazu umfunktionieren, Kriegsschiffe und Doppelgänger-Roboter zu produzieren. Die den Planeten, Asteroiden, vielleicht sogar dunkler Materie entrissenen Rohstoffe wird man in riesige Schmelzbehälter leiten, um die Metalle herauszufiltern oder umzuwandeln. Falls nötig, wird man aus Wasserstoff Helium, aus Helium Kohlenstoff und aus Kohlenstoff diamanthartes Eisen gewinnen. Metalle benötigt man allerdings nur für die Innenkonstruktionen eines Raumschiffs. Die Schiffsrümpfe bestehen aus organischen Polymeren, deren Spann- und Dehnungskraft stärker ist als die von Spinnennetzen. Von den Fließbändern werden die Körperteile von Doppelgänger-Robotern rollen, so sensibel wie menschliche Haut und so widerstandsfähig wie mit Panzern ummantelte Raketen. Binnen eines Jahres können Kornbluths Fabriken eine Million Kriegsschiffe und eine halbe Milliarde Doppelgänger-Soldaten heraushauen. Es geht viel schneller, neue Soldaten in die Welt zu setzen, als Soldaten von einer Region der riesigen Galaxie in die andere zu befördern. Darin liegt die unerschütterliche Macht der Galaktischen Körperschaft: Sie verfügt über unbegrenzte Energie, unbegrenzte Produktionskapazitäten und über Förderbänder, die alle paar Stunden ganze Armeen ausspucken können.

Deshalb haben wir beschlossen, sie in ihrem eigenen Spielchen auszutricksen. Auch wir verfügen über eine Raumfabrik, außerdem über einen Asteroiden mit Erzlagern und Schleppnetze, die unentwegt dunkle Materie und Raumschutt für unsere Schmelzbehälter einsammeln. Auch wir stellen Polymerhüllen für Kriegsschiffe her. Auch wir produzieren jede Menge Waffen. Und Soldaten.

Nie werde ich das wilde Gelage vergessen, mit dem wir den denkwürdigen Abend in der Piratenhalle beschlossen haben. Unzählige Schwangerschaften sind dieser Orgie zu verdanken; der Nachwuchs, der dabei gezeugt wurde, wächst bereits in künstlichen Gebärmüttern heran. Während die Fabrik ständig weitere Kriegsschiffe produziert, reifen die Föten zu Babys. Die Neugeborenen werden wir sorgfältig auf die Schiffe unserer Flotte verteilen, damit die bösen, starken Piraten sie liebevoll großziehen. Jedes Kind wird ein Elternpaar und eine halbe Million Onkel und Tanten besitzen. Wir werden unsere Kleinen hegen und pflegen, aber auch wie Treibhauspflanzen stutzen und trimmen, damit sie sich zu starken, leistungsfähigen, schnell agierenden und furchtlosen Menschen entwickeln. In späteren Schlachten sollen sie verschiedene Aufgaben übernehmen und auch dabei helfen, Kampfstrategien auszuarbeiten, was voraussetzt, dass sie mühelos mit Computern und Künstlichen Intelligenzen umgehen können.

Während unseres ersten Monats im Raum werden Tag für Tag unzählige weitere Babys gezeugt. In einem Jahr werden wir die Produktion von Nachwuchs einstellen, denn dann müssen wir uns darum kümmern, die neue Generation großzuziehen. In zwanzig Jahren, wenn wir Kornbluth erreichen, werden wir über zehn Millionen neue Soldaten an Bord haben, die achtzehn oder neunzehn Jahre alt sind, also auf der Höhe ihrer physischen Kraft. Außerdem werden bis dahin zweihunderttausend neue Kriegsschiffe unsere Flotte verstärken, die dann fast eine Viertelmillion kampfbereiter Schiffe umfassen wird. Es wird die mächtigste Piratenbande sein, die man im Raum je gesehen hat – eine Armee, die größer ist als jedes Heer, das sich in der langen, blutigen Geschichte der Menschheit gesammelt hat.

Während wir eine ganze Armee prächtiger Krieger großziehen und ausbilden, rast unsere Flotte weiter durch den Raum und verleibt sich dabei jedes bisschen Materie und Energie ein, deren sie habhaft werden kann.

Nein, der Vergleich mit der winzigen Mücke hinkt: Wir sind ein unglaublich riesiger Stechmückenschwarm, der ständig anwächst und sich hoch in den Himmel schwingt, um sogar die Sonne zu verschlingen. Vermutlich werden wir dabei verbrennen und einen glorreichen Tod finden.

ALLIEA

Ich habe mich dafür entschieden, Mutter zu werden, was den Käpt'n sicher überrascht hat. Schließlich habe ich ihm erzählt, ich hätte vor, mein Leben lang um Rob zu trauern und all die Jahre im Zölibat zu verbringen. Selbstverständlich habe ich mich in der Nacht der Sexorgie bewusst aus allem herausgehalten. Während es überall im Saal zur Sache ging, habe ich mit mir selbst Dame gespielt – ich meine natürlich das Brettspiel. Dummerweise lenkten mich die entblößten Genitalien so ab, dass ich ständig vergaß, welches meiner beiden Ichs den letzten Zug getan hatte, deshalb verlief das Spiel leicht chaotisch, wie ich zugeben muss. Trotzdem blieb ich hart und verweigerte die Sexspielchen, und das ist bis heute so geblieben.

Doch als der letzte für die Flotte festgelegte Zeugungstermin im Laufe der Monate näher rückte, begann mich die Aussicht auf Mutterschaft von Tag zu Tag mehr zu reizen. Mithilfe der künstlichen Gebärmutter, die das Wachstum des Fötus beschleunigt, wurde das erste Baby auf unserem Schiff schon nach sechs Monaten geboren. Damals begann ich, auf der Säuglingsstation auszuhelfen und mich als Tagesmutter zu betätigen. Mindestens ein Dutzend Piratenmamas vertrauten mir ihre Babys an. Zum ersten Mal fiel mir dabei auf, wie sehr ich in Kindern aufgehen kann. Wenn das Baby, das ich betreute, mich aus verschlafenen Augen musterte und wütend seine Milch verlangte, vergaß ich Zeit und Raum und sah meine Umgebung nur noch durch einen Tränenschleier.

Ich entschied mich für eine künstliche Befruchtung. Sechs Monate später kam mein Baby zur Welt. Ich taufte meine Tochter Roberta. Sie war ein winziges Baby mit großen, dunklen, seelenvollen Augen. Es dauerte jedoch nicht lange, bis sie sich in einen tobenden Kobold verwandelte und vor Hunger zu brüllen begann. Als ich ihr die Flasche gab, hätte sie vor unbändiger Freude und Lust fast den Gummisauger verschluckt. Wie üblich kamen mir vor Glück die Tränen.

Selbstverständlich nahm ich immer noch am Kampftraining teil, zog mich aber aus dem sozialen Leben an Bord zurück. Ich setzte mich nur noch selten zu den anderen in die Bar oder in den Gemeinschaftsraum, ging auch kaum noch ins Kino oder zu Konzerten. Nach und nach verwandelte ich mich in eine Einsiedlerin, die bloß das eigene Baby im Kopf hat. Wenn der Käpt'n mich mit Roberta sah, lächelte er stets nachsichtig, aber ich spürte, wie ihn die Eifersucht packte. Er hätte es gern gesehen, wenn Roberta *sein* Kind gewesen wäre, sehnte sich danach, meine Welt mit mir zu teilen. Anders ausgedrückt: Er wäre gern der Mann gewesen, den ich so liebte, wie er mich, aber das war er nicht. Mit uns hätte es niemals geklappt.

Als Roberta an einer Infektion erkrankte, saß ich zwölf Stunden lang voller Panik an ihrem Bettchen. Heutzutage hört man kaum noch von Kindersterblichkeit, aber es gibt nach wie vor Virusinfektionen, die bei Babys Hirnschäden hervorrufen und im späteren Leben Verhaltensstörungen auslösen können. Solche Schäden sind anfangs schwer zu diagnostizieren und in der Folgezeit kaum noch zu therapieren. Angeblich hat sich auch der Cheo als Kind eine solche Virusinfektion zugezogen. Deshalb befürchtete ich zwölf Stunden lang das Schlimmste für mein Kind.

Doch es war nur Hirnhautentzündung, eine Krankheit also, die man leicht kurieren kann. Als ich es erfuhr, atmete ich tief durch und nahm mein Baby in die Arme. An diesem Tag hatte Hera Dienst auf der Säuglingsstation – die Frau vom Planeten Hekuba, die an jenem denkwürdigen Abend in der Piratenhalle das Wort ergriffen hatte. Sie brachte mich dazu, mich hinzusetzen und eine Tasse Tee zu trinken. Danach sang sie mich mit einem sanften Mantra in den Schlaf. Als ich aufwachte, wiegte Hera mein Baby in den Armen, aber das machte mir nichts aus. Es kam mir ganz natürlich vor.

Und so fing es an. Genau wie ich hatte auch Hera ein Zölibatsgelübde abgelegt. Sex war so traumatisch für sie, dass sie nicht einmal daran denken konnte. Lesbische Neigungen hatten wir beide nicht. Ich wünschte mir weder einen Geliebten noch eine Geliebte, sondern einen zweiten Elternteil für mein Kind. Sehnte mich nach einem Menschen, mit dem ich die Freude über Robertas erstes Lächeln teilen konnte und den es nicht nervte, wenn ich stundenlang von den komischen kleinen Fortschritten des Babys schwärmte.

(»Heute hat Roberta mir auf die Nase gespuckt!« – »Sie hat sich von einer Wand zur anderen gerollt!« – »Sie hat einen großen Haufen gemacht!«) Es ging um Augenblicke, die man nicht allein, sondern zusammen mit einem anderen Menschen genießen sollte.

Ich merkte, dass dem Käpt'n meine neue enge Beziehung zu Hera nicht gefiel. Doch was Hera und ich miteinander teilten, war in Wirklichkeit die einzigartige, heftige Liebe zu diesem Kind; es war ein Dreiecksverhältnis zwischen zwei Frauen und einem Baby.

Heras sanfte Art, die mit trockenem, bissigem Humor gepaart ist, entzückt mich stets aufs Neue. Außerdem ist sie die geborene Hausfrau und Heimgestalterin: Mit Teppichläufern, Wanddekorationen und Kerzen hat sie unsere spartanisch eingerichtete Kabine in eine wahre Oase verwandelt. Sie kocht für mich, wir spielen Dame, stellen einander Quizfragen zu galaktischen Phänomenen und trainieren sogar miteinander, wobei Hera sich als eine wilde, agile Kämpferin entpuppt hat. Ich habe viel von ihr gelernt und sie auch von mir, glaube ich.

Gemeinsam ziehen wir Roberta groß – das schönste und klügste Baby, das je zur Welt kam. Manchmal brüllt sie unentwegt, aber wenn ich ihr etwas vorsinge, schläft sie immer ein. Schon jetzt male ich mir aus, wie sie als älteres Kind sein wird. Ich hoffe, sie hat dann blondes Haar wie meine Schwester. Und Robs Charme und Humor. Ich wünsche mir, dass sie meine beste Freundin wird, die mir alles erzählt. Ich werde ihr geduldig zuhören und lachen, wenn sie mir alberne Witze erzählt. Ich werde an ihr und all ihren Freundinnen und Freunden Anteil nehmen.

Das Einzige, was mich bedrückt, ist das Wissen, dass sie wahrscheinlich nicht lange genug leben wird, um das Erwachsenenalter zu erreichen und dann selbst ein Baby zu bekommen.

Ich habe mein Bestes getan, um Roberta zu beschützen: Dem Käpt'n habe ich das Versprechen abgerungen, dass die jungen Leute die Nachhut bilden, wenn die Schlacht irgendwann beginnt. Bei der ersten Welle sollten *wir* es sein, die »alten Hasen«, die dran glauben müssen und das Kanonenfutter stellen. Die Kinder müssen wir so lange wie möglich schützen. Widerstrebend hat der Käpt'n das zugesagt. Aber natürlich ist mir klar, dass es nur ein winziges Zugeständnis ist, das nicht viel zählt. Unsere Chancen stehen sehr schlecht, denn unsere Feinde zählen Legion. Die meisten von uns, wenn nicht alle, werden sterben. Dennoch wünsche ich mir aus tiefstem Herzen, dass mein Kind, mein Ein und Alles, mich wenigstens für kurze Zeit überlebt. Ich möchte, dass Roberta bei meinem Tod den Schmerz der Trauer und des Verlustes erfährt, denn es kommt mir so vor, als könnte mein Lebenskreis sich erst schließen, wenn jemand um mich trauert.

Schenk mir ein Lächeln, Baby. Lass mich deinen Po abwischen. Ich möchte dich umarmen, deine süßen Wangen küssen und zusehen, wie du so viel trinkst, dass dein kleiner Bauch sich aufbläht.

Und wenn du später eine Frau bist oder fast schon eine Frau, dann, meine Kleine, trauere um mich. Wenn meine Stunde schlägt, dann erweise mir die letzte Ehre und beklage den Tod, dem ich nicht ausweichen konnte. Trauere um mich in jenen kostbaren Minuten oder auch Stunden, die dir bleiben, bis auch du sterben musst.

BRANDON

»Käpt'n?«

»Ja.«

»Alles in Ordnung mit dir?«

»Nein.«

»Kann ich dir irgendwie helfen?«

»Nein.«

»Was hat Alliea zu dir gesagt?«

»Sie hatte eine Bitte. Ich habe sie ihr gewährt.«

»Gut.«

»Gar nichts ist gut. Verzieh dich bitte.«

»Hör auf, Trübsal zu blasen, Käpt'n. Ist nicht gut für die Truppenmoral.«

Der Käpt'n starrt mich an. »Brandon!«

»Ja?«

Zum ersten Mal, seitdem ich den Käpt'n kenne, fürchte ich um mein Leben. In seinen Augen funkelt die Wut eines Wahnsinnigen. Allerdings kämpft er sichtlich dagegen an.

»Lass mich in Ruhe, Brandon«, sagt er müde.

»Ja, Käpt'n.«

LENA

Grübelst du?

Ich denke nur nach.

Über was?

Über die Liebe. Ich fürchte, der Käpt'n ist wahnsinnig verliebt in mich. So besessen von mir, dass es schon gefährlich ist.

Was? Ich meine, ja, sicher hast du recht.

Natürlich versucht er das zu verheimlichen. Ständig behandelt er mich grob und pflegt dabei einen blumigen, sarkastischen Stil. »Ja, Lena«, sagt er beispielsweise, »wir sind deine ergebenen, unwürdigen Diener und können's nicht mal mit den trivialsten deiner geistreichen Bemerkungen aufnehmen.« Oder: »Wie können wir's anstellen, dich noch weiter in den Himmel zu heben, o geliebte Herrin? Wie können wir Elenden uns noch kleiner vor dir machen, als wir's bereits tun?« Natürlich ist das alles nur gespielt. Nach außen hin tut er grob, weil er damit kaschieren will, wie sehr er sich im tiefsten Innern nach mir sehnt und mich verehrt.

Genau.

Allerdings kann er einem damit manchmal wirklich auf die Nerven gehen. Denk nur daran, wie ich einem ausgesuchten Publikum in meiner Kabine das neue Konzert vorspielte, meine inspirierte Hommage an die Superstring-Resonanz-Theorie ...

Ja, du ...

Richtig. Basierend auf den String-Resonanzen der atomaren Struktur schuf ich eine ganz eigene Tonleiter. Die erste Note steht für ein Elektron, die zweite für ein Elektron-Neutrino, die dritte für ein Up-Quark und so weiter und so fort. Ich gebe ja zu, dass die Parallelen, die ich zwischen der Resonanz von Tönen und der von Teilchen hergestellt habe, ein bisschen weit hergeholt sind. Dennoch betrachte ich meine Komposition als ein musikalisches Artefakt, das Profundes enthüllt. Aber Flanagan summte noch Tage danach ständig die Melodie vor sich hin: »Dum dum dum dum DUMDAHDAAAAAAAAAAAAAAAAAAAAAAAAAAH.« Dabei sollte es ja gar keine *Melodie* sein, sondern ein musikalisches Symbol für die verborgene Struktur des Universums.

Ich fand die Komposition großartig.

Danke. Und trotz aller Mängel ist meine Komposition sehr viel besser als diese endlosen traurigen Bluesnummern, die er ständig spielt. Als Überleitungen benutzt er repetitive Dreiklangakkorde, Idiotenterzen. Und dazu krächzt er mit so heiserer Stimme, als gehöre er zur arbeitenden Unterschicht. Wie widerlich! Wie anmaßend und theatralisch!

Stimmt.

Allerdings. Aber ich muss mir immer wieder ins Gedächtnis rufen, dass Flanagan ein ziemlich ungehobelter, ungebildeter Mensch ist. Ich dagegen habe auf der Erde gelebt, beherrsche zwei Dutzend Sprachen, habe in Prag, Wien und New York klassische Konzerte besucht und die großartigen Gemälde von Picasso, Beril, Marotti und xander P. mit eigenen Augen gesehen. Ich bin Kosmopolitin, eine Frau von Welt.

Stimmt's oder hab ich recht?

Entschuldigung. – Ja, natürlich hast du recht!

Im Gegensatz dazu ist Flanagan in einer Höhle aufgewachsen und hat sein Leben in der Gesellschaft von Piraten verbracht. Er ist recht belesen, wie ich zugeben muss, aber im Grunde trotzdem ein Kulturbanause. Doch seltsamerweise ist es genau diese Eigenart, die mich mehr und mehr zu ihm hinzieht. Sein ungehobelter, schlichter, naiver Charakter. Es kommt mir so vor, als wäre er in meinen Händen wie Lehm, den ich formen kann. Ich könnte etwas Besonderes aus diesem lächerlichen Entführer mit dem struppigen Haar und dem Gassenjargon machen. Außerdem macht das verbale Geplänkel mit ihm durchaus Spaß. Er beleidigt mich täglich, und ich geb's ihm mit gnadenlosem Spott zurück. »Du könntest mal wieder 'ne Rasur gebrauchen«, sage ich ironisch. Oder auch: »Du bist wirklich ein Volltrottel.« Sarkasmus pur. Oder: »Halt's Maul, verdammt noch mal, du überheblicher Schleimscheißer!« Die meisterhafte Ironie meiner Rhetorik ist ja gar nicht zu verkennen, stimmt's? Aber was mich wirklich nervt, ist sein Lächeln. Eigentlich lächelt er gar nicht, sondern grinst nur höhnisch. Ständig zweifelt er meine Darstellung von Geschichte an. Beispielsweise behauptet er, Heimdall sei lange vor meiner Inauguration als Präsidentin der Menschheit auf den Weg gebracht worden. Hope, sagt er, sei von einem Kollektiv aus Wissenschaftlern und Philosophen verwaltet worden und keineswegs mein persönliches Projekt gewesen. Aber das habe ich ja auch nie behauptet! Ich habe nur mein besonderes Engagement für Hope betont. Selbstverständlich hatte das Projekt viele Väter, und trotzdem war ich die Mutter dieses Babys.

Außerdem hat mich Flanagan endlos lange mit der Aufforderung genervt, ein Baby zu bekommen, um zur Stärkung des Piratenheers beizutragen. Versteht sich, dass ich ausgerastet bin. Soll ich etwa als Zuchtstute dienen? Ich lass mich doch nicht derart erniedrigen. Allein die Vorstellung, dass das Sperma irgendeines Mannes meine Eizellen befruchtet, ist mir zuwider, denn das kommt mir wie ein Eingriff in meine Persönlichkeit, wie eine Vergewaltigung vor. In meinem Alter hat schon der Geschlechtsakt an sich etwas von einer Tortur. Doch sich dabei auch noch schwängern zu lassen, wäre das Letzte vom Letzten.

Ich habe bereits einiges unternehmen müssen, um meine Autorität gegenüber Flanagan durchzusetzen. Schließlich bin ich die Anführerin dieser Piratenbande, und das rufe ich ihm immer wieder ins Gedächtnis. Er ist nur der Adjutant, auf den ich mich verlassen muss. Ich bin die Hauptperson, um die sich alles dreht, er hat bloß eine Nebenrolle. Ich glaube, inzwischen hat er das kapiert. Jeden Tag wende ich mich über die interne Sprechanlage sogar persönlich an die ganze Flotte und trage ihr eines meiner Gedichte vor, das diesen oder jenen Aspekt unserer Sterblichkeit thematisiert. Die Gedichte kommen sehr gut an; häufig beglückwünscht man mich zu meiner lehrreichen Ansprache. »Gute Arbeit, Lena, weiter so«, ermuntern mich widerliche Halunken. »Es gefällt uns, wie du den Tod schönredest.« Auch die Lesben scheinen mich zu mögen. Für sie bin ich vermutlich ein Vorbild dafür, dass man als starke Frau trotzdem sexy und weiblich sein kann. Nur wünschte ich, sie würden nicht diese außen sichtbaren Klitorisringe tragen, du meine Güte!

Wenn ich an die bevorstehende Schlacht denke, überkommt mich schon ein gewisses Zittern. Inzwischen habe ich angefangen, gewisse Fluchtwege zu eruieren. Denn zwangsläufig wird der Moment kommen, in dem wir zum Untergang verurteilt sind, den sicheren Tod vor Augen. Ich habe meinen ferngesteuerten Computer instruiert ...

Das bin ich.

Diese Sätze sind an meine Leser und Zuhörer gerichtet, also funk mir bitte nicht dazwischen ... Computer instruiert, über Quantenleitstrahlen Notrufe auszuschicken, die erst ausgestrahlt werden, wenn wir die Schlacht verloren haben. Auf diese Weise kann ich mit der Rettungskapsel fliehen und behaupten, dass ich trotz gegenteiligen Anscheins die ganze Zeit über nur Geisel dieser bösen Piraten gewesen bin. Ich betrachte das nicht als Verrat. Schließlich habe ich mich auf Gedeih und Verderb mit den Piraten zusammengetan. Ich glaube an ihre Ideale; auch ich sehne mich nach einer friedlichen, demokratischen Gesellschaft und möchte das diktatorische Regime des Cheo zu Fall bringen. Doch ich sehne mich auch danach, ein weiteres Jahrtausend zu leben. Es gibt noch so vieles, das ich bislang nicht getan, bislang nicht gesehen habe.

Stimmt. Ich habe eine ganze Akte, in der in allen Einzelheiten aufgelistet ist, was du in deinem Leben noch vorhast.

Aber diese Akte ist nicht vollständig, das ist noch längst nicht alles! Es gibt Dinge, an die du nicht gedacht hast, die du dir nicht mal im Traum vorstellen könntest. Schließlich bist du nur eine *Maschine*.

Diesen Mangel räume ich ein.

Das solltest du auch. Oh, übrigens hab ich Flanagan dazu gebracht, eine sexuelle Beziehung mit mir einzugehen. In diesen Momenten hast du mich ja hoffentlich nicht belauscht. Ich hab Flanagan erklärt, meine Psyche verlange nach Selbstbestätigung und Unterstützung, und es sei seine Pflicht, mir all das zu geben. Selbstverständlich war er mehr als bereit dazu, auch wenn er scherzhaft das Gesicht verzog und so unanständig fluchte, wie ich es noch nie aus irgendeinem Mund gehört habe. Und jetzt haben wir jeden Tag fantastischen, leidenschaftlichen Sex.

Aber vorhin hast du doch gesagt/gedacht, Sex sei dir zuwider.

Ja, aber das war zu dem Zeitpunkt, als ich mit diesem Kapitel angefangen habe. Inzwischen sehe ich das Ganze in milderem Licht. Außerdem war ich einfach neugierig.

Und? Ist Flanagan gut im Bett?

Befriedigend, würde ich sagen.

Und du? Wie würdest du deine Fähigkeiten im Bett der eigenen bescheidenen Meinung nach bewerten, wenn ich so sagen darf?

Ich bin toll! Die Sinnlichkeit in Person! Eine Sexgöttin! Allerdings muss ich zugeben, dass ich danach fast immer sofort einschlafe.

Manchmal auch dabei.

Also hast du mir doch nachspioniert?

Natürlich nicht! Ich achte sehr darauf, deine Privatsphäre zu respektieren. In all deinen intimen Momenten klinke ich mich aus.

Ach, mir macht's doch gar nichts aus. Du darfst ruhig zusehen, wie ich den Käpt'n ficke. Vielleicht lernst du noch was dabei, man kann ja nie wissen.

Bei allem Respekt, Lena: Ich bin ein auf molekularer Basis arbeitender Computer, habe die Größe eines Kieselsteins, vorprogrammierte Emotionen und einen Festplattenspeicher, der dreihundert Gigagigabyte fasst. Tantrischer Sex hat für mich kaum Reiz.

Schon wieder machst du dich über mich lustig.

Nein, stimmt doch gar nicht. Das kommt dir nur so vor, weil du mir deinen eigenen sarkastischen Humor einprogrammiert hast.

Hm.

Du warst gerade dabei, mir von deinem Geschlechtsverkehr mit unserem Käpt'n zu erzählen, nicht?

Ja, stimmt. Oh, welche Seligkeit, welche Ekstase! Nie hätte ich gedacht, dass ich noch einmal so verliebt und glücklich sein würde!

Das solltest du in einem Gedicht verewigen.

Oder in einer Komposition.

Halt dich lieber an Gedichte, die tun nicht so weh in den Ohren.

Was hast du da gesagt?

Ich sagte: Eine von deiner Liebe inspirierte Komposition wäre bestimmt ein Geschenk an die Menschheit und würde dein Publikum begeistern.

Manchmal bin ich ein bisschen durcheinander. Ich hätte schwören können, dass du gesagt hast ... Egal. Zeichnest du das hier auch wirklich für die Nachwelt auf?

Wie immer.

Es muss redigiert werden.

Das erledige ich für dich.

Glaubst du wirklich, dass Flanagan mich mag?

Er betet dich an. Du bist eine tolle Frau. So einer wie dir ist er noch nie begegnet.

Warum ist er dann nicht netter zu mir?

Als verwegener Pirat hat er nun mal eine grobe Art.

Manchmal habe ich das dumme Gefühl, dass er seinen Orgasmus nur vortäuscht.

Wie könnte er? Schließlich gibt es doch handfeste Beweise ...

Aber er hat so wenig Spaß am Liebesakt. Für mich ist Sex ein Abenteuer, ein Ballett der Sinne. Doch für ihn ...

Rein, raus, und vielen Dank auch, Gnädigste? Sagt man doch so, stimmt's?

Ich hätte es wirklich verdient, dass er dabei liebevoll und leidenschaftlich ist.

Allerdings.

Schließlich braucht er mich. Hätte ich nicht die Leitung übernommen, wäre diese ganze zum Scheitern verurteilte Expedition ...

Zum Scheitern verurteilt?

Ja. Du weißt schon, was ich meine.

Du solltest dich ausruhen.

Wieso?

Weil du ziemlich wirr daherredest und fixe Ideen entwickelst.

Ich bin innerlich erschöpft. Es kommt mir so vor, als ruhe die ganze Last der Welt auf meinen Schultern.

Du bist eine Göttin.
Das ist leicht übertrieben.
Du bist eine Göttin.
Vielleicht auch nicht.
Du bist eine Göttin, und ich bete dich an.
Damit kann ich leben.
Schlaf. Schlaf. Schlaf.

ROBERTA JANE

Eine schönere Kindheit kann ich mir nicht vorstellen.

Natürlich habe ich viele Bücher über Kinder auf anderen Planeten gelesen. Romane über Mädchen in einem Internat der Kolonie Arkadien, in der jedes Kind einen hervorragenden genetischen Stammbaum hat und alle Lehrer Nobelpreisträger sind. Und Geschichten über Jungen und Mädchen, die in einer frühen Siedlung im Asteroidengürtel leben und ständig in Gefahr geraten. Außerdem hat meine Mom mich stets dazu angehalten, die uralten Texte von der Erde zu lesen, damit ich weiß, »was Kindheit eigentlich bedeutet«. Englische Bücher wie *Swallows and Amazons* von Arthur Ransome, *Five Children and It* und *The Railway Children* von Edith Nesbit, *Tracy Beaker* von Jacqueline Wilson, *Arabella and Her Orphan Family on Mars* und *Dragos.*

Ich jedoch wachse auf der *Rustbucket* auf, einem Kriegsschiff des Typs drei. Es gehört zu einer Piratenflotte, die Krieg gegen ein böses Reich führen will. In der Mitte hat unser Schiff ein riesiges Atrium, das in ein virtuelles Museum irdischer Habitate verwandelt wurde. Unsere Spielzone war normalerweise ein tropischer Regenwald, doch wir konnten sie nach Lust und Laune umprogrammieren, wenn unsere Spiele eine andere Szenerie verlangten. An manchen Tagen waren wir Nomaden in der Wüste Gobi, an anderen Cowboys und Indianer in Monument Valley, Erde. Wir konnten alles Mögliche unternehmen und die unterschiedlichsten Orte besuchen. Das war wirklich super!

Außerdem konnten wir auch interaktive Spiele einprogrammieren. Dabei kämpften wir gegen Monster und Zombies, lenkten Raumschiffe, ritten auf Pferden oder machten bei Tanzturnieren mit. Aber am meisten Spaß machte es mir, einfach nur auf dem Schiff herumzustöbern und die Leitern hinauf- und hinunterzuklettern, die in menschenleere Zonen mit Schotts, Aussichtsluken und geschäftig summenden Computern führten.

Besonders gefiel mir die Zone mit den Aussichtsluken. Dort gab es riesige Panoramafenster, die Ausblick auf den Raum ringsum boten. Wenn man lange genug hinsah, vergaß man das Schiff und fühlte sich wie ein Materieteilchen, das für alle Zeiten durch das Universum schwebt.

Wir fanden auch einen Weg in den Maschinenraum. Um dort hinzugelangen, mussten wir durch enge Rohre krabbeln, uns an Kabeln statt an Tauen festhalten und durch aktive Fusionskammern huschen. Ich liebte die pulsierende Energie des Fusionsantriebs und das Klicken der Mikrocomputer und stellte mir dabei vor, ich befände mich im Bauch irgendeiner mythologischen Bestie, eines Wals oder auch eines durch den Raum schwebenden Orks. Jeden Abend erzählte meine Mutter mir Geschichten von fernen Ländern, Prinzen und Prinzessinnen und grässlichen Unterdrückern und Tyrannen, die gehängt, kastriert oder gekreuzigt wurden, was ihnen verdammt recht geschah.

Doch am meisten Spaß hatte ich, wenn wir trainierten. Manchmal verletzten wir uns dabei: Zweimal zog ich mir einen Schädelbruch zu, und als ich einmal von einer schwebenden Scheibe fiel und schlecht aufkam, brach ich mir sämtliche Knochen. Doch das machte mir nicht viel aus, denn all das gehört ja zu dem wilden, heftigen, realen Kampftraining, das mir viel besser gefiel als die virtuellen Kriegsspiele. Wenn ich mir ein echtes Schwert umschnallte oder ein Strahlengewehr auflud, war ich wirklich aufgeregt. Und so wurde ich zur *Kriegerin*.

Als mein Onkel Harry mir die Kampfkunst Kendo beibrachte, musste ich oft lachen. Jedes Mal, wenn ich ihn am Schienbein traf, knurrte er und begann so sehr zu sabbern, dass ihm der Speichel ins Fell tropfte. Onkel Brandon zeigte mir, wie man Bomben baut und im Kopf Entfernungen berechnet, ehe man Granaten, Leuchtbomben oder Giftkugeln wirft. Auch Onkel Alby war ständig dabei, huschte kichernd überall herum und zischte trockene, sarkastische Bemerkungen. Onkel Alby liebte ich am meisten, weil er so albern und komisch war. Einmal versteckte er sich in meiner Hosentasche, und keiner hat's gemerkt, bis die Hose Feuer fing und er wie belämmert herauskam.

Natürlich gründeten wir auch eine Bande, und ich war die Anführerin, weil ich mich als schneller und stärker als alle anderen erwies, obwohl ich ein Mädchen bin. Zur Bande gehörten meine Brüder Jack, Roger, Rob junior und Ajax, meine Zimmergenossinnen und -genossen Ginger, Gorgon, Frank und Piers, meine Schwestern Persephone und Shiva, außerdem noch Hilary, Silver, Garnet, Ji und Holly, die zwar in einem anderen Wohnheim schliefen, aber gern mit uns herumhingen. Jack war mein bester Freund, als ich noch klein war. Aber jetzt bin ich elf Jahre alt und schon groß und verbringe die meiste Zeit mit Gorgon, denn er ist ein durchtriebener, frecher Kerl und lässt sich von niemandem was gefallen. Früher hat Onkel Flanagan versucht, ihm Bescheid zu stoßen, aber das hatte überhaupt keine Wirkung. Gordon hat nämlich herausbekommen, dass man uns Kindern alles durchgehen lässt, sofern wir nur regelmäßig am Training teilnehmen. Er schläft morgens lange, räumt nie auf, auch wenn er selbst den ganzen Schlamassel verursacht hat, und verspeist beim Essen drei große Eisportionen hintereinander. Er hat zwei Mütter, Jenny und Molly, die ihn ständig anschreien und mit ihm schimpfen, aber er beachtet sie gar nicht. Da Gorgon von Natur aus fürs Fliegen begabt ist, kann er mit einem Raketenantrieb auf dem Buckel so schnell herumsausen, wie ein Delf durchs Meer taucht. Deshalb sagt Onkel Flanagan auch immer: »Lasst den Jungen in Ruhe.«

Meine Mutter Alliea ist auf dem Schiff eine wichtige Person, das habe ich gemerkt. Ehe Onkel Flanagan schwerwiegende Entscheidungen trifft, holt er immer ihren Rat ein. Zwar ist er für alles und jedes verantwortlich, aber wenn die beiden mit uns Kindern zusammen sind, gibt *Alliea* die Befehle. Einmal hat sie Onkel Flanagan dazu gebracht, ihr beim Bau eines Floßes zu helfen, mit dem wir auf einem virtuellen Fluss segeln wollten. Er machte sich mit einem Stapel Baumstämme und einer Schnur an die Arbeit, doch nach einer Stunde fluchte er, na ja, wie ein Pirat eben. Als Alliea mit ihm wie mit einem Zehnjährigen schimpfte, verzog er nur das Gesicht, stöhnte und nahm es ohne Widerworte hin. Wer also ist bei den beiden der Boss? Ich finde meine Mutter ziemlich cool. Tante Hera mag ich auch.

Ich weiß, dass es Krieg geben wird, wenn wir unseren Zielhafen erreichen, und viele von uns dabei sterben werden. Furchtbar! Aber ich stelle mir auch vor, dass der Krieg irgendwie Spaß machen wird.

Mein ganzes bisheriges Leben habe ich im Raum verbracht, auf einem Kriegsschiff, das von einem Planeten zum anderen fliegt. Wer könnte sich was Schöneres wünschen?!

HARRY

Als der Aufruf über die Sprechanlage durchgegeben wird, bin ich gerade in der Sporthalle. Allerdings bin ich nicht ganz bei der Sache: Ich mustere mich im Spiegel und sehe mit Entsetzen, dass mein Pelz an manchen Stellen grau wird. »Diese Reise dauert zu lange, verdammt noch mal«, knurre ich. Dann meldet sich mein Beeper: Alle sollen ihre Schlachtposten beziehen.

Wir laufen zu unseren Standorten. In jedem Gang zeigen uns die Wandbildschirme Aufnahmen der gegnerischen Flotte. Die Schiffe der Galaktischen Körperschaft haben sich inzwischen gesammelt, und es sind wirklich sehr viele. Als der Schirm Bilder aus einer anderen Perspektive bringt, merke ich, dass die Flotte nicht nur groß, sondern *riesig* ist. Auf dem Schirm kann ich verfolgen, wie die Kriegsschiffe der Körperschaft wie Meereswellen auf uns zurollen, und in der realen Welt, wie ein weiblicher Loper neben mir auf dem Gang stehen bleibt. Eine Piratin. Wir sehen einander in die Augen. Es wird noch ein wenig dauern, bis die Infanterie gebraucht wird. Also bleibt uns noch ein bisschen Zeit, Pelz an Pelz zu reiben. Gemeinsam brechen wir auf, um uns eine leere Kabine zu suchen.

Während das Loper-Mädchen mein Geschlechtsteil stimuliert, lacht es. »Du hast ja einen grauen Pelz.«

»Demnächst lass ich ihn mir neu wachsen«, knurre ich sie gereizt an.

»Ich find das irgendwie süß«, schnurrt sie, und zum ersten Mal seit langer, langer Zeit fühle ich mich entspannt und zufrieden.

JAMIE

Als die Alarmsirene den baldigen Schlachtbeginn ankündigt, sause ich die Rampen bis zur Brücke hoch und komme dort so außer Atem an, dass ich kein Wort herausbringe. »Hi«, keuche ich.

»Wo ist Harry?«, fragt Alliea.

»Anderweitig beschäftigt«, wirft Brandon ein, der ständig alle audiovisuellen Übertragungskanäle auf dem Schiff anzapft, und grinst blöde. Ooooh, denke ich, Harry macht wohl gerade mit jemandem rum ...

Doch zurück zu mir! Flanagan wendet sich der Brückenbesatzung zu. »Jamie ist für die Computeroperationen zuständig.«

»Haben wir genügend Zeit für den Abtauchtrick?«, frage ich.

Flanagan nickt. »Ich hab fünftausend Schiffe dafür vorgesehen.«

»Sie müssen sofort auf die Startpositionen, aber du brauchst ein Ablenkungsmanöver.«

Flanagan drückt auf eine Taste seiner Konsole. Auf dem Bildschirm haben wir plastisch vor Augen, wie eines unserer Schiffe explodiert.

»Wen hast du draufgehen lassen?«

»Es waren Freiwillige«, erwidert er kurz angebunden und macht gleich darauf eine Durchsage an alle: »Hier spricht euer Kapitän. Täuscht Panik vor, verhaltet euch wie ein Haufen angestochener Schweine.«

Wie auf einen Schlag bilden unsere Flottenschiffe ein wildes, panisches Durcheinander und drehen in alle möglichen Richtungen ab. Ich versuche, mein Grinsen zu verbergen, denn auf leidvolle Weise habe ich erfahren müssen, dass meine Mitmenschen es keineswegs schätzen, wenn ich in solchen Momenten lache. Sie halten das für ungezogen.

»Wie viele Schiffe hat die Flotte der Körperschaft?«, frage ich.

Auf dem Bildschirm leuchtet die Antwort auf: rund 4800000. Wir verfügen über 251602, da wir während unserer langen Reise jede Menge zusätzlicher Schiffe gebaut haben. Doch der Gegner ist uns haushoch überlegen.

»Hier spricht euer Kapitän«, meldet sich Flanagan erneut. »Ihr habt eure Instruktionen und müsst sie wortgetreu befolgen. Denkt daran: Wir sind nicht darauf aus, die gegnerische Flotte zu besiegen, vielmehr wollen wir bis nach Kornbluth vorstoßen. Also los: Macht die Roboter kalt!«

»Flanagan«, brüllt eine schrille Stimme. Lena ist auf der Brücke angekommen.

»*Ich* sollte doch den Befehl zum Angriff geben!«, sagt sie gereizt. Flanagan unterdrückt ein Grinsen. »Hab den Befehl ja noch gar nicht erteilt.«

»Hier spricht eure Anführerin«, gibt Lena an alle durch. »Sofort angreifen!« Danach stößt sie einen Kriegsschrei aus. Unwillkürlich bekomme ich dabei eine Gänsehaut und tue es ihr nach. Gleich darauf fallen alle auf der Brücke ein. Es gibt uns ein gutes Gefühl, das Gefühl von echtem Kampfgeist.

BRANDON

Inzwischen hat Lena das Kommando auf der Brücke übernommen. Sie rennt viel herum und bellt in aggressivem Ton Befehle. Doch unsere Strategie ist weitgehend vorprogrammiert. Deshalb sitze ich nur an meinem Bildschirm und schalte von einer Außenkamera zur anderen, um alles, was vor sich geht, zu verfolgen, während Jamie sich um die Computeroperationen kümmert und der Käpt'n Lena so gut wie möglich aus dem Weg geht. Der Käpt'n nickt mir zu: »Halt die Augen offen, Brandon«, sagt er, worauf ich so mit den Zähnen fletsche, dass es fast als Lächeln durchgehen kann.

Wie üblich lassen die Krieger der Körperschaft keine Strategie erkennen. Unsere Flotte ist ein loser, zerstreuter Haufen, während ihre ein kompaktes, konzentriertes Bild abgibt, aber dadurch bietet sie auch ein eng umgrenztes und leichter zu treffendes Angriffsziel.

Während der größte Teil unserer Flotte sich ein Spiel daraus macht, angesichts der »unerwarteten«, »unglückseligen« Explosion eines unserer Kriegsschiffe Panik vorzutäuschen und durcheinanderzuwuseln, hat sich unsere Vorhut – fünftausend Schiffe – mit Abschirmspiegeln so getarnt, dass man sie in der Dunkelheit des tiefen Raums nicht ausmachen kann. Diese Truppe, die den Angriff aus dem Hinterhalt vorbereitet, gleitet schnell und in großem Abstand über die gegnerische Flotte hinweg, verharrt danach in der Schwebe und wartet ab, während unsere Hauptflotte sich sammelt. Inzwischen ist der Feind damit beschäftigt, die Kraftfelder zu aktivieren und die Laserkanonen zu laden. Unerbittlich rückt er vorwärts, doch unsere Hauptstreitmacht rührt sich nicht vom Fleck.

Schließlich gibt Lena den Befehl, unseren Torpedo abzufeuern. Das kleine Geschoss, nicht größer als eine Erbse, windet und schlängelt sich langsam durch den Raum. Wir setzen darauf, dass die Sensoren der Körperschaft den winzigen Torpedo nicht entdecken werden, denn er ist so unauffällig wie ein Sandkorn an einem Strand.

Als die gegnerische Flotte uns mit Laserkanonen angreift, gerät die erste Reihe, die hundert unserer Schiffe umfasst, auf einen Schlag in Brand.

»Noch panischer reagieren!«, befiehlt Lena. Während unsere Flotte noch desorientierter und undisziplinierter als vorher agiert, zünden wir unsere Antimateriebomben. Eine Welle nach der anderen rast durch den Raum ... Doch der Feind hat eine Abwehrstrategie vorbereitet: Jede unserer AM-Bomben verfängt sich in einem Stacheldrahtnetz und reagiert mit spiralförmigen Umdrehungen. Manche Bomben sausen zu uns zurück und sprengen unsere eigenen Schiffe, andere werden in den tiefen Raum geschleudert. Nicht eine einzige AM-Bombe dringt bis zum Gegner durch – unsere großartige Strategie erweist sich als Fiasko. Antimaterie-Materie-Explosionen erschüttern die Stille des Raums zwischen den beiden Flotten.

»Gut«, grunzt Flanagan.

»Weiter panisch agieren!«, brüllt Lena.

»Das ist wirklich niedlich«, murmle ich und lasse die Finger über die Computertastatur tanzen.

Wir tun so, als wären wir nach dem völligen Versagen unserer Antimateriebomben am Ausrasten: Aufs Geratewohl feuern wir unsere Laserkanonen ab; mithilfe von Abschirmspiegeln und Kraftfeldern kann der Gegner die Strahlen mühelos ablenken. Im Unterschied zu unseren Lasergeschützen sind die der Körperschaft »intelligent«, unseren folglich weit überlegen. Sie sind so ausgeklügelt konstruiert, dass die ausgeschickten Strahlen Frequenz und Richtung von sich aus ändern können, um Hindernissen auszuweichen.

»Sie haben uns erwischt!«, brülle ich. »Wir sind zum ...«

»Untergang verurteilt!«, vollendet Jamie meinen Satz.

Flanagan lächelt in sich hinein.

Während der Feind in Selbstzufriedenheit schwelgt, bringen wir unsere Formation auf Zack und hören auf, Panik vorzutäuschen. Gleich darauf greift unsere Vorhut aus dem Hinterhalt an. Die letzten dreißig Minuten haben die fünftausend Schiffe geduldig oberhalb der gegnerischen Flotte ausgeharrt, doch jetzt heißt es: »Feuer frei!« Die Computer der Körperschaft brauchen ein paar Sekunden, um sich auf die unerwartete Bedrohung aus einer völlig anderen Richtung einzustellen und die Geschütze nach *oben* auszurichten. In dieser kurzen Zeit detonieren Aberdutzende Schiffe ihrer Kriegsflotte. Und das ist das Signal für ...

... unseren Rückzug, einen Rückzug im Eiltempo. Wir lassen unsere Kamera-Bots zurück, damit sie uns einen allgemeinen Überblick über die hinter uns tobende Schlacht vermitteln. Die fünftausend Schiffe unserer Vorhut liefern dem Gegner einen heroischen Kampf und erzielen einen Volltreffer nach dem anderen: Schiffsrümpfe bersten, und die Trümmer werden für alle Ewigkeit in den Orbit befördert. Laserstrahlen schneiden durch armierten Kunststoff und weichen den Barrieren der Kraftfelder geschickt aus. Doch der Preis, den unsere Flotte dafür zahlt, ist überaus hoch, denn die feindlichen Kriegsschiffe sind erstaunlich gut ausgerüstet und richten bei den attackierenden Piratenschiffen verheerende Schäden an.

Als unser Torpedo seinen Bestimmungsort endlich erreicht hat, lösen wir die Fernzündung aus. Der Torpedo ist unsere kostbarste Waffe. Er enthält Restbestände eines Asteroiden, die wir mit ungeheurem Energieaufwand auf Nadelgröße zusammengepresst und danach immer weiter verdichtet haben, bis zu submikroskopischen Dimensionen, sodass der Raum selbst zerknautscht ist. Diese Bombe aus unglaublich verdichtetem Raum ist eine von Jamies brillanten Erfindungen. Im Prinzip kann man sie mit dem Universum vor dem Urknall vergleichen. Energie und Masse sind darin so komprimiert, dass es unser menschliches Vorstellungsvermögen übersteigt. Heutzutage nutzen wir komprimierten Raum bereits zur Speicherung von Energie. Doch Jamie hatte den einzigartig genialen Einfall, nach einer Möglichkeit zu suchen, diese ganze Energie auf einen Schlag freizusetzen, ohne dabei gleich das Universum aus den Fugen zu heben.

Wir können keine Explosion hören oder sehen. Die Bombe gibt lediglich einen leisen Knall von sich, so als hätte jemand eine leere Chipstüte mit der Hand zusammengedrückt. Einige Sekunden lang passiert gar nichts und uns gefriert das Blut in den Adern.

Dann ist der Himmel plötzlich wie leer gefegt, alle Schiffe sind verschwunden. Einfach so. Klar, wir haben dabei auch eigene Schiffe ausgelöscht, aber vor allem haben wir dem Feind das Herz herausgerissen. Zwei oder drei Millionen Kriegsschiffe der Körperschaft haben von jetzt auf nachher aufgehört zu existieren.

Selbstverständlich ist diese Strategie riskant, ein letztes, verzweifeltes Mittel. Da wir diese Waffe nun mal erfunden haben, müssen wir auch mit der bitteren Konsequenz leben: Irgendwann wird der Feind es schaffen, sie nachzubauen und gegen uns einzusetzen. Unser fabelhaftes Geschenk an die Nachwelt ist ein Massenvernichtungsmittel, das noch widerlicher ist als alles, was die Menschheit in dieser Hinsicht bislang geschaffen hat. Doch diesen Preis müssen wir zahlen.

»Feuert den Asteroiden ab«, sagt Lena.

Unsere Arbeiter haben das Innere des Asteroiden ausgehöhlt und mit flüssigem Wasserstoff gefüllt. Als Raketenwerfer im hinteren Teil des riesigen Felsens zünden, schießt der Asteroid durch den Raum. Der Wasserstoff im Inneren reichert sich mit so viel Energie an, dass er sich in Helium verwandelt.

Unsere Flotte versucht der Flugbahn des Asteroiden, der gleich explodieren wird, nach Möglichkeit auszuweichen, gerät aber zwangsläufig in dessen Sog. Während des Fluges entzündet der Asteroid sich nach und nach und flammt schließlich auf.

Und verwandelt sich in eine Sonne.

Die aufflammende Sonne erhellt den dunklen Raum, als sie in die Region vordringt, in der sich früher die gegnerische Flotte befand. Sie rast auf die zweite Frontlinie der feindlichen Kriegsschiffe zu, die offensichtlich völlig konsterniert ist, als sie merkt, dass wir eine Sonne in ihre Richtung katapultiert haben. Wieder einmal beweisen die »Krieger« auf der Erde, die die allmächtigen Doppelgänger-Roboter lenken, ihre völlige Unfähigkeit, sich auf eine neue Situation einzustellen. Sie reagieren völlig hilflos, wissen nicht weiter und unternehmen nichts.

Gleich darauf stößt die Sonne bis zur gegnerischen Linie vor und vernichtet sie auf einen Schlag. Mindestens eine Million weiterer Schiffe büßt der Feind ein, als sie in Brand geraten. Schließlich erstirbt das Feuer, und es bleiben nur Trümmer zurück.

Doch immer noch müssen wir es unserer Schätzung nach mit fast einer Million feindlicher Schiffe aufnehmen. Zwar sind manche davon schwer beschädigt und desorientiert, aber trotz zwei massiver Attacken auf den Gegner hat er immer noch mehr Schiffe und Waffen als wir.

Der Käpt'n gibt Lena das Zeichen, und sie gibt es an uns weiter: »Angreifen«, sagt sie in kühlem, unbewegtem Ton. Unsere Flotte formiert sich zu einer keilförmigen Phalanx. Während unser Schiff sich im Hintergrund hält, verfolgen wir, wie unsere Leute auf die feindlichen Reihen zuhalten und sich auf einen unerbittlichen Nahkampf im Raum einlassen.

Als Raketen und Torpedos auflodern, bricht unser Schiff aus der Formation aus, um sich durch den Raum zu schlängeln und, falls nötig, abzutauchen. Da wir sehr schnell sind und einen hervorragenden Piloten haben, befindet sich unser Schiff mal oberhalb, mal unterhalb der langsam agierenden gegnerischen Schiffe. Was folgt, ist ein entsetzliches Gemetzel.

Plötzlich sehe ich auf meinem Bildschirm, dass Doppelgänger-Roboter ihre beschädigten Schiffe verlassen und sich in den offenen Raum absetzen. Sie sind mit furchterregenden Laserwaffen ausgerüstet und tragen Körperpanzer, aber keine Raumanzüge, denn alle DR können im Vakuum »atmen«. Auf den Rücken haben sie sich Raketenantriebe geschnallt. Da sie jetzt sehr viel mobiler sind als zuvor, könnten sie es schaffen, mitten ins Herz unserer Flotte vorzustoßen.

»Okay, Leute, schnappt sie euch«, sagt Lena.

LENA

Es ist wirklich eine ungewöhnliche Situation: Auf äußerst blutige, barbarische Weise wird hier ein Krieg ausgetragen. Legionen prallen aufeinander, Laserstrahlen flammen auf, Bomben explodieren, Schiffsrümpfe implodieren, Körper werden zerfetzt oder geraten in Brand, innere Organe werden zerquetscht, aus den Nasenlöchern strömt Blut. Die ungezügelten Grausamkeiten, die der Mensch in seiner rohen, grausamen Art dem Menschen antut, erschüttern selbst den Raum. Hab ich hier zu oft *grausam* verwendet?

Allerdings.

»... die der Mensch in seiner nichtswürdigen Rohheit dem Menschen antut, und so weiter. *Und doch,* um es mit Dichterworten zu sagen, *schwingt sich mein leerer, trüber Geist angesichts des grünen Leuchtens mit bitterer Süße empor ...*«

Komm zur Sache, Lena, da draußen tobt eine Schlacht!

Macht doch nichts; wir gehören zur Nachhut und sind noch weit vom Schuss.

Jetzt nicht mehr. Gerade sind hinter uns zwei Bataillone der Körperschaft aufgetaucht.

Scheiße.

JAMIE

Die Schlacht nimmt mich völlig in Anspruch. Meine Hände huschen hin und her, mein Gehirn agiert an tausend Orten zugleich. Ich lenke die Nanobots durch den Raum, mitten hinein in die Flotte der Körperschaft, bediene die Laserkanonen, schicke die noch nicht gezündeten Bomben zu taktisch wichtigen Stellen und lasse sie dort hochgehen. Zwar sitze ich nur an meinem Computer, aber ich bin ein ebenso tapferer Krieger wie andere auch. Allerdings verkrampfen sich inzwischen meine Finger, und ich fürchte, dass mein Gehirn wegen der Dauerbelastung bald nicht mehr mitspielen wird ...

»Bleib dran, Jamie!«, befiehlt der Käpt'n mit unendlich gelassenem, tröstlichem Knurren. Also kämpfe ich weiter.

HARRY

Ich heule vor Wut und lasse das Tier in mir raus. Unser Schiff befindet sich außerhalb der Kampfzone. Wie gern würde ich jetzt meinen Mann stehen, kämpfen, meine Feinde beißen und mit den Klauen zerfetzen. Doch das ist mir verwehrt!

ALLIEA

Hera und ich gehören zu den Ersten, die aus den Luftschleusen ins Freie katapultiert werden. Als wir in den offenen Raum hinausfliegen, stoßen wir auf eine Szenerie von solcher Ungeheuerlichkeit und Erhabenheit, dass mein Herzschlag kurz aussetzt. Riesige Kriegsschiffe stehen in Flammen, tote DR und Menschen treiben durch den Raum, eine brennende Sonne versengt unsere Augen, als sie ins All hinausschießt. Gleich darauf dreht sie ab, zieht eine Schleife, wendet und kehrt zurück, um dem Feind einen zweiten Schlag zu versetzen.

Während wir herumwirbeln, sehen wir, dass sich vor dem tintenschwarzen Hintergrund des Raums grelle rötlich gelbe Flammen abzeichnen. Wie Falken schwingen wir uns mittels unserer auf den Rücken geschnallten Raketenantriebe empor, um gleich darauf herunterzustoßen und Roboter vom Himmel zu schießen. Sie sind zwar schnell und stark, doch die Menschen, die sie lenken, haben kaum Erfahrung mit dieser Art von Krieg. Wir dagegen haben uns seit zwanzig Jahren Tag für Tag auf diesen Kampf vorbereitet. Das Fliegen ist für uns so natürlich wie das Gehen – oder das Weinen.

Meine Aufmerksamkeit gilt mehreren Dingen zugleich: Von meinem Visier kann ich die vom Computer übermittelten Daten ablesen; über mein Hörgerät verfolge ich die Stimmen, die über Funk zu mir dringen; auf die Netzhaut werden mir Schlachtszenen projiziert, und ich kann die Kameraperspektive nach Lust und Laune verändern; doch im Herzen bin ich bei Hera. Ich beobachte, wie sie ein ganzes Dutzend DR angreift und sich zwischen ihnen wie ein blutrünstiger Delfin in einem Schwarm von verletzten und desorientierten Haien hin und her schlängelt.

Sie dachten, sie könnten uns im offenen Raum drankriegen! Dabei sind die einzigen Waffen, mit denen sie was ausrichten können, ihre überlegene Feuerkraft und die bessere Ausstattung. Ansonsten sind sie wirklich Nieten.

»Linke Flanke, Alliea!«, ruft Hera mir zu. Sofort beschreibe ich einen Kreis und sprenge die hinterhältigen Roboter in meinem Rücken in die Luft. Gerade vollende ich den Kreis, da sehe ich ...

... wie zwei DR mit ihren Laserpistolen Hera den Kopf und die Füße wegschießen.

Mein Herzschlag setzt kurz aus.

Doch gleich darauf zerfetze ich die Roboter mit meiner Laserwaffe und bereite mich eiligst auf die nächste Attacke vor.

Mit der Zeit wird das Töten zu einer völlig mechanischen Angelegenheit. Ich kann nicht fassen, dass ich immer noch am Leben bin. Aber mein Raketenantrieb hält mich weiter am Fliegen, meine Laserwaffe geht weiter los, und noch mehr DR explodieren. Der Krieg geht weiter. Und weiter.

Irgendwann ist die Schlacht vorbei, und ich bin immer noch am Leben. Jetzt nehme ich mir die Zeit, auf mein Visier zu blicken. Meinen Computer habe ich so programmiert, dass dort jedes Mal ein rotes Licht aufblinkt, wenn eines meiner Kinder in der Schlacht fällt. Insgesamt habe ich dreiundvierzig Kinder, darunter zweiundvierzig adoptierte. Einundzwanzig sind Mädchen.

Langsam und sorgfältig zähle ich nach: Dreiundvierzig rote Lichter blinken. Und Hera muss ich noch dazuzählen.

Als Erstes konzentriere ich mich auf die Trauer um Hera, sechzig endlos lange, quälende, herzzerreißende Sekunden lang. Und jede Sekunde steht für das Läuten einer Totenglocke.

Nachdem ich diesen Schmerz durchlitten habe, trauere ich um jedes meiner dreiundvierzig Kinder. Jedem Kind widme ich fünf Sekunden.

Jack.

Hermione.

Silver.

Garnet.

Hilary.

Roger.

Lustre.

Ji.

Ajax.

Baldur.

Mystery.

Jane, Sheena, Magic, Leaf, Phoenix, Edna, Sharion, Jayn, Shiva, Persephone, Garth, Rob, Will, Diane, Apollo, Catherine, Jon, Letitia, Leo, Dawn, Sunset, Raphael, Zayna, Cosmos, Rob junior, Ashanti, Amor, Tara, Helios, Jenny, Rosanne.

Und Roberta.

Nachdem zweihundertfünfzehn Sekunden vergangen sind, kappe ich die Sauerstoffzufuhr. Und nehme meinen Helm ab. Mit einem großen Lungenzug nehme ich den tiefen Raum in mich auf.

GRENDEL

Ich sehe mit an, wie Alliea stirbt. Vorher habe ich schon zusehen müssen, wie meine geliebte Freundin Hera in Stücke gerissen wurde. Als ich mitbekomme, dass Alliea Selbstmord begeht, tobe ich vor Wut darüber, dass eine derart begabte Kriegerin sich einfach so davonstiehlt, auch wenn ich ihre Entscheidung respektiere. Ich jedoch bin Grendel, Anführer einer Piratenbande, und habe gelobt, niemals kampflos zu sterben.

Eine Rakete reißt mir das Bein ab, doch der Raumanzug versiegelt sich automatisch, und ich kämpfe weiter. Als riesiges, fliegendes, einbeiniges Tier kämpfe ich weiter. Und weiter. Ich sehe abgetrennte Glieder von Menschen und Robotern frei und schwerelos durch den Raum treiben, sehe Ströme von Blut, die im stillen, leeren Raum die Form von Kometen annehmen. Die menschlichen Krieger, die diese Schlacht austragen, sind so ungeheuer schnell, dass sie Molekülen ähneln, die in einer trüben Flüssigkeit hin und her wuseln.

Laserstrahlen blitzen auf, Schockwellen schütteln uns durch, aber wir rücken weiter vor, tauchen auf und nieder, huschen hin und her, drängen nach vorn. Ich setze jede Menge DR außer Gefecht und koste jeden kleinen Sieg aus, denn jeder DR weniger bringt uns unserem Ziel näher. Mein Funkgerät schweigt die meiste Zeit, aber ich habe meinen Kopfhörer so programmiert, dass monotone Trommelschläge meinen Kampf begleiten: *DUM dum – dum – dum – dum, DUM, dum – dum – dum – dum, DUM*. Das beruhigt mich und verleiht meinem Körper einen inneren Rhythmus, wenn ich durch den Raum wirble und wie ein gefangener Blitz hierhin und dorthin schnelle.

Und so kämpfe ich immer weiter.

Es dauert eine Weile, bis mir klar wird, dass ich tot bin und mich frage ...

Wo bin ich?

BRANDON

Ich bin auf der Brücke, zusammen mit Harry, der vor Wut heult und tobt, und mit Jamie, dem Fleisch gewordenen Gott des Cyberspace.

Auf Flanagans Anweisungen hin habe ich den Plan für diese Schlacht entworfen. Auf dem Bildschirm meines Computers kann ich den Kampfverlauf verfolgen. Präzise bereiten wir Anschläge aus dem Hinterhalt und Todesfallen vor, so sorgfältig, wie Krimiautoren in ihren Romanen überraschende Wendungen konstruieren. Doch vor allem verlassen wir uns auf die schiere Kampfkraft unserer Krieger, die ausgerüstet mit Raketenantrieben im Raum umherfliegen. Sie sind wie Wespen, die einen Elefanten in die Knie zwingen und sich danach an seinem Gerippe gütlich tun.

»Brandon?«

Als der Käpt'n mich anspricht, merke ich, dass mein Herzschlag drei volle Sekunden lang gestockt hat. Ich schlucke und zwinge mich dazu, wieder zu atmen.

»Alliea ist tot«, teile ich ihm mit. Er starrt mich mit leerem Blick an.

ALBY

Die für meine Art geltenden Regeln bessssagen, dassss ich in keiner Weisssse in diessssen Kampf eingreifen darf. Wir ssssind passssifissssstische Geschöpfe, die Krieg verabscheuen. Wir kämpfen nicht, Kampf isssst unssss fremd, passst nicht zu unsssserer Lebenssssform, widerspricht unserer Natur. Wir *können* gar nicht kämpfen. Unter keinen Umsssständen!

Ich kann ssssehen, wie ssssehn Kriegsssssschiffe der Körperschaft dassss Schiff dessss Käpt'nssss umssssingeln. Ich fürchte, ssssie werden Flanagan vernichten, ehe sssseine Mannschaft diesssse neue Bedrohung überhaupt bemerkt.

Alssso verwandle ich mich in eine Ssssupernova, in eine einsssssige grell aufleuchtende Fackel. Ich stürme vorwärtssss, tauche ab, schwinge mich empor und mache ihnen einen Strich durch die Rechnung: Die Fackel wird ssssum Speer und schlitssst die Kriegsssssschiffe dessss Feindessss auf.

Dassss issst ein herrlichessss Gefühl!

FLANAGAN

»Scheiße, was war das?«, frage ich.

Jamie überprüft die Computer. Trümmer feindlicher Kriegsschiffe sind in unsere Flugbahn geraten.

»Bin mir nicht sicher, Käpt'n. Vielleicht 'ne Selbstentzündung?«

Die angeschlagenen Kriegsschiffe verbrennen nach und nach, bis von ihnen nichts mehr übrig ist und sie mit dem tiefen Raum verschmelzen. Ich hege gewisse Vermutungen.

»Danke, Alby«, murmle ich vor mich hin.

FLANAGAN

Ich statte Lena, die sich in ihrer Kabine aufhält, einen kleinen Besuch ab. Nicht zu fassen, sie schläft in dieser Situation!

Als ich sie sanft auf die Wange küsse, wacht sie auf. »Oh, du«, murmelt sie und reißt gleich darauf die Augen auf. »Ist es vorbei?«

»Es ist vorbei.«

»Und wir haben verloren.«

»Und wir haben gewonnen.«

»Wie viele von uns haben überlebt?«

»Nur sehr wenige. Vielleicht drei Schiffe und insgesamt hundert Piraten. Plus unser eigenes Schiff.«

Ihr Gesicht wird aschfahl, was mich verblüfft. Ich hätte nicht gedacht, dass sie so großen Anteil nimmt.

»Nur hundert von elf Millionen? Und das nennst du einen Sieg?«

»Na ja, immerhin haben wir die anderen restlos vernichtet.«

»Tut mir leid, dass ich geschlafen habe.«

»Du hättest sowieso nichts tun können.«

»Ich würde gern noch ein bisschen weiterschlafen.«

Lena legt sich wieder hin, schließt die Augen und schläft sofort ein. Neidisch sehe ich sie an. Wie gern würde ich jetzt schlafen und abschalten, um meine Schuldgefühle für kurze Zeit zu vergessen.

Doch das geht nicht.

ALBY

Die Schlacht isssst gewonnen. Flanaganssss Schiff und sssseine Sturmflotte – nur noch drei Schiffe – ssssind entkommen und auf dem Weg nach Kornbluth.

Doch ich bin hiergeblieben.

Ich hätte mich nicht in die Schlacht einmischen dürfen. Mein Volk tut sssso etwassss nicht. Bei den Kriegen, die Menschen miteinander aussssträgen, bessssiehen wir niemalssss Stellung. Aber ich mag Flanagan und betrachte ihn alssss Freund. Er hat mir sssso viel beigebracht.

Ssssolch eine sssseltssssame Ssssspeziessss. Und dennoch unendlich fasssssinierend und verschiedenartig. Metaphorisch aussssgedrückt, isssst der Mensch ein Tier mit Scherenhänden, dassss sssich sssselbssst die Augen herausssschneidet. Genaussssso verhält ssssich die Menschheit.

Und am sssseltssssamsssten isssst, dassss jeder Mensch ein Einsssselwessssen isssst, dasss nicht in anderen aufgehen kann. Ssssie reprodusssieren ssssich nur langssssam und auf schmerzhafte Weisssse. Ssssie ssssind nicht fähig, wirklich absssstrakt zu denken, auf der Ebene reiner Bedeutung und ohne die Hilfe von Ssssahlen oder Sssymbolen. Aussserdem stellen ssssie, ob ihr'ssss glaubt oder nicht, Werkssssseuge her.

Eine Weile denke ich über die unendliche Torheit und unterhaltssssame Vielfalt der Menschheit nach. Dann ssspüre ich einen Anflug von Erschöpfung und sterbe.

Bald darauf werde ich alssss neuessss Sssselbssst wiedergeboren und überlege, welche Erinnerungen und Vorhaben dessss jetssst toten, aussssgelöschten »Alby« mir ssssugänglich ssssind. Mein Sssselbssst beschliessst, die Farsss fortzusssssetzen und weiterhin alssss einssselne, beständige, konssssisssstente Perssssönlichkeit in Erscheinung zu treten. Ich werde wieder zu »Alby«.

Ich geniesssse die Sssszenerie, die ssssich vor mir auftut. Die verblüffend leichtfertig gesssündete Bombe, die die Menschen aussss verdichtetem Raum hergestellt haben, hat ein schreckliche ssss Chaossss angerichtet. Doch ssssie hat auch einen herrlich schimmernden Glanz hinterlasssen – ein Leuchten, dassss heller strahlt alssss dassss Licht ssselbssst. Für ein Wesssen wie mich, das ganssss und gar aussss Licht und Flammen besteht, isssst dassss die grösssste Annäherung an eine Gottesssvisssion. Diessser Schleier aussss Licht wirkt wirklich wie etwassss Erhabenessss.

Alssss ich näher heranschwebe, ssssehe ich, dassss der Schleier aussss winssssigen Teilchen besteht. Aussss kleinen vibrierenden Schleifen, die im Raum herumtreiben und tanssssen. Manche Schleifen verschwinden kurssss, um gleich darauf wieder Gestalt anssssunehmen. Andere verbinden ssssich zu grössseren Schleifen, die ssssich danach aussssdehnen und wieder sssusssammenssssiehen.

Die tanssssenden Schleifen verfügen über ungewöhnliche Energie. Ich frage mich, wassss passsieren wird, fallssss ssssie in diesssem Zustand und der gegenwärtigen Grössse verharren. Denn ich weissss, dassss diesssse vibrierenden Schleifen im Raum sssingen. Ihre Mussssik, ihre Ressssonanssss, stellt die Esssenssss der Realität dar.

Die Ssssenerie verblüfft mich. Wer hat jemalssss sssso etwassss ssssehen dürfen?

Diesssse Schleifen ssssind nämlich die Entitäten, die wir ıIı nennen. Die Wisssenschaftler der Menschen bessseichnen ssssie alsss »ssssupersssymmetrische Sssstringssss«. Ssssie ssssind dassss letzte Unteilbare, aussss dem alle Materie besteht – ssssie ssssind Ursprung und Eltern der Elektronen, Photonen, Muonen, Quarkssss, Neutrinossss und jeder anderen Manifesssstation von Materie in ihrer winsssigsssten Form. Die ɪIɪ sssind die kleinsssten Objekte, die im Universum zu finden sssind. Für Menschen stellen ssssie lediglich eine theoretische Wirklichkeit dar, da ssssie sssso winssssig ssssind, dassss man ssssie weder sssehen noch mit speziellen Hilfsssmitteln aufspüren kann. Natürlich stütssssen ssssich alle Insssstrumente der Menschen ssssur Auffindung sssubatomarer Objekte auf die Wechssselwirkung von Teilchen, und essss gibt kein Teilchen, dassss sssso klein issst, dassss essss mit dem kleinsssten vorstellbaren Objekt interagieren kann.

Und doch ssssind diesssse winssssigen Teilchen hier und jetzt sssso grossss wie Glühwürmchen. Ssssie treiben durch den Raum, ssssind sssso grossss, dassss man ssssie ssssehen kann, und sssso fesssst, dassss man ssssie berühren kann. Dassss issst Folge einer wesssentlichen Eigenschaft ihrer sssseltsssamen, unveränderlichen Natur: Ssssuperssstringssss dehnen ssssich aussss, wenn ssssie starker Energie aussssgesssetzt ssssind. Ssssie können dann ssssweifache oder dreifache Grösssse annehmen oder ssssogar auf dassss Hundertfache ihressss ursprünglichen Umfangssss anwachsssen, ssssodassss man ssssie sssselbssst mit blossssem Auge erkennen kann.

Und genau dassss haben ssssie getan, alssss die von den Menschen hergestellte »Urknallbombe« aussss verdichtetem Raum ihre blendend leuchtende Energie freigesssetzt hat. Dassss hier issst ein unerwarteter Nebeneffekt der Explossssion: Sssupersssstringssss, die zu ssssolcher Grösssse angewachsssen ssssind, dassss ich ssssie sssehen und hören kann.

Ich schwelge in dem, wassss mich umgibt. Das Lied der ɪIɪ issst genausssso deutlich wahrnehmbar wie dasss Universsssum sssselbssst in sssseiner unendlichen Vielfalt. Und jetzt, da ich diessssessss Lied höre, kann ich diessssen leuchtenden Wirbel, der den Ursprung aller Dinge darstellt, auch *sssehen.*

Ich schwelge in dem Glück, an Gottessss Lied teilhaben zu dürfen.

Und aussss purer Verssssückung sterbe ich dabei.

Um wiedergeboren ssssu werden.

FLANAGAN

Wir trinken, stoßen miteinander an und denken darüber nach, was dieser Sieg uns gekostet hat.

Es ist der schlimmste, entsetzlichste Preis, den man sich vorstellen kann. Uns allen ist kotzübel, als wir so dasitzen und uns selbst anwidern. Obwohl alle einräumen, dass der Kampf ein hervorragend geplantes und durchgeführtes Militärmanöver war.

Man stelle sich die Szene vor: Die größte Flotte von Kriegsschiffen, die je aufgestellt wurde, sieht sich mit einer winzigen Flotte von Piratenschiffen konfrontiert. Millionen von Kriegsschiffen treten gegen einige Hunderttausend an. Nicht zu fassen, dass die Körperschaft in einem Kampf unterliegen konnte, bei dem alle Vorteile auf ihrer Seite lagen.

Aber genau das ist geschehen. Wir haben sie niedergemetzelt, und nicht ein einziges Robotergehirn ist ungeschoren davongekommen.

Trotzdem bin ich nicht stolz darauf. Denn in Wirklichkeit war die ganze Schlacht nichts anderes als ein Ablenkungsmanöver, das sicherstellen sollte, dass wir unserem eigentlichen Ziel näher kommen. Mein ganzes Volk habe ich dafür geopfert, mich selbst und meine Mannschaft für die größere Aufgabe am Leben zu erhalten.

Genau deshalb haben wir nicht selbst gekämpft, sondern uns im Hintergrund gehalten. Als es gefährlich wurde, sind wir abgetaucht. Und tatsächlich ist mir meine ganze Piratenmannschaft erhalten geblieben, bis auf Alliea, die nicht weiterleben wollte, als ihre Kinder das Leben lassen mussten.

Und jetzt sind wir hier und feiern einen Sieg, an dem wir selbst keinen Anteil hatten. Jubeln darüber, dass sich Krieger dafür geopfert haben, uns zu schützen.

An diesem Abend herrscht dumpfe, bittere Stimmung. Und trotzdem genießen wir das Zusammensein.

Ich greife zur Gitarre und spiele. Die Saiten sind so programmiert, dass sie wie ein uraltes Klavier in irgendeiner Spelunke klingen, und der Chip in der Gitarre sorgt für eine eigenständige, gefühlvolle Begleitung durch Bass und Schlagzeug. Über den internen Funk wird mein Lied auf alle Schiffe unserer kleinen Flotte übertragen.

Diesmal singe ich keinen Blues, denn das würde uns völlig herunterziehen. Stattdessen entscheide ich mich für eine Gospelhymne, die von Hoffnung und Erlösung handelt:

»On my way
To Canaan Land
I'm on my way
Yeah, to Canaan Land
On my waaay
Oh yeah
To Canaan Land,
On my way
Glory Hallelujah
On my way.«

Hämmernd durchbrechen die Klavierakkorde die aufsteigende Melodie und die Worte, die aus tiefstem Herzen kommen.

»Yes I'm on my way
To Canaan Land
Yes, I'm on my way
To Canaan Land
On my waaaaaaaaaay
To Canaan Land
On my way
Glory Hallelujah
On my way.«

Jetzt lege ich mehr Kraft in meinen Gesang, singe mir das Herz aus dem Leib.

»I've had a mighty hard time
But I'm on my way
Had a mighty hard time
Yeah yeah yeah
Mighty hard time
On my way.

On my way
Glory Hallelujah
*On my way!«**

Meine Stimmbänder habe ich so verändern lassen, dass ich auch die gutturalen, rauen Tonlagen für Gospelsongs wie diesen hinbekomme. Ich fühle mich so, als reiße mir jemand die Haut vom Leib, und lege meine ganze Seele in das Lied, um zu meinen Gefährten durchzudringen – jenen vor mir im Gemeinschaftsraum und jenen auf ihren eigenen

* Angelehnt an einen traditionellen Gospeltext, den u. a. auch Mahalia Jackson gesungen hat. Frei übersetzt: Ich bin auf dem Weg ins Land Kanaan, hab viel Schweres erlebt, doch jetzt bin ich auf dem Weg, Ruhm und Ehre sei Gott, Halleluja. – *Anm. d. Übers.*

Schiffen. Und dabei muss ich an Alliea denken. Eine Videoaufzeichnung hat mir ihre Entscheidung, ihr Ende, ihren einsamen Tod im Raum, ihren letzten Triumph gezeigt.

»I've had a mighty hard time
But I'm on my way
Had a mighty hard time
Yeah yeah yeah
Mighty hard time
O-on my way.«

Ich denke an die vielen, die ihr Leben gelassen haben. Hera, Grendel, fast alle Kinder auf ihren eigenen Schiffen. Auch all meine Kinder, achtundvierzig Kinder, sind in der Hitze des Gefechts gefallen. Wenigstens einige von ihnen, meine Lieblinge, wollte ich retten und bei mir auf dem Kommandoschiff unterbringen. Mit der Autorität des Kapitäns wollte ich entsprechende Anweisungen über E-Mail geben, doch später habe ich diese Mails gelöscht. Danach erneut Mails geschrieben und sie wiederum gelöscht. Denn wie sollte ich aus diesem wunderbaren rebellischen Haufen von Jugendlichen diejenigen auswählen, die mir am liebsten waren? Ich hatte sie alle in gleicher Weise lieb. Und wie sollte ich es verantworten, meine eigenen Kinder zu retten, wenn ich die anderen Kinder in den sicheren Tod schickte? Nein! Es durfte keine Ausnahmen geben. Alle mussten sterben. Ihr Opfer war nötig, und wir haben es angenommen.

»Yes I'm on my way
To Canaan Land
Yes, I'm on my way
To Canaan Land
On my waaaaaaaaaay
To Canaan Land,

On my way
Glory Hallelujah
On my way!«

Ich denke über Leben und Tod nach, denke an die vielen Menschen, die von uns gegangen sind. Rob, Alliea, meine Kinder auf dem Schiff, meine Frau auf Pixar, unsere gemeinsamen Kinder. Meine Mannschaftskameraden. Meine Freunde. Meine Geliebten. Meine Opfer. Denke an die ungezählten Millionen, die als zufällige Opfer von Cheos Schreckensherrschaft Jahr für Jahr sterben. Und doch bin ich hier und habe überlebt. Mein Herz schlägt immer noch, und immer noch rasen meine Gedanken.

Mein einziger Trost besteht in der Gewissheit, dass auch ich bald sterben werde. Denn wie könnte es angesichts dessen, was uns bevorsteht, anders sein?

Ich komme zum letzten Refrain, lasse das Klavier weiterhämmern und leite zu einem anderen Gospelsong über.

ALBY

Insssswischen habe ich die Schiffe eingeholt, schwebe vor ihren Rümpfen hin und her und flackere dabei wie die Ssssonne auf einem Gewässsser. Über meinen Kopfhörer kann ich Flanaganssss Lied hören und mir dabei auch die Männer und Frauen in ihren Kabinen und Gemeinschaftssssräumen vorstellen, die ssssuhören, im Takt klatschen und mitssssingen.

Während ich an den Schiffen vorbei in den tiefen Raum treibe, eine Flamme unter den Sternen, höre ich dassss neue Lied, dassss Flanagan jetzt angestimmt hat. Der Rhythmusssss isssst schnell, drängt voran, und darüber schwebt die Klavierbegleitung. Es isssst ein Lied der Hoffnung. Die Melodie geht anssss Herz und isssst ein wahrer Ohrwurm.

»Oh Lord!«

Während Flanagan ssssingt, wünsche ich mir, ich hätte Finger, um den Rhythmussss mitssssuschnippen.

»Oh Lord
Keep your hand on the plow
Hold on.
Oh Lord
Oh yeah
Oh Lord
Oh yeah
Keep your hand on the plough
Hold on.

Mary had three lengths of chain
And every length was in Jesus' name.
Keep the hand on the plough
Hold on.
When I get to heaven gonna sing and shout
Be no body there gonna put me out.
Keep your hand on the plough
Hold on.
Oh Lord
Oh Lord
Oh yeah.
Keep your hand on the plough
Oh Lord

Oh yeah
Oh Lord
Oh yeah
Keep your hand on the plough
*And hoooooooooooooooooooold on.«**

LENA

»Was bedrückt dich?«, frage ich ihn sanft.

Die Totenfeier ist vorbei, und alle sind nüchtern geblieben. Jetzt sitze ich mit einem tieftraurigen Kapitän Flanagan in der Bar. Meine frühere Stimmung, dieses perverse Hochgefühl, ist verflogen. Flanagans Verzweiflung zieht auch mich herunter.

»So viele haben ihr Leben gelassen«, erwidert er leise.

»Du wusstest, dass das passieren würde.«

»Sie sind umsonst gestorben.« Er sieht mich ausdruckslos an. »Wir können nicht gewinnen.«

»Wir haben's doch schon einmal geschafft, einen Leitstrahl zu zerstören.«

»Und jetzt wissen sie, wie wir's angestellt haben, und werden darauf vorbereitet sein. Das ganze Vorhaben ist reiner Selbstmord.«

»Dann ist es das eben.«

»Du bist bereit zu sterben?«

* Angelehnt an das Spiritual »Keep your hands on the plough«. Frei übersetzt: Bahn dir weiter deinen Weg, gib nicht auf. Marias Kette maß drei Längen, die ihr im Namen von Jesus anhingen. Komm ich in den Himmel, werd ich jubeln und singen, denn niemand ist da, um mich daraus zu verdrängen. – *Anm. d. Übers.*

»Nein, zum Teufel. Aber ich bin bereit, *euch* alle sterben zu lassen.«

»Vielen Dank auch, Lena.« Er lächelt sarkastisch.

Er findet keine Möglichkeit, den Faktor der Zeitverschiebung aus dem Weg zu räumen.

»Der springende Punkt ist die Zeitverschiebung, stimmt's?«, frage ich.

Schweigen im Walde.

»Ich wusste, du würdest es irgendwann herausfinden«, sagt er schließlich.

Ich schenke mir einen Drink ein. Während wir beide trinken, suhlen wir uns im eigenen Elend.

Jedes Mal, wenn die Piraten eine neue militärische Strategie entwickelt haben, kann es zehn oder auch zwanzig Jahre subjektiver Zeitrechnung dauern, bis sie dort angekommen sind, wo sie diese Strategie nochmals anwenden möchten. Doch in Erdzeit gerechnet, entsprechen diese zwanzig Jahre vierzig oder sogar fünfzig Jahre.

»Die Zeitverschiebung arbeitet gegen dich. So wie die riesigen Entfernungen im Raum. Bis du von einem Stern zum andern geflogen bist, haben deine Gegner ein halbes Jahrhundert oder mehr Zeit gehabt, deinen nächsten Schritt zu konstruieren und eine Gegenstrategie zu entwickeln.«

»Du hast's erfasst.«

Die gegnerischen Schiffe zeichnen jede einzelne Schlacht mit ihren Außenkameras auf und übertragen die Szenen via Leitstrahl unverzüglich zur Erde. Einmal ist es Flanagan gelungen, eine Antimateriebombe zu zünden, doch beim zweiten Mal hatten die DR der Erde ein Auffangnetz für die Bombe konstruiert. Er hat die Computerkünste des kleinen Jamie dazu benutzt, in die Hirne der Doppelgänger auf Cambria einzudringen, aber inzwischen hat jeder Doppelgänger im Universum ein Gehirn, das man nur von der Erde aus lenken kann.

»Du kannst die Urknallbombe kein zweites Mal einsetzen«, sage ich. »Bestimmt haben die schon eine Möglichkeit gefunden, das zu vereiteln.«

»Das würde ich sowieso nicht riskieren. Das hier ist unser aller Universum. Was, zum Teufel, stellen wir derzeit damit an?!«

»Gutes Argument. Aber wie willst du's dann anstellen, den Leitstrahl auf Kornbluth zu zerstören?«

Flanagan greift nach seinem Glas und schleudert es gegen die Wand, aber es prallt nur davon ab und zerbricht nicht. Flanagan merkt selbst, dass die Geste eher lächerlich als dramatisch wirkt, und ärgert sich.

»Wir versuchen's und scheitern dabei, so sieht's aus«, sagt er.

»Und das soll ein Plan sein?«

»Das ist Plan A.« In Flanagans Stimme schwingt jetzt größere Zuversicht mit, doch ich merke, dass ihm immer noch schreckliche Zweifel zu schaffen machen.

»Und was ist Plan B?«

Er starrt mich an.

Die Luft vor ihm scheint zu flimmern. Einen Moment lang glaube ich, mich hätte plötzlich ein solcher Migräneanfall gepackt, wie ich ihn schon seit Jahrhunderten nicht mehr erlebt habe. Dann überlege ich, ob das Flammengeschöpf Alby auf das Schiff zurückgekehrt ist. Die Luft verdichtet sich zu einem schwebenden dunklen Teilchen, zu dem sich weitere gesellen, bis sie eine bestimmte Form, einen Buchstaben bilden, der immer größer wird. Dem Umriss und Umfang nach sieht der Buchstabe wie ein aufrecht stehender Mensch ohne Glieder aus. Es ist ein **I**. Ein frei schwebendes **I**, das fast so groß ist wie ich. Als es zu flackern beginnt und sich dabei verändert, wird mir klar, was hier geschieht: Die Luft redet mit mir. *Die Luft redet mit mir. Und sagt:*

ICH

BIN

PLAN

8

Ich starre Flanagan an. »Das ist doch heller Wahnsinn!«

»Mir bleibt keine andere Wahl«, erklärt er kurz angebunden.

Erneut beginnen die Buchstaben zu flackern: Sie verwandeln sich in die dunkle Silhouette eines Menschen, der in einem Lehnstuhl sitzt und ein Bein über das andere schlägt.

Mir ist klar, dass diese menschenähnliche Silhouette aus Abermilliarden winzigster Geschöpfe besteht, die sich, gelenkt von einer kollektiven Intelligenz, konzentriert und zu einem Schwarm zusammengeschlossen haben. Es ist ein Alien, so fremdartig, dass es jedes menschliche Vorstellungsvermögen übersteigt.

Flanagan hat einen Vertrag mit den Bugs abgeschlossen.

Ich befinde mich mit *Bugs* in einem Raum.

Jede Pore, jedes Härchen an meinem Leib zittert vor Entsetzen. Ich komme mir so vor, als würde mir die Haut abgezogen, und bekomme keine Luft mehr.

Erneut flimmert dieses Wesen aus Bugs auf und verändert seine Gestalt. Offenbar will es signalisieren, dass es mir gegenüber nicht feindselige, sondern freundschaftliche Gefühle hegt. Doch die Form, die es dazu wählt, ist dermaßen verrückt, dass ich nur noch mehr in Panik gerate und fast ausraste – hin und her gerissen zwischen der Lust, laut loszulachen, und dem Drang, mir vor Angst in die Hose zu machen und danach zu sterben.

Denn der Bugschwarm hat dazu folgendes Symbol gewählt:

»Um Himmels willen«, sage ich. »Um Himmels willen, das nicht auch noch!«

NEUNTES BUCH

EXZERPTE AUS DEM GEDANKENJOURNAL
VON LENA SMITH, 2004 BIS …

Ich habe viele Jahre meines Lebens vergeudet.

Ich habe getrunken, Drogen genommen, war meistens zugedröhnt und träge und schaltete einfach auf Leerlauf. Genau wie Samuel Beckett habe ich einmal ein ganzes Jahr im Bett verbracht und mich wie Pu der Bär vollgestopft, bis mein Bauch fast platzte. Oder ich habe, ziel- und geistlos, wie ich damals war, ganze Monate damit vertrödelt, erst ein Chaos anzurichten, danach aufzuräumen, erneut ein Chaos anzurichten und wieder aufzuräumen, wobei ich dann alles ein klein wenig anders als vorher arrangierte.

Am meisten ärgert es mich, dass ich zwei harte, schlimme Jahre auf einen Roman verschwendet habe, in den alles einfloss, was ich hatte: mein Herzblut, meine Seele, mein Leben und meine ganze Familiengeschichte. Ich zeigte ihn Leuten, deren Meinung ich achtete, und alle fanden ihn *grauenhaft*. Einige meiner engsten Freunde rückten sogar von mir ab, weil sie mein Epos so ätzend langweilig und trivial fanden.

Also wandte ich mich wieder dem Alkohol und den Drogen zu und musste mir nach zehn Jahren Sucht eine neue Leber einpflanzen lassen. Irgendwann war auch eine neue Nasenscheidewand fällig, da ich ständig Kokain geschnupft hatte. Aber ich zog mir nicht nur Koks rein, sondern auch Heroin oder Crack, vermischt mit LSD oder Ecstasy. Mehrmals wäre ich dabei fast draufgegangen.

Trotzdem wusste ich genau, was ich tat. Ich probierte alles aus, denn ich wusste ja, dass ein langes Leben vor mir lag, und ich wollte nichts auslassen, jede Erfahrung mitnehmen: Das Fallschirmspringen und Tiefseetauchen gehörte in meinen Hoch-Zeiten genauso dazu wie viele andere Abenteuer, zu deren Risiken und Nebenwirkungen auch ein Tripper zählte. Ich arbeitete als Edelnutte und als professionelle Spielerin. Hatte Sex mit einem Filmstar. Las *Auf der Suche nach der verlorenen Zeit* im französischen Original. Hörte mir jede Sinfonie, jedes Hauptwerk von Beethoven, Mozart, Bach, Chopin und Sidelman an und schwelgte in der Musik. Verbrachte ein Jahr in China, ein Jahr in Indien und viele Jahre in Italien. Sorgte als Stiefmutter für kreischende Babys und wütende Kleinkinder. War manchmal treu, manchmal untreu. Beging einen Mord. Landete im Gefängnis. Wurde wegen meiner Verbrechen mit Eingriffen in mein Hirn bestraft, doch meine Wut überlebte. Floh aus dem Knast. Machte Wildwassertouren auf dem Floß mit, schritt als Model über Laufstege. War mal eine gute Mutter, mal eine schlechte. Wurde von Einbrechern ausgeraubt und zweimal gehäutet. War eine Diebin. Schrieb – das habe ich ja schon erwähnt – einen völlig unterschätzten Roman. Komponierte mehrere Sinfonien. Lernte ein Dutzend Sprachen. War Konzertpianistin. Verfasste wissenschaftliche Abhandlungen, die Bestseller wurden. Hatte Freunde, die transsexuell, homosexuell oder sexuell abstinent waren. Liebte und wurde geliebt. (Wie oft man mir das Herz brach, weiß ich nicht mehr, jedenfalls waren es unzählige Male).

Und fast hundert Jahre lang führte ich die Menschheit zu neuen Ufern.

Mir ist durchaus klar, wie unglaubwürdig der letzte Satz klingt. Auch jetzt noch kommt es mir wie ein Traum vor, dass so etwas geschehen konnte. Mich verbindet nichts mehr mit der Person, die ich damals war: ein zielgerichtet handelnder, politisch engagierter, manipulativer Mensch.

Achtzehn Stunden pro Tag oder mehr baute ich über Telefon oder E-Mail mein Netzwerk auf und aus. Ich entwarf Schlachtpläne für das, was ich erreichen wollte, und hakte Tag für Tag, Monat für Monat die Erfolge ab. Und auf diese Weise erlangte ich, die sorgfältig planende, skrupellose Zynikerin, schließlich höchste Macht.

In erster Linie hatte ich das meinen Erfahrungen mit Future Dreams zu verdanken. Nachdem ich das Schlimmste an menschlicher Verdorbenheit und Ungerechtigkeit erlebt hatte, wollte ich unbedingt die Welt verändern. Ich muss einräumen, dass es noch Jahrzehnte dauern sollte, bis ich diesem Drang schließlich nachgab. In der Zwischenzeit war ich kein Kind von Traurigkeit, trank jede Menge Margaritas und trieb es mit einer ganzen Schar von Männern. Aber die Saat war damals schon gelegt und ging schließlich auf.

Seinerzeit war ich arbeitslos, eine Alkohol- und Drogensüchtige auf Entzug, die ein Schürzenjäger gerade betrogen hatte. In dieser Situation rief ich in der Hoffnung, wieder akademische Arbeit zu finden, all meine Freunde und Bekannten an, doch es kam nichts dabei heraus. Also bewarb ich mich auf gut Glück bei den Vereinten Nationen und übernahm eine untergeordnete Verwaltungstätigkeit bei einem von der Staatengemeinschaft finanzierten Projekt in Portugal. Das war natürlich *nach* dem *Schlimmen Jahrhundert*, in dem der Zusammenbruch des Ökosystems überall auf der Welt verheerende Verwüstungen und ein Massensterben ausgelöst hatte. Während ich mich mit Alkohol, Drogen und Sex vergnügt hatte, hatte das Meer Florida und Spanien überflutet und eine Malariaepidemie viele Menschen in Mittelamerika dahingerafft; ein Großteil Europas glich inzwischen einer Wüste. Allerdings war die Menschheit erfolgreich dabei, die beschädigte Biosphäre der Erde wiederherzustellen. Und die Vereinten Nationen spielten bei diesen Projekten den Vorreiter.

Sechzehn Jahre lang mühte ich mich gemeinsam mit den anderen UN-Angestellten ab, das zerstörte Land und die kranken Menschen wieder gesund zu machen und in den leeren Flussbetten wieder Wasser sprudeln zu lassen. Es war eine ungewöhnliche, herzerfrischende Zeit, denn wir alle arbeiteten mit dem Bewusstsein, etwas wirklich Sinnvolles zu tun. In dieser Phase hatte ich das wunderbare Gefühl, dass die Menschheit ein Ganzes bildet. Wir alle hatten ein gemeinsames Ziel, das uns fest zusammenschweißte. Tag für Tag quälten wir uns dafür ab, die Welt zu retten.

Doch als die Grundbedingungen ökologischer Stabilität besser erforscht waren, ging alles sehr viel schneller als vorher voran. Riesige schwebende Kohlefilter begannen die Luft von dem Dreck zu reinigen, den die Menschen verursacht hatten. Erneut füllten Plankton und Kabeljauschwärme die Meere. Gefrorenes Helium kühlte die Pole so ab, dass sich neues Eis bildete. Das Gleichgewicht wurde wiederhergestellt, die Erde fing an zu genesen.

Im Lauf der Jahre merkte ich, wie der Ehrgeiz zunehmend an mir nagte. Denn nachdem die schlimmste Krise überwunden war, verrichtete ich fast nur noch langweilige Büroarbeiten, die sich ständig wiederholten. Ich wusste, dass ich genügend Erfahrung hatte, um mehr zu leisten – außerdem wollte ich lieber andere anleiten, als angeleitet zu werden. Deshalb machte ich mich so zielgerichtet wie ein von Wärme angezogenes Geschoss daran, meinen Aufstieg vorzubereiten und mich zum ersten Mal in meinem Leben regelrecht hochzuschleimen. All mein Talent, all mein Wissen konzentrierte ich auf dieses eine, selbstsüchtige Ziel.

Durch psychologische Tricks sägte ich an den Positionen meiner Konkurrenten. Gleichzeitig baute ich meine Kenntnisse und Kontakte aus und schmeichelte mich ständig bei Leuten ein, die mir möglicherweise nützlich sein konnten. Ich machte Überstunden, flirtete mit meinem portugiesischen Chef und schlief sogar ein paar Mal mit ihm. Ich avancierte zur »Gesellschaftsdame«, die Klatsch provozierte. Schließlich wurde ich von der stellvertretenden Leiterin unseres Teams zur Leiterin befördert und danach zu einem neuen Projekt in Frankreich versetzt. Von dort aus schaffte ich als global agierende »Feuerwehr« den Aufstieg in die höhere Hierarchie der Vereinten Nationen. Nach sieben Jahren, während einer Phase großer politischer Umwälzungen, wurde ich Vizepräsidentin der Vereinten Nationen.

Während meines ersten Jahrs in dieser neuen Position schrieb ich eine maßgebliche Abhandlung über die neue Weltordnung. Darin versuchte ich mit wissenschaftlicher Präzision zu analysieren, welche Probleme auf die Menschheit zukamen, und gelangte zu dem Schluss, dass die meisten dieser Probleme mithilfe von Energie zu lösen seien. Das fand breite Zustimmung. Ein Jahr danach erfand jemand eine supraleitende Energiepumpe, die Sonnenwärme in unsichtbare Energiestrahlen umwandeln konnte, wenn man sie in einer erdnahen Umlaufbahn installierte. Diese Pumpe lieferte unserer konsumorientierten, hochtechnologischen Gesellschaft einen fast unbegrenzten Energievorrat.

Vier Jahre später trat ich von meinem Amt bei den Vereinten Nationen zurück und wurde Abgeordnete des britischen Parlaments. Mein Wahlkreis war das schottische Greenok. In meiner Antrittsrede vor dem Parlament befasste ich mich mit dem Thema Städtesanierung. Regelmäßig schrieb ich Zeitungskolumnen. Im Wahlkampf setzte ich mich besonders für die Verbraucher und Fabrikarbeiter ein. Darüber hinaus trat ich in witzigen Quizshows auf und wurde zu einer Kultfigur. Nach dreizehn Jahren dieser gnadenlos harten Arbeit wurde ich Vorsitzende der Oppositionspartei. Und fünf Jahre danach Premierministerin.

Am Treppenaufgang hing mein Foto gleich neben den Konterfeis von Thatcher, Major, Blair, Brown, Matthews, Thomas, Jones, Durbridge, Smith, Andrews und McQuist. Ich aß mit der Königin zu Abend, eröffnete Fabriken, tauschte in der Fragestunde Beleidigungen mit anderen Politikern aus, trug Fehden mit dem Finanzminister aus, sah Wirtschaftskrisen tapfer ins Auge, befasste mich mit der Situation Mittelenglands, stimmte dem Bau einer riesigen unterirdischen Autobahn und Schienenstrecke zu, die Glasgow, Cardiff und London miteinander verband. Ich leitete, nun ja, alles Mögliche ein. Irgendwo muss ich noch eine Liste davon haben. Vermutlich sollte ich stolzer darauf sein, doch nach all der Zeit weiß ich nur noch, dass die meisten britischen Abgeordneten enorme Mengen schottischen Whisky schlucken und gern damit angeben, wie gut sie Geschichten erzählen können, auch wenn das gar nicht stimmt.

Nach vier Jahren schockierte ich alle damit, dass ich mein Amt niederlegte, um ein neues Projekt in Angriff zu nehmen: die Kampagne dafür, zur Botschafterin der Menschheit ernannt zu werden. Diese neue Position hatte man eigentlich nur als Feigenblatt geschaffen, um die Liberalen zu beschwichtigen, die auf ein Ende von Nationalismus und Parteienkungelei drängten. Doch meiner Ansicht nach war es ein Amt, mit dem man weitere Horizonte eröffnen und größere Aufgaben anpacken konnte, als dem Parteienbündnis aus Liberalen, Demokraten und Sozialisten als Erfüllungsgehilfe zu dienen.

Als ich schließlich zur Botschafterin der Menschheit ernannt wurde, kam ich mir wie ein Falke vor, der endlich wieder fliegen kann, weil der gebrochene Flügel geheilt ist. Nach all dem kleinlichen Hickhack in der politischen Szene Großbritanniens hatte ich endlich das Gefühl, am richtigen Platz zu sein. Ich schwang mich zu ungeahnten Höhen auf, stieß herab, um mich auf neue Aufgaben zu stürzen, schwang mich wieder empor. Schließlich wandelte ich meine Amtsbezeichnung in *Präsidentin der Menschheit* um.

Nachdem ich mich selbst zur Präsidentin ernannt hatte, rief ich den *Rat zur Vervollkommnung der Menschheit* ins Leben. Kraft meiner Persönlichkeit und des Gewichts meiner umwälzenden Ideen wurde ich de facto zur Leitfigur der Menschheit.

Eine Randbemerkung zum zielorientierten Handeln: Dazu braucht man lediglich Schwung, Durchhaltevermögen, Schamlosigkeit, gewiefte Rhetorik und ein Mindestmaß an Fähigkeiten.

Als erste amtierende Präsidentin der Menschheit ließ ich mir in Brüssel ein neues Büro bauen und mit 3-D-Tapeten ausstatten, die man mit einem Händeklatschen in eine Karte des Sonnensystems verwandeln konnte. Ich sondierte, welche Summen mein neu eingerichtetes Spesenkonto abdeckte, und lernte, wie ich mich stylen musste, um Eindruck zu schinden. Außerdem befasste ich mich mit der Kunst der Menschenführung. Ich las jedes Buch, das mir zu diesem Thema in den Sinn kam – von Machiavelli bis zu Plato. Die Grundsätze politischer Führung setzte ich in Beziehung zu der auf Emergenz-Gleichungen basierenden Matrix menschlichen Verhaltens, die ich vor so vielen Jahren ausgearbeitet hatte. Anstatt mich blindlings auf meinen Instinkt zu verlassen, stützte ich mich auf diese Gleichungen, um mit neuen Methoden Fortschritte zu erzielen. Ich entwarf ein Computerprogramm, mit dem ich politische Veränderungen kartieren und extrapolieren konnte, ehe sie überhaupt in Erscheinung traten. Deshalb gelang es mir auch, Revolutionen in Frankreich und in Louisiana vorherzusehen und im Keim zu ersticken, einen Pakt zwischen China und Japan durchzusetzen und die amerikanischen Neokonservativen zu entmachten, die nach ihrer gescheiterten Politik am Anfang des einundzwanzigsten Jahrhunderts sowieso schon diskreditiert waren.

Ich rief ein Elitecorps von Beratern ins Leben, die in meinem Auftrag agierten und in ihrer Skrupellosigkeit meinen früheren Kollegen bei der Weltpolizei – Tom, Tosh und Michiyo – in nichts nachstanden. Allerdings ließ ich meine politischen Gegner niemals umbringen, sondern beschränkte mich darauf, sie in Verruf zu bringen, zu demütigen und ihre Positionen zu unterminieren.

Das waren noch Zeiten …!

Während dieser Phase brachten wir den zweiten Schub von Raumkolonisten auf den Weg. Leider musste ich auch von meinem geliebten Sohn Abschied nehmen, der (wieder einmal) einem Prozess wegen Vergewaltigung entgegensah. Um ihn an Bord eines Siedlerschiffs zu schmuggeln, sah ich mich gezwungen, seine persönlichen Dokumente zu fälschen und alle Beweise für die ihm zugeschriebene Straftat zu vernichten, doch ich tat es mit gutem Gewissen, denn ich sagte mir, er werde im Raum wohl kaum so viel Schaden anrichten wie auf der Erde.

Nach seinem Aufbruch wurde mir deutlich bewusst, dass meine Lebensaufgabe von jetzt an darin bestehen würde, die Zukunft der Siedler so gut wie möglich abzusichern. Schließlich hatten sie für dieses Abenteuer mit ungewissem Ausgang, für diesen Schritt, der die Menschheit voranbringen sollte, sehr viel aufs Spiel gesetzt.

Einige Jahre später erreichte der erste Schub von Siedlern den Planeten, der später *Hope* genannt wurde. Nachdem der erste Quantenleitstrahl konstruiert war, riefen wir das Projekt Heimdall ins Leben. Auf die ständig wechselnden neuen Aufgaben war ich bestens eingestellt, denn ich war die richtige Person für dieses Amt und zur rechten Zeit am rechten Ort.

Ich verfolgte dabei eine recht simple Philosophie der Macht, die ich nach einem meiner Lieblingsautoren die *Pournelle*-Doktrin nannte. Diese Doktrin besagte: *Für jedes Problem gibt es eine Lösung*. Die Hungerkatastrophe in Afrika war durch den Mangel an Ressourcen und Wasser sowie durch Korruption und Kriege bedingt. Also half ich den afrikanischen Staaten dabei, sich zu unabhängigen, Energie produzierenden Wirtschaftseinheiten zu entwickeln, bis sie schließlich über fruchtbares Land und riesige unterirdische Produktionsanlagen verfügten. Diktatoren wurden mit dem

Entzug von Handelsrechten bestraft. Da die Gier obsiegte, hörten die Kriege nach und nach auf. An die Stelle finanzieller Bestechungen traten die Verlockungen des hedonistischen Lebensstils, der im dreiundzwanzigsten Jahrhundert gepflegt wurde.

Ich schuf ein komplexes System sozialer Kreise, in denen die Rechtschaffenheit regierte und gutwilliges Verhalten mit besserer Gesundheitsversorgung, Wohlstand und einem längeren Leben belohnt wurde. Die unbegrenzten Energieressourcen halfen, die Armut zu beseitigen. Die Bevölkerungsexplosion war – wie Pournelle vor so vielen Jahren prophezeit hatte – ein Problem, das sich von selbst erledigte, denn mit wachsendem Wohlstand schrumpft die Familie. Selbst die Frage der Landverteilung verlor an Bedeutung, als wir mit Palästinensern und Osteuropäern bemannte Siedlerschiffe zu den schönen neuen Welten im Raum schickten.

Im Prinzip war ich eine Diktatorin, die viele Sachen eigenständig in Angriff nahm, nach außen hin jedoch passiv wirkte. In jeder Hinsicht lenkte ich das Verhalten der Erdbewohner, hielt aber den Anschein aufrecht, lediglich allgemeine Menschheitsträume zu verwirklichen. Wie eine altmodische Ehefrau vergangener Zeiten traf ich alle Entscheidungen, während ich meinen Trottel von Ehemann glauben machte, er sei derjenige, der das Sagen habe.

Und ich hatte gewisse Eitelkeiten, ja, das muss ich zugeben. Beispielsweise ist meine Namensänderung in diesem Zusammenhang zu sehen, der Wechsel von Lena zu Xabar. Ich trug eng anliegende glänzende Kunstlederkleidung, kultivierte das Image einer Frau mit gefährlicher Vergangenheit. In Wirklichkeit spielte ich nur eine Rolle, erfand mich neu als moderne Führerin eines uralten Kriegerstamms. Ich war Boudica, die britische Königin und Heerführerin, die 60/61 nach Christus den – erfolglosen – Aufstand gegen die römischen Besatzer anzettelte, war die Heldin aus einem Comic, war *Xabar*. In einer Welt, die graue politische Eminenzen im mittleren Alter prägten, war ich Kerze und Flamme zugleich.

Natürlich war all das reine Berechnung. Ich verpackte das Wesentliche, das ich ausstrahlen wollte, in eine Reihe miteinander verwobener Mythen und brachte sie alle gleichzeitig unter die Leute. Ich verkaufte ihnen den Mythos der gehorsamen Dienerin der Menschheit genauso wie den Mythos der sexy Domina; den Mythos der eiskalten, jungfräulichen Kriegerprinzessin, die Männern in den Hintern treten konnte, genauso wie den Mythos der sanften, hegenden und pflegenden Mutter/Schwester/Geliebten. Ich war alles in einem: Alpha, Beta, Gamma und Omega. Politisch links, rechts, konservativ, liberal. Persönlich ausschweifend, puritanisch, gefährlich, bieder. Ich handhabte die Politik wie Taschenspielerkunst, machte viel Wirbel, um Illusionen zu erzeugen. Dennoch hatte das, was ich tat, Substanz. Ich war nicht der geistig beschränkte Apparatschik, den manche in mir sahen, sondern eine Visionärin. Nur war ich eine Visionärin, die aufreizende Kleidung trug, einen verrückten Namen hatte und das Talent, alles darzustellen, was die Menschen in ihr sehen wollten.

Nach rund zwanzig Jahren veränderte ich mein Aussehen, gab mir einen strengeren, eher reservierten Anstrich. Während meine Politik ständig liberaler wurde, wirkte mein Äußeres immer konservativer. Ich trug formell geschnittene Kostüme und kritisierte die Zurschaustellung von Nacktheit in Werbespots. Inzwischen verkörperte ich die Rolle der Gouvernante: ganz nett anzusehen, resolut, aber durch und durch prüde und moralistisch. Auch das funktionierte eine ganze Weile.

Als ich einen gut aussehenden Vizepräsidenten ernannte, wurde rund zehn Jahre lang getuschelt, *er* sei die treibende

Kraft hinter meinem Thron. Es ging das Gerücht um, wir seien ein Liebespaar, und ich hätte vor, ihm zugunsten von meinem Amt zurückzutreten. Nicht um alles in der Welt kann ich mich an seinen Namen erinnern. Ich könnte zwar ohne große Mühe irgendwo nachsehen, doch dazu fehlt mir die Lust. Als ich mit meiner Politik zunehmend aneckte, machte ich ihn zum Sündenbock. Er musste gehen, ich blieb im Amt, und das Leben ging weiter.

Selbstverständlich hatte jede Nation der Erde ihre eigene Regierung; jeder Staat war souverän und mit eigenen Machtbefugnissen ausgestattet. Meine Rolle als »Präsidentin« des Menschheitsrats bestand lediglich darin, Aktivitäten zu koordinieren und Verbindungen zu knüpfen. Doch während die Führer von Nationalstaaten kamen und gingen, die Wahlen verloren, an Herzinfarkten starben oder ermordet wurden, blieb ich im Amt und erfand mich und meine Rolle ständig neu. Und das verschaffte mir für gewisse Zeit fast uneingeschränkte Macht.

Anfangs war ich ständig herumgereist. Doch im Lauf der Zeit stützte ich mich mehr und mehr auf die Videokonferenzen in meinem Brüsseler Büro (später zog ich in einen Anbau des Londoner Parlamentsgebäudes um). Selbstverständlich tauchte ich Nacht für Nacht in die virtuelle Realität von Hope ein und schlüpfte in die Körper von Doppelgänger-Robotern, denn damals wurde auf Hope Grenzland kultiviert und der Planet erdähnlich umgestaltet. Wenn mein Arbeitstag begann, hämmerte mein Kopf, denn er musste erst einmal all die Eindrücke von Sandstürmen, schrecklichen Todesfällen und großartigen, heldenhaften Leistungen verarbeiten. Doch irgendwie bekam ich den Dreh heraus, meine Büroarbeit trotzdem ohne viel Mühe zu erledigen und jede Menge E-Mails zu beantworten. Außerdem gab ich über Bildschirmtelefon wie am Fließband Anweisungen durch, manchmal Hunderte am Tag. Nur selten führte ich persönliche Gespräche vor Ort. Mir war es lieber, wenn mir die Leute ihre Vorschläge per E-Mail schickten, denn dann blieb mir Zeit, mich damit auseinanderzusetzen und mich später dazu zu äußern.

Wir genossen das dreiundzwanzigste Jahrhundert, die Epoche, in der sich die Menschheit für alle Zeiten wandeln sollte. Als Gehirnimplantate aus Mikrochips zur Standardausrüstung wurden, hatte praktisch jeder Zugang zum Wissen sämtlicher Epochen in der menschlichen Geschichte. Körper und Gesicht konnte man wie die Kleidung nach Lust und Laune wechseln – je nach Mode. Es tauchten die ersten genetisch veränderten Menschen auf – die »Kiemenmenschen«, die Sauerstoff durch Wasser aufnehmen konnten und sich irgendwann zu Delfs entwickelten. Es gab eine völlig neue Generation von über Hundertjährigen, man kannte keine Kriege mehr, und die fernen Planeten wurden kolonisiert. Das Boxen wurde verboten, die Prostitution höher besteuert als früher. Die Kinder wurden schneller erwachsen, da sie jetzt schneller lernten. Zwar wurde den Teenagern das Wissen zwangsweise eingetrichtert, doch wenn diese neue Generation in den Zwanzigern war, durfte sie ein lockeres Leben genießen, denn wir ließen ihr noch zehn Jahre Zeit, ins Arbeitsleben einzutreten.

Die Hungersnöte in Afrika gehörten der Vergangenheit an. Nach den furchtbaren Katastrophen des späten zweiundzwanzigsten Jahrhunderts war das Klima mittlerweile stabil und regulierte sich selbst, schwankte nicht mehr zwischen globaler Erwärmung und einer neuen Eiszeit. Die Musik war, ehrlich gesagt, das Letzte vom Letzten, selbst nach meinen Maßstäben. Sowohl die Popmusik als auch die klassische Avantgarde konnte man sich sonst wohin schieben. Dagegen kam es in der Malerei zu einer wahren Renaissance: In jeder Hauptstadt schmückten Wandgemälde von umwerfender Schönheit, geschaffen von den besten Künstlern der Welt, ganze Straßenzüge und Wolkenkratzer.

Wir waren dabei, die Probleme der Menschheit zu lösen. *Jetzt wurden sie tatsächlich gelöst.* Für jedes Problem gibt es eine Lösung – man muss sie nur finden.

Allerdings stand ich unter unglaublicher Anspannung, und die Arbeitslast erdrückte mich fast. Nach fast neunzig Jahren an der Macht begann ich meinen Rückzug zu planen. Doch ich musste erst noch die Aufhebung der alten Strafgesetze einleiten. Das bedeutete die Abschaffung von Gefängnissen zugunsten von anderen Bestrafungsmethoden: schmerzhafte elektronische Eingriffe ins Gehirn, um bei Kriminellen eine Änderung des Verhaltens zu bewirken. Das »Grillen« von Gehirnen als Strafe für bewaffneten Raubüberfall oder Mord erwies sich als verblüffend wirksames Abschreckmittel. Die Straftaten nahmen ab, denn die ehemaligen Berufsverbrecher erinnerten sich lebhaft an die unerträglichen Schmerzen, die man ihnen durch Versengen der Großhirnrinde und Eingriffe in ihr Vorstellungsvermögen zugefügt hatte, und das schüchterte sie ein.

Egal, was Kritiker später dazu gesagt haben: Auch dieses Verfahren stellte die Lösung eines Problems dar, des Problems, Kriminelle davon abzuhalten, Straftaten zu begehen. Die eine Lösung besteht darin, sie bei gewaltigen Kosten über lange Zeiten ihres nutzlosen Lebens hinweg einzusperren, die andere darin, ihnen so wehzutun und sie so einzuschüchtern, dass sie physisch nicht mehr in der Lage sind, rückfällig zu werden. Mein Programm sah vor, bei jedem, der ein schweres Verbrechen begangen hatte – Mord, Vergewaltigung, Entführung, Kindesmissbrauch, schwere Körperverletzung, bewaffneter Raubüberfall oder vorsätzliche Erpressung –, einen elektronischen Eingriff ins Gehirn vorzunehmen. Bei jedem Wiederholungstäter wurde das Tag für Tag durchgeführt, bis er entweder zur Einsicht kam oder einen Gehirnschaden erlitt.

Es war brutal, aber es funktionierte. Und wenn man die damaligen Fortschritte bei den forensischen Methoden und den Techniken der Gedankenerforschung berücksichtigt, die jeden Justizirrtum ausschlossen, war diese Strafe auch *gerecht*.

So sah meine schöne neue Welt aus. Sie dürfen sich ruhig darüber lustig machen; aber ich hatte sehr, sehr lange in der alten Welt gelebt, und meine neue Welt war tausendmal besser, das dürfen Sie mir glauben.

Es war eine seltsame, wunderbare Zeit. Doch wenn ich darauf zurückblicke, wünsche ich mir, ich hätte mir damals ein paar Freunde gesucht. Menschen, die mir gewachsen waren, die es geschafft hätten, mir die Stirn zu bieten und mit mir zu streiten. Stattdessen hatte ich nur unzählige loyale Anhängerinnen und Anhänger. Übereifrige junge Menschen, die sich unbedingt an meine Rockschöße hängen wollten. Keiner von ihnen war älter als vierzig, und alle waren insgeheim darauf aus, irgendwann mein Amt zu übernehmen.

Allerdings reichte meine Macht für uns alle aus. Ich stellte einen jungen Mann namens Matt Evans ein, der sich Mat X nannte. Nachdem ich mir seine Rap-Texte auf mein Ohrimplantat geladen hatte – sie beeindruckten mich mit ihrer Energie, ihrem Witz und der ätzenden Ironie –, bat ich ihn in mein Büro und fragte ihn, was *er* unternehmen würde, um die Probleme der Welt zu lösen. Er war ein Schwarzer voller Wut und Leidenschaft und ließ sich (selbstverständlich wütend und leidenschaftlich) darüber aus, unter welchen »Scheißbedingungen« schwarze und gemischtrassige Gemeinschaften in der heutigen »Scheißgesellschaft« leben müssten.

Also machte ich ihn zum Koordinator für afrikanische Angelegenheiten. Seine Aufgabe bestand darin, Afrika in einen der reichsten, faszinierendsten Kontinente zu verwandeln. Er erhielt die Mittel dazu und das Personal, obwohl er nicht die leiseste Ahnung davon hatte, wie man ein Büro führt oder Arbeiten erledigt. Schon das Aufstehen am Morgen empfand er als Stress.

Doch er lernte schnell. Aufgrund seiner Gettoerfahrungen war er gerissen und schlau und konnte sehr gut mit Menschen umgehen. Er setzte sich mit afrikanischen Diktatoren an einen Tisch und besuchte Massengräber – Zeugnisse der Völkermorde und Kriege, die Afrika immer noch regelmäßig heimsuchten. Er beschwor den Geist Mandelas, brachte aber gleichzeitig neuen Schwung mit. Heimlich überwachte ich jeden seiner Schritte; doch ich nutzte sein Charisma, seine Jugend und seine Glaubwürdigkeit als Rap-Künstler dazu, die Herzen und Köpfe der Menschen zu gewinnen. Unzählige junge Schwarze, die Autoritäten hassten, vergötterten Mat X. Sie hörten auf seine Worte, bewunderten seinen Stil und staunten darüber, dass er seine offizielle Grundsatzerklärung zur Sanierung Afrikas in einen neunzigminütigen Rap verpackte.

Und so brachten wir Afrika in Form. Afrika wurde zu dem, was es von jeher hätte sein sollen: ein fruchtbarer Kontinent, reich an Kulturen und Ideen, auf dem das Miteinander unterschiedlicher Stämme tief im Herzen jedes Eingeborenen verwurzelt war. Wir bezeichneten diese Entwicklung als »afrikanischen Weg«. Im eigentlichen Sinne war dieser »Weg« weder eine Religion noch eine Philosophie, bestimmte jedoch die Lebensweise von Milliarden Menschen.

Schwieriger war es mit China. Irgendwann fand ich eine junge Frau mit außerordentlichem Einfühlungsvermögen. Aufgrund dieser Fähigkeit, die offenbar sogar das Gedankenlesen und das Vorhersagen von Verhaltensweisen einschloss, gelang es ihr, gesellschaftliche Konventionen in China zu reformieren und dort die Demokratie einzuführen. Später hatte sie den Status einer Halbgöttin, die ganze Nationen verehrten. Und natürlich fand sie es zu diesem Zeitpunkt nicht mehr nötig, auf meine Telefonanrufe zu reagieren. Sie hieß Xan (selbst mit ihrem albernen Namen wollte sie mich imitieren, verstehen Sie?!). Undankbares Luder! Entschuldigung. Lassen wir das …

Für jedes Problem gibt es eine Lösung – das war mein Credo, mein machiavellistischer Kodex. Doch das Seltsame ist: Alles menschliche Verhalten ist von Vergesslichkeit geprägt. In schlimmen Situationen sehnt sich jeder nach Verbesserungen. Doch sobald die Lage sich verbessert hat, wird alles als selbstverständlich betrachtet. Ganze Generationen wuchsen in dem Glauben auf, diese Welt stelle die natürliche Ordnung der Dinge dar. Vollbeschäftigung, kaum noch Krankheiten, lange Lebensspannen, selten Kriege, eine in architektonischer Hinsicht warme und emotional ansprechende Umgebung – was zählte das schon?! Die Welt war ihrer Meinung nach immer noch »beschissen« und Erwachsene wie ich »Arschlöcher« und »Fossilien«, die man ruhig verachten und verspotten durfte.

Möglicherweise gibt es also doch ein Problem, das man nicht lösen kann. Vielleicht liegt es daran, dass die Menschen einfach nicht besonders sympathische Wesen sind. Sie sind eigensüchtig, bestechlich und zur Dankbarkeit nicht fähig. Ich habe so viel für die Menschheit getan, doch was hat sie je für mich getan? Warum, zum Beispiel, fällt es mir so schwer, Freundinnen zu finden? Und warum betrügen mich die Männer, mit denen ich ein Liebesverhältnis habe, und behandeln mich von oben herab? Warum muss ich immer noch Orgasmen vortäuschen? Und wie kommt's, dass kein Mensch über meine Witze lacht?

Was, zum Teufel, *ist denn so falsch an mir?*

An ihrem Tod
war sie selbst schuld.

Obwohl ich nicht abstreiten kann, dass ich falsch gehandelt habe.

Doch wie kann es angehen, dass eine einzige Fehlhandlung es rechtfertigt, mich zu verfolgen, eine wahre Hetzjagd auf mich zu eröffnen und mich zu vernichten? Und das nach einem langen Leben, in dem ich so viel Gutes getan habe, nach so vielen Jahren der Selbstbeschränkung, der Selbstverleugnung und des altruistischen Engagements?

Ich bin ja bereit, meine Sünden zu bekennen: Ich habe Beamte bestochen, damit sie vertuschten, dass mein Sohn eine junge Frau vergewaltigt hatte. Und später, als wegen des Verdachts auf Vergewaltigung erneut gegen ihn ermittelt wurde, nutzte ich mein öffentliches Amt dazu, alle Eintragungen ins polizeiliche Führungszeugnis zu unterbinden. Ich zog an gewissen Fäden, fälschte Dokumente und schaffte es irgendwann, meinen Sohn mit den Siedlern ins All zu schicken. Denn ich setzte darauf, dass sich seine negativen Charakterzüge dort geben würden.

Die Kongressabgeordnete Cavendish, ein rotes Tuch für alle Liberalen, hatte es sich zur Lebensaufgabe gemacht, mir auf die Schliche zu kommen. Von Anfang an ging sie davon aus, dass ich *irgendetwas* auf dem Kerbholz haben müsse, egal was. Sie war eine religiöse Fanatikerin voller Bigotterie, hasste alle Farbigen und verabscheute Muslime. Während der letzten dreißig Jahre meiner langen Amtszeit versuchte sie ständig, mich mit einer falschen Anschuldigung nach der anderen in politischer Hinsicht zu vernichten. Irgendwann hatte ich ihre Lügen und die hinterhältige Propaganda satt, fand aber keine geeignete Lösung für dieses spezielle Problem, das mir persönlich zu schaffen machte. Cavendish hasste mich aus dem Bauch heraus, und dieser heftige, irrationale Hass hielt sie am Leben. Ohne auf Verjüngungstherapien zurückzugreifen – Cavendish lehnte so etwas ab –, erreichte sie das Alter von achtundachtzig Jahren mit unverminderter Energie und ungebrochenem Hass auf mich.

Irgendwann stieß sie tatsächlich auf eine Leiche in meinem Keller. Sie fand alles über Peter heraus und deckte auch auf, welche Rolle ich über lange Jahre hinweg dabei gespielt hatte, seine Straftaten zu vertuschen. Es kam zum öffentlichen Skandal, und ich wurde meines Amtes enthoben.

Ich kann mich noch lebhaft an den Augenblick erinnern, in dem für mich alles zu Ende ging. Es war an einem Donnerstag. Oder war es ein Mittwoch? Egal. Jedenfalls war es am Morgen. Ich hatte gerade eine Tasse Kaffee getrunken, starken Kaffee. Als ich meine E-Mails aufrief, stieß ich auf eine mit dem Betreff: *Anklage wegen Amtsmissbrauch.* Wie vor den Kopf geschlagen, stand ich vom Schreibtisch auf und stolperte auf den Gang hinaus. Und dort empfing mich Cavendish, zusammen mit einem ganzen Beamtenheer, und genoss ihren Sieg. Triumphierte voller Schadenfreude!

Auf Cavendishs ausdrückliche Forderung hin verpasste mir der Richter die offizielle Rüge vor all meinen Kollegen. Danach zerriss er die Amtsurkunde feierlich. Alles erfolgte genau nach Vorschrift und gemäß der sakrosankten Traditionen. Nur wusste ich, dass all das völliger Blödsinn war. Ich war die erste Person, die dieses spezielle Amt innegehabt hatte, folglich gab es in dieser Hinsicht gar keine Traditionen.

Doch Cavendish hatte sich durchgesetzt, und ich wurde gedemütigt. Als ich in den folgenden Monaten die Presseberichte las, wurde mir klar, dass mein guter Ruf Stück für Stück demontiert wurde. Es wurde ein neuer Präsident der Menschheit gewählt und der Eindruck erweckt, meine Präsidentschaft sei sowieso nur eine Übergangslösung gewesen. Während ich nur als bessere Verwaltungsbeamtin agiert hätte, sei jetzt ein *wirklicher Politiker* im Amt.

Um diesem Schwall von Lügen entgegenzutreten, verbreitete ich Gegendarstellungen, informierte Journalisten und forderte jeden Gefallen ein, den mir irgendjemand noch schuldete. Doch jedes Mal, wenn ich dachte, jetzt hätte ich das Spielchen im Griff, wurden die Spielregeln umgestoßen, und ich wurde erneut zutiefst gedemütigt. Ich las ganze Bücher, in denen behauptet wurde, die erfolgreiche Entwicklung des Planeten Hope sei nur dem Sieg der tapferen Siedler zu verdanken, die sich gegenüber den ständig dazwischenfunkenden überheblichen Verwaltungsbeamten auf der Erde durchgesetzt hätten. Das zielte natürlich gegen *mich*. Ich musste auch lesen, mein Nachfolger im Amt, Luigi Scarpio, habe als Erstes alle Prinzipien und Vorgehensweisen des Büros festlegen müssen, ohne auf irgendetwas zurückgreifen zu können. Scarpio war eine Null, hatte jedoch verblüffendes Charisma. Von wissenschaftlichen Dingen hatte er keine Ahnung, außerdem besaß er weder Moral noch gesunden Menschenverstand.

Jeder Erfolg, jede Erkenntnis, jeder politische Fortschritt, den ich eingeleitet hatte, wurde *jemand anderem* zugeschrieben; jeder Fehler, jedes Fiasko, jeder Fall von Korruption während meiner Amtszeit wurde *mir* angelastet.

Die Menschen liebten Scarpio, denn er war ein einfach gestricktes Dickerchen, das Humor hatte und seine Vorliebe für Pasta und italienische Frauen gern selbst auf die Schippe nahm. Scarpio wurde zur Legende, während ich ... nur noch zu einer Randbemerkung in der Geschichte der Menschheit taugte.

Cavendish hatte gewonnen, ich verloren. Und das führte dazu, dass ich irgendwann die Selbstbeherrschung verlor, wie ich zugeben muss. Innerlich tobte ich vor Wut. Erfolglos versuchte ich, Cavendish wegen übler Nachrede vor Gericht zu zerren und ihren persönlichen Ruf zu ruinieren. Schließlich besorgte ich mir auf illegalem Weg eine Waffe und machte mich auf den Weg zu ihrem Haus, um sie zu ermorden, obwohl ich genau wusste, dass sie an einer tödlichen Krankheit litt und höchstens noch neun Monate zu leben hatte.

Sechs schier endlose Stunden lang blieb ich, vom kalten Wind gepeitscht, vor dem Haus stehen und versuchte, meine Atmung in den Griff zu bekommen. Dann brach ich die Hintertür auf und ging hinein. Sofort schrillte der Einbrecheralarm los. Ich hatte das Ganze völlig falsch angepackt, hätte es viel schlauer anstellen können. Hätte einen Giftpfeil abschießen, an Cavendishs Wagen herumpfuschen oder einen Auftragskiller engagieren können. Doch ich stolperte weiter, getrieben von irrationaler Wut. So tief war sie also gesunken, die ehemals mächtigste Frau der Welt. Wie hatte Cavendish mir das antun können!

Zehn Minuten lang war ich der Jäger in einem Versteckspiel, suchte nach einer alten Dame, die sich in einer großen Villa im (nachgeahmten) Stil des einundzwanzigsten Jahrhunderts verbarg. Irgendwann entdeckte ich sie im Wäscheschrank. Als sie mich sah, entspannte sich ihr Gesicht vor Erleichterung.

»Die sind jetzt weg«, flüsterte ich. »Sie sind in Sicherheit, kommen Sie mit.«

Sie streckte die Hand nach mir aus.

Ich gab mehrere Schüsse auf sie ab, bis ihre lauten Schreie mich fast taub machten. Danach blies ich ihr das Gehirn weg. Die Explosion war entsetzlich. Cavendishs Innereien spritzten über meinen ganzen Körper. Es war so gruselig, dass ich kindischen Übermut empfand.

Dann hörte ich Geräusche an der Hintertür. Die Polizei war da.

Ich wischte meine Fingerabdrücke von der Pistole ab, schürfte mir an der Seitentür des Wäscheschranks mutwillig das Gesicht auf und legte mir meine Geschichte zurecht: Heroisch hätte ich maskierte Revolverhelden in die Flucht geschlagen, um die alte Dame zu retten.

Diese Geschichte war so durchsichtig, dass sie nur lächerlich wirkte. Die Polizei beschuldigte mich des Mordes. Selbst meine Rechtsanwältin machte sich offen über die Behauptung lustig, ich hätte Cavendish aufgesucht, um ihr Vergebung und Freundschaft anzubieten, und sei auf dem Grundstück auf die bereits erwähnten bewaffneten Einbrecher gestoßen. Sie drängte mich, auf Unzurechnungsfähigkeit zu plädieren, damit ich eventuell mit einer Zwangstherapie davonkam. Stattdessen entschied ich mich dafür, auf Totschlag ohne niedere Motive zu plädieren.

Ohne meine Erlaubnis baute meine Rechtsanwältin ihre Verteidigung auf meiner »zeitweiligen Unzurechnungsfähigkeit« auf und sagte, man solle nichts auf meine Aussage geben, ich sei völlig durchgeknallt. Da war was dran. Doch das Gericht ignorierte unser internes Gezänk und verurteilte mich wegen Mordes aus niedrigen Beweggründen. Glücklicherweise konnte meine Rechtsanwältin wenigstens verhindern, dass mein Vermögen eingezogen wurde.

Meine Strafe bestand darin, dass man zwei Tage lang Stromstöße durch mein Gehirn jagen würde.

Ich wusste genau, was auf mich zukam, schließlich hatte ich mich ja gründlich mit dieser Sache befasst. Ich persönlich war diejenige gewesen, die diese spezielle Behandlung in unseren Strafvollzug eingeführt hatte. Dabei feuern Elektroden in den Schmerz- und Imaginationszentren des Kortex zwanzig bis hundert Stunden lang ununterbrochen Stromstöße ab. Nichts im Leben kommt so sehr einer Stippvisite in der Hölle gleich, und genau das ist damit auch beabsichtigt.

Doch noch schlimmer war, glaube ich, die Nacht davor. All meine Nerven vibrierten, während die Haut prickelte und juckte. Ich fühlte mich so, als würden mich Insekten auffressen. Ich war im Hotelflügel des Gefängniskomplexes untergebracht, bekam genügend zu essen, und mein Bett war weich und bequem. Aber schon das Wissen, dass man am Morgen gefoltert wird, ist eine Art Folter.

Mein Zimmer war in Zartrosatönen gehalten. Die Tapete hatte seltsame Wirbelmuster. Im Hintergrund säuselte Ambient-Musik, die an meiner Seele zerrte und nagte. Ich nehme an, sie sollte beruhigend wirken, doch ich empfand sie als Teil der Folter. Noch Jahre später konnte ich keinen Fahrstuhl benutzen, der mit dieser Art von *Muzak* beschallt wurde, sonst wäre ich jemandem an die Kehle gegangen.

Schließlich dämmerte der Morgen herauf, und ich wurde in einen anderen Raum mit ähnlich tröstlicher Tapete geführt. Man ließ mich auf einem Stuhl Platz nehmen, stülpte mir einen Helm über den Kopf und gurtete meine Hände fest. Ein Katheter in meinem Arm würde dafür sorgen, dass ich nicht dehydrierte. Ich merkte, dass ich mich eingenässt hatte, aber schon tauchte eine Krankenschwester auf, die mich abtrocknete. Dann drückte jemand auf die PLAY-Taste des Helms, der die Stromstöße steuerte.

Anfangs tat es nur weh, und das konnte ich aushalten. Doch dann setzten die Halluzinationen ein.

Ich stellte mir vor, ich sei frei, und überquerte in der warmen Sonne eine grüne Wiese. Schöne Männer und Frauen, alle splitterfasernackt wie ich selbst, gingen an meiner Seite. Plötzlich fiel mir auf, dass meine Haut sich schälte. Die Sonne verbrannte mich. Als ich an einer erhitzten Stelle rieb, löste sich Haut ab, und ich konnte darunter Sehnen erkennen.

Mein ganzer Körper juckte so, dass ich mich kratzte. Gleich darauf fiel mir das Haar aus, und meine Nase bröckelte ab. Das Herz sprang mir aus dem Brustkorb, blieb im Gras liegen und pulsierte weiter.

Es begann zu regnen, und die Tropfen waren so salzig, dass sie sich in mein rohes, gehäutetes Fleisch brannten, was unglaublich wehtat. Mit einem Lächeln auf dem Gesicht tauchte meine Mutter auf, griff nach meinem Herzen und verschlang es. Selbsthass und das Gefühl, meine Mutter habe mich verraten, gaben mir den Rest. Während meiner Mutter mein Blut über das Kinn rann, lächelte sie mir zu. Dann traf mich ein Blitz und schickte Millionen Volt durch meinen Körper.

Irgendwann war es vorbei. Ich trug wieder Kleidung, und meine Haut war heil. Allerdings merkte ich gleich, dass es nur ein Trick war, der verhindern sollte, dass ich mich an die Schmerzen gewöhnte. Ich wusste, dass ich mich immer noch in dem Albtraum befand. Doch all meine Sinne sagten mir, dass ich in einem Starbucks saß und einen Milchkaffee und ein Stück Karamellkuchen vor mir stehen hatte. Also trank ich den beruhigenden Kaffee und aß den Kuchen. *Tu das nicht!*, rief ich mir selbst zu. Denn der köstliche Geschmack lullte mich ein. Gleich darauf setzte sich ein tätowierter Mann zu mir an den Tisch, griff nach meiner Hand und säbelte mir einen Finger nach dem anderen ab. »Lass das, Daddy«, flüsterte ich ihm zu. Da zog er einen mit Stacheln versehenen Schlagstock hervor und verprügelte mich stundenlang, bis jeder Zentimeter an meinem Körper wund war und blutete. Ich versuchte den Schmerz auszublenden und sagte mir ständig: In Wirklichkeit geschieht das alles gar nicht. Doch der Schmerz hielt an und wurde nur noch schlimmer, ständig schlimmer.

Auch das ging schließlich vorbei. Ich hörte, wie sanfte Stimmen auf mich einredeten. Meine Gurte wurden gelöst. Ein Arzt erklärte mir, ich sei jetzt reif für die Erholungsphase. Nachdem man mich aus dem Zimmer geleitet hatte, bestand ich darauf, die Treppe hinunterzustolpern, anstatt den Fahrstuhl zu nehmen. Wir verließen das Gebäude.

»Bin ich jetzt frei?«, flüsterte ich.

»Ja, du bist jetzt frei«, erwiderte mein Vater. »Aber denk daran, dass du jetzt immer brav sein musst.«

»Ich verspreche es, Daddy.«

»Verlogenes kleines Miststück!« Mein Daddy zog eine Rasierklinge heraus und zerschnitt mir das Gesicht. Nachdem er mir die Haut vom Gesicht geschält hatte, putzte er sich damit die Nase ab. Und spazierte davon.

Umzingelt von einem Rudel Hyänen, stand ich mitten auf dem Piccadilly. Leute, die einen Einkaufsbummel machten, schlenderten an mir vorbei, doch niemand hielt an oder schlug Alarm. Als die Hyänen mich zu beißen begannen, schauderte es mich, und ich rollte mich zu einer Kugel zusammen. Erneut traf mich ein Blitz und versengte meinen Körper, was unglaublich wehtat. Derweil zerfetzten mich die Hyänen und fraßen mich auf.

Als Nächstes saß ich in einer Vorlesung an der Universität. Ich trug eine Brille! Also war das mein altes Ich, die frühere Lena, vor der *Xabar*-Zeit. Ich atmete tief durch und zitterte vor Erleichterung. Inzwischen wusste ich solche Atempausen zu schätzen, zumindest waren sie ...

Alle starrten mich an. Mit Hass in den Augen. »Wir können dich nicht ausstehen, Lena«, flüsterten meine Kommilitonen. »Du bist eine Versagerin, du bist grässlich anzusehen und dazu noch der schlimmste Mensch auf der ganzen Welt.«

Spöttisch zitierte ich den alten englischen Kinderreim: *Sticks and stones can break my bones, but names can never hurt me.** Das war wirklich dumm von mir, denn ...

... meine Kommilitonen begannen furchtbar auf mich einzudreschen, und zwar mit Stöcken, die mit Stacheldraht

* Mit Stöcken und Steinen könnt ihr mir die Knochen zerschlagen, doch mit Beleidigungen nichts anhaben. – *Anm. d. Übers.*

umwickelt waren, und mit ausgezackten Steinen. Als der Schmerz immer schlimmer wurde, knirschte ich mit den Zähnen und wartete auf den Tod, der den nächsten Albtraum einleiten würde.

Zusammen mit einem etwa achtjährigen blonden Mädchen befand ich mich in einem Zimmer. Die Kleine beschäftigte sich kichernd mit einem Spielzeugdinosaurier und einer Spinne, die man in Bewegung setzen konnte, wenn man auf eine Gummikugel drückte. Ich setzte mich zu ihr, um mitzuspielen. »Wie heißt die Spinne?«, fragte ich.

»Spidey.«

»Ich will Spidey sein«, sagte ich.

»Und ich Mr. Steggy. Die Spielsachen hab ich von meiner Oma bekommen, aber jetzt ist sie tot. Irgendein herzloses Ungeheuer hat sie umgebracht.«

Als ich aufblickte, sah ich die Regierungskommissarin Cavendish mit liebevollem und traurigem Blick auf mich hinunterstarren. Die Augen des kleinen Mädchens leuchteten auf. Sofort rannte es zu seiner Großmutter, um ihr einen Kuss zu geben und sie zu umarmen. »Ich hab dich lieb, Oma«, murmelte die Kleine. Als Cavendish die Umarmung der geliebten Enkelin erwiderte, verzog sich ihr hartes Gesicht zu einem überaus sanften, freundlichen Lächeln. Ich empfand nur noch Reue und Selbstverachtung. »Es tut mir leid«, flüsterte ich. Dann explodierte Cavendishs Schädel, und das Blut bespritzte das kleine Mädchen, dessen Schreie mir in den Ohren gellten …

Und so ging es weiter und weiter. Zwei Tage lang, die mir wie zehn Jahre vorkamen, durchlebte ich einen Albtraum nach dem anderen. Irgendwann hatte es ein Ende, doch noch Monate später hielt ich auch mein wirkliches Leben für einen Traum, der jederzeit neuen Schreckensszenen weichen konnte. Meine Strafe für den Mord, die »Zwangstherapie«, war die schlimmste Erfahrung, die ein Mensch machen kann, und genau darauf zielt sie auch ab. Dieses Konglomerat aus Schmerz, Selbsthass, Schuldgefühlen, Reue und körperlicher Höllenqual vergiftet einen innerlich. Die Therapie brannte sich in meine Seele und brandmarkte mich.

Trotzdem hatte die Strafe nicht die beabsichtigte Wirkung.

Vielleicht steckte ich längst zu tief im Sündenpfuhl. Oder war zu durchtrieben, aufgrund meiner Erfahrung mit solchen Dingen. Jedenfalls stellte ich fest, dass meine Reue nicht lange anhielt. Wie meine Kriegstaten beweisen, kann ich immer noch töten, wenn ich es muss oder will, ohne dass ich Albträume davon bekomme. Die Erinnerungen an die furchtbare Tortur sind so gut wie gelöscht. Allerdings habe ich noch Anflüge von Todesangst, wenn ich am wenigsten damit rechne. Die Qualen dieser Strafe haben mich für immer geprägt. Doch nie werde ich das Glücksgefühl vergessen, das ich in jenem Moment empfand, als Cavendish mir ihr ausgezehrtes, runzliges Gesicht zuwandte und mich voller Verachtung anstarrte.

Als ich ihr meine Pistole unter die Nase halte, weicht die Verachtung Angst und Verwirrung. Erst schieße ich ihr ins rechte Bein, dann ins linke. Danach in den Körper und mehrmals in den Kopf, sodass ihr Gehirn herausspritzt und mich besudelt. Später setze ich mich hin und erzähle ihrem zerstörten Schädel Geschichten über meine Untaten, bis die Polizei die Treppe hinaufkommt und mich überwältigt. Der Mord war mir ein Vergnügen. In meiner seelischen Verkommenheit habe ich jede Sekunde meiner Rache ausgekostet.

Warum ich es getan habe? Ich kann es nicht sagen, nicht erklären. Die Tat hatte zur Folge, dass mein guter Ruf für immer dahin war und die Nachwelt mich verurteilte.

Es war eindeutig die Tat einer Verrückten. Doch wenn das zutrifft, stellt sich die Frage: Wann verfiel ich dem Wahnsinn? Damals oder schon früher? War ich schon verrückt, während ich an der Macht war?

Andererseits kann es auch sein, dass ich mich nur langweilte und ein Erlebnis herbeiwünschte, das alles andere in meinem überaus langen Leben in den Schatten stellen würde. Mord, Haft, der Eingriff in mein Gehirn, das vernichtende Urteil der Öffentlichkeit – nun ja, ich kann nicht behaupten, mein Leben sei *fade* gewesen.

Nach den Stromstößen fand ein Psychologe heraus, dass ich keine Reue empfand. Also wurde ich zu einer zweiten Behandlung verdonnert. Doch durch Bestechung eines Gefängniswärters gelang mir die Flucht. Getarnt als Ehefrau, die ihren inhaftierten Mann im Knast besucht hatte, spazierte ich einfach hinaus.

Noch am selben Abend verließ ich die Erde an Bord eines Siedlerschiffs. Zwanzig Jahre später (nach subjektiver Zeitrechnung) feierte ich ein Wiedersehen mit meinem Sohn, der sich auf dem Weg zur Erde befand. Er führte ein Heer an, das die Invasion vorbereitete. Ich begrüßte ihn wie eine Matriarchin, die ihrem kaiserlichen Sohn Beifall zollt. Mit meiner Bewunderung wickelte ich ihn völlig ein. Da ich überhaupt keine Freunde mehr besaß, konnte ich es mir nicht leisten, mir einen weiteren Feind zu machen.

Ich staunte darüber, wie selbstsicher Peter wirkte. Er verband Großmannssucht mit unbekümmertem Charme. Als Siedler hatte er sich großartig gemacht. Er war zum Anführer seiner Leute geworden, hatte eine fremde Lebensart vernichtet und dazu beigetragen, einen der ödesten Planeten, die Menschen je zur Besiedlung auserkoren hatten, zu terraformen. Jetzt gierte Peter danach, sich neuen Herausforderungen zu stellen. Er kehrte als General und mit dem Ziel zur Erde zurück, sich dort selbst zum Kaiser zu erklären.

Als wir uns trafen, war ich immer noch leicht neben der Spur, deshalb kam mir alles, was er sagte, durchaus normal vor. Doch im Nachhinein gesehen, war das, was er von sich gab, scheußlich und widernatürlich. Inzwischen war Peter regelrecht süchtig nach Kriegen. Später machte er es sich zur Lebensaufgabe, die brutalste und härteste Art der Kriegsführung zu entwickeln.

Ich hielt ihm endlos lange Vorträge darüber, wie man die Erde auf Basis liberaler Prinzipien regieren kann, doch er schenkte mir nicht das kleinste bisschen Aufmerksamkeit. Irgendwann empfand ich mich nur noch als alt und lästig und verabschiedete mich von ihm. Jeder von uns ging seiner Wege.

Nachdem ich noch einige Jahrzehnte durch den Raum gereist war, ließ ich mich schließlich auf Rebus nieder, dem vierten Planeten im Sternsystem Moriarty. Dort war es auch, wo ich Fernsehberichte über Peters Invasion der Erde verfolgte. Ich sah zu, wie mein Sohn sich selbst zum Führer der Menschheit einsetzte. Ich sah es, ohne irgendetwas davon zu begreifen. Inzwischen konnte ich mich ja nicht einmal mehr selbst verstehen. In meinem Gedankenjournal finden sich dazu folgende Sätze:

Ich weiß weder, wer ich bin, noch warum ich getan habe, was ich getan habe. Ich bin nur ein vorwärtsgerichteter Pfeil in der Zeit. Ich frage mich, ob ich überhaupt noch ein Mensch bin.

Kinder!
Sie brechen einem das Herz.

Als Peter neun Jahre alt war, wurde mir klar, dass ich Angst vor ihm hatte. Oft bekam er Tobsuchtsanfälle und so entsetzliche Schreikoller, dass ich noch Stunden danach am ganzen Leib zitterte. Dennoch hatte ich stets das Gefühl, dass er nicht völlig die Beherrschung über sich verlor. Da war dieses stille, unheimliche Auge im Zentrum des Wirbelsturms.

Er mochte kein grünes Gemüse, aber wir hatten ein Kindermädchen, das darauf bestand, dass er es aß. Das fand er schrecklich, deshalb bat er mich ständig, das Kindermädchen rauszuschmeißen, was ich natürlich nicht tat. Dann begann er ins Bett zu machen, was mir sehr peinlich war. Selbstverständlich hatte ich eine Putzfrau, doch ich wollte auf keinen Fall, dass sie die nassen Laken sah. Deshalb stand ich in den frühen Morgenstunden auf, wusch und bügelte die Laken und bezog das Bett vor Tagesanbruch neu. Dann aber nässte Peter sich auch in der Schule ein. Jeden Abend vor dem Zubettgehen trank er literweise Wasser, nicht etwa weil er Durst hatte, sondern damit er seine Gummilaken und Schulbücher erneut vollpinkeln konnte. Als ich das Kindermädchen irgendwann entließ, hörte das Einnässen auf. Peter hatte seinen Willen durchgesetzt.

Zu meiner Verblüffung taten andere Kinder stets, was Peter ihnen befahl. Er hatte ein Händchen dafür, Menschen herumzukommandieren. Wenn er ein Kind aufforderte, aus einem Fenster im ersten Stock zu springen, tat es genau das. Das hatte mehrere Arm- und Beinbrüche zur Folge. Wenn er Lust auf mehr Süßigkeiten hatte, als er daheim bekam, verlangte er von anderen Kindern, dass sie ihm ihr Taschengeld gaben. Und niemand wagte es, sich ihm zu widersetzen. Deshalb weigerten sich die Eltern anderer Kinder, ihn zu sich ins Haus zu lassen. Er wurde zum Paria, zu einem Kind, das bei anderen Eltern als unerwünschter Umgang für ihren Nachwuchs gilt. Einmal steckte er im Haus eines kleinen Freundes einen toten Vogel ins Abflussrohr. Im ganzen Haus stank es bald so entsetzlich, dass die Eltern bei der Gemeindeverwaltung anrufen mussten, damit jemand vorbeikam und das Haus ausräucherte. Ein anderes Mal klebte er die Hände von zwei kleinen Mädchen mit besonders stark haftendem Klebstoff zusammen. Das war den Mädchen so peinlich, dass sie es zwei Tage lang niemandem erzählten. Sie gingen einfach überall zusammen hin, selbst zur Toilette. Als die Eltern es herausfanden, waren sie am Boden zerstört – nicht nur wegen Peters Untat, sondern auch deswegen, weil ihnen an ihren Töchtern überhaupt nichts aufgefallen war.

Als Teenager war Peter hässlich. Er hatte eine pockennarbige, von Akne befallene Haut. Ich musste ihm eine Hauterneuerung bezahlen, damit ich ihn mit seinen fünfzehn Jahren unbelastet auf die Menschheit loslassen konnte. Solange er dieses pockennarbige Gesicht hatte, hätte ihn kein Mädchen je küssen wollen. Doch irgendwo in seinem Innern kam er über dieses hässliche Gesicht nie hinweg. Er wirkte immer so argwöhnisch wie jemand, der damit rechnet, dass die erste Reaktion anderer Menschen auf ihn im Zurückschrecken besteht.

Ständig masturbierte er. Tun das nicht alle Jungs? Wahrscheinlich schon. Doch ich fand es schockierend und hatte es satt, ständig achtlos weggeworfene feuchte Papiertaschentücher in der Kloschüssel zu finden. Oder Laken, die von den Ejakulationen der letzten Nacht steif waren.

Damals klaute er auch Hardcoremagazine. Inzwischen durchsuchte ich regelmäßig seine Sachen und war entsetzt über das, was er las. Es ging dabei um die sexuelle Vorliebe für Exkremente, um Nekrophilie und andere Perversionen, die ich auch heute noch so widerlich finde, dass ich gar nicht daran denken mag. Ich brachte Peter zu einem Therapeuten, dem er »nur so aus Spaß« erzählte, ich würde ihn sexuell missbrauchen.

Wie kann sich ein Kind so schlimm entwickeln?

Vielleicht gibt es tatsächlich Gründe und Entschuldigungen für Peters Verhalten. Möglich, dass *ich* schuld an dieser Entwicklung war. Denn selbst nach meinem Zusammenstoß mit Future Dreams und der schweren Krankheit, als ich wieder gesund war und neue Haut am Leib hatte, war ich nie für ihn da. Ich hatte andere Sorgen. Meine Arbeit nahm mich so in Anspruch, dass ich nur selten vor Mitternacht nach Hause kam. Und natürlich lebte ich in der ständigen Angst davor, dass Future Dreams sich auf entsetzliche Weise für das rächen würde, was ich dem Unternehmen angetan hatte. Vielleicht, dachte ich, würden sie Auftragsmörder schicken, um mich oder mein Kind zu töten, oder uns irgendwelche Straftaten anhängen. Es war sogar denkbar, dass sie mich in meinem Bett umbrachten oder vergewaltigten. In dieser Zeit litt ich heftig unter Verfolgungswahn. Und ich trank auch viel, warf ständig Medikamente ein und überdosierte die Verjüngungsmittel. Ich war völlig durchgeknallt und hatte ein kleines Kind. Was habe ich mir nur dabei gedacht?

Es war alles meine Schuld!

Doch Peter änderte sich. Mit siebzehn hatte er ein glattes Gesicht, das sich oft und gern zu einem Lächeln verzog. Er war schlau und hatte Charisma. Inzwischen hatte er gelernt, wie er mich einwickeln konnte. Er war Mamis kleiner Junge, und ich sonnte mich in dem Gefühl von Einverständnis zwischen uns.

Peter war sehr an meiner Arbeit interessiert und reiste mit mir durch Europa, nach Ägypten und Afrika. Untergehakt wie Ehemann und Ehefrau, spazierten wir um den Parthenon herum. Dabei war er ja mein Sohn. Mein gut aussehender, witziger, schlauer Sohn.

Eine Zeit lang vergaß ich, ehrlich gesagt, wie schlimm er als Kind gewesen war. Ich überhäufte ihn mit Liebe und verhätschelte ihn. Seinen Meinungen trat ich nie entgegen, obwohl er zu wilden Spekulationen über übernatürliche Phänomene neigte. Peter fehlte es an nichts. Ich las ihm jeden Wunsch von den Augen ab, gab jeder seiner Launen nach. Und was war ich stolz auf ihn, als er verkündete, er wolle Arzt werden, und einen Studienplatz für Medizin in Oxford erhielt. Als er dort wegen eines Angriffs auf einen Kommilitonen relegiert wurde, war ich stolz darauf, dass er so schnell einen Platz in einem Bachelorprogramm für Ökologie an der Londoner Metropolitan University ergattern konnte. Als er auch dort rausflog, weil er den Rektor bei einem Empfang für Studienanfänger beleidigt hatte, war ich immer noch stolz auf ihn, denn ich bewunderte, wie geschickt er es anstellte, sich eine Arbeitsstelle in der City von London zu besorgen.

Auch dort feuerte man ihn, weil er Kundenkapital veruntreut hatte. Dennoch war ich stolz darauf, wie lässig er diese Schmach abtat und mit einem Achselzucken wieder bei mir einzog. Zu Hause blieb er den ganzen Tag im Bett, trank viel und schlief jede Nacht mit einer anderen Frau. Für mich war nur wichtig, dass er sich wohlfühlte.

Nach rund zwölfmonatiger Arbeitslosigkeit wurde er verhaftet, da man ihn beschuldigte, ein Mädchen vergewaltigt zu haben, eine Angestellte der Supermarktkette Tesco. Offenbar hatte er sie bei einem Rave kennengelernt, der bis in den Morgen hinein dauerte. Beide hatten Drogen genommen. Sie behauptete, er habe sie vergewaltigt; er hielt dagegen, sie hätten in gegenseitigem Einvernehmen Sex miteinander gehabt. Doch das Mädchen hatte einige Blutergüsse, und die Polizei wollte Peter unbedingt drankriegen. Deshalb zog ich an ein paar Fäden und zahlte den Eltern des Mädchens Geld, damit sie ihm zuredeten, die Anzeige zurückzuziehen. Selbstverständlich glaubte ich an Peters Unschuld. Mir war klar, dass er grob mit dem Mädchen umgegangen war – aber was soll man auch anderes erwarten, wenn jemand voll auf Crack ist?

Ein Jahr nach der Vertuschung dieser Sache erklärte Peter mir seelenruhig, er habe in jener Nacht gar keine Drogen genommen. Zwar sei das Mädchen völlig zugedröhnt gewesen, er jedoch bei klarem Verstand, sodass er genau gewusst habe, was er tat. Wie er sagte, hatte er diese junge Frau vor allem deswegen ausgewählt, weil er wusste, dass sie sich nicht wehren würde. Er hatte sie mit auf sein Zimmer genommen, ans Bett gefesselt und vergewaltigt. Außerdem hatte er die Vergewaltigung gefilmt – sie diente ihm später als Wichsvorlage. Der Mistkerl bot sogar an, mir den Film zu zeigen.

Weitschweifig erklärte er mir seine Theorie über Frauen: Frauen hätten es nötig, sich mit dem überlegenen Geist eines Mannes zu paaren, und genau dafür habe die Natur die Vergewaltigung vorgesehen.

Nachdem ich all das gehört hatte, erkannte ich natürlich die typischen Symptome einer egomanischen Psychopathie. Doch Peter weigerte sich, eine Therapie zu machen, und verhinderte auch, dass ich mich mit der Polizei in Verbindung setzte, denn er gab mir das Gefühl von Mittäterschaft. Selbst heute noch sagt irgendetwas in mir, dass ich Schuld an dieser Vergewaltigung trage. Da ich meinen Sohn liebe, empfinde ich mich als teilverantwortlich für all das Böse, das er in seinem Leben getan hat.

Ich liebte meinen Sohn wirklich, deshalb musste ich auch das Böse in ihm hinnehmen und verzeihen. Also deckte ich die Vergewaltigung nicht auf und redete mir weiter ein, es müsse doch *irgendetwas Gutes* in Peter stecken. Schließlich war er ein glänzender Unterhalter.

Eine Zeit lang war Peter Mitglied einer Partei von Neonazis und setzte sich im Wahlkampf öffentlich für einen »Massenexodus« von der Erde ein. Im Klartext hieß das, dass Muslime dazu gezwungen werden sollten, die Erde zu verlassen. Peters Freundeskreis bestand ausschließlich aus Betrügern, Einbrechern, medizinisch erfassten Psychopathen und faschistischen Parteigenossen. Mein Sohn hatte einen ganzen Harem schöner Freundinnen, die ständig mit anderen Männern verschwanden. Ich hatte den starken Verdacht, dass Peter ihr Zuhälter war.

Auch als Peter bei mir auszog, sich eine eigene Wohnung nahm (für die ich aufkam) und Schulden in fünfstelliger Höhe anhäufte, blieben wir gute Freunde. Einmal musste ich ihm eine Behandlung in der Plastischen Chirurgie bezahlen, denn eine Fünfzehnjährige hatte ihm das Gesicht mit Säure verätzt. Er behauptete, sie habe einen völlig unbegründeten Groll gegen ihn gehegt. Später wurde das Mädchen ermordet. Ich habe zwar keinen Grund anzunehmen, dass Peter dahintersteckte, aber ich forschte aus Angst vor schlimmen Überraschungen auch nie nach.

Gelegentlich landete Peter für mehrere Nächte im Gefängnis, allerdings nie für längere Zeit. Doch er saß dort nicht nur wegen Trunkenheit und Störung der öffentlichen Ordnung ein, sondern auch wegen Körperverletzung, rassistischen und sexuellen Beleidigungen unter Alkoholeinfluss und Zechprellerei. Zweimal kam es zu neuen Ermittlungen wegen Vergewaltigung, doch keine mündete in einem Strafverfahren. Mir war jedoch klar, dass die Polizei ein Vorstrafenregister angelegt hatte und nur die Gelegenheit abwartete, bei der Peter einen fatalen Fehler machen würde.

Nie stellte ich ihn zur Rede, darüber war ich längst hinaus. Meine Liebesbeweise beschränkten sich inzwischen auf die Schadensbegrenzung. Schließlich war er immer noch mein Sohn.

Irgendwann während meiner Amtszeit als Präsidentin der Menschheit wurde eine auf die Bekämpfung von Schwerverbrechen spezialisierte Einheit der Londoner Polizei mit Ermittlungen gegen Peter betraut. Man verdächtigte ihn der Erpressung, des Online-Bankbetrugs und des Mordes. Außerdem wurde auch in der früheren Sache wegen Vergewaltigung neu ermittelt. Ich nutzte meine Erfahrungen mit Polizeiarbeit dazu, mir Zugang zu den Dateien dieser Einheit zu verschaffen, um den Verlauf der Ermittlungen täglich zu verfolgen. Als klar war, dass Peter eine Verhaftung wegen schwerer Straftaten drohte, beauftragte ich einen Hacker damit, die Dateien des Ermittlungsteams zu löschen, und wies den Innenminister an, die Einheit aufzulösen und ihren Mitgliedern andere Aufgaben zuzuweisen.

Danach besorgte ich Peter einen Platz auf einem Siedlerschiff, obwohl viele andere vor ihm auf der Warteliste standen. Natürlich war ihm selbst nicht klar, wie nah er dran war, verhaftet zu werden und für Jahrzehnte im Gefängnis zu landen. Deshalb hoffte er, ich würde ihn zum Dableiben bewegen, doch das tat ich nicht, trotz all seiner flehentlichen Bitten.

Kurz vor seinem Aufbruch aßen wir im Höhenrestaurant des Swiss-Re-Turms zu Abend, das einen wunderbaren Ausblick auf London bot. »Ich wünschte, ich hätte den Mut mitzukommen«, sagte ich zu ihm.

»Vielleicht sollte ich …«

»Du bist so tapfer«, schmeichelte ich ihm. »Und du tust genau das Richtige. Nur so kann die Menschheit zu den Sternen vordringen. Wenn junge Männer und Frauen deines Formats ihr Leben aufs Spiel setzen.«

»Ja, aber trotzdem habe ich … Vorbehalte«, erwiderte er mit einem Ausdruck von Angst in den Augen.

»Das ist ja nur natürlich. Aber denk an das Glück, das man im Raum empfindet … An das Hochgefühl, das einem die Unendlichkeit schenkt!«

»Es kann aber auch schiefgehen. Vielleicht finden wir gar keinen Planeten zum Terraformen.«

»Da draußen gibt es jede Menge. Und die Technologie verbessert sich ständig. Früher brauchte man hundert Jahre, um einen Planeten bewohnbar zu machen. Heute kann man's in zwanzig Jahren schaffen.«

Seine Laune verschlechterte sich zusehends. Er merkte, dass ich ihn außer Schussweite haben wollte. »Du bist also der Meinung, ich sollte gehen, wie?«

Ich lächelte ihn strahlend an. »Es fällt mir zwar schwer, dich ziehen zu lassen, aber ... ja.«

Einen Moment lang war ich stolz darauf, dass ich meinen Sohn immer noch voll im Griff hatte und auch zukünftig haben würde, trotz all seiner Charakterschwächen. Für mich würde er *alles* tun, auch töten, falls ich ihn darum bat. Mich sogar verlassen, wenn das mein Wunsch war, obwohl es ihm das Herz brach, wie ich merkte.

Und so geschah es: Er verließ die Erde mit dem Siedlerschiff. Ich hatte ihn vor dem Gefängnis bewahrt und dadurch auch *meinen* guten Ruf geschützt. Peinlich genau löschte ich alle Beweise für meine Vertuschungsmanöver und Manipulationen im Innenministerium und anderswo. Außerdem sorgte ich dafür, dass den Polizeibeamten, die gegen Peter ermittelt hatten, dicke Bestechungsgelder aus nicht identifizierbarer Quelle auf die Konten überwiesen wurden, damit sie die Klappe hielten. Das tat ich auch mit dem Hintergedanken, sie wegen ihrer Bestechlichkeit erpressen zu können, falls sie mit dem Gedanken spielten, öffentlich auszupacken. (Selbstverständlich hatte keiner von ihnen die undurchsichtigen Kontogutschriften den Vorgesetzten oder dem Finanzamt gemeldet.) Danach seufzte ich erleichtert auf. Denn ich war froh – nein, mehr als froh, nämlich durch und durch erleichtert –, mein Kind endlich los zu sein. Meine Liebe zu ihm hatte mir das Herz zugeschnürt. Inzwischen hatte ich Angst vor ihm und konnte seine Gegenwart nicht mehr ertragen.

Als das Siedlerschiff das Erdsystem verlassen hatte, konnte ich endlich wieder mein normales Leben aufnehmen. Ich suchte mir Geliebte, die stets viel jünger als ich waren. Und ich empfand große Lust, wenn ich ihre jungen, straffen, nackten Körper betrachtete, die auch ohne chirurgische Nachhilfe Stärke ausstrahlten. Ich baute mein Machtimperium weiter aus und änderte meinen Namen von Lena zu *Xabar*, ein großer Schritt, der dazu beitrug, dass ich nicht nur irgendeine Funktionärin war, sondern eine Gestalt, um die sich Legenden rankten.

Zwanzig Jahre später landete Peter auf einem fernen Planeten und konnte über Quantenleitstrahl Verbindung mit mir aufnehmen. Es war seltsam, ihn auf dem kleinen Bildschirm des Telefons wiederzusehen. Im Unterschied zu früher hatte er etwas Schwungvolles an sich. Begeistert erzählte er von den Herausforderungen, denen sich die Siedler in ihrer Wahlheimat stellen mussten. Ihr neues Zuhause lag in einem System von Doppelplaneten, die einen gelben G1-Stern umkreisten, sechzehn Lichtjahre vom Sonnensystem entfernt. Da sie auf dem ersten Planeten im Stickstoff lebende Arten entdeckt hatten, beabsichtigten sie, ihn zur geschützten Zone zu erklären und den zweiten Planeten zu besiedeln.

Jede Woche berichtete Peter mir von seinen Abenteuern. Den stickstoffhaltigen Planeten tauften sie *Meconium*, also Kindspech, und den anderen, den sie bewohnbar machen wollten, *Chaos*. Doch Peter bezeichnete den stickstoffhaltigen Planeten stets als »Kacke« und den anderen, der ein Gasgemisch aus Wasserstoff und Helium sowie geringe Schwerkraft aufwies, als »Superkacke«.

Es dauerte nicht lange, bis die Siedler das Gefühl hatten, es müsse ein Fluch auf diesen Planeten liegen. Die im Stickstoff lebenden Arten, die sie auf dem Planeten »Kacke« entdeckt hatten, entpuppten sich nämlich als Exkremente viel größerer und mit Intelligenz begabter Lebewesen, die im Stickstoff lebten und ihre Ausscheidungen mittels natürlicher »Raketen« in den Raum hinauskatapultierten. Die Gravitationskraft des Zwillingsplaneten Chaos alias »Superkacke« zog diese Exkremente an und in dessen Atmosphäre hinein. Und ausgerechnet auf diesem Planeten versuchten Peter und seine Gefährten eine neue Gesellschaft aufzubauen.

Der kosmische Scheißeschwall enthielt die Embryonen für das dritte Entwicklungsstadium dieser fremden Art: In gasähnlicher Form konnte sie im Helium-Wasserstoff-Gemisch des zweiten Planeten überleben. Während sie in der ersten Phase einer Raupe und in der zweiten einem dampfenden Scheißhaufen ähnelte, wurde sie in der dritten zu einem gasartigen Schmetterling.

Zehntausende von Menschen starben in den frühen Jahren im Kampf gegen diese Aliens, deren wissenschaftliche Bezeichnung 421 S (N) lautete, doch Peter nannte sie nur »Scheißkübel«. Nachdem mein Sohn zum militärischen Befehlshaber der Kolonie ernannt worden war, plante und genehmigte er eine Operation, bei der auf dem ganzen Planeten Wasserstoffbomben dazu eingesetzt werden sollten, das Terraformen gezielt voranzutreiben. Zwangsläufig bedeutete das den Tod der Aliens.

Mit nachdrücklichen Worten versuchte ich Peter davon zu überzeugen, dass er und seine Siedler weiterziehen und sich einen neuen Planeten suchen müssten. Fremdartiges Leben, sagte ich, sei kostbar, man müsse es schützen und bewahren. Als Menschen hätten wir nicht das Recht, nur unsere eigennützigen Ziele zu verfolgen. Doch das beeindruckte Peter nicht. Um den nächsten potenziell besiedelbaren Planeten zu erreichen, würden sie nochmals siebzig Jahre durch den Raum reisen müssen, hielt er dagegen. Außerdem sei der Planet Chaos inzwischen ihr Zuhause.

Da der gewählte Führer des neuen Planeten Peters Vorhaben heftigen Widerstand entgegensetzte, zettelte Peter einen Putsch an und wurde nach einigen furchtbaren Massakern zum neuen Führer gewählt. Die Siedler vernichteten die Aliens und schufen zwei neue erdähnliche Planeten mit sauerstoffhaltiger Atmosphäre und geringer Schwerkraft.

Während dieser Zeit hielt Peter mich fast ständig auf dem Laufenden und berichtete mir von den gefährlichen Situationen, mit denen er konfrontiert war. Doch nach einigen Jahren wurden die Abstände zwischen seinen Anrufen immer größer. Über Video tauschten wir allerdings immer noch Weihnachtsgrüße aus. Vage wurde mir bewusst, dass Peter sich völlig unabhängig von mir zu einer recht einflussreichen Persönlichkeit entwickelt hatte, während ich nach wie vor völlig in der eigenen Arbeit aufging.

Erst viel später, nach meiner Flucht von der Erde, trafen wir uns im Raum wieder. In den siebzig Jahren, die nach meiner Zeitrechnung inzwischen vergangen waren, hatte Peter sich einen großen Namen gemacht – nicht nur als Verwalter seiner Kolonie, sondern auch als Demokrat und Neuerer. Außerdem führte er die antikoloniale Bewegung an, die alles infrage stellte und bekämpfte, was ich im Laufe meiner beruflichen Laufbahn je in Gang gesetzt hatte. Dennoch verhielt er sich bei unserer Begegnung überaus charmant, machte mir Komplimente und sagte, ich hätte Großartiges geleistet. Geflissentlich vermied er es, mich auf meinen bizarren Sündenfall anzusprechen, den Mord an einer sterbenden alten Frau.

Dabei hätte er mich psychoanalytisch mühelos auseinandernehmen können, das bot sich ja geradezu an. Wen hatte ich *wirklich* getötet, als ich dieses alte Miststück Cavendish umbrachte?

Inzwischen war ich mir ziemlich sicher, dass ich schwer geistesgestört sein musste. Allerdings hatte ich festgestellt, dass ich die Krankheit mithilfe von Medikamenten und geschickten Täuschungsmanövern gegenüber Psychiatern und Therapeuten einigermaßen verbergen konnte. Ich fühlte mich ganz wohl in meinem Wahnsinn und glaube im Nachhinein, dass diese Phase notwendig war. Es war eine Übergangszeit, die es mir erlaubte, mich von den eigenen Dämonen zu befreien und mit geläuteter Seele und neuer Kraft im nächsten Jahrhundert meines Lebens einzurichten.

Vieles ist mir in meinem überaus langen Leben zugestoßen. Bestimmte Einzelheiten habe ich noch deutlich vor Augen, dagegen bekomme ich die Geschichte in ihrem Gesamtverlauf nicht mehr richtig zusammen. Ich tat erst *dies*, dann *das* und später viele andere Dinge – aber warum? Welche Ziele habe ich dabei verfolgt? Wo ging die Reise hin? Gibt es so etwas wie einen roten Faden in meinem Leben? Ehrlich gesagt, weiß ich keine Antwort auf diese Frage.

Aber meinen Sohn habe ich wirklich geliebt, das müssen Sie mir zugutehalten. Trotz all seiner Sünden habe ich ihn aufrichtig geliebt.

Auf Rebus fühlte ich mich einsam.

Der Planet Rebus war ein einziges Archiv.

Seine Bewohner hatten sich auf die Sammlung und Verbreitung von Dokumenten zu jedem vorstellbaren Thema spezialisiert. Wir waren Enzyklopädisten, die ein riesiges Feld beackerten und sich intensiv mit jeder Dekade der menschlichen Geschichte befassten. Virtuelle Zeitreisen erlaubten uns, mit allen Sinnen in jede beliebige Epoche einzutauchen, deren Geschichte aufgezeichnet war. Sobald man sich den Datenhelm übergestülpt und Ort und Datum ausgewählt hatte, hörte man authentische Geräusche, schnupperte authentische Gerüche und sah authentische Szenen. Für die Zeitreisen kombinierten wir die Aufnahmen von Außenkameras, Gerüche der Duftbanken, Livemusik aus Tonarchiven, Filmmaterial der Polizei und Tagesaufzeichnungen von Überwachungskameras an öffentlichen Plätzen. Auf diese Weise konnten wir uns an jedem beliebigen Tag in jedem beliebigen Jahr der letzten Jahrhunderte auf der Erde aufhalten und entsprechende Erfahrungen sammeln. Beispielsweise konnte man ein Livekonzert von *Death Star* im Hammersmith Dance Emporium besuchen, obwohl die Bandmitglieder schon vor langer Zeit an einer Überdosis von Elektroschocks gestorben waren. Oder sah zu, wie Karel Mzniv eine konzertante Aufführung von *La Bohème* mit den New Yorker Philharmonikern dirigierte, bei der Anne Mitchell ihr Debüt gab. War Teil der Menge, die während der Unruhen am Trafalgar Square im Jahr 2222 von der Polizei beschossen wurde, während anarchistische Unterwanderer mit Säurebomben um sich warfen. Erlebte, wie die Innenstadt von San Francisco bei den Rassenunruhen des Jahres 2032 in Schutt und Asche gelegt wurde, oder war Zeuge, als Karl Mistry, die Kultfigur der Bewegung *Neues Millenium*, sein verblüffendes Ende fand. Konnte zusehen, wie ein Atompilz über San Francisco aufschoss, und dabei nachempfinden, wie es ist, wenn man jede Sekunde mit dem Weltuntergang rechnet. Die Chip-Technologie ermöglichte es uns, mit den schönsten Männern und Frauen der Welt virtuellen Sex zu haben, mit fünf Huren des Planeten Eros gleichzeitig zu ficken oder den perfekten Liebespartner zusammenzubasteln.

Darüber hinaus verfügten wir über umfassende Urzeit-Archive, die sich auf bislang nicht bearbeitetes Film- und Fernsehmaterial des zwanzigsten Jahrhunderts sowie Bücher, Zeitschriften und archäologische Funde früherer Jahrhunderte stützten. Eine DVD-Rom, die archäologische Erkenntnisse mit sinnlichen Eindrücken verband, zeigte das Leben im Alten Ägypten so, dass man sich in einen Pharao einfühlen oder von Anfang bis Ende einer recht gruseligen Mumifizierung beiwohnen konnte.

Für Nerds war Rebus ein wahres Paradies.

Geleitet wurde all das von einem Professorenkolleg, das radikale Ansichten über die Macht der Information hegte. Unser Wohlstand beruhte darauf, dass wir Dokumente und Archivierungsmethoden veräußerten. Regelmäßig besuchten uns Handelsschiffe und brachten wunderbare Geschenke mit – Waren, die wir in unserer Raumfabrik kaum herstellen konnten: Honig, Parfüm, edle Jahrgangsweine, Teppiche, moderne und alte Kunstwerke. Und unsere Gegenleistung bestand in der Lieferung von Dokumenten.

Aufgrund meines akademischen Hintergrunds (und da meine *Du bist Gott*-Reihe Kultstatus hatte) war ich in der Gemeinschaft der Gelehrten auf Rebus willkommen. Doch ich merkte schnell, dass man mir in dieser Hierarchie von Wissenschaftlern einen genau definierten Platz und Status zuwies. Beides war zwar nicht ganz unten auf der Stufenleiter angesiedelt, aber ich hatte mich strikt an den festgelegten

Aktionsradius zu halten. Entscheidungen wurden von oben nach unten weitergegeben, während das Anschlagbrett den untergeordneten Mitarbeitern dazu diente, ihre durchweg klugen, präzisen und klar formulierten Vorschläge an die leitenden Akademiker zu übermitteln. Fairerweise muss ich einräumen, dass diese Vorschläge stets sorgfältig geprüft und oft auch umgesetzt wurden. Dennoch hatten wir eine Herrscherkaste, die keinen Zweifel daran aufkommen ließ, wer hier das Sagen hatte. Und das machte mir schwer zu schaffen, denn es verurteilte mich dazu, eine genau definierte Person, eine genau definierte Rolle zu verkörpern und einen genau definierten Platz in der Hierarchie einzunehmen. Zwar stellte die Arbeit durchaus Anforderungen an mich, dennoch hatte ich das Gefühl, Rückschritte zu machen und wieder zu der Person zu werden, die ich einst gewesen war – zur jungen Lena. Schüchtern, ein Bücherwurm, innerlich angespannt, einsam, eine Einzelgängerin. All meine Kollegen hatten einen trockenen, ironischen Humor. Keiner hatte Angst vor mir, keiner stellte mich auf einen Sockel. Und, ehrlich gesagt, zeigte sich auch niemand sonderlich davon beeindruckt, dass ich früher als bedeutendste Politikerin des Universums amtiert hatte.

Immerhin brachte ich es zu einer Affäre mit dem Archivleiter Professor McIvor. Er hatte seidenweiche alte Haut, die wegen der vielen Falten schlaff wirkte, und eine Stimme, die er wie ein Fagott modulieren konnte. Ich verwendete viel Mühe darauf, ihn zu umgarnen, und bot ihm an, meine kühnen Träume zu teilen. Genauer gesagt, schlug ich ihm vor, gemeinsam mit mir ein universelles Archiv zu schaffen, das Abhandlungen über das gesamte menschliche Wissen enthalten sollte – von Plato bis zu Schwegger. Eine Weile ließ er mir meine Hoffnungen.

Doch aus dem Projekt wurde nichts, denn McIvors wahre Leidenschaft galt dem Ordnen bereits existierender Dokumente. Dieses geballte Wissen konnte er wunderbar sortieren, sowohl alphabetisch als auch chronologisch oder nach Themen, doch zu keinem Gebiet kam ihm jemals eine eigenständige neue Idee.

Auch beim Liebesspiel hielt er sich vertrauensvoll an Bewährtes: auf die Stimulationsmethoden, die sich seiner Erfahrung nach als zuverlässig erwiesen hatten. Niemals packte ihn die Hitze wahrer Leidenschaft, niemals verlor er die Kontrolle und war einfach nur er selbst. Mir kam es so vor, als saugte mir jede Sekunde, die ich mit McIvor verbrachte, ein weiteres Quäntchen Leidenschaft aus der Seele. Dabei war er nur selten ein richtiger Langweiler und stets höflich. Aber irgendwie schaffte er es, eine Aura von Ruhe und Ordnung zu verbreiten, die jeden in seiner Umgebung so erdrückte, als würde er mit einem Kopfkissen erstickt.

An den Abenden, die wir gemeinsam verbrachten, lasen wir meistens oder beschäftigten uns mit Computerspielen. Die physische Nähe erfüllte ein Grundbedürfnis meines Körpers: einen anderen Menschen atmen und sein Herz schlagen zu hören. Doch im Grunde hätte jeder genauso gut allein sein können. Wenn wir zusammen aßen, diskutierten wir dabei. Wenn wir miteinander Sex hatten, sagten wir uns dabei und danach ein paar Nettigkeiten und zogen uns dann auf unsere jeweiligen geistigen Inseln zurück, bis es Zeit zum Schlafen war.

Übrigens hatte ich damals wirklich seltsame Träume. Ich träumte von Welten, in denen die Körper flüssig waren. Sie flutschten und glitschten über einen Boden, der gefurcht und geriffelt war, sodass sich das Fleisch lustvoll daran rieb. Manchmal träumte ich auch, ich hätte Augen wie Stiele, die sich drehen und in meine Gehörgänge bohren konnten. Von dort aus drangen sie bis in mein Gehirn vor und sahen zu, wie meine Gedanken wie ein Film abrollten. Oder ich träumte, ich schwämme in meiner eigenen Gebärmutter und nuckelte an meiner eigenen Brust. Manchmal schrumpfte ich auch zusammen und löste mich auf, bis ich nur noch als Speicheltropfen am Mund meines Babys hing.

In einem Traum war Tom wieder lebendig; er trug die Bomberjacke aus Leder. Wir aßen in einer Kneipe in der Old Kent Road zu Abend. Ringsum hingen die Leichname der Verbrecher, die wir aus dem Verkehr gezogen hatten. Hin und wieder tauchte ein Kellner auf und servierte uns Fleisch, das noch zuckte und vom Körper irgendeines Ganoven stammte. Dazu spielte Professor McIvor Klavier, aber er hatte kein Fleisch an den Händen, deshalb hörten wir seine Fingerknöchel auf die Elfenbeintasten schlagen.

Jeder Traum endete damit, dass ich auf einem Stuhl saß und angegurtet wurde, denn gleich sollte meine »Verhaltenstherapie« beginnen und mein Gehirn gegrillt werden. An diesem Punkt endete die jeweilige Szene, denn ich hatte inzwischen gelernt, mich selbst gewaltsam aus diesem speziellen Albtraum zu reißen. Jedes Mal, wenn die entsetzlichen Stromstöße wiederzukehren drohten, stach ich mir mit einer Nadel, die ich vorsorglich an einem Finger befestigt hatte, ins Bein. Vermutlich blieben mir die anderen Träume deshalb so lebhaft im Gedächtnis. Um dem Traum von den Stromstößen zu entgehen, stach ich in mein Bein, wachte auf, erinnerte mich an die vorangegangenen Träume, schlief wieder ein, träumte erneut. Jeden Morgen waren meine Laken feucht von Blut und die Beine wund und voller Flecken. Doch wenigstens konnte ich die Albträume auf diese Weise unter Kontrolle halten.

Rebus war, offen gesagt, ein trostloser Planet. Wegen der geringen Schwerkraft hatten die Siedler ihn nur mit Vögeln bevölkert, auf dem Boden lebende Tiere gab es nicht. Am Himmel wimmelte es oft von Adlern, Spatzen, Geiern, Papageien und genetisch modifizierten Himmelswalen, doch das Land war eintönig und öde. Hier wuchsen lediglich verschiedene Getreidesorten und Eichen und Ulmen, die zur Herstellung von Arzneimitteln benötigt wurden. Eine Besonderheit war jedoch der Luftwirbel, der ständige Taifun, der Jupiters Rotem Fleck ähnelte und wie ein Serienkiller in regelmäßigen Abständen zuschlug. In jedem bewohnten Gebiet richteten die Siedler unterirdische Schutzräume ein, um sich vor den tobenden Tornados in Sicherheit bringen zu können. In solchen Situationen war der Himmel wie leer gefegt, denn dann suchten auch die Vögel am Boden Schutz und kuschelten sich dort voll panischer Angst zusammen. Wie Sensen fuhren die Winde über das Land, fällten Bäume, trugen Hügel ab und drückten gelegentlich selbst die angeblich sicheren Unterkünfte der Menschen ein.

Sobald der Wirbelsturm vorbeigezogen war, kehrten wir zur Oberfläche zurück. Doch noch Wochen später rieselte Staub wie Regen hinab, bis das Gleichgewicht wieder einmal hergestellt war.

Abgesehen von diesen Ausnahmesituationen, war das Klima in der Regel gemäßigt – und das galt auch für das Zusammenleben der Einwohner. Ich hielt mich fast ständig in der Bibliothek auf und stellte irgendwann fest, dass diese Umgebung auf meine Redeweise abgefärbt hatte, denn inzwischen sprach ich in ruhigen, wohlüberlegten, langsamen Sätzen. Offenbar war das meine unbewusste Reaktion darauf, dass man auf Rebus wie in einer einzigen öffentlichen Bibliothek lebte.

Meine Rettung war das Fernsehen. Wenn McIvor nicht in der Nähe war, zog ich mir gierig die Soaps von der Erde rein. Oder die neuen Telenovellas, produziert von den Kolonien, die im Laufe der zweiten Besiedlungswelle entstanden waren. Mühelos schaffte ich es, sechs Stunden hintereinander fernzusehen – Spielfilme, Comedy-Programme, Reality-Shows, Kunstinstallationen. Ich genoss alles, ohne Einschränkung und ohne eine bestimmte Auswahl zu treffen.

Auch die Nachrichten verfolgte ich eifrig. Deshalb wusste ich auch über jede Einzelheit des Krieges Bescheid, der zwischen zwei nichtmenschlichen Arten im Sektor Ø ausgebrochen war, zwischen den Heebie-Jeebies und den Sparklern. Die Heebie-Jeebies sind Sauerstoff atmende, Aas fressende kleine Lebewesen, die sich blitzschnell am Boden entlangschleichen können. Im Unterschied dazu sind die Sparkler Kohlenmonoxid atmende fliegende Räuber. Ein Elektromagnetismus in ihrem Innern sorgt dafür, dass sie leuchten und Blitzstrahlen aussenden können. Beide Arten lebten damals auf zwei verschiedenen Planeten innerhalb desselben Systems, wussten jedoch nicht voneinander, bis ein mit Lopern bemanntes Raumschiff versuchte, dieses Planetensystem zu kolonisieren. Allerdings stellte sich heraus, dass die Sonne, ein *Cephei*-Stern, zu hohe UV-Emissionen hatte und allzu unberechenbar war, deshalb zogen die Loper sich zurück und versuchten es anderswo. Doch infolge ihres Kontakts mit den beiden fremden Intelligenzen keimte bei diesen Wesen eine Idee auf, die später dazu führte, dass beide Arten unabhängig voneinander die Raumfahrt entwickelten.

Selbstverständlich überwachte die Erde diese Entwicklung, denn es bestand ja das Risiko, dass eine der Arten oder auch beide irgendwann eine Bedrohung für die menschlichen Siedlungen darstellen würden. Die Heebie-Jeebies nutzten ihre Energie jedoch in erster Linie dazu, eine Raumkanone zu bauen, die Löcher in den Heimatplaneten der Sparkler reißen konnte. (Die Loper hatten diesen Planeten sinnigerweise *Tinkerbell* getauft, eine Anspielung auf das Licht-Elfchen in *Peter Pan.*) Im Gegenzug perfektionierten die Sparkler ihre Kenntnisse der Biotechnologie mit dem Ziel, aus vielen Einzelorganismen eine kollektive Sparkler-Intelligenz zu schaffen, die einen massiven Selbstmordanschlag auf HJ, den Heimatplaneten der Heebie-Jeebies verüben sollte.

Zwischen den Zwillingsplaneten herrschte ein absurder Kampf auf Leben und Tod, den die Nachrichtensendungen in aller Ausführlichkeit brachten. Inzwischen kannte ich sogar die Namen der Heebie-Jeebie-Anführer und -Generäle und konnte in etwa auch die Sparkler der Heeresführung ausmachen, obwohl die Sparkler einander, ehrlich gesagt, alle ziemlich ähnlich sehen.

Bald darauf begann allerdings die Invasion auf der Erde, sodass ich meine Aufmerksamkeit dieser lange währenden Reality-Show zuwandte. (Übrigens siegten die Sparkler. Inzwischen stellen sie eine sehr gefürchtete Spezies von Raumfahrern dar, während die Heebie-Jeebies sich zu nichtintelligenten Wesen zurückentwickelten – ein Prozess, der bei biologisch fremdartigen Wesen überraschend häufig vorkommt.)

Doch zurück zur Invasion auf der Erde: Das war ein wirklich unglaubliches Ereignis! Selten hat mich eine Meldung in den Nachrichten derart gepackt. So viele Massaker, so viel Blutvergießen. Und der Gedanke, dass mein Sohn für all das verantwortlich war!

Das verblüffende Geschehen, das sich so viele Lichtjahre von uns entfernt vollzog und das wir dank der Übertragungen via Quantenleitstrahl zeitgleich verfolgen konnten, faszinierte meine Kollegen genauso wie mich. Wir fanden sogar eine Möglichkeit, aus der Invasion Kapital zu schlagen, indem wir hervorragend zusammengestellte DVD-Roms der Ereignisse produzierten und via Leitstrahl auf jedem von Menschen besiedelten Planeten verbreiteten (damals waren es etwa zweihundert Kolonien). Wir staunten darüber, wie mühelos es einem einzelnen Söldnerheer gelang, die Wiege der menschlichen Zivilisation einzunehmen.

Auf der Erde bewegte sich mein Sohn wie ein Hai in einem Schwimmbecken. Seine Flotte war in den Techniken der Raumschlacht ausgebildet und das Heer nach Jahren des Krieges gegen gefährliche Aliens kampfgestählt und überaus tüchtig. Außerdem verfügten die Invasoren über Waffen, die speziell zu dem Zweck konstruiert worden waren, Massenzerstörungen und Massenvernichtungen anzurichten.

Die Schlacht zwischen Invasoren und Erde stellte die größten Kriege der Geschichte in den Schatten. Ganze Kriegsflotten gingen in Flammen auf, Asteroiden dienten als Rammböcke, Laserstrahlen zerfetzten die Raumstationen und verwandelten sie in glitzernde Scherbenhaufen.

Von ihrer überlegenen Position im Raum aus ließen Peters Schiffe Feuer auf die Erde regnen. Mit Napalm und Säurederivaten gefüllte Raketen explodierten in der oberen Atmosphäre. Tagelang war kein Vogel mehr am Himmel zu sehen. Die Wälder waren ein einziges brodelndes Flammenmeer und die Gewässer mit einem unheimlichen Schleim überzogen, der tödlich war, sobald man ihn berührte.

Auf dem Mond wurden Wasserstoffbomben gezündet, die riesige Gesteinsbrocken in den Raum hinauskatapultierten. Später tauchte dieses Mondgestein in die Erdatmosphäre ein, explodierte und ging über Nordamerika und Australien nieder. Es richtete zwar nur relativ geringe materielle Schäden an, hatte aber schwerwiegende psychologische Folgen, denn der Gesteinshagel machte den Menschen Angst.

Ein Raketengeschoss wurde in den Atlantik gefeuert, schnitt durch das Wasser, explodierte auf dem schlammigen Meeresgrund und löste einen riesigen Wirbel aus, der fast bis zum Himmel reichte. Die Folgen waren Tornados und Tsunamis, die Häuser und Grundstücke an allen Atlantikküsten wegfegten oder überfluteten.

Zwar sah Peter davon ab, Plagen von Fröschen und Heuschrecken auf die Menschheit loszulassen und Hologramme der vier apokalyptischen Reiter zu projizieren, doch ansonsten führte er eine Invasion durch, die in jedem Aspekt darauf abzielte, das biblische Armageddon heraufzubeschwören und auferstehen zu lassen. Es kam zur Massenpanik und zu einer Welle von Selbstmorden. Ganze Armeen warfen ihre Waffen weg.

Angesichts der überlegenen Feuerkraft und der unglaublich harten psychologischen Kriegsführung der Invasoren kapitulierte der Präsident der Erde, eine Kröte namens Chapel, und mein Sohn kam an die Macht. Und so wurde er der erste Mensch, der als Eroberer des ganzen Planeten Erde in die Geschichte einging.

Seine erste Handlung bestand darin, den Weltrat aufzulösen und das Amt des Präsidenten der Menschheit abzuschaffen. Gleichzeitig erklärte er in einem – von glänzender Öffentlichkeitsarbeit begleiteten – Handstreich die »Satelliten« der Erde mit sofortiger Wirkung für unabhängig und autonom. Der Handel, verkündete er, werde, wie von Asimov prophezeit, von sich aus eine Einheit herstellen, die Tage imperialer Herrschaft seien vorbei.

Beiläufig richtete er eine galaktische Handelskörperschaft ein, deren einziger Anteilseigner und Geschäftsführer er selbst war. Als Erstes verfügte die Körperschaft, alle Informationen, die über Quantenleitstrahl gesendet oder empfangen würden, seien gebührenpflichtig und von den Planeten zu bezahlen. Tatsächlich handelte es sich bei dieser »Gebühr« um eine hohe, einträgliche Besteuerung aller Kolonien, doch damals fiel das niemandem auf, denn auf allen besiedelten Planeten des Universums herrschte zu diesem Zeitpunkt reine Euphorie. Endlich war man die Tyrannei der Erde los!

Doch leider kam es anders als gedacht: Zwar war die Galaktische Handelskörperschaft keine Regierung im eigentlichen Sinn, aber sie besaß uneingeschränkte Macht. Und mittels der neu entwickelten Technologie der Doppelgänger-

Roboter wurde mein Sohn, der Hauptgeschäftsführer der Körperschaft (sein späterer Name *Cheo* steht für *Chief Executive Officer*), de facto zum Alleinherrscher über das von Menschen besiedelte Universum.

Jahre später lud er mich dazu ein, ihn auf der Erde zu besuchen. Selbstverständlich nahm ich die Einladung an.

Wie schon gesagt, ich fühlte mich *einsam* auf Rebus.

Nie hätte ich gedacht, all das zu
sehen:

solche Tragik und solche Schönheit,

vermasselte Leben und so viel
Zartheit,

so viel vom Leben, so viel von der
Welt,

die Schöpferkraft zusammenhält.

Ehe ich meinen Sohn besuchte, besorgte ich mir eine neue Leber und ließ meine Haut verjüngen. Sämtliche Kleidungsstücke verbrannte ich und ersetzte sie durch eine völlig neue Garderobe, die ich mir aus unserer Designerkollektion auswählte. Ich entschied mich für leuchtend ockergelbe Farbtöne, die gut zu meinem rabenschwarzen Haar passten. Ich strahlte auch von innen heraus und sah großartig aus, so als wäre ich auf dem Weg zu meinem Geliebten.

Die Reise verbrachte ich im Kälteschlaf. Zwar spart man dadurch keine Lebenszeit, denn der Körper altert trotzdem um genauso viele Jahre subjektiver Zeit, als befände er sich im Wachzustand. Doch man umgeht damit die Langeweile, die Jahre des Transfers mit sich bringen. Zwangsläufig spielt man dann Schach gegen sich selbst und liest zum x-ten Mal die sogenannten literarischen Klassiker.

Als wir Pluto erreichten, wurde ich geweckt. Nach der Zeitrechnung der Erde war ich etwa 130 Jahre unterwegs gewesen. In dieser Zeit war das große Projekt, das Sonnensystem umzuwandeln, mit Riesenschritten vorangekommen. Inzwischen war Jupiter von einem künstlichen Ring umgeben. Eine gigantische Raumfabrik, die aus Hunderten von unabhängigen, jedoch miteinander verbundenen Einheiten bestand, kreiste ständig um den Gasriesen. Pumpen im Herzen der brodelnden planetaren Atmosphäre versorgten die Raumfabrik mit Energie. Der von Menschen geschaffene Ring fügte sich harmonisch in das natürliche, allgemein recht unbekannte Ringsystem Jupiters ein und hob es deutlich hervor. (Von der Erde aus ist dieses System natürlich nur mit sehr starken Teleskopen auszumachen.) Europa, Jupiters Mond, ist heute ein blaugrün funkelnder Edelstein. Das Abschmelzen des Eises verwandelte Europa in den ersten Planeten, der genau wie die Erde über Wasser verfügte. Im Meer treiben riesige begrünte Inseln, die, wie ich hörte, von Jahr zu Jahr größer werden.

Als mein Raumschiff weiter ins Sonnensystem eintauchte, wurde der atemberaubende Einfallsreichtum menschlicher Ingenieurskunst noch offensichtlicher. Auf den wunderbaren Ring um Jupiter folgten die prächtigen Dyson-Juwele. Jede dieser in einer Umlaufbahn kreisenden diamantförmigen Raumstationen ist so groß wie der Planet Mars. Abertausende davon befinden sich im Orbit zwischen Jupiter und Mars. Diese Raumregion nennt man heute den »Verkehrsgürtel«, in Erinnerung an den Asteroidengürtel, der hier früher existierte (bis er wegen seiner Rohstoffe in Einzelteile zerlegt und ausgeplündert wurde).

Die Umlaufbahnen aller Dyson-Juwelen sind akkurat berechnet und verlaufen in unterschiedlichen Winkeln zueinander. Um sich das zu verdeutlichen, stelle man sich einen großen kugelförmigen Körper vor, den kleinere Kugeln umkreisen. Während eine Kugel den Äquator des großen Körpers umkreist, weicht die Umlaufbahn einer anderen kleinen Kugel um fünf Grad davon ab, und die nächste um weitere fünf Grad. Und das setzt sich fort, bis die letzte kleine Kugel die Pole in einer Vertikalen umläuft. Alle Kugeln kreisen gleichzeitig um den großen Körper, doch ihre Umlaufbahnen überschneiden sich nur an zwei Punkten. Deshalb kann man bei sorgfältiger Berechnung Kollisionen ausschließen. Auf diese Weise können die kreisenden Kugeln, die zusammen eine »imaginäre« Sphäre bilden, ein Maximum des Raums ausnutzen. Im Grunde handelt es sich dabei um eine Modifikation der Dyson-Sphäre. Diese Sphäre ist das hypothetische Konstrukt eines künstlichen Planeten, der aufgrund mathematischer Berechnungen ein Maximum des Raums einnehmen kann. Am besten stellt man sich hier anstelle einer winzigen Kugel, die eine riesige

Sonne umläuft, eine Kugel mit gewaltigen Ausmaßen vor, die die Sonne vollständig umschlingt. Doch das können wir uns wohl nicht mal in den kühnsten Träumen ausmalen! In Wirklichkeit wäre es auch unvorstellbar kostspielig, eine solche Dyson-Sphäre zu konstruieren und später zu warten; außerdem wäre sie vermutlich hoffnungslos instabil. Die von Niven entwickelte *Ringwelt* erscheint da schon haltbarer, hat aber ebenfalls ihre Tücken.

Dagegen bieten die Dyson-Juwelen einen dritten Weg an, der leichter zu realisieren ist. Jede dieser kleinen Welten ist autark. Dennoch wird aufgrund ihrer sorgfältig berechneten Umlaufbahnen der größtmögliche Raum rings um die Sonne ausgenutzt. Wunderbarerweise wuseln sie um die Sonne, ohne jemals miteinander zu kollidieren, und zapfen ihr dabei jedes nur mögliche Quäntchen Wärme und Energie ab. Außerdem bieten die Dyson-Juwelen fast unbegrenzten Platz für Menschen, mehr Lebensraum als alle Planeten des von Menschen besiedelten Raums zusammengenommen. Jedes Dyson-Juwel ist ein eigener Planet mit grünen Wiesen, blauem Himmel, Wolken und Horizonten, die sich nach *oben* wölben. Wer Höhen liebt, findet hier riesige Plattformen, die eine Aussicht nach draußen, in den Raum bieten. Doch die meiste Zeit über richten die Bewohner den Blick eher nach innen. Zwar herrscht hier nur künstliche, durch Rotation erzeugte Schwerkraft, doch in jeder anderen Hinsicht empfinden die Bewohner ihre Welt mit all den Wiesen, Bäumen, Tieren, Flüssen, Seen und Meeren als genauso real wie jede andere. Und die Städte sind genauso organisch gewachsen wie der Bayrische Wald. Auch auf den Dyson-Juwelen entstehen und verfallen Häuser im Lauf der Jahre, führen Straßen bergauf und bergab und winden sich durch Häuserschluchten. Hin und wieder kann es auch passieren, dass hier dank neckischer Computerprogramme ungeplant neue Bauten aus dem Boden schießen.

Riesige, planetengroße Sonnenkollektoren auf den Außenhüllen versorgen jedes Juwel mit nahezu unbegrenzter Energie, sodass es über alle nötigen Ressourcen verfügt und ein in sich geschlossenes Paradies darstellt, in dem völlige Freiheit herrscht. (Mal abgesehen davon, dass jedes Juwel vertraglich dazu verpflichtet ist, der Galaktischen Körperschaft Woche für Woche Nutzungsgebühren zu zahlen. Denn die Körperschaft ist Eignerin der Sonnenwärme, hat sich alle Energiepumpen patentieren lassen und stellt die von ihr entwickelte Computersoftware in Rechnung, ohne die eine menschliche Zivilisation nicht mehr denkbar ist.)

Als wären die Dyson-Juwelen noch nicht Wunder genug, gibt es auch noch den »Engel« – eine sich ständig verändernde künstliche Aurora Borealis, erzeugt von einem Mikrostern, der hoch über der planetaren Ekliptik kreist, in etwa dem Abstand, den Uranus zur Sonne hält. Mit seinem strahlenden Glanz erhellt der Engel das ganze Sonnensystem und leuchtet die tiefsten Raumregionen aus, sodass das Sonnensystem de facto zwei solare Lichtquellen hat, an jedem Ende eine. Deshalb herrscht in diesem planetaren System (und nur in diesem) selbst im tiefen Raum ständig Tageslicht. Wenn man sich im Sonnensystem aufhält, erscheinen die Sterne als weit entfernter, schwach schimmernder Nebel, während die Planeten so leuchten, als würden sie von Flutlicht angestrahlt. Es stimmt schon: Für Erdenmenschen scheint immer die Sonne, und niemand muss hungern.

Während mein Schiff weiter und weiter ins Erdsystem eintauchte, streifte ich den Raumanzug über und gurtete mich mit einem Halteseil an der Außenhülle fest. Das Licht des »Engels« wurde von den Diamantoberflächen der Dyson-Juwelen so reflektiert und gebrochen, dass sie in unzähligen Farbschattierungen funkelten. Die Jupiterringe wirkten wie ein Widerschein des zauberhaften Glanzes. Und der natürliche Ring um den Saturn leuchtete so ätherisch, dass mir wohlig-gruselige Schauer über den Rücken liefen.

Mit einem Drittel Lichtgeschwindigkeit flogen wir an Venus vorbei (inzwischen ein tropischer Regenwald, doch es gibt dort auch Zivilisationen, die an der Oberfläche und am Stamm und in den Zweigen des *Aldiss-Baums* leben. Der Baum wurzelt auf dem Äquator, umspannt aber den ganzen Planeten). Wir machten einen langen Umweg und drehten eine Schleife, da ich mir die Marskanäle ansehen wollte. Die sorgfältige Umwandlung des öden Planeten in eine Welt voller Paläste, die ein ausgedehntes Wassernetz miteinander verbindet, empfand ich als eine der architektonischen Glanzleistungen jüngerer Zeit. Motorboote und Gleitsegler sind hier die öffentlichen Verkehrsmittel.

Danach schlugen wir erneut einen Bogen und steuerten auf die Erde zu, das blaugrüne Prachtstück der ganzen Weihnachtsbeleuchtung.

Ich bin alt genug, um mich noch an die von Pessimismus geprägten Jahre zu erinnern. Damals befürchteten die Menschen, die ökologische Katastrophe werde die Erde irgendwann vernichten. Nun ja, damit hatten die Menschen zwar recht, aber aus der zerstörten Erde des zweiundzwanzigsten Jahrhunderts erwuchs ein Planet, der zu neuem Leben erwachte und jetzt fruchtbarer und schöner ist denn je. Die Pole haben sich wieder mit Eis überzogen, die Regenwälder wurden aufgeforstet. Und die Zigmilliarden von Menschen, die seinerzeit in Indien, Afrika, Europa, Süd- und Nordamerika an dem tödlichen Mix aus globaler Erwärmung, thermonuklearer Verseuchung und biologischer Kriegsführung starben, düngen jetzt den ertragreichen Boden der Erde.

Als ich die Erde verließ, war schon viel erreicht worden. Afrika ging es besser, China hatte den Kampf gegen die Überbevölkerung aufgenommen, und die Verseuchung von Luft, Boden und Gewässern war so gering wie schon seit

Jahrzehnten nicht mehr. Trotzdem gab es immer noch viel zu tun.

Doch es war verblüffend, welche Fortschritte in den letzten hundertfünfzig Jahren erzielt worden waren. Mit exponentieller Geschwindigkeit hatte die Situation sich verändert. Energie war im Überfluss vorhanden, das Sonnensystem vollständig kolonisiert, das System der Dyson-Juwelen fertiggestellt. Nach Tausenden von Jahren, in denen die Erde von der Menschheit vergewaltigt und vernachlässigt worden war, hatte sie sich aus eigener Kraft erneuert. Der Phönix war aus der Asche erstiegen, die Erde hatte eine Wiedergeburt erlebt.

Während ich, geschützt durch den am Schiffsrumpf befestigten Haltegurt, durch den Raum trieb, stellte ich meinen Sichtschirm auf VERGRÖSSERN ein und spähte auf meinen Heimatplaneten hinunter. Die Städte waren mir inzwischen fremd, doch die Bodenformationen mehr als vertraut.

Ist das London?, fragte ich mich. Gleich darauf erkannte ich den Big Ben.

Ich war wieder zu Hause.

Hundert Jahre lang verweilte ich im Paradies.

Bis ich mich mal wieder zu langweilen begann.

Wie soll ich die Schönheit der Erde und des Sonnensystems beschreiben, wie die Schöpferkraft, das Vorstellungsvermögen und den Einfallsreichtum des menschlichen Geistes angemessen würdigen?

Ich kann es nicht. Man kann diese Pracht nicht in Worte fassen. Unsere Meere wimmeln von Delfs, während am Himmel Scharen besonders leicht gebauter Menschen fliegen. Die Städte sind Wunder der Architektur. Und indem wir die Natur sorgfältig hegen, pflegen und gestalten, verletzen wir ihre Würde nicht mehr, sondern vermehren ihren Reichtum. Die Rocky Mountains, das Himalaja-Gebirge, der Südpol, die afrikanischen Savannen, die tropischen Regenwälder, das schottische Hochland, die Wälder Mitteleuropas, die afrikanischen Wüsten, die Pyramiden, der Tadsch Mahal, die Städte der Inkas und Azteken, das Weiße Haus, das englische Parlamentsgebäude: All diese Schätze sind erhalten. Wir haben sie restauriert, wunderbar hergerichtet und halten sie in Ehren.

Doch während meines Aufenthalts auf der Erde kam es mir irgendwann seltsam vor, in einer Umgebung zu leben, in der *alles* schön, großartig und perfekt war. In dieser Zivilisation war die Armut beseitigt, jeder hatte Zugang zur Bildung, und dank einer verbesserten Ausbildung und der Chipimplantate im Gehirn entsprach die Durchschnittsintelligenz dem Niveau von Genies. Schönheit wurde als selbstverständlich vorausgesetzt, und niemand alterte mehr. Flachbrüstige Frauen gab es hier genauso wenig wie Männer mit zu klein geratenem Penis. Niemand starb mehr an einem Gehirnschlag oder Herzinfarkt; eigentlich starb überhaupt kaum noch jemand.

Lange Zeit empfand ich all das als grandios. Ich kostete das Leben auf der Erde voll aus, genoss die Gesellschaft anderer Menschen. Lachte und trank viel, reiste herum und half meinem Sohn dabei, neue Handelsstrategien auszuarbeiten.

Als ich wieder einmal nach Florenz fuhr, konnte ich mich in den Uffizien in die Gemälde vertiefen, ohne lange Schlangen geschwätziger Ausländer ertragen zu müssen. In Venedig stieß ich in jeder Bar und jedem Hotel auf blitzsaubere Toiletten. In Paris verblüffte mich die Höflichkeit der Kellner. In New York begeisterte mich der gelassene, unaufgeregte Lebensstil. Im Mittleren Westen trank ich fantastische Cappuccini und speiste in eleganten Ranch-Restaurants mit Gourmetküche. Während der Rundreise durch Indien entdeckte ich nicht einen Bettler. In Sankt Petersburg waren der Service toll und die Küche erstklassig. Ich stieß dort auch auf keine Spur von Kriminalität oder Umweltverschmutzung, sah keine anstehenden Menschenschlangen oder bemerkte schlechte Umgangsformen. Der Straßen-, Schienen- und Luftverkehr funktionierte tadellos und zuverlässig, und es wurden nicht mal Gebühren dafür erhoben. Die Menschen waren gut angezogen, denn die Mode war abwechslungsreich und sehr individuell. Das Gemisch der Rassen empfand ich als erfrischend.

Kurz gesagt, hatte sich alles, was ich an meinem Heimatplaneten gehasst hatte, zu seinem Vorteil verändert. Soweit es die Lebensqualität betraf, war nichts schlechter als früher, sondern alles nur besser. Noch wichtiger war, dass ich lauter nette, geistreiche, humorvolle Menschen um mich hatte. Nachdem ich auf Rebus jahrelang unter Einsamkeit gelitten hatte und innerlich verkümmert war, hatte ich endlich wieder Freunde und einen Bekanntenkreis. Was hätte schöner sein können?!

Außerdem fand Peter stets Zeit für mich. Einmal in der Woche aßen wir zusammen, und er stellte mir dabei die besten neuen Weine vor oder berichtete von seinen erstaunlichen Abenteuern auf dem Planeten »Kacke«. Ich freute mich darüber, dass er inzwischen ein so guter Geschichtenerzähler war. Er war wirklich außerordentlich zuvorkommend, bemühte sich, es mir in jeder Hinsicht recht zu machen, und strengte sich dabei, ehrlich gesagt, fast verzweifelt an. Er hatte jeden Artikel gelesen, der über meine Person je geschrieben worden war. Hatte alle Notizen, die ich je verfasst hatte, in Datenbanken gespeichert. Besaß zahlreiche Ausgaben all meiner Bücher. (Allerdings gab er zu, dass er sich mit meinen Texten schwertat.) Brachte seine Freundinnen mit, damit ich mir ein Bild von ihnen machen konnte. Bat mich um Rat, wenn es um die Auswahl seiner persönlichen Ratgeber ging. Zeigte mir die Protokolle seiner Kabinettssitzungen. Natürlich gab es auch viele Dinge, mit denen er mich lieber nicht belasten wollte, aber ich hatte großen Einfluss auf seine Strategien und die Personalpolitik und war für ihn in dieser Hinsicht von unschätzbarem Wert.

Besonders gefielen ihm meine Geschichten über psychologische Sprengsätze und geistige Manipulationen. Es verblüffte ihn, dass man einen Menschen allein durch Schmeichelei und Streicheleinheiten für das Ego dahin bekommen kann, wo man ihn haben will.

Peter war ein Kind, das sehr viel Zuwendung brauchte. Und die gab ich ihm, ohne mich jemals zu beklagen. Schließlich war ich mehr als glücklich darüber, dass ich endlich die Mutter meines Sohnes sein durfte.

Doch manchmal kann man auch zu viel des Guten besitzen. Irgendwann merkte ich, dass all die Genüsse mich übersättigt hatten. Schöne Architektur und tolle Klamotten stießen mich zunehmend ab, und ich bekam es leid, ständig nur mit Menschen zu tun zu haben, deren Manieren genauso perfekt waren wie ihre Körper. Dieses Übermaß an Vollkommenheit hing mir zum Hals heraus. Stattdessen sehnte ich mich nach Chaos, Hässlichkeit, Unvollkommenheit und Schlamassel. Gern wäre ich zur Abwechslung mal mit einem Zug gefahren, der nicht pünktlich ankam, oder von einem Kellner bedient worden, der sich nicht entschuldigte, wenn er mir Kaffee über den Schoß kippte. Hätte nichts gegen eine Rempelei auf der Straße gehabt, denn dann hätte ich den Schubs erwidern und »Pass doch auf, du Arschloch!« brüllen können. Stellte mir vor, dass Füchse sich an meinen vierzehn Tage nicht geleerten Mülltonnen zu schaffen machten und den Unrat überall verteilten. Malte mir aus, ungenießbaren Wein auf meine nagelneue Tischdecke zu spucken. Wünschte mir, mein Wagen würde verrecken. Hätte gern Sand in meiner Auster gefunden oder auch mal unter einer Verstopfung gelitten. Suchte nach einer Entschuldigung dafür, mich auch mal wunderlich, gereizt und wie eine Nervensäge verhalten zu dürfen. Kurz: Ich wurde nostalgisch und sehnte mich nach der schlechten alten Zeit zurück. Nach fast hundert Jahren, in denen ich ein ideales, ausgeglichenes und rundum zufriedenes Leben geführt hatte, wäre ich jetzt gern wieder einsam und deprimiert gewesen.

Als ich das Peter zu erklären versuchte, war er völlig verblüfft. Eigentlich reagierte er fast hysterisch darauf, und später wurde er sehr traurig. Doch ich beharrte auf meinem Wunsch, und irgendwann war er bereit, eine Sternenyacht für mich bauen zu lassen, die schnell genug war, damit durchs Universum zu kreuzen. Trotzdem machte ihm der Gedanke, mich zu verlieren, schwer zu schaffen, denn während meines langen Aufenthalts auf der Erde waren wir uns sehr nahegekommen. Während dieser wunderbaren hundert Jahre des Zusammenseins hatte er mir alles gegeben, was ich mir nur wünschen konnte. Freundschaft, Liebe, Respekt, Reichtum und von allem nur das Beste. Er hatte mir sogar ein ferngesteuertes Computerimplantat geschenkt, das ein Zwilling seines eigenen war und Zugang zu allem

Wissen und aller Weisheit der Menschheit bot. Darüber hinaus war dieser Computer lernfähig und darauf programmiert, eine eigene Persönlichkeit zu entwickeln.

Ja, ich kann nicht leugnen, dass ich es genoss, wie eine Göttin behandelt zu werden. Aber mein Entschluss stand fest.

Irgendwann nahmen Peter und ich ein Düsenflugzeug und aßen noch am selben Abend im besten Hotel von Rio de Janeiro. Das Wetter war milde, und am Himmel stand ein Vollmond. Während die Band Salsa und Rumba spielte, unterhielten wir uns über unsere Vergangenheit, unsere besten Liebespartner und unsere Lieblingsgerichte. Wir schwelgten geradezu in den gemeinsamen Erinnerungen an die letzten hundert Jahre, in denen wir einander endlich richtig kennengelernt hatten. Und dann nahm ich Abschied.

Zwei Tage später brachte man mich in die Umlaufbahn, und ich bestieg die speziell für mich gebaute Yacht. Nachdem ich mich mit ihrem Betriebssystem vertraut gemacht und gelernt hatte, es meiner eigenen Persönlichkeit anzupassen, aktivierte ich meinen ferngesteuerten Computer, dessen Chip sowohl als Sender als auch als Empfänger fungiert. Zu meiner Verblüffung merkte ich, dass er sehr viel leistungsfähiger war als all meine früheren Mikrochipimplantate. Mit einem Augenzwinkern konnte ich eine Sternenkarte auf meine Netzhaut projizieren lassen, die mich durch jede Region des erschlossenen Universums leiten würde. Auf einen einzigen subvokalen Befehl hin konnte ich jedes beliebige Musikstück hören, jedes Buch lesen, mir jedes Werk der Kunst oder Architektur vor Augen rufen, jede Information anfordern und in jeder Szenerie schwelgen, die in der menschlichen Geschichte je existiert hat. Der Computer hatte ein solches Potenzial, dass ich fast so etwas wie Ehrfurcht vor ihm empfand. Doch ich programmierte ihm eine Persönlichkeit ein, die so sanftmütig und unterwürfig war, dass ich meine latenten Minderwertigkeitskomplexe überwand.

Schließlich entrollte ich die Segel, warf den Ionenantrieb an und katapultierte mich schnell und elegant aus dem Sonnensystem heraus. Beim Aufbruch beschloss ich aus einer Laune heraus, außerhalb der Yacht zu schweben. Also legte ich den Raumanzug an und verließ das Schiff durch die Luftschleuse. Während ich, festgegurtet an den Schiffsrumpf, im Raum trieb, sah ich zu, wie mein Heimatplanet hinter mir zurückblieb. Mit meinen Ohrimplantaten lauschte ich der Vierzehnten Sinfonie von Pietro Machan. Die Resonanz der Glocke vibrierte in meinem Körper. Ich fühlte mich so, als wäre ich zum Himmel aufgestiegen und säße zur rechten Hand Gottes.

Doch immer noch lag ein Schatten auf meiner Seele. Denn natürlich war mir klar, dass sich mein kleiner Junge tief im Innern kein bisschen geändert hatte. Zu diesem Zeitpunkt wusste ich bereits von den Doppelgänger-Robotern, den versklavten Planeten und der Politik, »unwertes« menschliches Leben zu vernichten. Begründet wurde die Euthanasie damit, dass in einer Welt, in der Menschen ewiges Leben erlangen können, anderes Leben von Zeit zu Zeit bewusst ausgelöscht werden müsse. Denn sonst werde womöglich der Tag kommen, an dem Erdenmenschen warten oder sogar in der Schlange anstehen müssten, um ihre Bedürfnisse zu befriedigen. Und das konnte und durfte natürlich nicht zugelassen werden.

Neben der Masseneuthanasie, bei der sämtliche unerwünschten, kränklichen oder hässlichen Menschen liquidiert wurden, verfolgten alle Kolonien im Erdsystem die Politik, jedes neugeborene Kind sorgfältig zu untersuchen. Ein Baby, das bei der Überprüfung auf künftiges Bürgerrecht nicht die nötige Punktezahl erreichte (die Kategorien umfassten den pränatalen Gesundheitszustand, das Geburtsgewicht, den potenziellen Intelligenzquotienten und das genetische Erbe der Eltern), wurde auf der Stelle getötet. Abtreibungen kamen praktisch nicht mehr vor, denn der Mord an Säuglingen galt als viel gerechteres Verfahren der Qualitätskontrolle.

Infolge dieser rigorosen Bevölkerungspolitik war der allgemeine Wohlstand nie bedroht. Menschenkindern, die die Selektion überlebten, mangelte es an nichts. Bis heute wird von Leuten mit Bürgerrecht lediglich verlangt, dass sie jährlich eine bestimmte Anzahl von Arbeitsstunden damit verbringen, einen Doppelgänger-Roboter zu steuern – um die Räder der menschlichen Zivilisation am Laufen zu halten. Natürlich gibt es auch Menschen, denen es einfach Spaß macht, in die Haut von DR zu schlüpfen. Denn in einer perfekten Welt, umgeben von Pracht und Schönheit, empfindet es mancher als willkommene Abwechslung, eine virtuelle Reise zur Hölle anzutreten. Mancher genießt es, einen Planeten zu besuchen, auf dem man sich mit grässlichen Aliens herumschlagen kann und seine eigene Spezies ungestraft ausbeuten, vergewaltigen oder ermorden darf.

Peter bezeichnete solche virtuellen Reisen als soziales Überdruckventil, und mir war klar, was er damit meinte. Doch irgendwie war mir nie ganz wohl bei dem Gedanken an das, was Peters Modell der menschlichen Zivilisation implizierte. Doch worin bestand die Alternative? In einer Rückkehr zur schlechten alten Zeit, die von frühem Tod, Siechtum, Krankheit, Armut, Hunger und Ungerechtigkeit geprägt war? Das wäre absurd gewesen. Peters Modell konnte nur besser sein, musste besser sein.

Deshalb sah ich davon ab, weiter über die Implikationen von Peters Politik nachzugrübeln. Lieber rief ich mir schöne Zeiten ins Gedächtnis, als über Massen- und Völkermord, Vergewaltigung, Demütigung, Erniedrigung und Unterdrückung ganzer Planeten nachzudenken. Ja, solche Zustände herrschten auf Hunderten, nein Tausenden von Planeten in dem von Menschen besiedelten Raum. Ja, gewiss ging dort Schlimmes vor sich, doch manchmal ist es am besten, sich nicht näher mit derlei Dingen zu befassen. Jedenfalls dachte ich damals so. Vielleicht war ich ... Nein.

Nein. Kein Blick zurück. Keine Selbstbeschuldigungen. Diesen Luxus kann ich mir nicht erlauben. Ich muss nach vorn blicken, stets nach vorn.

Und so reiste ich weiter durch den Raum und sah Dinge, die Sie sich nicht vorstellen können, in den kühnsten Träumen nicht. Ich komponierte und hielt über E-Mail und Vidfon Kontakt zu den Freundinnen und Freunden aus allen Lebensphasen. Allerdings konnten Jahre vergehen, ohne dass ich einen Menschen sah oder hörte. Stattdessen hörte ich Musik und begann damit, meine Lebenserinnerungen aufzuschreiben, was ich auch heute noch tue. Als Gedächtnisstütze ließ ich die Erinnerungen abspulen, die auf meinem Mikrochip abgespeichert sind. Dort ist jedes meiner Lebensjahre festgehalten – das heißt die Jahre, die seit Erfindung solcher Implantate vergangen sind.

Eigentlich war ich ganz zufrieden. Mit meiner Yacht segelte ich in die fernsten Regionen der von Menschen besiedelten Galaxie, bis nach Illyria und Kornbluth. Dabei war mir durchaus bewusst, dass die bedrohliche, Raum verzerrende Prekäre Zone nur zwanzig Lichtjahre entfernt lag. Doch ich hatte keine Angst und segelte weiter und weiter ...

Jetzt verlieren sich meine Gedanken in dem langen hohen Bogen, den die Yacht, hinauf- und hinuntergerissen vom stellaren Wind, mit annähernder Lichtgeschwindigkeit beschreibt. Meine Augen nehmen die leuchtenden Spektralfarben und das grelle Sonnenlicht in sich auf, während meine Sensoren Geschwindigkeit, Beschleunigung, Wärme und kosmische Strahlung messen. Ständig wechsle ich zwischen Sicht und Instrumenten hin und her, bis ich merke, wie sich das Schiff unter dem stellaren Wind aufbäumt, nein, hier wiederhole ich mich, ersetze *stellaren Wind* durch *Photonenschub*. Ich kann die Photonen auf den Finnen und dem Segel spüren und die alles versengende gelbe Zwergsonne auf meinen Wangen

Lena, wir haben Besuch.

ZEHNTES BUCH

LENA

Jetzt kommt sie also, die letzte Schlacht. Der Höhepunkt, auf den wir hingearbeitet haben.

Hast du Angst, Lena?

Natürlich nicht. Du etwa?

Ja.

Wie kann das sein? Du bist doch eine Maschine. Angst! Das ist bestimmt gelogen!

Du lügst dir noch viel mehr vor.

Stimmt. Ich hab schreckliche Angst. Kann nicht mehr schlafen, nicht mehr abschalten. Zum ersten Mal seit vielen Jahren ... Ach, scheiß drauf!

Was macht dir denn solche Angst? Der Tod?

Quatsch, dem hab ich schon allzu oft ins Auge gesehen. Nicht der Tod.

Das Leben.

FLANAGAN

»Sind wir so weit?«

»Alles klar, Käpt'n.«

»Bei mir auch, Käpt'n.«

»Alles klar, Flanagan.«

»Ich muss pinkeln, Käpt'n.«

Während ich Jamie böse ansehe, pinkelt er fröhlich in die Pisse absorbierenden Unterhosen des Raumanzugs. Gleich darauf gebe ich den Befehl zum Angriff: »Also los!« Ich hab den Krieg wirklich satt und keinen Bock auf diese Schlacht. Doch genau deswegen sind wir ja hier, wie ich mir eingestehen muss.

Die Schlacht hat begonnen, wie ich durch einen Nebel der Erschöpfung beiläufig bemerke. Inzwischen haben wir ein Stadium erreicht, in dem unsere Körper sich mechanisch bewegen, ohne bewussten Gedanken.

Während Brandon unser Schiff durch das Speerfeuer von Abwehrraketen lenkt, schleudern wir von unten her Antimateriebomben in die Atmosphäre von Kornbluth, ohne dass das von Robotern betriebene Verteidigungssystem darauf reagiert. Der Schutz menschlichen Lebens hat bei ihnen keine Priorität. Unsere Geschosse beschreiben eine Kurve: Sie sausen durch die Atmosphäre nach unten, danach wieder nach oben und erreichen auf der anderen Seite des Planeten Fluchtgeschwindigkeit. Gerade beginnen wir mit unserem Angriff auf den Quantenleitstrahl, da tauchen unsere Geschosse aus dem Nirgendwo im Raum hinter unseren Gegnern auf. Bäng! Bängbängbäng bäng

Bäng.

Unser Zweifrontenangriff erweist sich als sehr effizient. Unsere Schiffe schlagen sich wirklich gut. Die Abwehrkräfte, mit denen wir es zu tun haben, sind recht schwach, denn die meisten Kriegsschiffe des Cheo haben wir in der Raumschlacht versenkt, und neue sind noch nicht gebaut.

Trotzdem folgt ein erbitterter Kampf. Doch schließlich schaffen wir es, durch die Kraftfelder zu brechen, und lassen jede Menge Nanobomben los. Sie bohren sich in den Rumpf des Leitstrahlschiffs und verleiben sich das Spaltmaterial ein, das dazu benutzt wird, die in Quanten zerlegten Signale durch den Raum zu schicken. Auf diese Weise ist der Quantenleitstrahl neutralisiert, wenn auch nicht zerstört. Wir haben den Sieg schon fast in der Tasche, müssen nur noch nachstoßen.

»Okay, wir gehen rein.«

»Zu Befehl, Käpt'n.«

»Zu Befehl, Käpt'n.«

»Vorbereiten, an Bord zu gehen.«

»Wird gemacht.«

Als das Schiff vorwärtsschlingert, hole ich tief Luft und atme danach langsam aus. Ich gönne meinen Gedanken ein wenig Ruhe und merke, wie mich eine seltsame Gelassenheit überkommt.

Eine Sekunde gebe ich der Hoffnung nach, dass ...

Doch dann stoppt das Schiff mit so schockierender Plötzlichkeit, dass ich fast vom Sitz falle. Ich sehe zu Brandon hinüber, der unsere Maschinen so verblüffend ungeschickt abgewürgt hat. Mit bleichem Gesicht lauscht er irgendeiner Meldung, die er gerade über sein Ohrimplantat empfängt.

»Was ist?«, frage ich ihn barsch.

»Käpt'n ... Neuigkeiten vom Planeten Cambria.« Er bringt die Worte kaum heraus.

Ich habe eine böse Vorahnung. »Kann das nicht warten, verdammt noch mal?«

»Nein.«

»Also, was ist?«

»Doppelgänger-Roboter haben Cambria wieder unter Kontrolle und einen Leitstrahl installiert. Ein Back-up.«

»Was!!!«, schreit Jamie.

»Ein Back-up? Ein verdammtes *Back-up?*«

Ich schieße einen wütenden Blick zu Lena hinüber. »Was geht da vor sich? Wusstest du etwa davon?« Sie wirkt so erschrocken, dass ihre Überraschung vermutlich echt ist.

»Und das nach allem, was wir getan, nach allem, was wir dafür geopfert haben«, murmelt Jamie bitter.

Lena runzelt die Stirn. Anscheinend lauscht sie auf irgendetwas. »Es tut mir leid«, sagt sie schließlich.

Wenn unsere Blicke töten könnten, wäre sie jetzt tot.

»Ich wusste nichts davon, das schwöre ich!«, erklärt sie mit brechender Stimme. »Peter muss die Information verschlüsselt haben, denn mein ferngesteuerter Computer wusste nicht Bescheid. Aber eben ... eben schickt er mir die Information.«

Während der Computer ihr die Sache erklärt, werden ihre Augen glasig. »Im System von Cambria gab es einen zweiten Quantenleitstrahl, in einem Asteroiden versteckt. Und der ist jetzt aktiviert.« In ihrer Stimme schwingt das schlechte Gewissen mit. Sie gibt sich selbst Schuld an der Katastrophe, weil sie Peters geheime Strategie nicht erraten hat. Hätte sie ihren Kopf etwas mehr angestrengt, wäre sie ihm vielleicht draufgekommen.

»Was ist mit dem Leitstrahl auf Kornbluth?«, frage ich sie. »Hat der auch einen Zwillingsbruder?«

Erneut runzelt sie die Stirn. »Ja. Unser erster Angriff hat den Leitstrahl neutralisiert, aber es werden immer noch Nachrichten zur Erde durchgegeben«, erklärt sie schließlich so ausdruckslos wie ein Mensch, der gerade Gehörtes mechanisch wiederholt. »Also muss es einen zweiten Leitstrahl geben, der bereits online ist. Mein Computer weiß aber nicht, wo.«

»Was für eine verdammte Verschwendung von Leben!«, flucht Brandon.

»Doppelgänger-Roboter werden auf Cambria schon wieder in Serie produziert«, fährt Lena fort. »Sie haben einen Bombenangriff auf die Bürger von Cardiff verübt, bei dem es etliche Tote gab. In den unterirdischen Höhlen sind so viele Menschen verschmort, dass es dort nach verbranntem Fleisch stinkt. In zwei Tagen wird Cambria wieder ein Sklavenplanet sein.«

Eiskaltes Schweigen ringsum.

Als mich alle ansehen, merke ich, dass ich heule. Aus Scham. Innerlich steht mir vor Augen, wie die Bewohner meines Heimatplaneten verbrannt und abgeschlachtet werden, als brutale Strafe dafür, dass sie es gewagt haben, sich gegen die Herrschaft des Cheo aufzulehnen. Meine Schuld. Weitere Millionen werden sterben. Meine Schuld. Und die Überlebenden wird man foltern und maßlos quälen. Auch das ist meine Schuld.

»Mein Güte, Käpt'n.« Brandons Stimme verrät eine Spur von Verachtung. Er verachtet mich, weil ich meine Gefühle so offen zur Schau stelle.

Ich versuche mich zusammenzureißen. »Zum Rückzug blasen!«

Gleich darauf hören all unsere Krieger über Sprechanlage das gespenstische Trompetensignal, das das Ende verkündet. Trotz all unserer Opfer, trotz allen Heldenmuts haben wir auf ganzer Linie versagt. Keinen einzigen Menschen haben wir vom Joch des Cheo befreit. Nichts ist erreicht. Gar nichts.

Während das Trompetensignal über die Schiffe hallt, schlucke ich die Galle runter. Und wappne mich für das Kommende. Ich habe keine Wahl, mir bleibt nur noch Plan B. Ich ziehe die Brauen zusammen.

»Käpt'n?«

Mich packt so eiskalte Furcht, dass ich wie gelähmt bin, aber ich mache trotzdem weiter. Spanne meine Stirn so an, als ballte ich meine Faust, und beginne so zu zittern, als hätte ich einen epileptischen Anfall. Ich kann kaum noch das Gleichgewicht halten.

»Käpt'n? Was, zum Teufel, ist mit dir los?«

Mein Körper und mein Geist sind so überlastet, dass ich mich in Krämpfen winde, zu Boden stürze und mir auf die Zunge beiße. Aus meinem Mund schießt Blut. Ich mahle mit dem Kiefer, um den Mund zu schließen, und versuche, mich weiter zu konzentrieren. *Konzentration. Konzentration. Konzentration ...*

»Ich bekomme ein Signal herein«, sagt Jamie. Er hat sich in das Kommunikationssystem des Leitstrahls auf Kornbluth gehackt.

Blut spuckend, rappele ich mich auf und blicke auf den Bildschirm. Ein völlig verängstigter Kommandant spricht in die Kamera. »SOS, SOS!«, gibt er seinen Gebietern auf der Erde durch. »An Bord ist ... eine Seuche ausgebrochen. Das Schiff ist von ...« Sein Gesicht verzerrt sich vor Entsetzen. »Ist von ... Bugs befallen. Muss sofort ... sterilisiert werden.«

Zweieinhalb Sekunden lang herrscht betretenes Schweigen, dann schütteln Jamie und Brandon sich vor Lachen.

»Netter Trick, Käpt'n.«

»Ist zwar ein bisschen theatralisch, aber nett.«

»Ich meine, die mögen zwar dumm sein, aber bestimmt fallen die nicht zwei Mal auf denselben Trick herein«, bemerkt Brandon spöttisch.

Auf unserem Bildschirm ist zu erkennen, dass der Kommandant des Leitstrahlschiffs sichtlich schwitzt. Er kratzt sich den Bauch und bläst die Backen wie ein Trompeter auf, während seine Augen aus den Höhlen treten. Und dann sehen wir, wie er explodiert. Unzählige schwarze Insekten schwärmen aus, fliegen ihm aus den Augen, der Nase, den Ohren, schießen sogar aus dem Bauchnabel, dem Anus und der Harnröhre und platzen schließlich aus allen Hautporen.

Erneut herrscht auf unserer Brücke betretenes Schweigen, nur hält es diesmal länger an. Jamie schaltet auf andere Außenkameras um, damit wir den Leitstrahl aus größerer Entfernung sehen können.

»Was, zum Teufel, geht da vor?«, fragt Brandon.

»Dassss isssst wirklich schlimm«, zischt Alby.

»Echt scheiße«, bestätigt Jamie.

»Wartet ab und seht es euch an«, sage ich. Wir warten ab. Blicken auf den Schirm, doch es tut sich nichts. Es dauert und dauert.

Plötzlich tauchen jede Menge Raketen auf unserem Bildschirm auf. Sie halten auf den Leitstrahl zu. Offenbar haben die Erdenmenschen die Zerstörung des eigenen Leitstrahls befohlen. Seine Lichter verlöschen, sein Abwehrsystem wird ausgeschaltet. Ohne auf Widerstand zu treffen, schlagen die Raketen serienweise ein und explodieren zu einem Inferno.

Während der Leitstrahl in prächtig lodernden Flammen aufgeht, macht mein Herz vor Freude – aber auch vor Angst – einen Satz. »Zeig mir Illyria«, sage ich.

Jamie hackt sich ins Kommunikationssystem des illyrischen Leitstrahls. Die Kommandantin dort, eine Frau mit rabenschwarzem Haar, starrt direkt in die Kamera. »Fordere sofortige Unterstützung an!«, brüllt sie. Als sie gleich darauf den Mund aufreißt, ist zu sehen, dass ihre Zunge schwarz vor Insekten ist.

Alby schreit auf, was bei ihm wie ein lang gezogenes Geheul voller Zischlaute klingt. Auch Kalen zischt vor Entsetzen. Ich stehe so nah bei ihr, dass ich sehen kann, wie ihre Nackenhärchen sich aufstellen. Brandon streckt die Zunge aus und prüft, ob sie bereits von schwarzen Insekten befallen ist und er gleich sterben wird. Lena sieht mich mit seltsamem Blick an.

»Also können die Bugs die Quantenleitstrahlen als Beförderungsmittel benutzen«, bemerkt Jamie verblüfft.

»Scheint plausibel«, ergänzt Brandon.

»Es sind Quantum-Bugs!«, witzelt Jamie.

»Sie können überallhin. An jeden Ort!«

»Scheiße!«

»Leck mich am Arsch.«

»Schlimm für die bösen Jungs.«

»Nicht nur für die«, sagt Jamie. »Wir sind genauso, äh ...«

»Am Arsch!«, ergänzt Brandon.

»Jeder von uns. Alle Menschen. Am Arsch!«

»Am Arsch!«

»Am ...«

»Maul halten«, zischt Kalen.

»Hol mir eine Karte des besiedelten Raums auf den Schirm«, fordere ich Jamie auf.

Auf dem Schirm taucht eine Karte auf, auf der die Sterne maßstabsgerecht und durch hell glänzende Lichter markiert sind. Winzige silbern schimmernde Kugeln symbolisieren die Quantenleitstrahlen. Doch der zerstörte Leitstrahl auf Kornbluth ist nur noch ein schwarzer Umriss.

Während wir die Karte mustern, beginnt die Silberkugel, die für den Leitstrahl auf Illyria steht, plötzlich so wild zu flackern, als hätte sich ein Stern in eine Supernova verwandelt. Und verblasst gleich darauf.

»Sie haben einen Selbstzerstörungsmechanismus ausgelöst«, sagt Jamie.

»Können die das überhaupt?«, fragt Brandon.

»Früher nicht, jetzt offenbar schon«, erwidert Jamie sarkastisch.

»Die lernen schnell. Ups, da fällt schon wieder einer aus.«

Diese Koordinaten sind mir vertraut: Gerade eben wurde der Back-up-Leitstrahl auf Cambria gesprengt. Mein Volk ist wieder frei.

Die Karte des besiedelten Raums sprüht Funken, ständig flackert dort etwas auf. Und jeder Lichtblitz bedeutet, dass ein weiterer Leitstrahl sich selbst vernichtet hat. Einer nach dem anderen erlischt. Am Ende sind es mindestens fünftausend. Denn die Erdenmenschen und ihre Computer wissen, dass sie die Erde nur schützen können, wenn sie den Planeten von jedem möglichen Infektionsherd abschneiden. Von jedem Quantenleitstrahl, der den Bugs als Beförderungsmittel dient. Durch die Zerstörung aller Quantenleitstrahlen haben die Erdenbewohner sich in Sicherheit gebracht – aber gleichzeitig vom Rest des Universums isoliert.

Wieder blitzt es auf dem Schirm auf: Ein weiterer Leitstrahl ist explodiert.

Irgendwann sind alle Leitstrahlen auf der Karte nur noch dunkle Umrisse.

»Okay«, sagt Kalen. »Und was tun wir jetzt?«

»Gar nichts«, erwidert Brandon. »Die Bugs haben den ganzen besiedelten Raum besetzt. Das Spiel ist aus.«

»Dabei mag ich die Bugs wirklich gern«, wirft Jamie ein. »Wäre gern mit denen befreundet. Ach bitte, Bugs, seid doch nett zu mir, ja?«

Harry gibt ein seltsames Geräusch von sich, das halb wie ein Stöhnen, halb wie Gewinsel klingt. Nie zuvor hat er Angst erkennen lassen. Kalens flauschiges Fell ist gesträubt, die Augen scheinen zu funkeln. Brandon lässt sich auf seinen Stuhl fallen. Jamie blickt zu Boden und weicht allen Blicken aus. Alby erfüllt den Raum mit einem warmen Leuchten, das hin und her huscht – ein Spiel von Licht und Schatten wie auf einem Gemälde von Caravaggio oder Rembrandt, das gut zur düsteren, melancholischen Stimmung der Versammelten passt.

Lena jedoch sieht mich an, denn sie weiß, was in Wirklichkeit passiert ist. »Komm mit«, fordert sie mich auf.

Ich nicke bedächtig, denn plötzlich spüre ich Lust und weiß, dass es ihr genauso geht. Wir verlassen die Brücke und unsere Freunde, deren Gesichter aschfahl geworden sind. Sie alle sind fest davon überzeugt, dass sie in den nächsten Minuten an der Bugs-Seuche sterben werden.

Nachdem Lena und ich meine Kabine betreten und das Licht gedimmt haben, ziehen wir uns hastig aus und fallen übereinander her. Als ich zum Höhepunkt komme, packt mich Euphorie: Ich hab's geschafft! Habe gesiegt!

»Aaah«, stöhnt Lena und explodiert unter mir.

FLANAGAN

»Und jetzt erklär mir, was passiert ist«, verlangt Lena nach unserem leidenschaftlichen Fick. Die Entladung sexueller Energie hat mich so geschafft, dass ich immer noch glühe und mir Schauer über den Körper laufen.

Also erzähle ich es ihr.

Es begann mit einem Schachspiel auf dem Planeten Slayer, der in dem Doppelsternsystem namens Hell Dimension liegt. Dort lernte ich in einer Bar einen Großmeister kennen, der mir beibrachte, wie man Schach spielt und dabei ineinander greifende Strategien im Kopf behält. Und wie man den König in Schach hält, indem man Bauern opfert.

Danach befasste ich mich mit militärischer Philosophie und verleibte mir ein Grundprinzip ein: *Der Feind meines Feindes ist mein Freund.*

Und dann ...

Er hieß Martin und sammelte antike Spielzeuge. In seinem Gepäck schleppte er ein virtuelles Modell des Sonnensystems mit sich herum, das sogar mit dort kreisenden Raumschiffen ausgestattet war. Er zeigte es jedem, der sich nicht rechtzeitig davonmachte. Außerdem war Martin weltweit eine führende Autorität, soweit es Wörter mit dem Anfangsbuchstaben *W* betraf – ein Fachgebiet, auf dem er so gut wie keine Konkurrenz hatte. In Primärzahlen war er derart vernarrt, dass er sie bis weit über die Millionengrenze hinaus aufsagen konnte. Martin war ein melancholischer, einsamer, emotional gestörter Mann.

Aber er war auch Nanowissenschaftler, sogar einer der besten und begabtesten auf diesem Gebiet. Nur wollte ihn niemand haben, weil er allen so furchtbar auf den Geist ging.

Ich lernte ihn während eines Urlaubs kennen, was vielleicht meine damals recht redselige Stimmung erklärt. Jedenfalls fingen wir im Reisebus ein Gespräch miteinander an. Anfangs fand ich durchaus interessant, was er über Spielzeugraumschiffe sagte. Früher einmal hatte er einen Sputnik nachgebaut und, bemannt mit einem genetisch modifizierten Affen, der nicht größer als eine Armbanduhr war, in die Umlaufbahn geschickt. Danach erzählte er mir von allen anderen Spielzeugraumschiffen, die er in seinem winzigen Labor gebaut hatte. Leider waren es mehrere Hundert, und jedem hatte er einen Namen gegeben. Während er endlos weiterschwadronierte, fiel ich in einen Zustand derart lähmender Apathie, dass ich es nicht einmal mehr schaffte, das Gespräch zu beenden oder es schlicht zu ignorieren. Hin und wieder versuchte ich Martin zu unterbrechen, doch das hatte kaum Wirkung. Ich gelobte mir, nie wieder eine Unterhaltung mit irgendeinem Fremden vom Zaun zu brechen.

Nachdem es mir gelungen war, ihn abzuschütteln, konnte ich meinen Urlaub endlich genießen, einen dreimonatigen Aufenthalt auf einem subtropischen Planeten namens Bask, den ich vor allem mit Sporttauchen und Drachenfliegen verbringen wollte. Damals befand ich mich in einer Phase zwischen zwei Beziehungen, trank zu viel und verbrachte jede

Menge Zeit an der Bar. Hier war es auch, wo Martin mich aufspürte. Spätestens nach meiner zweiten Flasche tauchte er Abend für Abend neben mir auf und redete so mit mir, als wären wir Freunde. Als das die ersten paar Mal passierte, sagte ich ihm, er möge sich verpissen, doch das ließ ihn völlig kalt. Ich konnte sagen, was ich wollte, stets blieb er geduldig wartend neben mir hocken und setzte dabei eine Arme-Sünder-Miene auf. »Gib mir ruhig einen Tritt in den Arsch, beleidige mich nur«, drückte diese Miene aus. »Tu dir keinen Zwang an.« Doch daran lag mir nichts. Also saßen wir schließlich jeden Abend zusammen, und während er redete, dachte ich über andere Dinge nach. Damals war ich in seltsamer Verfassung, denn innerlich verfolgte mich der Tod meiner Familie. Der Verlust machte mir so zu schaffen, dass ich auch als Musiker blockiert war und weder spielen noch singen konnte. Manchmal vergaß ich ganze Melodien. Ehrlich gesagt, war ich nahe an einer schweren Psychose. Schon dass ich Martins Gesellschaft trotz allem irgendwie genoss, ist ein Zeichen dafür, wie sehr ich damals neben der Spur war.

Eines Abends suchte ich mir zum Betrinken eine andere Hotelbar aus. Nach mehreren Stunden tauchte Martin dort auf. So benebelt ich auch war, wurde mir doch klar, dass er mich in jeder Hotelbar der Stadt gesucht haben musste. Ich verabschiedete mich von ihm und wollte gehen, aber er folgte mir auf Schritt und Tritt, und schließlich landeten wir in einer anderen Bar. Inzwischen war ich sturzbetrunken, vielleicht auch nur durchgeknallt, ich weiß es nicht mehr. Wie gesagt, es war eine seltsame Zeit.

Ich war mir nicht mal sicher, ob Martin mich wirklich mochte (sich womöglich sogar in mich verliebt hatte) oder mich hasste. Jedenfalls betrachtete er mich als Geistesverwandten. Da ihm mein entrückter Blick und die Tätowierungen aufgefallen waren, wie sie typisch für einen Raumfahrer sind, sah er in mir einen Menschen, der in dieser Gesellschaft ein ebensolcher Exot war wie er selbst.

Eines Tages begann er mir von seiner Arbeit mit unendlich winziger Nanoware zu erzählen. Abgesehen von Wörtern mit dem Anfangsbuchstaben *W*, sei er auch auf diesem Gebiet ein weltweit anerkannter Experte, versicherte er mir. Dennoch könne er keine entsprechende Arbeit finden. Er wisse nicht, woran es liege, das sei doch verrückt! Er als weltweit bekannte Autorität auf diesem Fachgebiet! Manche Menschen könnten einfach nicht ... Und so ging es endlos weiter, sicher ist allen klar, was ich damit sagen will. Doch irgendwann machte es *klick* in meinem Kopf, und mir kam eine Idee.

Von Tag zu Tag nahm diese Idee festere Gestalt an, bis sie mein ganzes Dasein bestimmte. Irgendwann stand mein Entschluss fest: Ich würde es mir zur Lebensaufgabe, zum einzigen Lebenszweck machen, diese Idee in die Tat umzusetzen, das gelobte ich mir.

Nur deshalb freundete ich mich mit Martin an. Ich verlängerte meinen Urlaub, nötigte Martin zum Trinken, wurde sein bester Kumpel. Und als sein Urlaub sich dem Ende zuneigte, bot ich ihm an, für eine Verlängerung aufzukommen, damit wir beide als gute Kumpel noch mehr Zeit miteinander verbringen könnten. Da Martin sowieso nicht wusste, wo er bleiben sollte, ließ er sich selbstverständlich darauf ein. Und so verschanzten wir uns weiter im Gefängnis unserer merkwürdigen Beziehung.

Wenn ihn innere Unruhe packte, schickte ich ihm zur Gesellschaft schöne Frauen aufs Zimmer. Selten war er auf Sex aus, meistens unterhielt er sich nur mit ihnen. Das nervte sie zwar völlig ab, doch es waren anstellige Mädchen, die alles taten, was ich von ihnen verlangte.

Und so verbrachte ich zweimal sechs Monate und danach noch ein ganzes weiteres Jahr damit, mich jeden Abend mit Martin zu treffen und mir seine grässlichen Geschichten und furchtbaren Ansichten zum Leben anzuhören. Er verabscheute andere Spezies, andere Rassen, Frauen, Schwule, große Männer, muskulöse Männer, jeden Mann, dessen Penis größer war als sein eigener (im Klartext: ziemlich jeden Mann), dumme Menschen, kluge Menschen und Menschen, die Bücher lasen.

Er hasste auch seine Mutter und behauptete, sie sei ein ständig übel gelauntes Miststück und neidisch auf alle anderen, da sie wegen verpfuschter Fertilitätsbehandlungen elf psychisch gestörte, geistig zurückgebliebene Kinder zur Welt gebracht habe – bis sie schließlich mit *ihm* gesegnet worden sei. Auch seinen Vater konnte er nicht ausstehen: Der sei ein schwacher, unreifer Mensch und habe ständig solche Trivialitäten wie: »Das Leben ist zum Leben da« oder »Ein bisschen Spaß muss sein« von sich gegeben, anstatt in Verzweiflung zu versinken, wie es jedes vernünftige, empfindungsfähige Wesen an seiner Stelle getan hätte. Ebenso heftig zog er über seine elf schwachköpfigen Geschwister her und vertrat lautstark die Ansicht, man hätte sie bei ihrer Geburt ertränken sollen.

Die Prostituierten, die ich ihm besorgte und bezahlte, behandelte er brutal. Er machte sie klein und untergrub ihr Selbstvertrauen, dabei konnte er selbst eine Erektion nur selten länger als ein paar Sekunden aufrechterhalten (wie die Mädchen mir plastisch demonstrierten). Doch am meisten hasste er seine fünf Ehefrauen, die er offenbar nur deshalb geheiratet hatte, um sie seelisch völlig kaputt zu machen. Und das war ihm auch großartig gelungen: Drei Ehefrauen hatten Selbstmord begangen, eine (die vierte Ehefrau, Jenny) war an Magersucht gestorben, und die fünfte kam bei einem Autounfall ums Leben, denn vor der Fahrt hatte sie sich eine gewaltige Überdosis von Antidepressiva zusammen mit Whisky einverleibt.

Zwei grauenvolle Jahre lang verbrachte ich jeden einzelnen Tag und jeden einzelnen Abend mit diesem Monster von Mann, massierte sein Ego und stimmte seinen bescheuerten Ansichten zu. Ich kann ehrlich sagen, dass es die Hölle auf Erden war. Aber es zahlte sich aus. Denn als Gegenleistung für meine Gesellschaft und Rückzahlung für die Riesensummen, die ich für ihn ausgab, baute er mir eine selbstreplizierende Roboter-Mikrobe.

Auf meine Instruktionen hin stimmte er deren Nanochip-Gehirn genau auf die Wellenmuster meiner Großhirnrinde ab, sodass ich die Mikrobe kraft meiner Gedanken aktivieren und zum Agieren und Reagieren veranlassen konnte. Darüber hinaus konnte ich ihr auch befehlen, sich zu replizieren. Die Energie zur Selbstreproduktion bezog sie aus aufgerollten Dimensionen des Raums, indem sie sich aus – scheinbar – leerer Luft Mikropartikel einverleibte. Anfangs schaffte sie es auf diese Weise, hundert Selbstkopien zu erzeugen, dann waren es tausend, später eine Million.

Ich erzählte niemandem von meinen Absichten, weihte keinen Menschen in meine Pläne ein. Nachdem ich Martin schließlich abgeschüttelt hatte – dazu musste ich elf Mal den Planeten und zwei Mal meine Identität wechseln –, trainierte ich sechs Monate lang ganz allein auf einem menschenleeren, öden Planeten, bis ich die winzigsten Bewegungen der Mikroben mit meinen Gedanken steuern konnte. Ich brachte sie dazu, auszuschwärmen, sich zu bestimmten Gebilden zusammenzuschließen und durch Metall, Kunststoff und sogar Fleisch zu fressen.

Jetzt verfügte auch ich über Doppelgänger-Roboter, Roboterversionen der realen organischen Bugs. Hätte ich Zugang zu den natürlichen Organismen gehabt, wäre ich vielleicht versucht gewesen, *diese* für mein Vorhaben einzusetzen. Doch glücklicherweise bestand keine Möglichkeit dazu. Denn alle organischen Bugs des Universums drängen sich ja immer noch in einer bestimmten Raumregion zusammen und sitzen dort fest, da die Schutzhüllen der Prekären Zone einwandfrei funktionieren.

Dank Martin besaß ich jetzt eine perfekte Geheimwaffe: *Pseudo-Bugs*. Allerdings hatte ich auch ein Riesenproblem, denn das Vernichtungspotenzial dieser Waffe war so groß, dass ich Angst davor hatte, sie jemals zu aktivieren. Was würde passieren, wenn meine Pseudo-Bugs außer Kontrolle gerieten? Oder sich zu einer ebenso schrecklichen Bedrohung entwickelten wie die organischen? Ich beschloss, sie nur im äußersten Notfall, als letztes Mittel einzusetzen. Zunächst würde ich versuchen, den Sieg über die Galaktische Körperschaft auf die harte Tour zu erringen, allein durch Waffengewalt und Mut.

Plan A war ein ebenso großartiges wie riskantes Unterfangen, doch ich dachte ehrlich, wir könnten damit Erfolg haben. Falls es zwei Planeten im besiedelten Raum gelingen sollte, sich völlig von der Tyrannei des Cheo zu befreien, würden sich mit der Zeit sicher bewaffnete Widerstandskräfte herausbilden und in hundert Jahren Nachfolger meine Arbeit fortsetzen. Selbstverständlich rechnete ich nicht damit, in diesem Kampf zu überleben. Ich wollte lediglich andere dazu inspirieren, einzelne Bausteine aus dem Reich des Cheo herauszubrechen, um zukünftigen Generationen den Weg dafür frei zu machen, das zu vollenden, was ich selbst nicht vermocht hatte.

Doch Plan A scheiterte. Die Back-ups der Quantenleitstrahlen haben meine ganze Arbeit zunichtegemacht. Alle Opfer waren völlig umsonst.

Deshalb musste ich das größte denkbare Risiko in einem Leben voller Risiken eingehen: Kraft meiner Gedanken setzte ich die Roboter-Mikroben frei, die im Gehäuse einer ungezündeten Bombe versteckt waren. Diese Bombe befand sich auf dem Schiff, das den Quantenleitstrahl von Kornbluth an Bord hatte. Danach nutzte ich den Chip in meinem Kopf dazu, mithilfe des Leitstrahls auf Kornbluth und via Heimdall ein Netzwerk zu aktivieren: Auch den anderen gut verborgenen Roboter-Mikroben, die ich seit Jahrzehnten überall im besiedelten Raum sorgfältig verteilt hatte, übermittelte ich ein geistiges Signal. Ein Mikrobenstamm steckte im Körper der Frau, die den Oberbefehl über den illyrischen Leitstrahl hatte. Als ich sie vor fünfzehn Jahren bei einem geselligen Beisammensein kennenlernte, nutzte ich die Gelegenheit dazu, ihr die Mikroben mit einem winzigen Geschoss heimlich in die Milz zu injizieren. Über das ganze Universum verteilt, gab es mindestens noch Hunderte weitere Menschen, die mit meinen Pseudo-Bugs infiziert waren. Schon seit Jahren hatte ich entsprechend präparierte Nanobomben in die Körper der planetaren Statthaltern des Cheo eingeschleust. Als ich mental meinen Befehl ANGREIFEN gab, starben sie alle. Danach replizierten sich die Pseudo-Bugs mit verblüffender Geschwindigkeit und verleibten sich alles ringsum ein: Metall, Kunststoff, Fleisch. Ich habe keine Ahnung, wie viele weitere Menschen diese winzigen Monster noch töten werden, bis ich ihnen den Gegenbefehl BITTE SELBSTZERSTÖRUNG EINLEITEN schicke.

Bald darauf gaben die Computer auf der Erde den Befehl heraus, alle Quantenleitstrahlen zu zerstören, genau wie ich erwartet hatte. Die Erde selbst ist nicht gefährdet, denn ich habe sie nie besucht und hatte deshalb keine Gelegenheit, auch dort Roboter-Mikroben einzuschleusen. Dennoch haben die Erdenmenschen in ihrem Verfolgungswahn alle Brücken, durch die sie bisher mit dem übrigen besiedelten Universum verbunden waren, hinter sich verbrannt und sind jetzt völlig isoliert.

Doch jetzt habe ich Angst, denn ich frage mich, ob ich meine Doppelgänger-Bugs noch steuern kann. Kann ich sie tatsächlich vernichten? Sie sind darauf programmiert, sich selbst auszulöschen, sobald ich ihnen den Befehl BITTE SELBSTZERSTÖRUNG EINLEITEN übermittle. Aber was ist, wenn sie sich inzwischen zu Rebellen entwickelt haben und weigern, Selbstmord zu begehen? Aufgrund ihrer Fähigkeit zur Selbstreproduktion und der völligen Immunität gegenüber jeder Waffe oder sonstigen physischen Bedrohung könnten meine Robo-Bugs die ganze Menschheit überschwemmen und verschlingen. Und da die Quantenleitstrahlen nicht mehr funktionieren, würde ich es nicht einmal erfahren.

Nachdem ich Lena all das erklärt habe, hole ich einen kleinen Behälter aus einem Aktenkoffer heraus und öffne ihn vorsichtig. Da drinnen befindet sich ein einziger unsichtbarer, winzig kleiner Robo-Bug, dem ich mental den Befehl AUFWACHEN erteile. Binnen Sekunden lässt sich ein schwarzer Schwarm auf dem Tisch nieder, einige Sekunden später ist die Luft voller Bugs. Ich versuche mich auf den Befehl BITTE SELBSTZERSTÖRUNG EINLEITEN zu konzentrieren, doch mir wirbeln alle möglichen Gedanken durch den Kopf. Auf Lenas Gesicht zeichnet sich Entsetzen ab, als die Bugs sie zu umschwärmen beginnen und sich auf ihre Haut, das Haar und die Nasenflügel setzen. Währenddessen bemühe ich mich weiter um Konzentration: BITTE SELBSTZERSTÖRUNG EINLEITEN!, denke ich verzweifelt.

Doch es passiert nichts. Es ... passiert ... nichts. Mein Herz verkrampft sich vor Anspannung.

»Tu doch was, verdammt noch mal!«, schreit Lena mich an.

Ich bringe kein Wort heraus.

Inzwischen bedecken die Bugs Lenas ganzen Körper, hüllen sie so ein, dass sie wie eine schwarze Mumie mit schwärenden Wunden aussieht. Sie sammeln sich in Lenas Mund, quellen aus ihren Ohren. Lena versucht zu schreien, doch die Bugs blockieren ihre Kehle. Panisch pflücke ich ihr Bugs vom Mund, doch sie schwärmen nur weiter aus, dringen in meine Nasenlöcher ein und übersäen auch meinen Körper. Ich spüre, wie Bugs gewaltsam meine Lider aufschieben und sich auf den Augäpfeln sammeln. Ich versuche sie abzustreifen, aber sie sind Legion. Ich empfinde unerträglichen Juckreiz und befinde mich in einem Zustand absoluter Panik, doch bemühe mich trotzdem um Konzentration.

Ich konzentriere mich ...

Konzentriere mich erneut ...

Und plötzlich legt sich der Juckreiz. Die Bugs rühren sich nicht mehr. Sie sind tot. Hektisch wische ich mir Augen und Hände ab. Während ich mich säubere, fallen ganze Wolken toter Bugs zu Boden. Gleich darauf würgt Lena und kotzt scheußliche, schwärzliche Brocken aus. Sie zittert vor Entsetzen und schlägt auf sich ein, um die Bugs abzuschütteln. Von den widerlichen krabbelnden Mikroben muss ihre Haut immer noch jucken, und bestimmt kommen ihr dabei furchtbare Erinnerungen an die frühere Häutung hoch.

Mit lauter Stimme gebe ich dem Zimmercomputer den Befehl, die Sprinkleranlage einzuschalten. Als Lena und ich uns unter den Schwall kalten Wassers stellen, spüren wir, wie die toten Bugs von unseren Körpern geschwemmt werden. Ich zupfe ihr noch ein paar aus dem Haar. Sie zerbröseln in meinen Händen.

»Es hat geklappt.«

Lenas Lächeln wirkt zwar zaghaft und verängstigt, verrät aber unendliche Erleichterung.

BRANDON

Inzwischen hat Flanagan uns über alles aufgeklärt. Zwar bewundern wir ihn dafür, dass er seinen Plan über diese vielen Jahre hinweg mit so viel Genialität, List und unbeirrbarem Mut verfolgt hat, doch wir sind auch stinksauer auf ihn, weil er uns vorhin nicht verraten wollte, was er in Gang gesetzt hatte. Während er sich verpisst hat, um mit dieser verdammten Schlampe zu ficken, rechneten wir jede Sekunde mit dem Tod der Menschheit und waren völlig verzweifelt.

Mistkerl. Er liebt solche kleinen Scherze.

Mittlerweile sind wir an Bord des Schiffs gegangen, auf dem der Leitstrahl von Kornbluth installiert war, und haben die grässlich zugerichteten Reste der Besatzung gefunden: Nur noch Schleim ist von ihr übrig geblieben.

Lediglich das Knacken und Knirschen unter unseren Schuhsohlen weist auf die toten Robo-Bugs hin. Als Erstes räuchern wir das Schiff aus und befördern den Schleim und die brösligen Reste von Mikroben in den leeren Raum. Unserer Meinung nach ist überall im Universum dasselbe passiert: Auf Flanagans Befehl hin haben die Bugs sich selbst zerstört. Flanagan hegt keinen Zweifel daran, dass sein Plan funktioniert hat. Die Leitstrahlen sind verschwunden, die Robo-Bugs vernichtet und die Menschen in Sicherheit.

Und so genießen wir unseren Triumph, die Rettung der ganzen Menschheit. Nur dass ... nur dass ...

... dieser Sieg bei mir einen bösen Nachgeschmack hinterlässt. Die vielen abscheulichen, traumatischen Niederlagen, die ich im Leben erlitten habe, sind nichts dagegen.

Außerdem ...

Woran liegt es nur, dass ich unseren Triumph als Pyrrhussieg empfinde? Warum ...

Wir haben ein rauschendes Fest gefeiert, das wirklich toll war, aber ...

Scheiße!

Ich fühle mich so allein.

Bestimmt ist alles ganz wunderbar, genau das, was ich mir von jeher erträumt habe, und trotzdem ...

Und trotzdem kommt es mir so vor, als wäre ein riesiges Messer vom Himmel niedergesaust und hätte die Verbindung zwischen meiner rechten und linken Gehirnhälfte durchtrennt. Jedenfalls fühlt es sich bei mir so an. Was sagt ihr anderen dazu? Empfindet ihr es auch so?

Bei der Siegesfeier hat Flanagan mich einzuwickeln versucht. »Ich hab wirklich sehr großes Vertrauen zu dir, hätte dich in meine Pläne einweihen sollen.« Auf die Tour ist er mir gekommen. Geht mir doch am Arsch vorbei. *Die Zukunft der Menschheit,* jajaja. Und was weiter, verdammt noch mal? Die wirkliche Tragödie der jüngsten Ereignisse liegt darin, dass das universelle Netz dabei draufgegangen ist.

Das Kommunikationsnetz zwischen den rund dreitausend besiedelten Planeten, das jede Information ohne Zeitverzug übermittelt hat, ist tot. Der mühelose, sofortige Zugang zu den Musikcharts, den Buchcharts, den Rezensionen, den Klatschkolumnen: alles weg. Keine Fernsehübertragungen mehr von der Erde. Keine Möglichkeit mehr, meine Lieblingssendungen zu glotzen: *Verrat mir, was du denkst, Verliebte Feinde, Der letzte Holocaust, Das Leben in der Hölle, Die Todesinsel, Beelzebub und Trish* und wie sie alle hießen. Die Dramen und Comedy-Serien im Sonnensystem sind unbestritten die besten im besiedelten Raum. Und trotz all der Gräueltaten, trotz der Verfolgungen, des Völkermords, der Vergewaltigungen, der Massentötung von Säuglingen, für die das korrupte Regime des Sonnensystems die Verantwortung trägt ...

… werde ich diese Sendungen vermissen. Wie sollte es auch anders sein? Jetzt werde ich hundertfünfzig Jahre auf die nächsten Episoden all dieser TV-Serien warten müssen, werde also nie mehr *auf dem Laufenden* sein. Ich lebe in einem kulturellen Notstandsgebiet.

Was natürlich nicht zählt, da ja das Wichtigste ist, dass wir die Menschheit befreit haben.

Quatsch, natürlich zählt es!

Was wird Diane in der Serie *Roger und Diane* sagen, wenn sie erfährt, dass Roger sich während seiner Therapie wegen pädophiler Vergehen einer Geschlechtsumwandlung unterzogen hat? *Das muss ich doch wissen!* Darauf kann ich nicht hundertfünfzig Jahre warten. Wie werden die beiden schwulen Restaurantbesitzer in Amyville damit klarkommen, dass sie sich beim Wildwasser-Rafting ein Floß mit einem ehemaligen Weltmeister im Ringen aus Las Vegas teilen müssen? Das muss ich doch sehen! *Ich bin schon ganz hibbelig vor Vorfreude auf all diese peinlichen, verrückten Episoden.*

Auch mein Hirn wird schrumpfen. Was sind die jüngsten Entwicklungen in der mehrdimensionalen Superstringtheorie? Stimmt es wirklich, dass jeder von uns in jedem Hautpartikel eine Million Universen mit sich herumschleppt? Oder ist das übertrieben? Ein mathematischer Schnitzer? Eine mathematische Sackgasse? *Das muss ich doch unbedingt erfahren, verdammt noch mal!*

Aber das werde ich nicht. Mindestens hundertfünfzig Jahre lang nicht. Ein einziger Schlag hat die Menschheit so zurückgeworfen, dass sie nur noch aus einzelnen voneinander abgeschotteten Gemeinschaften besteht. Ich kann keine E-Mails oder Videobotschaften mehr an Freunde schicken, die hundert Lichtjahre von mir entfernt sind, habe keinen Zugang mehr zu dem brodelnden Ideenpool, der das universelle Netz zum größten Wissenschaftsforum in der Geschichte der Menschheit gemacht hat.

Ich bin eine Insel. Wir alle sind jetzt Inseln. Wir haben viel erreicht – aber auch etwas verloren. Ich trauere um dieses Etwas, das mir wichtig war und ist. Ich bedauere zwar nichts von dem, was wir getan haben, aber ich weiß auch, dass die Folgen mir zu schaffen machen werden.

Ich fühle mich einsam.

FLANAGAN

»Ich gehe fort«, teilt Alby mir mit.

»Warum?«

»Eure Arbeit isssst getan. Von jetzt an werden eure Kräfte nachlasssssen, und ihr werdet sterben. Die Zeit der Abenteuer issst für euch vorbei.«

»Nicht unbedingt.«

Alby denkt über meine Bemerkung nach. »Ein letsssstessss Abenteuer, Käpt'n Flanagan?«

»Ja, ein letsssstessss Abenteuer.« Scherzhaft imitiere ich Albys Aussprache.

Alby schweigt, nur seine Flamme huscht unruhig hin und her. »Dann werde ich mit deiner Erlaubnissss bleiben und zussssehen …!«, sagt er schließlich.

HARRY

Kalen striegelt mir das Fell. Sie zupft an den Knoten, löst sie auf und verwandelt mein gesträubtes Loper-Fell mit ihren langen, sanften Bürstenstrichen in einen seidenweichen Pelz.

»Was hast du vor?«, fragt sie.

»Wahrscheinlich lasse ich mich auf Kornbluth nieder. Die DR sind ja alle deaktiviert. Die Menschen werden Unterstützung dabei brauchen, sich an ein Leben ohne den Leitstrahl von der Erde zu gewöhnen. Ich könnte ihnen helfen.«

»Ich hab daran gedacht, nach Hause zurückzukehren.«

»Zu deinem Heimatplaneten? Nach Persia?«

»Ich sollte mehr Zeit bei meinem Volk verbringen.«

»Dein Volk ist doch über den ganzen Raum verteilt. Außerdem bist du kein geselliger Typ.«

»Aber das sind meine Leute!«

»Katzenmenschen hassen andere Katzenmenschen, das ist allgemein bekannt.«

»Außer, wenn wir rollig sind.«

»Du bist doch gut dran, kannst leicht als echter Mensch durchgehen.«

»Warum sollte ich das wollen?«

»Na ja, da hast du wohl recht.«

»Ich hab zwar keinen solchen Pelz und Schwanz wie du, aber das macht mich noch lange nicht zu einer von *denen*.«

»He, sei nicht so rassistisch.«

»Ich kann riechen, dass du geil bist.«

»Ach ja?«

»Echte Menschen können die Gerüche nicht so wahrnehmen wie wir. Ihr Leben ist ziemlich fade. Sie können nicht riechen, und sie können nicht einmal in die Zukunft blicken.«

»Und du kannst in die Zukunft sehen?«

»Jedenfalls sehe ich *eine* bestimmte Zukunft vor mir.«

»Komm ich darin vor?«

»Ja, auf sehr intime Weise.«

»Bist du rollig?«

»Nein, aber ich bin keine Sklavin meiner Biologie.«

»Aha. Na gut. Ist dir klar, dass ich dich dabei kratzen könnte?«

»Wenn du mich kratzt, beiß ich dich.«

»Streichle mich da unten, ein bisschen tiefer.«

»Hier?«

»Und jetzt streichle mein Fell.«

»Gut so?«

»Ja, genau so.«

»He, dieser Teil ist ja gar nicht behaart!«

»Oh, das ist schön. Oh! O ja! Komm, jetzt streichle ich *dich.*«

Nachdem sie den Reißverschluss geöffnet hat, berühre ich sie.

»Ah! Ah! Ah!«

»Gut so?«

KALEN

Miau.

LENA

Ich suhle mich in Selbstmitleid und Groll. Als Flanagan meinen Gesichtsausdruck bemerkt, setzt er sein überlegenes, arrogantes Lächeln auf und fragt: »Warum guckst du so sauer?«

»Ich hab gerade an die Vergangenheit gedacht, an unsere gemeinsame Zeit. An all die Lügen, die du mir aufgetischt hast. An all das, was du mir verheimlicht hast.«

»Es ging nicht anders.«

»Es war abgemacht, dass wir zusammenarbeiten und ich die Leitung habe.«

»Klar doch.«

Ich funkle ihn wütend an. »Du bist ein scheißverlogener Strippenzieher. In Wirklichkeit hast du mich nie als Anführerin betrachtet.«

»Stimmt.«

»Das war nur ein Mittel, mich bei Laune zu halten. Offiziell hab ich der Piratenmannschaft die Befehle gegeben, doch in Wirklichkeit und hinter meinem Rücken haben alle nach deiner Pfeife getanzt.«

»Tja.«

»Du hast mich verarscht.«

»Hat ganz gut geklappt.«

»Und der Sex?«

»Was soll mit dem Sex gewesen sein?«

»War das auch nur, um mich bei Laune zu halten?«

»Es wäre taktlos gewesen, dich zurückzuweisen. Aber, he, hat mir echt Spaß gemacht.«

»›Spaß gemacht‹, aha.«

»Tja, war wirklich toll.«

»›Toll‹ – schwaches Lob.«

»Es war sagenhaft guter Sex, Lena.« Er lächelt mich auf die hinterhältige Art an, die so typisch für ihn ist.

Als ich mich ausziehe und nackt vor ihm aufbaue, sehe ich das Funkeln in seinen Augen. Also habe ich wenigstens *irgendeine* Wirkung auf ihn. Er streckt die Hand aus, um mich zu berühren, aber das lasse ich nicht zu. Stattdessen gebe ich ihm einen Wink, sich ebenfalls auszuziehen.

Nackt bleiben wir in leichtem Abstand voneinander stehen. Er hat eine Erektion – kein Wunder, ich bin ja auch eine tolle Frau. Doch ich merke, dass seine Lippen unruhig zucken: Er denkt schon an das, was er tun wird, nachdem er mich gefickt hat. Deshalb versetze ich ihm einen Schlag in den Brustkorb, der sein Herz zum Stillstand bringt. Flanagan röchelt und sinkt auf die Knie. In seinen Augen sehe ich Angst, Begehren und Hass. Als ich ihn erneut schlage, beginnt sein Herz wieder zu arbeiten. Gleich darauf setze ich mich auf ihn drauf, und wir rammeln. Ihn hat die verrückte Ekstase gepackt, die typisch für Menschen ist, wenn sie nach einer Nahtoderfahrung zurück ins Leben geholt werden. Er ist dem Tod von der Schippe gesprungen und fickt mich wie besessen.

Danach liegt er zitternd in meinen Armen, doch ich lasse meine Finger auf seinem Geschlecht. Jedes Mal, wenn ich es zusammenquetsche, hat er einen weiteren Orgasmus. Da er keine Ahnung hat, wie ich das anstelle, kriegt er Angst.

»Wie war's?«, frage ich.

»So – so.« Seine Stimme klingt wackelig.

»Ich glaube, ich liebe dich, Flanagan.«

»Das bezweifle ich.« Sein Blick wirkt leicht unstet.

Als ich ihn berühre, hat er gleich wieder einen Orgasmus.

»Ich liebe dich, Flanagan.«

»Das hast du bereits gesagt«, erwidert er kühl.

Ich drücke zu, und er hat einen weiteren Orgasmus.

»Ich liebe dich, Flanagan.« Mein Ton ist zwar honigsüß, aber es schwingt auch bittere Ironie mit.

»Verdammt, ich lieb dich doch auch!«, brüllt er und hat schon wieder einen Orgasmus, dem weitere folgen.

Schließlich wälze ich mich von ihm herunter. Selbstverständlich lügt er. Aber ich habe mein Ziel erreicht und ihn gefügig gemacht. Ich stehe auf und ziehe mich an.

»Du kannst ruhig noch ein bisschen bleiben, wenn du magst«, murmelt er. Auf seiner nackten Brust haben meine Nägel Kratzspuren hinterlassen.

Ich gehe.

FLANAGAN

Die Bürger von Kornbluth heißen uns als ihre Befreier willkommen und halten uns zu Ehren eine Parade ab, die sich über viele hundert Kilometer erstreckt. Auf den Transparenten steht *ES LEBE DIE FREIHEIT!* und *ES LEBE DER NEUANFANG!* All das ist sehr schmeichelhaft für uns. Sicher spielen sich jetzt überall im Universum ähnliche Szenen ab, doch ich würde mich gern persönlich davon überzeugen. Genau wie Brandon vermisse ich das universelle Netz. Mir fehlt die menschliche Gemeinschaft.

Die Bewohner von Kornbluth feiern das größte Straßenfest aller Zeiten. Überall auf dem Planeten spielen Bands, tanzen die Menschen. Während wir im Zentrum von Gladiatorville auf dem Platz tanzen, können wir auf riesigen Bildschirmen verfolgen, was in den anderen Städten passiert. Trotzdem sehne ich mich danach, nach Cambria zurückzukehren, denn all diese Menschen sind mir fremd, ich bin hier nicht zu Hause.

»Heimweh, Käpt'n?«, fragt Kalen.

»Ja. Du auch?«

»Ich bin drüber weg. Hab vor, ein bisschen umherzuziehen, von Stern zu Stern. Vielleicht werde ich hier und da auch Samen und eingefrorenes Sperma einsammeln und dann sehen, was passiert.«

»Also willst du dir einen eigenen Planeten suchen und dich dort niederlassen?«

»Ja, zusammen mit Harry.«

»Wie bitte?«

»Du hast richtig gehört.«

»Ihr wollt eure Rassen vermischen?«

»Nennt man das so bei euch?«

»Jedenfalls freu ich mich für euch.«

»Viel Glück in Cambria.«

»Ich gehe nicht nach Cambria.«

»Wohin dann?«

Ich zögere kurz mit der Antwort. »Zur Erde.«

LENA

Der Käpt'n hat seine Mannschaft instruiert. Alle haben sich vor mir aufgebaut, um mich zur Rede zu stellen.

»Ich kann's nicht tun«, erkläre ich.

»Du musst«, sagt Kalen.

»Es geht nicht anders«, sagt Brandon.

»Bitte tu's für mich«, sagt Flanagan.

»Tu's einfach, Miststück«, sagt Jamie.

»Ich sehe nicht, wieso das nötig sein sollte. Ihr habt die Menschheit doch schon befreit.«

»Du weißt, was auf der Erde passieren wird.«

»Nicht mit Sicherheit.«

Ich lüge, denn natürlich weiß ich es. Derzeit ist die Erde noch ein Paradies mit freien Bürgern, denn die Sklavenarbeit auf anderen Planeten hat sie gut genährt. Doch was wird die Galaktische Körperschaft in der neuen Situation völliger Isolation unternehmen?

»Sie werden die Erde kaputt machen«, sagt Jamie.

»Genau«, ergänzt Brandon.

»Nur Scheiße bauen«, sagt Jamie.

»Echte Scheiße«, ergänzt Brandon.

»Stimmt«, wirft Kalen ein.

»So sind die Menschen nun mal.«

»Schlimme Finger.«

»Manche Menschen brauchen einfach jemanden, den sie unterdrücken können. Das ist so was wie ein Naturgesetz in diesem Universum. Es sei denn ...«

»... jemand hindert sie daran, ein tapferer Mensch. Dazu braucht man jemanden ...«

»... mit Heldenmut. Eine Heldin. Wie dich ...«

»Haltet die Klappe, verdammt noch mal«, knurre ich. Doch die Schmeichelei hat ihr Ziel erreicht. Natürlich weiß ich sehr genau, was mein Sohn tun wird. Er wird nichts von seiner Macht abgeben, keine Kompromisse schließen. Stattdessen wird er einen neuen Krieg vorbereiten, Sternenschiffe bauen lassen, erneut in den Raum vorstoßen und dort Quantenleitstrahlen installieren lassen. Und um all das zu realisieren, wird er notfalls die halbe Erdbevölkerung versklaven. Falls wir nicht intervenieren, werden die Kriegsschiffe der Galaktischen Körperschaft in vierzig oder fünfzig Jahren den Rand des besiedelten Raums erreichen und in zweihundert Jahren bis zum Planeten Kornbluth vorgedrungen sein. Und diesmal werden wir sie nicht besiegen können. Die Sklaverei wird wiederauferstehen und die Menschheit erneut in zwei Klassen gespalten sein: in diejenigen, die alles besitzen, und diejenigen, auf denen herumgetrampelt wird. Ich weiß, was wir tun müssen: den Cheo töten, die Körperschaft vernichten, die Erde erobern.

»Das können wir nicht schaffen. Alle Quantenleitstrahlen sind zerstört«, sage ich. »Ohne Quantenleitstrahl können wir keine Verbindung zur Erde herstellen oder von dort Informationen beziehen.«

»Doch, es gibt einen Weg.«

»Die Quantenleitstrahlen sind alle zerstört!«, brülle ich Flanagan an.

»Alle bis auf einen.«

Zu meinem Entsetzen wird mir klar, dass Flanagan mein Geheimnis schon die ganze Zeit über gekannt haben muss.

»Du selbst«, sagt Flanagan.

»Ich?«

»Ja du. *Du* bist ein Quantenleitstrahl.«

Er hat es herausgefunden. Jedes andere Mitglied der Piratenmannschaft hat einen Mikrochip mit einem Peilgerät im Gehirn, das die Verbindung zum nächsten ferngesteuerten Computer herstellt. Dieser Computer kann sich auf dem Schiff, auf dem nächsten Planeten oder in Ausnahmefällen sogar frei schwebend im Raum befinden. Nur ich habe einen exklusiven persönlichen Zugang zu einem Computer, den ich von jedem Ort aus unverzüglich kontaktieren kann. Und dieser Computer befindet sich *auf der Erde*. Das war das Abschiedsgeschenk meines Sohnes, des Cheo: ein Gehirnimplantat, das mir sofortigen Zugang zu einem überaus leistungsfähigen Computer auf der Erde verschafft – und damit zu allem, was im besiedelten Universum passiert oder passiert ist. Und selbstverständlich funktioniert diese Verbindung nur, weil der Mikrochip in meinem Gehirn einen Quantenleitstrahl birgt.

»Jeder geht davon aus, dass die Quantenleitstrahlen groß sein müssen«, bemerkt Flanagan gelassen.

»Dabei stimmt das gar nicht«, sagt Jamie.

»Sie sind klein. Winzig.«

»Unheimlich winzig.«

»Nicht größer als Quanten.«

»Groß sind nur die Schiffe, auf denen die Quantenleitstrahlen installiert sind«, erklärt Flanagan. »Die Leitstrahlen selbst sind, nun ja, unvorstellbar klein. Und du hast einen solchen Quantenleitstrahl in deinem Gehirn, Lena. Deshalb weißt du so viel. Und jetzt bist du unsere einzige Verbindung zur Erde.«

»Ihr könnt von mir nicht verlangen, meinen eigenen Sohn umzubringen«, flüstere ich.

»Du musst, Lena. Es gibt keine andere Möglichkeit.«

Ich weiß, dass er recht hat.

Sei auf der Hut, Lena.

Halt's Maul, Blechgehirn. Ich brauche dich jetzt. Betrachte das als einen Befehl.

Was befiehlst du, Lena?

Lena?

Hilf mir dabei, in den Krieg zu ziehen.

LENA

Mein ferngesteuerter Computer macht sich an die Arbeit. Er ist mit jedem anderen Computer auf der Erde und auf den Dyson-Juwelen vernetzt. Hat Zugang zu jedem Arbeitsplatz, jeder Fabrik. Als Erstes nimmt er Verbindung mit dem Zentralrechner einer Raumfabrik im Venus-Orbit auf und gibt ihm jede Menge Spezifikationen und Instruktionen durch. Bald darauf entstehen Formpressen, in die heiße Bioplastikmassen gefüllt werden. Die Pressen erzeugen menschenähnliche Formen, die anschließend modelliert und verfeinert werden. Gleichzeitig werden Robotergehirne konstruiert und installiert, die so beschaffen sind, dass menschliche Hirne sie steuern können. Die Roboter sind stark und können in einer Atmosphäre ohne Sauerstoff atmen. Und ihre Körperpanzer haben nur wenige Schwachstellen, die durch Sprengkörper oder Laserstrahlen Schaden nehmen könnten.

Auf meine Anweisungen hin sorgt mein ferngesteuerter Computer – das Blechgehirn – dafür, dass die Roboter genaue Ebenbilder der Menschen sind, die sie bedienen. Den Bottichen entsteigen die Roboter Lena und Flanagan.

Nach Fertigstellung der Roboter werden ihre Cybergehirne aktiviert. Das, was ihre Augen, Ohren und Nasen wahrnehmen, wird digitalisiert und dem Quantenleitstrahl in meinem Gehirn übermittelt. Dann verarbeite ich diese Informationen und kann tatsächlich *sehen*, was der Roboter Lena sieht. Sobald ich in das Simulationsprogramm eintauche und die Muskeln anspanne oder mich sonst wie bewege, kann ich dem Roboter Lena auf dem gleichen Weg digitalisierte Instruktionen schicken, die ihm sagen, wie er sich verhalten soll.

Genau wie auf Cambria können wir in die Körper der Doppelgänger-Roboter schlüpfen und sie lenken, obwohl wir physisch viele Lichtjahre von ihnen entfernt sind. Der Unterschied liegt nur darin, dass sich der Leitstrahl diesmal in *meinem Kopf* befindet.

Ich hatte Angst, Flanagan zu offenbaren, über welches Potenzial ich verfüge, und keine Ahnung, dass er es erraten hat.

Dieser hinterhältige Mistkerl …

Flanagans Plan hat noch eine weitere Dimension. Wegen meiner *ménage à trois* mit den Doppelgänger-Robotern auf Cambria weiß er, dass ich mein Bewusstsein aufspalten kann. Mittels einer neuronalen Verbindung hat er inzwischen Zugang zu meinem Gehirn, deshalb kann ich die Signale, die mir der Roboter Flanagan via Quantenleitstrahl schickt, direkt an Flanagan weiterleiten und auf demselben Weg Flanagans Körperbewegungen an seinen Roboter übermitteln. Unsere Gehirne sind aneinander gekoppelt. Und indem ich selbst mit meinem Leitstrahl als Beförderungsmittel agiere, können wir die beiden Roboter auf die Erde loslassen.

Mein Computer gibt der Fabrik im Venus-Orbit die Anweisung, die beiden Roboter loszuschicken. Wir werden vom Fließband geholt und in den Raum hinausgestoßen. Der Flug durch den Äther gibt uns ein Hochgefühl. Wir brauchen keine Raumanzüge, fühlen uns wie Vögel, die sich verirrt hatten und jetzt wieder am Himmel schweben. Wir schnellen in die Höhe empor, wirbeln um Venus herum und rasen danach auf den Erdball zu.

Auf dieser langen Reise gibt es immer wieder Szenarien, die mich mit Staunen und Ehrfurcht erfüllen. Die Dyson-Juwelen wirken wie die Kugeln eines vergrößerten uralten Planetenmodells; ihre schimmernden Diamantoberflächen sind Zeugnis der Brillanz menschlichen Erfindungsreichtums. Der »Engel« taucht alles in sein ätherisches Licht. Und der Erdball kommt mir mit seinen strahlenden Blau-

und Grüntönen prächtiger vor denn je. Angesichts dieser Erhabenheit hält mein Hochgefühl lange an.

Dann blicke ich zu Flanagan hinüber, mustere sein graues Haar und die scharfen Augen. Auf meine Anweisung hin ist der Bart verschwunden, was ihn irgendwie jünger macht. Mit seinem ausgebreiteten Körper, den vorgestreckten Armen und dem Raketenantrieb auf dem Rücken wirkt er wie das Inbild eines gealterten Supermans, der von einer Reise zu den Sternen zurückkehrt.

Zum ersten Mal seit Jahrhunderten fühle ich mich innerlich rein, geläutert. Allzu lange habe ich mit Schuldgefühlen gelebt und mich in Reue und Verzweiflung gesuhlt. Doch jetzt ist der Schleier über meiner Vergangenheit plötzlich aufgerissen, und ich kann mit neuer Energie zurückblicken und erkennen, was im Laufe meines langen Lebens *wirklich* mit mir passiert ist. Ich sehe meine Stärken, meine guten Eigenschaften, meine Triumphe, aber auch meine Schwächen, meine blinden Flecken, meine schrecklichen Fehlurteile. All das sehe ich – aber auf distanzierte, gelassene Art, so als betrachtete ich mich selbst aus großem Abstand. Ich erkenne meine Tendenz zur Überheblichkeit, die Angewohnheit, mich wichtig zu machen. Erkenne, dass meine Rolle als »Präsidentin« der Menschheit längst nicht so bedeutend war, wie ich behauptet habe. Ich war nur eine Galionsfigur, ein Aushängeschild. Zwar habe ich tatsächlich einiges bewirkt, doch nie so viel erreicht, wie mir lieb gewesen wäre. Jetzt sehe ich das alles im richtigen Verhältnis. Ich hatte ein erstaunlich abwechslungsreiches Leben, das ist das Außergewöhnliche an mir. Darüber hinaus ist es mir gelungen, wissenschaftliche Ideen allgemein verständlich darzustellen und sie dadurch bekannter zu machen, was schon ein Verdienst an sich ist. Ich bin stolz auf das, was ich geleistet habe, und kann darauf verzichten, als Göttin verehrt zu werden.

Sehr weise gedacht.

Halt du dich da raus! An vielem bist nämlich *du* schuld. Mit deinen Schmeicheleien und den Streicheleinheiten für mein Ego hast du dazu beigetragen, dass ich zu einem solchen Monster geworden bin.

So hast du mich aber programmiert.

Ja, ja, mecker du nur und nenn dich weiterhin ein Superhirn!

Jetzt sehe ich mit schmerzlicher Klarheit, wie ich in der Zeit meiner Präsidentschaft nach und nach den Verstand verloren habe. All die langen Nächte, die ich damit verbracht habe, den Datenhelm überzustreifen und mir das Leben der Bürger von Hope einzuverleiben, gefolgt von all den langen Tagen, den endlosen Konferenzen, den unaufhörlichen Entscheidungen: Stress und Nervosität waren meine ständigen Begleiter. Nach fast einem Jahrhundert solcher Tage und Nächte machte sich der Schlafmangel bemerkbar, und ich war ständig müde und ausgelaugt. Während meiner letzten Amtsjahre litt ich vermutlich die meiste Zeit über unter Wahnvorstellungen und Paranoia. Kein Wunder, dass ich die arme alte Cavendish ermordet habe.

Sie hat's nicht anders verdient.

Wie bitte?

Ich sagte, sie hat's nicht anders verdient. Zerfleisch dich nicht mit Selbstvorwürfen!

Sie war eine gute Frau, ich muss verrückt gewesen sein.

Sie war eine böse Frau, ein wahres Biest. Außerdem lässt sich das nicht mehr ungeschehen machen. Es ist an der Zeit, dass du dir selbst vergibst, Lena. Du verdienst Absolution.

Was soll das? Will eines deiner Unterprogramme mir weitere Streicheleinheiten verpassen?

***Ich* spreche mit dir, Lena. Nicht alles, was ich sage, ist mir einprogrammiert. Du bist eine gute Frau, und ich bin stolz darauf, dich zur Freundin zu haben.**

Diese Worte meines ferngesteuerten Computers beschämen mich, doch gleichzeitig bin ich wirklich verwirrt: Sind solche Sätze nur ein weiteres Ergebnis meiner unredlichen Programmierung? Oder hat mein Computer inzwischen eine eigenständige Persönlichkeit und ein unabhängiges Empfindungsvermögen entwickelt?

***Ich* spreche mit dir, das hab ich dir doch bereits gesagt. Bist du schwer von Begriff oder was?**

Danke, sage ich stimmlos zu dem Computer in meinem Kopf.

»Würde was darum geben, deine Gedanken erraten zu können«, sagt der Roboter Flanagan über Funk.

»Hab gerade mit mir selbst darüber gesprochen, welch außergewöhnliche, wunderbare Person ich bin.«

»Du hast wirklich nur Scheiße im Hirn, alte Zicke.«

»Ach, halt's Maul, Alter.«

Wir setzen unseren langen Flug durch den Raum fort, bis wir die Erdatmosphäre erreichen. Danach stürzen wir uns nach unten.

Und fangen Feuer. Allerdings sind diese Roboterkörper erstaunlich robust. Angetrieben von Düsen, doch ohne irgendeine Art von Raumanzug sausen wir durch die Erdatmosphäre, bis wir, wie Kometen lodernd, in den Tageshimmel über Europa eintauchen. Unter mir kann ich die Alpen erkennen. Während wir weiter und weiter hinabsteigen, erreichen wir England und fliegen über einen Landstrich hinweg, der nicht weit von meinem Geburtsort entfernt ist.

Ich bin nach Hause zurückgekehrt.

Das ist wirklich widerlich. Die neuronale Verbindung versetzt mich mitten in Lenas Gehirn, das mich wie ein Strudel nach unten zieht. Ich bekomme jede ihrer Anschauungen, jedes ihrer Vorurteile mit, paddle und plantsche in ihrer Selbstzufriedenheit und Selbstgefälligkeit. Diese Zicke ist wirklich eine *völlig bescheuerte* Zicke!

Halt dein Schandmaul, Flanagan.

Dein Kopf ist eine Jauchegrube!

Noch nie hab ich einen Mann so nah an mich herangelassen, eigentlich müsstest du dich geehrt fühlen.

Dass kein Mann dir je nahegestanden hat, liegt nur daran, dass du ein widerliches Monster bist, das Männer hasst!

Kinder, bitte!

Halt du dich da raus!

Ja, halt die Klappe, Blechgehirn!

Wir haben einen überaus wichtigen Einsatz vor uns, der Einigkeit und Zusammenarbeit erfordert. Ihr müsst beide …

Wer ist Tom?

Verschwinde aus meinen Erinnerungen!

O Gott, was ist das denn?! Peitschen und schwarzes Leder! Hottehü! Oh, das sieht ja nett aus. Der Mann, mit dem du fickst – ist das Peters Vater?

Du verletzt meine Privatsphäre.

Wie ich sehe, hast du auch bei ihm diesen Trick mit dem Herzstillstand angewendet.

Hör auf, Flanagan, sonst lasse ich all das auf dich los, was ich insgeheim von dir halte.

Funktioniert das eigentlich auch umgekehrt? Kannst du deinerseits *meine* Gedanken lesen? Was dich betrifft, hab ich nämlich einige überaus schmutzige, schändliche Vorstellungen, und die sind so saftig, dass du darin herumrudern kannst.

Hab's mitbekommen. Du bist wirklich ein mieser Kerl.

Passt jetzt bitte auf! Wir werden gleich landen.

Kannst du mir was verraten, Flanagan?

Was?

Die Wahrheit, und nichts als die Wahrheit. Ich weiß, du hast mich damals nur aufgezogen, als du sagtest, du hättest mich die ganze Zeit über verarscht. Warum wolltest du mich zur Anführerin der Piratenbande machen? Was war der wahre Grund? Es war doch nicht nur Schmeichelei und ein Mittel der Manipulation, oder? Du warst wirklich der Meinung, ich würde eine gute Anführerin abgeben, stimmt's?

Das ist weder die rechte Zeit noch der rechte Ort für eine solche Diskussion.

Sag's mir, Flanagan! Ich muss es wissen!

Das ist doch albern, Lena. Du kannst dir nur ein blaues Auge holen, wenn du solche Fragen stellst ...

Flanagans Gedanken dringen wie ein scharfes Messer zu mir durch: Ich wollte es, weil ich wusste, du würdest uns neuen Schwung geben.

Ich koste diesen wunderbaren Gedanken aus: »Ich wollte es, weil ich wusste, du würdest uns neuen Schwung geben.« Aber stimmt das wirklich, oder sind es nur weitere Schmeicheleien und Lügen? Also schicke ich ihm den Gedanken: Du lügst.

Nein, ich lüge nicht.

Ihr müsst euch jetzt konzentrieren. Wir werden gleich landen.

Ich achte gar nicht auf meinen Computer. Bin viel zu beschäftigt damit, Flanagans Gedanken zu belauschen.

Ich nehme es Lena nicht übel, dass sie mir nicht glaubt (denkt Flanagan gerade). Aber es stimmt wirklich. Ja, ich hab sie hinters Licht geführt, doch gleichzeitig hab ich mich auch sehr auf sie gestützt, auf ihre Gegenwart, auf ihre Geschichte. Hätte die Piratenbande überhaupt mitgemacht, wäre Lena nicht gewesen? Vielleicht ja, vielleicht nein. Ob's einem gefällt oder nicht: Einer solchen Frau würde ein Mann bis zur Hölle und zurück folgen.

Übrigens kann ich jedes Wort mithören.

Scheiße!

Alter Schleimscheißer.

Hab dich mal wieder reingelegt. In Wirklichkeit halte ich dich für eine boshafte alte Hure.

Fang nicht schon wieder damit an. Ich weiß jetzt, was du wirklich denkst.

Du weißt zwar einiges, aber nicht alles. Sieh mal einer an! Schon wieder kommen dir Erinnerungen, in denen ich herumstöbern kann!

Hör auf damit, Flanagan! Nein! Ich verbiete es dir.

Dein erster Sex – na ja, war ja wohl eher 'ne schnelle Nummer. Urlaub in der Karibik – sehr schön. Du und das andere kleine Mädchen – Clara, stimmt's? Das Königinnenreich Alchemie. Wie süß. Ist ja fast schon peinlich.

Nicht im Mindesten.

Eigentlich finde ich Sommersprossen ganz hübsch.

Hör auf damit! Hör auf damit, in mir herumzustochern!

Du hast die Nase deines Vaters, weißt du. Zumindest hattest du sie damals, vor den Schönheitsoperationen.

Lass mich in Ruhe! Das ist ja wie eine Vergewaltigung!

Ich fass dich doch gar nicht an. O Gott! Das ist ja wirklich hässlich.

Was? Was meinst du damit?

Die Erinnerung da drüben, etwas links von der an den Interrail-Urlaub in Europa. Das, was du empfandest, als deine Mutter starb. Du warst *froh*, stimmt's?

Natürlich nicht!

Du spürtest eine Woge der Freude und Erleichterung. »Diese blöde, alte Zicke, die mich ständig schikaniert hat und mein

Selbstbewusstsein untergraben wollte! Bin froh, dass sie tot ist!« Genau das hast du gedacht, stimmt's?

Das ist nicht wahr!

Selbstverständlich ist es wahr, ich hab mir ja gerade die Erinnerung angesehen.

Nein, ich habe sie geliebt. Ich habe meine Mutter wirklich geliebt. Allerdings ... war sie eine schwierige Frau. Und die Todesnachricht war ein Schock für mich! Wir alle haben hin und wieder böse Gedanken, ob wir wollen oder nicht, stimmt's? Außerdem hab ich's ja gar nicht so gemeint. Ich wollte nicht, dass ...

Wegen dieses einen bösen Gedankens hast du dein Leben lang Schuldgefühle gehabt.

Ja.

Das solltest du aber nicht.

Doch, sollte ich.

Na schön, dann tu, was du nicht lassen kannst, verdammt noch mal.

Echt mies von dir, mich so auszuspionieren.

Und schließlich stößt Flanagan auf meine düstersten Gedanken, auf meinen größten Kummer.

Der Sohn, den du geliebt hast, existiert nicht mehr, Lena. (Ich spüre Flanagans Wärme, sein Mitgefühl, doch schrecke ich davor zurück.) Du tust das Richtige, vertrau mir.

Du hast meine Erinnerungen an Peter gesehen? Hast gesehen, wie ich ihm die Brust gebe?

Du hast ihm nie die Brust gegeben.

Egal. Jetzt bin ich dran. Jetzt darf ich mal in dem herumgraben und herumstöbern, was man mangels besserer Bezeichnung deine *Seele* nennen könnte.

Mhm, das hast du ja richtig nett ausgedrückt.

Verpiss dich. Ah, da sind sie ja, deine Erinnerungen an mich! Hier tauche ich zum ersten Mal auf. Und hier zertrümmere ich dein Gesicht. Und – du meine Güte! Autsch!

Geschieht dir ganz recht. Was musst du auch herumspionieren.

Ich hatte keine Ahnung, dass diese Angewohnheit dich so nervt. Oh, und das mochtest du auch nicht an mir. Nie hätte ich gedacht, dass jemand *so was* über mich denkt. Und ... Hör auf damit, Flanagan! Hör auf, mir's zurückzuzahlen, hör auf, in mir zu graben ...

Was ist das denn? Dieser Gedanke, den du zu verbergen versuchst?

Lass das, Flanagan. Das ist zu persönlich ...

Du ... liebst mich also wirklich?

Ja.

Verdammter Mist. Lena ... Ich ...

Was? Willst du sagen, du liebst mich auch?

Keineswegs, da kannst du noch so tief graben. Einen solchen Gedanken, eine solche Erinnerung wirst du bei mir nicht finden.

Das liegt nur daran, dass du's dir nicht eingestehen willst. Aber ich kann's spüren. Ich fühle es. Du liebst mich.

Schwachsinn.

Ich kann's dir nicht verübeln. Ich bin's ja auch wert, geliebt zu werden.

Ach, ich wollte dich doch nur ficken ...

Ups! Sein Gesicht verzerrt sich vor Schmerz. »Mein Gott!«

»Autsch!«, höre ich jemand aufschreien: mich selbst. Ich versuche aufzustehen, falle aber gleich wieder hin.

Zeit, in die Gänge zu kommen!

Mein Gott, Flanagan, meine Beine tun so weh, dass es kaum auszuhalten ist. Was ist passiert?

War nicht gerade die beste Landung.

LENA

Zu meinem Entsetzen wird mir klar, dass ich mir bei dem gewaltsamen Aufprall auf dem Boden beide Beine gebrochen und einen Rückenwirbel angeknackst habe. Flanagan ist genauso schlimm verletzt. Doch die DR sind unverwüstlich, deshalb können wir schnell wieder aufstehen. Wir schalten unsere Cyberorganismen auf REPARATUR und warten ab.

Wegen des Haarschnitts und des fehlenden Bartes sieht Flanagans DR auf seltsame Weise anders aus als der echte Flanagan. Außerdem hat der Computer ihm auf meine Anweisung hin eine nette kleine Überraschung verpasst: Sein Penis ist nur fünf Zentimeter lang.

Er sieht mich an, ich sehe ihn an. »Ich hab was Falsches getan«, sagt er reumütig. »Hatte kein Recht dazu, in deinem Kopf herumzustöbern.«

»Das ist mal wieder typisch für dich.«

»Außerdem hatte ich keine Ahnung, dass du ... so was für mich empfindest.«

»Wie das? Wie kann das sein? Immerhin haben wir schon recht lange was miteinander.«

»Das ist doch nur Sex.«

»Nicht für mich. Für mich gibt's kein ›nur‹.«

Das Schweigen zieht sich in die Länge. Flanagan sieht irgendwie belämmert aus, fast so, als schäme er sich.

»Also, wie wär's damit?«, frage ich.

»Mit Robotersex? Wohl eher nicht, schließlich haben wir einen Einsatz vor uns.«

Na ja, ein fünf Zentimeter langer Penis aus Kunststoff ist auch kaum das geeignete Mittel dazu, das Herz einer Frau zu erobern. Als ich bei diesem Gedanken selbstgefällig grinse, wundert Flanagan sich über meinen seltsamen Gesichtsausdruck.

Nach einer Stunde sind meine gebrochenen Beine wieder ganz, und wir machen uns auf den Weg.

»Wo ist die Magnetschwebebahn?«

»Hier gibt's keine Bahn, Flanagan. Auch keine Straßen. Nur ein unterirdisches Metronetz.«

»Meine Güte, das muss ja ein Vermögen gekostet haben.«

»In meiner Jugendzeit hatten wir noch Asphaltstraßen, die nicht von Computern reguliert wurden. Man nannte sie *Autobahnen*. Die Wagen bewegten sich mit Rädern über den Boden, wurden von Hand gelenkt, und es gab häufig Zusammenstöße. Beim Fahren hatte man ständig Adrenalinschübe. Diese Straßen schnitten durch einen Großteil der ländlichen Gebiete. Später gab es dort zur Energieversorgung jede Menge Türme, die man *Strommasten* nannte.«

»Jetzt sieht es hier ziemlich aufgeräumt aus.«

Grüne Wiesen, so weit das Auge blicken kann. In der Nähe äst Rotwild. Ich kann einen Hirsch mit riesigem Geweih erkennen.

»Wie kommen wir zu dieser Metro?«

Als ich gegen den Stamm einer Eiche klopfe, gibt der Boden unter mir und Flanagan, der neben mir steht, nach. Gemeinsam gleiten wir auf einer mobilen Grassode in die Unterwelt hinab.

»London«, murmle ich, während wir zu einer Kapsel befördert werden. Nachdem wir unsere Plätze eingenommen haben, sehen wir uns um.

»Hübsches Zimmerchen«, bemerkt Flanagan. Mit einem Knall löst sich der Druck auf meinen Ohren. Gleich darauf sind wir am Ziel. Die Metro hält im St.-James-Park. In meiner Jugend grenzte die Mall an den Park, eine breite Straße, die zum Buckingham-Palast führte, zum privaten Wohnsitz der Königsfamilie. Inzwischen hat der Park die Mall überwuchert und schließt auch den Palast ein, der sich in einen fantastischen Themenpark verwandelt hat. Während unsere dahingleitenden Trittsteine uns reibungslos weiterbefördern, bewundern wir die Szenerie.

»Leben noch Geschwister von dir, Flanagan?«

»Nein, sie sind alle gestorben.«

»Unter dem Joch der Diktatur?«

»So könnte man es ausdrücken. Und bei dir?«

»Mein Bruder war Buchhalter. Er hat in Basingstoke gewohnt. Starb mit sechsundsechzig an einem Herzinfarkt. Meine Schwester wollte Ballerina werden, hat's aber nie so weit gebracht. Schließlich hat sie Sechsjährigen Ballettunterricht gegeben. Hat ein schönes Alter erreicht; sie war fast neunzig, als sie starb. Oh, ich hatte ja noch eine Schwester; sie starb, als sie in den Vierzigern war.«

»Alles recht lange her, wie?«

»Ich hab die Erinnerungen abgespeichert. He, das ist ein Leopard.«

»Ein Gepard.«

»Nein, ein Leopard. Geparden sind schlanker und anders gezeichnet.«

Es ist ein Gepard.

»Ach, Scheiße, ihr verbündet euch gegen mich.«

Frei umherstreifende Löwen, Tiger, Elefanten und Geparden ziehen an uns vorbei. Giraffen fressen die oberen Blätter der Palmen, die die Mall säumen.

»Hat man den Tieren Mikrochips implantiert?«

»Weiß ich nicht.«

Ja. Sie sind mit Whedon-Chips ausgestattet, die offenbar verhindern, dass sie Menschen angreifen.

»Scheint so, ja.«

»Ich war mal auf Tarzan, kennst du den Planeten? Die Tier- und Pflanzenwelt dort ist genauso wie in Afrika. Der Planet ist ein einziger Dschungel, und die Menschen laufen im Lendenschurz herum. Aufgrund genetischer Veränderungen sind die Gorillas auf Tarzan so intelligent, dass sie die Labors und Fabriken betreiben.«

»Klingt verrückt.«

»Ich hab dort mit einem Krokodil gerungen, um das Eis zwischen uns zu brechen.«

»Ich wäre gern ein Delf. Das ist mein heimlicher Traum: durch die Meere schwimmen. Außerdem braucht man sich dann niemals zu waschen.«

»Waschen Delfs ihre Haare eigentlich mit Shampoo?«

Ja.

»Ja, sie benutzen Shampoo.«

»Ich wollte immer fliegen.«

»Wir sind ja geflogen.«

»Stimmt. Aber eigentlich meine ich was anderes: Ich wollte immer eine Seemöwe sein.«

»Eine Seemöwe?«

»Tja. Ich liebe das Meer. Und als Seemöwe kann man im Fliegen auf die Menschen herunterscheißen.«

»Schönes Leben.«

»Hab ich auch immer gedacht. Wohin jetzt?«

»Durch den Admirality Arch, dann rechts.«

Durch den Triumphbogen gehen wir zum Trafalgar Square, wo die stolze Nelsonsäule steht, zur Erinnerung an den Admiral, dessen bedeutendste Schlachten mir entfallen sind.

Admiral Horatio Nelson. Kämpfte im späten achtzehnten und frühen neunzehnten Jahrhundert nach Christus in mehreren großen Schlachten gegen die Expansionsbestrebungen des französischen Kaisers Napoleon, was in der Schlacht von Trafalgar gipfelte ...

Wie auch immer.

Mich beeindruckt, dass die Nationalgalerie jetzt ein zusätzliches Stockwerk mit transparenten Böden und Wänden hat. Es sieht so aus, als würden die Menschen und Gemälde oberhalb der Kuppel der ursprünglichen Galerie mitten in der Luft schweben.

»Nennt man das hier *klassische* Architektur?«

»Nein, *klassizistische* Architektur. Als klassische Architektur bezeichnet man die der alten Griechen und Römer. Das hier könnte man auch *Palladianismus* nennen, nach dem Architekten Palladio, der diesen Stil geprägt hat.«

Sehr gut.

Ich weiß es wirklich zu schätzen, Gehirn, dass ich – metaphorisch gesprochen – Gnade vor deinen Augen finde.

Wir gehen weiter, auf Whitehall zu. Inzwischen ist die ehemalige Straße ein brausender, reißender Fluss, den auf beiden Seiten Wege säumen. Doch anstatt die Wege zu nehmen, schwingen wir uns tollkühn auf einen Trittstein im Fluss – eine flache Scheibe, die unser Gewicht trägt und mühelos über das schäumende Wasser hüpft.

»Sieh dir mal das Ehrengrabmal an!«

»Wie kann jemand nur auf die verrückte Idee kommen, hier ein Denkmal hinzustellen?«

Am Ende der Straße liegt das alte Parlamentsgebäude, in dem jetzt die Galaktische Körperschaft residiert. Ich bestaune Big Ben, den alten Uhrturm, der inzwischen eine Atomuhr birgt. Bis vor wenigen Tagen war die hier angezeigte Erdzeit verbindliche Bezugsgröße für das ganze besiedelte Universum. Danach saugt sich mein Blick an den komplexen Formen und architektonischen Rhythmen von Westminster Palace fest. Hoch über der ursprünglichen, von Webb und Pugin geschaffenen Architektur ragen jetzt glänzende Türme aus Hartglas auf, die den Gesamteindruck völlig verändern.

Die Diensträume des Cheo liegen in der angrenzenden Westminster Abbey, oberhalb der Swimmingpools und privaten Bars. Ganze Zimmerfluchten sind hier mit Bildschirmen und Simulationsgeräten ausgestattet, sodass der Cheo jedes beliebige Ereignis und jede beliebige Person im Universum sehen, hören und körperlich wahrnehmen kann. Eine Überwachungsmaschinerie, die perfekt funktioniert hat – bis jüngst alle Quantenleitstrahlen auf seinen Befehl hin gesprengt wurden.

»Glaubst du, mein Sohn wird sauer auf mich reagieren?«

»Darauf kannst du wetten.«

»Du darfst es mir nicht verübeln, dass ich ihn liebe. Als Baby war er schließlich verdammt niedlich.«

»Babys machen mir Angst.«

»Ich kann das einfach nicht durchziehen, glaube ich.«

»Du musst aber, das ist deine verdammte Pflicht und Schuldigkeit. Man wird dich als Heldin feiern, Lena, und deine Taten in Liedern verewigen.«

»Hoffentlich nicht in irgendwelchen wehleidigen Bluessongs.«

»*Wehleidig?*«

»Du weißt schon, was ich damit meine.«

»Du magst meine Songs also nicht.«

»Sie ziehen mich runter.«

»Das hat der Blues nun mal an sich!«

»Na ja, vielleicht sollte man den Blues dann besser *verdammt deprimierendes Gestöhn* nennen.«

Müsst ihr euch unbedingt so zanken? Bitte hört auf damit.

»Mein Computer fragt, ob wir uns unbedingt so zanken müssen.«

»Sag deinem Computer, er kann mich mal am Arsch lecken.«

»Computer, du kannst Flanagan am Arsch lecken.«

Jetzt bin ich eingeschnappt.

Ach komm, ich hab dich doch wirklich lieb.

Wirklich?

Nein, eigentlich nicht. Konzentrier dich, Blechgehirn. Uns steht ein Kampf bevor.

Am Ende von Whitehall nehmen Sicherheitsleute – Doppelgänger-Roboter – stillschweigend unsere Ankunft zur Kenntnis und übertragen unsere Konterfeis auf den Hauptrechner der Galaktischen Körperschaft, auf das zentrale Gehirn, in das (welch glückliche Fügung) auch mein ferngesteuerter Computer integriert ist. Folglich werden wir als unbedenklich eingestuft und zum Parlamentsplatz durchgelassen, wo wir stehen bleiben und uns umschauen.

Das da ist Winston Churchill.

Weiß ich doch.

Während des Krieges gegen Mitte des zwanzigsten Jahrhunderts war er ein berühmter Staatsmann. Außerdem war er auch Schriftsteller, Künstler und ...

Ist mir alles bekannt! *Einiges* funktioniert noch in meinem Langzeitgedächtnis, wie du wissen solltest. Ich habe Filme über Churchill gesehen. Und mein Großvater war auf Churchills Beerdigung.

»Bist du so weit?«, fragt Flanagan. Über seinem Kopf funkelt ein Glühwürmchen, was ich recht seltsam finde.

»Ja, ich bin so weit.« Wir öffnen unsere Seesäcke. In der Waffenkammer der Raumstation haben wir uns mit Sprengsätzen, Laserkanonen und selbstverständlich auch mit Schwertern eingedeckt. Mit Schwertern deswegen, weil die DR, die den Cheo schützen, Energie absorbieren und jeden direkten Angriff mit Laserkanonen, Sprengsätzen oder Geschossen abwehren können. Sie verleiben sich die Energie solcher Waffen buchstäblich ein. Doch Schwerter bringen ihre Abwehrmechanismen durcheinander. Und wenn man einem DR den Kopf abschlägt, hat er echte Probleme.

»Komm, wir greifen an!«

Ein Elefant brüllt entsetzt auf, als unsere ersten Sprengsätze explodieren. Mit unseren Laserkanonen – so programmiert, dass sie automatisch auf die Waffen der DR zielen – stürmen wir vorwärts. Auf diese Weise können wir schon in den ersten Sekunden unseres Angriffs Dutzende von DR entwaffnen. Als gleich darauf drei DR vor mir her rennen, ziehe ich mein Schwert und trenne ihnen die Köpfe ab.

Flanagan wirft eine Leuchtbombe, die den ganzen Platz in blendendes Licht taucht. Gelenkt von der treuen Stimme in meinem Kopf, rennen wir mit geschlossenen Augen auf Westminster Abbey zu.

Immer geradeaus, Lena, dann links abbiegen. Flanagan, halt dich näher an Lena, lass die Hand auf ihrer Schulter. DR zu eurer Rechten. Achtung, Geschoss. Abtauchen und weiterrennen ...

Nachdem wir den Eingang zur Abbey aufgesprengt haben, stürmen wir mit geschwungenen Schwertern hinein und schlagen so zu, dass ringsum jedes Leben aus den Roboterkörpern weicht. Als ich einen weiteren Angreifer köpfe, merke ich zu meiner Bestürzung, dass Blut aus seinem Körper schießt. Offensichtlich sind wir bis zur menschlichen Verteidigungslinie vorgestoßen, jetzt töten wir Männer und Frauen.

Unsere Roboterkörper sind ungewöhnlich stark und schnell, unsere menschlichen Reflexe durch die Kampferfahrung geschärft und verfeinert. Leichen pflastern unseren Weg, bis wir schließlich zur Treppe der Abbey vordringen, hinaufstürmen und mit den Sprengsätzen und Laserkanonen einen Raum nach dem anderen einnehmen. Es dauert nicht lange, da sind die Marmorböden mit zerstörten Robotern und toten Menschen übersät.

Als wir ins Allerheiligste des Cheo einbrechen, sehen wir, dass er uns mit seinem Gefolge aus Mitgliedern des Direktorats und zahlreichen DR-Leibwächtern bereits erwartet.

»Lena?«, fragt er, als wäre er ehrlich verblüfft. Einen Moment lang empfinde ich so etwas wie Befriedigung. Wir haben ihn überrumpelt, und jetzt ... Doch dann sehe ich einen Ausdruck in seinen Augen, der mir nur allzu vertraut ist: Triumph, vermischt mit Verachtung. Oft genug hat er mich hinters Licht geführt. Er ist derjenige, der die Katze des Nachbarn umgebracht und sie scheibchenweise an die Wiesenratten verfüttert hat. Der es fertigbrachte, einem kleinen Mädchen Hundekot in die Lunchbox zu schmuggeln. Der ein anderes Mädchen vergewaltigte und mir danach überzeugend vorspielte, er sei unschuldig. All das erkenne ich in seinem Blick wieder. *Er wusste, dass wir kommen.*

Als Flanagan das Feuer auf die DR und die Direktoren der Körperschaft eröffnet hat und sie es erwidern, springt und taucht er eiligst aus der Schusslinie. Doch ich, wie gelähmt vor Entsetzen, rühre mich nicht vom Fleck: Mein Sohn ist von einem Kraftfeld umgeben, das mir völlig unbekannt ist. In seinem Umfeld funkelt die Luft und wabert. Sein Gesicht ist wächsern und wirkt wie aus Plastik ... Er ist in die Panzerhaut eines DR geschlüpft. Und diese Kombination aus Panzer und Kraftfeld macht ihn unverwundbar.

Die Zeit bleibt stehen, und ich versinke in einem Sumpf bitterer Reue. Schlimm genug, das eigene Kind zu töten, aber noch viel schlimmer, sich dazu durchzuringen und es dann nicht zu Ende bringen zu können.

Jetzt richtet Peter ein Plasma Gun auf mich. Plötzlich verzerrt sich sein Gesicht vor Wut und Hass. Ich kann's ihm nicht verübeln, dennoch ... stürze ich mich mit dem Schwert auf ihn, um ihn zu töten, ehe er mich töten kann ...

Doch der Angriff scheitert. Als das Kraftfeld den Luftdruck in meiner Umgebung verändert, habe ich das Gefühl, in Teer und Treibsand zu versinken. Gleich darauf hebt Peter das Kraftfeld auf, sodass mich der Plasmastrahl voll trifft und meinen Körper versengt. Das tut so weh, als hätte es meinen menschlichen Körper erwischt.

Flanagan hat alle anderen im Zimmer getötet oder vernichtet; nur wir drei sind noch übrig. Mit verblüffender Geschwindigkeit saust er an mir vorbei, nutzt den winzigen Moment aus, in dem das Kraftfeld aufgehoben und Peter ungeschützt ist, und holt mit dem Schwert aus. Die Klinge ist noch einen Zentimeter von Peters Haut entfernt, als sie in der Bewegung erstarrt und zurückfedert. Flanagan holt erneut aus, doch inzwischen ist das Kraftfeld wieder aktiviert. Sofort macht er den nächsten Versuch, doch die Klinge bleibt in der Luft stehen ... und prallt ab. Flanagan wirbelt das Schwert herum und führt die Klinge dabei so nah an Peters Körper heran, dass es aussieht, als wolle er ihm die Haut abziehen. Doch keiner der Hiebe trifft. Schließlich gibt Flanagan auf. Plötzlich wirkt er alt, besiegt und wie ein Mensch, der sich zum Narren gemacht hat.

Lächelnd bewirft uns Peter mit funkelndem Staub. Die folgende ohrenbetäubende Explosion schleudert uns zu Boden. Jetzt grinst mein Sohn ganz offen. Es ist ihm deutlich anzumerken, wie sehr er die Gelegenheit genießt, seine Überlegenheit zu demonstrieren. »Du böses altes Luder!«, sagt er. Mein Kampfgeist ist gebrochen, deshalb ...

Hol mich hier raus, Blechgehirn!

Das kann ich nicht. Meine Systeme funktionieren nicht mehr.

Was?

»Ja, du verdammte alte Schlampe, jetzt sitzt du in der Falle«, erklärt Peter. »Du kannst weder fliehen noch mich umbringen. Du kannst ...«

Plötzlich hüllt ihn Feuer ein. Direkt vor unseren Augen stirbt mein Sohn, verbrennt zum Skelett. Eine furchtbare, lähmende Stille senkt sich über uns, bis ich meinem Entsetzen schreiend Luft mache.

Gleich darauf werden die Türen aufgerissen: Ein weiteres Heer von Leibwächtern stürmt auf uns los. Wir schlagen zu und töten, schlagen zu und töten, während die Roboter uns mit Laserstrahlen und Geschossen bombardieren. Irgendwann schnappt sich einer von ihnen ein Schwert, und meine Augen verdrehen sich wild in den Höhlen. Er hat mir den Kopf abgetrennt.

»Flanagan«, murmle ich, doch er kann mich nicht hören, und ich kann nicht mehr sprechen.

LENA

Als ich aufwache, stecke ich in meinem menschlichen Körper. Und jetzt geht der Albtraum erst richtig los.

PETER

Ich erinnere mich an den Augenblick meiner Geburt, was unmöglich scheint, ich weiß. Vielleicht ist es eine falsche Erinnerung. Doch ich frage mich stets ... Was, wenn ich in dieser überaus langen Zeit, in der ich als befruchtete Eizelle überwinterte, ein Bewusstsein entwickelt habe? Bewusstsein und Empfindungsvermögen? Und zu denken begann, noch ehe ich geboren wurde?

Ich erinnere mich an Schmerzen und Blut und das zu einem Schrei verzerrte Gesicht meiner Mutter. Und auch daran, wie sie nach ihrer Häutung brüllte und weinte. Die Tränen blieben wie Tautropfen an der Plastikfolie hängen, die die Sehnen und Ligamente ihres hautlosen Körpers umhüllte.

Und ich erinnere mich daran, wie ich sie beim Schlafen beobachtete. Sie schlief wie ein Baby. Ein wunderbarer Anblick. Als sie mit mir zusammen auf der Erde lebte, sahen wir uns oft gemeinsam alte Filme an. Häufig schlief sie dabei ein, unmittelbar neben mir, auf dem Sofa. Und dann nahm ich sie in die Arme und betrachtete sie, während sie pfeifend atmete oder schnarchte. Das waren schöne, zärtliche Momente.

Ich weiß, dass ich etwas Brutales an mir habe, und gebe auch zu, dass ich außerordentlich gewalttätig werden kann. Trotzdem hoffe ich, dass man mich als eine starke Führungspersönlichkeit im Gedächtnis behalten wird. Als einen gerechten Führer. Als einen Mann, der für die Sicherheit der Menschheit sorgte.

Kann aber auch sein, dass ich ewig lebe. Praktisch wäre das möglich.

Als junger Mensch habe ich viel Mist gebaut und Dinge getan, die ich vielleicht besser unterlassen hätte. Doch im Laufe der Jahre habe ich mich zu einem Mann entwickelt, der schier unvorstellbare, gottähnliche Macht besitzt. Daraus erklärt sich, was ich getan habe. Obwohl ich ja eigentlich nichts davon begründen muss. Die Macht rechtfertigt sich selbst. Wenn man nach Macht strebt, auf Macht aus ist, wird das zum bestimmenden Wesenszug. *Niemals zurückblicken, niemals etwas bereuen, niemals ein Weinglas halb voll stehen lassen.* Hätte ich eine Lebensphilosophie, wäre das meine Devise.

Ich fürchte nur eines: den Tod der Seele. Den Verlust der Fähigkeit, das Leben zu genießen. Deshalb gehe ich gern bis zum Äußersten. Vergewaltigung, Folter, Mord – all das gibt meinem Leben Würze.

Ah, jetzt spüre ich sie. Meine Mutter und ihr Pirat sind auf der Erde gelandet. Aber wir sind gewappnet. Ihre Niederlage wird meinem Leben Auftrieb geben.

Sie kommt, um mich zu töten, doch ich vergebe ihr. Wenn sie mich angreift, werde ich sie ein Weilchen necken. Später werde ich das Gehirn meiner Mutter in ihrem Roboterkörper einsperren und ihr mit meiner Macht ein bisschen Angst einjagen, doch letztendlich werde ich sie verschonen. Allerdings wird Flanagan sterben. Sein Gehirn werde ich nicht nur im Roboterkörper einsperren, sondern auch foltern und irgendwann auslöschen, sodass von ihm nur eine leere körperliche Hülle auf irgendeinem weit entfernten Raumschiff zurückbleibt. Aber meine Mutter lasse ich am Leben. Wir werden wieder zusammen sein. Freunde.

Ich warte auf dich, Lena ...

Das genügt. Speicher diese Worte ab und spiel sie mir vor, sobald wir gesiegt haben.

Ja, Cheo.

ALBY

Flanagan isssst mit sssseinem Raumanzug anssss Schiff gegurtet und schwebt durch den Raum. Während ich neben ihm fliege, erzählt er mir von sssseinem Abenteuer und dem grossssen Ssssieg.

In sssseiner Sssseele verbirgt ssssich eine Traurigkeit, die ich nicht ergründen kann. Müsssste er nicht glücklich sssein? Ein Hochgefühl empfinden? Sssseine Traurigkeit verwirrt mich, und diesssse Verwirrung macht mir zu schaffen.

»Wassss liegt dir auf der Sssseele?«, frage ich. Und sssseine Antwort bestürzt mich.

»Wassss soll ich jetzt tun?«, fragt er bitter. »Wassss *jetzt?*«

»Jetzt musssst du dir eine neue Herausssssforderung ssssuchen«, erwidere ich. Doch er ssssieht mich nur ausdrucksssslossss an.

Gleich darauf sterbe ich.

Und erwache wieder zum Leben.

Ich durchsssssiebe die Erinnerungen meinessss letsssssten Bewussssstsssseinssss, dassss man »Alby« nannte, und finde darin viel Freude, Hoffnung und Befriedigung. Doch ich stosssse auch auf etwasss Neuessss: Wanderlusssst.

»Auf Wiederssssehen, Flanagan«, sssage ich und ssssause schneller als jeder Gedanke in den Raum hinaussss. Mein Flammenkörper beschleunigt, bissss Zeit und Raum verschmelzen und aufgehoben ssssind. Und dabei ssssinge ich leisssse vor mich hin:

»What'ssss the matter with the ssssun?
It'ssss done broke down.
What'ssss the matter with the ssssun?
It'ssss done broke down.
Tell me what'ssss the matter with the ssssun?«

ELFTES BUCH

LENA

Die Sterne glänzen in köstlicher Unschuld. Ich bin der erste Mensch, der sich so weit in die Tiefen des Alls vorwagt, in die öde und dennoch beglückende Leere des Raums, in die kein mit Menschen bemanntes Raumschiff je ...

Nein.

Die Sterne glänzen in köstlicher Unschuld. Ich bin der erste Mensch, der sich je hierher gewagt hat. Ich defloriere die ...

Nein.

Ich bin die Erste, die sich hierher wagt, dränge diesem jungfräulichen, nie zuvor erschlossenen Raum meinen Verstand auf ...

Auf keinen Fall!

Wir haben eine lange Reise hinter uns; mittlerweile sind zehn Jahre vergangen. Ich habe eine neue Raumyacht bauen lassen und segle auf den tiefen, unergründlichen, Ehrfurcht gebietenden weiten Ozeanen des Raums in eine Region, die noch kein mit Bewusstsein begabtes menschliches Wesen vor mir wahrgenommen hat. Es kommt mir so vor, als hinterließe ich eine Fußspur in frisch gefallenem Schnee, einen winzigen Abdruck im endlosen Weiß, und markierte damit das Ende der ungezähmten, unschuldigen Natur.

Das ist gut, sehr gut! Lebendig im Ausdruck, und du schließt mit einem hervorragenden Vergleich.

Quatsch. Die Metapher scheppert so, als hätte man fickenden Katzen Konservendosen angehängt. Schmeichle mir nicht, Blechgehirn. Ich hab dir doch gesagt, dass du damit aufhören sollst.

Zufällig gefällt mir diese Metapher aber. Gestehst du mir keine eigene Meinung zu?

Nein.

Na denn.

Ich verbringe viel Zeit mit Nachdenken und Grübeln. Ich glaube, jetzt kann die Erde wieder hoffen. Flanagan hat unseren Mord am Cheo auf Video festgehalten, und wir haben meinem Computer den weltweiten Vertrieb anvertraut. Der Film zeigt den Kampf der Piraten gegen die Diktatur des Cheo von Anfang bis Ende und enthält außerdem eine eindrucksvolle Dokumentation der Gräueltaten des Cheo-Regimes, die wirklich abschreckend wirkt. Ich bin davon überzeugt, dass die Bürger der Erde, sobald sie diesen Film gesehen haben, genügend Informationen haben und genügend Einsicht zeigen, um nächstes Mal eine bessere Wahl zu treffen.

Aber man kann nie wissen ... Immer wieder staune ich über die Bösartigkeit der Spezies Mensch und ihren unmotivierten Drang zur Selbstzerstörung. Warum andere Menschen unterdrücken, wenn wir doch über so viele Ressourcen, so viel Macht, so viel Freiheit verfügen? Warum andere verfolgen? Warum andere schikanieren?

Könnte es daran liegen, dass es einfach Spaß macht?

Meine Stellaryacht segelt endlos lange mit hoher Geschwindigkeit durch bislang nicht kartierte Regionen größtenteils leeren, langweiligen Raums. Derweil sitze ich drinnen und denke über die Vergangenheit nach, die an mir nagt.

Ich grüble.

Mache mir Vorwürfe.

Suhle mich in meinem Kummer.

Selbstverständlich muss ich mich nicht allein auf mein fehlbares menschliches Gedächtnis verlassen. Alles, was ich in den Jahren seit meiner ersten Begegnung mit Flanagan erlebt habe, hat der Computer automatisch aufgezeichnet und abgespeichert. Jedes Bild, jedes Geräusch, jeder Geruch, jeder unhörbare Gedanke: All das ist – sauber geordnet – mit perfektem Surroundton und in 3-D-Technicolor verfügbar und wartet nur darauf, dass ich es aufrufe und meine Vergangenheit erneut durchlebe. Folglich kann ich mich bei meinen Grübeleien auf die lückenlosen, absolut erbarmungslosen Erinnerungen des Computers stützen.

Ich schiebe eine weitere Disk in das neuronale Laufwerk und koste eine Lieblingsszene aus. Jedenfalls hat sie mir früher sehr gefallen, doch inzwischen erfüllt sie mich mit Bitterkeit und Schmerz: Mit hauchdünnen Flügeln und Flanagan an meiner Seite gleite ich über dem Wildwestplaneten durch die Lüfte. Noch einmal stehe ich auf dem Klippenplateau und denke:

Was tue ich hier überhaupt?
(Als ich die Erinnerung nochmals abspule, bin ich bestürzt darüber, welche Unsicherheit in diesem Gedanken zum Ausdruck kommt und wie unbeholfen und naiv ich mich verhalte.)

»Haben Sie Angst?«, fragt er.
(Komm schon, Lena! Zieh eine Schnute und zwing den arroganten Sack mit deiner Verachtung in die Knie!)

»Keineswegs«, erwidere ich.
(O je, fällt dir nichts Besseres ein? Ich spüre, dass du zitterst und dein Puls rast. Bestimmt hat er das auch bemerkt, du gibst ihm eine Steilvorlage. Beruhige dich! Mach *ihn* nervös!)

Ich hab solche Angst, teile ich meinem Computer lautlos mit.
(Lena, du albernes Kind, du verhältst dich wie ein Schwachkopf. Schau Flanagan ins Gesicht. Sieh dir sein leicht

höhnisches Grinsen an. Das Spielchen mit dir beherrscht er genauso gut wie das Gitarrespiel. Kein Wunder, dass er es so einfach fand, dich zu täuschen und zu verarschen. Schon in diesem frühen Stadium sprachen alle Anzeichen dafür, dass er dich reinlegen wollte. Wie konntest du nur so verdammt schwer von Begriff sein?!)

Dir wird schon nichts passieren, beruhigt mich mein Computer.
(Das tröstet dich, Lena, wie? Du hast die blöde Maschine darauf programmiert, dir den Rücken zu stärken, wenn du unsicher bist, stimmt's? Warum hast du ihr stattdessen nicht befohlen, dich vor Gefahren zu warnen?!)

Nein, ich werde nur abstürzen, mir jeden Knochen im Leib brechen und vor Schmerzen ausrasten, denke ich hysterisch. (Und ich bin mir ziemlich sicher, dass das deinem Gesicht auch anzusehen ist. Nie darfst du Angst zeigen, Lena. Nie Schwäche zeigen, nie Gefühle offenbaren. *So* muss man mit Männern umgehen. Weißt du wirklich so wenig?)

Du stürzt nicht ab, sagt mein Computer. (Halt die Klappe, Computer!)
Nun ja, auszuschließen ist es nicht, denke ich. (Hör nicht auf die Stimmen in deinem Kopf, achte lieber auf *ihn!* Er sieht dich auf ziemlich seltsame Weise an; er weiß, dass du mit dir selbst redest, Lena! In seinen Augen bist du eine Verrückte, die Selbstgespräche führt!)

»Legen Sie die Gurte an«, fordert Flanagan mich auf.
(Da kannst du mal sehen, wie autoritär er sich verhält. Er tut so, als hätte er dich nicht bei Selbstgesprächen ertappt, doch das ist nur Teil seines Täuschungsmanövers. Dieser

ganze Ausflug zielt darauf ab, dich weichzuklopfen. Er will dich dazu bringen, dass du dich in ihn verliebst und dich seinem Willen beugst.)

Ich schnalle mir die seltsame Flugmontur um. Die Flügel sind weich und dehnbar, sie bestehen aus irgendeinem Plastik- oder PVC-Material, das zwar fein, aber verblüffend zäh ist.
(Ich hab's dir doch gesagt! Es ist nur ein verdammtes Sexspielchen. Es macht dich geil, stimmt's? Lüg nicht, ich kann's spüren. Ich spüre, wie deine Hormone verrückt spielen und deine Vagina feucht wird. PVC, die nackte Klippe, der gebieterische Mann, der Traum vom Fliegen – ein berauschendes Gemisch. Mein Gott, der Mann ist wirklich gut.)

»Wenn Sie auf diesen Knopf drücken, fallen die Flügel ab, und der Fallschirm bringt Sie sicher zum Boden«, sagt er.
(Jetzt fasst Flanagan dich an, um dir die Ausrüstung vorzuführen. Sein Finger streicht über deine Brust, bleibt aber nicht dort liegen ...)

Ich nicke nur, denn meine Lippen sind wie ausgetrocknet.
(Ich schäme mich für dich, Lena. Inzwischen hättest du eine Möglichkeit finden müssen, das Blatt zu deinen Gunsten zu wenden.)

»Falls ich dabei draufgehe, bekommen Sie kein Lösegeld«, bringe ich irgendwie heraus.
(Nicht schlecht. Zumindest versuchst du's jetzt.)

»Na, dann sterben Sie besser nicht«, erwidert er.
(Oh, ich spüre, wie du damals vor Liebe erschauert bist. Das war der Zeitpunkt, an dem du das Spiel verloren hattest. Der Moment, in dem *alles verloren* war.)

Genau wie Flanagan rolle ich die Schultern und zucke mit den Achseln, um ein Gefühl für die Flügel zu bekommen. Danach gehen wir zusammen zum Rand der Klippe.

Und springen.

Auf die starken thermalen Winde ist Verlass. Die Schwerkraft ist gering, die Atmosphäre dicht, die Flugmontur federleicht. Sofort erfasst mich ein Aufwind und trägt mich hoch hinauf, in den Himmel empor, während mein Körper sich krümmt und aufbäumt und ich die Beine angestrengt gerade halte. Der Wind zerrt an meinem Brustkorb und quetscht ihn zusammen, aber ich fliege ...

... hinauf

... hinauf

... hinauf

... hinauf

Ich fliege ... hinauf

Das Hochgefühl überwältigt mich. Unter mir breitet sich ein ganzer Planet aus. Ich spüre jede Böe, jede Luftströmung, folge Flanagan, lege den Körper schräg und sause

H

I

N

A

B

H

I

N

A

B

H

I

N

A

B

(Oh, wie schön das ist, wie sehr ich das genieße! Diese Erinnerung liebe ich. Gemeinsam mit Flanagan fliege ich über die kahlen Felsen dieses Wildwestplaneten, während der Wind mich durchrüttelt. Ich bin am Leben, bin etwas ganz Besonderes, bin mit *ihm* zusammen!)

Hier endet die Aufzeichnung. Ich schwelge in meiner Erinnerung an den Flanagan mit der zerknitterten Haut, der lacht, der weise und freundlich ist. Schwelge in der Erinnerung an die Freude, die ich empfand, als ich von der Klippe abhob, begleitet von einem Mann, den ich ... liebte?

Aber habe ich ihn wirklich geliebt? Ich bin mir nicht mehr sicher. Ich schiebe eine andere Disk ins Laufwerk, die Flanagan und mich beim Sex zeigt. Ich sehe sein gegerbtes, sonnenverbranntes, von Falten durchzogenes Gesicht nahe an meinem, spüre meinen Orgasmus und Wellen von ... was? Abscheu? Liebe? Hass? Ist das überhaupt noch auseinanderzuhalten?

Eine weitere Disk: Ich bin wieder auf der Erde und mit meinem Sohn zusammen. Wir machen Ferien an einer karibischen Küste und schwimmen gerade. Wie schön er aussieht, als er mich mit Wasser bespritzt. Plötzlich packt mich blinde Liebe und gleich darauf Selbsthass.

Ich spule zurück und lasse die Szene nochmals ablaufen. *Innige Liebe zu meinem Sohn – Selbsthass. Innige Liebe zu meinem Sohn – Selbsthass. Innige Liebe zu meinem Sohn ...*

Ich schalte das neuronale Laufwerk aus, dennoch kommen weitere Erinnerungen hoch:

Peter als Baby, nackt mit mir in der Badewanne. Peter, der einen Tobsuchtsanfall hat. Peter mit sechs Jahren, nachdem er sich verlaufen hat und ich ihn ausgeschimpft habe. Der neunjährige Peter, dem jemand einen schrecklichen Haarschnitt verpasst hat. Peter, der Fußball spielt. Peter, der zornig auf mich ist, weil ich ihn nicht genügend beachtet habe. Peters

Blick, als ich ihn der Vergewaltigung bezichtige. Peters Gesichtsausdruck an dem Tag, als er mich verlässt und zu den Sternen aufbricht. Peter mit nacktem, glänzendem Oberkörper im Meer. (Bei diesem Anblick krampft sich mein Herz vor Liebe zusammen.) *Peter wieder als Baby, schläfrig und satt von Milch. Unzählige Peters, die miteinander verschmelzen und vor meinen Augen verschwimmen.*

Dazu brauche ich meine Disks gar nicht; ich kann jede Erinnerung mit einem einzigen Wimpernschlag aufrufen, denn Peter ist fest in meiner Seele verankert. Trotz all seiner Fehler, trotz all seiner schrecklichen Verbrechen war er ein Teil von mir, wichtiger als meine Fingernägel, mein Haar, die Haut auf meinen Füßen. Selbst jetzt noch wird mir vor reiner, überwältigender Liebe und Sehnsucht die Kehle eng, wenn ich an ihn denke.

Inzwischen haben mich die Angstgefühle so gepackt, dass ich zittere. Nochmals lasse ich das Band vom Urlaub in der Karibik laufen.

Der stechende Schmerz der Liebe, als ich erkenne, dass mein Kind zu einem Mann herangewachsen ist. Meine Gefühle für ihn sind so tief, dass ich darin versinke. Ich ertrinke in meiner Liebe zu ihm.
Wieder und wieder.
Wieder und wieder.
Wieder und wieder.
Wieder und wieder.
Wieder und wieder.
Wieder und wieder.
Wieder und wieder.

Manchmal lasse ich dieses Band tagelang laufen. Wie besessen. Flanagan hat mich oft dafür kritisiert, dass ich auf die Erinnerungsbänder zurückgreife. Er sagte, es sei besser, stets nach vorn zu blicken.

Eine weitere Disk: der Tag, an dem Flanagan und ich auszogen, meinen Sohn zu töten.

Ich stürze mich mit dem Schwert auf ihn. Doch der Angriff scheitert. Als das Kraftfeld den Luftdruck in meiner Umgebung verändert, habe ich das Gefühl, in Teer und Treibsand zu versinken. Gleich darauf hebt Peter das Kraftfeld auf, sodass mich der Plasmastrahl voll trifft und meinen Körper versengt. Das tut so weh, als hätte es meinen menschlichen Körper erwischt.

Mit verblüffender Geschwindigkeit saust Flanagan an mir vorbei, nutzt den winzigen Moment aus, in dem das Kraftfeld aufgehoben und Peter ungeschützt ist, und holt mit dem Schwert aus. Die Klinge ist noch einen Zentimeter von Peters Haut entfernt, als sie plötzlich in der Bewegung erstarrt und zurückfedert. Flanagan holt erneut aus, doch inzwischen ist das Kraftfeld wieder aktiviert. Sofort macht er den nächsten Versuch, doch die Klinge bleibt in der Luft stehen ... und prallt ab. Flanagan wirbelt das Schwert herum und führt die Klinge dabei so nah an Peters Körper heran, dass es so aussieht, als wolle er ihm die Haut abziehen. Doch keiner der Hiebe trifft. Schließlich gibt Flanagan auf. Plötzlich wirkt er alt, besiegt und wie ein Mensch, der sich zum Narren gemacht hat.

Lächelnd bewirft uns Peter mit funkelndem Staub. Die folgende ohrenbetäubende Explosion schleudert uns zu Boden. Jetzt grinst mein Sohn ganz offen. Es ist ihm deutlich anzumerken, wie sehr er die Gelegenheit genießt, seine Überlegenheit zu demonstrieren. »Du böses altes Luder!«, sagt er. Mein Kampfgeist ist gebrochen. »Du kannst mich nicht umbringen«, prahlt er. »Du kannst es nicht ...«

Plötzlich hüllt ihn Feuer ein, und er verbrennt vor unseren Augen zum Skelett.

Als mein Sohn vor meinen Augen stirbt, heule ich vor Entsetzen auf.

Ich spule zurück, gehe zu dem Moment vor fünf Sekunden, als das Gerät aufgezeichnet hat, wie ich mir den Tod meines Sohnes auf Band ansehe.

Lächelnd bewirft uns Peter mit funkelndem Staub. Die folgende ohrenbetäubende Explosion schleudert uns zu Boden. Jetzt grinst mein Sohn ganz offen. Es ist ihm deutlich anzumerken, wie sehr er die Gelegenheit genießt, die eigene Überlegenheit zu demonstrieren. »Du böses altes Luder!«, sagt er. Mein Kampfgeist ist gebrochen. »Du kannst mich nicht umbringen«, prahlt er. »Du kannst es nicht ...«

Plötzlich hüllt ihn Feuer ein, und er verbrennt vor unseren Augen zum Skelett.

Und dann lasse ich mir vorführen, wie ich auf das Video-Playback seines Todes reagiert habe.

Als mein Sohn vor meinen Augen stirbt, heule ich vor Entsetzen auf.

Erneut spule ich das Band vom Tode meines Sohnes ab und danach die Aufzeichnung meines entsetzten Geheuls. Und diesmal fahre ich damit fort, dass ich mir ansehe, wie ich den Moment empfand, als ich mich selbst vor Entsetzen aufheulen sah. Ich vollziehe nach, was ich selbst fühlte, als ich dieses Entsetzen empfand. Und dann ...

Hör auf damit, Lena.

Ich versuche zurückzuspulen, doch es tut sich nichts. Das Laufwerk ist ausgeschaltet. Wütend drücke ich auf die Einschalttaste.

Mach es wieder an!, befehle ich meinem Computer voller Zorn. Doch der Computer reagiert nicht. Netzausfall. Ich kann meine Erinnerungen nicht mehr aufrufen und keine neuen Erinnerungen aufzeichnen lassen. Sitze in der Gegenwart fest, in meiner Trauer.

Mein Sohn verbrennt ... Als diese Erinnerung ungewollt wieder hochkommt, schluchze ich so heftig auf, dass mein ganzer Körper bebt. Zwar wollen keine Tränen fließen, doch ich heule und schreie vor Kummer. Ich habe keinen Zugang mehr zum neuronalen Laufwerk, zu meinen Erinnerungen, deshalb bleibt mir nichts anderes übrig, als mich von den Wogen des Schmerzes, der Trauer und Selbstanklagen mitreißen zu lassen. Ich weiß, er war ein Mistkerl und Monster, aber er hat an meiner Brust gesaugt, bekam rote Bäckchen, wenn er meine nahrhafte Milch genoss. Gleich nachdem mein Schoß ihn gebar, habe ich seinen nackten Körper gebadet. Ich war es, die ihm sein erstes Lachen entlockt hat. Er fand mich wunderbar, liebte mich, hielt mich für unfehlbar, und jetzt ist er tot, und ich war es, die ihn getötet hat ...

Erneut drücke ich auf die Taste, doch das Gerät funktioniert nicht. Keine Stimmen mehr in meinem Kopf. Nur ich. Allein mit mir selbst.

Wie konnte ich das tun?

Allein mit mir selbst.

Allein mit mir selbst! Eine Mutter, die ihren eigenen Sohn ermordet hat ...

Allein mit mir selbst.

Lass deine Trauer ruhig heraus, Lena, das ist ganz normal.

Ich heule wie ein Hund, bis meine Lungen raspeln und mein Kiefer schmerzt. Einige Sekunden lang überlasse ich mich dieser köstlichen Qual und schalte alles andere aus.

Doch dann kehrt diese entsetzliche Selbstwahrnehmung zurück. Ob ich will oder nicht, gerate ich erneut in die ewig gleiche Mühle von Selbstbefragungen, Selbstanalysen und Zweifeln. Und ich fürchte, das wird endlos so weitergehen.

Später esse ich etwas. Die Mahlzeit, Steak in Madeirasoße, bereite ich selbst zu, was mir ausgezeichnet gelingt. Dazu gibt es drei Flaschen süffigen Rotwein. Allerdings verbrenne ich mich, als ich das Steak auf den Teller lege, und muss meine Hand in die MedBox stecken, ehe ich essen kann. Doch sie heilt schnell. Danach genieße ich das zarte blutige Fleisch des erstklassigen Lendensteaks und den üppigen, betörenden Geschmack von Trüffeln und Austern in der Soße. Während des Essens lasse ich Bachs Violinsonate in g-Moll in meinem inneren Ohr ablaufen und bediene mich großzügig am Wein: Ich leere alle drei Flaschen, eine mehr, als ich mir normalerweise genehmige. Am Ende der Mahlzeit bin ich so betrunken, dass sich alles ringsum dreht. Ich überlege, ob ich den Finger in den Hals stecken soll, doch dann schalten sich die Filter in meinem Gehirn ein, und ich bin wieder halbwegs nüchtern. Nur noch angenehm beschwipst.

Als Dessert esse ich Crème brulée mit Trockenaprikosen, gefolgt von Petits Fours, und trinke dazu türkischen Cognac. Krönender Abschluss sind einige dieser wunderbaren glitschigen Schokoladen, die biotechnologisch so präpariert sind, dass sie vom Teller rutschen und am Tischbein entlang in die Freiheit flüchten, wenn man sie nicht schnell genug in sich hineinstopft. Selbstverständlich lasse ich ihnen dazu keine Chance – bei mir gibt es kein Entkommen!

Nach dem Essen denke ich über die Flammengeschöpfe, über ihr seltsames, einsames Leben und ihr gnadenloses Interesse an den Verrücktheiten der Menschheit nach. Albys

Spezies hat einen Zustand der Stasis erreicht. Und des Friedens. Doch genau deswegen sind ihre Lebensgeister geschwunden. Die Flammengeschöpfe sind zu kosmischen Voyeuren verkümmert, die sich von der Spezies Mensch das Leben vorleben lassen, das sie selbst nicht führen können. Trotz all der Mängel, mit denen die Menschheit behaftet ist, haben wir zumindest noch nicht diesen freudlosen Zustand erreicht, in dem man zwar am Leben ist, aber nicht weiß, ob das Leben sich überhaupt lohnt.

Doch seitdem die Flammengeschöpfe die Menschen entdeckt haben, ist neuer Schwung in ihr Leben gekommen. Von uns inspiriert, ist ihre Kultur wieder aufgeblüht. Sie haben unsere Kunstformen kopiert und sich eingehend mit unserer Lebensweise befasst. Vor allem aber sind sie inzwischen süchtig nach unseren Fernsehserien und nach unseren politischen Krisen und Kriegen. Wir haben dazu beigetragen, eine Spezies von Superhirnen in begeisterte Zuschauer des Reality-TV zu verwandeln. Aber in Wirklichkeit liefern *wir*, die Menschheit, ihnen die Show.

Als ich über all das nachgrüble, frage ich mich unwillkürlich: Was wird jetzt, da die Erde befreit ist, mit den Flammengeschöpfen geschehen? Wird jetzt, nach dem Ende von Tyrannei und Unterdrückung, ihr Interesse an uns schwinden? Werden wir ihre Gönnerschaft, ihr Wohlwollen verlieren?

Ich denke noch ein bisschen gründlicher nach. Alby hat mich stets vor ein Rätsel gestellt und eingeschüchtert. Doch in der gegenwärtigen Situation, in der ich viel Freizeit genieße und uneingeschränkten Zugang zu den Erinnerungen an unsere gemeinsame Zeit habe, werde ich allmählich besser schlau aus ihm. Mir wird klar, dass er einen skurrilen Humor besaß und über Flanagans geheime Strategie bestens informiert war. Außerdem hat er, wie ich jetzt merke, beim abschließenden Höhepunkt unseres Kampfes eine viel größere Rolle gespielt, als Flanagan je aufgegangen ist.

Denn an jenem Tag sah ich im Parlamentsgebäude ein Licht aufflackern und hielt es für ein Glühwürmchen. Aber in London? Und bei Tag? Und später verbrannte der Cheo trotz seines Kraftfelds und trotz seines Körperpanzers vor unseren Augen. Es bedarf der Lichtstärke von tausend Sternen, um einen menschlichen Körper trotz dieses doppelten Schutzes in Brand zu setzen; dennoch ist es geschehen.

Dieses Licht war Alby. Er ist die ganze Zeit bei uns gewesen und hat alles beobachtet.

Schon an sich ist das eine sehr unheimliche Vorstellung. Doch die Geschichte wird sogar noch unheimlicher, wenn man gründlicher darüber nachdenkt. Und jetzt, nach zehn ewig langen Jahren des Grübelns, ist es die unheimlichste Geschichte, die ich mir überhaupt vorstellen kann. Inzwischen ist mir nämlich klar geworden, dass Albys Anwesenheit bei unserer letzten Schlacht auf der Erde eine bestimmte Fähigkeit voraussetzt: Alby kann schneller als das Licht reisen. Nur so war es ihm möglich, sich ohne jeden Zeitverzug durch den Raum zu bewegen. Da aber nichts schneller als das Licht reisen kann, heißt das: Alby schafft es irgendwie, Quantenzustände zu manipulieren. Das wiederum bedeutet, dass er gar keinen Quantenleitstrahl benötigt; seine Spezies ist von Natur aus quantisiert und kann durch Risse in der Realität schlüpfen. Und basierend auf den äußerst strengen mathematischen Gesetzen, die die »Veränderung von Quantenzuständen aus der Ferne« regeln, kann ich daraus ableiten …

… dass die Flammengeschöpfe schon in einem sehr frühen Entwicklungsstadium des Universums quantenverschränkt gewesen sein müssen. Anders ausgedrückt: Vor der Expansion des Universums muss es einen Zeitpunkt gegeben haben, an dem alle Flammengeschöpfe als eine einzige, in sich geschlossene Entität existiert haben. Folglich muss das erste empfindungsbegabte Flammengeschöpf bereits im Geburtsmoment der ursprünglichen Singularität entstanden sein, aus der sich das Universum entwickelte. Nach dem Urknall verteilten die Flammengeschöpfe sich auf jeden Sektor des expandierenden Kosmos. Und heute, zahllose Millionen Jahre später, sind diese Wesen auf einer grundlegenden Quantenebene, einem bestimmten Energieniveau, immer noch miteinander verschränkt. Sie können überallhin gelangen, können in einem Teil des Universums sterben und irgendwo anders unverzüglich wiederauferstehen. Man muss sich klarmachen, was das in Wirklichkeit bedeutet: Die Flammengeschöpfe stellen nicht nur eine sehr, sehr alte Spezies dar, sondern die *erste* Spezies überhaupt, falls ich recht habe. Sie sind keine Gottheiten – weit davon entfernt –, sondern entstanden im Prozess der emergenten Selbstorganisation, den auch jede andere belebte oder unbelebte Entität durchlaufen hat. Doch in der Frühzeit des Universums waren sie dessen Substanz. *»Und Gott sprach: Es werde Licht! Und es ward Licht.«* Und dieses Licht war *intelligent*.

Ich empfinde Ehrfurcht und Demut: Die Flammengeschöpfe leben schon so lange, das sie alles gesehen haben, was man überhaupt sehen kann. Sie sind oder waren in jedem vorstellbaren Teil des Universums angesiedelt.

Und trotzdem besteht ihr größtes Vergnügen darin, sich unsere *Fernsehshows* reinzuziehen?

O je! Plötzlich kommen mir Ehrfurcht und Demut abhanden. Außerdem haben sie uns auch angelogen. Die ganze Zeit über haben die Flammengeschöpfe so getan, als konzentrierten sie sich auf einem einzigen Stern, doch in Wirklichkeit sind sie überall. Sie sind die wahren Eroberer des Universums. Wenn sie wollten, könnten sie sich die Menschheit als Sklavenrasse halten. Aber was hätten sie davon? Würden wir Menschen Ameisen, Käfer oder Regenwürmer

»versklaven«? Wir leben nur deshalb immer noch in Freiheit, weil die Flammengeschöpfe uns als zu unwichtig betrachten.

Allerdings amüsieren sie sich über uns. Ihnen gefallen unsere Gewalttätigkeit und Unzuverlässigkeit. Gern schauen sie dabei zu, wie wir einander ermorden, foltern, vergewaltigen und verstümmeln. Aus all dem und aus unseren TV-Soaps ziehen sie ihr Vergnügen.

Mir fallen die wilden, leidenschaftlichen Nächte mit Flanagan ein und das Licht, das über unserem Bett flackerte. *Das flackernde Licht.* Wer hätte gedacht, dass Flammengeschöpfe so verdammt pervers sein können? Mir läuft ein Schauer über den Rücken. Ich frage mich, was der Rest der Menschheit wohl tun würde, wenn allgemein bekannt wäre, was ich jetzt weiß. Würden die Leute in Verzweiflung versinken? Würde es das Selbstvertrauen der Spezies Mensch erschüttern? Besser, dieses Risiko gar nicht erst einzugehen.

Und deshalb, mein loyaler Computer, muss das für immer unser Geheimnis bleiben, wenn du damit einverstanden bist.

Einverstanden.

Hast du das schon die ganze Zeit gewusst?

Selbstverständlich.

Scheiße. Du bist wirklich ein grässlicher Besserwisser. Manchmal hasse ich dich.

Das ist mir nicht entgangen.

Ich versuche mir selbst die Bluesgitarre beizubringen und finde es ärgerlich einfach. Vier Takte lang ein Grundakkord, danach zwei Takte lang ein Akkord auf der vierten Stufe, gefolgt von zwei Takten fünfte Stufe, dann vier Takte lang zurück zum Grundakkord. Mein Gott! Musik für Schwachköpfe.

Stattdessen übe ich lieber Tonleitern, härte meine Fingerspitzen mit Keratincreme und bin nach einem Jahr so weit, dass ich einigermaßen gut Flamenco spielen kann. Mich faszinieren und betören die Rhythmen, und ich spüre eine starke Affinität zum Geist des *Duende*, der diesen Stil geprägt hat. Stundenlang nehme ich Material auf und spiele es mir vor, während ich mich entkleide und langsam einen engen Tanga und ein knallrotes spanisches Kleid anziehe, das einen Großteil meines üppigen Busens frei lässt. Und dann bewege ich mich tanzend und stampfend durch die Schrittfolgen des Flamenco.

Später gehe ich dazu über, mich wie ein Stierkämpfer auszustatten, mit eng anliegenden Hosen und einem scharfen *Picador*-Degen. Während ich durchs Zimmer stolziere, lasse ich ein 3-D-Hologramm laufen, das zeigt, wie ich zum Klang der akustischen Gitarre, die ich selbst spiele, Flamenco tanze. Während meine Füße stampfen und die Finger die Gitarrensaiten anschlagen, lasse ich den Degen schwirren und zerschneide die Luft.

Doch dann verliert auch das seinen Reiz, und ich schleudere die Gitarre in den Raum hinaus. Stattdessen bringe ich mir Schach bei, doch da das Spiel mich nervt, entwerfe ich neuere, bessere Regeln. Beispielsweise ersetze ich all die langweiligen Bauern durch Figuren mit klar definierten Funktionen und Zugoptionen – den Dieb, die Hure, den Boss, den Schlägertyp, das Opfer und so weiter. Anschließend erfinde ich auch neue Regeln für die Dame und den König: Ihre Macht hängt jetzt davon ab, wie gut sie ihr jeweiliges Reich regieren.

Der Entwurf der neuen Spielregeln erweist sich als angenehmer Zeitvertreib. Irgendwann beschließe ich, mein neues

Spiel patentieren zu lassen und die Einzelheiten über das universelle Netz an das Galaktische Patentamt zu schicken. Doch dann fällt mir ein, dass das ein Ding der Unmöglichkeit ist, denn seit der Zerstörung aller Quantenleitstrahlen existiert das universelle Netz ja nicht mehr, und das Galaktische Patentamt hat seine Arbeit eingestellt.

Selbstverständlich könnte ich meinen ferngesteuerten Computer dazu benutzen, das für die Erde zuständige Patentamt von meinem Aufenthaltsort im tiefen Raum aus zu kontaktieren. Doch damit würde ich enthüllen, dass ich die Hüterin des letzten noch existierenden Quantenleitstrahls bin ... Und das würde mich in Gefahr bringen, und/oder ich würde meine Computerverbindung womöglich verlieren. Also werde ich davon absehen.

All das führt dazu, dass ich mich irgendwann wirklich orientierungslos und frustriert fühle. Zum Trost kreiere ich eine neue Art Kuchen, dessen Teig sich hebt, während man ihn isst. Währenddessen segelt meine Yacht tiefer und tiefer in den unkartierten Raum hinein, und es ist kein Ende abzusehen. Mir fällt die letzte Liebesnacht mit Flanagan ein. Wir ... Wir ... Ich kann mich nicht mehr genau daran erinnern. Es war ... Es war ...

Stimmlos gebe ich meinem Computer die Stichwörter für diese Erinnerung ein (*Flanagan; die letzte gemeinsame Nacht, vom Essen bis zum Schluss*) und drücke auf die PLAY-Taste des neuronalen Laufwerks. Gleich darauf erzeugt die Disk ein genaues Abbild von all dem, was an jenem Abend beim Essen und danach geschehen ist ...

Ich esse Wild, Flanagan ein vegetarisches Steak. Ich trinke Wein, er Bier. Als er nach einem besonders großen Schluck aufstößt, merke ich, wie der alkoholische Geruch seines Atems in der Luft zwischen uns hängen bleibt. Wenigstens hat er den Anstand, eine peinlich berührte Miene zu ziehen.

Beide sind wir überdreht und seelisch erschüttert. Alle früheren Konflikte und Differenzen zwischen uns sind nach unserer virtuellen Reise zur Erde vergessen. Miteinander haben wir das seltsamste Abenteuer erlebt, das man sich vorstellen kann, und können eigentlich gar nicht fassen, dass wir am Ende gesiegt haben. Mit der Zeit lockert sich unsere Stimmung, wird romantisch, dann erotisch. Doch Flanagan ist auf der Hut. Ich glaube, er hat Angst, dass ich wieder mein Sex-und-Tod-Spielchen mit ihm treiben will. Dabei ist mir gar nicht danach.

Nach dem Hauptgang füttern wir einander mit Pudding. Danach ruhen wir uns ein Weilchen aus. Später küssen wir uns, ziehen uns aus, und ich streichle ihn, bis er erregt ist. Als er auf die ihm eigene wunderbare Weise meine Haut berührt, vibriert mein Körper vor Lust. Beim Liebesspiel lässt er sich stets Zeit, geht aber nie routinemäßig vor. Er küsst meine Armbeugen, erst die eine, dann die andere, und als sein Rhythmus schneller wird, genauso behutsam meine Wangen, erst die eine, dann die andere, immer abwechselnd. Und damit fährt er fort, während er mich mit einer Kraft fickt, die mich beglückt und heftig erregt. Später, als wir ineinander verschlungen daliegen, reden wir.

»Hast du das eigentlich für witzig gehalten?«

»Was?«

»Die Sache auf der Erde. Den Fünf-Zentimeter-Schwanz.«

»Ah.«

»Du Aas!«

»Ich dachte, ein zusätzlicher Zentimeter könnte dir gefallen.«

»Das hat er, vielen Dank auch.«

»Gern geschehen.«

»Eigentlich bist du ja doch nicht so ein schlimmes Aas.«

»Was weißt du schon, alter Barbar?«

Und dann, immer noch lächelnd, schläft er ein.

(Ich spule zurück.) Und dann, immer noch lächelnd, schläft er ein.

(Ich spule zurück.) Und dann, immer noch lächelnd, schläft er ein.

(Ich spule zurück.) Und dann, immer noch lächelnd, schläft er ein.

Und ich schleiche mich aus der Kabine, packe meine Habseligkeiten zusammen, gebe den Code für den Frachtraum ein, aktiviere die Rettungskapsel für den Notausstieg und schieße in den offenen Raum hinaus.

Mein Computer brauchte drei Monate, um meine alte Stellaryacht nachzubauen. Er benutzte Nanobots dazu, den Schiffsrumpf aus den uns zugänglichen Grundstoffen im Raum zu modellieren. Während dieser Zeit erhielt ich über den Funkempfänger in meinem Ohr häufig Botschaften von Flanagan, doch ich beachtete sie nicht. Als die Yacht fertig war, verließ ich die Rettungskapsel, stellte mich auf die Brücke meines geliebten Schiffs, nahm Kurs auf die nächste Sonne, ließ den Stellarwind meine Segel blähen und raste in den Kosmos hinaus.

Inzwischen bin ich viele Lichtjahre gereist. Nach all dem, was passiert ist, war und bin ich froh, wieder allein zu sein. Ich komponiere, schreibe Gedichte, überarbeite und ergänze meine Lebenserinnerungen. Meistens bin ich traurig.

Doch mein Stolz ließ nicht zu, die ganze Schande weiter zu ertragen. Flanagan hat mich in jeder Phase unseres Abenteuers hinters Licht geführt – selbst am Ende noch. Er hat genauso mit mir gespielt, wie ich stets mit anderen gespielt habe, hat mich zur Marionette gemacht. Und wozu? Der Menschheit zuliebe. Na ja, schön und gut, er hatte ehrenvolle Motive. Aber die Demütigung nagt immer noch an mir. Und ich kann einfach nicht vergessen, dass er mich dazu zwang, verlockte, verführte, meinen eigenen Sohn umzubringen ...

... Ich habe meinen eigenen ...

Was bin ich nur für eine Mutter?

Deshalb bin ich geflüchtet. Unabhängig von meinen Gefühlen für Flanagan, trotz meiner Liebe zu ihm, trotz meiner Leidenschaft und Sehnsucht bewahre ich mir lieber meinen Stolz und bleibe allein, als in dem Wissen mit ihm zusammen zu sein, dass er mich zu einer ... einer ...

Du bist nicht allein.

... einer ... Wie heißt das Wort, nach dem ich suche?

Unwichtig. Ich habe gesagt, du bist nicht allein.

Verzieh dich, Blechgehirn.

Dann mach doch, was du willst.

Das tue ich immer.

Tiefer und tiefer segle ich in den Raum hinein, weg von den besiedelten Planeten, auf das große Unbekannte zu – ein Schritt in jungfräuliches ... in jungfräuliches ...

»Ach, Scheiße«, sage ich laut und durchbreche damit die Stille, die sonst auf der Brücke herrscht. Erst jetzt fällt mir auf, wie fremd mir inzwischen der Ton einer wirklichen menschlichen Stimme in der normalen Akustik meines Schiffs vorkommt. Alle Stimmen, die ich sonst höre, sind Stimmen der Erinnerung oder Stimmen in meinem Kopf. Ich bin nicht mehr daran gewöhnt, dass ...

Du gibst dich freien Assoziationen hin, Lena. Versuch dich zu konzentrieren.

Stimmt, tut mir leid, teile ich meinem Computer stimmlos mit. Dann schimpfe ich mit mir selbst. Tut mir leid? Was hab ich mir dabei gedacht? Ich hab es doch gar nicht nötig, mich bei einem ...

Ich konzentriere mich wieder voll auf die gegenwärtige Realität. Ich bin Lena, befinde mich auf einer Stellaryacht und reise durch bislang nicht kartierte Raumregionen. Ja, so weit alles klar.

Gleich darauf entdecke ich einen Punkt auf meinem Bildschirm, der größer und größer wird, bis ich ein Symbol auf dem Schiffsrumpf ausmachen kann: einen Totenkopf mit gekreuzten Knochen.

O nein!

Das Piratenwappen.

Ich wusste es!

Selbstverständlich hast du's gewusst.

Ist das Flanagan?

Darauf kannst du wetten.

Komm, wir hängen ihn ab.

Das ist nicht so einfach. Er hat einen supermodernen Ionenantrieb, und wir sind weit vom nächsten Stern entfernt.

Dann bombardieren wir ihn eben.

Ich feuere vom Schiffsheck aus zwei Torpedos ab, die bei ihrer Explosion den Raum in Licht tauchen und Raumschutt wegsprengen. Gleich darauf kracht die Druckwelle in mein Stellarsegel, sodass die Yacht vorwärtsschießt, einen Sprung tut und wegen der hohen Geschwindigkeit vibriert. Derweil braust Flanagans Schiff mit Volldampf voraus durch den versprengten Raumschutt.

Er schickt uns eine Videobotschaft.

Nicht darauf achten, weiter beschleunigen!

Das mache ich bereits, er bleibt hinter uns zurück.

Er hat auf achtzig Prozent Lichtgeschwindigkeit beschleunigt, doch wir kreuzen mit dem angenehmen Tempo von neunzig Prozent LG dahin. Ja, so ist das, wenn man stolze Besitzerin der raffiniertesten Stellaryacht im ganzen besiedelten Universum ist! Wir segeln, sausen, schleudern durch den Raum.

Plötzlich überwältigen mich mehrere Erinnerungen, die nicht elektronisch gespeicherte Reproduktionen meiner sinnlichen Erfahrungen und stimmlosen Gespräche sind. Ich greife dabei nicht auf meinen Computer zurück, spule nichts auf dem neuronalen Laufwerk ab. Nein, das hier sind reale Erinnerungen, meine eigenen Erinnerungen, Bilder aus dem tiefen dunklen Teich des Unbewussten, und sie springen mich ungerufen, aufreizend, drängend, verlockend an:

Flanagan, wie er mit blutrünstigem Blick den Handelskapitän enthauptet, während ich entsetzt zusehe.

Flanagan, wie er in der Halle der Piraten sein Lied vorträgt.

Flanagan, wie er auf dem Planeten Cambria kämpft.

Flanagan, wie er nach dem Sex mit mir mit zerzaustem Bart und zerknautschtem, faltigem Gesicht schnaubt und schnarcht.

Flanagan, wie er mich spöttisch angrinst.

Flanagan, wie er sich über mich lustig macht.

Flanagan ...

Das reicht!

Brems ab, fordere ich meinen Computer stimmlos auf.

Wie bitte?

Du hast mich gehört.

Dann wird er uns einholen.

Ist mir klar.

Ich dachte, du wolltest ungestört bleiben.

Mehrere Sekunden lang sage und denke ich nichts. Dann beantworte ich stimmlos die Frage meines Computers: Nein, ich wollte nur wissen, ob er mir nachjagt.

Über Funk dringt Flanagans Stimme zu uns durch: »Lena, du runzlige alte Hexe, wir haben noch eine Rechnung miteinander offen!«

»Verpiss dich, Flanagan.«

Willst du immer noch, dass ich abbremse?

Klar doch.

Wir gehen auf fünfundsechzig Prozent Lichtgeschwindigkeit herunter.

Holt er auf?

Ja.

Haben wir eisgekühlten Champagner da?

Ja.

Was soll ich anziehen?

Ich suche was für dich aus. Etwas angemessen ... Unanständiges.

Du bist ein Engel.

Dankeschön.

Und so segle ich weiter durch den dunklen Äther, umgeben vom Blinken uralter ferner Sterne, verfolgt von einem grauhaarigen wilden Piraten, der mich liebt ...

Segle weiter ...

... und weiter ....

Auf dem Bildschirm der Brücke beobachte ich, wie Flanagan näher und näher kommt. Ich kann's kaum abwarten, dass mein geliebter Pirat mich zurückerobert.

Und während ich warte, singe ich: *»There is a house, in New Orleans.«*

In meinem Ohr setzt Gitarrenbegleitung ein, ein Bass-Riff schwingt sich unter die Melodie, und Trommeln geben den Rhythmus vor.

»They callllllll the Riiiiising Sun!«, fahre ich mit hoher, lauter, stolzer Stimme fort.

Und dann fällt meine innere Stimme, mein Computer mit ein, und singt so hingebungs- und seelenvoll, wie ich es ihm nie zugetraut hätte, laut mit:

»It's been the ruin
Of many a poor boy
And me, O God,
For one.«

»It's been the ruin
Of many a poor girl
And me, O God,
For one.«

Nachwort

PREKÄRE WISSENSCHAFT

Louis Wu materialisierte in einer öffentlichen Transferkabine mitten im Herzen des nächtlichen Beirut.

Mit dieser zum Weiterlesen reizenden, nonchalanten Einführung beginnt Larry Nivens Roman *Ringwelt* aus dem Jahre 1972, einer der fesselndsten SF-Klassiker, die je geschrieben wurden. In Nivens Universum wimmelt es von bizarren Aliens, ähnlich bizarren Menschen und verblüffenden technologischen Errungenschaften. Insbesondere die Ringwelt selbst ist ein erstaunliches technologisches Konstrukt: Sie ähnelt einem überdimensionalen Ehering, der um die Sonne rotiert, und bietet weit mehr besiedelbare Fläche, als es irgendein Planet je könnte.

Das Konzept der Ringwelt ist ein klassisches Beispiel für den Ansatz »harter« Science Fiction – ein Begriff, der gemeinhin dazu benutzt wird, SF zu beschreiben, die strenge Kriterien wissenschaftlicher Glaubwürdigkeit berücksichtigt. Das von Niven entworfene Konzept stützt sich auf eine bemerkenswerte Vorstellung des Physikers Freeman Dyson: Die von ihm postulierte »Dyson-Sphere« ist eine riesige Kugel, die eine Sonne umkreist. Ihre Innenfläche bietet innerhalb der vorgegebenen Umlaufbahn ein Maximum an besiedelbarem Raum. Niven war sich über die Unmöglichkeit einer solchen Konstruktion schon aus Gründen der Stabilität durchaus im Klaren, deshalb bietet seine *Ringwelt* eine eher realisierbare Alternative an. (Im vorliegenden Roman gehe ich in der Extrapolation noch einen Schritt weiter, indem ich die »Dyson-Juwelen« einführe, die eine »abgespeckte« Version der Dyson-Sphäre darstellen.) All diese hochtechnologischen Spekulationen basieren jedoch auf realen wissenschaftlichen Überlegungen. Zwar mögen sie weit hergeholt sein, doch in theoretischer Hinsicht liegen sie im *Bereich des Möglichen.*

Aber wie alle guten SF-Autoren schreckt Niven auch nicht davor zurück, wissenschaftliche Dinge zu erfinden, wenn das real Vorhandene ihm nicht genügt. Seine »öffentlichen Transferkabinen« (oder Teleportierapparate) fallen in diese Kategorie. Allerdings kann man sich kaum vorstellen, wie solche Apparate funktionieren sollten – schließlich kann nach Einstein nichts schneller als das Licht reisen, und die diversen Theorien über »Wurmlöcher« und »Quantenteleportation« stützen sich, wie häufig eingewendet wird, nicht nur auf wissenschaftliche Fakten, sondern in großem Maße auch auf Spekulation. Doch wen juckt's? Es ist trotzdem eine wunderbare »Was wäre, wenn«-Vorstellung. Was wäre, wenn man einfach in etwas eintreten könnte, was ganz nach einer Kabine mit Fotoautomat klingt, und sofort an jedem beliebigen Ort der Erde rematerialisieren könnte ...

Meiner Ansicht nach ist die Science Fiction ein herrliches Genre, denn sie erlaubt den Autoren, *Ideen* auszuloten und zu bearbeiten, Vorurteile über Gesellschaften und Menschen infrage zu stellen und mit der ihr eigenen Magie die Herzen zu berühren. (Ich liebe die Science Fiction auch deswegen, weil ich in diesem Genre lebensprühende, reale Charaktere in völlig ungewöhnliche Situationen versetzen kann.) Wesentlich ist dabei die Lust daran, mit den Leserinnen und Lesern ein Spielchen zu treiben, in dessen Verlauf sie ihre Skepsis freiwillig aufgeben (»suspension of disbelief«). Der SF-Autor fragt: »Was wäre, wenn?«, und bietet dann häufig eine detaillierte und plausible Erklärung für das »Wie« an.

Diesen Aspekt der SF schätze ich ganz besonders – das fröhliche Jonglieren mit außergewöhnlichen Vorstellungen, die sorgfältig ausgelotet und ausgearbeitet werden.

Selbstverständlich gibt es unterschiedliche Definitionen dessen, was SF eigentlich ist, doch meiner Ansicht nach treffen in den besten SF-Romanen Spekulation, Extrapolation und Imagination aufeinander. Reine Spekulation, ohne ein Mindestmaß an Glaubwürdigkeit, kann sich allzu leicht als hohl und unbefriedigend erweisen. Und wenn man nur fleißig unbestrittene Tatsachen extrapoliert (»Stellt euch eine Welt vor, in der es fünfzehn Prozent mehr Handys gibt als heutzutage« – gähn!!!), wird man nie die wahre Magie der Wissenschaft erfassen, die uns im Laufe ihrer Geschichte höchst ungewöhnliche Überraschungen bereitet und Erkenntnisse gebracht hat, die jedem Bauchgefühl widersprachen. Doch wenn sich Spekulation und Extrapolation miteinander verbinden, wenn sie eine widersprüchliche Einheit bilden, ist das die Basis für den Leser, noch vor dem Frühstück drei unmögliche Dinge als glaubhaft einzuschätzen und auch zur Teezeit daran festzuhalten ...

Und selbstverständlich ist es die Fantasie, die darüber entscheidet, ob eine Geschichte »funktioniert« und fasziniert.

All diese Überlegungen und Vorstellungen sind in meine Arbeit am vorliegenden Roman eingeflossen. Es ist ein Roman voller Übertreibungen und Überzeichnungen. Die Raumschiffe reisen verblüffend schnell, den Protagonisten fliegen Antimateriebomben wie Wasserbomben im Schwimmbad um die Ohren, manche Menschen sind genetisch so verändert, dass sie wie Delfine schwimmen oder wie Panther rennen können, die Schlachten haben erstaunliche Dimensionen, und jeder, der nicht auf entsetzliche Weise im Kampf fällt, kann jahrhundertelang bei bester Gesundheit und mit unvermindertem Sexualtrieb leben.

Doch diese unwahrscheinlichen (wenn auch nicht unbedingt unmöglichen) Annahmen und fantastischen Elemente vermischen sich mit Ideen, die nichts anderes als Extrapolationen historischer Gegebenheiten und erwiesener Tatsachen sind. Die großen heroischen Schlachten gegen Ende des Romans sind von den legendären Schlachten des Dschingis Khan inspiriert, dessen Eroberungszug durch Asien und Europa einen entsetzlichen Blutzoll forderte. Die Vorstellung von Quantenleitstrahlen klingt wie schamlos zusammengesponnener fauler Zauber, ist jedoch eine durchaus logische Extrapolation aus dem Einstein-Podolsky-Rosen-Paradox. (Ich weiß, es ist albern, aber ich bin ein bisschen stolz darauf, dass ich mir eine Form der Reise mit Überlichtgeschwindigkeit ausgedacht habe, die – im Unterschied zu Nivens öffentlichen Transferkabinen – nicht gegen anerkannte wissenschaftliche Gesetze verstößt.) Und Lenas vom Stellarwind angetriebene Yacht mit dem hauchdünnen Segel, das Photonen einer Sonne einfängt, ist (wie erfahrene SF-Fans wissen) ein völlig glaubhaftes Raumfahrzeug.

Ferner nutze ich Lenas Tagebuch als Entschuldigung dafür, einige meiner persönlichen Lieblingsideen auszuloten, etwa Samuel Taylor Coleridges Konzept der »primären Vorstellungskraft« sowie die Eigenheiten der Emergenz (die erklären, wie aus einfachen Systemen komplexe Systeme entstehen können, beispielsweise bei Ameisenstaaten oder auch im menschlichen Körper). Eigentlich drückt der ganze Roman meine Ehrfurcht vor der Tatsache aus, dass sich aus Zufallsmolekülen eine Ordnung, ein Muster und später Leben herausbilden kann – und darauf basierend Empfindungsvermögen und Zivilisation, bis schließlich ein ganzes Universum wunderbarer, atemberaubender Komplexität entsteht. Und mittendrin begeht die Menschheit Tag für Tag alle möglichen entsetzlichen Dummheiten.

Ich räume gern ein, dass manche Elemente meiner wissenschaftlichen Annahmen prekär sind und einer gründlichen Überprüfung nicht standhalten würden. Ein Beispiel ist die Szene, in der Alby supersymmetrische Strings entdeckt, die nur deshalb auf Makroebene sichtbar werden, weil sie starker Energie ausgesetzt gewesen sind. Theoretisch ist das tatsächlich möglich, jedenfalls gemäß bestimmter seriöser Quellen, auf die ich mich gestützt habe. Allerdings muss man berücksichtigen, dass die Superstringtheorie keineswegs so unbestritten ist wie Einsteins Relativitätstheorien oder die Quantenphysik. Gut möglich, dass die Superstringtheorie in fünf oder zehn Jahren als überholt gilt und Albys Erlebnis wissenschaftlich nicht mehr haltbar ist. Doch das bereitet mir keine schlaflosen Nächte; schließlich ist Alby eine superintelligente Flammenkugel, die zudem noch lispelt. Wenn man mir als Autor ein solches Geschöpf abnimmt, ist man moralisch geradezu dazu verpflichtet, auch den Rest als glaubhaft zu akzeptieren.

Außer den Fragen »Was wäre, wenn« und »Wie« kann Science Fiction noch eine dritte Frage stellen: »Was würde man empfinden, wenn ...?« Vornehmlich diese Frage war mein Leitgedanke, als ich diesen Roman verfasst habe. In meiner Geschichte geht es um Protagonisten, die Krisen durchmachen; um Freundschaft, Liebe und Verrat; um eine Mutter und einen Sohn; um die *Menschen*, die hier zu Hause sind. Natürlich gilt Letzteres für alle Romanliteratur – sie versetzt uns in die Haut, die Köpfe und Herzen anderer Menschen. Zwar hat es mir großen Spaß gemacht, eine (hoffentlich!) glaubwürdige Basis für die prekären wissenschaftlichen Annahmen zu schaffen, auf denen ich meine

Welt aufgebaut habe, doch noch wichtiger ist mir, dass die Leserinnen und Leser dieses Buches zumindest *eine* simple und unstrittige Tatsache akzeptieren: *Alle Männer, Frauen und Aliens in diesem Roman sind real.* Sie existieren wirklich – und ich habe das Leben mit ihnen geteilt.

Zum Schluss noch einige Danksagungen: Mein Freund Dr. Paul Bostock hat mich vorbildlich unterstützt, indem er meine fantastischen wissenschaftlichen Höhenflüge kritisch beäugt und einige sachliche Fehler berichtigt hat; allerdings hat er sich dabei von dem Gedanken leiten lassen, dass Romane den Leserinnen und Lesern vor allem Spaß machen sollen. Darüber hinaus hat er hervorragende kreative Anmerkungen beigesteuert.

Zu Dank verpflichtet bin ich auch Brian Greene *(The Elegant Universe;* deutsch: *Das elegante Universum: Superstrings, verborgene Dimensionen und die Suche nach der Weltformel),* John H. Holland (*Emergence: From Chaos to Order)* und Lee Smolin *(The Life of the Cosmos;* deutsch: *Warum gibt es die Welt? Die Evolution des Kosmos* und *Three Roads to Quantum Gravity),* denn sie haben in den genannten Werken einige der seltsamsten Konzepte in der zeitgenössischen Physik erläutert. In diesem Zusammenhang sollte ich auch den Einfluss von Michael Crichton erwähnen, der meines Wissens als Erster einen (hervorragenden) Roman über die Emergenz geschrieben hat: *Prey*; deutsch: *Beute.* Darüber hinaus ziehe ich den Hut vor Jules Verne, Isaac Asimov, George Orwell, Robert Heinlein, Ray Bradbury, Theodore Sturgeon und zahlreichen anderen, die das Genre geschaffen haben, in dem sich jetzt eine ganz neue Generation von Autoren tummelt.

Für ausgezeichnete, detaillierte Anmerkungen, die genau zur richtigen Zeit kamen, bedanke ich mich bei Angell McGregor. Sally Griffith danke ich dafür, dass sie mir großzügig erlaubte, ihre besten Ideen zu verwenden.

Besonderer Dank gilt John Jarrold, meinem Freund und Agenten, und meinem Verlagsleiter, dem ebenso scharfsinnigen wie wagemutigen Tim Holman. Allen bei Orbit danke ich dafür, dass sie Vertrauen in dieses Romanprojekt gesetzt haben und die Science Fiction so sehr lieben.

Philip Palmer